1

120회본을 시사詩詞까지 완역한

원본

수호전

1

시내암 지음
송두진 옮김

글항아리

차 례

120회본 빠짐없이 완역

옛사람들은 이 세상은 네모진 땅을 둥근 하늘이 덮고 있다는 지리 관념을 지니고 있었다. 그래서 하늘 아래 '온 세상'을 '보천지하普天之下'라고 불렀고, 이 것을 줄여서 '천하天下'라고 했다. 그 네모진 땅 안쪽 천하는 중국中國과 주변의 수많은 국國 그리고 이민족으로 구성되어 있다. 천하라는 네모난 땅을 하늘이 덮고 있고 나머지는 바다인데, 동서남북으로 하나씩 있다고 해서 '사해四海'라는 말이 탄생하게 되었다. 또한 천하는 이 사해 안에 있으므로 '해내海內'라고 불렀 고, 그 땅 안의 모든 '국'을 합쳐 '전국全國'이라고도 했다.

'수호水滸'의 어원과 숨은 의미

『수호전水滸傳』의 '수호水滸'라는 말은 문자 그대로 해석하면 '수변水邊(물가)'이 라는 의미다. 그렇다고 '수호'의 의미를 단순히 '물가' 정도로 한정해 해석한다면 『수호전』이 내포하고 있는 의미를 깊이 이해하기 어려울 것이다. 『시경詩經』「소아「小雅·북산北山」에 따르면 "하늘普天 아래 땅은 왕의 땅이 아닌 곳 없으며, 사해 안의 백성은 왕의 신하가 아닌 자 없다普天之下, 莫非王土, 率土之濱, 莫非王臣"라고 했다. 즉, 하늘 아래 온 세상은 모두 왕토王土이고 그 안에 사는 백성은 왕의 통제를 받는 곳이 바로 천하라 할 수 있다. 청대 학자인 김성탄金聖歎(1608~1661)은 "왕토王土의 끝에 물水이 있고, 그 물 밖을 호滸라고 한다王土之濱則有水, 又在水外則曰滸"라고 하여 '수호'는 '왕토 밖의 물'이기에 왕토와는 멀리 떨어진 곳이며, 그러기에 멀리해야 한다고 여겼다. 즉, "천하의 흉물이니 천하 사람이 함께 공격해야 할 것이고, 천하의 악물이니 천하 사람들이 함께 버려야 하는 것이다"라고 하며 '중국'과는 다른 곳으로 '수호'의 의미를 정리하고 있다.

'전傳'은 개인이나 집단의 일을 기록한 것이니 백성의 일을 쓴 것을 말한다. 그러므로 『수호전』을 굳이 풀이한다면 '왕토 밖이며 왕의 통제를 벗어난 바깥 수호에 사는 백성의 이야기' 정도로 정의할 수도 있다. 반면에 명대 사람인 원무애袁無涯(약 16세기 말~17세기 초)는 '수호'를 글자 그대로 '수애水涯(물가)'로 해석하여 도적의 땅도 아니며 송강宋江의 무리는 악인도 아니니, 수호는 충의忠義이고 충의는 수호라고 항변하고 있다. 조정의 부름을 받고 정벌 전쟁에 나가 공적을 세우는 『수호전』 후반부 이야기처럼, 예전 강태공姜太公이 동해東海 가에 기거하며 주 문왕周文王을 보좌할 수 있을 때를 기다렸듯이, 『수호전』의 영웅들도 자신들이 머무르던 '수호'를 조정에서 불러주기를 기다린 임시 거처로 여긴 것일까?

사실 '수호'라는 말이 처음 등장하는 곳은 『시경』「대아大雅·면縣」이다. "고공단보께서 일찍이 말을 달려 서쪽 수호를 따라 기산岐山 밑으로 오셨네古公亶父, 來朝走馬, 率西水滸, 至于岐下"라고 했다. 여기서 '수호'는 칠수漆水(지금의 산시陝西성 빈현邠縣) 가를 가리킨다. 주周 부족은 고공단보라는 걸출한 인재를 따라 융적戎狄의 침입을 피해 기산 아래(지금의 산시陝西성 치산岐山)로 이주했다. 이곳은 토지가 비옥할 뿐만 아니라 외적의 침입에서 벗어날 수 있는 안전한 곳이었다. 주 부족은 이러한 기틀 아래 발전하여 마침내 주 왕조를 건립하게 되었다. '수호'는 주

부족이 편안하게 거주하면서 왕조를 수립했던 곳이라 할 수 있기에, '수호'의 의미는 '몸을 안전하게 보존하며 살 수 있는 곳'이라 할 수 있다. 즉, '수호'는 비록 '왕의 통제권을 벗어난 먼 곳이지만 죽지 않고 목숨을 보전할 수 있는 곳'이라는 의미로도 사용될 수 있겠다. 『수호전』에 등장하는 송강宋江을 비롯한 무리는 죄를 지어 죽을 처지였기에 '천하'라는 곳에서는 정상적으로 살 수 없었다. 그래서 아주 멀고 흉악한 곳이지만 왕의 땅도 아니고 왕의 신하로서 통제를 받지 않는 그나마 목숨을 보전할 수 있는 유일한 살길인 '수호'에 몰려든 것이라 하겠다. '버려진 이들이나 죽어야 하는 이들이 그나마 몸을 보전하며 살 수 있는 곳' 바로 그곳이 '수호'인 것이다.

저자를 둘러싼 여러 가지 학설

『수호전』의 저자에 대해서는 명대 사람들조차 의견이 분분했고 일치된 견해를 내리지 못했다. 저자에 대한 설은 여러 학설과 논란이 있지만 크게 세 종류의 견해가 존재하고 있다. 나관중羅貫中 저자 설, 시내암施耐庵 저자 설, 나관중·시내암 합작설이 있다.

이들 학설은 어떤 것이 옳다고 단정할 수 있는 직접적인 문헌 증거는 현재로서는 없는 실정이다. 각종 판본의 상황을 살펴보면 그 차이가 매우 확연한데, 100회본에서는 '시내암 집찬集撰(짓다), 나관중 찬수纂修(편집)'라 했고, 115회본에는 '동원東原 사람 나관중 편집'이라 했으며, 120회본에는 또 '시내암 집찬, 나관중 찬수'라 했고, 70회본에는 '동도東都 시내암 찬撰(저작)'이라 했다. 명·청 시기의 호응린胡應麟(1551~1600)과 김성탄은 『수호전』의 저자가 시내암이라고 주장하는 대표적인 사람들인데, 호응린의 『소실산방필총少室山房筆叢』에서는 "원나라 사람 무림武林(전당錢塘) 시모施某 씨가 편찬한 『수호전』"이라고 했다. 그런데, 명나라 고유高儒의 『백천서지百川書志』에서는 "시내암 본本(진본眞本), 나관중 편차

編次(편집 정리)"라고 했고, 『천도외신서본天都外臣序本』과 『원무애간본袁無涯刊本』에서는 "시내암 집찬集撰, 나관중 찬수纂修"라며 다르게 기록하고 있다. 명·청 시기에도 저자와 관련된 견해 차가 심하고 확실히 증명할 수 있는 사료가 부족하기에 현재까지도 저자 관련 논쟁은 해결되지 못하고 이어질 수밖에 없다. 이들 자료를 넓게 보면 『수호전』의 저자는 시내암과 나관중의 합작이라 볼 수 있지만, 좁게 구체적으로 본다면 시내암 단독 저작이라 여길 수 있다. 현대의 많은 연구자는 '시내암' 저작에 무게를 싣고 있기에 역자 또한 『수호전』의 저자를 '시내암'으로 표기했음을 밝힌다.

시내암은 시혜인가

시내암에 대한 사료는 매우 적은데다 확실한 증거로 삼을 만한 자료 또한 극히 제한적이기에 아쉽게도 그의 일생 사적에 대해서는 고찰할 수가 없다. 호응린은 "세상에 전해지는 시내암은 호가 내암耐庵이고 이름은 알 수 없다"고 했다. 시내암의 이름조차 알 수 없기에 그의 사적에 대한 상세한 내용은 더욱 기대할 수 없다. 「시내암묘지施耐庵墓志」 「시씨족보施氏族譜」 「시내암전施耐庵傳」 등의 관련 자료에 의거해 시내암의 사적을 고증하기도 하지만 이런 자료들은 대부분 믿을 수 없다는 것이 학계의 정설이다. 명대 사람의 기록에 근거하면 그는 전당錢塘(지금의 저장성 항저우) 사람이다. 또다른 견해로 서복상徐復祥의 『삼가촌노위담三家村老委談』에서 『수호전』의 저자는 시군미施君美라 했다. 그 이후에 시내암은 즉 '시혜施惠'라는 설이 있는데, 무명씨의 『전기회고표목傳奇滙考標目』에서 "시내암은 이름이 혜惠이고 자는 군승君承"이라고 했다. 만일 그들의 기록을 믿을 수 있다고 한다면 시내암은 '시혜施惠'가 된다. 시혜는 원말 명초의 희곡가로 전당 사람이며 자가 군미君美인데, 균미均美, 군승君承이라고도 한다. '시내암'과 '시혜'는 동시대 사람이고 같은 지역 출신이며 성이 같다. 또한 한 사람은 소설을 쓰고 다른 사람은 희곡을 썼으니 그들이 동일인이라면 확실히 가능성이 있다고 할 수 있다. 시내암이 장쑤성 싱화興化, 다펑大豐 일대 사람이라든지 장사성張士誠과 관계가 있다든지 하는 일부의 설은 모두 확실한 근거가 없어 믿을 수 없다.

『수호전』의 작자가 시내암이든 나관중이든, 일단 그들은 동시대에 태어난 사람이며 모두 원말 명초에 활동했으니 『수호전』이 원말 명초의 작품이란 것은 확실하다.

『수호전』을 120회본으로 읽는 이유

현존하는 『수호전』의 판본은 매우 복잡하고 그 수량 또한 많기에 현재는 『수호전』 판본에 관련된 연구가 하나의 학문으로 자리 잡을 정도다. 그렇기에 판본에 관련된 내용을 상세하게 정리하기엔 그 내용이 상당히 많고 논쟁이 분분하여 이 책에서 일일이 언급하는 것은 무리라 판단된다. 『수호전』의 '원본' 혹은 '조본祖本' 또한 명나라 시기 문헌에서 명확한 기록이 없고 학자들조차도 의견이 통일되지 않았는데, 몇 가지 중요한 관점을 정리하면 '나관중 원본' 설과 '115회 간본이 원본에 가깝다'는 설, '곽본郭本이 조본이며 혹은 최초의 간본刊本'이라는 설, '시내암 본이 원본 혹은 조본'이라는 설, 『경본충의전京本忠義傳』이 조본'이라는 설 등이 있다. 이 문제 또한 현재까지도 학계에서는 결론을 내리지 못하고 논쟁을 지속하고 있다.

일반적으로 『수호전』의 판본은 회수로 구분하고 있는데, 대표적으로 100회본, 120회본, 70회본(71회본)이 있고, 104회본(25권본), 110회본(106회본), 115회본(113회본 혹은 114회분), 124회본 등 다양한 종류가 있다. 만약 문자의 번잡함과 간략함으로 논한다면 『수호전』의 각종 판본은 '번본繁本'과 '간본簡本' 양대 계통으로 분류할 수 있다. 이러한 분류법은 루쉰魯迅이 제기한 것으로 그는 『중국소설사략中國小說史略』에서 "현존하는 『수호전』은 실제로 두 종류가 있는데, 하나는 간략簡略이고 또 하나는 번잡繁縟이다"라고 했다. 여기서 말하는 '번繁'과 '간簡'은 문자의 번잡함과 간략함을 말한 것으로 고사의 내용과 사건 경위의 상세함과 간략함, 많고 적음을 가리키는 것은 아니다. 간단하게 정리하면 100회본은 모두 번본이고, 120회본, 70회본도 기본적으로는 번본에 속한다. 간본에 해당되는 것은 104회본, 110회본, 115회본, 124회본 등이다.

이들 가운데 현재까지 가장 유명하면서 사람들에게 유행한 판본은 100회본, 120회본, 70회본이라 할 수 있다. 100회본은 가정嘉靖 연간(1522~1566)의 무정후武定侯 곽훈郭勛의 집에서 전해온 것이다. 만력萬曆 연간(1573~1620) 저명한 사상가인 이지李贄(1527~1602, 호가 탁오卓吾)가 평점評點을 가해 펴낸 『이탁오선생비평충의수호전李卓吾先生批評忠義水滸傳』이 곽본郭本에 기초하고 있다. 이 판본에는 송강이 조정의 부름을 받아 요遼를 평정하고 방랍方臘의 난을 진압하는 것으로 끝을 맺는데, 전호田虎와 왕경王慶을 정벌하는 내용은 없다. 이지 사후에 그의 제자인 양정견楊定見이 이 판본을 소주蘇州로 가져왔다. 소주의 서적상인 원무애袁無涯와 통속문학가인 풍몽룡馮夢龍이 이 판본을 간행하면서 동시에 전호와 왕경을 평정하는 고사 20회를 삽입하고 내용을 증가시켜 제목을 『충의수호전전忠義水滸全傳』이라 했다. 이 120회본은 '원무애간본袁無涯刊本' 즉 『이씨장본충의수호전전李氏藏本忠義水滸全傳』 혹은 『출상평점충의수호전전出相評點忠義水滸全傳』 120회본인데, '전전본全傳本' 혹은 '양정견본楊定見本'이라고도 부른다. 이후 숭정崇禎 14년(1641)에 김성탄의 『관화당제오재자서시내암수호전貫華堂第五才子書施耐庵水滸傳』이 간행되었다. 김성탄은 120회본에서 송강이 조정에 불려 들어간 이후의 내용을 잘라버리고 70회본을 만들었는데, 300여 년 동안 70회 김성탄 평본評本이 유일한 통행본通行本이었으며, 다른 판본들은 시장 밖으로 배척당했다.

현재 중국에서는 여러 출판사에서 다양한 '회차'의 『수호전』을 출판하고 있는데, 역시 주류는 70회, 100회, 120회본이다. 역자는 이들 가운데 송강 무리가 조정의 부름을 받아 전호와 왕경 토벌에 나서는 내용이 포함된 것을 저본으로 삼았다. 상하이고적출판사上海古籍出版社에서 1995년 출간한 『수호전전水滸全傳』 120회본이다. '전전全傳'의 의미는 '전체 이야기' 정도로 이해하면 될 것 같다. 문장의 세련됨, 구성의 체계화 등의 문제를 떠나 『수호전』 탄생 이래로 거의 모든 고사가 포함된 120회본을 채택한 이유는 바로 그것이 '전全'이기 때문이라 하겠다.

폭력의 책인가, 혁명의 책인가

명·청 시기에 『수호전』은 여러 차례 금서가 되는 불운을 겪기도 했기에, 중국 역사상 『수호전』처럼 굴곡이 많고 논쟁의 대상이 된 서적은 드물다. 『수호전』이 처음 출간된 시기부터 현재까지 논쟁의 초점은 바로 '회도誨盜(도둑질을 가르치다)' 서적이기에 억제하고 금지시켜야 하느냐 혹은 '수호' 무리의 '충의忠義'를 칭찬하며 널리 알려야 하느냐가 가장 주된 관점이었다. 가정 연간에 전여성田汝成(약 1503~?)이 '회도' 설을 제기한 이래 이것이 청나라 말 이전까지 『수호전』에 대한 평가의 주된 흐름을 이뤘다. 이것은 '수호'의 무리가 민가를 습격하고 강탈하는 강도들일뿐, 공평한 정의와 굴복하지 않는 의기를 지닌 협객俠客의 풍모와는 근본적으로 다르다는 평가였다. 김성탄은 한발 더 나아가 '반충의反忠義'라는 의견을 제기했는데, 그는 "충의라는 말을 '수호'에 붙인다면, 충의는 천하의 흉물이고 악물이란 말인가? 그러므로 충의라는 말을 '수호'에 부여한 자는 반드시 군주와 아비를 원망하는 마음을 품고 있으니 살피지 않을 수 없다"며 거세게 비난하기까지 했다. 『탕구지蕩寇志』의 저자인 유만춘兪萬春(1794~1849) 또한 '반충의' 설을 전개했다. 이렇듯 청대 말까지 『수호전』에 대한 주류적 관점은 도적질을 금지시켜야 하는 '반면교재反面教材'로 삼아야 한다는 것이었다.

이후 1900년대 5·4운동부터 1940년대 말까지 고문학에 대한 새로운 학술

정립의 흐름이 형성되면서 『수호전』에 대한 평가 또한 후스胡適와 루쉰을 필두로 새롭게 이뤄지기 시작했다. 이른바 '정부에 대한 반항'이라는 설이 대두된 것이다. 후스는 "송강 등은 네 명의 큰 도적을 평정하여 공을 크게 세웠는데, 도리어 정부의 모함에 빠져 죽임을 당했다"고 하여 하층민과 정부 간의 대립에 중점을 두면서 '정부에 대한 반항' 관점을 제기했다. 더 나아가 "송강은 산채를 점거하면서 비록 민가를 습격하여 약탈을 자행했지만 부자들을 강탈하여 가난한 자들을 구제했다"고 하는 루쉰의 관점은 이후에 『수호전』을 '농민 봉기'의 틀에서 바라보는 학설을 형성하는 데 일조하게 되었다. 심지어는 송강, 이규李逵, 노지심魯智心 등은 '농민 봉기의 영수'로 숭배받기까지 했으며, 신중국 수립의 특수한 배경에 따라 『수호전』을 '농민 봉기' 설에 연계시키면서 칭송과 함께 교과서에까지도 실리게 되었다. 이러한 흐름의 바탕에는 역사유물론과 계급투쟁의 관점이 깔려 있다고 할 수 있다. 하지만 『수호전』에서 드러난 불평등과 부조리한 사회 현실을 지주 계급에 대한 농민 계급의 모순 투쟁으로 국한한다면 이는 문학을 정치이념의 도구화로 삼는 것에 불과하다고 할 수밖에 없다. 다시 근래에는 『수호전』이 폭력을 전파하고 살인 방화를 서슴없이 묘사했다는 이유로 그 파괴성을 부각했으며 『수호전』의 전파를 금해야 한다는 극단적인 견해까지 나오게 되었다. 이렇듯 『수호전』은 수백 년 동안 시대 요구와 정치 체제에 따라 금서와 찬양 혹은 정치적 왜곡이라는 반복적인 부침을 겪었다.

시詩와 사詞로 원본의 맛 그대로 살려

우리나라에서도 『수호전』은 꽤 오래전부터 읽혀왔다. 기존에 출판된 『수호전』은 번역이든 평역이든 중요한 문구 혹은 단어가 빠져 있거나 생략된 경우가 많았다. 더욱 문제가 되는 부분은 인물이 등장할 때마다 원전에서는 그 생김새뿐만 아니라 옷차림의 세세한 부분까지 상세히 묘사하고 있지만 이를 제대로 번역하지 않고 대충 얼버무리는 경우를 많이 발견할 수 있다. 하지만 이는『수호전』읽기의 묘미를 절반 이상 포기하는 행위에 다름 아니다. 명나라 때의 작품인『수호전』은 당시 사람들의 관심사에 따라서 의복과 장신구에 대한 묘사에 무척 공을 들였으며, 단순 분량만으로 봤을 때도 결코 무시할 수 없는 수준이다. 이에 역자는 원전의 생동감 있는 표현과 세밀한 묘사들도 빠짐없이 번역함으로써 원전의 맛을 그대로 살리려 노력했다.

보충 설명이 필요한 부분도 주석을 통해 독자들의 이해를 돕고자 간략하게 설명했다. 또한『수호전』은 인물이 등장할 때 혹은 이야기 전개를 바꾸거나 보충 설명을 시詩나 사詞로 대체하는 경우가 상당히 많은데, 역자는 원본에 수록된 시를 빠짐없이 모두 번역하고 원문을 첨부했다. 그리고 이해하기 어려운 생소한 단어, 고유명사, 관직, 특히 중심 인물인 108명 사내들이 등장할 때마다 저마다 불리는 별명이 있는데, 이들 별명의 유래와 의미를 매회 말미에 별도로 작성했다. 이는『송사宋史』를 비롯한 기타 정사 및 여러 자료를 참조하여 보충 설명한 것이다. 역자가 중점적으로 참고한 자료는『송사』및 왕리치王利器 교주校注 『수호전전교주水滸全傳校注』(2008), 지친冀勤의 『수호전교주본水滸傳校注本』(2014), 성쉰창盛巽昌의『수호전보증본水滸傳補證本』(2010)이며 그 외에 각 경전과 제자백가 등이다.

체제 전복에 이르지 못한 한계

『수호전』은 역사와 허구가 뒤섞인 작품이기에 일부 등장인물과 관련 내용이 정사인『송사』에 짧게나마 기재되어 있는 경우도 있다. 하지만『삼국지연의三國志演義』와는 달리 역사적 사실의 탐구를 병행해야 할 역사 소설은 아니라고 할 수 있다.『수호전』에서 쓰인 제한적인 사실 자료는 오히려 소설가의 무한한 상상력과 창의력을 발휘하는 공간으로 제공되고 있다. 배경이 되는 북송北宋 말기의 혼란한 정치 상황과 간신들의 권력 독점, 이에 따른 농민 반란 등은『수호전』탄생의 단초를 마련했다고 할 수 있지만, 이들 뒤에 숨은 진짜 주범은 바로 송 휘종徽宗(1100~1126년 재위)이다.『상서尙書』「요전堯典」에서 말하기를 "큰 덕을 밝히시어 온 종족을 화목하게 하셨고, 온 종족을 화목하게 하신 다음에는 백관을 판별하여 선한 자를 표창하시고, 백관의 사무가 적절하게 처리되니, 모든 나라와의 협조에 노력하시기를 친 일가족처럼 하셨네. 요임금의 교화 아래 온 천하의 백성이 모두 선량하고 화목해졌네克明俊德, 以親九族; 九族旣睦, 平章百姓; 百姓昭明; 協和萬邦. 黎民於變時雍"라고 했다. '인정仁政'이라는 것은 바로 이와 같이 생성되어 나오는 것이라 할 수 있다. 군주가 백성이 바라는 바에 반하게 되면 천하를 잃는 경우가 적지 않으며, 필부가 백성의 환영을 받으면 천하를 얻는 경우도 적지 않다.『수호전』이 도적질을 가르치는 '회도'로 치부되어 금서가 되기도 했지만 불량한 황제 치하에서는 이와 같은 울분과 폭력적인 정서가 만들어지지 않을 수 없는 것 또한 사실이다.

『상서』「태서泰誓 하下」에서는 "우리를 어루만져 보살피면 군왕이지만, 우리를 학대하면 원수다撫我則后, 虐我則讐"라고 했다. 작품에서 108명의 우두머리 송강은 동료 장군들을 희생시키는 등 죽는 순간까지 "하늘을 대신해 정의를 실현한다"는 "제천행도替天行道"를 외치고 있다. 송강은 자신이 탐관오리에 대항한 것이지 황제에 반대한 것이 아니라고 항변하며 언뜻 이해하기 어려운 '절대적 충의'의 태도를 보이고 있다. 그로 인해 무능한 황제이자 부패와 타락의 주범인 휘종의 잘못과 죄는 뒤로 감추어지고 말았다. 이처럼 송강이 간절히 부르짖는 '충의'가 어떤 의도와 태도를 갖는지 불명확하기 때문에, 그는 자신이 증오했던 간신배들과 별반 달라 보이지 않는 모습을 우리에게 남겨주고 있다.

『수호전』의 내용은 이처럼 지극히 모순되고 복잡한 양상을 보이기에 독자들에게 풍부하고 다양한 상상력을 발휘할 여지를 마련해준다. 통속문학가인 풍몽룡은『수호전』을 '사대기서四大奇書'의 한 작품으로 명명했는데, '기奇'는 내용과 예술적인 측면에서 참신함을 가리키며 동시에 창조적 업적을 포함한다. 독자들이 『수호전』을 통해 '기이奇異'와 '신기新奇'를 맘껏 누릴 수 있기를 바란다.

2024년 5월
송도진

인수引首1

사詞2에 이르기를,

서림書林3이 모여 있는 곳에서 살펴보면

준수하고 거리낌 없는 유생이 얼마나 많은가?

세상의 헛된 명성과 작은 이익을 하찮게 여기고

참신하게 시詩를 읊고 부賦를 지으며

1_ 인수引首: 장회소설章回小說에서 도입 부분을 인수라고 한다. 설자楔子라고도 하는데, 희곡과 소설의 머리말이다. 일반적으로 서두에 두어 명확하게 밝히고 본문을 보충하는 데 사용된다.

2_ 사詞는 시의 다른 종류로 남조南朝 시기에 싹트기 시작해 수隋·당唐 시기에 흥성한 새로운 문학 양식이다. 송宋나라 때 와서 끊임없는 발전을 거쳐 사의 전성기에 돌입했다.

3_ 원문은 '서림書林'이다. 『수호전전교주水滸全傳校注』에 따르면 "서림書林에는 세 가지 뜻이 있는데, 도서를 보관한 곳, 출판 업무, 지방 명칭이라고 했다. 『수호전水滸傳』의 서림은 건양현建陽縣 숭화리崇化里의 서림을 가리킨다"고 했다. 『수호전교주본水滸傳校注本』에 따르면 "출판업이 모여 있는 곳을 가리킨다"고 했다.

고금의 전쟁사4를 웃으면서 이야기하네.

이전의 왕들과 뒤에 출현한 황제들을 평가한다면

진위를 따지며5 서로들 중원을 차지했으니

혼란했던 전국칠웅, 춘추시대 어지러움과 다를 바 없구나.

흥망은 버드나무 가지 같아 부스러지기 쉽고

사람 신세 주인 없는 빈 배처럼 유랑하누나.

試看書林隱處, 幾多俊逸儒流.

虛名薄利不關愁, 裁冰及剪雪, 談笑看吳鉤.

評議前王幷後帝, 分眞僞, 占據中州, 七雄擾擾亂春秋.

興亡如脆柳, 身世類虛舟.

이름 드날린 자 수없이 많았고

명예 얻으려는 자 또한 많았으며

명성을 회피한 자 역시 셀 수 없도다.

별안간 달빛이 긴 강변 비추니

강과 호수가 뽕밭과 옛 길로 변해버렸네.

아하! 물고기를 구한다면서 나무로 기어 올라가고

궁지에 몰린 원숭이가 급해 나무를 잘못 골랐으니

화살 맞았던 새가 굽은 나무 보고 놀라 멀리 피하는구나.

차라리 손에 들린 잔 비우고

새로 지은 곡조를 다시 들어보련다.

4_ 원문은 '오구吳鉤'인데, 춘추春秋시기에 유행한 칼날이 휘어진 칼이며, 청동을 주조하여 만들었다. 후
세에는 예리한 도검을 가리켰다. 여기서는 '고금의 전쟁사'를 의미한다.

5_ 원문은 '분진위分眞僞'다. 진위를 따지는 것은 곧 정통을 다투는 것이다. 스스로 정통이라 여기는 자
가 진짜이고 그렇지 않으면 가짜일 따름이다.

見成名無數, 圖名無數, 更有那逃名無數.

霎時新月下長川, 江湖變桑田古路.

訝求魚緣木, 擬窮猿擇木, 恐傷弓遠之曲木.

不如且覆掌中盃, 再聽取新聲曲度.

시詩에 이르기를6

잇달아 일어난 오대7의 난으로 화목하지 못하더니

하루아침에 구름 걷히고 다시 하늘을 보게 되는구나.

백 년 동안 백성은 초목 같다가 새로운 비와 이슬 맞으니

결국은 만 리나 되는 옛 강산을 하나로 통일했도다.8

작은 골목에도 화려한 비단 옷 입은 여인들 늘어서 있고

곳곳의 누대마다 관현악기 연주소리 은은히 들리는구나.

만 백성 평안히 즐거이 일하고 사방 무사하니

봄날 풍경 감상하다 한없는 잠에 빠져든다.

紛紛五代亂離間, 一旦雲開復見天.

草木百年新雨露, 車書萬里舊江山.

尋常巷陌陳羅綺, 幾處樓臺奏管弦.

人樂太平無事日, 鶯花無限日高眠.

6_ 북송北宋 때 시인 소옹邵雍(1011~1077)의 「관성화음觀盛化吟」(『이천격양집伊川擊壤集』 권15)이다. 본문에서는 원작과 다르게 몇 구절에서 삭제와 수정을 한 부분이 있다.

7_ 오대五代는 당나라가 멸망한 뒤 중원에 등장한 다섯 정권으로 후량後梁·후당後唐·후진後晉·후한後漢·후주後周를 말한다.

8_ 원문은 '거서만리車書萬里'인데, '천하통일'을 형용하는 말이다. 『예기禮記』 「중용中庸」에 따르면 "지금 천하가 통일되어 수레는 같은 넓이의 도로를 달리고 글 쓰는 글자체도 일률적이며 사람들의 행위는 동일한 윤리 규범을 따른다今天下車同軌, 書同文, 行同倫"고 했다.

이 여덟 구절의 시는 옛날 송宋나라[9] 신종神宗[10] 시기에 유명한 유생이었던 성이 소邵, 휘諱가 요부堯夫이며 도호가 강절康節인 선생이 지은 것이다.[11] 이 시들은 오대五代 당조 말기에 천하에 끊임없이 일어난 전란을 한탄한 것인데, 그때는 아침에 양梁나라에 속하던 것이 저녁에는 진晉나라에 속해지던 상황이라, 바로 '주씨朱氏의 후량後梁·이씨李氏의 후당後唐·석씨石氏의 후진後晉·유씨劉氏의 후한後漢·곽씨郭氏의 후주後周로 모두 15명의 황제[12]가 즉위하고 폐위되니, 50년간[13] 전란이 끊이지 않고 혼란스러웠다네'라고 말한 것이다. 훗날 천지자연의 순환하는 법칙에 따라 갑마영甲馬營[14]이란 곳에서 송나라 태조太祖 무덕황제武德皇帝[15] 조광윤趙匡胤이 태어났다. 이 성인聖人[16]이 태어나던 날 온 하늘에 붉은빛이

9_ 원문은 '고송故宋'인데, 전대前代의 조趙씨 송 왕조를 말하는 것으로 송나라에 대한 원元나라 사람의 칭호다.

10_ 신종神宗: 북송 6대 황제로 이름은 조욱趙頊이다. 1067~1085년 재위.

11_ 소옹邵雍(1011~1077)을 말한다. 자는 요부이고 원우元祐(1086~1094) 연간에 강절康節이란 시호를 하사받았다. 『송사宋史』에 그의 열전列傳이 실려 있다. '휘諱'는 죽은 황제 혹은 웃어른의 이름을 가리킨다.

12_ 실제로는 13명의 황제다.

13_ 907년부터 960년까지로 실제로는 54년이다.

14_ 갑마영甲馬營: 지금의 허난河南성 뤄양洛陽 인근으로 927년 조광윤이 태어난 곳이다. 『송사』「태조본기太祖本紀」에 따르면 "후당後唐 천성天成(926~930) 2년(927)에 낙양 협마영夾馬營(지금의 뤄양洛陽 전하교漶河橋 동쪽)에서 태어났다. 붉은 빛이 방 안을 맴돌았고 기이한 향기가 머물며 밤새도록 흩어지지 않았다. 몸에 황금빛을 띠었는데, 사흘이 지나도 변하지 않았다"고 했다.

15_ 무덕황제武德皇帝: 무덕武德은 원래 아무무舞(제왕이 천지와 선조에 제사를 지내고 축하와 연회 때 무도에 사용되었다) 명칭이었다. 『송사宋史』「병지兵志」에 한나라 고조가 '무덕무武德舞'를 조성했다는 말이 있는데, 이후에는 개국 황제를 가리키는 데 사용했다. 송나라 태조인 조광윤의 제호는 태평흥국太平興國(976~984) 2년(977) 4월에 '영무성문신덕황제英武聖文神德皇帝'였고, 대중상부大中祥符(세 번째 황제 진종眞宗 조항趙恒의 연호로 1008~1016) 원년(1008) 11월에 시호를 더해 '계운립극영무성문신덕원공대효황제啓運立極英武聖文神德元功大孝皇帝'라 했다. 즉 조광윤을 '무덕황제'라 칭한 적은 없다고 하겠다. 무덕武德은 당고조唐高祖 이연李淵의 첫 번째 연호(618~626)였고, 조광윤의 개국 연호는 건륭建隆이었으며 무덕이란 연호도 사용한 적이 없다.

16_ 성인聖人: 『역경易經』「설괘說卦」에 따르면 "성인이 남쪽을 향해 앉아 천하의 소리를 듣다聖人南面而聽天下"고 했고, 『예기禮記』「예기禮器」에 따르면 "성인은 단지 남쪽을 향해 서있기만 해도 천하 또한

가득하고 기이한 향기가 밤새도록 사라지지 않았으니, 상계上界의 벽력대선霹靂大仙[17]이 땅에 내려온 것이다. 그는 영웅적이고 용맹하며 지혜와 기지가 넘치고 도량이 넓어서 역대의 어느 제왕도 이보다 뛰어나지 못했다. 키만 한 한 자루의 곤봉을 들고 400개 군주軍州[18]를 격파하니 모두 조씨 천하가 되었다. 이 천자는 천하를 말끔히 청소하고 중원을 평정한 뒤 국호를 대송大宋이라 하고 변량汴梁[19]에 도읍을 건설했으며, 아홉 대와 여덟 황제[20] 가운데 영수가 되어 400년[21] 제업帝業의 기틀을 세웠다. 이 때문에 소요부 선생이 "하루아침에 구름 걷히고 다시 하늘을 보게 되는구나"라고 찬미한 것은, 바로 백성에게 다시 밝은 세상을 보게 한 것과 같다는 것이다.

　　그때 서악西岳 화산華山[22]에 진단陳摶[23]이라는 처사處士[24]가 있었는데 높은 도덕을 갖추었고 급변하는 세상을 내다볼 수 있었다. 하루는 나귀를 타고 산을 내려와 화음華陰을 향해 가는 도중에 길손으로부터 "지금 동경東京[25]에서 시세

태평해진다是故聖人南面而立, 而天下大治"고 했다. 성인聖人은 성명한 군주, 즉 황제를 가리킨다.

17_ 상계上界는 하늘의 신선이 거주하는 곳으로 천계天界를 말한다. 벽력대선霹靂大仙은 전설에서 천둥과 번개의 신이며 침향나무의 사부다. 『수호전전교주』에 따르면 "송나라는 화덕왕火德王이므로 각기 교리를 갖다 붙이고 신화를 꾸미면서 본조本朝에 신임을 얻는 것을 희망했다"고 했다.

18_ 송나라 때 천하는 300여 개의 주가 있었는데, 이후에는 '사백주四百州'라 불렀다.

19_ 변량汴梁: 지금 허난성 카이펑開封의 옛날 지명.

20_ 원문은 '구조팔제九朝八帝'다. '구조'는 '북송구조北宋九朝'로 태조 조광윤·태종太宗 조경趙炅·진종眞宗 조항趙恒·인종仁宗 조정趙禎·영종英宗 조서趙曙·신종神宗 조욱趙頊·철종哲宗 조후趙煦·휘종徽宗 조길趙佶·흠종欽宗 조환趙桓을 말한다. '팔제'는 남송南宋 고종高宗 조구趙構·효종孝宗 조신趙昚·광종光宗 조돈趙惇·영종寧宗 조확趙擴·이종理宗 조윤趙昀·도종度宗 조기趙祺·공제恭帝 조현趙㬎·단종端宗 조시趙昰를 말한다. 마지막 황제인 조병趙昺은 여기서 언급하지 않았다.

21_ 북송과 남송의 존속 기간은 합쳐서 319년(960~1279)이다.

22_ 화산華山: 중국의 유명한 오악五岳 가운데 하나로 서악西嶽이라고도 한다. 지금 산시陝西성 화인華陰 남쪽에 위치해 있으며 해발 1997미터다.

23_ 진단陳摶(871~989): 자가 도남圖南이고 호가 부요자扶搖子. 태종에게 중용되어 희이선생希夷先生이란 칭호를 하사받았다. 당시 상수학象數學의 대가였다. 『송사』에 열전이 실려 있다.

24_ 처사處士: 본래는 덕과 재주가 있으면서도 은거하면서 관직에 나아가지 않는 사람을 가리키며, 후대에는 일반적으로 관직을 가지지 못한 선비를 가리키기도 했다.

25_ 동경東京: 북송北宋은 변량汴梁(허난성 카이펑)에 도읍을 세우고 동경이라 불렀다. 또한 세 곳에 부도

종柴世宗이 양위하여[26] 조검점趙檢點[27]이 황제로 즉위했다"라는 말을 들었다. 진단 선생은 그 말을 듣고 기쁜 마음에 손을 이마에 대고 나귀 등에서 크게 웃다가 그만 굴러 떨어지고 말았다. 사람들이 그 이유를 묻자 선생이 말했다.

"천하가 이제야 안정될 것이오."

바로 위로는 하늘의 마음에 합치되고 아래로는 땅의 이치에 부합되며 가운데로는 인간사의 화합에 부합하는 것이다.[28] 송 태조 조광윤은 경신庚申년 (960)[29]에 선양을 받아 즉위했고, 재위 17년 동안 천하가 태평했으며 동생 태종太宗에게 황제의 자리를 물려줬다. 태종 황제의 재위 기간은 22년이었으며, 그 뒤를 진종眞宗 황제가 이었다. 진종은 다시 인종仁宗에게 황제의 자리를 넘겨줬다.

이 인종 황제는 상계의 적각대선赤脚大仙[30]이었다고 한다. 태어나자마자 밤낮으로 울음을 그치지 않자 조정에서는 황방黃榜[31]을 내붙이고 의원을 불러들여 치료하려 했다. 이 정성에 감동한 천정天庭[32]에서는 태백금성太白金星[33]을 인간

部都를 설치했는데 하남부河南府 (허난성 뤄양)는 서경西京, 응천부應天府 (허난성 상추商丘)는 남경南京, 대명부大名府 (허베이河北성 다밍大名)는 북경北京이라 불렀다. 현재의 북경, 남경과는 다르다.

26_ 후주後周 세종世宗 시영柴榮이 죽자 시종훈柴宗訓이 계승했는데, 조광윤은 어린 황제의 수중에서 정권을 탈취하고 송나라를 건립했다.

27_ 조검점趙檢點: 송 태조 조광윤을 말한다. 조광윤은 정변을 일으키기 전에 '전전도점검殿前都點檢'이라는 관직을 맡고 있었는데, '검점檢點'은 '점검點檢'의 오류로 의심된다. 전전도점검은 후주에서 송 초까지 전전사殿前司 장관으로 금군禁軍과 각 군을 이끌고 방어와 출정의 일을 통솔했다.

28_ 원문은 '上合天心, 下合地理, 中合人和'다. 『맹자孟子』「공손추公孫丑 하」에 따르면 "하늘이 부여한 때는 땅의 이로움만 못하고, 땅의 이로움은 사람들이 화합하는 것만 못하다天時不如地利, 地利不如人和"라고 했다.

29_ 이해에 송 태조는 제위를 찬탈하고 건륭建隆으로 개원했다.

30_ 적각대선赤脚大仙: 적각선인赤脚仙人이라고도 하는데, 도교 전설에서 득도한 신선인 이군李君이다. 인종이 어렸을 때 신발을 신기면 즉시 벗어게 하여 항상 궁중을 걸어다녔기에 사람들이 모두 '적각선인'이라 불렀다고 한다.

31_ 황방黃榜: 황제의 공고문으로 누런 종이에 글자를 적었기 때문에 황방이라 했다.

32_ 천정天庭: 정확한 글자는 천정天廷이다(고대에 '정廷'과 '정庭'은 상통했다). 신화 속 최고의 통치기관이다.

세상에 내려보냈다. 태백금성은 노인으로 변신하여 황방을 떼어내고는 태자의 울음을 그치게 할 수 있다고 말했다. 황방을 지키던 관원이 그를 궁전 아래로 이끌어 진종 천자를 알현케 하니 천자는 성지聖旨[34]를 내려 내원內苑[35]으로 들어가 태자를 살펴보게 했다. 노인은 곧바로 궁중으로 들어가 태자를 안고 귓가에 대고 낮은 소리로 여덟 글자를 말했는데, 태자가 울음을 뚝 그쳤다. 그 노인은 성명도 말해주지 않고 한바탕 신선한 바람으로 변하더니 사라져버렸다. 노인이 태자의 귓가에 대고 말한 여덟 글자는 무엇이었을까?

"문에는 문곡이 있고, 무에는 무곡이 있다文有文曲, 武有武曲."[36]

과연 옥황상제는 자미궁紫微宮[37]의 별 두개를 보내어 천자를 보좌하도록 한 것이다. 문곡성은 남아南衙[38] 개봉부開封府에서 용도각龍圖閣[39] 대학사大學士를

33_ 태백금성太白金星: 민간신앙과 도교 신선 중 가장 지명도가 높은 신 가운데 하나로 도교 신화 체계에서는 옥제玉帝(옥황상제)의 사자다. 또한, 태백太白과 금성金星으로 명칭이 두 가지이지만 태백은 즉 별의 이름인 금성이다.

34_ 성지聖旨: 황제가 하달한 명령 혹은 발표한 언론을 가리킨다.

35_ 내원內苑: 황궁의 정원을 말한다. 황궁의 안을 가리키기도 한다.

36_ 북두칠성北斗七星은 탐랑貪狼·거문巨門·녹존祿存·문곡文曲·염정廉貞·무곡武曲·파군破軍을 말한다. 즉, 문곡文曲은 북두칠성의 네 번째 별자리로 문학의 운수를 주관하고, 무곡은 여섯 번째 별자리로 재산과 무용武勇을 주관한다. 이 문장은 '문관으로는 문곡성文曲星, 무관으로는 무곡성武曲星을 신하로 거느리게 될 것이다'라는 의미다.

37_ 자미궁紫微宮: 자미원紫微垣으로 성관星官 명칭이다. 천문 현상을 관측하고 별을 인식하는데 약간의 항성을 조합해 하나로 합쳐 성관이라 불렸다. 중요한 위치를 점유한 것으로 자미궁·태미궁太微宮·천시궁天市宮과 이십팔수二十八宿이다. 궁宮은 원垣이라고도 한다.

38_ 남아南衙: 당나라 때 중앙 정권을 남아라 했다. 송나라는 도성인 개봉부를 남아로 불렀는데, 중앙의 각 관서가 모두 정양문正陽門 남쪽에 위치해 있었으므로 남아라 한 것이다.

39_ 용도각龍圖閣은 송나라 진종眞宗 함평咸平 4년(1001)에 건설되었다. 『송사』「직관지職官志 2」에 근거하면 용도각에는 태종의 어서御書 각종 적적, 그림 등이 보관되어 있었다. 용도각에는 내학사라는 관직이 설치되지 않았으며 포증 또한 용도각 대학사를 지낸 적은 없다.

맡은 포증包拯⁴⁰이고, 무곡성은 서하국西夏國⁴¹을 정벌한 대원수大元帥 적청狄青⁴²
이었다.

이 두 어진 신하가 인종 황제를 보좌했고 재위 42년 동안 연호를 아홉 번⁴³
바꾸었다. 천성天聖⁴⁴ 원년元年(1023), 즉 계해년癸亥年에 즉위한 뒤 천성 9년까지
천하는 태평하고 오곡五穀⁴⁵의 수확이 풍족하여 만민이 자신의 직업에 즐거워하
며 길에 물건이 떨어져도 줍지 않았고 밤에도 집집마다 문을 잠그지 않았다. 그
래서 이 9년을 일등一登⁴⁶이라 했다. 명도明道 원년(1032)부터 황우皇祐 3년(1051)
까지 9년⁴⁷ 동안 또한 풍부하여 이등二登이라 불렀다. 황우 4년(1052)부터 가우
嘉祐 2년(1057)까지 9년⁴⁸ 동안 곡식이 잘 여물어서 삼등三登이라 했다. 이 27년

40_ 포증包拯: 자가 희인希仁이고 전중승殿中丞, 감찰어사監察御史, 삼사호부판관三司戶部判官 등을 역임했
다. 사람됨이 정직하고 일처리가 엄격했으며 공정했다. 『송사』에 열전이 실려 있다.

41_ 서하국西夏國은 중국 서부 소수민족이 건립한 대하왕국大夏王國으로 송나라 사람들은 서하라 불렀
다. 지반은 지금의 닝샤寧夏성·산시陜西성 북부·간쑤甘肅성 서북부·칭하이青海성 동북부·네이멍
구內蒙古 서부 일대를 점거하고 있었다. 뒤에 원나라에 멸망당했다.

42_ 적청狄青은 북송 인종仁宗 때 명장이었고 『송사』에 열전이 실려 있다. 송나라 때 '대원수大元帥'라는
관직은 없었다.

43_ 1023년부터 1063년까지의 연호를 말한다. 천성天聖·명도明道·경우景祐·보원寶元·강정康定·경력慶
曆·황우皇祐·지화至和·가우嘉祐다.

44_ 천성天聖: 송나라 인종 조정趙禎의 연호로 1023~1032년 11월.

45_ 오곡五穀: 다섯 종류의 곡물로 오곡에 대한 견해는 여러 가지가 있지만 가장 중요한 두 가지 견해
는 첫 번째로 稻(벼)·黍(기장)·稷(조)·麥(보리)·菽(콩)이다. 두 번째는 麻(참깨)·黍(기장)·稷(조)·麥(보
리)·菽(콩)인데 고대의 경제 중심은 황하 유역으로 稻(벼)의 주요 생산지는 남방지역이었고 북방 지
역에는 稻(벼)의 생산이 제한적이었으므로 稻(벼)가 포함되지 않았다.

46_ 일등一登에서 '등登'은 '익다' '풍작'을 말한다. '일등一登'은 첫 번째 대규모 풍작, 대발전을 의미한다.
『한서漢書』「식화지食貨志 상上」에 따르면 "국가가 관리에 대해 9년 동안 세 차례 심사하여 승진과
강등을 결정하는데, 9년 동안 3년치의 양식을 저장해 수확을 잘 거두는 것을 등登이라 한다. 18년
동안 두 차례 '등'의 성과를 내면 '평平'이라 부르고 6년 치의 양식을 저장하는 것이다. 27년 동안
세 차례 '등'에 이르면 '태평太平'이라 하는데 9년 치의 양식을 저장하는 것이다"라고 했다.

47_ 명도明道는 인종 조정의 두 번째 연호로 1032~1033년이고, 황우皇祐는 7번째 연호로
1049~1054년까지다. 본문의 오류로 9년 동안이 아니라 19년이다.

48_ 가우嘉祐는 인종 조정의 9번째 연호로 1056~1063년이다. 본문의 오류로 9년이라고 했는데 실제
로는 5년이다.

을 '삼등지세三登之世'라 했다.

그때는 백성이 즐겁게 살았건만 기쁨이 극에 달하면 슬픈 일이 발생한다고 누가 말했던가. 가우 3년(1058) 봄에 역병이 온 천하에 성행하여[49] 강남江南부터 양경兩京[50]에 이르기까지 어느 한 곳도 백성이 이 병에 감염되지 않은 곳이 없었다. 천하 각 주州와 부府[51]에서 올리는 신주申奏[52]가 눈꽃 날리듯 날아왔다. 동경성만 하더라도 성 안팎으로 군사와 백성이 태반이나 죽어나갔다. 개봉부 포대제包待制[53]는 자신의 녹봉으로 혜민화제국惠民和濟局[54] 약방문에 따라 조제약을 만들어 백성을 구호하고 치료해줬다. 그러나 역병은 수그러들지 않고 날로 심해졌다. 문무백관은 논의 끝에 모두 대루원待漏院[55]에 모여 있다가 내일 아침 조회 때를 기다려 천자에게 아뢰기로 했다. 기도를 올려 재앙인 역병을 소멸시키자는 것이었다.[56] 이런 일이 아니었다면, 어떻게 천강天罡[57] 36명이 속세에 내려오고 72좌座 지살地煞[58]이 인간 세상에 나타나 송나라 천지를 뒤흔들고 조씨의 사직을 온통 떠들썩하게 한단 말인가. 여기에 이를 증명하는 시가 있다. 시에 이르기를,

49_ 『송사』 「인종기仁宗紀」에 근거하면 가우 3년(1058) 역병이나 자연재해가 발생했다는 기록은 없다. 다만 가우 5년(1060) 5월에 "경사에서 백성에게 역병이 발생하여 의원을 선발해 약을 제조하여 치료했다"는 기록은 있다.

50_ 양경兩京: 동경東京 개봉부開封府, 서경西京 하남부河南府를 말한다.

51_ 부府: 관리들이 공무를 처리하는 장소를 말한다. 또한 고관과 귀족의 저택을 가리키기도 한다.

52_ 신주申奏: 황제에게 진술하거나 혹은 신청하는 것을 가리킨다. 역자는 이하 '상주하다'로 번역했다.

53_ 포대제包待制는 포증包拯을 말하며, 대제待制는 관직 명칭이다.

54_ 혜민화제국방惠民和濟局方: 혜민국惠民局과 화제국和濟局은 혜민약국惠民藥局, 화제약국和濟藥局이라고도 하며 송나라 때 양대 제약국이었다. 국방局方은 처방전이며, 『송사』 「직관지職官志·직관職官 5」에 따르면 "화제국和濟局, 혜민국惠民局은 약재의 채집과 가공, 조제하여 좋은 약의 판매를 관장했고 백성의 질병을 구제했다"고 했다.

55_ 대루원待漏院: 백관이 새벽에 모여서 조회를 준비하는 곳을 말한다. 대루待漏는 시각을 기다린다는 의미다.

56_ 원문은 '양사禳謝'인데, 신에게 제사를 지내고 기도하며 사죄하여 재앙을 없애는 것을 말한다.

57_ 천강天罡: 도교에서 북두성 별 무리 가운데 36개의 별이 천강에 속한다.

58_ 지살地煞: 전성가는 흉신凶神파 악마의 멸을 가리켰다.

교화되고 생장하는 가운데 백성은 안락해 하고
삼등의 세상에 사는 즐거움은 실로 끝이 없구나.
어찌 알았으랴, 예악과 생황, 종으로 다스리던 것이
검과 극이 덤불처럼 모여들어 전쟁으로 변할 줄을.
물가의 울타리 안에는 절개 있는 협객들 주둔하고
양산박 안으로 세상의 영웅호걸 모여들었다네.
혼란 다스리고 흥함과 쇠함을 자세히 헤아려보면
그 모든 것 음양 조화의 공적에 속하는구나.
萬姓熙熙化育中, 三登之世樂無窮.
豈知禮樂笙鏞治, 變作兵戈劍戟叢.
水滸寨中屯節俠, 梁山泊內聚英雄.
細推治亂興亡數, 盡屬陰陽造化功.

요
괴
들
풀
려
나
다[1]

　　송나라 인종이 천자의 지위에 있던 가우 3년(1058) 3월 3일 5경更 3점點, 천자가 어가를 타고 자신전紫宸殿[2]으로 행차하여 문무백관의 조하朝賀[3]를 받았다. 그 광경을 나타낸 시가 있다.

　　상서로운 구름이 황궁의 누각에 자욱하고, 길조의 기운이 용루龍樓[4]를 가득 덮

1_ 　제1회 제목은 '張天師祈禳瘟疫(장천사張天師는 역병이 그치도록 기도했다). 洪太尉誤走妖魔(홍태위洪太尉는 잘못하여 요괴를 도망치게 하다)'다. 『수호전』은 매 회마다 두 개의 제목을 제시하여 전체 줄거리를 예시했는데, 역자는 원래 제목 대신 간결한 제목을 임의적으로 설정했다. 장천사張天師는 도가에서 말하는 장천사다. 한나라 때 장도릉張道陵(도교 창시자)의 봉호로 이후에 민간에서도 그의 제자들을 장천사라 불렀다. 천사天師는 도술이 있는 자에 대한 존칭이다. 고대 소설 속에 천사는 통상적으로 병을 치료하고 사람을 구원하며 백성이 받들어 모시는 사람을 말한다. 명나라 때는 장천사라는 존호는 없었고 장진인張眞人이라 불렀다.
2_ 　자신전紫宸殿: 황제가 기거하는 궁전 명칭이다. 황제가 알현하고 축하를 받으며 외교 사신을 접견하는 정전正殿이다.
3_ 　조하朝賀: 신하가 군주를 알현하고 축하를 드리는 것을 말한다.
4_ 　용루龍樓: 한나라 때 태자궁太子宮의 문을 말한다.

었네. 안개 낀 버드나무에 깃발이 스쳐지나가고, 정원의 이슬 맺힌 꽃들은 검劍과 극戟을 맞이하누나. 향기 나는 꽃들 그림자 속에서, 옥비녀 꽂고 구슬 장식 신을 신고는 궁전 앞 붉은 섬돌로 모여드네. 궁중 음악소리 퍼지는 가운데, 수 놓은 저고리 입은 금위군이 어가를 떠받치고 있구나. 진주 발 말아 올리니, 황금 어전에 금여金輿가 나타나도다. 봉황 깃털 부채5 펼쳐지니, 백옥 섬돌 앞에 보련寶輦6이 멈추네. 정편淨鞭7이 은은히 세 번 울리자, 겹겹이 문관과 무관 양반兩班이 가지런히 서누나.

祥雲迷鳳閣, 瑞氣罩龍樓. 含烟御柳拂旌旗, 帶露宮花迎劍戟. 天香影裏, 玉簪珠履聚丹墀; 仙樂聲中, 繡襖錦衣扶御駕. 珍珠簾捲, 黃金殿上現金轝; 鳳羽扇開, 白玉階前停寶輦. 隱隱淨鞭三下響, 層層文武兩班齊.

이때 전두관殿頭官8이 소리 높여 외친다.

"아뢸 일이 있으면 반열에서 나와9 아뢰고, 아무 일 없으면 발을 걷고 물리도록 하겠다."

그러자 반열 가운데서 재상宰相 조철趙哲10과 참정參政11 문언박文彥博12이 나

5_ 원문은 '봉우선鳳羽扇'으로 봉황 깃털로 만든 부채지만 실제로는 꿩 꼬리털로 만든 부채다.

6_ 금여金輿, 보련寶輦: 제왕이 타는 수레.

7_ 정편淨鞭: 정편靜鞭이라고도 하며 고대 황제 의장용으로 사용하는 것으로 채찍 형상이다. 휘둘러 땅바닥을 치면 소리가 나는데, 그 목적은 신하들에게 정숙하도록 경고하는 것이다. 황제의 어가가 도착하면 중요한 전례가 시작되는데 모두들 조용해야 했으므로 정편이라 했다.

8_ 전두관殿頭官: 황제나 왕의 옆에 서서 말을 듣고 신하에게 전달하는 내시의 관직.

9_ 원문은 '출반出班'인데 열에서 달려나온다는 의미다. 황제가 조회에 나왔을 때 문무백관은 반班의 순서에 따라 양쪽에 나누어 도열하고 황제가 질문하면 신하는 열에서 달려나와 대답했는데, 이것을 출열出列이라고 한다.

10_ 『송사』에 조철의 전기는 없다. 『수호전전교주』에 따르면 "조철은 장군 가문의 자손으로 담력과 지모가 있었고, 금金나라와의 전쟁에 참여했다. 조철은 재상이 된 적이 없다"고 했다.

11_ 참정參政: 관직 명칭으로 '참지정사參知政事'의 줄임말이다. 『송사』 「직관지職官志」에 따르면 "참지정사는 부副 재상으로 정사에 협력하고 각종 정무에 참여했다"고 했다. 재상과 합쳐 '재집宰執'이라 불렀다.

와서 아뢰었다.

"지금 경사京師[13]에 역병이 성행하여 피해를 입은 병사와 백성이 매우 많습니다. 폐하께 엎드려 청하건대 은혜를 베푸시어 죄지은 자를 사면하시고, 형벌을 경감하며 세금을 낮추고, 하늘의 재앙을 소멸시켜 달라고 기도하여 만백성을 구제하십시오."

천자가 그 말을 듣고 한림원翰林院[14]에 급히 명을 내려 조서를 작성하도록 했다. 한편으로는 천하의 죄인을 사면하고 민간의 부세도 모두 감면하도록 했고, 다른 한편으로는 경사의 궁관사원宮觀寺院(도교 사원)에 제단을 설치하여 법술로 재앙을 떨쳐내는 제사를 지내도록 했다. 그러나 뜻하지 않게 역병은 더욱 성행했다. 이 소식을 들은 인종은 용체가 불안하여 다시 백관을 소집해 대책을 상의했다. 백관 중에서 한 대신이 반열의 순서를 뛰어넘어 나와 진언했다. 천자가 보니 바로 참지정사參知政事 범중엄范仲淹[15]이었다. 그가 절을 마치고는 아뢰었다.[16]

"지금 하늘의 재앙이 성행하여 병사와 백성이 도탄에 빠져 아침저녁으로 생활을 유지할 수 없을 정도입니다. 신의 어리석은 견해로 이 재난을 액막이하고자 한다면 한나라 천사天師를 계승한 천사[17]를 서둘러 조정으로 불러들여 경사 궁중 정원에 3600개[18]의 도량을 설치하여 나천대초羅天大醮를 거행하고 상제에

12_ 『송사』에 문언박의 전기가 실려 있다. 자가 관부寬夫이고 시호가 충렬忠烈이다.
13_ 경사京師: 『공양전公羊傳』 환공桓公 9년에 따르면 "경사는 천자가 거주하는 곳"이라 했다. 위魏·진晉 시기에는 사마사司馬師를 피휘하기 위해 경도京都로 변경했다.
14_ 한림원翰林院: 『송사』 「직관지」에 따르면 "한림원翰林院 학사學士는 조령詔令(황제 명의로 발표한 공문의 통칭)을 작성하는 일을 관장했다"고 했다.
15_ 범중엄范仲淹(989~1052): 자가 희문希文으로 송대 정치가이며 문학가다. 그의 「악양루기岳陽樓記」는 중국 문학사상 유명한 문장이다. 가우 3년(1058)은 범중엄이 죽은 지 이미 6년이 지난 시점이다.
16_ 원문은 '기거起居'다. 『송사』 「예지禮志·예禮」에 따르면 "후당後唐의 명종明宗은 군신들에게 조서를 내려 5일마다 한 차례씩 재상을 수행하여 알현하게 했는데, 이것을 기거라 한다. 송나라 때도 이 제도를 답습했다"고 했다.
17_ 원문은 '사한천사嗣漢天師'로 도교 창시자인 장도릉張道陵의 후계자를 말한다.
18_ 원문은 '삼천육백분三千六百分'이다. 여기서 '분分'은 '설초設醮(도사가 도량을 세워 복을 기원하고 재앙을 없애는 것)'의 수량사다. 역자는 '분'을 '개'로 번역했다.

게 아뢴다면 보우를 받아 민간에 퍼진 역병을 소멸시킬 수 있을 것입니다."

인종은 범중엄의 상주를 비준하고 한림원 학사學士에게 명하여 조서의 초고를 만들게 한 뒤 친히 조서를 작성하고 어향御香 한 개를 가지고 가도록 하사했다. 인종은 내외제점전전태위內外提點殿前太尉19 홍신洪信을 천사天使20로 삼아 조서와 어향을 지니고 강서江西 신주信州 용호산龍虎山21으로 가서 천사 장진인張眞人22을 급히 조정으로 불러들여 기양祈禳23하고 역병을 물리치도록 했다. 금전金殿24에서 어향을 사르고 친히 단조丹詔25를 홍 태위에게 주고는 즉시 길에 오르도록 했다.

천자의 조서를 받은 홍신은 천자에게 하직을 고했다. 조서를 등에 지고 어향을 담고 10여 명을 데리고 포마鋪馬26를 타고 수행원들과 한 무리로 동경東京27을 떠나서 길을 잡아 신주 귀계현貴溪縣으로 향했다.

멀리 병풍처럼 산들이 푸르게 겹쳐 있고, 저 멀리 보이는 물도 맑고 깨끗하도다.

19_ 송나라 때 '내외제점전전태위內外提點殿前太尉'라는 관직 명칭은 없었다. 제점提點은 관직 명칭이다. 송나라 때 사법, 형벌, 하천과 도랑 등의 일을 관장했다. 별도로 궁관宮觀을 돌봤는데 사록관祠祿官과 같았다. 여기서는 후자를 말한다. 태위太尉는 황제를 보좌하여 집정한 중앙 최고 무관으로 전국의 군정 사무를 관장했다.

20_ 천사天使: 황제가 파견한 사신.

21_ 『수호전전교주』에 따르면 "사마자미司馬紫微의 『천지궁부도天地宮府圖』에 이르기를 '72개 복지福地 가운데 32번째가 용호산이다. 신주信州 귀계현貴溪縣에 있다'고 했다."

22_ 진인眞人은 도가에서 본심을 잃지 않도록 착한 성품을 기르며 신통력이 있고 득도한 자에 대한 존칭이다.

23_ 기양祈禳: 도교 특색의 법술이다. 기祈는 기도의 의미로 신명神明께 재앙을 없애고 복이 지속되도록 구하는 것이다. 양禳은 원래 제사 명칭이었고, 법술로 당면한 재난을 없애는 것이다.

24_ 금전金殿: 황금으로 장식한 전당, 제왕의 궁전을 가리킨다.

25_ 단조丹詔: 황제가 붉은색을 묻힌 붓으로 쓴 조서.

26_ 포마鋪馬: 역참에서 문서를 전달하거나 공무로 파견되는 관리가 갈아타는 말. 역참은 또한 행인들이 휴식을 취하는 곳이기 때문에 반드시 침구가 구비되어 있었기에 역참을 '포鋪(자리를 펴다)'라 한 것이다. 포마라는 말은 원나라 때 비로소 있었고 송나라 문헌에 출현한 것은 없다.

27_ 동경東京: 변경汴京이라고도 하며 북송의 도성이었다. 지금의 허난성 카이펑.

진귀한 꽃 활짝 피어 수놓은 비단을 숲에 펼쳐놓은 듯하며, 연한 수양버들 춤추는 모양 황금 실이 땅을 스치는 듯하네. 바람 온화하고 햇빛 따사로운데, 때때로 거친 들판의 객점과 산촌을 지나는구나. 길은 곧고 모래는 평평하니, 밤이 되면 우정郵亭, 역관驛館28에서 잠을 자네. 거마로 날리는 먼지 속에서 비단옷 펄럭이고, 준마는 도로29 한가운데를 달리는구나.

遙山疊翠, 遠水澄淸. 奇花綻錦繡鋪林, 嫩柳舞金絲拂地. 風和日暖, 時過野店山村; 路直沙平, 夜宿郵亭驛館. 羅衣蕩漾紅塵內, 駿馬馳驅紫陌中.

한편 조서를 받든 태위 홍신은 일행과 함께 길에 오른 이래로 하루도 쉬지 않고 길을 재촉하여 강서 신주에 당도했다. 대소 관원들이 곽郭30까지 나와 영접했다. 즉시 용호산 상청궁上淸宮31으로 사람을 보내 주지와 도중道衆32에게 조서를 받들 준비를 하도록 했다. 다음날 관원들이 함께 홍 태위를 용호산 아래로 모셨다. 많은 도중이 상청궁에서 종을 울리고 북을 두드렸다. 향기로운 꽃과 등불과 촛불에 당번幢幡과 보개寶蓋33를 세우고 한바탕 선악仙樂34을 연주하고는 모두들 산을 내려와 황제의 조서를 영접하자 홍신은 곧장 상청궁 앞에 와서 말에서 내렸다. 태위가 궁전을 보니 과연 훌륭한 상청궁이로구나!

28_ 고대에 서신을 전달하는 자가 도중에 휴식을 취하고 숙박하는 장소를 말한다. 우정郵亭, 역관驛館, 역참驛站 등 부르는 말은 다르지만 모두 역사驛舍다.
29_ 원문은 '자맥紫陌'이다. 자紫는 도로 양쪽의 초목 색깔을 말하고, 맥陌은 전답 사이의 동서로 작은 길을 말한다. 여기서의 '자맥'은 도로를 가리킨다.
30_ 곽郭: 성 밖에 추가로 둘러싸며 축조한 성벽으로 즉 외성外城이다. 내성內城은 성城이라 부른다. 성곽城郭이라 하는 것은 내성과 외성을 말한다.
31_ 상청궁上淸宮: 저명한 도관道觀(도교사원)으로 지금의 장시江西성 구이시貴溪에 위치해 있다. 상청은 도가에서 말하는 신선이 거주하는 곳이다.
32_ 도중道衆: 승려와 도사를 말한다.
33_ 당번幢幡은 불사 혹은 도량 앞에 세워두는 불교와 도교에서 사용하는 깃발이다. 당은 장대를 말하고 번은 드리워진 긴 비단을 가리킨다. 보개寶蓋는 불교와 도교 혹은 제왕 의장 등의 산개傘蓋(긴 깃대 위에 난 형태고 위에 드리워진 휘장물)를 말한다.
34_ 선악仙樂: 도교에서 술법을 행하거나 경서를 읽을 때 연주하는 음악.

푸른 소나무 구불구불 구부러져 있고, 푸른 측백나무 무성하여 어두침침하구나. 대문 위에는 금서金書[35]로 된 편액 걸려 있고, 문마다 영부靈符와 옥전玉篆[36]이 늘어서 있네. 허황虛皇[37]의 제단 주변에는 드문드문 수양버들, 이름난 꽃들 피어 있고, 단약 정제하는 화롯가에는 푸른 소나무와 늙은 전나무 서로 가리며 어울렸다. 왼편에는 천정天丁[38]과 역사力士들이 태을진군太乙眞君[39]을 수행하고 있고, 오른편에는 옥녀玉女와 금동金童[40]들이 자미대제紫微大帝[41]를 빼곡히 둘러싸고 있네. 풀어헤친 머리에 검을 든 북방진무北方眞武[42]는 거북과 뱀 밟고 있고, 관 쓰고 신 끄는 남극노인南極老人[43]은 용과 범을 굴복시키고 있구나. 앞에는 이십팔수二十八宿 성군星君[44] 늘어서 있고, 뒤에는 삼십이제三十二帝 천자가[45]

35_ 금서金書: 금으로 된 간책簡冊에 새겨 쓰거나 혹은 금가루를 바르고 적은 문자를 가리킨다.

36_ 영부靈符는 신력神力이 있는 도교의 부적을 말하며, 옥전玉篆은 전서篆書의 미칭으로 대부분 전적, 공문서, 부적에 쓰는 문자를 가리킨다. 여기서는 선가仙家의 명부를 말한다.

37_ 허황虛皇: 도교의 신 명칭으로 즉, 허황상제虛皇上帝다.

38_ 천정天丁: 천병天兵을 말한다.

39_ 태을진군太乙眞君: '태일진군太一眞君'이라고도 하며 도교에서 지극히 높은 신을 가리킨다.

40_ 옥녀玉女와 금동金童: 도가에서 수도하는 소녀와 소년을 말한다.

41_ 자미대제紫微大帝: 민간 신앙에서 중요한 지위를 차지하고 있는데 도교 사어四御 가운데 하나다. 정식 명칭은 '중천북극자미대제中天北極紫微大帝'다. 사어는 도교의 천계天界 신 가운데 옥황玉皇을 보좌하는 네 명의 신을 말한다. 사보四輔라고도 한다.

42_ 북방진무北方眞武: 『후한서後漢書』 「왕량전王梁傳」 이현李賢 주석에 따르면 '현무玄武는 북방의 신으로 거북과 뱀의 합체다'라고 했다. 북송 대중상부大中祥符(1008~1016) 연간에 성조聖祖의 휘를 피하기 위해 현무를 진무眞武로 고쳤다.

43_ 남극노인南極老人: 남극성南極星이다. 『사기史記』 「천관서天官書」에 따르면 "낭성狼星 정남 방향 땅에 가까운 곳에 빛나는 별이 있는데 남극노인 별이라 한다. 노인별이 보이면 국가가 안정되고, 노인별이 보이지 않으면 국가에 전쟁이 일어난다. 통상적으로 추분秋分 무렵 맑은 밤에 남교南郊에 가서 노인별의 출현을 기다린다"고 했다.

44_ 이십팔수二十八宿 성군星君: 태양과 달의 운행하며 지나는 구역의 항성을 28개 별자리로 나누었다. 동방은 각角·항亢·저氐·방房·심心·미尾·기箕이고, 북방은 두斗·우牛·여女·허虛·위危·실室·벽壁이며, 서방은 규奎·누婁·위胃·묘昴·필畢·자觜·삼參이고, 남방은 정井·귀鬼·유柳·성星·장張·익翼·진軫이다.

늘어섰네. 섬돌 밑엔 물 천천히 흐르고, 흙담 정원 뒤엔 산 둘러싸여 있도다. 백학은 선홍색 머리꼭지 돋아나고, 거북 등엔 푸른 가지 자라나네. 나뭇가지 끝엔 원숭이가 과일을 따고, 사초莎草 풀밭엔 흰 사슴이 영지를 머금누나. 삼청전三淸殿46 위에서 황금 종 울리니 도사들 경문 읽고, 사성당四聖堂47 앞에서 옥 경쇠 두드리니 진인이 북두진군北斗眞君에 예배드리네. 대 섬돌에 향을 올리니 아름다운 노을이 푸른 유리에 빛을 발산하고, 요단瑤壇으로 천장天將을 부르자48 강렬한 태양 빛 그림자에 붉은 마노瑪瑙49가 흔들리누나. 일찌감치 문밖에 상서로운 구름 나타나니, 천사天師가 노군老君50을 보낸 듯하다.

靑松屈曲, 翠柏陰森. 門懸勅額金書, 戶列靈符玉篆. 虛皇壇畔, 依稀垂柳名花; 煉藥爐邊, 掩映蒼松老檜. 左壁廂天丁力士, 參隨着太乙眞君; 右勢下玉女金童, 簇捧定紫微大帝. 披髮仗劍, 北方眞武踏龜蛇; 跣履頂冠, 南極老人伏龍虎. 前排二十八宿星君, 後列三十二帝天子. 階砌下流水潺湲, 牆院後好山環繞. 鶴生丹頂, 龜長綠毛. 樹梢頭獻果蒼猿, 莎草內衘芝白鹿. 三淸殿上, 擊金鐘道士步虛; 四聖堂前, 敲玉磬眞人禮斗. 獻香臺砌, 彩霞光射碧琉璃; 召將瑤壇, 赤日影搖紅瑪瑙. 早來門外祥雲現, 疑是天師送老君.

45_ 삼십이제三十二帝 천자天子: 도교에서는 동서남북 사방에 각기 팔천八天이 있어 합쳐서 32중의 천계天界가 있다고 하는데, 각 천계는 모두 천존天尊이 주재한다고 한다. 사방의 하늘빛이 다르기에 동방은 청천靑天, 북방은 현천玄天, 서방은 소천素天, 남방은 단천丹天이라고 한다. 여기서는 모두가 상청궁관에 대해 묘사한 것이다.

46_ 삼청전三淸殿: 도교 궁관인 옥청玉淸, 상청上淸, 태청太淸의 합칭이다. 이 삼대 전당 안에서는 도교의 최고 존신尊神을 받들고 있다.

47_ 사성당四聖堂: 도교의 전당으로 전당 안에는 자미북극대제紫微北極大帝의 네 명의 신장神將을 받들고 있는데, 천봉天蓬·천유天猷·익성翊聖·진무眞武다.

48_ 요단瑤壇은 미옥美玉으로 섬돌을 제작한 높은 대를 말하는데, 대부분 신선이 거주하는 곳을 가리킨다. 천장天將은 천상天上의 신장神將이다.

49_ 마노瑪瑙는 광물이 일종이다.

50_ 노군老君: 도교에서 노자에 대한 신격화한 칭호 태상노군太上老君이라고도 부른다.

위로는 주지진인住持眞人부터 아래로는 도동道童51, 시종들에 이르기까지 모두 나와 앞에서 맞이하고 뒤에서 모시며 삼청전에 이르러 조서를 한가운데에 모시도록 하고 공양했다. 홍 태위는 바로 감궁진인監宮眞人52에게 물었다.

"천사天師는 지금 어디에 계시오?"

주지진인이 앞으로 나와 아뢰었다.

"태위께 아룁니다. 이곳 조사祖師53께서는 '허정천사虛靖天師'라 하시는데, 성정이 고결하여 손님을 맞이하고 보내는 것을 귀찮아하십니다. 스스로 용호산 정상에 초가집 한 채를 지어 그곳에서 도를 배우고 수양하며 성정을 함양하기 때문에 본궁에는 머무시지 않습니다."

홍 태위가 말했다.

"지금 천자의 조서를 낭독해야 하는데, 어떻게 해야 만날 수 있겠소?"

진인이 대답했다.

"아뢰기 죄송하지만, 빈도貧道54 등은 감히 조서를 열어 읽을 수 없으니 잠시 삼청전에 모셔두십시오. 태위께서는 방장方丈55에 가셔서 차 한 잔 하면서 다시 대책을 상의하는 것이 좋겠습니다."

할 수 없이 단조丹詔를 삼청전에 놓아두고 여러 관원과 함께 방장에 들어갔다. 태위가 앉자 집사인執事人56 등이 차를 내오고 재공齋供57을 올렸는데, 강과

51_ 도동道童: 도를 닦는 도사의 심부름을 하는 아이.

52_ 감궁진인監宮眞人: 도관의 살림을 책임진 도사. 즉 도관의 주지.

53_ 조사祖師: 불교, 도교에서 종파를 창립한 사람.

54_ 빈도貧道: 『수호전전교주』에 따르면 『풍속편通俗編』 「석도釋道」에 이르기를 '진晉·송宋 시기에 불교가 처음 유행했을 때 승려 칭호가 없었으므로 통상적으로 도인道人이라 했고, 스스로는 빈도貧道라 했다'고 했다.' 당唐나라 이후에는 승려를 빈승貧僧이라 불렀고, 도사들은 겸손하게 빈도라 불렀다.

55_ 방장方丈: 절 혹은 도관에서 주지가 거주하는 방을 말한다. 주지의 거실이 사방 각 1장丈이므로 방장이라 했다. 송나라 시기에 1장丈은 312센티미터였다.

56_ 집사인執事人: 불사 혹은 도관에서 구체적인 사무를 주관하는 사람을 말한다. 하인을 가리키기도 한다.

산에서 나는 진수성찬이 모두 갖춰져 나왔다. 식사를 마치자 태위가 다시 진인에게 물었다.

"천사께서 산꼭대기 암자에 계시다면, 어째서 사람을 보내 내려오게 하여 단조를 낭독하게 하시지 않습니까?"

진인이 아뢰었다.

"지금 조사께서는 비록 산꼭대기에 계시지만 도력이 비범하여 안개를 타고 구름을 일으킬 수 있기 때문에 종적이 일정치 않습니다. 빈도 등도 항상 만나보기 어려운데, 어떻게 사람을 시켜 내려오시라고 할 수 있겠습니까?"

태위가 말했다.

"그렇다면 어떻게 해야 만날 수 있소? 지금 경사에서는 역병이 성행하여 천자께서 특별히 하관下官[58]을 파견하여 어서와 단조, 어향을 받들고 천사를 모셔오라 하셨소. 이는 3600개의 도량을 설치해 나천대초羅天大醮를 거행하여 하늘의 재앙을 쫓는 기도를 하고 만민을 구제하고자 하는 뜻이오. 이 일을 어찌해야 좋단 말이오?"

진인이 아뢰었다.

"만민을 구하고자 하는 천자의 뜻을 이루고자 하신다면, 태위께서 지극히 정성스러운 마음을 가지셔야 합니다. 먼저 목욕재계하시고 평민 복장으로 갈아입으셔야 합니다. 시종도 없이 혼자서 조서는 등에 지고 천자가 하사하신 어향을 사르며 산길을 걸어 올라가셔서 예배를 드리고 간절하게 천사를 청하면 만나실 겁니다. 만일 마음이 정성스럽지 않으면 헛걸음하셔서 만나뵙기 어려울 것입니다."

태위가 이 말을 듣고 말했다.

57_ 재공齋供: 절에서 제공하는 재식齋食(승려 혹은 불교도가 먹는 채소 음식).
58_ 하관下官: 벼슬길에 오른 자가 상관을 만날 때의 자칭이다.

"나는[59] 경사에서부터 소식素食[60]만 하면서 여기에 도착했으니, 어떻게 정성스런 마음이 아니겠소. 그렇게 해야 한다면 그대 말을 따르겠소. 내일 이른 새벽에 산에 오르리다."

그날 밤 각자 방으로 돌아가서 잠시 휴식을 취했다. 다음날 아침 5경五更(새벽 3~5시) 무렵에 도사들이 일어나 향료를 섞은 더운물을 준비하고 태위에게 일어나 목욕하도록 청했다. 깨끗한 평민 복장인 무명옷으로 갈아입고 삼으로 삼은 미투리를 신고 소재素齋[61]를 먹었다. 단조를 가져와 황색 망사 보자기로 싸서 등에 지고 어향을 아래로 해서 피운 은제 향로를 손에 들었다. 많은 도중이 뒷산까지 배웅을 나와서 길을 가르쳐주었다. 진인이 다시 아뢰었다.

"태위께서 만민을 구제하려는 마음이 있다면 물러나거나 후회하는 마음을 가지시면 안 되고 오로지 지극 정성으로 올라가셔야 합니다."

태위는 사람들과 작별하고 입으로 천존天尊[62]의 보호寶號[63]를 읊조리며 걸음을 산으로 내딛기 시작했다. 산 중턱에 이르러 바라보니 산마루가 곧장 하늘로 치솟았는데, 과연 대단히 크고 높은 산이로구나! 바로 다음과 같다:

뿌리는 지하 끝까지 뚫고 들어간 듯하고, 꼭대기는 하늘 한가운데에 닿은 듯하다. 멀리 보니 부딪치고 끊어버려 구름 자국 흩어지고, 가까이 다가가 보니 밝은 달의 혼을 삼킨 듯하네. 높낮이가 일정하지 않은 것을 산이라 하고, 경계가 되는 돌 따라 있는 통로를 산굴이라 하며, 울퉁불퉁 고개로 통하는 것을 길이라 하고, 높은 곳의 가장 평평한 곳을 산꼭대기라 하며, 머리가 둥글고 아래가

59_ 원문은 '엄俺'이다. 『수호전』에 자주 등장하는 말로 상대방에 대한 자칭으로 '아我'와 같다. 산동山東·하남河南 일대의 방언이다. 역자는 이하 '나'로 번역했다.
60_ 소식素食: 『한서漢書』「곽광전霍光傳」에 따르면 "소식은 채식으로 고기가 없는 것"이라고 했다.
61_ 소재素齋: 불교와 도교를 믿는 사람이 먹는 소식.
62_ 천존天尊: 도교에서 숭배하는 최고 신선에 대한 존칭이다.
63_ 보호寶號: 상대방의 이름에 대한 존경의 칭호다.

웅장한 것을 봉우리라 하고, 범과 표범이 숨은 곳을 동굴이라 하며, 바람과 구름을 숨긴 것을 바위라 하고, 고상한 이가 은거하는 곳을 동굴이라 하며, 경계가 있는 곳을 저택이라 하고, 나무꾼 출몰하는 곳을 오솔길이라 하며, 거마가 통행할 수 있는 곳을 큰 길이라 하고, 물이 흐르고 소리 나는 곳을 골짜기라 하며, 옛 나루터 발원지를 시내라 하고, 절벽에서 물이 떨어지는 것을 샘물이라 하네. 왼쪽 절벽이 가리면 오른쪽 절벽이 빛나며 서로 어울리누나. 내뿜는 것은 구름이고, 받아들이는 것은 안개로구나. 송곳같이 뾰족하여 작지만 높고 험준하여 가파르고 공중에 걸려 있는 듯 위험하며 깎아낸 듯 평평하네. 무수한 산이 아름다움 다투고, 수많은 갈래의 계곡물이 세차게 흘러가며, 폭포수가 비스듬히 날리고, 등나무 덩굴은 거꾸로 걸려 있구나. 범이 포효하면 바람이 산골짜기 입구에서 불어오고, 원숭이 울면 달이 산허리로 떨어지네. 검푸른 안료로 수많은 옥덩이들을 물들인 듯하고, 안개가 자욱한 것이 푸른색 실을 덮은 듯하다. 根盤地角, 頂接天心. 遠觀磨斷亂雲痕, 近看平呑明月魄. 高低不等謂之山, 側石通道謂之岫, 孤嶺崎嶇謂之路, 上面平極謂之頂, 頭圓下壯謂之巒, 隱虎藏豹謂之穴, 隱風隱雲謂之巖, 高人隱居謂之洞, 有境有界謂之府, 樵人出沒謂之徑, 能通車馬謂之道, 流水有聲謂之澗, 古渡源頭謂之溪, 巖崖滴水謂之泉. 左壁爲掩, 右壁爲映. 出的是雲, 納的是霧. 錐尖像小, 崎峻似峭, 懸空似險, 削儼如平. 千峰競秀, 萬壑爭流, 瀑布斜飛, 藤蘿倒掛. 虎嘯時風生谷口, 猿啼時月墜山腰. 恰似靑黛染成千塊玉, 碧紗籠罩萬堆烟.

홍 태위는 비탈과 오솔길을 돌면서 칡덩굴을 잡아당기기도 하고 등나무를 잡고 기어오르며 혼자서 한참 동안 걸었다. 대략 여러 개의 산봉우리를 넘은 것 같은데 2~3리 정도 길을 걸었을 뿐이었다. 지쳐서 점점 다리가 시큰시큰하고 나른해져 더 이상 걸을 수 없었고 입 밖으로 말은 안했지만 내심 망설여졌다. 속으로 생각하며 말했다.

'나는 조정의 높은 관리로 경사에 있을 때는 요를 두 겹으로 깔고 누워서 진수성찬을 먹으면서도 지겨워했는데, 어찌하여 짚신을 신고 이런 산길을 가야 한단 말인가! 그 천사가 어디에 처박혀 있는지 알면서도 일부러 내게 이런 고초를 겪게 하는 것이로다!'

다시 30~50보도 못 가서 발길을 멈추고 어깨를 으쓱거리며 숨이 차서 헐떡거렸다. 산이 우묵하게 들어간 곳으로부터 한바탕 바람이 불어왔다. 바람이 지나간 소나무 뒤에서 우레와 같은 울부짖음이 들렸다. 갑자기 치켜 올라간 눈, 이마에 흰 무늬가 있고 비단결 같은 털을 가진 호랑이가 튀어나왔다. 깜짝 놀란 홍 태위는 '아이구!' 하고 비명을 지르며 뒤로 털썩 주저앉았다. 얼핏 그 호랑이를 훔쳐보니,

몸에 걸친 털은 황금색 띠를 두르고 있고
발톱은 은 갈고리 열여덟 개를 드러냈다.
눈은 번개 같고 꼬리는 채찍 같으며
입은 피 담은 대야 같고 이빨은 창과 비슷하네.
허리 펴고 발 내미니 그 형세 흉악하고
머리와 꼬리 흔들며 울부짖는데 벼락 치는 듯하네.
산속의 여우와 토끼들 모조리 자취 감추고
골짜기 아래 노루와 사슴 어디론가 사라졌다.
毛披一帶黃金色, 爪露銀鉤十八隻.
睛如閃電尾如鞭, 口似血盆牙似戟.
伸腰展臂勢猙獰, 擺尾搖頭聲霹靂.
山中狐兔盡潛藏, 澗下獐麂皆斂迹.

호랑이는 홍 태위를 바라보며 좌로 돌고 우로 빙빙 돌더니 한바탕 으르렁 포

효하고는 뒤쪽 산비탈을 향해 달려가버렸다. 홍 태위는 나무 밑동 아래에 주저앉아서 놀라 위아래 36개 이빨을 딱딱 부딪치며 벌벌 떨었다. 마음속에 마치 15개의 두레박이 달려 있어 7개는 위로 올라가고 8개는 아래로 떨어진 것처럼 놀라 쿵쾅거렸다.[64] 온몸이 중풍에 걸린 것처럼 마비되어 움직일 수 없었고,[65] 두 다리는 싸움에 진 수탉의 다리처럼 부들부들거렸으며, 입에서는 아이고 소리가 연이어 터져 나왔다.

호랑이가 사라진 뒤 차 한잔 마실 시간이 지나서야[66] 간신히 일어날 수 있었다. 천사를 찾기 위해 땅바닥에 떨어진 향로를 찾아서 들고 황제가 하사한 어향을 사르며 다시 산을 향하여 오르기 시작했다. 또 30~50보도 걸어가지 않아서 한숨을 내쉬며 원망스럽게 말했다.

"황제께서 기한을 확정하고[67] 나를 이곳으로 보냈는데, 이렇게 놀라게 하다니."

말이 미처 끝나지도 않았는데 어디선가 또 한바탕 독기毒氣를 실은 바람이 곧바로 불어왔다. 눈을 똑바로 뜨고 뚫어지게 쳐다볼 때 산의 대나무와 등나무 숲에서 바스락 소리가 나더니 두레박만큼 크고 눈꽃같이 흰 뱀이 갑자기 튀어나왔다. 태위가 뱀을 보고 또 놀라서 향로를 내던지고 "이젠 죽었구나!"라고 소리치며 뒤로 물러서다가 울퉁불퉁 바르지 않은 돌 옆에 자빠졌다. 살짝 눈을 피하며 그 뱀을 보니,

머리를 쳐드니 사나운 바람 일어나고, 눈을 번득이면 번갯불을 발산하는구나.

64_ 『수호전전교주』에 따르면 "『박안경기拍案驚奇』 권3에 이르기를, '심장은 15개의 두레박이 물을 긷는 것과 같은데, 7개는 위로 올라가고 8개는 아래에 떨어져 있다'고 했다."

65_ 원문은 '중풍重風'인데 '중풍中風'을 말한다.

66_ 『수호전전교주』에 따르면 "음식으로 시간을 계산하는 양사로 송, 원 시기 사람들의 습관적인 용법이다'라고 했다. 길지 않은 시간을 말한다.

67_ 원문은 '어한御限'인데, 황제가 확정한 시한을 말한다.

한바탕 움직이면 골짜기 끊고 언덕 무너지며, 숨을 쉬면 구름 내뿜고 안개 토하네. 온몸 비늘은 어지러이 수많은 조각의 옥과 같고, 비스듬히 감겨진 꼬리 은을 쌓은 듯하구나.

昂首驚飆起, 挈目電光生. 動蕩則折峽倒岡, 呼吸則吹雲吐霧. 鱗甲亂分千片玉, 尾梢斜捲一堆銀.

그 큰 뱀이 갑자기 울퉁불퉁한 돌에 가까이 오더니 홍 태위를 바라보며 똬리를 틀었다. 두 눈에서 금빛 광선을 발산하며 큰 입을 벌리고 혀를 날름대더니 독기를 홍 태위 얼굴에 내뿜었다. 너무 놀라 혼백68이 나가서 실신한 것처럼 정신이 하나도 없었다. 뱀이 한 번 쳐다보고는 산 아래로 순식간에 내려가더니 곧 사라져 보이지 않았다. 태위가 비로소 기어 일어나서는 말했다.

"천만다행이다! 놀라 죽는 줄 알았네!"

온몸에 골돌餶飿69만 한 소름이 잔뜩 돋았다. 입으로 도사를 욕했다.

"무례한 것들, 참을 수가 없구나. 본관을 희롱해서 이렇게 놀라게 하다니! 만일 산 위로 올라가서 천사를 만나보지 못한다면 내려가서 가만두지 않겠다."

다시 은제 향로를 들고 등에 짊어진 조서와 옷과 건책巾幘70을 정돈하고 다시 산에 오르려 했다. 발걸음을 막 옮기려고 할 때 소나무 뒤에서 은은한 피리 소리가 점점 가깝게 들려왔다. 태위가 눈을 바로 뜨고 바라보니 한 도동道童이 황소를 거꾸로 타고 쇠 피리를 가로로 불며 산간의 평지에서 돌아오고 있었다. 태위가 그 도동을 보니,

---

68_ 원문은 '삼혼탕탕三魂蕩蕩, 칠백유유七魄悠悠'인데, 『수호전전교주』에 따르면 도가에서는 인간에게 삼혼三魂이 있는데, 태광胎光·상령爽靈·유정幽精이다. 또한 도가에서는 사람에게 '칠백七魄'이 있는데 시구尸狗·복시伏矢·작음雀陰·탄적吞賊·비독非毒·제수除穢·취폐臭肺다.

69_ 골돌餶飿: 고기만두의 일종으로 지금의 혼툰餛飩과 비슷하다.

70_ 건책巾幘: 건巾과 책幘의 통칭으로 일반적으로 두건頭巾을 가리킨다.

머리는 두 가닥으로 갈라 둥글게 매고 몸에는 푸른 옷을 입었으며, 허리엔 풀로 엮어 만든 띠를 두르고 발에는 거칠고 벌어진 짚신 신었네. 빛나는 눈동자와 하얀 이, 상쾌하며 티끌 없이 깔끔하고, 녹색의 귀밑머리와 붉은 얼굴, 속된 자태가 전혀 없구나.

頭綰兩枚丫髻, 身穿一領青衣; 腰間縧結草來編, 脚下芒鞋麻間隔. 明眸皓齒, 飄飄並不染塵埃; 綠鬢朱顔, 耿耿全然無俗態.

옛날에 여동빈呂洞濱[71]이 목동을 읊은 잘 쓴 시 한 수가 있다.

풀로 뒤덮인 들판 6~7리를 가로질러 걸으니
늦바람 타고 목동의 피리 소리 서너 마디 들려오네.
목동 돌아와 배불리 먹으니 이미 해질 무렵
도롱이 걸친 채로 누워 하늘 보니 달 밝게 빛나누나.
草鋪橫野六七里, 笛弄晚風三四聲.
歸來飽飯黃昏後, 不脫蓑衣臥月明.

그 도동은 미소를 가득 지으면서 황소를 타고 쇠 피리를 가로로 불며 산을 지나왔다. 홍 태위가 보고 그 도동을 불러 말했다.

"너는 어디서 오는 거냐? 내가 누군지 아느냐?"

도동은 거들떠보지도 않고 피리만 불고 있었다. 태위가 여러 번 묻자 도동이 크게 웃으면서 피리를 들고 홍 태위를 가리키며 말했다.

"여기로 오신 것은 천사를 만나려는 것이 아닙니까?"

71_ 『송사』「진단전陳摶傳」에 따르면 "관서關西 지역에서 은거하는 사람 여빈동은 검술에 뛰어나고 100여 세임에도 얼굴은 아이와 같으며 발걸음이 빨라 순식간에 수백 리를 갈 수 있어 세상에서 신선이라 여겼다"고 했다.

태위가 깜짝 놀라서 말했다.

"너 같은 목동이 어떻게 아느냐?"

도동이 웃으며 말했다.

"아침에 제가 암자에서 천사를 시중드는데, '오늘 인종 천자가 보낸 홍 태위가 단조와 어향을 받들고 산중에 올 것이다. 나는 동경에 가서 3600개의 도량을 설치하여 나천대초를 거행하고 제사지내 천하의 역병을 없애야 한다. 나는 지금 학을 타고 구름을 몰아 먼저 가겠노라'고 말씀하셨습니다. 그래서 지금 올라가더라도 암자에는 계시지 않습니다. 산에 독충과 맹수가 너무 많아 태위께서 목숨을 잃을까 두려우니 올라가지 마십시오."

태위가 다시 물었다.

"거짓말하지 말거라."

도동이 한바탕 웃으면서 대답하지 않고, 쇠 피리를 불며 산비탈을 돌아서 사라졌다. 태위가 곰곰이 생각하며 말했다.

"이 아이가 어떻게 이 일을 다 알고 있지? 천사가 분부한 것 같은데, 틀림없어."

다시 올라가려 했으나 조금 전 너무 놀랐고 하마터면 목숨을 잃을 뻔했으므로 산 아래로 내려가는 것이 낫겠다고 생각했다.

태위는 향로를 들고 왔던 길을 찾아 서둘러 산을 내려왔다. 도사들이 태위를 맞이하여 방장으로 청하고는 앉았다. 진인이 바로 태위에게 물었다.

"천사를 보셨습니까?"

태위가 말했다.

"나는 조정에서 지위가 높고 귀한 관원인데 어째서 산길을 가게 하고, 이렇게 고생을 시켜 하마터면 목숨을 잃을 뻔했다. 처음에 산 중간쯤에서 눈이 치켜 올라가고 이마에 하얀 무늬가 있는 호랑이가 튀어나오는 바람에 놀라서 혼백이 나가고 정신을 잃을 뻔했다. 또 뻗어 있는 산기슭 끝을 지나지도 않았는데, 대나무와 등나무 숲에서 눈꽃처럼 하얀 큰 뱀이 별안간 튀어나와 똬리를 틀고 가는 길을 막았다. 만일 내가 타고난 복이 크지 않았다면 어떻게 생명을 부지하여 경사로 돌아갈 수 있겠는가? 아무튼 너희 도사들이 나를 희롱한 것이로다."

진인이 다시 말했다.

"빈도 등이 어떻게 감히 조정 대신을 불손하게 대하겠습니까? 이것은 조사께서 태위의 마음을 시험해보신 것입니다. 이 산에 비록 뱀과 호랑이가 있지만 결코 사람을 해치지는 않습니다."

태위가 다시 말했다.

"내가 더 이상 움직일 수 없었지만 다시 산비탈로 올라가려고 할 때 소나무 옆에서 한 도동이 돌아나왔는데, 황소를 타고 피리를 불면서 지나가려 했소. 그래서 내가 '어디서 오느냐? 나를 아느냐?'라고 물으니, 그 도동이 '이미 알고 있습니다'라면서, 천사가 아침에 학을 타고 구름을 몰아 동경으로 떠난다고 분부했다고 했소. 그래서 내가 도중에 돌아온 것이오."

진인이 말했다.

"그 목동이 바로 천사인데, 애석하게 태위께서 못 알아보셨군요."

태위가 말했다.

"그 사람이 천사라면 어째 그렇게 용모가 추하단 말이오?"

진인이 대답했다.

"천사께서는 예사로운 분이 아니십니다. 비록 나이는 어리지만 실제로 도력이 비상하고 속세를 떠난 사람이라서 사방에 신령으로 나타나실 뿐 아니라 지극히 영험합니다. 그래서 세상 사람들은 천사를 도통조사道通祖師라고 합니다."

홍 태위가 말했다.

"그야말로 두 눈 멀쩡하게 뜨고도 알아보지 못했구려. 면전에서 기회를 놓쳤단 말인가!"

진인이 말했다.

"태위께서는 마음을 놓으십시오. 조사께서 법지法旨[72]로 가겠다고 말씀하셨으니 태위께서 경사로 돌아갈 때면 이번 초사醮事[73]가 모두 끝나 있을 것입니다."

태위가 이 말을 듣고 비로소 안심했다. 진인은 연회를 준비하여 태위를 환대하고 단조를 어서갑御書匣 안에 넣어서 상청궁에 두고 어향은 삼청전에서 태웠다. 그날 방장에서 재공을 크게 차리고 연회를 벌여 같이 먹고 마셨다. 밤늦게 연회를 마치고 숙소에 가서 새벽까지 쉬었다.

이튿날 아침밥을 먹고 진인과 도중 그리고 제점提點, 집사인 등이 산 구경을 청하자 태위가 크게 기뻐했다. 많은 사람이 태위를 뒤따르며 방장에서 걸어나왔다. 앞에서 도동 2명이 길을 안내했고 궁 앞뒤를 거닐면서 허다한 경치를 보며 즐겼다. 삼청전은 부귀한 것들이 말로 다할 수 없을 정도로 많았다. 왼쪽 회랑에는 구천전九天殿·자미전紫微殿·북극전北極殿이 있었고, 오른쪽 회랑에는 태을전太乙殿·삼관전三官殿·구사전驅邪殿이 있었다. 여러 궁을 두루 살펴보고 오른쪽 회랑 뒤쪽에 이르렀다. 홍 태위가 보니 별도로 한 전당이 있었는데, 주위가 모두 산초를 빻아 넣은 붉은 진흙으로 만든 담장이었다.[74] 정면에 붉은 격자문 두 짝이 있고 문에 팔뚝 굵기의 자물쇠가 채워져 있으며 문 위에 10개가 넘는 봉인 용지가 대각선으로 교차하여 붙어 있고 봉인 용지 위에 붉은 도장을 겹겹으로 찍어놓았으며 처마 앞 붉은 칠 바탕에 금색으로 글을 적은 편액 위에 '복마지전伏魔之殿'이란 네 글자가 쓰여 있었다. 태위가 그 문을 가리키며 말했다.

"이 전각은 무엇을 하는 곳이오?"

진인이 대답했다.

72_ 법지法旨: 도교 조사祖師의 지령을 가리킨다.

73_ 초사醮事: 도사가 단壇을 설치하고 제물祭物을 신에게 바쳐 복을 구하고 재앙을 면하도록 기원하는 의식을 말한다.

74_ 전한 미앙궁未央宮에 황후가 기거하던 궁전 명칭을 초방椒房이라 했다. 산초와 진흙으로 벽을 칠했는데, 따뜻하고 향기가 나며 아울러 많은 아들을 상징했다.

"이곳이 바로 전대 노조老祖[75] 천사가 마왕魔王을 잡아 가두어놓은 곳입니다."

태위가 다시 물었다.

"어째서 문 위에 저렇게 많은 봉인 용지가 붙어 있는 거요?"

진인이 대답했다.

"노조이신 당나라의 통현국사洞玄國師가 마왕을 이곳에 가두었습니다. 그리고 다음 세대 천사에게 전해질 때마다 손수 봉인 용지를 하나씩 더하여 자손들로 하여금 함부로 열 수 없게 한 것입니다. 마왕이 달아나기라도 하면 큰일이 일어날 것이라 지금까지 8~9대 조사를 거치면서 맹세하여 아무도 감히 열지 못했습니다. 자물쇠는 동을 녹여 부어서 주조한 것으로 안의 일을 누가 알겠습니까? 소도小道[76]가 본 궁의 주지가 된 이후 30년 동안 듣기만 했습니다."

홍 태위는 듣고서 놀라면서도 괴이하게 여겼다. 그는 속으로 '마왕이 어떻게 생겼는지 한번 봐야겠다'고 했다. 그러고는 진인에게 말했다.

"그대가 문 좀 열어보시오. 마왕이 어떻게 생겼는지 봐야겠소."

진인이 말했다.

"태위님, 복마전은 절대 열 수가 없습니다! 선대 천사들께서 후세 사람이 제멋대로 열지 못하도록 신신당부하셨습니다."

태위가 웃으면서 말했다.

"허튼소리 마시오! 당신들은 괴상한 일을 터무니없이 만들어 선량한 백성을 부추겨 꾀고자 일부러 이런 곳을 만들었고, 마왕을 잡아 가두었다는 거짓말로 도술을 과시하려는 것이오. 내가 국자감國子監에 소장된 모든 서적을 읽었지만 마귀를 가두는 법을 본 적이 없소! 귀신은 저 아득히 먼 저세상에나 있거늘 나

75_ 노조老祖: 도교 조사祖師에 대한 존칭.
76_ 소도小道: 도사 혹은 여도사의 겸칭.

는 이 안에 마왕이 있다는 말을 믿지 못하겠소. 빨리 열어서 마왕이 어떻게 생겼는지 봐야겠소!"

진인은 여러 차례 태위를 말렸다.

"열 수 없습니다. 만약 열었다가는 해를 입히고 사람들을 상하게 할 것입니다."

태위가 크게 화를 내어 도중들을 가리키며 말했다.

"너희가 문을 열어서 내게 보여주지 않는다면 조정으로 돌아가서 먼저 너희 도사들이 선조宣詔77를 막고 성지聖旨를 어기고 내가 천사를 보지 못하도록 한 죄를 상주하겠다. 그런 다음 너희가 사사로이 복마전을 지어 거짓으로 마왕을 잡아 가두어 군사와 백성을 현혹시키고 있음을 상주하겠다. 그렇게 된다면 너희는 도첩度牒78을 빼앗기고 자배刺配79 형벌을 받아 멀리 떨어진 열악한 군주軍州80로 귀양 가서 고통을 받게 될 것이다."

진인 등은 태위의 권세가 두려워 할 수 없이 몇 명의 화공도인火工道人81을 불러 먼저 봉인 용지를 떼고 망치로 자물쇠를 부쉈다. 사람들이 문을 밀어 열고 안을 들여다보니 깜깜하여 아무것도 보이지 않았다.

보이지 않고 들리지도 않으며, 어두컴컴하고 조용하기만 하다. 수백 년 동안 햇빛도 보지 못하고, 억만년이 지나도 밝은 달그림자 보기가 어렵네. 남과 북도 분간을 못하는데, 어떻게 동과 서를 판별하겠는가. 검은 운무 모여들어 사람 덮치니 오싹하고, 냉기 으스스하게 스머드니 몸이 떨리는구나. 인적을 찾아볼 수 없

77_ 선조宣詔: 조서를 대중 앞에서 낭독하는 것을 말한다.
78_ 도첩度牒: 관청에서 승려와 비구니에게 발급한 신분 증명 문서.
79_ 자배刺配: 형벌 명칭으로 범인의 얼굴에 글자를 새기고 먼 지방으로 유배 보내는 것을 말한다. 송나라 때 자배 형벌이 성행했고 수단 또한 매우 잔혹했다.
80_ 군주軍州: 송대 행정구역의 명칭으로 대부분 전략상의 군사요지이며 변경이었다.
81_ 화공도인火工道人: 사원, 도관에서 잡일을 하는 승려를 가리킨다.

는 곳이니, 바로 요괴가 왕래하는 집이로다. 두 눈을 번쩍 떴어도 장님 같고, 두 손 내밀어도 손바닥이 보이지 않네. 언제나 그믐밤 같은 곳인데, 도리어 새벽녘과 비슷하구나.

昏昏默默, 杳杳冥冥. 數百年不見太陽光, 億萬載難瞻明月影. 不分南北, 怎辨東西. 黑烟靄靄撲人寒, 冷氣陰陰侵體顫. 人跡不到之處, 妖精往來之鄉. 閃開雙目有如盲, 伸出兩手不見掌. 常如三十夜, 却似五更時.

모두 일제히 복마전 안으로 들어갔으나 어두컴컴하여 어떠한 것도 보이지 않았다. 태위가 사람을 시켜 10여 개 횃불을 붙여서 안을 비추게 했는데, 사방으로 아무것도 없고 중앙에 돌로 만든 비석 하나만 덩그러니 서 있었다. 높이는 대략 5~6척尺[82]이고 비석 아래에는 돌 거북 받침판[83]이 반쯤 진흙 속에 묻혀 있었다. 비석에 새겨진 글자를 비추니 전면은 모두 고대의 상형문자로 쓴 듯 천서天書의 비밀문서 부호라 아무도 알아볼 수가 없었다. 다시 비석 뒷면을 비추니 '홍씨가 와서 열다遇洪而開'라고 네 글자가 크게 새겨져 있었다. 그러나 이것은 도리어 첫 번째로 천강성天罡星이 응당 세상에 나타나고, 두 번째로 송나라에 반드시 충성스럽고 정직한 신하가 나타나며, 세 번째로 때마침 홍신을 만나게 되는 것은 아니니, 어찌 상천이 정한 운명이 아니겠는가! 홍 태위는 네 글자를 보고 크게 기뻐하며 진인에게 말했다.

"너희가 나를 말려도 수백 년 전에 이미 내 이름을 여기에 새겨놓지 않았느냐? '우홍이개遇洪而開(홍씨가 열다)'라고 하여 분명 내게 열어보라고 했는데, 무슨 상관이 있겠느냐. 아마도 마왕이 돌 비석 밑에 있을 것 같다. 너희 수행원은 나와 함께 허드레꾼들을 몇 명 더 불러와서 곡괭이와 삽으로 파야겠다."

82_ 『수호전』이 배경이 된 송宋나라 때에 1척尺은 31.2센티미터였다.
83_ 당시 5품 이상인 자는 비석을 받침판을 거북으로 했다.

진인이 황급히 간청했다.

"태위님, 파서 건드리면 큰 재난이 일어나고 사람을 상하게 할 것이니 함부로 파서는 안 됩니다."

이 말을 듣고 태위가 크게 화를 내며 소리 질렀다.

"너희 도중이 무얼 알겠느냐? 비석 위에 나를 만나서 열릴 것이라고 분명히 새겨져 있는데, 네가 어찌하여 막는단 말이냐? 빨리 사람이나 불러서 열도록 해라."

진인이 다시 여러 차례 부탁했다.

"좋지 않은 일이 일어날까 두렵습니다."

그러나 태위는 들으려 하지 않았다. 할 수 없이 사람들을 불러서 먼저 비석을 쓰러뜨리고 일제히 힘을 합쳐 돌 거북을 파내도록 했는데, 한나절이 되어서야 비로소 모두 파냈다. 다시 대략 3~4척 정도의 깊이를 파내려가자 사방으로 1장丈 1위圍[84]쯤 되는 커다란 청석판靑石板[85]이 나왔다. 홍 태위가 다시 파라고 말하자 진인이 다시 괴로워하며 간청했다.

"파서는 안 됩니다."

그러나 태위는 여전히 들으려 하지 않았다. 여럿이서 석판을 일제히 들어내고 보니 밑에는 만 장 깊이는 되어 보이는 굴이었다. 갑자기 굴 안에서 '우지직' 하고 우렁찬 소리가 났는데, 그 소리가 무시무시했다.

하늘이 무너지고 땅이 꺼지는 듯하며, 산악이 요동치며 무너지는 듯하네. 전당

84_ 위圍: 원주를 계산하는 대략적인 단위인데, 정확하게 정해진 것도 없고 여러 견해가 있다. 양팔을 벌려 껴안은 길이를 가리킨다고도 하고 양손의 집게뼘을 합친 길이를 나타낸다고도 하며 엄지손가락과 중지를 폈을 때의 길이를 말한다고도 한다. 1척을 1위라고도 하고, 5촌寸을 1위라고도 한다.

85_ 청석靑石: 푸른 빛깔을 띤 응회암. 실내 장식이나 건물 외부 장식에 사용한다.

강錢塘江[86] 가에서, 조수의 높은 파도가 해문海門[87]으로 밀려오는 듯, 태화산泰華山[88] 정상에서, 거령신巨靈神[89]이 산봉우리를 쪼개 부수는 듯하구나. 분노한 공공씨共工氏[90]가 투구 벗고 불주산不周山을 부딪쳐 넘어뜨리는 듯하고,[91] 장사가 위풍 드러내 보이며 추錘를 날려 시황제 수레를 쳐서 부수는 듯하네.[92] 광풍 요동쳐 천 개의 대나무 장대 부러뜨리고, 십만 군중의 한밤중 고함 소리 같구나. 天摧地塌, 岳撼山崩. 錢塘江上, 潮頭浪擁出海門來; 泰華山頭, 巨靈神一劈山峰碎. 共工奮怒, 去盔撞倒了不周山; 力士施威, 飛錐擊碎了始皇輦. 一風撼折千竿竹, 十萬軍中半夜雷.

소리가 나는 곳에서 한 줄기 검은 기운이 굴 속에서부터 솟아오르더니 전각 절반을 허물어버렸다. 검은 기운은 곧장 한참 동안 솟아올라 공중에서 백여 개

86_ 전당강錢塘江: 저장浙江성의 가장 큰 하류이고 송 시기에 양절로兩浙路(북송 시기 지방 행정구)에서 유래했고, 또한 명明 초기에 절강성浙江省이 성립되었을 때 성 명칭에서 유래했다.
87_ 해문海門: 강물이 바다로 유입되는 지점으로 전당강이 바다로 유입되는 입구를 말한다.
88_ 태화산泰華山: 서악西嶽 화산華山을 말한다. 산시陝西성 화인華陰 남쪽에 위치해 있고 친링泰嶺 산맥 동쪽에 속한다.
89_ 거령신巨靈神은 신화 속의 하신河神이다. 거巨는 대大이고 영靈은 신神이다. 거령은 바로 대신大神이다. 『수신기搜神記』에 따르면 "태화산太華山과 소화산少華山은 본래 하나의 산이었다. 황하가 마주하고 있어 강물이 이곳에서 구부려져 돌아 흘러갔다. 하신河神 거령巨靈이 손으로 산의 상부를 쪼개고 다시 발로 산의 하부를 찼기에 중간부터 산이 두 개로 나누어졌다. 이 때문에 강물이 원활하게 흘러갈 수 있었다"고 했다.
90_ 공공씨共工氏: 공공은 씨족 명칭이며 고대 신화 전설 속의 수신水神으로 홍수를 관장하고 통제했다.
91_ 불주산不周山은 곤륜산崑崙山 서북쪽에 있다. 『회남자淮南子』 「천문훈天文訓」에 따르면 "옛날에 공공共工과 전욱顓頊이 황제가 되고자 다투었는데, 공공이 화를 내며 머리로 불주산을 부딪치자 하늘을 받치던 큰 기둥이 부러졌고 땅 끝을 잡아매고 있던 밧줄이 끊어졌다. 하늘의 서북방이 높아졌기 때문에 해와 달, 별들이 위치를 이동하게 되었고 땅의 동남 방향은 낮아져 빗물과 먼지가 모두 동남 방향으로 향했다"고 했다.
92_ 『사기』 「유후세가留侯世家」에 따르면 "장량張良은 힘센 역사力士 한 사람을 물색했고, 이 사람은 120근 무게의 철추鐵錐 하나를 소지했다. 진시황이 동방으로 순시할 때 장량은 역사와 함께 박랑사博浪沙(지금의 허난성 위안양原陽 경내)에서 진시황을 저격했다. 그러나 철추는 뒤따르는 수레를 치고 말았다. 진시황은 크게 노해 전국 각지를 수색하게 하여 이 자객을 잡아들이게 했다"고 했다.

줄기의 금색 빛으로 변하여 사방으로 흩어졌다. 모두 놀라 고함치며 곡괭이와 삽을 내던지고 복마전에서 도망쳐 나오느라 밀어 넘어뜨리고 엎어진 자들이 셀 수없이 많았다. 홍 태위도 놀라 눈을 크게 뜨고 입을 멍하니 벌렸고 얼굴은 흙빛이 되어 어쩔 줄을 몰랐다. 회랑으로 달아나는데 진인이 앞을 향해 연신 '아이고' 하며 죽는 소리를 하는 것이 보였다. 태위가 물었다.

"도망간 것들은 도대체 어떤 요괴들이요?"

몇 마디 말에 불과했으나 진인은 그 연유를 분명하게 말했다. 나누어 서술하면, 황제는 밤에 편안하게 잠을 이루지 못하고 낮에 음식을 제대로 먹지 못하게 되었다. 정말로 완자성宛子城에 맹호가 숨어 있게 되었고 요아와蓼儿洼[93]에는 신교神蛟[94]들이 모여들게 된 것이다.

결국 용호산 진인이 무슨 말을 했는지는 다음 회에 설명하노라.

5경更 3점點

1경更은 저녁 7시부터 9시까지다. 고대에는 저녁 7시에 북을 두드려 사람들에게 주의를 환기시켰는데, 다시 1경更의 시간이 되지 않았을 때 성문을 닫고 성안의 경계를 엄하게 할 것이니 각기 주의해서 일처리를 하도록 했다. 이 때문에 경은 '고鼓'라 하기도 했고, 혹은 합쳐서 '경고更鼓'라고도 했다. 첫 번째 북을 두드리는 것을 '일고一鼓' '일경一更' '초고初鼓' '초경初更'이라 했다. 또한 매 1경마다 5개의 시간으로 나누었는데, 이것을 '점點'이라 했다. 즉, 1경은 지금 시간으로 2시간이고, 1점은 지금의 120분을 다섯으로 나누어 24분 정도라고 할 수 있다. 본문에서 말하는 '5경 3점'에서 5경은 새벽 3시에서 5시까지이므로 '5경 3점'은 지금

93_ 완자성宛子城과 요아와蓼儿洼: 시진柴進이 임충林冲에게 잠시 피할 곳을 말하면서 '양산박은 사방 800여리이고 중간에 완자성과 요아와가 있다'는 말이 있다.

94_ 신교神蛟: 전설 속에 마력으로 바람과 풍랑을 일으키는 교룡蛟龍을 가리킨다.

시간으로 새벽 4시 12분 정도다.

나천대초羅天大醮

나천羅天에 대해 말하자면, 도교에서는 하늘을 36종으로 구분했다. 그 가운데 28개의 하늘은 삼계三界 안에 있고 나머지 8개 하늘은 삼계 밖에 있다고 했다. 삼계 안에 있는 28개의 하늘은 가장 낮은 첫 번째 하늘부터 여섯 번째 하늘까지를 욕계欲界, 일곱 번째부터 스물네 번째 하늘까지를 색계色界, 스물다섯 번째부터 스물여덟 번째 하늘까지를 무색계無色界로 나누었다. 28개 하늘 위에는 사천四天(신민천神民天·성제자천聖弟子天·사범천四梵天이라고도 한다)이 있고, 사천 위에는 또한 삼경三境(태청경太淸境·상청경上淸境·옥청경玉淸境)이 있다. 태청경에는 구선九仙이 있고, 상청경에는 구진九眞, 옥청경에는 구성九聖이 있다. 여기까지 35개의 하늘이 있고, 가장 높은 하늘은 '대라천大羅天'이라 하며 삼세천존三世天尊이 다스리고 있다. 정리하면 '삼계 28개 하늘', 그 다음으로 '사천' '삼경'이 있고 가장 높은 곳에 '대라'가 있어 도합 36개 하늘이 있다. 삼세천존은 과거원시천존過去元始天尊, 현재태상옥황천존現在太上玉皇天尊과 미래금궐옥신천존未來金闕玉晨天尊으로 구분된다. 삼세천존은 열 가지의 칭호가 있는데, 자연自然·무극無極·대도大道·지진至眞·태상太上·도군道君·고황高皇·천존天尊·옥제玉帝·폐하陛下가 있다. 송나라 휘종이 자칭 '도군 황제道君皇帝'라 칭한 것은 바로 '대라천' 위의 '천존' 칭호다.

초醮는 제사의 의미다. 즉, '나천대초'는 36개 하늘 가운데 가장 높은 하늘에 제사를 지내 모든 천신天神의 보우를 얻고자 바라는 것이다.

그러나 이와 다른 견해도 있는데, 『수호전전교주』에 따르면 『운급칠첨雲笈七籤』권103에서 인용한 왕흠약王欽若의 『익성보덕진군전翊聖保德眞君傳』에서 '나천대초'는 제3등의 초醮(제사)이고 위로 '보천대초普天大醮' '주천대초周天大醮'라는 두 초醮가 있다고 했다.

홍신洪信이란 사람은 역사에 보이지 않으며 소설에 등장하는 허구의 인물이다. 본문에서 등장하는 석갈石碣 또한 위작이다. 『수호전보증본水滸傳補證本』에 따르면 "석갈 고사가 처음으로 등장하는 것은 『수서隋書』 「사만세전史萬歲傳」으로, 수나라 초 명장인 사만세가 남쪽 남녕南寧(지금의 윈난雲南성 취징曲靖)을 정벌하러 갔다. '수백 리를 행군했는데 제갈량의 공적을 기념한 비석을 발견했고 그 뒷면에 "만세 뒤에 나보다 뛰어난 자가 이곳을 지나갈 것이다"라고 새겨져 있었다. 사만세는 좌우에게 그 비석을 쓰러뜨리게 하고는 진격했다'고 기재하고 있다. 원명 시대 사람들이 석갈을 위조 제작하여 미래의 전조로 삼았다'고 했다.

【 제2회 】

영웅 등장시킨 고구[1]

당시 주지 진인이 홍 태위에게 말했다.

"태위께서는 잘 모르실 겁니다. 당초 복마전에 선대 천사이신 통현진인께서 법부法符[2]를 전하며 당부하기를 '이 전각 안에 36명의 천강성天罡星과 72좌의 지살성地煞星[3], 108명의 마군魔君을 안에 감금시켜뒀다. 위에 돌 비석을 세우고 고대의 문자로 천부天符[4]를 새겨 여기에 가두고 누른 것이다. 만약 이 마군을 놓아줘 세상에 나가게 한다면 반드시 속세의 백성을 괴롭게 하리라'라고 말씀 하셨습니다. 지금 태위께서 마군을 놓아주셨으니 어떻게 하면 좋겠습니까!"

여기에 이를 증명하는 시가 있다.

1_ 제2회 제목은 '王敎頭私走延安府(왕교두가 몰래 연안부로 도망가다), 九紋龍大鬧史家村(구문룡이 사가촌 에서 소란을 일으키다)'이다.
2_ 법부法符: 도교 조사가 전하는 부적 법술.
3_ 천강성天罡星은 도교에서 북두北斗의 별들 가운데 36개의 천강성이 있는데, 매 천강성마다 하나의 신을 대표하여 모두 36명이 신장神將이 있다고 한다. 지살성地煞星은 흉신凶神 아귀餓鬼를 가리킨다.
4_ 천부天符: 하늘 궁정의 명령을 말한다.

천년 동안 잠겨있던 문 하루아침에 열리니

천강성과 지살성 어두운 저승에서 뛰쳐나왔구나.

아무 일 없던 것에서 많은 일 생기기 마련이니

닥친 재난 없애려다 도리어 화를 초래했네.

이때부터 사직이 어수선하고 혼란스러워지더니

사방 각지에서 떠들썩하게 전란이 일어나네.

간사한 고구에 대한 증오야 견딜 만하지만

지금부터 화를 초래하게 된 발단은 홍신이구나.

千古幽扃一旦開, 天罡地煞出泉臺.

自來無事多生事, 本爲禳灾却惹灾.

社稷從今雲擾擾, 兵戈到處鬧垓垓.

高俅奸佞雖堪恨, 洪信從今釀禍胎.

당시 홍 태위는 이 말을 듣더니 온몸에 식은땀을 흘리면서 쉼 없이 벌벌 떨었다. 서둘러서 짐을 수습하고 수행원을 이끌고 산을 내려와 경사로 돌아가버렸다. 진인은 도중들과 관리들을 배웅하고 상청궁으로 돌아와서 전당을 수리하고 돌 비석을 다시 세웠음은 말할 필요도 없다.

한편 홍 태위는 돌아오는 도중에 요괴를 놓아준 일을 다른 사람에게 말하지 않도록 수행원들에게 신신당부했는데 천자가 알게 되어 견책을 받을까 두려워했다. 돌아오는 길에 아무 말도 하지 않고 밤낮으로 서둘러 경사에 당도했다. 홍 태위가 변량성 안으로 들어왔을 때 누군가, "천사가 동경의 궁중 정원에서 7일 밤낮으로 나천대초를 거행하여 부적을 두루 나누어주고 재앙과 질병을 쫓는 액막이를 하자 역병이 모두 사라지고 군사와 백성이 평안해지고 건강해졌다. 천사는 천자에게 하직하고 학을 타고 구름을 몰아 용호산으로 돌아갔다"고 말하는 소리를 들었다. 홍 태위는 이튿날 아침 조회에서 천자를 뵙고 아뢰었다.

"천사는 학을 타고 구름을 몰아 먼저 경사에 당도했습니다. 신 등은 역참을 거치며 돌아왔기에 지금에야 비로소 도착했습니다."

인종이 그의 보고를 비준하고는 홍신에게 상을 내렸고 홍신은 원래 직무로 돌아갔다.

뒤에 인종이 천자로 재위한 지 42년[5] 만에 안가晏駕[6]했으나 태자가 없어서 복안의왕濮安懿王 조윤양趙允讓의 아들인 태종 황제의 손자에게 양위하니 바로 영종英宗[7]이다. 영종 재위 4년 만에 태자 신종神宗[8]이 황제가 되었다. 신종 재위 18년 만에 태자 철종哲宗[9]에게 제위를 물려줬다. 당시는 천하가 모두 태평하여 사방이 무사했다.

한편 동경 개봉부開封府 변량 선무군宣武軍[10]에 빈둥거리며 정당한 직업에 종사하지 않는 파락호破落戶[11] 자제가 있었다. 성은 고高이고 항렬은 둘째이며 어려서부터 가업은 돌보지 않고 단지 창을 찌르고 봉을 휘두르는 무예 연습만 좋아했는데, 특히 공차기에는[12] 뛰어난 재능이 있었다. 경사 사람들은 항렬[13]을 따라

5_ 인종 조정趙禎의 실제 재위 기간은 41년(1023~1063)이다.
6_ 안가晏駕: 제왕의 죽음을 부를 때 '사死'자를 피하기 위한 명칭이다.
7_ 영종英宗 조서趙曙의 재위 기간은 1064~1067년이다.
8_ 신종神宗 조욱趙頊의 재위 기간은 1068~1085년이다.
9_ 철종哲宗 조후趙煦의 재위 기간은 1086~1100년이다.
10_ 선무군宣武軍은 송나라 행정구역 명칭으로 지금의 허난성 상추商丘 일대다.
11_ 파락호破落戶: 원래는 명문 귀족으로 몰락한 집안과 그 자제를 가리킨다. 방탕하고 예의와 염치도 모르는 몰락한 집안 자제를 가리키기도 한다. 역자는 이하 '파락호'를 원문 그대로 번역하지 않고, '방탕하고 예의와 염치도 모르는 자', 혹은 '방탕하고 예의와 염치도 모르는 몰락한 집안 자제' 정도로 번역했다.
12_ 원문은 '척기구踢氣毬'로 지금의 축구와 비슷하다. "毬"는 "球"자의 고체古体로 고대의 공은 겉은 가죽으로 되어 있었으나 안은 새의 깃털로 채워져 있었기 때문에 "毬"라 썼었다. 송나라 때 사람들의 동작은 지금의 제기차기와 비슷했다.
13_ 원문은 '배항排行'이다. 형제자매의 출생 차례에 따라 배열하는 순서를 말한다. 『일지록日知錄』「배

그를 고이高二라고 부르지 않고 내키는 대로 공을 잘 찬다고 고구高毬라고 불렀다. 훗날 출세하자 구毬자에서 모방毛傍을 빼고 사람 인人자를 넣어 성은 고高 이름은 구俅로 바꾸었다.[14] 고구는 관현악을 연주하고 노래하고 춤출 줄 알았으며 창을 찌르고 봉을 휘두르는 무예를 좋아했고 씨름을 즐겼으며 시서詩書와 사부詞賦도 꽤나 재능이 있었지만, 인仁·의義·예禮·지智나 신信·행行·충忠·양良 같은 사람의 도리는 전혀 몰라 인품이라곤 없었다. 다만 동경성 안팎을 돌아다니며 방한幇閑[15] 노릇을 하고 있었다. 고구가 무쇠 사업을 하는 왕王 원외員外[16]의 아들에게 접근하여 매일 삼와양사三瓦兩舍[17]를 돌아다니며 애정행각을 벌이고 주색에 빠져 방탕한 생활을 하는 데 돈을 쓰게 하자, 왕 원외가 직접 개봉부로 가서 문장文狀[18]을 제출했다. 부윤府尹[19]은 고구에게 척장脊杖[20] 20대를 때리도록 판결했다. 또한 그를 질배迭配[21]시키고 동경 경계 밖으로 쫓아내는 것으로

항排行에 따르면 "배항은 형제 두 명이 한 글자를 사용하는 것으로 세상에서 그것을 배항이라 했는데, 덕종德宗·덕문德文·의부義符·의진義眞 같은 종류다. 진晉나라 말기부터 시작되었고 한나라 사람한테는 없었다"고 했다.

14_ 『송사』에 고구는 열전이 없다. 『휘주후록揮麈後錄』권7에 근거하면 고구라는 자는 본래 동파선생東坡先生(소식蘇軾)의 소사小史였다. 단왕端王을 만난 뒤 비교할 수 없을 정도로 총애를 받고 지극히 부귀해졌다. 20년 동안 두루 삼아三衙를 거쳤고 전전사殿前司의 직무를 관장했다.

15_ 방한幇閑: 관료나 부유하고 권세 있는 사람을 위해 유흥을 제공하고 비위를 맞추며 충성을 다하는 사람. 역자는 이하 '방한'을 원문 그대로 '방한'이라 하지 않고, '권세가에 빌붙어 유흥을 제공하며 비위를 맞추는 자' 정도로 번역했다.

16_ 원외員外: 정원 이외의 관원으로 돈 있는 사람이 금전으로 살 수 있는 직함이므로 나중에는 돈 많은 사람의 존칭이 되었다.

17_ 삼와양사三瓦兩舍: 송·원 시기 기생집과 각종 오락장소를 말한다. 대부분 서로 이웃하고 있어 한 장소에 몰려 있었기 때문에 '삼와양사'라 했다. 『수호전전교주』에 따르면 『몽량록夢粱錄』권19 「와사瓦舍」에 이르기를, '와사는 왔을 때는 와합瓦合이고 갔을 때는 와해瓦解의 의미로 쉽게 모이고 쉽게 흩어지는 것을 말한다. 어느 때에 시작되었는지는 알 수 없다'고 했다."

18_ 문장文狀: 고소장을 말한다.

19_ 부윤府尹: 일반적으로 경기京畿 지구의 행정장관을 가리킨다.

20_ 척장脊杖: 죄인의 등을 때리는 형벌로 일반적으로 피가 나오도록 때렸다. 또한 둔장臀杖은 엉덩이를 때리는 형벌인데 일반적으로 상처를 입히지 않았으므로 척장이 둔장보다 엄중하다고 할 수 있다.

21_ 질배迭配: 범인을 지정된 지점으로 압송시켜 구류시키는 것을 말한다.

처리했으며 성안 백성에게 그를 위해 집에서 숙식을 제공하지 못하게 했다. 고구는 어쩔 수 없이 회서淮西 임회주臨淮州[22]로 가서 도박장을 경영하는 건달 류대랑柳大郎에게 의탁했다. 류대랑의 이름은 류세권柳世權으로 평생 식객을 좋아하고 일 없이 노는 자들을 부양했으며 사방에서 타락하고 추악하며 궁지에 빠진 옴 같은 자들을 받아들였다. 고구가 류대랑 집에서 빌붙은 지 3년이란 세월이 흘렀다.

훗날 철종 황제가 남교南郊[23]에서 제사를 올리자 하늘이 감응하여 때맞춰 바람 불고 비가 내려 농작물이 생장하자 관대한 은혜를 베풀어 천하에 사면령을 내렸다. 당시 고구는 임회주에 있었는데, 저지른 죄를 용서받자 동경으로 돌아가려고 생각했다. 동경성 안 금량교金梁橋에서 약재상을 하는 동董 장사將士[24]는 류세권과 친척이었다. 류대랑은 한 통의 편지를 쓰고 인사치레로 약간의 필요한 비용을 마련하고는 고구가 동경으로 돌아가서 동 장사의 집에서 생활할 수 있도록 도와줬다.

고구는 류대랑과 작별하고 등에 짐을 지고 임회주를 떠났다. 서두르지도 않고 여유를 부리지도 않으면서 동경으로 돌아와 곧장 금량교 아래 동 장사의 약재상에 가서 편지를 내밀었다. 동 장사는 고구를 한 번 쳐다보고는 류세권의 편

22_ 회서淮西 임회주臨淮州:『송사』「지리지」에 근거하면 "사주泗州는 상등의 주군이고 임회군臨淮郡이라 한다. 태조 건륭乾隆 2년(961)에 원래 있던 서성현徐城縣을 폐지했다. 건득乾得 원년(963)에 원래 초주楚州에 속했던 우이현盱眙縣, 호주濠州에 속했던 초신현招信縣을 사주 관할로 귀속시켰다'고 했다. 본문에서의 '임회주'는 없었고 '임해군'이라 해야 맞다. 임회군의 치소治所(지방관청으로 옛날 지방 각급 관리들이 직무를 맡았던 소재지)는 우이현盱眙縣이었다.

23_ 남교南郊: 도성 남쪽 지구를 가리키며 고대 천자가 도성 남쪽 교외에 원구圜丘(황제가 하늘에 제사 지내던 의식을 거행하던 곳)를 축조하여 하늘에 제사를 지내던 곳을 가리키기도 한다. 특별히 제왕이 하늘에 제사 지내는 대례大禮를 가리킨다.

24_ 장사將士: 관직이 없는 부호를 말한다.『수호전전전교주』에 따르면 『남사서록南詞敍錄』에 이르기를 '송대의 부호는 원외員外 산관散官(관직 명칭은 있지만 실제적인 직무가 없는 관직 칭호)을 구매했는데, 조산朝散, 조의朝議, 장사將仕 같은 종류였다'고 했다. 도종의陶宗儀의『철경록輟耕錄』에 이르기를 '문관 정正8품은 장사랑將仕郎이라 하고 종從8품은 장사좌랑將仕佐郎이라 한다'고 했다." 장사將士는 마땅히 장사將仕라고 해야 한다.

지를 읽고, 속으로 생각했다.

'고구 같은 자를 어떻게 내 집에 둘 수 있단 말인가? 만일 성실한 사람이라면 집에 있게 하면서 아이들이라도 가르치면 좋을 텐데. 이놈은 권세가에 빌붙어 유흥을 제공하며 방탕하고 예의와 염치도 모르며 성실하지도 않고 신용도 없는 데다, 당초에 죄를 지어 외지로 유배까지 보내 부역하게 한 놈이라 옛날 성질을 고쳤을 리가 만무하다. 만약 집에 살게 한다면 아이들이 보고 좋지 않은 것을 배우게 될 것이다. 허나, 류대랑 체면이 있으니 거두지 않을 수도 없다.'

동 장사는 할 수 없이 우선 기뻐하며 임시로 집에 머물게 하고 매일 술과 음식을 대접했다. 고구가 머무른 지 10여 일이 지난 즈음에 동 장사는 한 가지 방법을 생각하고는 의복 한 벌을 내놓고 편지를 써서 주며 고구에게 말했다.

"소인의 집은 반딧불처럼 작고 약해서 사람을 제대로 비출 수 없어 나중에라도 족하足下25의 장래를 망칠까 두렵습니다. 내가 소소학사小蘇學士26의 집에 족하를 천거했으니 훗날 어떤 자격으로 인정받는 일이 생길 것입니다. 족하의 의견은 어떠십니까?"

고구가 크게 기뻐하며 동 장사에게 감사했다. 동 장사가 사람을 시켜 편지와 함께 고구를 데리고 학사부學士府(소소학사의 부서)로 가게 했다. 문지기가 안에 통보하니 소소학사가 나와서 고구를 보고 편지를 읽어보고는 고구가 원래 떠돌아다니며 권세가에 빌붙어 유흥을 제공하고 비위를 맞추며 떠돌아다니는 자인 것을 알고 속으로 생각했다.

'어떻게 이런 사람을 받아들이겠는가? 차라리 인정을 베풀어서 부마駙馬27

25_ 족하足下: 상대방에 대한 존칭으로 교제 용어다. 아랫사람이 윗사람을 혹은 동년배끼리 서로 부르는 경어다.
26_ 소소학사小蘇學士: 『휘주후록揮塵後錄』에서는 송대의 대문호인 소식蘇軾(소동파蘇東坡)를 말한다고 했다. 『수호전교주본』에 따르면 "오류로 의심된다. 앞에서 언급한 것은 당연히 소식蘇軾을 가리키는 것으로 바로 대소학사大蘇學士다'라고 했다.
27_ 부마駙馬: 부마도위駙馬都尉의 줄임말로 원래는 한나라 때의 관직 명칭이었다. 위진魏晉 이후 황제의

60

왕진경王晉卿[28] 부중에 추천하여 측근 수행원으로 삼으라고 하는 게 좋겠다. 사람들이 그를 "소왕도태위小王都太尉"[29]라고 부르니 고구 같은 사람을 좋아할 것이다.'

소소학사는 동 장사에게 답장을 보내고, 고구는 남아서 부중에서 하루를 머물렀다. 다음날 소소학사는 편지 한 통을 써서 간인幹人[30]을 시켜 고구를 소왕도태위의 집으로 데려가게 했다.

이 태위는 바로 철종 황제의 매부이고 신종 황제의 부마였다.[31] 태위는 고구 같은 풍류 있는 사람을 좋아했다. 소소학사의 심부름꾼이 들고 온 편지를 읽고 고구를 만나더니 이내 좋아했다. 바로 답장을 써서 돌려보내고 고구를 부중에 남겨 측근 수행원으로 삼았다. 소왕도태위를 부중에서 만난 뒤부터 고구는 그곳을 집안사람처럼 마음대로 출입할 수 있었다. 예부터 말하기를, '멀어지면 날로 소원해지고, 가까워지면 갈수록 친근해진다日遠日疏, 日親日近'고 했다. 어느 날 소왕도태위는 생일을 축하하기 위하여 부중에서 잔치를 준비하도록 분부하고 특별히 손아래 처남 단왕端王[32]을 단독으로 초대했다. 단왕은 신종 황제의 11번째 아들이며 철종의 동생으로 현재 동가東駕[33]를 관장했으며 항렬에 따라

사위가 반드시 부마도위를 담당했으므로 뒤에 '부마'는 황제 사위의 칭호가 되었다.

28_ 왕진경王晉卿: 『송사』 「왕전빈전王全斌傳」에 따르면 "왕진경은 시와 그림에 능숙했고 촉국장공주蜀國長公主를 아내로 맞아들였으며 관직이 류후留後에 이르렀다"고 했다.

29_ 소왕도태위小王都太尉: 『수호전전교주』에 따르면 "소왕小王이라 부르는 것은 형제의 순서로 마치 소동파의 동생 자유子由(소철蘇轍의 자)를 사람들이 '소소小蘇'라 부르는 것과 같다. 그를 '도태위都太尉'라 부르는 것은 소설가의 말이다"라고 했다. 송나라 때 '도태위'라는 칭호는 없었다.

30_ 간인幹人: 송나라 시기에 부호와 품계가 있는 관원 집에서 일을 처리하는 심부름꾼을 말한다. 이하 역자는 '심부름꾼'으로 번역했다.

31_ 『수호전보증본水滸傳補證本』에 따르면 "여기서 매부라고 말한 것은 오류다. 응당 철종哲宗의 고모부이고 신종神宗의 매부라고 해야 한다. 왕진경은 또한 고구와는 같은 시기가 아니었다"고 했다.

32_ 단왕端王: 이름은 조길趙佶이고 철종 사후에 황제로 즉위했는데(1101) 휘종徽宗이라 부른다. 도교를 숭상하여 자칭 교주도군 황제敎主道君皇帝라 했다. 국정을 다스리지 않고 토목 공사를 크게 일으켜 북송을 멸망에 이르게 했으나 다재다능했다.

33_ 동가東駕는 동궁 태자가 기거하는 곳의 수레를 말한다.

구대왕九大王으로 불리는, 매우 총명하고 용모가 빼어난 인물이었다. 단왕은 떠돌아다니는 자제들의 풍조와 권세가에 빌붙어 유흥을 제공하며 비위를 맞추는 일을 모르는 것도 없었고, 못하는 것도 없었으며, 좋아하지 않는 것도 없었다. 단왕은 거문고를 타고, 바둑, 글쓰기와 그림에 모두 통달했고, 축구와 타탄打彈34도 잘하고 관현악기도 잘 다루었으며 음악을 연주하고 춤추고 노래하는 것은 말할 필요도 없었다. 그날 소왕도태위는 부중에서 연회를 준비하여 산해 진미의 진수성찬을 차렸다.

보정寶鼎35에선 향이 타고, 황금 병에는 꽃이 꽂혀 있구나. 선음원仙音院36에선 새로운 악곡 다투어 연주하고, 교방사敎坊司37에선 신기한 기예 누차 뽐내고 있네. 수정 술병엔 자부紫府의 경장瓊漿38이 담겨 있고, 호박 잔엔 요지瑤池의 옥액玉液39이 가득 채워졌구나. 대모玳瑁40 쟁반엔 복숭아와 기이한 과일들 수북하고, 유리 사발엔 곰 발바닥과 낙타 발굽 놓여 있네. 생선회는 국수같이 잘게

34_ 타탄打彈: 몽둥이로 공을 때리는 놀이. 마당에 한 자 가량의 너비로 네모나게 금을 긋고 가운데 공 따위를 놓은 다음 다른 곳에 구멍을 파서는, 몽둥이로 공을 쳐서 그 구멍 안에 넣는 사람이 이기게 됨.

35_ 보정寶鼎: 정鼎은 용기로 다리가 세 개인 원형과 네 개인 사각형이 있고 또한 뚜껑의 유무에 따라 구분하기도 한다. 고대에는 대부분 정鼎을 왕조를 전하는 중요한 기구로 여겼으므로 보寶라 한 것이다.

36_ 선음원仙音院: 몽골 한국汗國 때 설립한 악공을 관장하는 기구였다. 원元 왕조가 건립된 뒤에는 명칭을 옥신원玉宸院으로 변경했다. 또한 일반적으로 궁정 음악 기구를 지칭하는 데 사용된다.

37_ 교방사敎坊司: 궁정 음악 기구로 당나라 때 건립되었고 교방敎坊이라 했다. 전문적으로 궁정에서 민간 음악의 교습과 연출을 관리했다. 명대에 교방사敎坊司로 명칭을 변경했고 예부禮部에 예속되었으며 축하 의식과 귀빈 영접, 악곡 연주의 사무를 책임졌고 동시에 관청의 기원妓院(기생집)이었다.

38_ 자부紫府는 도교에서 신선이 거주하는 곳을 말한다. 경장瓊漿은 미옥美玉으로 만든 장액漿液을 말하며 맛있는 술을 가리키기도 한다. 신화 전설에 따르면 이것을 마시면 신선이 된다고 했다.

39_ 요지瑤池는 전설에서 서왕모西王母가 거주하던 곳을 가리키고, 옥액玉液은 신선이 양조한 맛있는 술을 가리킨다.

40_ 대모玳瑁: 형상이 거북과 비슷한 동물이다. 『오록吳錄』에 따르면 "거북과 비슷하지만 크고 남해에서 나온다"고 했다.

썰었고, 가벼운 찻잔엔 옥예玉蕊[41]를 우려냈도다. 붉은 치마 입은 무녀들은 상판象板과 난소鸞簫[42] 장단에 맞춰 춤추고, 비취색 옷소매 가녀들은 둘러싸서 용생龍笙과 봉관鳳管[43] 받쳐 들었네. 화려한 옷차림의 미녀들은 두 줄로 섬돌 앞에 늘어서고, 생황 반주에 맞춘 노랫소리 연회석에 가득 울리는구나.

香焚寶鼎, 花挿金甁. 仙音院競奏新聲, 敎坊司頻逞妙藝. 水晶壺內, 盡都是紫府瓊漿; 琥珀盃中, 滿泛着瑤池玉液. 玳瑁盤堆仙桃異果, 玻璃碗供熊掌駝蹄. 鱗鱗膾切銀絲, 細細茶烹玉蕊. 紅裙舞女, 盡隨着象板鸞簫; 翠袖歌姬, 簇捧定龍笙鳳管. 兩行珠翠立階前, 一派笙歌臨座上.

단왕이 소왕도태위 부중의 연회에 오자 소왕도태위는 중앙에 자리를 마련하고 단왕을 청해 앉도록 하고 자신은 맞은편에 앉았다. 술이 여러 잔 돌고 음식이 두 차례에 걸쳐 나왔다. 단왕은 몸을 일으켜 소변을 보러 측간에 다녀오다 우연히 서재에서 잠시 쉬었는데, 긴 책상 위에 양의 기름같이 흰 백옥白玉을 쪼아 사자를 만든 진지鎭紙[44] 한 쌍이 눈에 들어왔다. 정교하고 영롱한 것이 지극히 잘 만든 물건이었다. 단왕은 그 사자 진지를 들고 손에서 내려놓지 않으며 말했다.

"좋구나!"

소왕도태위는 단왕이 그것을 마음에 들어 하는 모습을 보고는 말했다.

"옥에 용을 조각한 붓걸이도 있는데 같은 장인의 손에서 만들어진 것입니다. 지금 저에게 있는 것이 아니라서 내일 가져다가 함께 보내드리겠습니다."

41_ 옥예玉蕊: 당나라 시대 때 전통적인 이름난 꽃. 구체적으로 어떤 종류의 식물인지 현재 논쟁이 있다.

42_ 상판象板은 상아 박판拍板으로 타악기의 일종이다. 난소鸞簫는 소簫를 말하며 관악기의 일종이다.

43_ 용생龍笙은 생황笙簧의 일종으로 소리가 용이 우는 소리와 같거나 혹은 용을 장식한 생황을 가리킨다. 봉관鳳管은 생황과 통소 혹은 그 음악을 가리킨다.

44_ 진지鎭紙: 글씨를 쓰거나 그림을 그릴 때 종이를 눌러두는 물건.

단왕이 크게 기뻐하며 말했다.

"친절에 깊이 감사하오. 붓걸이는 틀림없이 더욱 아름다울 것 같소."

"내일 찾아다가 궁중으로 보낼 테니 보십시오."

단왕이 다시 감사의 말을 했다. 두 사람은 자리로 돌아가 해가 저물 때까지 술을 마시고 취한 뒤에야 자리를 파하고 흩어졌다. 단왕은 작별하고 궁으로 돌아갔다.

다음날 소왕도태위는 용이 새겨진 옥 붓걸이와 옥 진지 사자 한 쌍을 꺼내 작은 황금 상자에 담아 누런 명주보자기로 싸고 편지를 써서 고구를 시켜 보냈다. 고구는 소왕도태위의 명을 받들어 옥 진지와 붓걸이를 들고 편지는 가슴에 품고 곧바로 단왕 궁중으로 갔다. 문을 지키는 관리가 원공院公[45]에게 소식을 전하도록 했다. 얼마 지나지 않아 원공이 나와서 물었다.

"어디 부서에서 온 사람이오?"

고구는 예를 갖추고 대답했다.

"소인은 왕 부마 부중에서 특별히 대왕께 바치는 옥 문방구를 가져왔습니다."

원공이 말했다.

"전하殿下[46]께서는 정원에서 소황문小黃門[47]들과 공을 차고 계시오. 그대가 직접 가지고 가시오."

고구가 말했다.

"번거로우시겠지만 길 좀 안내해주십시오."

45_ 원공院公: 소설, 희곡에서 하인에 대한 경칭敬稱. 원자院子 라고도 한다.

46_ 전하殿下: 고대에 황후皇后, 황태자皇太子, 각 왕들에 대한 경칭이며 황제에 대한 경칭은 폐하陛下다. 전하의 '전殿'은 '궁전宮殿'으로 전하는 본래 궁전 아래를 가리키며 또한 궁전 아래에 서 있는 제왕의 시종 인원을 가리킨다. 채옹蔡邕의 『독단獨斷』에 따르면 전하의 본래 뜻은 "군왕 궁전 아래의 시종들이 군왕을 대신 가리키는 것을 말한다'고 했다.

47_ 소황문小黃門: 전한前漢 시기에 설치되기 시작했고 환관이 담당했다. 황제 곁에서 시종했으며 상서尚書의 사무를 받고 황제의 명령을 전달했으며 궁정 내외와 황제와 후궁 간의 연락을 관장했다. 이후에는 일반적으로 환관을 가리켰다.

원공은 고구를 정원 문 앞까지 데려다주었다. 고구가 바라보니 단왕은 머리에 부드러운 망사 당건唐巾[48]을 쓰고 자색으로 수놓은 용포를 입었으며 문무文武 두 가지 술이 달린 허리띠를 맸고 용포 앞섶을 끌어 허리띠 옆에 끼워 넣고 발에는 금실을 박은 비봉飛鳳[49] 신발을 신고는 소황문 3~5명과 공을 차고 있었다. 고구는 감히 나서지 못하고 수행원 뒤에 서서 기다렸다. 고구가 출세를 할 팔자여서 그랬는지 어쨌든 기회가 찾아왔다. 공이 땅에 튀더니 단왕이 받지 못하고 많은 사람 가운데서 고구에게 날아왔다. 고구는 공이 오는 것을 보고 순간적으로 용기를 내서 공을 발 바깥 복사뼈로 툭툭 차서[50] 단왕에게 보냈다. 단왕은 보고 크게 기뻐하며 물었다.

"너는 누구냐?"

고구가 앞으로 나와 무릎을 꿇고 말했다.

"소인은 소왕도태위의 수행원입니다. 동인東人[51]의 심부름으로 옥 진지와 붓걸이를 대왕께 바치러 왔습니다. 서신도 여기 올립니다."

단왕이 듣고서 웃으며 말했다.

"매형도 참 그 말을 마음에 두고 있었군."

고구는 서신을 꺼내 바쳤다. 단왕은 상자를 열어 보고 당후관堂後官[52]에게 건네 거두도록 했다.

단왕은 옥 문방구는 신경도 쓰지 않고 먼저 고구에게 질문을 했다.

"너는 공을 잘 차는구나! 이름이 무엇이냐?"

48_ 당건唐巾: 당나라 때 제왕이 쓰던 모자였으나 이후에는 사대부들이 사용했다.

49_ 비봉飛鳳은 신발 명칭이다.

50_ 원문은 '원앙괴鴛鴦拐'로 고대 축구 동작 명칭이다. 좌우 바깥 복사뼈로 연속해서 공을 차는 솜씨 동작을 말한다. 그러나 『수호전전교주』에 따르면 "왕운정汪雲程의 『축국도보蹴踘圖譜』에 이르기를 '원앙괴鴛鴦拐는 먼저 왼쪽으로 방향을 바꾸고 앞으로 간 다음 오른쪽으로 빼내는 것을 말한다고 했다."

51_ 농인東人: 주인을 가리킨다.

52_ 당후관堂後官: 고대 고급 관원의 시중을 들던 하급 관리.

고구가 두 손을 가슴 앞에서 맞잡고[53] 무릎을 꿇고는 다시 말했다.

"소인은 고구라고 합니다. 그냥 되는대로 몇 번 찬 적이 있습니다."

단왕이 말했다.

"좋아! 나와서 한번 차 보거라."

고구가 절하며 말했다.

"소인이 어떤 사람이라고 감히 대왕 앞에서 공을 차겠습니까!"

단왕이 말했다.

"이것은 '제운사齊雲社'[54]라는 모임이고 '천하원天下圓'이라 부른다. 이런 모임에서 공만 차는데 무슨 해로움이 있겠느냐?"

고구가 두 번 절하며 말했다.

"어찌 감히 나서겠습니까!"

여러 번 사양했으나 단왕은 기필코 차게 했다. 고구는 머리를 조아리고 사죄하고는 폐슬蔽膝[55]을 풀어버리고 마당으로 나왔다. 공을 몇 번 차자 단왕은 갈채를 보냈다. 고구는 평생의 실력을 모두 발휘하여 단왕의 비위를 맞추었다. 마치 부레풀로 몸에 공을 붙여놓은 것 같은 모습이었다. 단왕은 크게 기뻐하며 고구를 돌려보내지 않고 궁중에 남겨 하루를 머물게 했다. 다음날 연회를 마련하여 소왕도태위만을 궁중 연회에 초청했다.

한편 소왕도태위는 그날 밤에 고구가 돌아오지 않자 의심하고 있었는데, 다음날 문지기가 와서 보고하며 말했다.

"구대왕의 심부름꾼이 와서 명령을 전달하는데, 태위께 궁중 연회에 오시라고 청하셨습니다."

53_ 원문은 차수叉手다. 고대의 예절로 두 손을 가슴 높이에서 맞잡고 공손과 예의를 표시하는 것으로 자제, 손아랫사람 혹은 시종 등이 시립하고 있을 때 이러한 자세를 취한다.

54_ 제운사齊雲社: 송나라 때 유명한 민간의 공을 차던 모임.

55_ 폐슬蔽膝: 고대 중원 지구의 남녀 모두가 이용한 복식으로 의복 전면을 두르는 큰 수건이다. 아랫도리에 속하며 허벅지에서 무릎 부분까지 덮은 복식이다.

소왕도태위가 심부름꾼을 보고는 즉시 말에 올랐다. 곧 구대왕 부중에 이르러 말에서 내려 궁 안으로 들어가 단왕을 만났다. 단왕이 크게 기뻐하며 옥 문방구에 대해 감사를 표했다. 자리에 앉아 술을 마시며 단왕이 말했다.

"고구가 공을 차는 재주가 뛰어나 내가 측근 수행원으로 삼고자 하는데, 어떻게 생각하시오?"

소왕도태위가 대답했다.

"전하께서 이 사람을 쓰시겠다면 궁중에 남겨서 전하의 시중을 들도록 하십시오."

단왕은 기뻐하며 잔을 들고 감사를 표했다. 두 사람은 또 한참 이런저런 이야기를 나누었다. 밤에 연회를 마치고 소왕도태위는 부마부로 돌아갔다.

그리하여 단왕은 고구를 곁에 두고 궁중에 머물며 생활하게 했다. 고구는 우연한 기회로 단왕을 만난 이때부터 매일 수행하며 한 발짝도 떨어지지 않았다. 두 달이 지나지 않아서 철종이 사망했는데[56] 태자가 없었다. 문무백관이 상의한 끝에 단왕을 천자로 책립했고 제호帝號는 휘종徽宗이었다. 이 사람이 바로 '옥청교주미묘도군 황제玉清教主微妙道君皇帝'[57]였다. 휘종이 즉위한 뒤 천하가 줄곧 태평했는데, 어느 날 황제가 고구에게 말했다.

"짐이 너를 발탁하고 싶지만 변공邊功[58]이 있어야 비로소 승진할 수 있다. 일단 추밀원樞密院[59]에 네 이름을 올렸으니 짐을 따라다니는 수행원이 되도록 하여라."

56_ 원문은 '안가晏駕'인데, 황제의 사망을 꺼려 감히 말하지 못하고 사용하는 말이다.

57_ 옥청교주미묘도군 황제玉清教主微妙道君皇帝: 휘종 조길은 도교를 신봉했는데, 이것은 승려와 도사들이 그에게 증정한 존호로 '도군 황제道君皇帝' '도군道君'이라고도 한다.

58_ 변공邊功: 방어, 개척 혹은 변경을 다스리며 세운 공훈을 가리킨다.

59_ 추밀원樞密院: 관서 명칭으로 송나라 때 군사 기밀, 변경 방어와 외교 등의 사무를 주관하던 최고 국무 기관 가운데 하나였다. 『수호전전교주』에 따르면 "추밀사樞密使 명칭은 당나라 때 시작되었고 환관이 담당했으나 오대五代 시기에 사대주가 담당하기 시작하면서 재상과 동등해졌다. 송나라 때 재상과 추밀사가 민병民兵의 정사를 나누었고 이부二府라 불렀다"고 했다.

그리고 반년도 지나지 않아서 고구에게 전수부殿帥府 태위太尉60 직무를 맡도록 발탁했다. 바로 다음과 같다.

귀하고 천함에 구애받지 않는 제운사, 그저 애매모호하기만 한 천하원.
공차기 잘하는 능력으로 발탁된 고구, 손발만으로도 권력 잡을 수 있네.
不拘貴賤齊雲社, 一味模棱天下圓.
撻擧高俅毬氣力, 全憑手脚會當權.

고구는 전수부 태위가 되자 길일을 택하여 전수부로 부임했다. 전수부에 소속된 공리公吏 아장衙將,61 도군都軍 감군監軍, 마보군馬步軍62 등이 모두 와서 참배하면서 각기 자신의 수본手本63을 올리고 화명花名64을 써서 보고했다. 고 전수殿帥(고구)는 하나하나 점고하다가 팔십만금군교두八十萬禁軍敎頭 왕진王進만이 빠진 것을 발견했다. 보름 전에 병가를 제출했는데 병이 낫지 않아 아직 관아에 복귀하지 않았던 것이다. 고 전수는 크게 화를 내며 소리 질렀다.

60_ 전수부殿帥府 태위太尉: 『수호전전교주』에 따르면 "송나라 제도는 삼사三司가 나누어 금군禁軍을 이끌었는데, 이것이 삼아三衙(금군을 관장하는 기구로 전전사殿前司·시위친군마군사侍衛親軍馬軍司·시위친군보군사侍衛親軍步軍司)다. 그 장관을 도지휘사都指揮使, 부도지휘사副都指揮使, 도우후都虞候라고 하는데, 이후에는 상시 설치되지는 않았다. 각 군에는 도지휘사가 있었는데, 즉 『수호전』에서 말하는 전수殿帥다"라고 했다. 고구는 전전사殿前司 도지휘사都指揮使이다.

61_ 공리公吏는 각 관부에서 사무를 처리하는 관리이고, 아장衙將은 군부의 무관을 가리키며 일반적으로 저급 무관을 가리키기도 한다.

62_ 도군都軍 감군監軍 마보군馬步軍: 100회본에는 '도군都軍 금군禁軍 마보군馬步軍'으로 표기하고 있는데, 『수호전교주본』에 따르면 "금군禁軍 삼사三司를 말한다"고 했다. 『송사宋史』「병지兵志·병일兵一·금군상禁軍上」에 따르면 "송나라 병제兵制는 대개 세 가지가 있다. 천자의 위병으로 경사를 수호하고 출정하여 변경에 주둔하면서 방비하는 것을 금군이라 한다. 각 주에 주둔하고 부역하는 것을 상군廂軍이라 하며, 호적 혹은 응모를 통해 선발하여 훈련시키고 각 장소에 방비를 시키는 것을 향병鄕兵이라 한다"고 했다.

63_ 수본手本: 관리가 장관을 알현할 때 사용하는 이력을 적은 명함. 대략 직위 이름 경력을 기록함.

64_ 화명花名: 별명과 같으며 통상적으로 신분을 감추기 위해 사용한다.

"허튼소리 말라! 수본만 올리고 참석하지 않는 것은 이놈이 관부에 항거하고 나를 어물쩍 넘기려는 것이 아니냐! 이놈이 병을 핑계로 집에 자빠져 있을 터이니, 빨리 가서 잡아오너라."

즉시 왕진의 집으로 사람을 보내 체포해 오도록 했다.

한편 왕진은 부인도 없이 예순이 넘은 모친을 모시고 살고 있었다. 패두牌頭65가 왕진에게 말했다.

"이번에 고 전수께서 새로 부임하여 점고를 했는데 왕 교두님만 불참했습니다. 군정사軍正司66가 병에 걸려 집에서 치료하고 있다며 병가 증명서를 보여드렸는데, 고 전수께서 성질이 급한데 믿으려 하겠습니까? 교두님을 잡아오라고 하면서 교두님이 병을 핑계로 집에 있다고만 말하고 있습니다. 그러니 가셔야지, 만약 가시지 않는다면 소인도 연루되어 죄를 짓게 됩니다."

이 말을 들은 왕진은 아프더라도 가지 않을 수 없었다. 전수부에 들어가 태위 앞으로 나아가 네 번 절을 올리고 몸을 굽혀 두 손을 모아 올리며 소리를 높여 예의를 갖추고 일어나 한쪽에 가서 섰다. 고구가 말했다.

"네놈이 도군都軍 교두 왕승王升의 아들이냐?"

왕진이 아뢰었다.

"소인이 맞습니다."

고구가 소리 질렀다.

"네 이놈! 네 아비는 거리에서 봉술이나 보여주며 약을 팔던 약장수인데, 네가 무슨 무예를 안다고 하느냐? 전관이 눈이 멀어 너를 교두로 임명했다고 네가 감히 나를 우습게보고 점검에 불복하는 것이냐! 네가 누구의 세력을 믿고 병을

65_ 패두牌頭: 패자두牌子頭로 패군의 우두머리 혹은 아역衙役의 우두머리다. 또한 원나라 때 군대의 말단 편제 단위인 패牌의 우두머리인데, 『원사元史』 「병지兵志 1」에 따르면 "10명이 1패牌이고 패두를 설치했는데, 말에 오르면 전투를 준비하고 말에서 내리면 모여서 방목했다"고 했다

66_ 군정사軍正司: 군정사軍政司로 군중에서 법을 집행하는 관원이다.

핑계로 집 안에서 쉬면서 즐거워했느냐!"

왕진이 설명하며 말했다.

"소인이 어찌 감히 그럴 수 있겠습니까? 사실은 병에 걸려 아직도 완전히 회복되지 않았습니다."

고 전수가 욕설을 했다.

"이런 나쁜 배군配軍 같은 놈, 병 걸렸다는 놈이 지금은 어떻게 나왔느냐?"

왕진이 다시 설명했다.

"태위께서 부르시는데 어찌 감히 나오지 않을 수 있겠습니까!"

고 전수는 크게 성을 내며 좌우에게 명을 내려 왕진을 잡으라고 소리쳤다.

"잡아라! 이놈을 힘껏 쳐라!"

많은 아장牙將67이 모두 왕진과 친하게 지낸 사이였으므로 군정사와 함께 말했다.

"오늘은 태위께서 부임하신 좋은 날이니 잠시 한번만 용서해주십시오."

고 태위가 소리 질렀다.

"이 나쁜 배군 같은 놈아! 여러 장수의 얼굴을 보아 오늘의 죄는 용서해주겠지만, 내일은 끝장을 내겠다."

왕진은 사죄하고 일어나 고개를 들어 바라보고서야 그가 고구임을 알았다. 관서 문을 나오면서 탄식했다.

'이번에 내 목숨을 보전하기 어렵겠구나. 무슨 고 전수라고 하더니 바로 동경에서 권세가에 빌붙어 유흥을 제공하며 비위를 맞추는 원사圓社(제원사)의 고이

67_ 아장牙將: 군대의 계급으로 5명을 이끄는 것을 오장伍長, 10명은 십장什長, 100명은 백부장百夫長, 500명은 소도통小都統, 1000명은 대도통大都統이라 했고, 3000명에는 정장正將과 편장偏將 두 명을 설치했으며 5000명에는 정아장正牙將과 편아장偏牙將을 설치했고 1만 명에는 정장군正將軍과 부장군副將軍을 설치했다. 또 아문장牙門將을 가리키기도 하는데, 경호 부대의 지휘관이다. 여기서는 군중의 중·하급 군관을 가리킨다. 본문에는 '아장衙將'과 '아장牙將'이 있는데 이하 등장하는 아장은 모두 '아장牙將'이다.

高二로구나. 이전에 봉술을 배웠다가 내 부친에게 맞아 뒤집어져 서너 달 동안 몸조리하느라 일어나지 못했지. 그래서 원한을 품었구나. 그가 지금 출세하여 전수부 태위가 되어 보복을 하려고 하는데, 내가 지금 그의 부하가 될 줄은 생각도 못했구나. 예로부터 '상관이 무서운 것이 아니라 직접 관할하는 자가 더 무섭다'[68]고 했다. 내가 어떻게 그와 싸울 수 있겠는가? 어떻게 해야 좋단 말인가?'

집으로 돌아와 울적해했다. 모친께 이 일을 말하고 모자 두 사람이 서로 머리를 끌어안고 울었다. 왕진의 어머니가 말했다.

"아들아, '삼십육계 중에 달아나는 것이 상책이다'라고 하더라. 그런데 도망갈 곳이 없구나."

왕진이 말했다.

"어머니 말씀이 옳습니다. 이 아들이 곰곰이 생각해보니 같은 생각입니다. 변방에 주둔하며 지키고 있는 연안부延安府[69] 노충老种 경략상공經略相公[70]의 수하 군관이 경사에 많이 있는데, 제 창봉술을 칭찬하고 좋아했습니다. 그곳으로 도망가서 그들에게 의지하는 것은 어떻겠습니까? 그곳은 사람이 필요한 곳이니

68_ 원문은 '不怕官, 只怕管'이다.

69_ 연안부延安府: 철종 원우元祐 4년(1089)에 부연로鄜延路를 승격시켜 연안부延安府를 설치했다. 치소治所(지방 행정기구 소재지)는 부시膚施(지금의 산시陝西성 옌안延安)였다. 『수호전전교주』에 따르면 "정목형程穆衡의 『수호전주략水滸傳注略』(이하 『주략』으로 표기함)에서 이르기를, '연안부는 송나라 연안군延安郡으로 창무군절도사彰武軍節度使'라고 했다."

70_ 노충老种 경략상공經略相公: 노충老种은 충사도种師道(1051~1126)를 말한다. 『수호전전교주』에 따르면 "당시 충사도는 나이가 많았으므로 천하 사람들이 노충老种이라 불렀다. 그는 연안에 주둔하여 지킨 적이 없으며 『수호전』과 원곡元曲에서 '연안경략상공延安經略相公'이라 말하는 것은 소설가의 말이다"라고 했다. '种'의 음은 'chong(충)'이다. 경략經略은 경략사經略使 혹은 경략안무사經略按撫使의 줄임말이다. 경략사는 당나라 때 변경 주州의 군사 장관이었는데, 이후로는 항상 절도사節度使를 겸임했다. 송나라 초기에는 상시 설치되지는 않았고 인종仁宗 때 서하西夏의 침입을 방비하기 위해 변경의 각 노路에 경략사를 설치했고 안무사按撫使를 겸임했으므로 경략안무사라 불렀다. 한 노路의 군사와 백성의 정무를 관장했다. 상공相公은 송대 지부知府 이상 고급 관위에 대한 존칭이다.

의탁하여 살기에 충분할 것입니다."

바로 다음과 같다.

다른 사람을 임용할 줄 아는 사람은, 사람이 기꺼이 그를 위해 쓰이려 한다네.

자신만 믿고서 옳고 여기는 사람은, 사람이 다른 곳으로 가버리고 만다네.

다른 곳에서 어진 인재 얻게 되면, 이곳은 중용할 수 있는 인재 잃기 마련이네.

인재 쫓는 것 또한 당기는 것과 같으니, 참으로 애석하고 가슴 아픈 일이로다.

用人之人, 人始爲用.

恃己自用, 人爲人送.

彼處得資, 此間失重.

若驅若引, 可惜可痛.

모자 두 사람은 상의를 끝냈다. 어머니가 다시 말했다.

"아들아, 문 앞의 패군牌軍71 두 명은 전수부에서 너를 시중들라고 보냈는데 우리가 도망가려는 것을 알게 되면 벗어날 수 없게 될까 걱정되는구나."

왕진이 말했다.

"괜찮습니다. 어머니는 걱정 마십시오. 이 아들한테 처리할 방법이 있습니다."

그날 저녁 해가 지기 전에 왕진이 먼저 패군 장張가를 불러 분부했다.

"너 먼저 밥을 먹고 내 심부름 좀 해야겠다."

장가가 말했다.

"교두님께서 소인을 어디로 보내시려 하십니까?"

왕진이 말했다.

71_ 패군牌軍은 관아에서 실제적으로 관할지구 행정과 사법 사무를 처리하는 관리를 말한다.

"내가 얼마간 병을 앓아서 내일 아침 일찍 산조문酸棗門72 밖 악묘岳廟73에 가서 향을 사르고 소원을 빌려고 한다. 그러니 자네가 오늘 밤 먼저 가서 묘축廟祝74에게 아침 일찍 사당 문을 열도록 분부하게. 향을 사르고 희생물로 소·양·돼지75를 잡아 유리왕劉李王76에게 바치고자 한다. 자네는 사당에서 쉬면서 나를 기다리도록 하게."

장가는 대답을 하고 먼저 저녁을 먹은 뒤에 준비하러 사당으로 갔다.

밤이 되자 왕진 모자는 짐과 옷가지, 귀중품과 은량銀兩77을 챙겨서 멜대에 넣었다. 또 양식 자루 두 짐을 낙타 등 모양으로 말 위에 묶었다. 5경五更(새벽 3~5시)에 날도 밝지 않았을 때 왕진은 패군 이李가를 불러서 분부했다.

"자네는 이 은량을 가지고 악묘에 가서 장가와 함께 소·양·돼지를 사서 삶은 다음 기다리게. 나는 향촉과 지전紙錢78을 사서 뒤따라가겠네."

72_ 산조문酸棗門: 송나라 때 동경(변량汴梁, 지금의 허난성 카이펑) 북성北城에는 네 개의 문이 있는데, 동쪽에서 서쪽으로 차례대로 진교문陳橋門·봉구문封丘門·산조문·위주문衛州門이었다.

73_ 악묘岳廟는 동악묘東岳廟를 말한다.『수호전전교주』에 따르면 "주성周城의『송동경고宋東京考』권16 「묘廟」에 이르기를, '동악묘는 성안 동북쪽 구석에 있다. 태산泰山의 신에게 제사지내기에 일명 태산묘泰山廟라 한다'고 했다." 여기서 '악岳'이 가리키는 것은 '오악五岳'이다. 그러므로 악묘는 오악이 있는 곳에 모두 사당이 있다. 당시 변량에는 두 곳의 악묘가 있었는데, 하나는 오악에 제사지내는 군묘群廟이고 다른 하나는 태산에 지내는 동악묘다. 본문에는 악묘가 산조문 밖이라고 했는데, 이 것은 착오로 산조문은 변량의 북분 가운데 중문으로 동악묘는 조문曹門 부근에 있었다.

74_ 묘축廟祝: 사당에서 향과 초를 관리하는 사람.

75_ 원문은 '삼생三牲'으로 소·양·돼지 세 가지 희생물을 말한다.

76_ 유리왕劉李王:『수호전전교주』에 따르면 "정목형의『주략』에서 이르기를, '도가에서는 유군왕劉君王, 이군왕李君王이 모두 동악東嶽의 장안掌案(문서 관리인)이다. 유군왕은 동방을 주관하고 청색의 조각상이고, 이군왕은 서방을 주관하며 백색의 조각상이다. 유군왕의 이름은 환煥이고 이군왕의 이름은 장흥長興이다'라고 했다." 여기서 '군왕君王'은 작위 명칭으로 서진西晉 때 시작되었다. 진晉나라 때 군왕에 봉해진 자들은 종족 구성원으로 성이 다른 사람은 이러한 대우를 누릴 수 없었다. 당나라 이후에야 비로소 다른 성을 가진 자에게 수여했다. 이것에 근거하면 유환과 이장흥은 응당 당나라 때 사람으로 그들이 사후에 태산의 신으로 봉해진 것인지는 알 수 없다.

77_ 은냥銀兩: 은이 주요 유통 화폐 단위였고 냥兩은 단위였기 때문에 은자銀子를 은냥이라 불렀다.

78_ 지전紙錢: 제사 때 죽은 사람이나 귀신에게 사용하고 대쉬는 엽전이나 지전 모양으로 만든 종이. 불사르거나 공중에 뿌리기도 하며 묘지에 걸어놓기도 한다.

이가는 은자銀子를 가지고 사당으로 갔다. 왕진이 마구간에서 말을 끌어내식량 보따리를 싣고 밧줄로 단단히 묶은 다음 뒷문으로 끌고 가서 어머니를 부축하여 말에 태웠다. 집 안의 가치 없는 물건은 전부 남겨두고 앞문과 뒷문을모두 잠근 다음 멜대를 짊어지고 말 뒤를 따라갔다. 시각은 5경으로 아직 날이밝기 전의 틈을 타서 서화문西華門[79]으로 나와 연안부로 향하는 길을 잡았다.

패군 두 사람은 복물福物[80]을 사서 삶은 다음 사당에서 왕진을 기다렸으나사패巳牌[81]가 되어도 오지 않았다. 이가가 조급하여 집으로 돌아와보니 문이잠겨 있었다. 앞뒤 두 문이 모두 잠겨 있었고 한나절 동안 찾았으나 아무도 보이지 않았다. 저녁이 되자 악묘에 남아 있던 장가가 의심이 들어 곧장 왕진의 집으로 달려와 이가와 함께 저녁 내내 찾았다. 날이 점점 어두워졌으나 왕진이 밤에 돌아오는 것을 보지 못했고 왕진의 노모도 찾지 못했다. 다음날 두 패군이왕진의 친척 집을 방문했으나 역시 찾지 못했다. 두 사람은 연루될 것이 두려웠으나 어쩔 방법이 없어 전수부에 가서 고발했다.[82]

"왕 교두가 모친과 함께 집을 버리고 도망가서 행방을 알 수 없습니다."

79_ 서화문西華門: 『수호전전교주』에 따르면 "『동경몽화록東京夢華錄』 권1 『대내大內』에 '문덕전文德殿 앞에 동서 대로가 있는데, 동쪽으로 나가는 곳을 동화문東華門, 서쪽으로 나가는 곳을 서화문西華門이라 한다'고 했다."

80_ 복물福物: 제사에 사용하는 술과 고기를 말한다.

81_ 사패巳牌: 사시巳時를 말한다. 오전 9~11시. 『수호전전교주』에 따르면 "정목형의 『주략』에서 이르기를, '『통감주通鑑注』에서, 옛날 관직을 수여하면 인수印綬(인장과 인끈)를 수여했고 항상 몸에 차고 다녔는데 관직을 그만두게 되면 인수를 풀었다. 당나라 때 직인職印을 설치하기 시작했고 직분에 임명된 자가 전용으로 사용했는데, 그 직인을 함에 보관했다. 관리는 그 직인을 내실에 두고 별도로 하나의 패牌를 만들어 관리를 시켜 관장하게 하면서 신중하게 출입시켰다. 직인이 나가면 패를 들이고 패가 나가면 직인을 들였는데, 그것을 패인牌印(영패令牌와 인신印信)이라 했다. 여기서 말하는 사패는 사시巳時에 패를 교부하는 시각이다. 무릇 진패辰牌·오패午牌·미패未牌와 같은 것이다'라고 했다."

82_ 원문은 '수고首告'인데, 이름을 내고 고발한다는 의미다. 『수호전전교주』에 따르면 "『육부성어주해六部成語註解』 「형부刑部」에 이르기를, '수고는 머리를 내밀고 다른 사람의 일을 알리는 것이다'라고 했다."

고 태위가 보고를 듣고 크게 화를 내며 말했다.

"이런 나쁜 배군 놈이 도망쳤구나. 어디까지 도망갈 수 있는지 보자!"

곧바로 공문을 내려 각 주州 각 부서에 발송하여 군대에서 달아난 왕진을 잡도록 했다. 두 사람은 자진 출두하여 왕진이 도망간 사실을 고발했으므로 죄를 면해줬다.

한편 왕 교두와 모친이 동경을 떠난 뒤부터 제때에 먹고 마시지 못하는 고달프고 힘든 여정에 시달리며 밤에는 쉬고 새벽부터 발걸음을 재촉하여 한 달 정도를 쉬지 않고 갔다. 어느 날 날이 저물자 왕진이 멜대를 메고 어머니가 탄 말 뒤를 따르며 말했다.

"하늘이 우리 모자를 불쌍히 여기니 다행입니다! 이제 물샐틈없는 경계망을 벗어났습니다. 여기서 연안부는 멀지 않으니 고 태위가 사람을 보내 잡고자 해도 잡을 수 없을 것입니다."

두 모자는 기뻐하느라 도중에 잘 수 있는 객점을 지나친 것도 깨닫지 못했다. 저녁 내내 걸어도 촌방村坊83을 만나지 못했으니 어디서 묵어야 좋단 말인가? 바로 그때 뜻밖에 멀리 수풀 속에서 한 줄기 등불이 번쩍이고 있었다. 왕진이 보고 말했다.

"다행이다. 저기 가서 공손하게 양해를 구해 하룻밤만 묵고 내일 일찍 떠나야겠다."

숲으로 돌아 들어가서 보니 커다란 장원莊院84인데, 토담으로 둘러싸였고 담장 밖은 커다란 버드나무 200~300그루가 심어져 있었다. 그 장원을 보니,

---

83_ 촌방村坊은 들판에 사람들이 모여 사는 마을을 가리킨다. 『당서唐書』 「식화지食貨志」에 따르면 "100호를 이里, 5리는 향鄕, 네 집을 인鄰, 다섯 집을 보保라 한다. 읍邑에 거주하는 것을 방坊이라 하고, 들판에 있는 것을 촌村이라 한다"고 했다.

84_ 장원莊院: 향촌의 집 앞뒤로 담상이 있거나 울디리로 둘러싼 커다란 저원으로 농촌에 있는 관료나 지주의 높고 큰 저택을 말한다.

앞에는 관도官道[85]가 관통하고, 뒤에는 시내와 언덕을 기대고 있구나. 실 같은 푸른 가지 연기처럼 빙 둘러싸고 있고, 사방에 깔린 나무 그늘은 물감을 들인 듯 푸르도다. 가옥 모퉁이 돌아가니 소와 양들이 가득하고, 보리 타작마당엔 오리와 거위 떼지어 있네. 논밭과 넓은 들판에는 고용된 장객莊客[86]들이 천 명이요, 처자식들 번성하여 여종과 아이들 그 수를 헤아릴 수 없구나. 바로, 집안에 식량 남아돌아 닭, 개 배불리고, 서적도 많아 자손들 어질도다.

前通官道, 後靠溪岡. 一周遭青縷如烟, 四下里綠陰似染. 轉屋角羊牛滿地, 打麥場鵝鴨成群. 田園廣野, 負傭莊客有千人; 家眷軒昂, 女使兒童難計數. 正是: 家有餘粮鷄犬飽, 戶多書籍子孫賢.

왕진이 장원 앞에서 한참 문을 두드리니 장객이 나왔다. 왕진은 멜대를 내려놓고 인사를 했다. 장객이 말했다.

"우리 장원엔 무슨 일로 오셨소?"

왕진이 대답했다.

"사실대로 말하면 소인이 어머니를 모시고 길을 더 가려고 욕심 부리다 여관을 지나치고 말았소. 여기까지 와서야 앞에는 마을도 아니고 뒤로는 여관도 아니라는 것을 알았습니다. 죄송하지만 이 장원에서 하룻밤 묵고 내일 아침 일찍 떠나고자 합니다. 방세도 내겠으니 사정을 너그럽게 살펴주시기 바랍니다."

장객이 말했다.

"그렇다면 잠시 기다리시오. 내가 들어가서 장주莊主(장원 주인)이신 태공太

85_ 관도官道: 국가 기관에서 건설한 도로, 대로를 가리킨다.

86_ 장객莊客: 장원에서 소작과 고용살이를 하는 농민을 말한다. 장객은 경작 이외에도 노역에도 복무했으며 전지田地와 장원을 보위하는 책임도 맡았다.

公[87]께 물어보리다. 승낙하시면 머물러도 상관없을 것이오."

왕진이 다시 말했다.

"형씨,[88] 부탁드립니다."

장객이 들어간 지 한참 지나서 나오더니 말했다.

"장주 태공께서 두 분을 들어오라 하시오."

왕진이 어머니를 말에서 내리게 하고 멜대를 메고 말을 끌고서 장객을 따라 보리 타작마당에 들어와 멜대를 내려놓고 말은 버드나무에 묶었다. 모자 두 사람은 초당으로 들어가서 태공을 뵈었다.

그 태공은 나이가 환갑을 넘긴 것 같고 수염과 머리가 모두 하얗게 세었는데 먼지를 막는 겨울 모자를 썼으며 몸에는 세로로 꿰맨 넓고 큰 적삼[89]을 입고 허리에는 검은 명주실로 엮은 끈을 묶었으며 발에는 무두질한 가죽신을 신었다. 왕진이 보자마자 절을 하니 태공이 급히 말했다.

"손님, 절까지 할 것 없소. 당신들은 먼 길 가느라 고생하셨을 텐데 와서 앉으시오."

왕진 모자는 예를 마치고 모두 자리에 앉았다. 태공이 물었다.

"여러분께서는 어디서 오셨소? 어쩌다 늦은 밤에 여기까지 오셨소?"

왕진이 대답했다.

"소인은 성이 장張이고 원래 경사 사람입니다. 이번에 본전을 다 까먹고 생업을 꾸려 나갈 수 없어서 연안부로 가서 친척에게 의지하려고 합니다. 뜻밖에 오늘 길 욕심을 내다가 여관을 지나쳤습니다. 태공 장원에 하룻밤 머물고 내일 일찍 떠나겠습니다. 방값은 제대로 지불하겠습니다."

태공이 말했다.

87_ 태공太公; 노인에 대한 존칭. 부친 혹은 다른 사람의 부친에 대한 존칭으로도 사용되었다.
88_ 원문은 '대가大哥'인데, 남자를 우연히 만났을 때의 존칭이나. 억지는 '형씨'로 번역했다
89_ 원문은 '관삼寬衫'이다. 송나라 때 관리와 사인士人의 넓고 큰 의복을 가리킨다.

"괜찮소. 지금 세상 사람들 중에 어느 누가 집을 이고 다닐 수 있겠소! 두 모자께서는 당연히 저녁도 못 드셨겠소이다?⁹⁰"

장객을 불러 저녁을 준비하도록 했다. 얼마 지나지 않아서 대청에 식탁을 차렸다. 장객이 네 가지 채소菜蔬⁹¹가 담긴 통반桶盤⁹²과 소고기가 담긴 쟁반을 받쳐 들고 와서 탁자에 차려놓고 먼저 술을 데우고는 걸러냈다.⁹³ 태공이 말했다.

"촌락村落⁹⁴에 별로 대접할 게 없으니 나무라지 마십시오."

왕진이 일어나서 답례하며 말했다.

"소인 모자가 연고도 없는 곳까지 와서 폐를 끼친 데다 친절까지 베푸시니, 이 은혜를 어떻게 갚아야 할지 모르겠습니다."

태공이 말했다.

"그런 말씀 마시고 술이나 한잔 드시오."

술 예닐곱 잔을 거푸 권하고 두 사람은 밥을 먹고 그릇을 정돈했다. 태공이 몸을 일으켜 왕진 모자를 방으로 안내하여 쉬도록 했다. 왕진이 요청했다.

90_ 원문은 '타화打火'인데, 여행 중에 쌀을 준비하여 밥을 해먹는 것을 말한다. 여행객에게 밥을 지어먹는 화로를 제공해주는 상점을 타화점打火店이라고 한다.

91_ 채소菜蔬라는 단어에서 '채菜'는 먹을 수 있는 야생풀을 말하는데, 즉 야채野菜를 가리킨다. '소蔬'는 인공으로 재배한 식용의 채소를 말한다. 또한 '채색菜色'이란 말이 있는데, 흉년이 들었을 때 사람들이 야채野菜로 주린 배를 채웠기에 영양이 좋지 않은 누런 낯빛이 드러난 것을 말한다.

92_ 통반桶盤: 풍성한 음식을 담는 통 형태의 쟁반.

93_ 『수호전』에 자주 등장하는 표현으로 탕주燙酒는 '술을 데우다'는 의미다. 백주白酒의 주요 성분은 알코올과 물이지만 알데히드와 메틸알코올 같은 유해 물질이 함유되어 있다. 이러한 유해 물질들은 비등점이 낮기 때문에 섭씨 20~30도로 가열하면 휘발성 기체가 되어 대기 중으로 날아가 유독성을 감소시킬 수 있다. 사주篩酒는 '술을 거르는 것'으로 체로 거르는 것과 같다. 옛날에는 술을 눌러 짜냈는데, 술에는 지게미와 액체가 혼합되어 있기 때문에 술을 마실 때는 그물 형태의 체에 천을 깔고 기타 불순물을 걸러내야 한다.

94_ 『사기史記』「오제본기五帝本紀」에 따르면 '순舜임금이 1년을 거주하자 취聚를 형성했고, 2년을 거주하자 읍邑이 되었으며, 3년을 거주하자 도都가 되었다一年而所居成聚, 二年成邑, 三年成都'고 했다. 여기서 '도都'는 '도성都城'을 말하고, '읍邑'은 작은 성진城鎭을 말하는데, '취聚'는 바로 '촌락村落'을 말한다.

"번거로우시겠지만 소인 모친이 타던 말도 여물을 먹을 수 있도록 해주시면 나중에 한꺼번에 계산하겠습니다."

태공이 말했다.

"그건 어려울 것 없소. 우리 집에도 노새와 말이 있으니 장객에게 마구간으로 끌고 가서 먹이도록 하겠소."

왕진이 감사하고 멜대를 지고 방으로 들어갔다. 장객이 등불을 붙이고 더운 물을 받아와서 발을 씻도록 했다. 태공은 자기 방으로 돌아갔다. 모자 두 사람은 장객에게 인사를 하고 방문을 닫고 쉬었다.

다음날 해가 떠오를 때까지 잠이 들어 일어나지 못했다. 장주 태공이 손님 방 앞에 왔다가 왕진 노모의 신음 소리를 들었다. 태공이 물었다.

"손님, 날이 밝았으니 일어나시지요."

왕진이 듣고 황급하게 방에서 나와 태공을 보고 예를 갖추며 말했다.

"소인은 진작에 일어났습니다. 밤에 번거롭게 해드려서 너무 죄송합니다."

태공이 물었다.

"누가 이렇게 끙끙거리시오?"

왕진이 말했다.

"태공께 솔직하게 말씀드리겠습니다. 노모께서 오랫동안 말을 타셔서 피로로 어제 밤에 협심증이 생긴 듯합니다."

태공이 말했다.

"그렇다면 할 수 없지요. 손님께서는 어려워 마시고 어머님과 내[95] 장원에서 며칠 머물도록 하시오. 내게 협심증을 치료하는 약방문이 있으니 장객을 현에 보내 탕약을 지어 모친께 드시도록 하시오. 모친께서는 안심하고 편안하게 쉬시

95_ 원문은 '노부老夫'다. 『예기禮記』에 따르면 나이 60을 기耆라 하고 70을 노老라 한다. 그리고 나이 70세 이상 남자가 자신을 겸손하게 칭할 때 '노부老夫'라 한다.

기 바랍니다."

왕진이 감사했다.

이로부터 왕진 모자가 태공의 장원에 머물며 5~7일 약을 복용하니 모친의 병환이 좋아져서 왕진은 짐을 수습하여 길을 떠나려고 했다. 그날 말을 보려고 마구간에 왔다가 공터에서 젊은 청년96을 보았다. 청년이 웃통을 벗은 몸에 청룡을 문신으로 새겼는데 얼굴은 보름달97 같았고 나이는 18~19세 정도 되어 보였는데 봉을 휘두르며 연습하고 있었다. 왕진이 한참을 지켜보고는 엉겁결에 말했다.

"봉술은 뛰어난데 허점이 있어 진짜 호한好漢98을 만나면 이기기 힘들겠군."

청년은 이 말을 듣고는 크게 화를 내며 소리 질렀다.

"넌 뭣 하는 놈이냐? 감히 내 실력을 비웃는 것이냐? 나는 7~8명의 유명한 스승에게 배웠는데 내가 너보다 못하다는 말을 믿을 수가 없다. 나랑 한판 붙어 보겠느냐?"

말이 끝나지도 않았는데 태공이 와서 그 청년에게 소리쳤다.

"무례하구나!"

그 청년이 말했다.

"저놈이 내 봉술을 비웃는 것을 참을 수가 없습니다."

태공이 말했다.

96_ 원문은 '후생後生'으로 청년을 말한다.
97_ 원문은 '은반銀盤(은쟁반)'인데, '달'을 말한다. 은반은 얼굴과 비슷하므로 얼굴이 보름달 같다는 말이다.
98_ 호한好漢:『수호전전교주』에 따르면『순추록絢蒭錄』에 이르기를, '한나라는 무제武帝 때부터 20여 년 동안 흉노를 정벌했는데, 한나라 병사가 왔다는 소식을 들으면 두려워하지 않는 자가 없기에 한아漢兒라고 불렸고 또한 호한好漢이라고도 했다. 이후로 남자의 칭호가 되었다'고 했다.『수호전』에는 '호한'이란 단어가 상당히 많이 등장하는데, 역자는 '호한'을 '사내대장부' '남자' '사내' '호걸' 등으로 상황에 맞게 번역했다. 여기서 '호한'의 의미는 '실력자'라는 의미가 더 좋을 듯하다.

"손님께서는 창봉술을 할 줄 아십니까?"

왕진이 말했다.

"조금 합니다. 어르신[99]께 여쭙건대 저 청년은 집안의 누구입니까?"

태공이 말했다.

"이 늙은이[100]의 자식입니다."

왕진이 말했다.

"댁 자제분이시니[101] 만약 배우고 싶다면 소인이 제대로 바로잡아 보겠습니다. 어떻습니까?"

태공이 말했다.

"그렇게만 해주신다면 더 말할 것도 없이 좋습니다."

즉시 그 청년에게 와서 사부에게 절을 하라고 말했다. 그 청년은 절을 해야 하니 더욱 화를 내며 말했다.

"아버지, 이놈의 허튼소리는 듣지 마세요. 만약 봉술로 나를 이긴다면 즉시 절하고 스승으로 모시겠습니다."

왕진이 말했다.

"자제분께서 불쾌하다고 생각하지 않는다면 봉 놀이를 한번 해봅시다."

청년은 공터 한가운데 서서 봉을 풍차처럼 돌리며 왕진을 향해 말했다.

"와서 덤벼라! 내가 너를 무서워하면 남자도 아니다!"

왕진은 그냥 웃기만 하며 움직이려 하지 않았다. 태공이 말했다.

"손님, 아들놈을 가르치려거든 봉 맛을 좀 보여줘도 상관없소."

왕진이 웃으면서 말했다.

99_ 원문은 '장상長上'으로 손윗사람, 연장자를 말한다. 상사上司를 가리키기도 한다. 『맹자孟子』「양혜왕 梁惠王 상」에 따르면 "들어가서는 그들의 부형父兄을 섬기게 하고 나와서는 그들의 장상長上(윗사람) 을 섬기게 하다入以事其父兄, 出以事其長上"라고 했다.

100_ 원문은 '노한老漢'인데, 늙은 남자의 자칭이다.

101_ 원문은 '소관인小官人'이다. 부귀한 집안의 자제 혹은 젊은 남자를 지칭한다.

"제가 자제분을 공격하면 반드시 봉변을 당할 것이오."

태공이 말했다.

"그런 건 괜찮소. 만일 손발이 부러지더라도 자업자득이오."

왕진이 말했다.

"무례를 용서하시오."

창 받침대에서 봉 한 자루를 손에 잡고 공터로 나와 봉술 자세를 취했다. 그 청년이 보더니 봉을 잡고 구르면서 왕진에게 달려들었다. 왕진이 갑자기 봉을 끌며 바로 달아나자, 청년은 봉을 힘껏 휘두르며 다시 쫓아왔다. 왕진이 몸을 돌려 공터를 향해 봉을 내리쳤다. 청년은 봉을 내려치는 것을 보고는 봉으로 막았다. 그러나 왕진은 도리어 내려치지 않고 봉을 살짝 빼더니 청년의 가슴을 향해 곧장 찔렀다. 단지 한 차례 움직였을 뿐이었는데 청년은 봉을 놓쳐 한쪽에 떨어뜨리고 뒤로 자빠지고 말았다. 왕진이 급히 봉을 내던지고 앞으로 가서 부축하며 말했다.

"미안하오. 언짢게 생각하지 마시오."

청년이 일어나 옆으로 가서 곧 두 손으로 의자[102]를 들고 와서는 왕진을 앉히더니 절을 하며 말했다.

"그 많았던 스승이 쓸데없고 원래 반 푼 가치도 없었나 봅니다. 사부님, 제가 졌으니 어쩔 수 없죠. 가르쳐주십시오."

왕진이 말했다.

"우리 모자 두 사람이 여러 날 댁에서 폐를 끼치고도 은혜를 갚을 방법이 없었습니다. 마땅히 온 힘을 다하겠습니다."

태공이 크게 기뻐하며 청년에게 옷을 입도록 하고 함께 후당에 가서 앉았다. 장객을 불러 양을 잡고 술과 음식, 과일을 준비하여 왕진의 모친을 모시고 함께

102_ 원문은 '등자杌子'인데, 등받이가 없는 의자를 말한다.

앉았다. 네 사람이 자리를 잡고 앉은 다음 태공이 잔을 들고 일어나서 술을 권하며 말했다.

"사부께서 이렇게 무예가 뛰어나신 것을 보니 필시 교두 같소. 제 아들이 태산을 몰라보았습니다."

왕진이 웃으면서 말했다.

"'나쁜 일로 서로 속이지 않고, 좋은 일은 서로 감추지 않는다'[103]는 말이 있는데, 소인은 장씨가 아니라 동경 팔십만 금군 교두 왕진으로 하루 종일 창봉만 만지던 사람입니다. 신임 상사 고 태위가 선친으로부터 얻어맞은 적이 있었는데 이번에 전수부 태위가 되었습니다. 선친께 맞은 지난날의 원한을 품고 이 왕진을 어떻게 하려했습니다. 소인은 고구의 관할에 소속되어서도 안 되고 그에게 대항할 수도 없어 모친과 함께 연안부로 도망가서 노충 경략상공에게 의탁하여 그곳에서 일하며 살아갈까 했습니다. 생각지도 못하게 여기서 어르신 부자 두 분을 뵙게 되었습니다. 노모의 병환도 고쳐주시고 연일 보살펴주셔서 심히 분수에 맞지 않는 대우를 받았습니다. 이미 자제분께서 기꺼이 배우기로 하셨으니 소인은 온 힘을 다해 지도하겠습니다. 다만 자제분이 배운 것은 모두 기교적인 봉술이라 보기만 좋을 뿐 싸움에 나서게 되면 쓸모가 없으므로 소인이 새로이 일깨워 가르치겠습니다."

태공이 듣고서 말했다.

"애야, 이제 졌다는 것을 제대로 알았느냐? 빨리 와서 스승께 다시 절하여라."

청년이 다시 왕진에게 절을 했다. 바로 다음과 같다.

스승 되기 좋아하는 자 헛된 명성 근심해야 하고
마음으로 복종시켜야지 힘으로 다투기는 어렵다네.

103_ 원문은 '奸不厮欺, 俏不厮瞞'이다. 좋은 일이든 나쁜 일이든 서로 속이지 않는다는 말이다.

스승 되는 자 가슴속에 참다운 재주가 있어야지만

완고하고 비열한 자도 스승으로 섬기도록 할 수 있네.

好爲師患負虛名, 心服應難以力爭.

只有胸中眞本事, 能令頑劣拜先生.

태공이 말했다.

"교두가 오신 이곳은 우리 조상께서 사시던 화음현華陰縣의 경계로 앞은 바로 소화산少華山[104]입니다. 우리 마을은 사가촌史家村이라고 부릅니다. 사가촌에 300~400가구가 사는데 모두 성이 사史입니다. 제 아들은 어릴 때부터 농사에 힘쓰지 않고 창으로 찌르고 봉을 휘두르는 것만 좋아했습니다. 저 아이 어미가 설득하다 못해 화병에 걸려 죽었습니다. 이 늙은이는 아들의 성질대로 따르느라 얼마나 많은 돈을 써서 스승을 데려다 가르쳤는지 모르겠습니다. 또 솜씨 좋은 장인을 불러다가 온몸에 문신을 새겼는데 어깨, 팔, 가슴에 모두 용을 아홉 마리 수놓았습니다. 모든 현 사람들이 그래서 아들을 구문룡九紋龍 사진史進[105]이라고 부릅니다. 교두께서 오늘 이미 이곳에 오셔서 제자로 받아주셔서 너무 좋습니다. 이 늙은이가 당연히 후하게 사례하겠습니다."

왕진이 크게 기뻐하며 말했다.

104_ 『수호전전교주』에 따르면 『산해경山海經』 「서산경西山經」에서 이르기를 '서쪽 60리를 태화太華의 산이라 한다'고 했다. 곽주郭注에서 '즉 서악西嶽 화음산華陰山이다. 지금의 홍농弘農 화음현華陰縣 서남쪽이다'라고 했다. 「서산경西山經」에서 또 이르기를, '서쪽 80리를 소화의 산이라 한다'고 했다. 곽주에서 '즉, 소화산少華山이다'라고 했다." 화음현華陰縣은 지금의 산시陝西성 화인華陰.

105_ 사진史進은 108명의 호걸 가운데 소설에서 처음 등장하는 인물이다. 김성탄金聖嘆 비평 주에 따르면 사진의 사史는 정사가 아니라 패사稗史를 상징하는 것이다. 즉 패사(소설)가 전개되어 나간다는 의미를 내포하고 있다. 마찬가지로 왕진王進은 왕도 정치로 나간다는 의미다. 그러나 왕진은 『수호전』의 주인공이 아니고 사진을 이끌어내는 역할만 맡았다. 『수호전』은 처음에 고구가 왕진을 이끌어내고, 왕진이 사진을, 사진이 노지심을, 노지심이 임충을 이끌어내는 독특한 구조로 이야기가 진행된다.

"태공께서는 마음을 놓으십시오. 이렇게 말씀하시니 소인이 아드님을 정성껏 가르치겠습니다."

그날 술과 음식을 대접하고 왕 교두 모자는 장원에 머물렀다. 사진은 매일 왕 교두에게 가르침을 청했고 십팔반무예十八般武藝를 하나하나 처음부터 배웠다. 십팔반무예란 무엇인가?

모矛·추錘·궁弓·노弩·총銃·편鞭·간鐧·검劍·연鏈·과撾·부斧·월鉞·과戈·극戟·패牌·봉棒·창槍·차杈106

사진은 왕 교두 모자를 장원에서 극진히 대접하면서 날마다 무예를 배웠다. 태공은 스스로 화음현으로 찾아가서 이정里正107을 맡았다.108 세월이 흘러 순식간에 반년이 훨씬 지나버렸다. 바로 다음과 같다.

창밖의 빛나던 햇빛은 눈 깜짝할 사이에 사라져버렸고

술자리 사이에 있던 꽃 그림자도 점차 앞으로 옮겨갔네.

술 한 잔 기울기 전에 생황 소리 맞춰 노래 끝나버렸고

106_ 십팔반十八般무예: 십팔반 병기라고도 한다. 『수호전보증본』에 따르면 "여기서의 병기 가운데 과, 극, 월은 이미 도태되었고, 통은 준화기로 원나라 때 비로소 출현하여 점차 확대되었다. 여기서 말한 십팔반 병기는 북송 말기에 동시에 출현한 것이 아니며 원, 명 때 사람이 긁어모은 것이다. 남송 화악華岳의 『취미북정록翠微北征錄』에 이르기를, '신이 듣건대 군기軍器에는 36개가 있는데, 궁弓을 으뜸으로 삼고, 무예에는 18종류가 있는데 궁弓을 제일로 삼습니다'라고 했다. 명나라 사조절謝肇淛의 『오잡조五雜組』에서 명 영종英宗 때 무사의 십팔반무예를 선발했는데, '무엇을 십팔반이라 하는가? 궁弓·노弩·창槍·도刀·검劍·모矛·순盾·부斧·월鉞·극戟·편鞭·간簡·과撾·수殳·차杈·파钯·면승투삭綿繩套素·백타白打다'라고 했다."

107_ 이정里正: 보정保正이라고도 하며 향촌의 벼슬아치로 제일등호第一等戶다. 북제北齊 이래로 대부분 설치했고 1리가 80호다. 변호를 잘하고 능력 있는 사람을 천거해 담당하게 했는데 마을의 사무를 담당했다. 바로 이창里長이나.

108_ 장주가 스스로 이정을 맡은 것은 관아로부터 도망자 왕진을 보호하기 위해서다.

섬돌 아래 진패109는 다시 시간을 알리기 시작하는구나.

窓外日光彈指過, 席間花影坐前移.

一盃未進笙歌送, 階下辰牌又報時.

반년 동안 사진은 십팔반무예를 처음부터 배우기 시작하여 완벽히 익혔다. 왕진의 정성을 다한 지도를 받으니 지적해주는 하나하나가 모두 오묘했다. 왕진은 사진이 잘 배워 숙련되었음을 보고는 생각했다.

'여기에 머무는 것이 비록 좋기는 하지만 오래 있을 수만은 없다.'

어느 날 작별을 하고 연안부로 가야겠다고 생각했다. 그러나 사진이 어떻게 보내겠는가, 그가 말했다.

"사부님께서 여기서 지내신다면 이 어린 동생110이 사부님 모자를 평생 봉양하겠습니다. 언제까지라도 괜찮습니다!"

왕진이 말했다.

"동생, 호의를 많이 받으면서 여기에 머무는 것도 매우 좋긴 하네. 다만 고 태위가 여기까지 추포하러 온다면 동생까지 연루될까 두렵다네. 이것은 온당치 못하니 곤란하네. 나는 연안부로 가서 노충 경략상공에게 의지하여 살아가기로 마음먹었네. 그곳은 변방을 지키는 곳이라 많은 사람을 필요로 하므로 몸을 의탁하여 살만한 곳이라네."

사진과 태공이 간절하게 요청했지만 머물게 할 수 없었다. 하는 수 없이 송별연회를 열고 단자緞子111 두 필과 화은花銀 백 냥兩112을 쟁반에 바쳐 스승에게 감사를 표했다. 다음날 왕진은 멜대를 싸고 말을 준비하고는 태공과 사진에게

109_ 진패辰牌: 시간을 계산하는 기계에 시각을 표시하는 팻말.
110_ 원문은 '소제小弟'인데, 어린 동생으로 남자 친구간의 겸손한 칭호다.
111_ 단자緞子: 생사 또는 연사로 짠, 광택과 무늬가 있고 두터운 수자직의 비단.
112_ 화은花銀: 설화은花銀으로 설문은雪紋銀이라고도 한다. 순도가 높은 은자銀子를 가리킨다.

이별의 인사를 했다. 모친을 말에 태우고 연안부를 향해 출발했다. 사진은 장객을 불러 멜대를 메게 하고 직접 10리를 따라왔는데, 진심으로 아쉬워했다. 사진은 사부와 예로써 작별 인사를 하고 눈물을 흘리며 장객과 집으로 돌아왔다. 왕 교두는 그전처럼 스스로 멜대를 메고 말을 따라 관서關西[113]로 향하는 길을 잡아갔다.

이 이야기에서는 왕진이 연안부로 잘 도착해서 군역軍役[114]을 했는지는 알지 못하겠다. 하지만 사진은 장원으로 돌아와서 매일 체력을 연마했다. 나이도 한창 때이고 부양할 가족[115]도 없는지라 한밤중 3경(밤 11시~1시)에 일어나서 무예를 연습하고 대낮에는 장원 뒷마당에서 활쏘기와 말타기를 했다. 반년이 지나지 않아서 사진의 부친 태공이 병에 걸려 며칠 동안 일어나지 못했다. 사진이 사람을 시켜 멀고 가까운 곳의 의원을 불러 치료했으나 병을 낫게 할 수가 없었다. 애석하게 태공은 병으로 죽고 말았다. 사진은 관곽棺槨[116]을 준비하고 성대히 염을 했으며 승려를 청하여 제도濟度 의식을 진행하고 사십구재[117]를 거행하며 태공을 추도했다. 또한 도사도 초청하여 제단을 설치하고 제물을 바쳐 복을 기원하고 죽은 영혼이 고난에서 벗어나 천상계에 다시 태어나도록 기도했다. 재앙을 면하도록 기원하는 의식을 모두 10여 차례 진행하고 길일을 선택하여 출

113_ 관서關西: 옛 지구 명칭으로 함곡관函谷關 혹은 동관潼關 서쪽 지역을 가리킨다. 즉 지금의 허난성 싼먼샤三門峽 서쪽, 산시陝西성 웨이허강渭河 평원과 그 서쪽 구역을 말한다.

114_ 군역軍役은 군대에서 복역하는 노역을 말한다.

115_ 원문은 '노소老小'다. 『진서晉書』 「식화지食貨志」에 따르면 "남녀 나이가 12살 아래, 66세 이상을 노소라 한다"고 했다. 처자식 혹은 노인과 아이를 말하는데, 일반적으로 가족 혹은 노인부터 아이까지 데리고 있는 사람을 가리킨다.

116_ 관곽棺槨: 내관과 외관을 말한다. 시신을 염하여 입관하는 기구로 곽槨은 관 밖을 덮는 외관인데 바로 관 외면을 덮어씌우는 큰 관을 말한다.

117 원문은 '이칠罷七'이다. 사람이 죽은 뒤에 살아있는 자는 매번 7일마다 한 차례 제사를 지내고 음식을 바치며 승려를 찾아 한 차례 經을 읽는다. 49일 동안 제사를 지내며 음식을 바치기를 일곱 차례 진행하는데, 이것을 '이칠'이라 한다. 마지막 7일은 '단칠斷七'이라 한다.

상하고 안장했다. 사가촌에 사는 300~400호나 되는 사씨 집안의 소작인들이
모두 상복을 입고 영구를 따라와서 마을 서쪽 산 조상 묘지에 매장했다. 사진
의 집안은 이때부터 관리하는 사람이 없었고 사진도 농사를 지으려 하지 않았
으며, 단지 사람을 시켜 창과 봉 같은 병기를 찾아오게 하여 창봉술을 겨루기만
하고 연마했다.

태공이 세상을 떠난 지 3~4개월이 지났다. 때는 6월 중순이라 날씨가 한창
더운 여름이었다. 그날은 사진이 할 일이 없어서 교상交床[118]을 펴고 보리타작
마당 옆 버드나무 그늘 아래에 앉아 더위를 피하여 시원한 바람을 쐬고 있었다.
맞은편 소나무 숲에서 바람이 불어오자 크게 외쳤다.

"바람이 시원하구나!"

한참 시원하게 바람을 쐬고 있는데 한 사람이 그곳에서 머리를 내밀고 두리
번거렸다. 사진이 소리 질렀다.

"뭐 하는 짓거리냐! 누가 거기서 우리 장원을 엿보느냐?"

사진이 몸을 일으켜서 나무 뒤로 돌아가 보니 투창으로 토끼를 잡는[119] 사
냥꾼 이길李吉이었다. 사진이 소리쳤다.

"이길, 우리 장원에서 무엇 하는 거냐? 몰래 염탐하러 온 것이냐?"

이길이 앞으로 나오며 인사를 하며 말했다.

"도련님, 소인은 장원의 난쟁이 구을랑丘乙郎을 찾아 술이나 한 사발[120] 하려
고 했습니다. 그런데 도련님이 여기서 더위를 피하고 계셔서 감히 나서지 못했
습니다."

118_ 교상交床: 등받이도 있고 접을 수 있는 의자.

119_ 원문은 '표토標兎'다. '표토'에는 두 가지 해석이 있다. 첫 번째는 '타격'의 의미로 토끼를 쳐서 잡는
것을 말한다. 다른 하나는 『수호전전교주』에 따르면 "정목형의 『주략』에서 이르기를, '표자標子'는
소창小槍(작은 창)이다. 공중에서 손으로 던지는 것을 표標라 말한다. 본래는 표摽라 한다'고 했다."
즉, 표창을 던져 토끼를 잡는 것이다. 역자는 후자의 견해에 따라 번역했다.

120_ 원문은 '완주碗酒'인데, 완碗은 사발, 그릇을 말한다.

사진이 말했다.

"내가 하나 물어보자. 평소에는 네가 사냥한 짐승을 가지고 우리 장원에 팔면 내가 손해를 보게 한 적이 없는데 최근에 왜 나에게 팔지를 않느냐? 내가 돈이 없다고 감히 얕보는 거냐?"

이길이 대답했다.

"소인이 어떻게 감히 그러겠습니까. 최근 사냥한 짐승이 없어서 감히 오지 못했습니다."

"무슨 허튼소리! 저렇게 크고 광활한 소화산에 노루나 토끼가 없다는 말을 믿을 수 없다!"

"도련님께서 잘 모르시는군요. 근래에 산에 한 무리의 강도들이 산채를 지어 거느린 졸개가 500~700명이고 말이 100여 필입니다. 두목은 신기군사神機軍師 주무朱武[121]라 하고 둘째 두령은 도간호跳澗虎 진달陳達[122]이라 부르며 셋째 두령은 백화사白花蛇 양춘楊春[123]이라고 합니다. 이 셋이 두령이 되어 떼를 지어 민가

121_ 신기군사神機軍師: 『수호전보증본』에 따르면 "신기神機는 신묘하며 예측하기 어려운 생각을 말한다. 명나라 초에 신기영神機營을 설치했는데, 혹여 이것에서 인용한 듯하다. 군사軍師는 위진魏晉 시기의 관직 명칭으로 원명元明 시기 잡극인 평화平話에서 항상 군사를 주관하는 수석 모사로 사용되었다"고 했다.

122_ 도간호跳澗虎 진달陳達: 『수호전보증본』에 따르면 "도간호는 송나라 한세충韓世忠 고사에서 나온 듯하다. 한세충은 나이 18세에 군인의 신분이었는데, 큰 활을 당기고 말을 달리며 화살을 쏘았는데 용감함이 군중에서 으뜸이었다. 『건염이래계년요록建炎以來繫年要錄』 권162에 이르기를 '무릇 지금의 계곡을 뛰어넘으며 말 타는 것을 익히고 관통시키는 것으로 활쏘기를 익히며 산예狻猊(전설에 사자와 비슷한 형상을 법과 표범을 잡아먹을 수 있는 맹수)의 투구에 쇠사슬로 이은 갑옷을 입고 도끼로 진두를 제압하고 활로 적을 이겼으니 모두 한세충이 남긴 방법이다'라고 했다. 진달이란 이름은 『후한서後漢書』 「환자열전宦者列傳」에 처음으로 보이는데, '구돈령鉤盾令(소부少府의 속관으로 가까운 연못, 원유苑囿, 유람지를 관장했다) 진달이 손정孫程 등에게 참살당했다'고 했다. 또한 『건염이래계년요록』 권128에 '박주亳州 백성 진달'이란 말이 등장하는데, 여기서 차용했을 수도 있다"고 했다.

123_ 백화사白花蛇 양춘楊春: 『수호전보증본』에 따르면 "백화사는 맹독성의 뱀으로, 유종원柳宗元의 「포사자설捕蛇者說」에 이르기를 '영주永州의 들판에 이상한 뱀이 나는데 검은색 바탕에 흰색 무늬가 있었다'고 했는데, 바로 이것이 백화사나. 9·10월에 뱀을 잡을 때를 수양춘小陽春이라 한다. 혹여 이것에서 파생되어 양춘楊春이 된 것 같다"고 했다.

의 재물을 약탈하고 있는데, 화음현 관아도 잡을 수 없어 현상금을 3000관
貫[124]이나 걸었습니다. 그러니 누가 감히 올라가서 그들을 건드리겠습니까? 상황
이 이 지경이라 소인들이 감히 산에 올라가서 사냥을 할 수 없는데 어떻게 팔겠
습니까?"

"나도 강도가 있다는 말을 들었다. 뜻밖에 그놈들 규모가 이렇게 크니 정말
골칫거리구나. 이길, 나중에라도 사냥물이 있으면 가지고 오너라."

이길이 인사를 하고 물러갔다.

사진은 대청 앞으로 돌아와서 생각했다.

'이놈들이 이렇게 큰 무리를 이루었으니 반드시 마을로 와서 소란을 피울 것
이다. 그렇다면……'

장객을 불러 물소 두 마리를 골라잡고 장원에서 담근 술을 꺼내고 먼저 귀신
에게 일의 순조로움을 기원하며 지전紙錢 100장을 불살랐다.[125] 그러고는 즉시
장객을 시켜 마을의 300~400명 사씨 소작농을 모두 초당으로 불러오게 했다.
나이 순서대로 앉게 한 다음 장객에게 술을 권하도록 했다. 사진이 소작농들에
게 말했다.

"소화산에 세 명의 강도가 500~700명의 졸개를 거느리고 민가를 덮쳐 약탈
을 자행한다고 들었습니다. 이 도적놈들은 이미 대규모로 행동하는 놈들이라
반드시 조만간에 우리 마을에 와서 소란을 피울 것입니다. 그래서 오늘 특별히
여러분을 청하여 상의하고자 합니다. 도적놈들이 올 것을 각자 미리 대비하시기
바랍니다. 우리 집에서 딱따기를 치면 여러분은 각자 창이나 봉을 잡고 오셔서

124_ 관貫: 고대 동전의 단위로 1000개의 동전을 1관이라 한다. 관에는 '관통하다'라는 의미가 있어 작
　　은 줄을 이용해 동전을 묶었으나 종종 그 수가 부족하기도 했다. 명청 이후에는 조吊라 했다.
125_ 원문은 '일맥순류지一陌順溜紙'다. 미신 전설에 어떤 의식을 거행할 때 귀신에게 지전紙錢(종이돈)을
　　불살라야 비로소 순류順溜(길조, 순리)를 얻을 수 있다고 했다. 『수호전』에는 '소지燒紙'라는 말이
　　자주 등장하는데, 이것은 지전을 불사르는 것을 가리킨다. '일맥一陌'은 본래 100장인데, 통상적
　　으로는 '일도一刀(종이 100장)' '일타一垛(한 무더기)'를 가리킨다.

합세하고, 여러분의 집에도 일이 생기면 역시 이렇게 하십시오. 서로 구원하면서 함께 마을을 보호합시다. 만일 강도들이 처들어오면 내가 앞장서서 모든 일을 처리하겠습니다."

모두들 말했다.

"우리 마을 농부들은 도련님만 믿겠습니다. 딱따기가 울릴 때 누가 감히 오지 않겠습니까?"

그날 밤 마을 사람들은 술자리가 끝나자 감사의 말을 하고 헤어졌고 각자 분부대로 집으로 돌아가서 무기를 준비했다. 이때부터 사진은 문과 담장을 수리하고 장원을 잘 배치했으며 여러 곳에 딱따기를 준비해놓고 갑옷을 정리하고 칼과 말을 정돈하고는 도적들을 대비했다.

한편 소화산 산채에서는 세 두령이 모여 앉아 상의하고 있었다. 두목인 신기군사 주무는 정원定遠126 사람으로 쌍도雙刀를 사용했고 실력은 그다지 뛰어나지 않았지만 진법에 정통하고 모략에 뛰어났다. 누군가 여덟 구절의 시로 주무의 장점을 말했다.

도복은 종려나무 잎을 재단한 듯하고, 운관127은 사슴 가죽을 잘라 만들었네.
불그스름한 얼굴에 두 눈은 영민하고, 흰 볼에 가느다란 수염 드리웠구나.
전투에서 진법은 제갈량에 버금가고, 용병에서 모략은 범려128를 능가하네.
화산에서 첫째 두령이 누구라고 물으면, 그는 신기군사 주무라고 말하는구나.

道服裁棕葉, 雲冠剪鹿皮.

臉紅雙眼俊, 面白細髯垂.

126_ 정원定遠: 지금의 안후이安徽성 딩위안定遠.
127_ 운관雲冠: 높은 모자로 승려나 도사 혹은 은자가 쓰던 모자를 말한다.
128_ 범려范蠡는 춘추 말기 월越나라 대신으로 구천句踐을 보좌하여 오吳나라를 멸망시킨 다음 월나라를 떠나 도읍陶邑(지금의 산둥성 닝라오山陶 刂벼쪽)에 가서 장사를 하여 큰돈을 벌어 사람들이 도주공陶朱公이라 불렀다.

陣法方諸葛, 陰謀勝范蠡.

華山誰第一, 朱武號神機.

두 번째 호걸은 성이 진달로 본래는 업성鄴城[129] 사람이다. 번쩍 빛을 발하는 점강창點鋼槍[130]을 잘 다룬다. 또한 그를 칭찬한 시가 있다.

힘세고 목청 웅장하며 거칠고 무모한 성질

두 장 길이의 창을 빗발치듯 휘두르네.

업성의 호걸이 화음현에 와서 패왕이 되니

사람들은 진달을 도간호라 부르는구나.

力健聲雄性槽鹵, 丈二長槍撒如雨.

鄴中豪傑霸華陰, 陳達人稱跳澗虎.

세 번째 호걸은 성이 양춘으로 포주蒲州 해량현解良縣[131] 사람인데, 대간도大杆刀(자루가 긴 칼)를 잘 쓴다. 역시 그를 칭찬한 시가 있다.

긴 허리에 팔은 가늘지만 힘은 장사이니

칼날 닿는 곳마다 꽃이 어지러이 떨어지누나.

세 발 달린 솥처럼 화산의 영웅으로 우뚝 서니

강호에서는 백화사란 이름 떨치는구나.

腰長臂瘦力堪誇, 到處刀鋒亂撒花.

129_ 업성鄴城: 허베이河北성 린장臨漳.

130_ 점강창點鋼槍: 중국의 10대 창 중의 하나. 무쇠를 연마하여 만들며 1장 2척으로 자루가 모두 검은색이다. 점강창은 강철을 백번 연마하여 갖다 대기만 해도 뚫린다는 뜻이다. 즉, 창의 날카로움을 형용한 것이다.

131_ 포주蒲州는 지금의 산시山西성 융지永濟이고 해량현解良縣은 산시山西성 린이臨猗다.

鼎立華山眞好漢, 江湖名播白花蛇.

주무가 진달·양춘에게 말했다.

"지금 화음현에서 현상금 3000관을 걸고 우리를 잡으려 하는데 앞으로 그들과 싸움이 생길까 걱정이네. 산채에 돈과 양식이 부족하니 어느 정도 노략질해서 산채의 비용을 충당하지 않을 수 없어. 산채에 양식을 쌓아두어야 관군이 쳐들어왔을 때를 대비하고 싸움에 견딜 수가 있지."

도간호 진달이 말했다.

"옳은 말이오. 지금 즉시 화음현에 가서 먼저 양식을 빌리는 것이 어떻겠소."

백화사 양춘이 말했다.

"화음현은 안 되오. 포성현蒲城縣[132]으로 가야 실수가 없을 것이오."

진달이 말했다.

"포성현은 사람도 얼마 안 되고 돈과 식량도 충분치 않으니 화음현을 치는 것이 낫소. 화음현 사람은 풍요로워 돈과 양식도 풍부하오."

양춘이 말했다.

"형님은 모르시오. 만약 화음현을 치려면 반드시 사가촌을 지나야만 하오. 하지만 그곳의 구문룡 사진은 호랑이라 건드려서는 안 되오. 그자가 어찌 우리가 지나가도록 놔두겠소?"

진달이 말했다.

"동생은 겁도 많네! 촌락도 하나 지나가지 못한다면 어떻게 감히 관군을 대적하겠는가?"

양춘이 말했다.

"형님, 사진을 얕보아서는 안 되오. 정말 보통이 아니오."

132_ 포성현蒲城縣: 지금의 산시陝西성 웨이난渭南.

주무가 말했다.

"나도 그가 대단한 영웅이고 정말 실력이 있다는 말을 들었네. 동생은 가지 말게나."

진달이 소리치며 일어나 말했다.

"둘 다 좆같은 주둥이[133] 닥쳐라! 남의 기개는 칭찬하면서 자기편의 위엄은 꺾는구나. 그자는 혼자인데다 대가리가 셋에 팔이 여섯 개 달려 초인적으로 재간이 굉장한 것은 아니다.[134] 그가 그렇게 뛰어난 사람이라는 것을 나는 믿지 못하겠다."

진달이 소리를 질러 졸개를 불렀다.

"빨리 말을 준비해라. 지금 먼저 사가장史家莊을 치고 화음현을 취하겠다."

주무와 양춘이 여러 차례 만류했으나 진달은 들으려 하지 않았다. 즉각 갑옷을 걸치고 말 위에 올라 140~150여 명의 졸개를 모아서 징을 울리고 북을 치며 산을 내려가 사가촌으로 향했다.

한편 사진은 장원 안에서 칼과 말을 정비하다가 장객으로부터 이 일을 보고받았다. 사진은 장원에서 딱따기를 울렸다. 장원 앞뒤, 동서 방향의 300~400호 사가촌 소작농들이 딱따기 소리를 듣고 모두 창과 봉을 들고 모였는데 300~400명으로 일제히 사진의 장원으로 왔다. 사진은 이마에 일자 두건[135]을 두르고 주홍색 갑옷을 걸쳤으며 푸른 비단 저고리를 입고 녹색 장화를 신었으

133_ 원문에는 '조취鳥嘴(새 주둥이)'로 기재되어 있는데, 여기서 '조鳥'의 의미는 남자 생식기를 가리키는 욕설이다. 『수호전』에 '조인鳥人' '조기鳥氣' '조난鳥亂' 등과 같은 단어가 여러 곳에 등장한다.

134_ 원문은 '삼두육비三頭六臂'이다. 불교어로 불상을 가리키는데, 이후에는 신비롭고 기이한 능력에 비유했다.

135_ 원문은 '일자건一字巾'인데, 송나라의 한세충韓世忠이 만든 두건으로 전해진다. 머리를 싸맬 수 있고 밀어서 앞이마를 드러낼 수도 있다.

며 허리에 탑박搭膊136을 묶고 앞뒤로 가슴을 보호하는 쇠붙이를 걸었다. 그리고 활과 화살통을 지고 손에는 세 개의 날카롭고 양쪽으로 날이 선 사규팔환도四竅八環刀137를 들었다. 장객이 화탄적마火炭赤馬(불붙은 석탄같이 붉은 말)를 끌어오니 사진이 말에 올라서 칼을 움켜쥐었다. 앞에 건장한 장객 30~40명이 늘어섰고 뒤에 80~90명의 시골 인부들이 열을 지었으며 각 사가촌 소작농들은 맨 뒤에서 따르며 일제히 함성을 지르면서 마을 북쪽 입구에 도착했다.

소화산 진달 두령은 졸개를 이끌고 산비탈을 달려 내려와 진을 벌여 섰다. 사진이 진달을 바라보니 머리에 선명한 붉은색138의 오목한 요면건凹面巾139을 쓰고 몸에 금빛 철갑에 붉은 저고리140를 입었으며 조돈화弔敦靴141를 신고 허리에 7척尺 길이의 실로 짠 탑박을 묶었다. 키가 큰 백마를 타고 손에는 세로로 1장丈 8척 길이의 강철 창인 장팔점강모丈八點鋼矛142를 들었다. 양쪽 진영 졸개들은 함성을 질렀고 두 장수가 곧 서로 마주보았다. 진달이 말 위에서 사진을 보고 몸을 굽혀 예를 취했다. 사진이 소리 질렀다.

"너희는 사람을 죽이고 방화를 하며 떼를 지어 약탈하여 크나큰 죄를 지었으니 모두 죽어 마땅하다. 너희도 귀가 있을 터인데 대담하게 스스로 재앙을 초

136_ 원문은 '탑박搭膊'이다. 직사각형의 포대. 직물 혹은 가죽으로 만들었으며 두 층으로 되어 있는데, 중간을 열면 양 끝에 각기 주머니가 있고 어깨에 걸칠 수 있으므로 탑박이라고 했다. 크고 작은 구별이 있고 큰 것은 한 척尺 남짓 되고 작은 것은 몇 촌寸이다. 일설에는 비교적 넓은 비단 옷을 묶는 허리 수건으로도 사용하는데, 어떤 것은 중간에 작은 호주머니가 있어 돈을 넣을 수 있다고 한다.

137_ 원문은 '삼첨양인三尖兩刃 사규팔환도四竅八環刀'이다. 세 개의 날카롭고 양쪽으로 날이 선 검신劒身에 네 개의 구멍을 뚫었고, 구멍마다 두 개의 고리를 단 것을 말한다.

138_ 원문은 '건홍乾紅'인데, '진홍眞紅'과 같은 말이다.

139_ 요면건凹面巾: 송·명 시기에 남자들이 막 쓰던 모자. 요면凹面은 푹 꺼진 형상을 말한다.

140_ 원문은 '납오衲襖'인데, 비스듬히 튼 옷깃의 겹저고리 혹은 솜저고리를 말한다.

141_ 조돈화弔敦靴는 발목 윗부분까지 오는 신발로 장화를 말한다.

142_ 장팔점강모丈八點鋼矛: 장팔丈八은 장병기長兵器로 삭矟(신 장)●이다. 검강點鋼은 척로 주조한 도창刀槍으로 날카로운 끝에 날을 세운 것을 말한다.

래하려 하느냐!"[143]

진달이 곧바로 대답했다.

"우리 산채에 양식이 부족하여 화음현에 가서 식량을 빌리려면 귀하의 장원을 지나야 하오. 만일 길을 빌려준다면 풀 한 포기도 건드리지 않겠소. 돌아올 때 반드시 사례하리다."

"헛소리 마라! 우리 집이 마침 이정이라 너희 도적놈들을 잡으려 하고 있었다. 오늘 너희가 오히려 우리 마을을 지나가는데 잡지 않고 놓아주겠느냐! 화음현 관아에서 알면 내가 연루될 것이다."

"온 세상 안 사람들이 모두 형제라는데[144] 번거롭지만 길 좀 빌려주시오."

"한가한 소리 말아라! 내가 허락해도 그가 허락하려 하지 않을 것이다. 그에게 보내줄 거냐고 물어본 다음에 허락하면 가거라."

"호걸은 나더러 누구에게 물어보라는 것이오?"

"내 칼에게 물어보아라. 내 손에 든 칼이 보내주라면 보내주지."

진달이 화가 잔뜩 나서 말했다.

"어떻게 사람을 이토록 심하게 핍박하느냐, 잘난 척하지 마라!"

사진도 화가 나서 칼을 휘두르며 말고삐를 놓고 달려가 진달에게 싸움을 걸었다. 진달도 말을 박차며 창을 곧게 펴고 사진과 맞섰다. 두 말이 서로 어울렸다.

한쪽이 달려들면 다른 한쪽 물러나고, 한쪽이 위를 찌르면 다른 쪽은 아래로 찌르네. 달려들면 물러나는 것이, 마치 깊은 물속에서 두 마리 용이 구슬 갖고

143_ 원문은 '태세주상동토太歲頭上動土'다. 태세太歲는 목성으로 옛날에는 태세성의 방위를 불길한 운수로 여겼기 때문에 그 방위에서 땅을 파고 공사하는 것을 꺼렸다. 그렇지 않으면 재해를 당하게 된다고 여겼다.

144_ 『논어論語』「안연顔淵」에 따르면 "온 세상 사람들이 모두 형제이니, 군자가 어찌 형제가 없음을 근심하겠는가四海之內, 皆兄弟也. 君子何患乎無兄弟也?"라고 했다.

노는 듯하구나. 위를 찌르면 아래를 찌르는 것이, 바위 한가운데서 범 두 마리
가 먹이 다투는 듯하네. 분노한 구문룡 사진, 삼첨도三尖刀[145]로 정수리 향해 나
는 듯 찌르고, 잔뜩 성난 도간호 진달, 장팔모로 명치 노리고 정확히 찌르네. 고
수 가운데서도 솜씨를 뽐내니, 과녁 중앙에서도[146] 정곡을 찌르려 다투는구
나.[147]

一來一往, 一上一下. 一來一往, 有如深水戲珠龍; 一上一下, 却似半岩爭食虎. 九
紋龍忿怒, 三尖刀只望頂門飛; 跳澗虎生嗔, 丈八矛不離心坎刺. 好手中間逞好手,
紅心裏面奪紅心.

두 사람이 뒤얽혀 한참을 싸우는데, 사진이 일부러 빈틈을 보이면서 진달의
창이 자신의 명치를 찌르도록 했다. 이에 진달은 창을 사진의 가슴을 향하여
찔렀고 사진이 순간 허리를 틀자 진달과 창이 품 안으로 들어왔다. 사진이 가볍
게 팔을 뻗어 허리를 잡아 비틀어 겨드랑이에 끼니, 진달이 꽃을 새긴 안장에서
가볍게 들렸다. 천천히 탑박을 틀어쥐고 말 앞으로 내던지자 땅바닥으로 떨어졌
다. 그러자 진달의 전마는 바람처럼 달아났다. 사진이 장객에게 진달을 묶도록
했고, 사람들은 진달의 졸개들을 모조리 쫓아버렸다. 사진은 장원으로 돌아와
진달을 정원 한가운데 있는 기둥에 묶고 나머지 두 우두머리를 모두 잡아 한꺼
번에 관아에 보내 상을 청하려고 했다. 다시 술을 가져와 사람들에게 상으로 주
고 잠시 해산하도록 했다. 마을 사람들은 환호하며 말했다.

"과연 사진 도련님은 대단한 호걸이야!"

마을 사람들이 즐겁게 술을 마시고 있는데, 주무와 양춘은 산채에서 의심하
며 안절부절못하다가 졸개를 다시 내보내 소식을 알아보도록 했다. 다시 돌아

145_ 삼첨도三尖刀: 장병기長兵器에 속하며 일반적으로 '삼첨양인도三尖兩刃刀'를 가리킨다.
146_ 원문은 '홍심紅心'인데, 과녁 중앙의 붉은 점을 말한다.
147_ 이 구절은 영웅 속에서도 영웅을 뽐내려 함을 의미한다.

온 졸개가 빈 말만 끌고 산채 앞으로 달려와서 소리 질렀다.

"큰일 났습니다! 진가 형님이 두 두령님 말을 듣지 않아서 죽게 생겼습니다."

주무가 이유를 묻자, 졸개가 사진이 용감하고 출중하게 싸우던 장면을 자세하게 이야기했다. 주무가 말했다.

"내 말을 듣지 않더니 과연 화를 입고 말았구나."

양춘이 말했다.

"우리가 전부 가서 그와 목숨을 걸고 싸워보는 것은 어떻겠습니까?"

주무가 말했다.

"그건 안 되네. 진달도 졌는데 자네가 어떻게 그를 이기겠는가? 나한테 한 가지 고육계가 있는데 만일 듣지 않는다면 자네와 나도 모두 끝장이네."

양춘이 물었다.

"그 고육계란 것이 어떤 것이오?"

주무가 양춘의 귀에 대고 목소리를 낮추어 소곤거렸다.

"이 방법밖에 없다네."

양춘이 말했다.

"좋은 계책이오! 같이 갑시다. 더 이상 늦어서는 안 되니 서두릅시다."

한편 사진이 장원에서 아직도 화가 가시지 않았는데 장객이 와서 보고했다.

"산채의 주무와 양춘이 제 발로 걸어왔습니다."

사진이 말했다.

"이놈들 이젠 끝이다. 두 놈 다 한꺼번에 관아로 압송해야겠다. 빨리 말을 끌고 오너라."

한편으로 딱따기를 울려서 마을 사람들이 모두 모였다. 사진이 말에 올라 장원 문을 나서려는데, 주무와 양춘이 걸어서 이미 장원 앞에 도착했고, 두 사람은 무릎을 꿇고 두 눈에 눈물을 흘렸다. 사진이 말에서 내려 소리 질렀다.

"너희가 꿇어 앉아 무슨 말을 하려느냐?"

주무가 울면서 말했다.

"소인들 세 사람은 여러 차례 관리에게 핍박을 당하여 어쩔 수 없이 산적[148]이 되었습니다. 당초에 소원을 빌기를, '같은 날 태어난 것은 아니지만 같은 날 죽기를 바란다'고 했습니다. 비록 유비, 관우, 장비의 의리에는 미치지 못하지만 마음은 같습니다. 지금 동생 진달이 충고를 듣지 않고 호랑이 같은 위엄을 범하다가 댁의 장원에서 영웅에게 사로잡혔습니다. 아무리 궁리해도 계책을 찾지 못하여 지금 찾아와서 함께 죽기를 간청합니다. 영웅께서 우리 세 사람을 관아에 보내 상을 받아도 맹세코 근심하지 않을 것입니다. 그저 영웅의 손에 죽기를 청하며, 결코 원망하는 마음은 없습니다."

사진은 듣고서 곰곰이 생각했다.

'이들이 이토록 의리를 지키는구나! 내가 만약 이들을 관아에 넘겨서 상을 받는다면 천하의 호걸들이 나를 영웅이 아니라고 비웃을 것이다. 자고로 "호랑이는 죽은 짐승의 고기는 먹지 않는다"[149]고 했다.'

사진은 곧 말했다.

"두 분은 나를 따라오시오."

주무, 양춘은 전혀 두려움 없이 사진을 따라가 대청 앞에 꿇어앉아 다시 결박하기를 청했다. 사진이 서너 번이나 일어나기를 청하자, 그 두 사람이 일어나니 총명한 사람은 총명한 사람을 아끼고 호걸이 호걸을 알아본다고 하는 것이다. 사진이 말했다.

"당신들의 의리가 이처럼 깊은데 관아에 넘긴다면 나는 사내가 아니오. 진달을 풀어 당신들에게 돌려보내려는데, 어떻소?"

148_ 원문은 '낙초落草'다. 옛날에는 도망쳐 산림과 초야에서 그날그날 살아가는 자들을 초적草賊이라 했고, 그 속에 몸을 의탁하는 것을 낙초라 했다. 역자는 '산적'으로 번역했다.
149_ 원문은 '大蟲不吃伏肉'이다. '복육伏肉'은 '사육死肉(죽은 고기, 항복한 저를 비유함)'이다. 진정한 강자는 이미 굴복한 약자를 잡아먹지 않는다, 죽이지 않는다는 것을 비유한 것이다.

주무가 말했다.

"영웅을 연루시키고 싶지 않소. 온당치 못한 짓을 하느니 차라리 우리를 관아로 보내 상을 청하도록 하시오."

사진이 말했다.

"어찌 그러겠소? 나와 술 한잔 하시겠소?"

주무가 말했다.

"죽음도 두렵지 않은데, 하물며 술, 고기를 두려워하겠소?"

여기에 이를 증명하는 시가 있다.

성과 이름 각기 달라도 생사 같이하니, 강개하여 편협했던 많은 생각 사라졌네.
관직만을 위해 의협심 없었는데, 마침내 초야에서 기이한 영웅 만나네.
姓名各異死生同, 慷慨偏多計較空.
只爲衣冠無義俠, 遂令草澤見奇雄.

사진은 크게 기뻐하며 진달을 풀어주고 안채에서 술을 가져와 연회를 베풀고 세 사람을 환대했다. 주무, 양춘, 진달이 사진에게 절을 하며 큰 은혜에 감사했다. 술잔이 여러 차례 돌고 얼굴에 희색이 약간 돌았다. 술자리가 끝나고 세 사람이 사진에게 감사하며 산으로 돌아갔다. 사진도 장원 문까지 배웅하고 집으로 돌아왔다.

한편 주무 등 세 사람은 산채로 돌아와 자리에 앉았다. 주무가 말했다.

"이번 고육계가 아니었다면 어떻게 목숨을 건져서 여기에 있겠는가? 비록 한 사람을 구했지만 사진이 의리로 우리를 풀어주었네. 며칠 지난 뒤 예물을 보내 살려준 은혜에 감사를 표해야겠네."

장황한 말을 그만두고 본론으로 돌아가서, 10여 일이 지나 주무 등 세 사람은 마늘가지 모양의 금 30냥[150]을 준비하여 어두운 밤에 두 명의 졸개를 사가촌으로 보냈다. 초경 때쯤 졸개가 문을 두드렸고 장객이 사진에게 알렸다. 사진이 급히 옷을 걸치고 장원 앞으로 나가 졸개에게 물었다.

"무슨 할 말이 있느냐?"

졸개가 말했다.

"세 두령께서 재삼 인사를 드립니다. 특별히 저희 소교小校151를 시켜 변변치 않은 예물을 보내는 것은 도련님께서 살려주신 은혜에 감사를 표하기 위한 것입니다. 제발 사양치 말고 웃으며 받아주시길 바랍니다."

졸개가 금을 꺼내 건네주었다. 처음에는 거절하다가 다시 생각했다.

'좋은 의미로 보낸 것이니 받아두는 것도 괜찮을 것 같다.'

장객을 불러 술을 내와 야밤에 소교에게 술을 대접하고 약간의 은 부스러기를 상으로 줘서 산으로 돌려보냈다. 다시 보름쯤 지나고 주무 등 세 사람은 상의하여 노략질한 진주 가운데 크고 좋은 것을 골라 다시 졸개를 시켜 밤에 사진의 장원으로 보냈다. 사진은 또한 받았다.

다시 보름이 지나고 사진이 생각했다.

'소화산 두령들이 나를 이처럼 존중하니, 나도 예물을 준비해서 답례를 해야겠다.'

다음날 장객을 불러 재봉사를 찾고 현縣으로 가서 붉은 비단 세 필을 사서 비단 저고리 세 벌을 만들었다. 또 살찐 양 세 마리를 잡아서 삶아 큰 상자에 담아 장객 두 명을 시켜서 보냈다. 사진이 장객 가운데 우두머리인 왕사王四를 불렀다. 왕사는 말 재주가 뛰어나 관아에도 잘 대응했다. 장원 사람들은 당나라 때 백당보다 뛰어나다고 하여 '새백당賽伯當'152이라고 불렀다. 사진은 왕사와 유

150_ 원문은 '삼십냥산조금三十兩蒜條金'이다. 길고 마늘 쪽 형상과 비슷하게 주조한 금을 말한다.

151_ 소교小校: 하급 무관을 말한다. 여기서는 졸개를 말한다.

152_ 새백당賽伯當: 새賽는 '낫다, 뛰어나다'의 의미다. 백당伯當은 중국 수나라 말 왕백당王伯當(본명은 왕용王勇)이란 도척의 이름이라고 본다. 새백당은 백당보다 뛰어나다는 뜻이다. 그러나 왕백당이 말 솜씨가 뛰어났다는 기록은 없다. 『서유기西遊記』에 "총명한 왕백당"이라고 기재하고 있는데, 총명한

능한 장객 한 명을 더 뽑아 상자를 지도록 하여 산 아래까지 보냈다. 졸개들이 상황을 자세히 묻고 왕사를 산채 안으로 안내하여 주무 등을 만나게 했다. 세 두령이 크게 기뻐하며 비단 저고리와 양고기와 술을 받고 은자 10냥을 장객에 게 상으로 주었다. 그리고 각기 술을 10여 사발씩 마시고 산에서 내려와 사진에 게 말했다.

"산채의 두령들이 대단히 감사하다는 말을 전하라고 했습니다."

사진은 이후 항상 주무 등 세 사람과 왕래했고 얼마 지나지 않아서는 왕사 가 산채에 물건을 가지고 가는 일이 자주 발생했다. 산채의 두령들도 빈번하게 사람을 시켜 사진에게 금은을 보냈다.

시간은 덧없이 흘러 8월 중추절中秋節이 되었다. 사진이 세 사람에게 15일 장 원에서 달구경 하며 함께 술을 마시자는 약속을 하려 했다. 먼저 장객 왕사에게 편지를 주어 소화산에 가서 주무, 진달, 양춘을 장원으로 청하여 연회에 참석하 도록 했다. 왕사가 편지를 가지고 산채에 가서 세 두령을 만나 편지를 건넸다. 주무는 크게 기뻐했고 세 두령은 초청에 응하면서 즉시 답장을 적어줬다. 그러 고는 왕사에게 은자 네다섯 냥을 상으로 주고 술 10여 사발을 마셨다. 왕사가 산을 내려오다 항상 사진의 장원으로 심부름 오던 졸개를 만났는데 서로 껴안 고 반가워했다. 졸개가 왕사를 놓아주지 않고 산길 옆 주점으로 가서 함께 10여 사발을 마셨다. 왕사는 졸개와 헤어진 뒤 산바람을 맞으며 돌아오는데 술 기운이 올라와 비틀거리며 제대로 걷지 못했다. 10리도 못 가서 숲을 보고는 안 으로 들어가 파릇파릇한 풀밭에 쓰러졌다. 투창으로 토끼를 잡는 이길이 때마 침 산비탈 아래에서 토끼를 잡다가 사진 장원의 왕사를 알아보고 숲으로 들어 와 부축하려 했으나 움직일 수가 없었다. 그때 왕사의 탑박 안에서 은자가 튀어 나오자 이길이 생각했다.

것이지 말을 잘하는 것은 아니라 할 수 있다.

'이놈이 많이 취했군. 어디서 이렇게 많은 돈을 얻었지! 혹시 또 없나?'

북두의 36성인 천강성天罡星153이 응당 만나야 할 운명이라면 저절로 기회는 생기는 법이다. 이길이 왕사의 탑박을 풀어 거꾸로 들고 한 번 흔드니 편지와 은 자가 모두 바닥에 떨어졌다. 이길이 그나마 글자 몇 자 안다고 편지를 뜯어보니 윗면에 소화산 주무, 진달, 양춘이라고 쓰여 있고 중간의 글자는 아는 글자도 있고 모르는 자도 있는데 내용은 전혀 몰랐지만 세 사람의 이름은 확실히 알 수 있었다. 이길이 혼잣말로 떠들었다.

"내가 사냥꾼으로 어느 세월에 출세를 할 수 있겠어? 점쟁이가 올해 재물 운 이 있다고 하더니 바로 여기 있구나. 화음현에서 이 세 도적을 잡는 자에게 3000관의 상금을 걸었지. 사진 이놈 용서할 수가 없구나. 전에 내가 자기 장원 에 가서 난쟁이 구을랑을 찾을 때 나더러 염탐하러 왔냐고 말하더니 원래 도적 놈들과 왕래하고 있었군!"

이길이 은자와 편지를 모두 챙겨서 화음현으로 고발하러 갔다.

한편 장객 왕사가 한참을 자다가 2경(밤 9~11시)이 되어서야 깨어났다. 달빛 이 몸에 은은하게 비치는 것을 보고 깜짝 놀라 일어나 사방을 둘러보니 소나무 숲이었다. 서둘러 허리를 더듬어보니 탑박과 편지가 보이지 않았다. 사방을 찾 아보았으나 빈 탑박만 풀밭에 떨어져 있었다. 왕사는 '아이고' 소리만 외치다가 속으로 생각했다.

'은자는 중요치 않지만 편지는 어떻게 하면 좋은가? 누가 가져갔는지 알 수 가 없네?'

양미간을 찌푸리고 잠깐 생각하자 계책이 떠올라 혼잣말을 했다.

"만약 돌아가서 답신을 잃어버렸다고 하면 도련님이 틀림없이 근심하며 날

153＿ 천강성天罡星: 천강성은 바로 북극성이다. 천강 두 글자는 북두칠성의 자루 부분(세 개의 별)을 가
    리킨다. 도교에서는 북두를 중심으로 모인 별 무리 가운데 36개의 천강성이 있다고 생각했다. 천
    강성 하나마다 신이 하나씩 있어 모두 36명의 신장이 있다고 했다.

쫓아낼 거야. 답장이 원래 없었다고 말하는 것이 좋겠다. 어떻게 알아보겠어."

계책을 정하고 서둘러 길을 찾아 장원으로 돌아오니 시간이 이미 5경쯤 되었다. 사진이 왕사가 돌아온 것을 보고 물었다.

"어째서 이제야 돌아오느냐?"

왕사가 말했다.

"주인님 덕분에 산채 두령들이 놓아주지 않아서 밤늦게까지 술을 마시느라 늦었습니다."

사진이 또 물었다.

"답장은 없느냐?"

왕사가 말했다.

"세 두령께서 답장을 쓰려는데 소인이 '세 두령께서 제 때에 연회에 도착하신다면 답신이 무슨 소용이 있겠습니까? 또 소인이 술을 마셨는데 도중에 의외의 실수라도 생길까 두렵습니다. 농담이 아닙니다'라고 말했습니다."

사진이 듣고서 크게 기뻐하며 말했다.

"사람들이 너를 '새백당'이라더니 정말이구나."

왕사가 대답했다.

"소인이 어찌 감히 착오가 있게 하겠습니까. 도중에 쉬지 않고 바로 장원으로 달려왔습니다."

사진이 말했다.

"이미 이렇게 됐으니 사람을 시켜 현에서 과일과 안주154를 사오도록 해라."

어느 사이 중추절이 되었고 날씨도 좋았다. 사진은 집안의 장객들에게 분부하여 큰 양을 한 마리 잡고 또 닭과 오리 100여 마리를 잡아 안주를 마련하여

154_ 원문은 '안주案酒'인데, '안주按酒'라고도 한다. 송나라 때 요리는 두 종류로 구분하는데, 술을 마실 때는 '안주案酒'라 하고, 밥을 먹을 때의 요리는 '하반下飯'이라고 한다.

연회를 준비했다. 날이 저무니 중추절은 얼마나 보기 좋은가.

한밤중 다시 길어지기 시작하고, 황혼도 절반을 지나니, 걸려 있는 둥근달 마치 은쟁반 같구나. 달이 대낮같이 밝으니, 마땅히 달구경해야지. 맑은 달빛 둥근데, 계수나무와 옥토끼 어울리네. 문발 높이 말아 올리고, 황금 술잔 계속 권하며, 즐겁게 웃으면서 태평을 축하하는구나. 해마다 중추절 오기만 하면, 곤드레만드레 취하도다. 밤새껏 마시노라면 은하수도 새 빛을 드러내네.
午夜初長, 黃昏已半, 一輪月掛如銀. 冰盤如晝, 賞翫正宜人. 淸影十分圓滿, 桂花玉兔交馨. 簾櫳高捲, 金杯頻勸酒, 歡笑賀昇平. 年年當此節, 酩酊醉醺醺. 莫辭終夕飮, 銀漢露華新.

소화산의 주무·진달·양춘 세 두령은 졸개들에게 산채를 잘 지키도록 분부하고 3~5명만 데리고 박도朴刀[155]를 들고 각자 요도腰刀[156]를 허리에 차고 말은 타지 않고 걸어서 산을 내려와 사가촌 장원으로 왔다. 사진이 맞이하여 각기 예의를 마친 뒤 후원으로 청했다. 장원 안에서는 이미 연회를 준비했고 사진이 세 두령에게 좌석을 배정하고 장객을 불러 앞뒷문을 모두 잠그도록 했다. 한편에서는 술을 마시면서 장원 내 장객들이 번갈아가며 잔을 올렸고 다른 한편으로 양고기를 자르고 술을 권했다. 술이 여러 잔 돌고 동쪽으로 밝은 달이 떠올랐다.

155_ 박도朴刀: 송나라 때 출현했다. 나무 자루에 길고 넓은 강철 칼을 붙인 병기로 대도大刀와 단도單刀(짧은 자루의 긴 칼)의 중간이다. 『수호전전교주』에 따르면 『청회전도淸會典圖』 권65 「무비도武備圖」에 이르기를, '박도撲刀는 통상적으로 길이가 1척9촌5분分이다. 칼날은 길이가 1척4촌이고 위의 넓이는 2촌4분이고 아래는 그 절반이며 자루 구멍 두께는 5분이고 자루 길이는 5촌이다. 나무 재질이고 붉고 누런 가죽으로 감았으며 끝을 철로 뚫었고 누런 둥글게 꼰 끈으로 장식했다'고 했다. 박도撲刀는 즉 박도朴刀다'라고 했다.
156_ 요도腰刀: 허리에 차는 한쪽 날의 평도平刀이며 단병기短兵器라고도 부른다. 요도는 대략 길이가 3척이고 도신이 좁고 꼬리 잡이가 짧다.

계수나무 꽃 해변 산봉우리에서 떨어지고, 조각구름은 광활한 하늘에서 흩어지누나. 노을이 만 리에 비추니 은빛 같고, 밝은 달빛이 천산을 비추니 마치 물과 같네. 광야에 그림자 가로로 걸치자 홀로 잠든 까마귀 놀라고, 평온한 호수에 빛을 비추자 한 쌍의 기러기가 빛이 나누나. 밝은 달은 삼천리를 돌고, 옥토끼는 사백주四百州157를 삼키는구나.

桂花離海嶠, 雲葉散天衢. 彩霞照萬里如銀, 素魄映千山似水. 影橫曠野, 警獨宿之烏鴉; 光射平湖, 照雙栖之鴻雁. 冰輪展出三千里, 玉兔平吞四百州.

사진과 세 두령이 후원에서 술을 마시며 중추절을 음미하고 이런저런 옛날과 새로운 것을 이야기하고 있는데, 담장 밖에서 함성이 울리며 횃불이 어지럽게 밝혀졌다. 사진이 깜짝 놀라 벌떡 일어나며 분부했다.

"세 분 벗들은 잠시 앉아 있으시오. 내가 나가서 보고 오리다."

장객에게 소리쳐 말했다.

"문을 열지 마라!"

두 손으로158 사다리를 타고 담장으로 올라 바라보니 화음현 현위縣尉159가 말을 타고 도두都頭 두 명과 300~400명 토병土兵160을 데리고 장원을 포위했다.

157_ 사백주四百州: 송나라 때 천하에는 300여 개의 주가 있었는데, 뒤에 '사백주'라 하여 전국토를 가리키게 되었다.

158_ 원문은 '철攧'이다. 『수호전전교주』에 따르면 "『숭정태창주지崇禎太倉州志』「방언方言」에 이르기를, '잡는 것을 당攧이라 하고, 두 손을 철攧이라 한다'고 했다."

159_ 현위縣尉: 『송사』「직관지職官志·직관7職官七」에 따르면 "개보開寶(송 태조 조광윤의 연호767 968~976) 3년(970)에 조서를 내려, 현이 1000호 이상이면 영令, 부簿, 위尉를 설치하고, 400호 이상이면 영, 위를 설치하며 현령이 주부主簿의 일을 주관하며, 400호 이하는 부와 위를 설치하고 주부가 지현知縣의 사무를 주관한다"고 했다. 현위는 치안을 담당했다. 송나라 때 현급 기구의 장관은 지현현사知縣事(지현知縣)와 현윤縣尹(현령)으로 구분하여 칭했고, 보조관원으로는 현승縣丞(큰 현에 설치되었고, 작은 현에는 설치되지 않음), 주부主簿(작은 현에는 설치되지 않고 현위가 겸직했다), 현위縣尉(큰 현에는 동위東尉, 서위西尉가 설치됨)가 있었다.

160_ 토병土兵: 『금사金史』「병지兵志」에 따르면 "토병은 경계와 체포의 일을 주관했다"고 했다. 현지의 징집 혹은 응모를 통해 선발한 남자를 말하는데, 통상적으로는 향병鄕兵이라 부르고, 토정土丁이

사진과 세 두령은 '아이고' 소리만 나왔다. 바깥의 횃불 빛 속에서 강차鋼叉161 · 박도·오고창五股叉(오지창)·유객주留客住162 등이 삼밭의 삼처럼 늘어서 있었다. 도두 둘은 소리쳤다.

"도적놈들을 놓쳐서는 안 된다."

이들이 사진과 세 두령을 잡으러 왔으니, 나누어 서술하면, 사진은 먼저 한두 사람을 죽이고 10여 명의 영웅들과 사귀게 되며 천강, 지살들과 동시에 만나게 된다. 그야말로 갈대꽃 깊은 곳에 병사가 주둔하고, 연잎 그늘에 전선을 정박시키게 된 것이다.

결국 사진과 세 두령이 어떻게 벗어나게 되는지 다음 회에 설명하노라.

'전수부殿帥府'는 무엇인가?

송나라 제도는 삼사三司가 나누어 금군禁軍을 이끌었는데, 이것이 삼아三衙(금군을 관장하는 기구로 전전사殿前司, 시위친군마군사侍衛親軍馬軍司, 시위친군보군사侍衛親軍步軍司)다. 최초에는 단지 '전전사'와 '시위친군사侍衛親軍司'만이 있었는데, 뒤에 '시위친군사'가 '시위친군마군사'와 '시위친군보군사'로 나뉘었고 '전전사'를 더해 세 개가 각자 독립적인 부문이 되었다. 그 장관을 도지휘사都指揮使, 부도지휘사副都指揮使, 도우후都虞候라고 하는데, 이후에는 상시 설치되지는 않았다. 각 군에는 도지휘사가 있었는데, 즉 『수호전』에서 말하는 '전수殿帥'다. 고구는 '전전사殿前司 도지휘사都指揮使'이고, 여기에는 '마군사' '보군사'의 두 '도지휘사'는 포함되지 않

라고도 부른다. 『송사』 「병지」에 따르면 "호적戶籍 혹은 응모로 선발하여 그들을 단결시키고 훈련시켜 주둔하면서 방비하는 것을 향병이라 한다"고 했다. 이하 역자는 '향병'이라 하지 않고 원문 그대로 '토병'으로 표기했다.

161_ 강차鋼叉: 강철로 된 차叉다. 차叉는 끝이 두 가닥으로 된 것을 우각차牛角叉, 세 갈래로 된 것을 삼두차三頭叉 혹은 삼각차三角叉라 한다. 자루의 길이는 7~8척이고 무게는 대략 5근斤이다. 이하 역자는 '삼지창'이라 번역했다.

162_ 유객주留客住: 창끝이 갈고리 모양으로 된 긴 창.

는다. '전수부殿帥府'는 바로 전전도지휘사가 공무를 보는 아문衙門이다. 송나라 때 '삼아' 가운데 전전사는 가장 중요한 핵심 군사 부문이었고 군대 가운데서도 가장 중요했다.

태위太尉

먼저 제1회에서 '내외제점전전태위內外提點殿前太尉 홍신洪信(『수호전』에는 줄여서 '홍태위洪太尉'라 칭함)'을 천사天使로 삼았다는 구절이 나온다. 그러나 송나라 때 문헌에는 이런 관직 명칭이 보이지 않는다. 태위라는 관직은 진한 시기에 시작되었는데, 군무를 주관하는 군정의 수뇌였고 전국 정무를 주관한 승상丞相, 백관百官의 감찰을 주관한 어사대부御史大夫와 함께 삼공三公이라 불렀다. 두우杜佑의 『통전通典』「직관고職官考」에 따르면 "진나라는 천하를 겸병하고 황제의 칭호를 수립했으며 백관百官의 직위를 세웠는데 옛것을 본받지 않았다. 후侯를 없애고 수守를 설치했는데 태위는 오병五兵(군대)을 주관하고 승상은 백규百揆(백관百官과 천하의 각종 정무)를 총괄했다. 또한 어사대부를 설치했는데 상相 다음이었다"고 했다. 후대에 와서 태위는 대부분 노신老臣에게 추가적으로 더해진 명예로운 칭호가 되었다. 수나라 때는 태위, 사도司徒, 사공司空을 삼공이라 했고 이들은 국가 대사 협의에 참여했는데, 이들은 노신으로 부府를 열어 공무를 보는 직무를 가진 관원이 아니었다. 송나라는 당나라의 제도를 계승해 태사太師, 태부太傅, 태보太保를 삼사三師라 하고 태위, 사도, 사공을 삼공이라 했는데, 모두 재상 혹은 친왕親王의 가관加官(원래 있던 관직 외에 더해주는 관직)이었다. 즉 홍신에게 부여된 태위는 저명한 재상에게 더해진 명예직으로 구체적인 사무를 지닌 관직은 아니었다. 또한 인종 때 군사를 관장하는 태위는 없었기에 홍신이 태위라는 것은 완전히 허구라 할 수 있다.

본문에는 '왕진경王晉卿'을 '소왕도태위小王都太尉'라 칭하고 있는데, 송나라 때는 '도태위都太尉'라는 칭호는 없었다. 또한 "고구에게 전수부殿帥府 태위太尉 직무를 맡도록 발탁했다"는 문구가 있다. 『송사』「휘종기徽宗紀」에 따르면 "경자庚子일(정화

政和 7년, 1117, 정월), 전전도지휘사 고구를 태위로 삼았다"고 했다. 휘종은 원부元符 3년(1100)에 즉위했으니, 정화 7년(1117)이라면 차이가 17년이며, 송강이 일어난 때는 선화宣和 3년(1121)이었다. 고구의 실제 직위는 '전전도지휘사'였고, 부연된 '태위'라는 말은 그에게 더해진 영예로운 직위일 따름이었다.

팔십만금군교두八十萬禁軍教頭

'팔십만금군교두八十萬禁軍教頭'는 '팔십만八十萬' '금군禁軍' '교두教頭'로 나눌 수 있다. 먼저 '금군'에 대해서 설명하면 송나라의 군대는 대체적으로 세 종류로 구분할 수 있는데, 금군禁軍, 상군廂軍, 향병鄕兵이다. 상군은 지방 부대이고 향병은 지위가 상군보다 낮다. 『수호전』에서는 또 '토병土兵'이라는 말이 나오는데 토병은 향병의 일종이다. 『송사』 「병지兵志」에 따르면 "금병禁兵은 천자의 호위병으로 전전殿前, 시위侍衛 두 사司에서 총괄했다. 가장 친근한 수행원은 제반직諸班直 (황제 곁을 따라다니는 금위군)이라 불렀다. 나머지는 모두 경사를 지키고 정벌에 대비했다. 태조는 전 왕조의 실수를 거울삼아 정예 부대를 경사에 집중시켰다"라고 했다.

'팔십만'에 대해서는 『송사』 「병지·병兵1·금군상軍上」에 따르면 "경력慶曆(인종仁宗의 연호로 1041~1048) 시기 장부에 125만 9000명으로 금군 마보군은 82만 6000명이었다"라고 했다. 『수호전』에서 말한 '80만'은 우수리를 뺀 숫자를 말한 것으로 실제와 다르지 않다고 할 수 있다.

교두教頭는 교련教練, 교관教官을 말한다. 호삼성胡三省은 『자치통감資治通鑑』 주석에서 "당나라 제도에 천하의 군부에 병마가 있는 곳에는 병법과 말 타고 활을 쏠 수 있는 자를 선발하여 교련사教鍊使로 충당했다. 매년 교습을 진행할 때 그들에게 교습을 관장하게 했는데, 교두教頭라고 했다"고 했다. 즉, 교두는 당나라의 관직이다. 또한 『송사』 「병지兵志·병兵9」에 따르면 "조서를 내려 전전보군사殿前步軍司의 병사들에게 도교두都教頭를 설치하고 예속되어 교습의 일을 관장하게 했다"고 했다. 『수호전』의 '팔십만금군교두'는 즉 '전전보군사'의 '보교두'다.

'팔십만금군교두'는 팔십만 금군의 '총교관'은 아니고 많은 교관 가운데 하나다. 그리고 팔십만 금군에는 마군馬軍·보군步軍·수군水軍이 있었는데, 『수호전』에서 말하는 '교두'는 '보군교관'이다.

왕진王進

『수호전보증본』에 근거하면 남송 초기 송나라 군대 군관 가운데 세 명의 왕진이 있었다고 했다. 첫 번째로는 장준張俊 부장 왕진이다. 『삼조북맹회편三朝北盟會編』 권165에 따르면 "왕진은 처음에 장준 휘하의 제할提轄이었는데, 인장을 지고 수행하는 것을 전담하여 군중에서 '배인왕背印王'이라 불렀다"고 했다. 두 번째는 호주濠州 지주知州 왕진인데, 『삼조북맹회편』 권205에 따르면 "소흥紹興 11년(1141) 3월 8일 정미丁未일, 호주 병마영할兵馬鈐轄 소굉邵宏이 반란을 일으키고 금나라에 항복했다. 금나라가 호주를 함락시키고 지군주사知軍州事 왕진이 사로잡혔다"고 했다. 세 번째는 악주도통제鄂州都統制 오공吳拱의 부장으로, 『삼조북맹회편』 권234에 따르면 "이민족 기병이 갑자기 몰려왔고, 적귀翟貴와 왕진이 군사를 이끌고 출전했다. 그러나 군대는 패하고 두 장수는 사망했으며 사졸들 절반에 강물에 빠졌다"고 했다. 이 세 사람의 왕진과 『수호전』의 왕진은 서로 상관이 없지만 이름을 차용한 것은 혹여 금나라에 대항한 인물이기 때문일 수도 있다.

'적배군賊配軍'은 어떤 의미인가?

본문에는 고 태위가 왕진에게 "이런 나쁜 배군配軍 같은 놈"이라고 욕하는 부분이 있다. 원문은 '적배군賊配軍'인데, '배군적配軍賊'이라고도 말할 수 있다. '적賊'은 욕하는 말이니 설명할 필요가 없다. 여기서 '배군配軍'은 일반적으로 유배형을 받고 변방으로 귀양 가서 군에 충당되는 죄인을 말한다. 그렇지만 송나라 때의 개념과는 큰 차이가 있다. 송 태조 조광윤趙匡胤은 송을 건국한 뒤에 문치文治를 기본 정책으로 삼았기에 군인이 되는 것은 영광스러운 일이 아니었다. 이 때문에 길이 없거나 혹은 죄를 저지른 악독한 무리가 병사로 충당되었다. 송나라의 군대는 몇 가지 계통이 있었는데, 우선 금군禁軍이 있고, 상병廂兵과 향병鄉兵이 있었다. 상병 가운데는 전문적으로 해자를 수축하는 군인이 있었는데, 이들을 '장성壯城'이라 불렀다. 이러한 군인들은 노동의 강도가 상당했지만 일부는 관계를 통해 일정 정도의 우대를 누리기도 했는데, 임충이 대군 초료장을 지키게 된 것과 같은 것이라 할 수 있다. 또한 이들 가운데 연로하거나 병이 있어 노역을 감당할 수 없을 경우에는 석방되기도 했다.

고구가 본문에서 말한 '배군'은 바로 '장성'을 말한다. 또한 송나라 때의 '배군'은 반드시 먼 변경 지구로 귀양을 간다거나 주둔하며 지키는 임무에 종사하지 않았다고 할 수 있다.

구문룡九紋龍 사진史進

『수호전보증본』에 따르면 "구룡九龍은 고대에 제왕의 부호였다. 여기서 별명으로 삼은 것은 은근히 송나라 초에 홍주興州(산시陝西성 뤠양略陽)에서 일어나 황제를 칭한 사빈史斌을 가리키는 것 같다. 근래에 일본학자는 명나라 용여당容與堂 백회본 삽도揷圖를 보고, '사진의 팔뚝을 둘러싸고 있는 용이 튼튼하고 힘찼는데 매우 분명하게 한 마리의 용을 드러냈다. 여기서 말하는 구문룡九紋龍은 원본에서는 아홉 조각의 비늘을 지닌 용이었다. 구문룡이라는 말이 내포하는 뜻은 아홉 마리의 용을 문신한 것을 가리키는 것이 아니라 아홉 가지 무늬를 지닌 한 마리의 용을 가리키는 것은 아닌가?'라고 했다."

본문에서는 사진이 아홉 마리의 용을 몸에 새겼다는 문구가 있는데, 송나라 때는 문신이 성행했다. 『사기』 「월왕구천세가越王句踐世家」에 따르면 "몸에 문신을 새기고 머리를 짧게 잘랐다"고 되어 있어, 송나라 보다 훨씬 이전 시대부터 오월吳越 지구에서는 문신이 오래된 습속이었음을 알 수 있다.

당, 송 시기에는 대부분 무인 사이에서 문신이 성행했다. 『송사』 「호연찬전呼延贊傳」에 근거하면 호연찬은 항상 적진에서 죽기를 바랐기에 온몸에 '적심살적赤心殺賊(충심으로 적을 죽이다)'이라는 글자를 새겼고, 처자식과 종에게까지 새기게 했다고 한다. 또한 『송사』 「악비전岳飛傳」에 근거하면 악비 또한 문신을 새겼다. 악비가 피고가 되어 심문을 받게 되었고 대리승大理丞 하주何鑄가 심문했을 때 악비가 옷을 찢고는 등을 하주에게 보였는데 '진충보국盡忠報國(충성을 다해 나라에 보답하다)'이라는 네 글자가 크게 피부 깊숙이 새겨져 있었다고 했다. 『수호전보증본』에 따르면 "송나라 제도에는 사병과 범죄자의 얼굴에 글자를 새겼는데, 장군이 인솔하는 군사들을 구별하기 위해 항상 전군에 동일한 문자를 얼굴에 새겼다. 예를 들면 송나라 건염建炎 2년(1128)에 왕언王彦의 군대는 황하를 건너 금나라에 대항하면서 사람들마다 모두 양쪽 볼에 나누어서 '적심구국赤心救國, 서살금적誓殺金賊(충심으로 나라를 구원하고, 맹세컨대 금나라 도적을 죽이겠다)' '서갈심력誓竭心力, 부부조왕不負趙王(맹세컨대 심혈을 기울이고, 조씨 왕조를 저버리지 않겠다)' 등의 문자를 새겼는데, 이 때문에 사람들은 이들을 '팔자군八字軍'이라 불렀다"고 했다. 이러한 문신의 유행은 원나라 때에도 무인들 사이에 성행했으나 명나라 초기에 와서는 금지하기 시작했다.

도
망
친
노
달[1]

당시 사진이 말했다.

"어떻게 해야 좋단 말인가?"

세 두령이 무릎을 꿇으며 말했다.

"형님, 형님은 나쁜 일과 무관한 사람이니 우리 때문에 이 일에 연루되면 안됩니다. 우리 세 사람을 잡아 결박해 데리고 가면 도련님은 상도 받고 연루되지도 않을 것입니다."

사진이 말했다.

"어떻게 그렇게 한단 말인가! 그 말대로 그대들을 속인 다음 잡아서 상을 받는다면 천하의 웃음거리가 될 것이오. 죽을 때가 되면 죽어도 그대들과 함께 죽고 살아도 함께 살 것이오. 다른 방법을 생각할 테니까 안심하고 기다리시오. 먼저 어떻게 된 일인지 까닭이나 물어봐야겠소."

1_   제3회 제목은 '史大郞夜走華陰縣(사대랑 사진이 밤에 화음현에서 달아나다). 魯提轄拳打鎭關西(노제할이 주먹으로 진관서를 두들겨 패다)'다.

사진이 사다리에 올라가서 물었다.

"너희 두 도두는 무슨 일로 이 늦은 야밤 삼경에 우리 장원에 처들어왔느냐?"

두 도두가 대답했다.

"도련님, 억지 부리지 마시오! 고발자 이길이 여기에 있소."

사진이 소리 질렀다.

"이길, 너는 뭣 때문에 죄 없는 평범한 백성을 무고하느냐?"

이길이 대답했다.

"나는 본래 몰랐는데 숲속에서 왕사의 답장을 주워 현 관아 앞에서 보다가 일이 발각되었습니다."

사진이 왕사를 불러 물었다.

"답장이 없다고 하더니, 어찌하여 편지가 또 있었느냐?"

왕사가 말했다.

"소인이 잠시 술에 취해서 답장을 잃어버렸습니다."

사진이 버럭 소리 질렀다.

"이런 짐승 같은 놈, 네가 그러고도 살고 싶으냐?"

밖의 두 도두 등은 모두 사진을 두려워하여 감히 장원으로 들어와 사람을 잡으려 하지 않았다. 세 두령이 손으로 밖을 가리키며 말했다.

"일단 바깥의 요구에 동의하시오."

사진이 무슨 말인지 깨닫고 사다리 위에서 소리쳐 말했다.

"너희 두 도두는 굳이 소란피울 필요가 없다. 잠시 한발 물러나 있으면 내가 포박하여 관아로 끌고 가서 상을 받을 것이다."

두 도두는 모두 사진이 두려워 동의할 수밖에 없었다.

"우리는 괜찮소. 묶어서 나올 때까지 기다렸다가 함께 상을 받으러 갑시다."

사진이 사다리에서 내려와 대청 앞으로 오더니 먼저 왕사를 끌고 후원으로 가서 한칼에 죽여버렸다. 장객들에게 장원 안의 모든 휴대하기 간편한 귀중품을 즉각 수습하여 짐을 꾸리도록 했다. 다른 한편으로 30~40개의 횃불을 밝히게 했다. 장원 안에서 사진과 세 두령은 갑옷을 걸치고 창 받침 선반에서 각자 요도를 차고 박도를 들었으며 몸을 단단히 묶어 단속하고는 장원 뒤의 초가집에 불을 질렀다. 장객들도 각자 짐을 쌌다. 밖에서는 장원 안에서 불이 일어나는 것을 보고 모두 뒤쪽으로 몰려가서 바라보았다. 사진이 중앙 대청에도 불을 지르고 장원 문을 활짝 열어 함성을 지르며 뛰쳐나갔다.

사진이 선두에 서고 주무·양춘이 가운데 서고 진달이 뒤에서 졸개·장객들과 함께 뛰쳐나와 동쪽을 겨냥하다 서쪽으로 돌진했다. 사진은 진정 한 마리 호랑이라 누가 막을 수 있겠는가! 뒤로는 불길이 일어나고 앞으로 길을 뚫고 나와 돌진하다가 두 도두 그리고 이길과 마주쳤다. 사진이 이길을 보고 크게 노했다.

'원수를 보자마자 갑자기 눈에 불이 번쩍 튀었다.'

두 도두는 형세가 좋지 않은 것을 보고는 몸을 돌려 달아났다. 이길 또한 몸을 돌리려 하는데 사진이 달려와서 박도를 들더니 단칼에 이길의 몸은 두 동강이 나고 말았다. 두 도두도 막 달아나려고 하는데 진달과 양춘이 쫓아와서 박도를 한 번씩 휘두르니 그들의 목숨도 끝나고 말았다. 현위는 놀라서 말 머리를 돌려 달아났고 토병들도 감히 앞으로 접근하지 못하고 각자 목숨만 건져 도망치며 어디론가 흩어졌다. 사진은 일행을 이끌고 죽이면서 달렸고 관병들은 감히 뒤쫓지 못하고 각자 달아났다. 사진과 주무·진달·양춘, 그리고 장객들은 소화산 산채에 도착해서야 앉아 겨우 한숨 돌리고 쉴 수 있었다. 주무 등이 서둘러 졸개를 불러 소와 말을 잡고 축하 연회를 벌였다.

며칠이 지나자 사진은 생각했다.

'나급하게 세 사람을 구하려고 장원에 불을 지르는 바람에 일부 귀중품은 챙겼지만 집 안의 큼직하고 무게 나가는 물건들은 모조리 불타 사라졌구나.'

속으로 생각하며 주저하다가 여기에 계속 있을 수 없다고 생각하고 주무 등에게 말했다.

"내 사부 왕 교두는 관서 경략부에서 일을 하고 계시오. 내가 진작 찾아가려 했으나 부친께서 돌아가셔서 갈 수가 없었소. 지금 재산과 장원이 모두 사라졌으니 사부를 찾아가는 길밖에 없는 것 같소."

세 두령이 말했다.

"형님 가지 마시오. 우리 산채에서 잠시 지내면서 다시 상의해봅시다. 만일 형님이 도적이 되길 원치 않는다면 안정이 될 때까지 기다렸다가 우리가 형님과 함께 장원을 세우고 다시 양민이 되면 되지 않겠소."

사진이 말했다.

"여러분의 정분은 좋지만 이미 떠나려는 마음을 붙잡아둘 수는 없소. 만일 사부님을 찾는다면 그곳에서 신분을 바꾸고 여생을 즐겁게 보내고 싶소."

주무가 말했다.

"형님이 여기서 산채 주인이 된다면 어찌 즐겁지 않겠소? 산채가 작아 쉬기에 견디기 어려울까만 걱정되오."

사진이 말했다.

"나는 결백한 사내대장부인데, 어떻게 부모가 남겨준 몸을 함부로 더럽히겠소? 도적이 되라는 말은 두 번 다시 입에 담지도 마시오."

또 며칠이 지나자 사진은 떠나려 했고 세 두령이 아무리 말려도 잡을 수가 없었다. 사진은 데려온 장객들을 모두 산채에 남겨두고 약간의 은냥 부스러기를 챙겨서 보따리를 만들어 지고 나머지는 모두 산채에 남겨두었다. 사진은 위에 붉은 술이 달린 희고 큰 범양전대모范陽氈大帽[2]를 쓰고 모자 아래에는 푸른색이

2_ 범양전대모范陽氈大帽: '범양전립范陽氈笠' '범양전모范陽氈帽'라고도 한다. 짐승 털을 눌러 두드려 제작한 것으로 챙이 넓어 삿갓과 유사하여 '전립氈笠'이라고도 한다. 명·청 시기에 범양范陽(북경 이북) 지구에서 생산된 것이 가장 유명하여 '범양전립'이라 부른다. 대부분 노동하는 사람과 무사가 사용

섞인 부드러운 두건을 양쪽으로 뿔처럼 동여맸다. 목에는 밝은 황색 끈을 두르고, 몸에는 하얀 모시실로 만든 동정이 달린 깃이 있는 전포戰袍를 입고 허리에는 다섯 손가락을 편 길이의 엷은 붉은색 실로 짠 탑박을 찼다. 청백색 각반을 묶고 산을 오를 때 흙이 들어올 정도로 구멍이 숭숭 난 마로 짠 신을 신었다. 허리에는 구리 방울로 만든 경쇠와 유사한 입구가 달린 안령도雁翎刀[3]를 차고 등에 짐을 지고 박도를 들고 세 두령과 작별인사를 했다. 많은 졸개가 산길까지 내려와서 배웅했고 주무 등은 눈물을 흘리며 이별하고 산채로 돌아갔다.

사진은 박도를 들고 소화산을 떠나 관서오로關西五路[4]로 향하는 큰길을 골라 연안부를 향해 걸었다.

> 울퉁불퉁 험한 산봉우리, 외딴 마을은 적막하네. 운무 헤치고 밤에 황량한 숲에서 잠을 청하고, 새벽달 끼고 험한 길 오르는구나. 해 떨어져 길 재촉하는데 개 짖는 소리 들려오고, 찬 서리 아침 독촉하니 닭 울음 들리누나.
> 崎嶇山嶺, 寂寞孤村. 披雲霧夜宿荒林, 帶曉月朝登險道. 落日趨行聞犬吠, 嚴霜早促廳鷄鳴.

배고픔과 갈증을 참으며 밤에는 쉬고 새벽에 걸으면서 홀로 보름을 걸어서 위주渭州[5]에 도착했는데, 그곳에도 경략부가 있었다.

했다. 무사가 쓰는 것은 항상 모자 정수리에 명주실로 된 흰색(푸른색도 있다) 술을 장식했다.
3_ 안령도雁翎刀: 냉병기로 칼의 일종이다. 곧고 역날이 있으며 형상이 기러기 깃털과 유사하여 안령도라 했다. 명나라 때 성행했으며 사병들도 차고 다녔다.
4_ 『수호전전교주』에 따르면 "여기서의 오로五路는 송나라 사람들이 섬서오로陝西五路로 부른 것이다. 관서오로라는 말은 원나라 때 시작된 것으로 여겨진다"라고 했다.
5_ 위주渭州: 최초로 북위北魏가 설치했고 치소는 양무襄武(지금의 간쑤甘肅성 룽시隴西 서쪽)이었다. 위하渭河의 상류였으므로 위주라 한 것이다. 그러나 낭나라 뭉후기에 이르러 도번吐蕃이 밀어 개펴서 위주의 치소는 부득불 동쪽인 지금의 간쑤성 핑량平涼으로 옮겼다. 이곳은 경수涇水의 상류였는데, 여

'이곳에 왕 교두 사부님께서 혹시 계시지 않을까?'

사진이 성안으로 들어가서 보니 매우 번화한 거리가 있었다. 때마침 길가에 작은 차방茶坊(찻집)이 있었다. 사진이 차방에 들어가 자리를 잡고 앉자 차박사茶博士6가 물었다.

"손님, 어떤 차를 드시겠습니까?"

사진이 말했다.

"따뜻한 차 한 잔7 우려주시오."

차박사는 물을 부어 차를 우려내고 차를 사진 앞에 놓았다. 사진이 물었다.

"여기 경략부가 어디 있소?"

"바로 앞이 경략부입니다."

"말 좀 물읍시다. 경략부 안에 동경에서 온 왕진이란 교두가 있지 않소?"

"경략부 안에 교두는 아주 많고 왕 성도 서너 명은 될 텐데, 누가 왕진인지는 모르겠습니다."

말이 다 끝나지 않았는데 덩치가 큰 사내가 찻집으로 성큼성큼 들어왔다. 사진이 바라보니 모습은 군관인데, 그의 차림새를 보니, 얇고 성긴 모시로 된 만자정두건萬字頂頭巾8을 머리에 싸매고 머리 뒤로는 한 쌍의 태원부太原府 금고리가 달려 있었다. 짙은 연두색의 모시 전포를 입었고, 허리에는 문무 두 쌍의 짙은 검붉은 색의 여러 가닥으로 땋은 끈을 매고 있었으며 매의 발톱처럼 가죽 네 곳을 꿰맨 건황화乾黃靴9를 신었다. 생긴 모습이 얼굴은 둥글고 귀가 크며 코는

전히 위주라 불렀으니 이미 그 명칭은 실제에 부합되지 않는다고 하겠다.

6_ 차박사茶博士: 차를 파는 사람 혹은 차를 우려내는 점원을 가리킨다.

7_ 원문은 '포차泡茶'인데 마른 과일, 차 잎 종류로 우려낸 차를 말한다.

8_ 만자정두건萬字頂頭巾: 만자건萬字巾, 만자건卍字巾, 만자정건卍字頂巾, 만자두건萬字頭巾이라고도 한다. 명나라 때 남자들이 한가하게 있을 때 쓰던 두건이다. 범문梵文인 '만卍'은 문자가 아니라 가슴 앞의 부호 같은 것으로 길상과 행복을 의미한다. 송나라 때 만자건은 아래가 넓고 위가 좁았다. 명나라 이전에는 대부분 서민이 사용했고, 명나라 초에는 교방사教坊司 관리의 복장으로 규정했다.

9_ 건황화乾黃靴: 가죽 신발의 일종으로 황소 가죽으로 만들었다. 대부분 차리差吏(파견되어 어떤 임무를

길고 네모나게 생겼고 뺨에는 구레나룻이 났다. 키는 8척 장신이고 허리는 10위圍 정도나 되었다.

그 사람이 찻집 안으로 들어와 앉았다. 차박사가 말했다.

"손님, 왕 교두를 찾으시려거든 저 제할提轄님께 물어보시면 알 수 있을 겁니다."

사진이 서둘러 일어나 다가가 예를 갖추고 말했다.

"관인官人10, 앉으십시오. 제가 차 한 잔 대접해 올리겠습니다."

그 사람도 키 크고 우람하며 사내다운 사진을 보고 곧 답례했다. 둘이 앉고 사진이 말했다.

"소인이 대담하게 관인의 성함을 여쭈고자 합니다."

그 사람이 말했다.

"나는11 경략부經略府 제할이고 이름은 노달魯達12이오. 형씨께 성을 물어도 되겠소?"

사진이 말했다.

"소인은 화주華州13 화음현 사람이고 성은 사史이고 이름이 진進입니다. 관인께 물어보겠습니다. 소인에게 사부가 계시는데, 전에 동경 팔십만 금군 교두였

집행하는 관원), 무사들이 신었다.

10_ 관인官人: 당나라 때 관직을 담당하고 있는 사람의 칭호였고, 송나라 이후에는 일정한 지위에 있는 남자에 대한 존칭으로 사용되었다. 또한 송나라 때 여성들이 남편에 대한 존칭으로 관인이란 말을 사용했다.

11_ 원문은 '쇄가洒家'다. 『수호전전교주』에 따르면 "장태염章太炎의 『신방언新方言』 「석언釋言」에 이르기를 '명나라 때 북방 사람들은 자칭 쇄가洒家라고 했는데, 쇄洒는 여余(나)다'라고 했다." 역자는 이하 '쇄가'를 '나'로 번역했다.

12_ 노달魯達은 바로 노지심魯智心(출가 후 받은 법명)으로 『수호전』 108명의 호걸 가운데 가장 영웅적인 인물로 평가받는다. 비록 말투와 행동이 매우 거칠고 사고방식도 단순해보이지만, 소설 전편에 걸쳐 노지심과 대립하는 인물은 모두 다른 사람을 괴롭히는 악한들이다. 그는 괴롭힘을 당하는 약자를 도우려는 순수함의 발로에서 행동하는 인물이다.

13_ 화주華州: 지금의 산시陝西성 웨이난시渭南市 화저우구華州區 성내와 구변 지구고 긴기에 하산華山이 있어 화주라 했다.

고 성은 왕 이름은 진입니다. 이곳 경략부에 계신지 모르겠습니다."

노 제할이 말했다.

"형씨, 당신이 사가촌의 무슨 구문룡 사도령 아니시오?"

사진이 절하며 말했다.

"소인이 바로 사진입니다."

노제할이 서둘러 예를 취하며 말했다.

"백문이 불여일견이라더니 모습을 보니 명성대로요. 지금 찾으려는 왕 교두가 동경에서 고 태위에게 미움을 받던 왕진 아니오?"

"네, 바로 그 사람입니다."

"나도 그 이름을 들어봤소. 그 형님은 여기에 있지 않소. 나도 들은 얘기인데 연안부 노충 경략상공이 있는 곳에서 살고 있다고 하오. 이곳 위주는 소충小種14 경략상공이 지키고 있소. 왕 교두는 여기에 있지 않소. 당신이 사 도령으로 지낼 때 명성을 많이 들었소. 나와 거리로 나가서 술 한잔 합시다."

노달이 사진의 손을 끌고 찻집을 나오다가 뒤를 돌아보며 말했다.

"차 값은 나중에 주마."

차박사가 말했다.

"제할님 괜찮습니다. 나중에 꼭 다시 오십시오."

두 사람은 팔을 잡고 찻집을 나왔다. 거리로 나와 30~50보쯤 가니 많은 사람이 공터에 떼를 지어 모여 있었다. 사진이 말했다.

"형님, 우리도 구경 좀 합시다."

사람들 사이를 헤치고 바라보니 안에 한 사람이 있었고 10여 자루의 곤봉을 들고 있었으며 바닥에는 10여 개의 고약이 담긴 쟁반이 늘어져 있었으며 그 위에 종이로 만든 상표가 꽂혀 있었다. 원래 강호江湖15를 떠돌며 창봉술을 보여

14_ 노충老種은 충사도種師道를 말하고 소충小種은 충사도의 동생인 충사중種師中을 말한다.

주고 약을 파는 사람이었다. 자세히 보니 사진에게 무술을 처음 가르친 스승 '타호장打虎將'[16] 이충李忠이었다. 사진이 사람들 틈에서 부르며 말했다.

"사부님, 오랜만에 뵙습니다."

이충이 말했다.

"아니, 동생이 여긴 어쩐 일인가?"

노달이 말했다.

"사도령의 사부라면 같이 가서 술 석 잔[17] 합시다."

이충이 말했다.

"제가 팔던 고약을 마저 팔고 돈 좀 챙겨서[18] 가겠소."

노달이 말했다.

"누가 한가하게 당신을 기다려? 갈려면 같이 갑시다."

이충이 말했다.

"소인도 벌어서 먹고 살아야지요. 제할께서 먼저 가시면 찾아가겠습니다. 동생, 제할 모시고 먼저 가게나."

노달은 성질이 급해서 구경하던 사람들을 밀고 당기며 욕을 했다.

"이놈들, 똥구멍 쥐고 썩 꺼져라! 얼쩡거리는 놈은 내가 두들겨주마!"

사람들이 노 제할을 알아보고 와아 소리 지르면서 달아났다. 이충은 노달의

15_ 강호江湖: 삼강오호三江五湖의 줄임말로 일반적으로는 천하 각지를 가리킨다.

16_ 타호장打虎將: 『수호전보증본』에 따르면 "타호장은 원나라 잡극인 무명씨의 『안문관존효타호雁門關存孝打虎』, 그리고 맥망관초본脉望館鈔本 『비호욕존효타호飛虎峪存孝打虎』의 극 상황과 비슷한데, 모두 당나라 말 이존효李存孝가 호랑이를 때려잡은 고사를 서술한 것이다. 명나라 화본 『잔당오대전殘唐五代傳』에서는 이존효를 '타호장군打虎將軍'이라 칭했다. 또한 원나라 말 오吳 땅의 장사성張士誠 부장 가운데 조타호趙打虎가 있었는데 용맹이 삼군 가운데 으뜸이었고 호주湖州를 함락시켰다고 했다.

17_ 옛날에는 의식을 마칠 때 술을 세 차례 올렸다. 석 잔을 마신다는 것은 술을 권하는 말이다.

18_ 원문은 '토료회전討了回錢'이다. 송·원 시기에는 교역交易을 회익回易이다 했다. 기에틀 판 돈은 거두어들이는 것을 말한다.

사나운 모습을 보고 화가 나면서도 뭐라고 말도 못하고 웃으면서 말했다.

"성질도 참 급하시오."

이충은 즉시 무예에 사용한 복장과 도구, 고약을 챙기고 창봉은 다른 곳에 맡겨뒀다. 세 사람은 구불구불 모퉁이를 돌아 주교州橋 아래에 있는 반潘 성을 가진 사람이 운영하는 유명한 반가주점潘家酒店에 도착했다. 문 앞에는 대나무 깃대를 세웠고 깃대에 매달린 주점 깃발은 바람에 나부꼈다. 얼마나 좋은 주점 인가, 여기에 이를 증명하는 시가 있다.

바람 살랑여 연기 흩고 비단 깃발 나부끼며, 태평한 시절 날은 길어지네.

장사에게는 영웅적 담력 더해주고, 미인의 수심 가득한 간장 풀어주누나.

수양버들 바깥 세 척 깃발 알아보게 하고, 살구꽃 옆 대나무 장대 꽂혔구나.

남아로 태어나 평생의 뜻 이루진 못했지만, 노래하고 즐기며 취하도록 마시련다.

風拂烟籠錦旆揚, 太平時節日初長.

能添壯士英雄膽, 善解佳人愁悶腸.

三尺曉垂楊柳外, 一竿斜插杏花傍.

男兒未遂平生志, 且樂高歌入醉鄕.

반가주점에 온 세 사람은 깨끗하고 아름다운 방을 골라 들어가 앉았다. 노 제할은 주인 자리에 앉았고 이충은 맞은편에 사진은 말석에 앉았다. 주보酒保[19]가 인사하고 노 제할을 알아보고는 말했다.

"제할 나리, 술은 얼마나 가져올까요?"

노달이 말했다.

19_ 주보酒保: 『사기史記』 「난포열전欒布列傳」에 따르면 "난포는 집이 가난하여 제齊 땅에서 고용되었고 한 술집에서 심부름꾼 일을 했다"고 했다. 원문은 '주인보酒人保'인데, 『집해集解』에 따르면 『한서음의漢書音義』에서 말하기를, '술집에 고용된 것이다. 신용을 보증할 수 있기 때문에 보保라고 한다'고

"먼저 네 각角 가져오너라."

주보가 채소와 과일 안주를 내려놓고, 또 물었다.

"나리, 음식[20]은 뭘로 할까요?"

노달이 말했다.

"뭘 물어? 있는 대로 가져오고, 한번에 계산해주마. 이놈이, 왜 시끄럽게 떠들어!"

주보가 내려가고 곧 데운 술이 올라왔다. 그리고 맛있는 고기 요리[21]도 얼마 지나지 않아서 상에 올라왔다. 세 사람이 이미 여러 잔을 마셨고 한가롭게 이야기를 하면서 창법을 비교하기도 하며 한창 의기투합하여 말하고 있는데, 옆방에서 누군가 흑흑 거리며 우는 소리가 들려왔다. 노달이 짜증을 내면서 접시와 잔을 마룻바닥에 내던졌다. 주보가 듣고는 황급히 올라와서 보니 노달이 잔뜩 화가 나 있었다. 주보가 공손하게 양손을 가슴 앞에서 서로 소매 속에 끼우고는 말했다.

"나리, 필요하신 것이 있으시면 분부하십시오. 바로 사오겠습니다."

노달이 말했다.

"필요하긴 뭐가 필요해! 네가 나를 알면서 옆방에 어떤 사람을 울려놓고 우리 형제들에게 술을 먹으라는 거냐? 내가 술값을 덜 준 적이 있어서 그러는 것이냐!"

주보가 말했다.

"나리, 잠시 화를 가라앉히십시오. 소인이 어떻게 감히 남을 울려서 나리께서 술 마시는 것을 방해하겠습니까? 지금 우는 사람은 술자리를 돌아다니며 노래를 부르는 부녀인데 나리들께서 여기서 술을 드시는지 모르고 신세를 한탄하

했다." 옛날에 술집의 종업원을 주보酒保라고 했다.

20_ 원문은 '하반下飯'인데, 밥을 먹을 때의 요리와 국 등의 음식을 가리킨다.

21_ 원문은 '하구下口'인데, 생선, 고기, 닭, 오리 종류의 고기 요리를 말한다. '하반下飯'과는 다르다.

며 우는 것입니다."

노달이 말했다.

"정말 괴이하구나! 네가 가서 이리 불러오너라."

주보가 가고 얼마 지나지 않아 두 사람이 왔다. 18~19세 가량의 젊은 여인이 앞에 서고 50~60세 노인이 뒤에 쫓아왔는데 손에 박판拍板22을 들고 세 사람 앞에 섰다. 여인을 보니 아주 뛰어난 용모는 아니었으나 사람을 흔들만한 미모였다.

흐트러진 높이 솟은 머리에 푸른 옥비녀를 꽂았고, 가냘픈 허리에 6폭 붉은 비단치마 둘렀구나. 하얀 낡은 적삼은 눈빛 같은 몸 가리고, 엷은 노란색 보드라운 버선에 작은 신23 신었네. 가늘고 긴 찌푸린 눈썹에 글썽글썽한 눈에는 진주 같은 눈물 떨어뜨리고, 분바른 얼굴 숙였는데, 가냘픈 향기로운 살결은 백설을 녹인 듯하네. 이별의 정 아니라면, 틀림없이 근심 맺힌 한이 쌓여 있으리.

鬅鬆雲髻, 揷一枝靑玉簪兒; 裊娜纖腰, 繫六幅紅羅裙子. 素白舊衫籠雪體, 淡黃軟襪襯弓鞋. 蛾眉緊蹙, 汪汪淚眼落珍珠; 粉面低垂, 細細香肌消玉雪. 若非雨病雲愁, 定是懷憂積恨.

그 여인이 눈물을 닦으며 앞으로 나와서 인사를 했다.24 노인도 같이 인사를 했다. 노달이 물었다.

22_ 박판拍板: 여러 개의 긴 판목을 모아 한쪽 끝을 끈으로 꿰어, 폈다 접었다 하며 소리를 내는 타악기.

23_ 원문은 '궁혜弓鞋'다. 전족纏足을 한 여자가 신는 작은 신인데, 여기서는 발이 작은 것을 비유한 것이다.

24_ 원문은 '道了三個萬福'으로 고대에는 부녀자들이 상견례를 하면서 '만복萬福'이라 말했다. 이후에는 여인들이 행하는 경례를 도만복道萬福이라 했다. 여자는 남자와 달리 바닥에 엎드려 절을 하지 않았다. 예를 행할 때 양손을 부드럽게 하여 읍揖하고 가슴 앞에서 오른손을 아래로 겹치고 위아래로 움직임과 동시에 허리를 굽혀 절을 하는 자세를 말한다. 여기서는 세 차례 만복을 하는 것이다.

"너희는 어디 사람이냐? 무슨 연유로 그렇게 울었느냐?"

여인이 대답했다.

"나리가 저희 사정을 알 리가 없으니 제가[25] 말씀드리겠습니다. 저는 동경 사람으로 부모와 함께 친척에게 의지하러 이곳 위주에 왔습니다. 그런데 친척이 남경南京[26]으로 이사하고 없었습니다. 모친은 객점에서 병에 걸려 돌아가시고 부녀만 곤궁해져 타지를 떠돌다 여기서 고생하고 있습니다. 이곳에서 진관서鎭 關西[27]라 불리는 갑부 정鄭 대관인大官人[28]이 저를 보고 강제로 능욕하고 핍박 하며 첩으로 삼으려고 했습니다. 그런데 뜻밖에 3000관貫[29]을 받았다는 거짓 결혼 계약서를 작성하여 돈은 주지 않고 계약만 체결하여 제 몸을 요구했습니 다. 정 대인의 본처는 매우 사나워 3개월도 지나지 않아서 저를 내쫓고 결합하 지 못하게 했습니다. 저희를 객점 주인에게 책임지게 하고 전당 잡힌 몸값 3000관을 돌려달라고 재촉하고 있습니다. 정 대인은 돈도 있고 권세도 있는데 부친은 용기 없고 나약하여 그와 싸울 수도 없습니다. 당초 한 푼[30]도 받지 않 았는데 지금 어떻게 돈을 돌려주겠습니까? 어찌할 방법이 없어서 부친에게 어 려서 배운 노래로 이렇게 주점에서 손님들 자리를 돌아다니며 노래를 부르고 있습니다. 매일 돈을 벌면 대부분은 정 대인에게 돌려주고 남은 것으로 생활하 고 있습니다. 이 이틀 동안 주점에 손님이 적어 돈을 갚아야 할 기한이 넘어버 렸습니다. 독촉하러 온 사람에게 봉변을 당할까 두렵고 또한 우리 부녀가 이런 고통을 당해도 하소연할 곳조차 없어서 울고 있었습니다. 생각지도 않게 나리

25_ 원문은 '노奴'인데, 노비가 아니라 부인의 자칭으로 송나라 때 시작된 것은 아니다.

26_ 송나라 때는 '사경四京'이 있었는데, 수도인 개봉부開封府를 동경東京, 하남부河南府를 서경西京, 응천 부應天府를 남경南京, 대명부大名府를 북경北京이라 했다.

27_ 진관서鎭關西: 무력으로 관서 지구를 주름잡는다는 의미다.

28_ 대관인大官人: 돈과 권세가 있고 부귀한 집안의 남자에 대한 존칭이다.

29_ 관貫은 동전을 묶는 노끈으로 1000개의 동전을 1관이라 한다.

30_ 원문은 '문文'인데, 동전을 소비하는 단위다.

의 술자리를 방해해서 죄를 지었습니다. 저희 부녀를 불쌍하게 여겨 너그럽게 용서해주십시오."

노 제할이 또 물었다.

"노인은 성이 무엇이냐? 어느 객점에 머무느냐? 그 진관서 정 대관인이란 자는 어디에 살고 있느냐?"

노인이 대답했다.

"저는 성이 김이고 항렬이 둘째이며 딸아이는 취련翠蓮입니다. 정 대관인은 여기 장원교壯元橋 아래에서 고기를 파는 백정 정鄭가이고 별명이 진관서입니다. 저희 부녀는 앞쪽에 있는 동문東門 안 노가객점魯家客店에 머물고 있습니다."

노달이 듣고는 말했다.

"퉤! 무슨 정 대관인이라 하기에 대단한 사람인가 했더니 돼지 잡는 백정 정가로구나! 이 더러운 무뢰한이, 우리 소충 경략상공 밑에서 푸줏간이나 하는 놈이 사람을 이렇게 괴롭히다니!"

고개를 돌려 사진과 이충을 보고 말했다.

"너희 둘이 잠시 여기에서 기다리면 내가 가서 이놈을 쳐 죽이고 오겠다."

사진과 이충이 끌어안고 말리며 말했다.

"형님, 참으시고 내일 다시 이야기합시다."

둘이 여러 번 말려서야 간신히 멈출 수 있었다.

노달이 다시 말했다.

"노인, 이리 오시오. 노자를 조금 줄 테니 내일 동경으로 돌아가는 건 어떻소?"

부녀가 말했다.

"만일 고향으로 돌아갈 수 있게 해주신다면 돌아가신 부모가 다시 살아 돌아오신 것 같을 것입니다. 다만 객점 주인이 기꺼이 놓아주겠습니까? 우리가 보이지 않는다면 정 대관인은 반드시 객점 주인에게 돈을 요구할 것입니다."

노달이 말했다.

"그건 상관없소. 내게 방법이 있소."

바로 몸에서 다섯 냥쯤 은자를 꺼내 탁자 위에 놓고 사진을 보며 말했다.

"오늘 돈을 많이 가져오지 않았다네. 돈이 있거든 빌려주면 내일 돌려줌세."

사진이 말했다.

"얼마나 된다고 형님한테 돌려달라고 하겠소."

보따리에서 열 냥짜리 은자 한 덩이를 꺼내 탁자 위에 놓았다. 노달이 이충을 바라보며 말했다.

"당신도 돈 좀 빌려주시오."

이충이 몸을 뒤져 두 냥쯤 은자를 꺼내 놓았다. 노달은 돈이 얼마 안 되는 것을 보고 한마디 했다.

"역시 당신은 사람이 시원시원하지 않구먼."

노달이 열다섯 냥 은자만 김 노인에게 주고 분부했다.

"당신 부녀는 여비를 가지고 가서 짐을 싸시오. 내가 내일 아침 일찍 객점에 가서 떠나도록 해주겠소. 객점 주인이 감히 만류할 수 있는지 한번 봅시다!"

김 노인과 딸이 감사의 인사를 하고 돌아갔다.

노달은 두 냥 은자를 이충에게 돌려줬다. 세 사람이 다시 술 두 각을 마시고 일층으로 내려와서 말했다.

"주인장, 술값은 내일 보내주겠소."

주인이 대답하며 말했다.

"제할께서는 걱정 마시고 가십시오. 외상으로 마시는 거야 언제든지 상관없지만 나리께서 술을 마시러 오지 않을까 두렵습니다."

세 사람이 반가주점을 나와 거리에서 헤어졌다. 사진과 이충은 각자 객점으로 돌아갔다. 노달은 경략부 앞 임시거처로 돌아와 방 안에 들어가 저녁도 먹지 않고 화민 내다 감지 괴에 들었다. 주인은 무슨 일인지 감히 물어보지도 못했다.

한편 김 노인이 열다섯 냥 은자를 가지고 객점으로 돌아가서 딸을 쉬게 하고 먼저 성 밖 먼 곳에서 수레를 구했다. 돌아와서 짐을 싸고 방값과 땔나무와 쌀값을 모두 계산하고[31] 날이 밝기를 기다렸다. 그날 밤은 아무 일도 없었다. 다음날 5경에 일어나서 부녀는 먼저 밥을 지어 먹고 준비를 했다. 날이 조금 밝자 노달이 큰 걸음으로 객점 안으로 들어와서 소리 질렀다.

"점소이店小二[32], 김 노인이 머무는 방이 어디냐?"

점소이가 말했다.

"김공, 노 제할이 찾으시오."

김 노인이 방문을 열고 말했다.

"제할 나리, 안으로 들어오십시오."

노달이 말했다.

"무엇하러 앉소? 갈려면 바로 가야지 뭘 기다리시오?"

김 노인이 딸을 데리고 멜대를 메며 노달에게 감사 인사를 하고 문을 나섰다. 점소이가 노인을 막으며 말했다.

"김공, 어딜 가시오?"

노달이 물었다.

"노인이 방값을 안 냈느냐?"

점소이가 말했다.

"방값은 어젯밤에 받았습니다. 그러나 정 대관인에게 몸을 전당 잡혀서 소인더러 감시하라고 시켰습니다!"

노달이 말했다.

"정 백정의 돈은 내가 알아서 갚을 테니 너는 이 노인이 고향으로 돌아가도

31_ 객점客店은 오늘날 여관이다. 음식을 팔기도 했지만 『수호전』이 쓰인 북송 말기에는 아궁이를 사용하게 하여 손님 스스로 밥을 지어 먹도록 했다.

32_ 점소이店小二: 역참, 찻집, 주점과 여관에 복무하는 인원에 대한 통칭이다. 의미는 두 번째 주인으로 일종의 우호적인 존칭이다.

록 놓아주거라."

객점 점소이가 어떻게 보내주려 하겠는가? 잔뜩 화가 난 노달이 다섯 손가락을 펴고 점소이의 뺨을 갈기니 입과 코에서 피가 쏟아졌다. 다시 주먹으로 한 대 갈기니 앞니 두 개가 날아갔다. 점소이가 일어나 쏜살같이 객점 안으로 도망가 숨었다. 객점 주인이 이런 광경을 지켜보고 어떻게 감히 나와서 막을 수 있겠는가? 김 노인 부녀는 서둘러 객점을 떠나고 성 밖으로 나가 어제 구해놓은 수레를 타고 떠났다. 노달은 생각해보니 점소이가 쫓아가서 잡아올까 걱정되어 객점 앞에 등받이 없는 의자를 가져다가 두 시진時辰33을 앉아서 지켰다. 대략 김 노인이 멀리 갔을 즈음 일어나서 장원교로 향해 갔다.

백정 정가의 푸줏간 문 두 짝이 모두 열려져 있고 도마 두 개가 펼쳐져 있었으며 돼지고기 3~5조각이 매달려 있었다. 정가가 문 앞 계산대에 앉아 10여 명의 백정이 고기 파는 것을 지켜보고 있었다. 노달이 문 앞으로 걸어와서 소리쳤다.

"백정 정가야!"

정가가 바라보니 노 제할이라 서둘러 계산대에서 나와 공손하게 인사했다.

"오신 줄 몰랐습니다. 용서하십시오."

조수를 불러 등받이 없는 의자를 가져오게 했다.

"제할님 앉으십시오."

노달이 앉아서 말했다.

"경략상공의 명령으로 왔다. 살코기 10근斤34을 잘게 다지되 비계가 조금이라도 들어가서는 안 된다."

정가가 말했다.

33_ 시진時辰 한 시진은 두 시간이다.
34_ 『수호전』의 배경이 되는 송나라 때 1근斤은 633그램이었고, 『수호전』이 저작된 명나라 시기에는 590그램이었다.

"알겠습니다, 너희는 빨리 좋은 고기를 골라 10근을 썰어라."

노달이 말했다.

"저런 지저분한 놈들 시키지 말고 네가 직접 해라."

정가가 말했다.

"맞는 말씀이십니다. 소인이 직접 썰겠습니다."

정가는 직접 도마 앞에 가서 살코기 10근을 고르고 아주 잘게 썰었다. 노가 객점 점소이가 손수건으로 머리를 싸매고 백정 정가의 집에 와서 김 노인의 일을 알리려는데, 노 제할이 푸줏간 문 앞에 앉아 있는 것을 보고는 감히 가까이 오지 못하고 멀리 처마 밑에 서서 바라볼 수밖에 없었다. 정가는 반 시진 내내 고기를 잘 썰어 연잎에 싸면서 말했다.

"제할님, 사람을 시켜서 보내드릴까요?"

노달이 말했다.

"보내긴 뭘 보내? 잠시 멈추어라! 다시 비계 10근을 자르되 살코기가 섞이지 않도록 해라. 역시 잘게 썰어야 한다."

정가가 말했다.

"살코기라면 아마 댁에서 혼돈餛飩[35]을 싸려는 것일 텐데 비계 다진 것은 어디에 쓰려는 것입니까?"

노달이 눈을 동그랗게 뜨고 말했다.

"상공이 내게 분부하신 걸 누가 감히 묻겠느냐?"

정가가 말했다.

"네, 쓸모가 있는 것일 테니 소인은 그냥 썰겠습니다."

다시 살찐 비계 10근을 골라 잘게 잘라 다져서 연잎으로 포장했다. 오전 내

35_ 혼돈餛飩: 얇은 밀가루 피에 고기 다진 소를 넣고 싸서 찌거나 끓여 먹는 음식으로 오늘날의 훈툰 이다.

내 고기를 다져서 이미 점심시간이 되었다. 점소이가 어떻게 감히 가까이 올 수 있겠는가. 고기를 사려는 단골손님마저 가까이 다가오지 못했다. 백정 정가가 말했다.

"사람을 시켜 제할님 부서로 보내드리겠습니다."

노달이 말했다.

"다시 연골 10근을 잘게 다지되 고기가 섞여선 안 될 것이다."

백정 정가가 웃으면서 말했다.

"이건 일부러 나를 골탕 먹이려는 수작 아니오!"

노달이 그 말을 듣고는 벌떡 일어나서 다진 고기 두 포를 손에 들고 눈을 크게 뜨고 정가를 보며 말했다.

"내가 일부러 너를 골탕 먹이려고 그랬다!"

노달이 다진 고기 두 포를 정가의 얼굴에 던지니 마치 고기 비가 우수수 내리는 것 같았다. 잔뜩 화가 난 백정 정가는 분노가 발끝에서 정수리까지 솟아올랐다. 속에서 형용할 수 없는 분노가 화염처럼 타올라 도저히 억누를 수 없어 도마 위의 뼈를 발라내는 날카로운 칼을 빼어 들고 땅으로 뛰어내려 왔다. 노달은 일찌감치 걸음을 재촉해 큰길로 나왔고, 이웃들과 푸줏간 10여 명 점원들 가운데 누가 감히 앞에 나와서 말리겠는가? 양쪽으로 길을 가던 사람들은 모두 발길을 멈추었고, 점소이도 놀라 그 자리에 서서 멍하니 바라만 보았다.

백정 정가는 오른손에 칼을 잡고 왼손으로 노달을 잡아당기려 했다. 그러나 노달이 유리한 형세를 이용해 정가의 왼팔을 잡았고, 정가가 달려들려고 하자 아랫배를 발로 찼다. 백정 정가는 풀썩하고 길거리에 드러누워버렸다. 노달은 한 걸음 다가가서 발로 가슴을 밟고 식초 사발만한 주먹을 들어 올리고는 정가를 내려다보며 말했다.

"내가 처음 노충 경략상공에 의탁하고 관서오로염방사關西五路廉訪使36가 되었으니 '진관서'로 불리는 것도 잘못된 것은 아니다! 그러나 너는 고기 파는 백정이고 개와 다를 바 없는 놈이 '진관서'라 부른단 말이냐! 너는 왜 김취련을 핍박하고 속였느냐?"

주먹으로 '퍽' 하고 콧등을 내려치니 붉은 피가 터져 나왔다. 콧등이 부러져 옆으로 삐뚤어지고 양념 가게 문이 열린 것처럼 짠 맛, 신 맛, 매운 맛이 한꺼번에 쏟아져 나오는 것 같았다. 정가는 발버둥 쳤지만 일어나지 못했고 칼마저 옆에 떨어뜨리고 입으로 소리만 질렀다.

"사람은 잘 치는구나!"

노달이 욕설을 퍼부었다.

"제 어미와 붙을 놈아, 아직도 감히 말대꾸가 나오느냐!"

주먹을 들어 눈언저리 눈썹 꼬리 사이를 내려치니 눈언저리가 찢어지고 검은 눈알이 튀어나올 듯했는데, 마치 비단 가게를 연 것처럼 붉은색, 검은색, 자주색이 모두 터져나왔다. 양쪽에서 보던 사람들 모두 노달을 두려워하여 누구도 감히 나와서 말리지 못했다. 정가가 당해낼 수 없어 용서를 빌자 노달이 큰소리로 말했다.

"이놈! 방탕하고 예의도 없는 놈아, 만약 내게 끝까지 대들었으면 봐줬을 것이다. 지금 내게 용서를 비는데, 오히려 못 봐주겠다."

다시 한 번 주먹을 내려쳐 관자놀이에 정통으로 명중하니 마치 수륙도량水陸道場37에 올리는 경쇠 소리, 자바라 소리, 징 소리가 한꺼번에 울리는 것 같았

36_ 관서오로염방사關西五路廉訪使: 송대에 관서오로關西五路는 없었다. 『수호전전교주』에 따르면 "『속통지續通志』 「직관략職官略·당오대송관제하唐五代宋官制下」에서 이르기를 '주마승수走馬承受는 염방사자廉訪使者로 이는 송나라 제도다. 경략안무총관사經略安撫總管司에 예속되었고 여러 노路에 각기 1명이었다'고 했다." 여기서 실제 진관서라고 할 수 있는 사람은 노충 경략상공이다.

37_ 수륙도량水陸道場: 수륙재를 올리는 장소를 말한다. 수륙재는 물과 육지에 떠도는 외로운 영혼을 구제하기 위해 불법佛法을 설하고 음식을 베푸는 의식이다. 『수호전전교주』에 따르면 "『석문정통釋

다. 노달이 보니 정도가 땅바닥에 뻗었는데 입안에서 날숨만 있고 들숨은 없었으며 움직이지 않았다. 노달이 일부러 말했다.

"네 이놈 죽은 척하면 내가 또 치겠다."

낯짝이 점차 변하는 것이 보였다. 노달은 속으로 생각했다.

'내가 이놈을 한바탕 두들겨 패려고 했는데 단 세 대에 죽을 줄은 생각도 못했다. 재판을 받게 되면 밥 가져다 줄 사람[38]도 없는데 일찌감치 달아나야겠다.'

걸음을 재촉하며 고개를 돌려 정가의 시체를 가리키며 말했다.

"네가 죽은 척하니 나중에 천천히 상대해주마."

한편으로 욕을 해대며 성큼성큼 발걸음을 재촉하여 푸줏간을 떠났다. 이웃들과 푸줏간의 점원 누구도 앞으로 나와서 그를 막는 자가 없었다. 노달은 숙소로 돌아와 서둘러 옷과 여비, 귀중품과 은냥을 챙기고 낡은 옷과 큰 물건은 모두 버렸다. 눈썹 높이만한 단봉短棒을 들고 남문으로 가서 한달음에 달아났다.

한편 정가 집안사람들은 반나절 동안 살리려고 했으나 살아나지 못하고 결국 정가는 죽고 말았다. 이웃 사람들이 위주 관아로 몰려가서 노달을 고발했다. 위주 부윤府尹이 대청에 올라 안건을 심리하면서 소장을 받아 살펴보고는 말했다.

"노달은 경략부 제할이니, 감히 독단적으로 살인자를 체포할 수 없다."

부윤이 곧 가마에 올라[39] 경략부 앞에 도착하여 가마에서 내렸다. 문을 지

『門正統』 권4에서 이르길 '수륙은 신선들에게 흐르는 물에서 음식을 베풀고, 귀신은 깨끗한 땅에서 베푼다는 의미'라고 했다."

38_ 원문은 '송반送飯'인데, 송나라 때 구금된 사람은 집안사람이 음식을 제공해야 했는데, 만약 밥을 제공하는 자가 없으면 15문文에서 20문을 지급해야 밥을 먹을 수 있었다. 이것은 송나라 때의 형법제도였다.

39_ 송나라 때 관원은 외출할 때 걷는 대신 가마를 탔는데, 가마를 사람이 들었으므로 사람이 끼 尺 을 대신한 것이다.

키던 군사가 들어가서 경략에게 알렸다. 경략은 부윤이 왔다는 소식을 듣고 대청으로 오르도록 했다. 부윤과 예를 마치고 경략이 물었다.

"무슨 일로 오셨소?"

부윤이 보고했다.

"상공께 아룁니다. 경략부의 제할 노달이 시장에서 백정 정가를 아무 이유 없이 주먹으로 때려죽였습니다. 상공께 아뢰지 않고 독단적으로 살인자를 잡을 수 없기에 아뢰러 온 것입니다."

경략이 듣고는 놀라서 생각했다.

'저 노달은 비록 무예가 뛰어나지만 성격이 거친 사람이다. 사람을 죽였다는 데 어떻게 비호할 수 있겠는가? 할 수 없이 저들이 잡아서 심문하도록 허락해야겠구나.'

경략이 부윤에게 대답하여 말했다.

"노달은 원래 나의 부친이신 노 경략의 군관이오.[40] 내 경략부에 도움이 될 사람이 없어서 그를 뽑아 제할로 삼았소. 이미 사람을 죽인 죄를 저질렀으니 부윤께서 그를 잡아 법도대로 심문하도록 하시오. 만약 자백이 명백하고 죄명이 결정된다면 내 부친께 알려서 판결해야 할 것이오. 훗날 부친께서 만일 이 사람을 찾으신다면 좋지 않게 될 것이기 때문이오."

부윤이 아뢰었다.

"소관에게 사건의 경과와 원인을 물으신다면 당연히 노 경략상공께서 정황을 아시도록 보고하고 나서 판결하도록 하겠습니다."

부윤은 경략상공과 헤어져 위주부에 돌아와 대청에 올라가 앉았다. 즉시 집포사신緝捕使臣[41]을 불러 공문을 하달하고 범인 노달을 체포하도록 명을 내

40_ 『송사』「충사도전种师道傳」에 근거하면 소충小种 충사중种師中(1059~1126)은 노충老种 경략상공經略相公 충사도(1051~1126)의 동생이다. 이들의 관계는 부자가 아니라 형제지간이었다.

41_ 집포사신緝捕使臣: 송나라 때 주부州府에서 전문적으로 범죄자를 잡던 하급무관.

렸다.

무관 왕王 관찰觀察[42]은 공문을 받고 20여 명의 공인公人[43]을 데리고 노달의 거처로 몰려갔다. 방 주인은 대답했다.

"방금 짐을 싸가지고 단봉을 들고 나갔습니다. 소인은 공무 때문에 간다고 생각해서 아무것도 물어보지 못했습니다."

왕 관찰이 듣는 노달의 방문을 열어보니 낡은 옷과 이부자리만 안에 남아 있었다. 방주인을 데리고 동서 사방으로 수색하면서 위주의 남쪽에서 북쪽까지 갔으나 잡지 못했다. 왕 관찰은 다시 이웃 두 사람과 방주인을 데리고 위주 관아에 가서 말했다.

"노 제할이 죄를 짓고 달아나서 어디로 갔는지 알 수 없어 방주인과 이웃을 잡아 여기 대령했습니다."

부윤이 그 말을 듣고 감옥에 가두도록 했다. 한편 정가 가족과 이웃들을 불러 모아 검시관[44]을 정하고 방관坊官과 방상坊廂[45] 이정里正에게 위임하여 재삼 검시했다. 정도의 가족은 관을 준비하여 염을 하고 절에 안치했다. 문건을 쌓아놓고 관리들에게 범인을 기한 내[46]에 잡도록 정하고 원고는 보증서를 제출하고 집으로 돌아가게 했다. 이웃에게는 제때에 말리지 못한 죄로 장형杖刑을 선고했고 노달이 머물던 방주인과 이웃들의 죄는 불응不應[47]에 그쳐 석방되었다. 노달

42_ 관찰觀察: 집포사신에 대한 존칭.

43_ 공인公人: 관아에서 일하는 아역. 오늘날 경찰에 해당한다.

44_ 원문은 '오작행인仵作行人'이다. 오작仵作은 시체를 검사하고 매장하는 사람을 말한다. 시체를 검사하는 것은 매우 고생스러운 일이고 봉건사상이 엄중했으므로 일반적으로 시체를 검시할 때 천민혹은 노예가 시체를 검사하고 관원에게 상황을 보고했다. 행인은 시체 검사 심부름꾼의 통칭이다.

45_ 방상坊廂: 고대의 도시 구역으로 성 내부를 방坊이라 하고 성 근처를 상廂이라 했다. 방상은 일반적으로 '거리'를 가리킨다. 방관坊官은 이웃을 관리하는 하급 벼슬아치를 말한다.

46_ 원문은 '장한杖限'이다. 관서에서 관리 혹은 백성에게 책임을 지게 하는 일이다. 만약 기한 내에 완성하지 못하면 몽둥이로 때리는 장형杖刑으로 처벌했다.

47_ 불응不應: 『수호전전교주』에 따르면 "『육부성어주해六部成語注解』 '형부刑部'에 이르기를 '죄인罪의 안건 외에 일반적으로 일체의 명칭을 정하기 어려운 죄는 대개 불응이라 말한다. 불응에도 경중의

이 이미 도망쳤으므로 위주 부윤은 급히 각처에 해포문서海捕文書[48]를 보내고 잡도록 했다. 현상금 1000관을 걸고 노달의 나이, 본적, 용모를 그린 용모파기를 각처에 붙이도록 보냈다. 일부 사람은 석방되어 소환을 기다려야 했고 정가의 가족은 장례식을 거행했다.

한편 노달은 위주를 떠나 동서를 가리지 않고 급하게 달아났다. 다음과 같다.

무리에서 떨어진 외기러기 달밤에 홀로 하늘 높이 나는 듯하고, 그물 빠져나온 물고기[49] 물살 타고 몸 비틀며 뛰어올라 돌진하는 듯하네. 멀고 가까움도 가리지 않는데, 어찌 높고 낮음 돌아보겠는가. 마음 급해 길가는 행인 부딪쳐 넘어뜨리고, 전쟁 나간 말처럼 발걸음 빨라지누나.

失群的孤雁, 趁月明獨自貼天飛; 漏網的活魚, 乘水勢翻身衝浪躍. 不分遠近, 豈顧高低. 心忙撞倒路行人, 脚快有如臨陳馬.

노달은 다급해 허둥지둥 여러 주부州府를 지났는데, 바로 '구사일생으로 살아남은 사람 길을 가리지 않고, 발길 닿는 곳이 바로 집이다'였다. 옛 말에도 '굶주리니 가려먹지도 못하고 추우니 새 옷으로 골라 입지 못하며, 급하니 길도 가리지 못하고 가난하니 예쁜 마누라를 고를 형편이 못 된다'고 했다. 노달은 마음이 급하여 길을 서둘렀으나 어디로 가야 좋을지 몰랐다. 무작정 도망친 지 보름이 지나 대주代州 안문현雁門縣[50]에 이르렀다. 안문현 성안으로 들어가자 시가지

구분이 있다'고 했다."

48_ 해포문서海捕文書: 봉건시대에 관부에서 각 지역의 관아에 훈령을 반포하여 도주한 범인을 체포하도록 한 공문을 말한다. '해海'는 지역이 광대하다는 것을 말하는 것으로 '해포海捕'는 전국 범위의 추포를 말한다.

49_ 죄를 짓고 도망친 것을 비유한 것이다.

50_ 안문현雁門縣: 옛 현 명칭으로 수隋나라 개황開皇 18년(598)에 광무현廣武縣으로 변경 설치되었고,

가 매우 번화하여 사람도 많고 수레와 말이 이리저리 달려 혼잡하기 이를 데 없었다. 상점들이 완비되어 있고 각양각색의 상품을 사고팔아 정말 없는 것이 없었다. 비록 이곳은 현 관아가 있는 곳이었으나 주부보다 못하지 않았다. 노달이 걸어가고 있는데 십자로에 사람이 잔뜩 모여 방을 읽고 있는 것이 보였다.

어깨를 짚었는가 하면 등에 손을 얹고, 서로 목을 기대는가 하면 머리 나란히 하누나. 어수선하게 떠드니 현명한 자 어리석은 자 구분 어렵고, 혼잡스러워 귀한 자와 천한 자 분간하기 어렵네. 뚱뚱하고 우둔한 장삼張三은 일자무식이라 머리만 흔들고, 왜소한 이사李四도 보고자 다른 사람 발로 밟는구나. 백발 늙은 이는 지팡이를 수염 밑에 기둥처럼 세우고, 검은 머리 서생은 조항들을 베껴 쓰네. 방문은 행마다 소하蕭何의 법이요, 구절마다 법령에 의거해 쓰였도다.
扶肩搭背, 交頸幷頭. 紛紛不辨賢愚, 擾擾難分貴賤. 張三蠢胖, 不識字只把頭搖; 李四矮矬, 看別人也將脚踏. 白頭老叟, 盡將拐棒柱髭須; 綠鬢書生, 却把文房抄款目. 行行總是蕭何法, 句句俱依律令行.

노달은 십자로 입구에 가득 모여서 사람들이 방문을 읽고 있는 것을 보고는 틈을 헤치고 들어갔으나 일자무식이라 글자를 알아볼 수 없어 사람들이 읽는 소리에 귀를 기울이는 수밖에 없었다.

"대주 안문현에 알린다. 태원부太原府 지휘사사指揮使司의 명을 받들어 위주의 문서를 심사하여 백정 정가를 죽인 범인 경략부 제할 노달을 체포할 것을 비준한다. 만약 집에 숨겨주고 숙식을 제공하는 자가 있으면 범인과 같은 죄로 처벌한다. 만일 범인을 잡거나 관부에 고발한 사람에게는 상금 1000관을 지급한

치소는 지금의 산시山西성 다이현代縣이었다. 몽골蒙古 숭통中統 4년(1263)에 폐지되어 대주代州에 편입되었다.

다……"

노달이 여기까지 들었을 때, 갑자기 등 뒤에서 어떤 사람이 큰 소리로 불렀다.

"장형51, 여긴 어쩐 일이오?"

그 사람이 노달의 허리를 잡고는 십자로에서 힘으로 강제로 끌어당겼다.

나누어 서술하면, 노제할은 두발을 밀고 수염을 깎고는 살인자의 이름을 버렸으며, 소란을 피워 나한을 뽑아버리게 되었다. 그야말로 선장禪杖으로 위험한 길을 열고 계도戒刀로 공평하지 못한 자들을 모조리 죽이게 된다.

노제할을 끌어낸 사람이 과연 누구인지는 다음 회에 설명하노라.

노지심은 후주後周 천자인 곽위郭威를 형상화한 것이다.

『수호전보증본』에 따르면 "어떤 학자는 노지심을 후주後周 천자인 곽위郭威를 형상화한 것이라 여긴다. 『신오대사新五代史』「주본기周本紀」에 따르면 '곽위는 18살 때 용기와 힘으로 군대에 응모했다. 남을 위해 굴복하지 않고 의기가 있었지만 술주정을 부렸는데 계도繼韜(노주潞州 유후留侯 이계도李繼韜를 말한다)는 그를 특별히 기이하게 여겼다. 곽위는 시장을 돌아다녔고 시장에는 백정이 있었는데 항상 용기로 시장 사람들을 굴복시켰다. 한번은 곽위가 술에 취해 백정을 불러서는 고기를 자르게 했고 제대로 자르지 않자 큰소리로 꾸짖었다. 그러자 백정은 옷을 풀어헤쳐 배를 드러내며 말하기를, "네가 용기 있으면 나를 죽일 수 있느냐?"라고 했다. 곽위는 즉시 칼을 쥐고 그 백정을 찔러 죽였다. 시장 사람들은 모두 놀랐으나 곽위는 아무렇지도 않았다. 관리에게 체포되었는데, 이계도는 그의 용기를 아

51_ 장張씨와 이李씨는 송·원 시기에 가장 흔한 성이었기 때문에 '장형張大哥' '이형李大哥'이라는 말이 자주 등장한다. 당나라 장작張鷟의 『조야첨재朝野僉載』에 따르면 "무측천武則天 때 유언비어에 '장공이 술을 마셨는데, 이공이 취했다張公吃酒李公醉'고 했다." 이 말은 오해로 인해 다른 사람이 과실에 대한 책임을 지게 된다는 말이다.

겨 은밀하게 도망치도록 풀어줬다. 이후에 다시 그를 불러 휘하에 뒀다'고 했다."

제할提轄

'제할'이라는 관직은 확실히 송나라 때 출현했고 『명사明史』 이후로는 보이지 않는다. 제할은 '주관主管'의 의미라 할 수 있다. 『송사』 「직관지職官志·직관7」에 따르면 "휘종徽宗 숭녕崇寧 연간(1102~1106)에 다시 제거병마提擧兵馬, 제할병갑提轄兵甲을 설치했고 모두 수신守臣(한 지방에 주둔하여 지키는 장관)이 겸임하게 했다. 군대의 순시와 훈련, 도적의 감찰과 체포를 관장함으로써 경내를 깨끗하게 했다"고 했다. 이 내용을 근거로 하면 제할은 휘종 숭녕 연간에 비로소 설치된 관직 명칭이고 휘종 이전에는 제할이란 관직이 없었음을 알 수 있다. 또한 숭녕 연간에 이 관직을 설치했을 때 '제할병갑'의 직분은 반드시 주경략사州經略使 혹은 지주知州가 겸임한 직분으로 별도로 관원을 파견하여 담당하게 하지 않았다는 것이다. 그리고 제할은 단지 줄임말이고 전체 명칭은 '제할모로병갑공사提轄某路兵甲公事' 혹은 '제할모주병갑공사提轄某州兵甲公事'였다. 결국 노지심은 제할이란 관직을 담당할 자격이 없다고 할 수 있고 노지심이 어느 주의 지주가 아닌데, 어떻게 제할을 담당할 수 있겠는가? 노지심의 직책이 정말 '제할'이었다면 먼저 지주知州의 자격으로 제할 직책을 겸임해야 했다. 결국 노지심이 이 직책을 담당했다는 것은 오류라 할 수 있다.

또한 본문에서 노지심은 스스로 '관서오로염방사關西五路廉訪使가 되었다'고 했는데, 확실하지 않다. '염방사'의 원래 명칭은 '주마승수走馬承受'였고, 뒤에 '염방사자廉訪使者'로 명칭이 변경되었다. 일반적으로 모두 황제 내시가 담당했고, 지방의 고급관원을 감독했다.

역사 속 이충李忠이란 인물

역사에서 이충李忠이란 이름이 처음 등장한 것은 후한 때다. 후한 개국 공신 28명의 초상화가 그려진 운대雲臺에 이충이란 인물이 있었다. 또한 송나라 역사에 등장하는 이충도 여섯 명이 있지만 이들의 사적과 『수호전』에 등장하는 이충과는 비슷한 점이 없다. 남송 초기 조단曹端이란 장수의 부장으로 이충이란 인물을 형상화한 것이라는 견해도 있지만 확실하지는 않다.

송나라 주량酒量은 '각角'으로 계산했다.

본문에 노달이 주보에게 "먼저 네 각角 가져오너라"라고 한 말이 있다. '각'은 술의 용기 명칭으로 고대에 소뿔 등을 이용하여 술의 용기로 사용했기 때문에 소뿔 하나로 담을 수 있는 술을 '일각주一角酒'라고 했다. 송대에 이르러서는 소뿔 용기를 더 이상 사용하지 않았으나 관습적으로 이렇게 표현했으며 술을 매매할 때 통상적으로 '각'으로 계산했다. 『수호전보증본』에 따르면 "송주익宋朱翌의 『의각료잡기猗覺寮雜記』에서 이르기를, '회수淮水(허난성 퉁바이산桐柏山에서 발원하여 안후이성, 저장성을 경유하여 홍쩌호洪澤湖에 유입된다) 남쪽은 술집에서 승升으로 계산하고, 회수 북쪽은 각으로 계산했다'고 했다. 여기서 승과 각의 양은 비슷하다"고 했다. 그러나 1각이 4승이라는 견해도 있다. 송나라 때의 용량 단위로 1승은 670밀리리터였다.

오
대
산
화
상[1]

노달이 몸을 돌려 바라보니 잡아끄는 사람은 다름 아니라 위주 주점에서 구해주었던 김 노인이었다. 노인이 노달을 이끌고 후미진 조용한 곳으로 가서는 말했다.

"은인恩人, 정말 대담하십니다! 오늘 거리마다 현상금 1000관을 내걸고 은인을 잡는다는 방문이 붙었는데, 무슨 까닭에 거기까지 가서 보고 있습니까? 나를 만나지 않았더라면 공인公人[2]들에게 잡혀가지 않았겠소. 방문에 은인의 나이, 외모, 본적까지 다 적혀 있는데요."

노달이 말했다.

"솔직히 김 노인이 도망가던 그날 장원교에 가서 정가 놈을 만나 주먹 세 방

1_　제4회 제목은 '趙員外重修文殊院(조원외가 문수원을 수리하다). 魯智深大鬧五臺山(노지심이 오대산에서 큰 소란을 피우다)'이다

2_　원문은 '주공적做公的'인데, 관서의 차역差役(관서 안에서 실제로 관할 지구의 행정과 사법 사무를 쳐리하는 직위 혹은 인원)을 가리킨다. 역자는 이하 '공인公人'으로 번역했다.

으로 때려죽이고 도망가는 중이오. 40~50일간 정신없이 도망 다니다가 나도 모르게 여기로 오게 됐소. 노인은 왜 동경으로 가지 않고 여기로 왔소?"

김 노인이 말했다.

"은인께서 지난번에 구해주셔서 수레를 끌고 동경으로 가려고 했습니다. 그런데 이번엔 구해줄 은인도 없는데 그놈이 쫓아올까 무서워서 동경으로 가지 않았습니다. 길을 따라 북쪽으로 가다가 여기서 장사를 하는 동경의 옛 이웃을 만나 소인과 여식을 여기로 데려왔습니다. 그 사람 덕분에 이 늙은이가 딸을 중매했고 이곳에 큰 부자인 조趙 원외員外의 첩실3이 되었습니다. 먹고 입는 것 모두 부족함 없이 사니 모두 은인의 덕택입니다. 제 딸애는 항상 그4에게 제할님의 큰 은혜를 얘기합니다. 그 원외도 창봉술을 좋아하여 항상 '은인을 한번이라도 만났으면 좋겠는데'라고 말하는데 보고 싶다고 볼 수 있겠습니까? 일단 우리 집에서 며칠 머무르시면서 앞일을 다시 상의해보시지요."

노달이 김 노인과 반 리도 걷지 않았는데 문 앞에 도착했다. 노인이 발을 걸어 올리며 소리쳤다.

"애야, 은인께서 여기에 오셨다."

화장을 짙게 하고 화려하게 치장을 한 노인의 딸이 안에서 나와 노달을 방 가운데에 모시고 촛불을 켜고 절을 여섯 번5 하고는 말했다.

"만일 은인께서 구해주지 않았다면, 어떻게 오늘이 있겠습니까?"

노달이 그 여인을 보니 아름답고 우아한 자태로 이전의 모습과는 완전히 달라져 있었다.

3_ 원문은 '외택外宅'인데 정부, 첩실을 말한다.
4_ 원문은 '고로孤老'다. 혼인하지 않고 동거관계에 있는 남자에 대한 칭호다.
5 일반적으로 삼배를 하는데 절을 여섯 번이나 한 것은 취련이 노달에게 특별히 존경하는 마음을 표현한 것이다.

비껴 꽂은 금비녀는 검은 머리와 어울려 돋보이고, 청록색 소매 솜씨 좋게 재단되어 눈 같은 흰 살 살포시 덮었네. 앵두 같은 입술은 옅게 발그스름하고, 봄죽순 같은 손은 연한 옥 펼친 듯하구나. 가는 허리는 날씬하고 아름다우며, 푸른 치마 속에서 작은 발 살짝 드러났는데, 몸은 나긋나긋하며 경쾌하고, 붉은 색 수놓은 저고리 몸에 맞누나. 얼굴엔 춘삼월 아리따운 꽃들로 덮여 있는 듯하고, 초봄의 연한 버드나무 같네. 살갗에 눈물 떨구는 모양은 요대瑤臺6에 뜬 달 같고, 검고 윤기 나는 귀밑털은 무산巫山7의 구름 같구나.

金釵斜插, 掩映烏雲; 翠袖巧裁, 輕籠瑞雪. 櫻桃口淺暈微紅, 春筍手半舒嫩玉. 纖腰嬝娜, 綠羅裙微露金蓮; 素體輕盈, 紅綉襖偏宜玉體. 臉堆三月嬌花, 眉掃初春嫩柳. 香肌撲簌瑤臺月, 翠鬢籠松楚岫雲.

절을 마친 여인이 노달을 안내하며 말했다.

"은인, 위층에 올라가셔서 앉으십시오."

노달이 말했다.

"번거롭게 그럴 필요 없소. 바로 가야하오."

김 노인이 말했다.

"은인께서 이미 여기에 오셨는데 어떻게 그냥 보낼 수 있겠습니까?"

노인이 간봉桿棒8과 짐을 받으며 위층에 올라가서 앉기를 청했다. 노인이 딸에게 분부하여 말했다.

"얘야, 은인을 모시고 있거라. 내가 음식을 준비하마."

노달이 말했다.

6_ 요대瑤臺는 미옥을 쌓은 누대로 일반적으로는 화려하게 조각하고 장식한 누대를 가리킨다. 또한 전설 속에서 신선이 거주하는 곳을 가리키기도 한다.

7_ 원문은 '초수楚岫'인데 무산巫山을 말한다. 여기서는 초 회왕楚懷王이 꿈속에서 무산의 신녀神女를 우연히 만난 일을 이용했다.

8_ 간봉桿棒: 병기로 사용하는 나무 몽둥이

"신경 쓰지 마시오. 대충 아무거나 괜찮소."

노인이 말했다.

"제할의 은혜는 죽어도 갚기 어렵습니다. 그 은혜에 비교한다면 이런 보잘것없는 음식으로 대접하겠다고 말하기도 부끄럽습니다."

딸은 노달과 위층에 남아서 앉았고, 김 노인은 아래층에 내려가서 새로 구한 머슴을 부르고 계집종을 시켜 불을 피우게 했다. 노인이 머슴과 함께 시장에 가서 신선한 생선, 영계, 절인 거위, 절인 생선9, 신선한 과일들을 사서 돌아왔다. 술 단지를 열고 반찬을 갖추어 모두 미리 차렸다. 이층으로 가져가서 긴 식탁에 잔을 세 개 놓고 젓가락도 세 쌍을 놓고 야채와 과일 그리고 반찬을 차려놓았다. 계집종이 술을 은주전자에 데워 가져오자 부녀가 번갈아 가며 잔을 채웠다. 김 노인이 바닥에 엎드려 절을 하니 노달이 말했다.

"노인장, 무슨 까닭에 이렇게 큰 예를 하시오, 너무 과분하오."

김 노인이 말했다.

"은인께서는 제 말을 들어보십시오. 처음 여기에 도착했을 때 붉은 종이에 나리의 이름을 적고 아침저녁으로 향 하나를 사르고 부녀가 매일 절했습니다. 오늘 진짜 은인께서 이곳에 오셨는데 어떻게 절하지 않겠습니까?"

노달이 말했다.

"그 마음만으로도 정말 대단하오."

세 사람은 천천히 술을 마셨다. 날이 막 저물려 할 때 갑자기 아래층이 소란스러워졌다. 노달이 창문을 열어 보니 아래층에 사람들 20~30여 명이 각자 흰 나무 곤봉을 들고는 끌어내라고 소리 질렀다. 사람들 속에서 말을 탄 남자가 크게 소리 질렀다.

"저 도적놈을 놓치지 말거라!"

9_ 원문은 '비자鮅鮓'인데, 술지게미로 절인 생선이다.

노달은 사태가 심상치 않음을 보고 등받이 없는 의자를 들고 아래층으로 내려가서 싸우려고 했다. 김 노인이 황급히 손을 흔들며 말했다.

"모두들 멈추시오."

노인이 아래층으로 내려가 말 탄 사람에게 다가가서는 몇 마디 말을 했다. 남자가 웃으면서 소리쳐 사람들을 돌려보냈다. 남자가 말에서 내려 안으로 들어왔다. 노인이 노달을 내려오라 청하고, 남자는 바닥에 무릎 꿇고 허리 굽혀 절을 하며 말했다.

"백 번 듣느니 한 번 본 것만 못하고, 말로만 듣는 것보다 직접 보는 것이 낫다고 했는데, 의사義士 제할께서는 저의 절을 받으십시오."

노달이 김 노인에게 물었다.

"이분은 누구시오? 처음 보는 분인데, 어째서 내게 절을 하시오?"

노인이 발했다.

"이 사람이 제 딸의 남자 조 원외입니다. 이 늙은이가 낭군郎君[10] 자제를 데려다 이층에서 딸과 술을 마시게 한 줄 알고 장객들을 데려와 혼내주려고 한 것이오. 연유를 말해주어 사람들을 돌려보냈습니다."

노달이 말했다.

"그런 것이라면, 나무랄 수 없는 일 아니겠소."

조 원외는 재차 노달에게 위층에 올라 자리에 앉기를 청했고, 김 노인은 다시 잔과 술과 안주를 준비하여 대접했다. 조 원외가 노달을 상좌에 앉히려고 하자 노달이 말했다.

"어떻게 감히 상좌에 앉겠습니까!"

원외가 말했다.

10_ 낭군郎君: 관리, 부잣집 자제에 대한 통칭. 남편에 대한 칭호로도 사용되고 싫은 남자에 대한 존칭으로도 사용된다.

"조금이나마 공경의 뜻을 표하고자 합니다. 제가 제할께서 호걸이란 소문을 많이 들었는데 오늘 이렇게 하늘이 도와 뵙게 되니 진실로 대단한 영광입니다."

"나는 거칠고 우악스런 남자이고 또 살아남기 힘든 살인죄를 저질렀소. 만일 원외께서 빈천하다고 내치지 않고 서로 알고 지내면서 나를 필요로 하는 곳이 있다면 따르겠소."

조 원외가 크게 기뻐하여 백정 정가를 죽인 일을 물었으며 이런저런 얘기를 나누고 창법도 논의하며 밤늦게까지 술을 마시고 각자 쉬었다.

다음날 날이 밝자 조 원외가 말했다.

"이곳은 편한 곳이 아니니 제할께서 우리 장원에서 잠시 묵으시는 것이 좋을 듯합니다."

노달이 물었다.

"장원이 어디에 있습니까?"

원외가 말했다.

"여기서 10리쯤 떨어졌는데 칠보촌七寶村11이라 합니다."

노달이 말했다.

"그러면 아주 좋지요."

원외가 먼저 장원에 사람을 보내 말 한 필을 더 끌고 오게 했고 정오 전에 말이 도착했다. 원외가 노달에게 말을 타도록 하고 장객에게 짐을 지도록 했다. 노달이 김 노인 부녀와 작별하고 조 원외와 말에 올랐다. 둘이 나란히 말을 타고 이런저런 얘기를 하며 칠보촌으로 향했다. 얼마 뒤, 장원 앞에 도착해 말에서 내렸다. 원외가 노달의 손을 잡고 곧바로 초당으로 가서 주인과 손님 자리를 잡아 앉은 뒤에 양을 잡고 술을 내와 대접했다. 저녁에는 손님방을 깨끗하게 치우고 쉬도록 했다. 다음날도 술과 음식을 준비하여 대접하니 노달이 말했다.

11_ 오보五寶는 금·은·진주·수정·옥이고 유리와 호박을 더한 것이 칠보다.

"원외께서 과분한 사랑을 베푸시니 어떻게 보답해야 할지 모르겠습니다."

조 원외가 말했다.

"온 세상 사람이 모두 형제인데 어찌 보답한다는 말을 꺼내십니까."

장황한 말은 그만두고 본론으로 들어가서, 노달이 이곳으로 온 뒤, 조 원외의 장원에서 5~7일을 머물렀다. 어느 날, 둘이 서원에 앉아서 한가롭게 얘기를 나누는데 김 노인이 급하게 와서 곧바로 서원 안으로 들어와 조 원외와 노달을 만났다. 주변에 다른 사람이 없는 것을 보고는 노달에게 말했다.

"은인, 이 노인네가 쓸데없이 걱정이 많아서가 아닙니다. 다름이 아니라 은인이 전에 이 늙은이 집 이층에서 술을 먹을 때 원외께서 남의 말을 잘못 들으시고 장객을 이끌고 거리에서 소란을 피우지 않았습니까. 나중에 사람들을 돌려보내긴 했으나 다들 조금씩 의심을 해서 소문이 났습니다. 어제 공인 3~4명이 찾아와서 이웃과 거리에서 탐문을 하고 있으니 마을로 은인을 잡으러 올까 두렵습니다. 조금이라도 부주의하여 실수가 생긴다면 어떻게 해야겠습니까?"

노달이 말했다.

"그렇다면 내가 떠나야죠."

조 원외가 말했다.

"이곳에 제할님을 머물게 했다가 뜻밖의 사고라도 발생한다면 진실로 제할님의 원망을 듣게 될까 걱정되고, 그렇다고 제할님을 떠나게 한다면 다른 사람 낯을 보기가 부끄러울 것입니다. 제게 한 가지 방법이 있어 제할님을 안전하게 피난시켜 만에 하나의 실수도 없게 할 수 있으나, 제할께서 들으려 하실지 걱정됩니다."

노달이 말했다.

"갑히면 죽을 사람인데 안전하다면 무엇이든 못하겠소?"

조 원외가 말했다.

"그렇다면 좋습니다. 여기서 30리 떨어진 거리에 산이 있는데 바로 오대산五臺山12입니다. 오대산에는 원래 문수보살文殊菩薩의 도량道場13인 문수원文殊院이 있습니다. 절에 스님이 500~700명 되는데 주지 지진智眞 장로長老14는 저와 형제 같은 사이입니다. 우리 조상이 문수원에 돈을 희사했으니 그 절의 시주였습니다. 내가 전에 나를 대신해 머리 깎고 스님이 될 사람15을 위하여 오화도첩五花度牒16을 사놓았는데 마음에 드는 사람이 없어서 소원을 이루지 못했습니다. 만일 제할께서 가시겠다면 모든 비용은 제가 부담하겠습니다. 정말 머리를 깎고 스님이 되시겠습니까?"

노달은 생각에 잠겼다.

'떠난다 하더라도 어디로 누구에게 간단 말인가? 다른 곳으로 가느니 차라리 그렇게 해야겠다.'

바로 말했다.

"원외께서 나서주신다면 스님이 되겠습니다. 말씀대로 따르겠습니다."

그 자리에서 바로 결정하고 밤새 옷, 노자, 예물로 쓸 비단을 준비했다. 다음 날 일찍 일어나서 장객을 불러 짐을 지우고 둘은 길을 잡아 오대산으로 향해갔다. 진시辰時(오전 7~9시)가 지나서 산 아래에 도착했다. 노달이 오대산을 바라보니 과연 큰 산이었다.

12_ 오대산五臺山: 중국 불교의 4대 명산 가운데 하나로 지금의 산시山西성 우타이五臺 동북쪽에 위치해 있다. 다섯 개의 봉우리가 벽처럼 서 있고 산 정상이 대臺와 같아 오대산이라 불렀다.

13_ 도량道場: 여기서는 사원寺院의 별칭이다.

14_ 장로長老: 절의 주지에 대한 존칭.

15_ 불가에서는 출가수행으로 덕을 쌓을 수 있고 내세에 행복과 장수를 누릴 수 있다고 여겼으나 돈 있는 사람들은 출가하여 고생하는 것을 원치 않았기에 사람을 돈으로 사들여 자신을 대신해 출가 시켰는데 이것을 '체승替僧'이라 한다.

16_ 오화도첩五花度牒: 오화五花는 정부에서 발급한 증서로 다섯 가지 색 금화능지金花綾紙를 사용했다. 위쪽에 서명이 있어, 이것에 근거하여 세금과 요역을 면제했다. 도첩度牒은 관청에서 승려에게 발급하는 출가 증명서. 당·송 시기에는 관부가 빈 도첩을 판매하여 군사와 정치 비용으로 충당했고 사찰에서 법호를 기재할 수 있게 했다.

구름은 산마루를 가리고, 해는 산허리를 돌고 있네. 산세 높고 험하여 천관天
關[17]에 닿은 듯하고, 들쑥날쑥 높고 험준한 것이 은하 밖까지 침범한 듯하구나.
바위 앞 꽃과 나무는 봄바람에 춤추며 맑은 향기 내뱉고, 동굴 입구의 등나무
덩굴은 간밤의 비에 젖어 연한 줄기 거꾸로 드리웠네. 구름 속에서 폭포 날리며
은하 그림자 속 달빛은 차갑고, 벼랑의 푸른 소나무, 쇠 방울은 용이 꼬리치는
듯하누나. 산자락 웅장하게 우뚝 솟아 삼천대천세계三千大千世界이니, 산봉우리
높이 올라 몇 만 년이로다.

雲遮峰頂, 日轉山腰. 嵯峨彷佛接天關, 崒崔參差侵漢表. 岩前花木舞春風, 暗吐淸
香; 洞口藤蘿披宿雨, 倒懸嫩線. 飛雲瀑布, 銀河影浸月光寒; 峭壁蒼松, 鐵角鈴搖
龍尾動. 山根雄峙三千界, 巒勢高擎幾萬年.

　조 원외와 노달은 가마를 타고 올라가면서 먼저 장객을 보내 통보했다. 절 앞
에 도착하니 도사都寺[18]와 감사監寺[19]가 마중을 나왔다. 둘은 가마에서 내려
산문山門[20] 밖 정자에 올라가서 앉았다. 지진 장로가 소식을 듣고 수좌首座[21]와
시자侍者[22]를 데리고 문밖에 나와 맞이했다. 조 원외와 노달 앞에서 예를 행
하니 지진 장로가 합장하고 몸을 굽혀 인사하며 말했다.
　"시주께서 먼 길 오시느라 수고하셨습니다."
　조 원외가 대답했다.

17_　천관天關: 천문天門으로 일반적으로 하늘을 가리키는데, 높다는 것을 말한다.
18_　도사都寺: 사원에서의 사무 인원으로 불사 사무와 재물 수입을 총괄하는 집사 승려.
19_　감사監寺: 사원 안의 사무 인원으로 도사都寺의 일과 보관을 감리한다.
20_　산문山門: 불사 삼문三門(공문空門·무상문無相門·무작문無作門)의 속칭이며 또한 불사의 바깥문이다.
21_　수좌首座: 사원 안에서 일을 맡아 처리하는 수석 승려. 가장 높은 자리로 수석首席이라 부르기도
　　한다.
22_　시자侍者: 장로의 시중을 드는 승려.

"조그만 부탁이 있어서 일부러 절에 찾아왔습니다."

지진 장로가 말했다.

"그러시면 방장方丈[23]에 가셔서 차 한 잔 하시지요."

조 원외가 지진 장로와 앞서고, 노달은 그 뒤를 따랐다. 문수사를 보니 과연 크고 좋은 사찰이었다.

산문은 푸른 산봉우리에 가깝고, 불당은 푸른 구름에 닿았네. 종루는 월굴月窟[24]과 이어져 있고, 지나는 누각들은 모두가 겹겹의 산봉우리와 맞서 있구나. 공양간[25]에는 한 줄기 샘물이 흐르고 승방들은 사방이 안개와 노을이네. 노승의 방장은 북두성과 견우성 가에 있고 선객禪客의 경당經堂[26]은 운무 속에 있구나. 얼굴 흰 원숭이 때때로 과일 바치고, 기이한 돌 주워 목어木魚[27] 두드려 소리 내며, 누런 얼룩 사슴 날마다 꽃을 물어, 불당 향해 금부처에 공양하누나. 칠층 보탑은 붉게 노을 진 하늘에 닿았고, 천고의 성승聖僧이 큰절에 왔구나.

山門侵翠嶺, 佛殿接靑雲. 鐘樓與月窟相連, 經閣共峯巒對立. 香積廚通一泓泉水, 衆僧寮納四面烟霞. 老僧方丈斗牛邊, 禪客經堂雲霧裏. 白面猿時時獻果, 將怪石敲響木魚; 黃斑鹿日日銜花, 向寶殿供養金佛. 七層寶塔接丹霄, 千古聖僧來大利.

지진 장로는 조 원외와 노달을 방장으로 청했다. 장로는 원외를 손님 좌석에

23_ 방장方丈: 두 가지 뜻이 있는데, 하나는 사찰 주지가 거주하는 방으로 방의 길이와 너비가 각 1장이기 때문에 방장이라 하고, 다른 하나는 주지를 말하는데 사찰의 주지가 이 방에서 기거하기 때문이다.

24_ 월굴月窟: 전설에 달이 돌아가는 곳을 말한다.

25_ 원문은 '향적주香積廚'인데, 절의 주방을 말한다.

26_ 경당經堂: 경전을 보관하는 곳과 경전을 읽고 불사하는 곳을 말한다.

27_ 목어木魚: 불가에서는 물고기는 밤낮으로 잠들지 않는다고 전하는데, 둥근 나무를 조각하여 만든 물고기 형상으로 속은 비어 있고 공중에 매달려 있으며 두드리면 소리가 난다. 승려들에게 밤낮으로 경계하도록 하는 의미다. 또한 승려들이 염불하고 경전을 읽을 때 사용하는 기물이다.

앉게 하고 노달은 낮은 자리로 가서 선의禪椅28에 앉았다. 원외가 노달의 귀에 대고 말했다.

"제할님은 출가하러 여기 왔는데 어째서 장로와 마주 앉으시오?"

노달이 말했다.

"잘 몰랐소."

일어서더니 조 원외 어깨 옆에 섰다. 앞에는 수좌·유나維那29·시자·감사· 도사·지객知客30·서기가 순서대로 동서 양쪽에 섰다.31 장객은 가마를 정리하고 상자를 방장으로 옮겨놓았다. 장로가 보고는 말했다.

"무슨 예물을 이리 가져오셨소? 절에 시주를 너무 많이 하시는 것 같소이다."

조 원외가 말했다.

"작은 정성인데 감사 인사를 받기에 부끄럽습니다."

도인道人32과 행동行童33이 예물을 수습했다. 조 원외가 일어서서 말했다.

"주지 스님34께 청이 있습니다. 저는 이전부터 소원이 하나 있는데 여기 문수원에 저를 대신하여 스님 한 분을 출가시키는 것입니다. 도첩과 문서가 모두 있었으나 알맞은 사람이 없어서 오늘까지 머리를 깎지 못했습니다. 지금 여기 있는 이종사촌 동생은 성은 노이고 이곳 관서 군관 출신입니다. 속세의 고통 때문에 세속을 등지고 출가하기를 바라고 있습니다. 장로께서 거두어 대자대비를

28_ 선의禪椅: 비교적 큰 의자로 중이 가부좌하고 좌선할 수 있어 선의라 했다.

29_ 유나維那: 승려들의 사무를 관리하는 승려.

30_ 지객知客: 절에서 오고 가는 손님을 접대하고 안내하는 승려.

31_ 『수호전전교주』에 따르면 『칙수청규勅修清規』 권상에 양반도兩班圖가 실려 있는데, 서쪽 순서는 전당수좌前堂首座·후당수좌後堂首座·서기·장주藏主·지객·지자知浴·지전知殿이고 동쪽 순서는 도사都寺·감사·부사副寺·유나·전좌典座·직세直歲다'라고 했다. 『수호전』에는 일곱 명만 열거하고 있다.

32_ 도인道人: 화공도인火工道人, 화공火工이라 부르기도 하며 사원의 허드레꾼이다. 역자는 이하 '일꾼' 혹은 '허드레꾼'으로 번역했다.

33 행동行童: 동행童行이라고 해야 한다. 동행은 출가하여 아직 도첩을 취하지 못한 소년을 가리킨다.

34_ 원문은 '당두대화상堂頭大和尚'인데, 주지 화상을 말한다. 방상方丈을 낭두坊頭라 하는데, 주지승이 거처하는 곳을 말한다.

베푸시고 제 보잘 것 없는 체면을 보아 동생의 머리를 깎아 스님이 될 수 있게 되기를 바랍니다. 일체 모든 비용은 제자가 준비하겠습니다. 장로께서 이 일을 성사시켜주신다면 더할 수 없이 다행입니다!"

장로가 보고 대답했다.

"이 인연은 노승의 산문을 빛내는 일입니다. 어려울 것 없습니다. 차 한 잔 드시지요."

행동이 차를 내왔다. 차를 마시자 찻잔 받침대를 치웠다.

지진 장로는 수좌, 유나를 불러 노달의 머리 깎는 일을 상의하고 감사, 도사에게 분부하여 음식을 준비하도록 했다. 수좌와 중들이 상의하며 말했다.

"저 사람은 출가할 사람의 모습이 아니야. 두 눈이 저렇게 험상궂잖아."

여러 중이 말했다.

"지객, 자네는 우선 손님을 모시고 자리에 앉게 하시게, 우리는 장로와 상의 좀 해야겠네."

지객이 나와서 조 원외와 노달을 손님을 모시는 거처로 데려갔다. 수좌와 승려들이 장로에게 아뢰었다.

"지금 출가하려는 저 사람은 형상이 추악하고 용모도 흉악합니다. 훗날 절에 까지 연루될까 두려우니 머리를 깎아서는 안 됩니다."

장로가 말했다.

"그 사람은 조 원외 시주의 형제다. 어떻게 조 원외의 체면을 깎아내리겠느냐? 너희는 의심하지 말거라. 내가 잠시 어떤 사람인지 살펴보마."

장로는 향에 불을 붙이고[35] 선의에 가부좌를 틀고 앉아 입으로 주문을 외며

35_ 원문은 '신향信香'인데, 부처에게 빌 때 붙이는 향으로 부처에 대한 성의를 표시하고 보우를 기원하는 것이다. 불교의 설법에서 향은 믿는 마음을 전해주는 사자使者다. 경건하고 정성스럽게 향을 사르는 자는 향의 냄새가 신의 면전에 도달할 수 있어 신이 그의 바라는 바를 알 수 있게 된다고 한다.

입정入定36에 들었다. 향 한 대가 다 타자 장로가 입정을 마치고 돌아와서는 스님들에게 말했다.

"이 사람은 위로 하늘의 별에 호응하여 심지가 강직하니 머리를 깎도록 해라. 비록 지금은 흉악하고 운명이 난잡하며 순탄하지 않지만 세월이 지난 뒤에는 청정해지고 수행하여 깨달음을 얻는 것37이 범상치 않아 너희는 그에게 미치지 못할 것이다. 내 말을 잘 기억하고 거절하지 말거라."

수좌가 말했다.

"장로께서 저 사람의 결점을 두둔하시기만 하니 우리는 따를 수밖에 없지. 잘못을 말씀드리지 않는 것은 옳지 않지만 말씀드려도 따르지 않으니 따를 수밖에."

장로는 음식을 준비시키고 조 원외 등을 청하여 방장에서 음식을 먹었다. 음식을 먹자 감사가 필요한 명세서를 작성했고, 조 원외는 돈을 준비하여 사람을 시켜 사오도록 했다. 한편 절에서 신발·승복·승모·가사袈裟·배구拜具38 등을 만들었다. 이틀 만에 모든 준비가 끝났다. 장로가 길일과 시간을 택하여 종과 북을 울려서 모든 중을 법당 내에 집결시켰다. 500~600명의 승려가 모두 질서 정연하게 가사를 걸쳤으며 모여서 법좌法座39 아래에서 합장하여 예를 마치고 좌우 양쪽으로 늘어섰다. 조 원외가 은덩이, 의복, 향을 꺼내고 법좌를 향해 절을 했다. 선창하여 기도문 읽기가 끝나고 행동이 노달을 법좌 아래로 인도했다. 유나가 노달에게 두건을 벗게 하고 머리카락을 아홉 가닥으로 나누어 둘둘 감아 접었다. 머리 깎는 중이 털을 모두 다 깎았고 코와 턱의 수염만 남았다. 노달

36_ 입정入定: 불교도의 수행 방법으로 눈을 감고 정좌하고 생각을 통제하며 잡념이 일어나지 않게 한다. 불교의 설법에서는 눈을 감고 좌선하면 잡념이 생기지 않고 귀신과 서로 통하여 세간의 일체 과거와 미래의 상황을 알 수 있게 된다고 한다.

37_ 원문은 '정과正果'인데, '증과證果'와 같다. 불교도가 수행하여 깨달음을 얻는 것을 가리킨다.

38_ 배구拜具: 배석拜席으로 예배하는 좌석을 말한다. 예배할 때 땅바닥에 깔고 사용한다.

39_ 법좌法座: 부처가 설법할 때 앉는 좌석을 가리킨다. 법석法席이라고도 한다.

이 말했다.

"나는 콧수염과 턱수염은 남겨두는 것이 좋겠소."

스님들이 웃음을 참지 못하고 웃자 지진 장로가 법좌에서 말했다.

"여러분은 게偈40를 들으라."

그러고는 읽었다.

"한 터럭도 남기지 말고 육근六根을 청정하게 하라.41 너를 위해 모두 제거하여 다투지 않게 하리라."

장로가 게언을 끝내고 일갈하여 말했다.

"어허! 모두 깎아라!"

스님이 칼로 수염을 마저 깎았다. 수좌가 도첩을 법좌 앞에서 올려 장로에게 법명을 청했다. 장로가 이름이 채워지지 않은 도첩을 들고 게를 읊었다.

"신령스런 빛 한 점이 비추니 가치가 천금이고, 불법은 광대하니 이름을 지심智深이라 하라."42

장로가 법명을 짓고 도첩을 전달했다. 서기가 도첩을 채우고 노지심이 된 노달에게 주었다. 장로가 또 법의法衣43와 가사를 줘서 지심에게 입도록 했다. 감사가 지심을 이끌어 법좌 앞에 데리고 오자, 장로가 노지심의 이마에 오른손을

40_ 게偈는 불경 가운데 부처의 공덕이나 가르침을 칭송하는 말인데, 여기서는 타이르고 깨우치는 지시를 말한다. 게는 불경의 체제로 두 종류가 있다. 첫 번째로 통게通偈는 범문梵文 32개 음절로 구성되어 있고, 두 번째로 별게別偈인데 4언言, 5언, 6언, 7언이 있다.

41_ 육근六根: 육식을 낳는 안眼(눈)·이耳(귀)·비鼻(코)·설舌(혀)·신身(몸)·의意(뜻)의 여섯 가지 근원을 가리킨다. 근根은 탄생의 기점으로 눈은 보는 것의 근원이고, 귀는 듣는 것의 근원이며, 코는 냄새 맡는 것의 근원이고, 혀는 맛을 보는 근원이며, 몸은 접촉하는 근원이고, 뜻은 생각하는 근원이다. 불교에서 출가하여 수행하는 자는 육근이 육진六塵(색色·성聲·향香·미味·촉觸·법法의 육경六境)에 오염되지 않아야 청정해지고 번뇌를 버릴 수 있다고 여긴다.

42_ 김성탄이 말하기를 "결국 장로와 형제 항렬이 되었다"고 했다.

43_ 『수호전전교주』에 따르면 『석씨요람釋氏要覽』에서 이르기를 '서천西天(인도)에서 출가하는 자는 의복 규칙에 제도가 있는데, 법도에 따라 만들었으므로 법의라 한다'라고 했다. 대개 세 종류의 법의가 있는데, 승가리僧伽梨(즉, 대의大衣), 울다라승鬱多羅僧(즉, 칠조七條로 노지심이 착용한 법의), 안타회安陀會(즉, 오조五條)다'라고 했다.

올려 수기受記[44]를 하며 말했다.

"불성佛性[45]에 귀의하고, 정법正法을 받드는 데 귀의해야 하며, 스승과 벗을 공경하는 데 귀의해야 하니, 이 세 가지가 삼귀三歸[46]다. 오계五戒라는 것은 살생하지 않고, 도둑질하지 않으며, 사음邪淫하지 않고, 술을 마시지 않으며, 거짓말하지 않는 것이다."

선종禪宗에서 대답할 때 '능能(네)'과 '부否(아니오)'라고 해야 하는데 이것을 모르는 노지심이 대답했다.

"내 잊지 않겠습니다."

모든 스님이 듣고 참지 못하고 웃었다. 수기가 이미 끝나고 조 원외는 스님들을 운당雲堂[47] 안으로 청하여 분향하고 공양을 올렸다. 그리고 크고 작은 직무를 맡은 스님들에게 각기 예물을 주며 경하했다. 도사는 노지심을 데리고 사형師兄과 사제들에게 참배하도록 했고 승당 뒤쪽 총림叢林[48] 안에 있는 선불장選佛場[49]으로 데려가서 자리를 잡아 앉도록 했다. 그날 밤은 별일 없이 지나갔다.

다음날 조 원외는 돌아가고자 작별인사를 했다. 장로와 여럿이 만류했으나 잡을 수 없었다. 아침 식사를 하고 스님들이 산문 앞에서 배웅했다. 조 원외가 합장하며 말했다.

"위로는 장로가 계시고 여러 사부님께서 여기에 계십니다. 모든 일에 자비를

44_ 수기受記: 불가에서 제자의 내세 인과와 장래에 성불이 되는 일을 미리 기록하는 것을 기별記別이라 하고 기별을 접수하는 것을 수기受記한다고 함.

45_ 불성佛性: 중생들은 모두 깨달음이 있어 성불이 될 가능성이 있다는 의미다.

46_ 삼귀三歸: 『수호전전교주』에 따르면 『위서魏書』 「석로지釋老志」에서 이르기를 '마음을 수양하기 시작하면 불佛, 법法, 승僧으로 귀의하게 되는데, 이것을 삼귀라 한다'고 했다."

47_ 운당雲堂: 승당僧堂으로 승려들이 좌선하고 거처하는 집을 말한다.

48_ 총림叢林: 풀이 어지러이 자라지 않고 나무가 제멋대로 자라지 않는 곳을 말한다. 승려가 많은 것을 형용한 말로 큰 나무들이 떼 지어 모여 있으나 질서정연한 것과 같다. 이후에는 불사를 가리키는 일반적인 칭호가 되었다.

49_ 선불장選佛場: 선당禪堂을 말한다. 출가하여 선을 익히고 중이 되는 의식을 거행하는 곳이다.

베푸시기 바랍니다. 동생 지심은 우둔하고 곧은 사람이라 조만간 예법을 어기고 말도 함부로 하며 계율을 어기게 될 것인데, 제 얼굴을 보아 관대하게 용서해주시기 바랍니다."

장로가 말했다.

"원외께서는 안심하십시오. 노승이 천천히 염불과 참선을 가르치겠습니다."

원외가 말했다.

"나중에 보답하겠습니다."

그리고 스님들 사이에서 노지심을 불러내 소나무 밑으로 가서 낮은 소리로 당부했다.

"동생, 오늘부터 지난날과 비교할 수 없을 것이네. 모든 일은 스스로 조심하고 절대로 잘난 체하지 말게나. 만일 그렇지 않다면 서로 보기 어려울 걸세. 몸 조심하게. 조만간 내가 사람을 시켜 옷을 보내겠네."

노지심이 말했다.

"형님이 말씀하지 않아도 시키는 대로 다 하겠습니다."

조 원외는 장로에게 작별인사를 하고 다시 사람들과 인사를 마치고 가마에 올랐다. 장객을 데리고 빈 가마를 끌고 상자를 챙겨서 산을 내려가 집으로 돌아갔다. 장로는 중들을 이끌고 절로 돌아갔다.

한편 노지심은 총림 안에 있는 선불장으로 돌아와서는 선상禪床[50]에 벌렁 누워 잠이 들었다. 양옆에서 참선하는 중[51]들이 그를 밀어 일으키며 말했다.

"이래서는 안 되네. 출가한 사람이 어째서 좌선하여 독경하는 것을 배우려 하지 않는가?"

50_ 선상禪床: 통포通鋪다. 많은 침상이 나란히 함께 있는 잠자리를 말한다. 일반적으로 여관 혹은 집단 숙소에 있다.

51_ 원문은 '선화자禪和子'인데, 참선하며 도를 배우는 사람으로 중의 별칭이다. '선화禪和'라고도 한다. 이하 역자는 '참선하는 중'으로 번역했다.

노지심이 말했다.

"내가 잔다는데 네가 무슨 상관이냐?"

참선하는 중이 말했다.

"선재善哉!52"

노지심이 소매를 걷어붙이고는 말했다.

"자라는 나도 먹는데 무슨 '선재鱔哉'53라고?"

참선하는 중이 말했다.

"아이구야!"

노지심이 말했다.

"자라는 배도 크고 살쪄서 달고 맛있는데 뭐가 '아이구야'야."

노지심 양옆에 자리잡은 참선하는 중들은 노지심이 자든지 말든지 상대하지 않았다. 다음날 장로에게 찾아가서 노지심이 이렇게 무례하다고 알리려고 하자 수좌가 말리며 말했다.

"장로께서 앞으로 노지심 수행하여 깨달음을 얻는 것이 범상치 않아 우리가 그만 못할 것이라고 했는데, 내 생각에는 단지 그의 결점을 두둔하려는 말로 들릴 뿐이다. 너희가 장로를 찾아가 말해도 어쩔 수 없을 것이니 노지심과 상관하지 말거라."

이에 참선하는 중들이 물러났다. 노지심은 아무도 상관하지 않자 매일 날이 저물도록 몸을 뒤척이고 선상에 큰 대자로 누워 잤다. 밤에는 코를 천둥처럼 골았고, 일어나 측간이라도 가려면 온갖 소동을 피웠다. 불전 뒤쪽에 온통 대소변을 갈겨놓아 발 디딜 틈이 없었다. 시자가 장로에게 보고하며 말했다.

"지심이 너무 예의가 없습니다. 전혀 출가한 스님의 모습이 아닙니다. 절 안에

52_ 선재善哉: 중들이 흔히 쓰는 말로 놀람과 찬탄을 나타내기도 하고 불만을 표시하기도 한다.

53_ 선재鱔哉: 뱀같이 생긴 장어. '선鱔'의 발음은 'shan'으로 '선善'의 발음과 같다.

어떻게 이런 사람을 받아들일 수 있겠습니까?"

장로가 오히려 호통을 쳤다.

"허튼소리 말아라! 조 시주의 체면도 있고 또 나중에 반드시 고칠 것이다."

이 이후 아무도 감히 노지심에 대해 말하지 않았다.

노지심이 오대산 절에 온 지 어느새 4~5개월이 지나고 때는 초겨울이 되었다. 노지심이 조용히 한참을 생각했다. 그날은 날씨가 매우 맑았다. 노지심은 검은 베로 된 직철直裰[54]을 입고 검붉은 빛의 끈을 묶고 승혜僧鞋[55]를 갈아 신고는 성큼성큼 걸어서 산문山門[56]을 나섰다. 발길 닿는 대로 걷다가 산허리 정자에 이르러 좁고 긴 등받이가 있는 의자[57]에 걸쳐 앉아서 생각했다.

'이 무슨 좆같은 경우냐! 내가 항상 술 좋아하고 고기 좋아해서 입에서 떠날 날이 없었는데. 지금 중이 되어 배곯아가지고 쪼글쪼글 말라비틀어졌네. 조 원외는 요 며칠간 사람을 시켜 먹을 것도 보내지 않는군. 줄곧 술을 못 마셨더니 욕만 나오네. 조만간 어떻게라도 술 좀 얻어 마시면 좋겠는데.'

한참 술을 생각하고 있는데 멀리서 어떤 남자가 멜대에 통을 메고 노래를 부르며 산을 올라오는 것이 보였다. 통에는 뚜껑이 덮여 있고 그 남자는 손에 술 푸는 그릇[58]을 들고 노래를 부르며 올라오고 있었다. 노래 가사가 다음과 같았다.

54_ 직철直裰: 집에서의 평상복으로 속칭 도포라고 한다. 송·명 시대에 유행했던 남자의 겉옷이다. 남색 혹은 검은색으로 폭이 넓은 웃옷으로 옷깃을 비스듬히 옷섶에 넣었다. 송나라 사대부의 일상 복장이었고, 은사와 승려도 평상시에 입었다. 역자는 이하 '검은색 도포'로 번역했다.
55_ 승혜僧鞋: 불교와 도교에서 신는 신발이다. 여러 가지 색의 직물로 만들었는데, 큰 입구에 얇고 낮으며 신발의 앞코가 높게 솟아 있다. 정교하게 제작한 것은 신발의 양쪽 볼에 꽃무늬를 박아 넣었다.
56_ 사찰의 대문을 산문山門 혹은 삼문三門이라고 부른다.
57_ 원문은 '아항라등鵝項懶凳'인데, 등받이가 있는 의자다. '아항鵝項'은 등받이가 거위의 목덜미처럼 높다는 의미다.
58_ 원문은 '선자鏇子'다. 술을 데울 때 물을 담는 금속 기구다.

구리산九里山[59]은 그 옛날 유명한 전쟁터라더니
지나던 목동도 낡은 칼과 창 줍는구나.
바람이 불어 잔잔한 오강烏江을 뒤흔드니
우희虞姬가 항우項羽와 이별하는 듯하구나.
九里山前作戰場, 牧童拾得舊刀槍.
順風吹起烏江水, 好似虞姬別覇王.

노지심은 남자가 통을 메고 올라오는 것을 유심히 바라봤다. 그 남자가 정자로 오더니 통을 내려놓고 쉬었다. 노지심이 물었다.

"이보시오, 그 통 안에 든 것이 뭐요?"

"좋은 술이오!"

"한 통에 얼마요?"

"스님, 놀리는 거요?"

"내가 왜 당신을 놀리겠소?"

"이 술을 가지고 가서 절 안의 허드레꾼, 경비, 가마꾼, 잡역부 등 일하는 사람에게만 파는 것이오. 큰절 장로님의 명령이 있는데, 스님에게 술을 팔면 장로에게 혼나는 것은 말할 것도 없고 본전本錢을 찾아가고 집에서도 쫓아내겠다고 했소. 우리는 큰절에서 본전을 대주고 큰절에서 주는 집에서 사는데 누가 감히 스님에게 팔겠소?"

"정말 안 팔아?"

59_ 구리산九里山: 서주徐州 팽성彭城(지금의 장쑤江蘇성 쉬저우徐州) 북쪽에 위치해 있다. 『수호전전교주』에 따르면 『태평어람太平御覽』 권43에서 「강표전江表傳」을 인용하여, '항우가 오강烏江에서 패하고 이 산을 취하자 한나라는 관영灌嬰을 파견해 이곳에서 항우의 군대를 추격했다. 하루에 아홉 번 전투를 벌였기에 구두산九鬥山이라 했다'고 했다." 구리산을 구두산이라고도 한다.

"죽여도 팔지 않소!"

"내가 너를 죽일 리 없지. 술을 살 수 있냐고 묻는 거다."

그 남자는 낌새가 이상하자 통을 지고 달아나기 시작했다. 노지심이 정자에서 뛰어내려 두 손으로 멜대를 잡고 바짓가랑이를 차버렸다. 그 남자는 두 손으로 가랑이를 부여잡고 땅에 쪼그려 앉아서는 한나절을 일어나지 못했다. 노지심은 술 두 통을 정자에 내려놓고 땅바닥에서 술 푸는 그릇을 집어 통 뚜껑을 열고는 데우지 않은 찬술을 퍼서 들이켰다. 잠시 후 술 두 통 중에 한 통을 다 마시고는 말했다.

"어이, 내일 절에 와서 돈 받아 가게나."

이 남자는 간신히 통증이 멈추었으나 절의 장로가 알면 밥줄이 끊길까 두려운지라 울분을 참을 수밖에 없는데, 어떻게 감히 돈을 달라고 할 수 있는가? 술을 반 통씩 나눠서 지고 술 푸는 그릇을 들고 나는 듯이 산을 내려갔다.

노지심은 정자에 한나절을 앉아 쉬니 술이 얼큰하게 올라왔다. 정자에서 내려와 소나무 밑동 옆에 앉아서 잠시 쉬는데 술이 점점 더 취하기 시작했다. 검은 도포를 걷어 웃통을 벗으려는데 두 소매가 허리에 걸려서 달라붙었고 등에 새긴 꽃 문신이 드러났다. 노지심은 그 상태로 두 팔을 흔들며 산을 올랐다.

머리는 무거운데 다리는 가볍고, 눈은 붉고 얼굴은 벌겋게 달아올랐네. 몸이 앞으로 구부러졌다가 뒤로 젖혀지고, 동쪽으로 쓰러질듯 하더니 서쪽으로 기울어지는구나. 비틀비틀 산을 오르는데, 바람 맞는 학 같고, 흔들흔들 절로 돌아가는데 물에서 나온 뱀 같네. 천궁天宮을 손가락질하며 천봉원수天蓬元帥[60]에게 욕설 퍼붓고, 저승을 밟고는 최명판관催命判官[61] 잡으려 한다네. 벌거벗은 알몸

60_ 천봉원수天蓬元帥: 도교 중천자미북극태황대제中天紫微北極太皇大帝의 4대 호법護法 천신天神 중 하나.

61_ 최명판관催命判官: 민간 전설에서 저승의 염라대왕 아래의 생사부生死簿를 관장하는 관원이다.

의 취한 마군魔君은 살인 방화하는 화화상花和尙이로구나.

頭重脚輕, 眼紅面赤; 前合後仰, 東倒西歪. 踉踉蹌蹌上山來, 似當風之鶴; 擺擺搖搖回寺去, 如出水之蛇. 指定天宮, 叫罵天蓬元帥; 踏開地府, 要拿催命判官. 裸形赤体醉魔君, 放火殺人花和尙.

노지심이 산문 아래에 이르니 산문을 지키던 두 행자62가 멀리서 바라보고 죽비竹篦63를 들고 산문 아래로 내려와 노지심을 막으며 소리 질렀다.

"너는 불제자가 되어 어떻게 고주망태가 되도록 취하여 산을 올라왔느냐? 네가 장님이 아니라면 고국庫局64 안에 붙은 공고문을 보았을 것이다. '화상이면서 계율을 어기고 술을 마신다면 죽비 40대를 치고 절에서 쫓아낸다. 만일 문을 지키는 행자가 술 취한 스님을 용인하여 절 안에 들어오게 했다면 10대를 친다'고 했다. 네가 빨리 하산하면 죽비 몇 대는 용서 받을 것이다."

노지심은 화상이 된 지 얼마 되지도 않았고 옛날 성질을 고치지도 않았으므로 두 눈을 크게 뜨고 욕설을 퍼부었다.

"제 어미와 붙을 놈아! 너희 두 놈이 나를 치겠다니, 그래 네 놈들 나와 한번 붙어보자."

문을 지키는 행자들은 상황이 좋지 않음을 보고 하나는 번개같이 감사에게 보고하러 가고 다른 한 명은 자신 없지만 죽비를 잡아당기며 노지심을 막았다. 노지심은 죽비를 막고 다섯 손바닥을 쫙 펴서 문을 지키는 행자의 얼굴을 갈기

62_ 원문은 '문자門子'인데, 사원의 문을 지키는 중을 가리킨다. 『일지록日知錄』 「잡론雜論」에 따르면 "문자는 문을 지키는 사람을 말한다"고 했다. 『수호전전교주』에 따르면 "즉, 문을 지키는 행자行者(방장의 시자侍者, 사원에서 잡역에 복무하면서 아직 머리를 깍지 않은 출가자)다"라고 했다. 이하 역자는 '문자'를 '사원의 문을 지키는 행자'로 번역했다.

63_ 죽비竹篦: 두 개의 대쪽을 합쳐서 만들었는데, 불사 때에 승려가 손바닥 위를 쳐서 소리를 내어 시작과 끝을 알리는 데 쓰는 도구. 죄를 범한 자를 때리거나 혹은 위풍을 드러낼 때 사용한다.

64_ 고국庫局: 고사庫司로 절 안의 사무실을 말하며 사무 인원이 있는 곳이다.

니 몸이 휘청거렸다. 쓰러지지 않고 힘써 버티자 노지심이 다시 한 번 주먹으로 치니 산문 아래에 쓰러지며 '아이고' 하며 죽는 소리를 했다.

"네놈 오늘 한 번은 봐주마."

비틀거리며 쓰러지듯 절 안으로 들어갔다. 감사가 문을 지키는 행자의 보고를 듣고는 잡역부와 허드레꾼, 경비, 가마꾼 20~30명에게 흰 빛깔의 곤봉을 들게 하고 서쪽 복도에서 앞을 다투어 나왔는데 노지심과 마주쳤다. 노지심이 바라보더니 입으로 벼락같은 고함 소리를 내며 큰 걸음으로 돌진했다. 사람들은 처음에 노지심이 군관 출신인 걸 모르다가 그의 흉악함을 보고는 황망하게 물러나 장전藏殿[65] 안으로 들어가서는 양혁亮槅[66]을 잠갔다. 지심이 계단을 올라 주먹으로 치고 다시 발로 차서 양혁을 여니 안에 있던 20~30명은 모두 달아날 구멍이 없었다. 몽둥이를 뺏어 들고 장전 안에서부터 두들겨 패며 나왔다.

감사가 황급히 장로에게 알렸다. 장로는 듣고서 급히 시자 3~5명과 함께 복도로 와서 소리쳤다.

"지심, 무례한 짓 하지 마라!"

지심이 비록 술에 취했으나 장로는 알아보았다. 몽둥이를 버리고 앞으로 와서 인사하고 복도로 가서 장로에게 말했다.

"이 지심이 술 두 사발 마셨습니다. 평소 저들을 건드린 적이 없었는데 사람들을 데려와서는 저를 때렸습니다."

장로가 말했다.

"내 얼굴을 보아 참고 빨리 가서 자고 내일 다시 얘기하자."

노지심이 말했다.

"장로의 얼굴이 아니었다면 너희 까까중대가리들을 진작 때려죽였을 거다!"

65_ 장전藏殿: 장사藏司로 불경을 보관하여 두는 성전聖殿이다.
66_ 양혁亮槅: 빛이 새는 바둑판 무늬의 긴 창문을 말한다.

장로가 시자를 시켜 노지심을 부축하여 선상으로 데려오자 쓰러지더니 드르렁 코를 골며 잠들었다. 각 직무를 맡은 대부분의 중들이 장로를 둘러싸고 호소했다.

"저희가 진작에 장로님께 말씀드렸습니다. 오늘 어떻습니까? 큰절에 어떻게 저런 살쾡이를 두어 계율을 어지럽히십니까!"

장로가 말했다.

"비록 지금 이렇게 소란을 피우지만 나중에 수행하여 깨달음을 얻을 것이다. 어쩔 수 없다. 게다가 조 원외 시주의 체면을 보아 이번만 용서하자. 내가 내일 가서 혼내주면 될 것이다."

뭇 승려들이 냉소하며 말했다.

"장로가 분별이 전혀 없군!"

각자 흩어져 돌아가 쉬었다.

다음날 아침 식사가 끝나고 장로가 시자를 시켜 승당 안 참선하는 곳으로 가서 노지심을 불러오라고 시켰다. 그러나 노지심은 그때까지 일어나지도 않았다. 노지심은 얼마 뒤에 일어나더니 검은색 도포를 입고 맨발로 승당 밖으로 뛰어나갔다. 시자가 놀라서 쫓아 나와 찾으니 불전 뒤로 달려가서 똥을 누고 있었다. 시자는 웃음을 참지 못했고 노지심이 볼일을 다 보기를 기다렸다가 말했다.

"장로께서 하실 말씀이 있다고 부르시오."

노지심이 시자를 따라서 방장에 오니 장로가 말했다.

"지심이 너는 비록 군인 출신이지만 지금 조 원외 시주가 너의 머리를 깎게 했고, 내가 수기를 하여 오계를 가르쳤다. 첫째, 살생을 하지 말며 둘째, 도둑질을 하지 말며 셋째, 사음을 하지 말며 넷째, 술을 마시지 말며, 다섯째, 거짓말을 하지 말라다. 이 오계는 승가에서 당연히 지켜야 할 도리이므로 출가한 승려는 가장 먼저 술을 마셔서는 안 된다. 너는 어째서 밤에 술을 마시고 크게 취했느냐? 문을 지키는 행자를 때리고 장전의 주홍색 창을 부수고, 또 허드레꾼을 때려서 쫓아버리고 큰소리를 질렀느냐? 어째서 이런 짓을 했느냐!"

노지심이 무릎을 꿇고 말했다.

"다음부터는 그러지 않겠습니다."

장로가 말했다.

"이미 출가했는데 어떻게 술을 마셔 주계酒戒를 깨뜨리고 계율을 어겼느냐? 내가 조 원외의 체면이 아니었다면 반드시 너를 절에서 쫓아냈을 것이다! 다음부터는 이런 일이 없도록 해라!"

노지심이 일어나서 합장하며 말했다.

"어찌 감히 그러겠습니까. 다시는 그러지 않겠습니다."

장로가 방 안에 남도록 하여 아침밥을 내오라고 했다. 또 좋은 말로 노지심을 달랬으며 고운 베로 만든 검은색 도포와 승혜를 가져다 노지심에게 주고 승당으로 돌려보냈다. 옛날에 한 유명한 현인이 있어 술에 관한 시를 쓴 적이 있다. 확실히 매우 좋은 시다! 말하기를:

자고이래로 잘못과 죄악 모두 과도한 술로 돌리니
내 세상 사람들에게 한 편의 시로 각성시키노라.
천지의 땅, 물, 불, 바람이 합쳐져 사람이 만들어지고
누룩, 쌀, 물이 섞여서 맛좋은 술이 빚어진다.
병 속에 담긴 술 고요하여 출렁이지 않고
사람은 술 마시고 즐기지 않을 때 침묵하며 말이 없다네.
누가 아이를 주정뱅이 노인이라 말하겠는가
찹쌀 먹고 개처럼 껑충껑충 뛰는 것 들어본 적 없다네.
어떻게 석 잔 술 기울었다고
바람과 세상의 일체를 안하무인으로 난폭하게 만드는가!
몇 명의 사람은 한 방울의 술도 즐기지 않는데

또 몇 명의 사람은 한 번에 삼백 두를 마시누나.

술 마시지 않고 멀쩡한 눈으로 행패부리는 자 있는가 하면

잔뜩 취하고서도 정신 맑은 자 있다네.

취중에 유명한 글 써서 전해지는 사람이 있는가 하면

술 때문에 국가 대사 망친 자들은 더욱 많도다.

변명하고 의혹 푸는 격언 있으니

술이 사람 취하게 하는 것이 아니라 사람이 술에 취하는 것이로다.

從來過惡皆歸酒, 我有一言爲世剖.

地水火風合成人, 面曲米水和醇酎.

酒在瓶中寂不波, 人未酣時若無口.

誰說孩提卽醉翁, 未聞食糯頭如狗.

如何三杯放手傾, 遂令四大不自有!

幾人涓滴不能嘗, 幾人一飮三百斗.

亦有醒眼是狂徒, 亦有酕醄神不謬.

酒中賢聖得人傳, 人負邦家因酒覆.

解嘲破惑有常言, 酒不醉人人醉酒.

무릇 술을 마시는 것이 모두 즐거울 수는 없는 것이다. 속담에 말하기를, '술로 일이 이루어질 수도 있지만, 술 때문에 일을 망치기도 한다'[67]고 했다. 소심한 사람도 마시면 제멋대로이며 대담해지는데, 성질 급한 사람은 어떻게 되겠는가?

한편 노지심은 술 마시고 소란을 피운 뒤부터 3~4개월 동안 감히 절 문을 나가지 못했다. 어느 날 날씨 따뜻한 2월이었다. 노지심이 승방을 나와서 천천히 걸어 산문 밖으로 나와 서서 오대산을 바라보며 크게 고함을 질렀다. 그때

67_ 원문은 '酒能成事, 酒能敗事'다.

갑자기 산 아래로부터 달랑달랑하는 소리가 바람 따라 산 위로 들려왔다. 노지심이 다시 승당 안으로 들어가 약간의 은냥을 가슴에 넣고 한 걸음 한 걸음 산을 내려갔다. '오대복지五臺福地'라 쓰여 있는 패루牌樓[68]를 빠져나와 바라보니 시정市井[69]이었는데 대략 500~700호의 인가가 모여 있었다. 노지심이 마을을 바라보니 고기와 채소도 팔고, 또 주점과 분식점도 있었다. 노지심은 생각하며 말했다.

'미련한 짓을 했구나! 여기에 이런 곳이 있는 줄 진작 알았다면 술통을 빼앗아 먹지 않고 여기 와서 사 먹었을 텐데. 요 며칠 동안 기름기 하나 없는 멀건 국만 먹어 참고 있었는데 가서 뭐가 있나 보고 사서 먹어야겠군.'

소리가 나는 곳으로 가보니 대장장이가 쇠를 두들기고 있었다. 옆집 문 위에 '부자객점父子客店'이라고 쓰여 있었다. 노지심이 대장간 문 앞에서 보니 세 사람이 쇠를 두들기고 있었다. 노지심이 물었다.

"이보시오 대장장이 양반,[70] 좋은 강철 있소?"

대장장이가 노지심을 보니 뺨에 새로 깎은 털이 삐죽삐죽 제멋대로 자라기 시작했고 보기만 해도 겁나는 흉포하게 생긴 사람이라 이미 반쯤은 두려워하는 표정이었다. 그 대장장이는 하던 일을 멈추고 말했다.

"스님, 앉으십시오. 무엇을 만들려 하십니까?"

68_ 패루牌樓: 패방牌坊으로 도시의 요충지나 명승지에 세우는 장식용 건축물이다. 2개 혹은 4개의 기둥을 세워서 만들며 위에 처마가 있다.

69_ 시정市井: 시장을 말한다. 옛날에는 우물가에서 물을 퍼 올릴 때 교역을 진행했으므로 시정이라고 했다. 이후에는 일반적으로 시장을 가리켰다. 『사기회주고증史記會注考證』에 따르면 "나카이中井가 말하기를 '마을의 주택이 마치 정井 그림과 같았으므로 시정이라 했다'고 했다."

70_ 원문은 대조待詔인데, 명망 있고 특별히 우수한 인사를 중용하고자 하나 아직 등용되지 못한 자에게 대조라는 명칭을 부여했는데 황제의 명령을 기다린다는 의미다. 『일지록日知錄』에 따르면 "북방 사람은 의원을 대부大夫라 부르고 남방 사람들은 낭중郎中이라 불렀으며 이발사는 대조待詔라 했다. 목공, 금속공, 석공에 속하는 것은 모두 사무司務라 했다. 이러한 명칭들은 대개 송나라 때 시작되었다"라고 했다. 『수호전』에서는 대장장이를 '대조'라 했는데, 그 이유와 유래는 확실하지 않다.

"선장禪杖71과 계도戒刀72를 만들려고 하는데 좋은 쇠가 있는지 모르겠소?"

"소인 여기에 마침 좋은 쇠가 조금 있는데 스님은 무게가 얼마나 되는 선장과 계도를 원하는지 모르겠습니다. 분부만 하십시오."

"무게가 100근짜리는 만들어야지."

대장장이가 웃으면서 말했다.

"무겁습니다. 스님, 소인이 만들 수 없어서가 아닙니다. 스님이 쓸 수 있을까 걱정돼서입니다. 관우의 청룡도도 겨우 81근입니다."

노지심이 안달이 나서 말했다.

"내가 관우만 못하단 말인가, 그도 사람이오."

"소인이 항상 하는 말처럼 40~50근으로 만들어도 너무 무겁습니다."

"당신 말대로 관우처럼 81근으로 만들어야겠소."

"스님, 그것도 너무 두꺼워 보기도 좋지 않고 쓰기도 불편합니다. 소인 말대로 하시고 62근 수마선장水磨禪杖을 만들어드리겠습니다. 잘 쓰시지 못해도 소인을 원망하지 마십시오. 계도는 이미 말씀하셨으니 분부하실 필요 없습니다. 소인이 좋은 쇠로 알아서 만들겠습니다."

"두 가지 다 합쳐서 얼마요?"

"흥정 없이 정확하게 은자 5냥입니다."

"당신 말대로 5냥으로 하고 만일 잘 만들었다면 더해서 상을 주겠소."

대장장이가 돈을 받으며 말했다.

"소인은 지금부터 만들겠습니다."

"여기 은 부스러기 몇 개 남았는데, 술 한 사발 사겠소."

71_ 선장禪杖: 원래는 대나무로 만들었고 머리 부분을 연한 물건으로 싸맸는데, 좌선할 때 졸리면 그 연한 부분을 머리로 건드려 깨도록 했다. 노지심은 철로 제작한 것이다.

72_ 계도戒刀: 비구가 늘 가지고 다니는 작은 칼. 옷을 바르거나 비티 손톱을 깎을 때 쓰고 산생에 쓰지 말라고 계도라고 했다.

"스님 편한 대로 하십시오. 소인은 일해서 먹고 살아야 하기 때문에 모실 수 없습니다."

노지심이 대장간을 나와 20~30보도 지나지 않아서 술집 깃발이 처마에 걸려 있는 것을 보았다. 노지심이 발을 걷고 안에 들어가 앉아서 탁자를 두들기며 소리쳤다.

"술 가져오너라!"

술집 주인이 말했다.

"스님, 탓하지 마십시오. 소인이 사는 집도 절 소유이고 자본도 절에서 댄 것입니다.[73] 장로가 명을 내려서 소인들이 만일 절의 스님에게 술을 팔다가 들키면 본전도 회수하고 집에서 쫓겨날 것입니다. 그러니 용서하십시오."

"내 대충 마실 테니, 그냥 파시오. 당신 집에서 마셨다고 하지 않으면 되지 않겠소."

"얼렁뚱땅 넘어갈 수 없습니다. 스님 다른 곳에 가서 드시고 언짢게 생각하지 마십시오."

노지심은 일어설 수밖에 없었다. 그러고는 말했다.

"다른 곳에 가서 먹긴 하겠지만 나중에 다시 와서 가만두지 않겠다."

노지심이 술집을 나와 몇 걸음 걸었는데, 문 앞에 곧게 세워 놓은 술집 깃발이 보였다. 곧바로 걸어 들어가 앉으며 말했다.

"주인장, 마시게 얼른 술 좀 파시오."

주인이 말했다.

"스님, 잘 모르시는군요. 장로님의 명령이 이미 있었소. 아시면서 우리 밥줄을 끊으려 하시오."

73_ 『수호전전교주』에 따르면 "『운계우의雲谿友議』 권하 『금선지金仙指』에서 이르기를, '입으로는 빈도貧道라 하면서 돈이 있어 대출을 해줬다'고 했다. 화상이 부자였는데, 당나라 때부터 이미 그랬다"고 했다.

노지심이 떠나지 않고 여러 번 부탁했으나 어떻게 팔겠는가. 노지심은 사정을 알기 때문에 어쩔 수 없이 일어나서 3~5군데를 들렀으나 모두 팔려고 하지 않았다. 노지심이 한 가지 계책을 생각해냈는데 방법이 없다면 어떻게 술을 마실 수 있겠는가? 멀리 살구꽃이 피어 있고 시장 끝자락에 짚을 묶어 만든 깃발이 걸려 있었다. 거기까지 가서 보니 허름하고 조그만 주점이었다.

마을 옆 주점은 오래되어, 뽕나무와 삼대들 옛 길가에 비스듬히 늘어섰네.
흰 널의 의자에는 손님들이 앉아 있고, 울타리는 가시나무 엮어 세웠구나.
깨진 독에서 술지게미 눌러 곡주[74] 받아내고, 사립문 검은 천 깃발 내걸었네.
더욱이 한 가지 웃긴 것은, 쇠똥 섞어 바른 담벼락에 술 신선 그려져 있네.
傍村酒肆已多年, 斜揷桑麻古道邊.
白板凳鋪賓客坐, 須籬笆用棘荊編.
破瓮榨成黃米酒, 柴門挑出布靑帘.
更有一般堪笑處, 牛屎泥墻盡酒仙.

노지심은 들어가 창가에 앉고는 소리쳤다.
"주인장, 지나가던 중인데 술 한 사발 마시겠소."
주인이 이리저리 살펴보더니 말했다.
"화상은 어디서 왔소?"
"행각승行脚僧[75]으로 여기저기 떠돌아다니다가 여기를 지나면서 술 한 사발 마시려고 하오."
"화상, 만약 오대산 절의 스님이라면 술을 팔 수 없소."

74_ 원문은 '황미주黃米酒'인데, 찹쌀 혹은 기상쌀을 사서 빚요시겨 빚은 곡주다.
75_ 행각승行脚僧: 여러 곳을 돌아다니며 수행하는 승려.

"나는 아니오. 빨리 술이나 가져오시오."

주인은 노지심의 모습과 유별난 목소리를 듣고 말했다.

"얼마나 필요하시오?"

"얼마인지 묻지 말고 큰 사발에다 따라오시오."

대략 술 10여 사발을 허겁지겁 마시고 나서야 노지심이 물었다.

"무슨 고기가 있소? 한 판 가져오시오."

"아까는 소고기가 조금 있었는데 모두 팔아서 없습니다."

노지심이 킁킁거리며 고기 냄새를 맡고 마당에 나가서 살펴보니[76] 담장 쪽 솥 안에 개 한 마리를 삶고 있었다. 노지심이 들어와서 말했다.

"당신 집에 개고기가 있는데 어째서 내게는 팔지 않느냐?"

"출가한 사람은 개고기를 먹지 않기에 묻지 않았습니다."

"은자 여기 있소."

노지심이 은자를 꺼내 주인에게 건네며 말했다.

"반 마리 파시오."

주인은 서둘러 익은 개고기 절반을 가져오고 마늘을 다져서 노지심 앞에 놓았다. 노지심은 크게 기뻐하며 손으로 개고기를 뜯어서 다진 마늘에 찍어 먹으면서 술 10여 사발을 연달아 마셨다. 술과 고기가 입에 착착 달라붙어 정신없이 먹느라 다른 것을 돌이켜 볼 겨를이 없었다. 주인이 넋을 잃고 바라보다가 한마디 했다.

"화상, 그만큼 먹었으면 됐으니 그만 드시오!"

노지심이 두 눈을 크게 뜨며 말했다.

"거저먹는 것도 아닌데 뭘 그리 간섭하시오?"

76_ 당시의 풍속은 충성스러운 개를 집 안의 부뚜막에서 끓이면 조왕야竈王爺(부뚜막 신)가 보고 하늘에 보고한다고 했기 때문에 문밖에다 흙으로 된 부뚜막을 만들어 끓였다.

"얼마를 더 먹을 거요?"

"한 통 더 가져오시오."

주인은 한 통 더 퍼올 수밖에 없었다.

얼마 지나지 않아 노지심은 한 통을 다 마셨다. 남은 개다리는 가슴에 쑤셔 넣고 문을 나서며 또 말했다.

"남은 돈은 내일 다시 와서 먹겠소."

주인은 깜짝 놀라 눈을 크게 뜨고 입을 벌리며 어쩔 줄 몰라 하며 노지심이 오대산 방향으로 가는 것을 바라보았다.

노지심이 산 중턱의 정자까지 걸어와서 잠시 앉아있으니 취기가 올라왔다. 갑자기 벌떡 일어나서 중얼거렸다.

"내 한창 때 아무리 주먹질하고 발길질해도 몸이 피곤한 줄 몰랐어. 내가 몇 가지 보여주마."

정자에서 내려와서 양 소매를 손 안에서 잡고 위아래 좌우로 한 번 흔들었다. 힘이 솟구치자 한쪽 어깨로 정자 기둥에 부딪치자 와지끈하는 소리와 함께 기둥이 부러지면서 정자가 절반이나 무너져 내려앉았다. 문수원 문을 지키던 행자가 산허리에서 나는 소리를 듣고 높은 곳에 올라가서 바라보니 노지심이 한걸음 내디딜 때마다 비틀거리며 산으로 올라오고 있었다. 문을 지키던 행자 둘이 소리쳤다.

"아이고! 저 짐승 같은 놈, 이번에도 또 보통 취한 게 아니구나. 산문을 닫고 빗장을 걸어야겠다."

문틈으로 밖을 보니, 노지심이 비틀거리며 산문 앞에 이르렀는데, 문이 잠겨 있는 것을 보고는 주먹으로 북 치듯 문을 두드렸다. 두 문을 지키던 행자는 감히 열지 못했다. 노지심이 문을 두드리다가 몸을 돌려 왼쪽의 금강金剛77을 바라보더니 큰 소리로 말했다.

"너 이 좆같은 덩치 큰놈아, 나 대신 문 두드리지 않고 주먹을 들고 나를 협박하는 거냐. 내가 너를 무서워할 줄 아냐."

대 위로 뛰어 올라가서 울타리를 잡고 뽑아버리는데 파가 꺾이듯이 뽑혀버렸다. 부러진 나무를 집어 들고 금강 상에 다가가서 다리를 후려치니 흙과 채색한 칠이 후드득 떨어져 내렸다. 문을 지키던 행자가 벌어진 틈으로 보고는 말했다.

"아이구야!"

장로에게 알리는 것 외에 다른 방법은 없었다. 잠시 후, 노지심은 몸을 돌려 오른쪽 금강역사를 보더니 큰 소리로 말했다.

"너 이놈 큰 입을 벌리고 나를 비웃는 거냐."

곧 오른쪽 대 위로 올라가더니 금강역사의 발을 두 번 걷어찼다. 하늘을 진동시킬만큼 큰소리가 울리더니 금강역사 상이 대 위에서 쓰러졌다. 노지심은 부러진 나무를 들고는 껄껄 웃었다.

두 문을 지키던 행자가 장로에게 보고했다. 장로가 말했다.

"노지심을 자극하지 말고 너희는 물러가라."

수좌, 감사, 도사 등 직사승職事僧[78]들이 함께 방장으로 와서 보고했다.

"이 살쾡이 같은 놈이 오늘은 많이 취해서 산허리의 정자, 산문 앞 금강을 모두 부숴버렸습니다. 어떻게 해야 좋겠습니까?"

장로가 말했다.

"자고로 '천자라도 술 취한 사람은 피한다'고 했다. 하물며 나라고 어떻게 하겠느냐? 금강을 부순 것이라면 노지심의 시주인 조 원외에게 말하면 새로 만들 것이고 쓰러진 정자도 그에게 수리하라고 하면 될 것이다. 이 일은 이렇게 처리하자."

중들이 말했다.

77_ 금강金剛: 불교의 호법신護法神으로 사찰 문밖 좌우에 금강신金剛神을 모셨다.

78_ 직사승職事僧: 사원 안에서 일정한 직무를 담당하는 화상으로 감사, 도사, 지객, 시자 등이다. 이하 역자는 이해를 편리하게 위해 '사무를 담당하는 중' 정도로 표현했다.

"금강은 산문의 주인인데 어떻게 바꾼단 말입니까?"

"금강을 부순 것은 말할 것도 없고 대웅전의 삼세불三世佛[79]을 부쉈더라도 어쩔 수 없으니, 지금은 피할 수밖에 없다. 너희는 지난번의 흉포함을 보지 못했느냐?"

중들이 방장을 나와서 모두 말했다.

"저 앞뒤가 꽉 막힌 멍청한 장로 같으니! 문 지키는 행자들, 너희는 문을 열지 말고 안에서 듣기만 해라."

노지심이 밖에서 크게 소리 질렀다.

"제 어미와 붙을 중대가리들아! 내가 절에 들어가지 못하면 문밖에서 이 좆 같은 절을 불질러버릴 테다!"

이 말을 들은 중들이 문을 지키던 행자를 불렀다.

"빗장을 빼고 저 짐승 같은 놈을 들어오게 해라! 열어주지 않았다가는 정말 큰일 나겠다."

문을 지키던 행자가 살금살금 다가가서 빗장을 빼고 나는 듯이 방으로 들어가 숨어버렸다. 중들도 각자 알아서 피했다.

노지심은 두 손으로 있는 힘을 다해 산문을 밀다가 문이 열리는 바람에 안으로 넘어지면서 고꾸라졌다. 기면서 일어나 머리를 만지더니 곧장 승당으로 달려갔다. 선불장에 이르렀는데 마침 좌선하고 참선하던 중들은 노지심이 발을 걷고 불쑥 들어오자 모두들 깜짝 놀라 고개를 숙였다. 노지심이 선상에 다가가서 목구멍으로 꺼억 소리를 내며 바닥을 향해 토했다. 중들은 그 냄새를 맡지

79_ 삼세불三世佛: 여러 학설이 있다. 일설에는 과거불過去佛을 가엽제불迦葉諸佛, 현재불現在佛을 석가모니불釋迦牟尼佛, 미래불未來佛을 미륵제불彌勒諸佛이라 한다. 다른 학설은 『수호전전교주』에 따르면 "육봉조陸鳳藻의 『소지록小知錄』 권5 「범종梵宗」에 이르기를, '과거를 장엄겁莊嚴劫이라 하는데 첫 번째는 최 킹 블 華光佛, 마지막을 비사부불毗舍浮佛이라 하고, 현재를 현겁賢劫이라 하는데, 첫 번째를 구류손불俱留孫佛, 마지막을 누지불婁至佛이라 하며, 미래를 성수겁星宿劫이라 하는데, 첫 번째를 일광불日光佛, 마지막을 수미상불須彌相佛이라 한다. 매 겁劫은 천불千佛이다'라고 했다."

못하고 다들 "선재!" 하면서 코를 막았다. 노지심이 한바탕 토하고 선상에 기어올라 고름을 풀다 뜻대로 안 되자 검은색 도포 끈을 당겨 우두둑 끊어버리고 벗어 던지다가 옷깃에 넣어두었던 삶은 개다리가 튀어나왔다.

"아이고, 잘됐다. 마침 배가 고팠는데!"

개고기를 뜯어먹기 시작했다. 중들은 보고서 소매로 얼굴을 가렸고, 노지심 자리 양쪽의 참선하던 두 중은 멀리 피해버렸다. 그들이 피하는 것을 본 노지심은 개고기 한 조각을 뜯더니 윗자리에 있던 중을 보며 말했다.

"너도 먹어라."

윗자리의 중이 두 소매로 죽어라 얼굴을 가렸다.

"안 먹어?"

고기를 아래 자리에 앉아 참선하던 중의 입에 쑤셔 넣었다. 그 중이 피하려 했으나 피하지 못하고 선상에서 내려오려고 하자 노지심이 그의 귀를 반으로 접어 잡고 고기를 쑤셔 넣었다. 맞은편 선상의 승려 네다섯 명이 뛰어 내려와서 말리자 노지심이 개고기를 던지더니 주먹을 들고 주위에 몰려든 빡빡 대가리를 딱딱 하고 쪼듯이 돌아가며 두들겼다. 승당 안에 가득 찬 중들이 소리를 지르며 모두 궤짝을 뒤져 가사와 발우鉢盂[80] 등을 챙겨 떠나려고 했다. 이런 소란을 권당대산捲堂大散[81]이라고 하는데, 아무리 수좌라도 어떻게 말릴 수 있겠는가?

노지심이 중들의 대가리를 두드리는데 재미가 들려 따라 나오자 참선하던 중들 대부분이 복도로 뛰쳐나왔다. 감사, 도사가 장로에게 알리지도 않고 사무를 맡은 중들과 절 안의 잡역부, 일꾼, 경비, 가마꾼 대략 100~200명을 모아 갈퀴, 곤봉 등을 들고 수건으로 머리를 감싸고 함께 승당으로 나왔다. 노지심은 사람들이 떼 지어 나오는 것을 보고 크게 소리를 질렀다. 무기로 쓸 만한 도구

80_ 발우鉢盂: 바리때로 절에서 쓰는 승려의 밥그릇. 나무나 놋쇠 따위로 대접처럼 만들어 안팎에 칠을 한다.

81_ 권당捲堂은 생원이 집단으로 수업 거부를 하거나, 승려들이 집단으로 절을 떠나는 것을 말한다.

가 없자 번개같이 승당 안으로 뛰어 들어가 부처님 앞에 공양물을 올리는 탁자를 뒤집더니 탁자 다리 두 개를 뽑아 들고 승당 밖으로 뛰어나왔다.

마음에는 불길 일어나고 입으로는 천둥소리 내는구나. 맹수 같은 팔구 척 몸뚱이 떨치면서 삼천 장 하늘을 찌를 듯한 기세 토해내누나. 살인을 저지를 담력 주체할 수 없어 바다도 말아 올릴 듯한 두 눈 동그랗게 떴네. 곧장 돌진하는 모습은 화살 맞아 벼랑으로 뛰어내리는 범과 표범 같고, 앞으로 달리며 뒤로 솟는 그 모양, 창 맞고 골짜기 뛰어넘는 승냥이와 이리 같구나. 갈제揭帝[82]도 막지 못하니 금강도 두 손 맞잡고 합장하네.
心頭火起, 口角雷鳴. 奮八九尺猛獸身軀, 吐三千丈凌雲志氣. 按不住殺人怪膽, 圓睜起捲海雙睛. 直截橫衝, 似中箭投崖虎豹; 前奔後涌, 如着槍跳澗豺狼. 直饒揭帝也難當, 便是金剛須拱手.

노지심은 탁자 다리 두 개를 휘두르며 뛰쳐나왔고 그가 무섭게 뛰쳐나오는 것을 본 중들은 모두들 몽둥이를 끌며 복도로 물러났다. 노지심이 탁자 다리 두 개를 땅에 질질 끌며 걸어가자 중들이 양쪽에서 한데 합쳐 달려들었다. 노지심은 대노하여 동쪽을 겨냥하는 척하며 서쪽을 치고 남쪽을 겨냥하다가 북쪽을 공격했는데, 양쪽 끝에 있던 사람들만 면했다. 노지심이 법당 아래까지 쳐 내려갔을 때 장로가 소리치며 말했다.

"지심아, 무례한 짓 좀 그만하고, 너희도 그만 멈춰라."

양쪽의 중들 수십 명이 다쳤는데, 장로가 오는 것을 보고는 각자 물러갔다. 노지심은 중들이 물러서는 것을 보고는 탁자 다리를 집어던지며 소리쳤다.

"장로님, 처분을 따르겠습니다!"

82_ 갈제揭帝: 불교의 호법신護法神 가운데 하나.

이때 이미 술은 거의 깨어버렸다. 장로가 말했다.

"지심아, 네가 나를 여러 번 연루시키는구나. 지난번에 취하여 한바탕 소란을 피우기에 너의 형님 조 원외에게 알려서 그가 스님들에게 서신으로 사과했다. 이번에 또 이렇게 무례하게 대취하여 계율을 어지럽히고 정자를 무너뜨렸으며 게다가 금강까지 부쉈다. 이것은 조 원외가 처리할 수 있다. 그러나 승려들을 괴롭혀 짐을 싸서 절을 떠나게 한 죄과는 작지 않구나. 이곳은 오대산 문수보살 도량으로 1100년 청정한 향화香火83가 있는 곳인데 어떻게 너의 이 더러움을 용납하겠느냐? 내 방장에서 나와 함께 며칠 지내면서 너의 거취를 다시 생각해봐야겠다."

노지심은 장로를 따라 방장으로 갔다. 장로는 사무를 맡은 승려에게 참선하는 중들을 만류하여 승당으로 돌아가 참선을 계속하도록 했다. 상처 입은 승려들도 돌아가서 쉬었다. 장로는 노지심을 데리고 방장으로 돌아가 하룻밤을 쉬었다.

다음날, 지진 장로가 수좌와 상의하여 은냥을 준비해 노지심에게 주고 다른 곳으로 보내기로 결정하고 먼저 조 원외에게 알리기로 했다. 장로가 즉시 한 통의 편지를 쓰고 심부름꾼 두 명을 조 원외 장원으로 보내 상황을 알리고 기다려서 답장을 받아오도록 했다. 편지를 읽은 조 원외는 뜻밖이라 여겼지만 답장을 장로에게 보내서 말했다.

"부서진 금강과 정자는 제가 즉각 수리하겠습니다. 노지심은 장로님 보내는 대로 따르겠습니다."

답신을 받은 장로는 곧 시자를 불러 검은 베로 된 검은색 도포와 승혜, 백은白銀 10냥을 가져오게 하고 지심을 불렀다.

"지심아, 지난번에 대취하여 승당을 소란스럽게 한 일은 잘못을 저지른 것이

83_ 향화香火: 사찰 안의 향과 등촉.

다. 이번에 또 대취하여 금강을 부수고 정자를 무너뜨렸으며 선불장選佛場84을 소란스럽게 하여 참선하는 중들을 떠나게 한 너의 죄업은 가볍지도 않고 게다가 여러 참선하는 중을 상하게 했다. 나는 여기에서 출가했고, 이곳은 청정한 곳이다. 너의 이러한 행동은 너무도 좋지 않구나. 조 시주의 체면을 보아 네게 서신을 써줄 테니 다른 거처로 가거라. 이곳에서 너를 머물게 할 수는 없구나. 내가 오늘 밤에 너에게 게언偈言 네 마디를 줄 테니 평생토록 지키도록 하여라."

"사부님, 제자더러 어디로 가서 발붙이고 살라고 하십니까? 사부님의 게언을 듣고자 합니다."

지진 장로는 노지심을 손으로 가리키며 게언 몇 마디와 찾아갈 곳을 일러주었다. 나누어 서술하면, 이 사람은 웃으면서 선장을 휘둘러 천하의 영웅호걸들과 싸우고, 성을 내며 계도를 뽑아 세상의 역적과 간신을 벤다. 그야말로, 그 이름은 새북塞北85 3000리에 전해지고, 깨달음은 강남江南 제일주第一州86에 퍼졌다.

결국 지진 장로가 지심에게 어떤 말을 했는지는 다음 회에 설명하노라.

원외員外

본문에서 조趙 원외員外라는 인물이 등장하고 2회에서도 왕王 원외라는 인물이 나온다. '원외'는 '원외랑員外郎'으로 수나라 초기에는 상서성 각 사司에 원외랑 1명을 설치했는데, 차관次官이었다. 당, 송 시기에도 설치되었고 낭중郎中과 함께

84_ 선불장選佛場: 법당을 열어 계율을 세우고 출가하여 머리를 깎고 승려가 되는 의식을 거행하는 곳을 말한다. 일반적으로 불사佛寺를 가리키기도 한다.

85_ 새북塞北; 고대에 장성長城을 경계로 하여 북쪽 지구는 변경의 요새를 나가는 것이므로 새북이라 했다.

86_ 제일주第一州: 서호西湖가 있는 항주杭州를 가리킨다.

낭관郎官이라 했는데, 중앙 기구의 관원이었다. 원외랑이 처음에 설치되었을 때는 정원 이외에 설치된 관원이었으나 돈과 곡식을 납부하고 사들였고, 송, 원, 명에 이르러서는 점차 지주 부호의 호칭으로 통용되었다. 『통속편通俗編』「사진仕進」에 따르면 "원외라는 것은 정원 이외로 대부분은 권세에 의지해 뇌물을 주고 살 수 있는 직함이므로 나중에는 돈 많고 세력 있는 무리가 원외라는 명칭을 빌렸다"고 했다.

오화도첩五花度牒

오화五花는 정부에서 발급한 증서로 다섯 가지 색 금화능지金花綾紙를 사용한 것을 말한다. 도첩度牒은 사원에서 머리를 깎은 뒤의 화상 신분증이다. 송나라 때 정부는 직접 도첩을 판매했는데, 일종의 재정 수입 차원이었고 가격도 일치하지는 않았다.

『수호전보증본』에 "『송해요집고宋會要輯稿』에 근거하면 송 신종神宗 때 각 도道의 도첩 가격은 13만 전이었으나 기주로夔州路(쓰촨)에서는 30만 전에 팔았고, 광서로廣西路에서는 65만 전에 팔았다. 당시 쌀 가격은 1두斗(송나라 때 1두는 6.7리터)에 70~80문에서 100문이었다. 각 도의 도첩 가격을 쌀로 환산하면 130~140석石(송나라 때 1석은 대략 76킬로그램이었다)에 이르렀다. 도첩을 사서 화상이 되면 노역과 병역을 피할 수 있었고, 인두세와 기타 부세를 납부하지 않았으며 법률적으로도 관대했다. 『속자치통감장편續資治通鑑長編』에 근거하면 송나라 법률에서 승려, 도사, 여도사와 문무 관원 7품 이하인 자가 죄를 지으면 재물이나 노동으로 속죄하여 감면받을 수 있었다. 이 때문에 노달과 무송武松 같은 경우 살인죄를 저질렀는데도 출가하여 추포를 피할 수 있었다. 당·송 시기에는 사원의 건설과 명칭을 모두 정부에서 비준하고 심사 결정하여 반포했으며, 도첩 또한 사부祠部에서 발급했기에 합법적으로 출가한 증명서였다. 도첩은 조세와 요역을 면제 받았기에 당시 출가하는 일은 절대로 쉬운 일이 아니었다"고 했다.

화상和尚

본문에서는 노지심을 '화상'으로 표현하고 있다. 그러나 출가한 승려라고 해서 모두 화상이라 불릴 수는 없다. 화상은 범문梵文을 음역한 것으로 '사부'의 의미를 지니고 있는데, 덕성과 명망이 높은 출가出家한 사람을 가리킨다. 한 마디로 화상은 존칭으로 사용되어 반드시 일정한 자격이 있어야 하고 스승을 감당할 만한 재능이 있어야 화상이라 불릴 수 있다. 일반적으로 큰 사찰 안에서 방장方丈, 수좌首座, 도사都師, 감사監寺만이 화상이라 할 수 있다. 화상은 이후로 남자 승려에 대한 칭호가 되었는데, 원래의 뜻에 부합하지 않는다고 하겠다.

역자는 '화상'을 상황에 맞게 '화상' '중' '승려' '스님' 등으로 번역했음을 밝힌다.

노지심의 수마선장水磨禪杖

선장은 병기가 아니라 사찰에서 사용한 물건으로 승려가 좌선하면서 잠이 들면 깨우고 경각시키는 데 사용하는 대나무 막대기였다. 나중에는 승려들이 항상 소지하고 다녔던 지팡이를 가리키게 되었다. 선장이 병기가 되는 것은 단지 방어용으로 사용할 때뿐이다. 본문에서 노지심이 제작한 것은 정교하게 갈아냈기에 수마선장이라 부르는 것인데, 수마는 정교하다는 의미다. 송나라 때에 이미 철로 제작된 선장이 호신용 병기로 사용되었다는 기록을 볼 수 있다.

본문에서는 노지심이 62근 수마선장을 제작했다고 했는데, 선장의 중량에 대해 참고할 만한 자료가 있다. 『신당서新唐書』「충의전忠義傳」에 근거하면 요양비장饒陽 裨將인 장흥張興(?~756)이 안록산安祿山의 반란군에 대항했는데, "장흥이 갑옷을 입고 맥도陌刀(당나라 때 자루가 긴 대도로 양날이었다)를 들었는데 무게가 50근이었다. 성에 오르자 적들이 달려들었고 장흥이 칼을 한 번 휘두르면 항상 여러 명이 죽었기에 적들이 모두 두려워했다"고 했다.

【 제5회 】

도
화
산
도
적[1]

그날 지진 장로가 말했다

"지심아, 이제 너는 절대로 여기에 머물 수 없다. 내게 사제가 한 명 있는데, 지금 동경 대상국사大相國寺[2] 주지로 지청선사智淸禪師라 부른다. 내가 너에게 이 편지를 줄 테니 그곳에 가서 사무를 담당하는 중이 되도록 해라. 내가 밤에 와서 이미 봤고 너에게 네 마디 게언을 줄 터이니 평생토록 간직하고 오늘 말을 기억하도록 해라."

노지심이 무릎을 꿇고 말했다.

"게언을 들려주십시오."

장로가 말했다.

"숲(야저림野豬林)을 만나 떨쳐 일어나고遇林而起, 산(이룡산二龍山)을 만나 부유

1_   제5회 제목은 '小覇王醉入銷金帳(소패왕이 취하여 신방에 들어가다). 花和尙大間桃花村(화화상이 도화촌에서 소란을 일으키다)'이다. 금장金帳은 황금색 실을 수놓은 정밀하고 아름다운 침상 휘장이다.
2_   대상국사大相國寺: 원래 명칭은 건국사建國寺이고 지금의 허난성 카이펑에 위치해 있다.

해지며遇山而富, 물(양산박梁山泊)을 만나 흥하고遇水而興, 강(절강浙江, 즉 전당강錢塘江)을 만나 머물 것이다遇江而止."

노지심은 네 구절 게언을 듣고 장로에게 아홉 번 절했다. 짐을 짊어지고 요대와 복대를 차고 서신을 간직해 넣고는 장로 그리고 여러 중과 작별했다. 오대산을 떠나 대장간 옆 객점에서 쉬며 선장, 계도가 만들어진 다음에 떠나고자 했다. 절 안에 있던 중들은 노지심이 떠나자 좋아하지 않는 이가 없었다. 장로가 일꾼을 시켜 부서진 금강과 정자를 수습하게 했다. 며칠 지나지 않아 조 원외가 돈을 가지고 오대산으로 와서 금강 상을 새로 만들고 산허리 정자를 수리한 것은 말할 필요가 없다. 여기에 이를 증명하는 시가 있다.

사원3에 작별하고 찾아가는데, 알아주는 이 만나면 그 의리 쇠 자를 정도네.
위풍 드러내면 도적도 놀라고, 오묘한 도리로 타이르면 고요한 심정 기뻐하네.
별명은 오래도록 화화상이었고, 도호道號4는 스스로 노지심이라 했다네.
속된 바람 던져버리면 깨달음 있으련만, 지금은 어쩌랴 알아주는 이 없구나.
禪林辭去入禪林, 知己相逢義斷金.
且把威風警賊膽, 漫將妙理悅禪心.
綽名久喚花和尙, 道號親名魯智深.
俗願了時終證果, 眼前爭奈沒知音.

한편 노지심은 객점에 며칠 머무르며 두 가지 도구가 완성되자 칼집을 만들어 계도는 칼집에 넣고 선장에는 옻칠을 했다. 은자 부스러기를 대장장이에게 상으로 주며 등에 짐을 지고 계도를 찼다. 선장을 들고 객점 주인과 대장장이에

3_ 원문은 '선림禪林'으로 일반적으로 불가의 수행 사원을 가리킨다.
4_ 도호道號: 출가한 사람이 은거하며 쓰는 이름.

게 작별하고 여정에 올랐다. 지나가던 사람이 보면 영락없이 우악스러운 화상이었다. 그 모습은 다음과 같다.

검은 도포 두 소매를 등 뒤로 돌리고, 푸른 원형의 띠로 비스듬히 양 끝을 매듭 지었네. 칼집에는 살얼음같이 빛나는 예리한 삼 척 길이 계도 꽂혀 있고, 어깨에 멘 선장은 쇠 구렁이 가로놓인 듯하구나. 행전을 단단히 묶은 다리는 백로 다리와 같고, 가사와 바리때를 팽팽하게 묶은 배는 거미의 배와 흡사하네. 입가엔 천 가닥 철사를 끊어 꽂아놓은 듯하고, 가슴팍엔 한 움큼 덮여 있는 솜털이 드러나 있구나. 분명 고기와 생선 먹고 자란 얼굴색이라, 아무래도 경 읽고 염불하는 불제자로는 보이지 않네.

皂直裰背穿雙袖, 靑圓縧斜絟雙頭. 鞘內戒刀, 藏春冰三尺; 肩頭禪杖, 橫鐵蟒一條. 鷺鷀腿緊繫脚絣, 蜘蛛肚牢拴衣鉢. 嘴縫邊攢千條斷頭鐵線, 胸脯上露一帶盖膽寒毛. 生成食肉餐魚臉, 不是看經念佛人.

노지심은 오대산 문수원을 떠나 동경을 향해 길을 잡았다. 길을 가는 보름 동안 절에 가서 쉬지 않고 객점에서 불을 피워 밥을 지어먹고 잤으며 대낮에는 주점에서 술을 사서 마셨다.

하루는 길을 가며 산수의 풍경을 넋을 잃고 보다가 날이 저무는지도 몰랐다.

산 그림자 깊어지니 회화나무 그늘 점차 사라져가네. 푸른 백양나무 교외에선 숲으로 돌아가는 새소리 들려오고, 붉은 살구나무 마을에선 우리에 들어가는 소와 양떼 보이누나. 해 저무니 연기처럼 푸른 안개 일어나고, 아름다운 노을 물에 비추니 붉은빛 흩어지네. 냇가에선 낚시하는 노인 노 저어가고, 들에선 시골아이 송아지 타고 돌아오는구나.

山影深沉, 槐陰漸沒.綠楊郊外, 時聞烏雀歸林; 紅杏村中, 每見牛羊入圈. 落日帶烟生碧霧, 斷霞映水散紅光. 溪邊釣叟移舟去, 野外村童跨犢歸.

노지심은 산수의 수려함을 구경하면서 한나절을 걷다보니 투숙할 곳을 지나 치고 말았다. 도중에 길동무도 없고 어디에서 투숙해야 좋단 말인가? 다시 20~30리 밭길을 지나고 널다리를 건너니 멀리 한 무리의 붉은 노을이 보였다. 나무 숲 사이로 한 장원의 불빛이 반짝였고 장원의 뒤는 모두 겹겹이 쌓인 산 이었다. 노지심이 말했다.

"장원에서 하룻밤 신세지는 수밖에."

장원 앞에 도착해서 보니 장객 수십 명이 바쁘게 물건을 옮기고 있었다. 노지심이 장원 앞에서 선장을 짚고 장객에게 합장하며 인사를 했다. 장객이 말했다.

"스님, 밤이 늦었는데 우리 장원에는 무슨 일로 오셨소?"

"투숙할 곳을 찾지 못해 댁에서 하룻밤 신세를 지고 내일 일찍 떠나려고 하오."

"저희 장원은 오늘 밤 일이 있어서 쉴 수가 없소."

"대충 하룻밤만 보내고 내일 바로 떠나겠소."

"스님, 빨리 여기를 떠나시오. 여기 있다가는 죽음을 자초할 것이오!"

"무슨 괴이한 말이오! 하룻밤 쉬는 것이 뭐가 그리 대단하오? 어떻게 죽음을 자초한단 말이오?"

"가라면 가시오. 안 가면 잡아서 여기 묶어놓겠소."

노지심이 크게 화가 나서 말했다.

"너 이 막돼먹은 놈아, 그게 무슨 도리냐! 내가 별말도 하지 않았는데 나를 잡아 묶겠다고 하느냐."

장객들 가운데 욕하는 사람도 있고 말리는 사람도 있었다.

노지심이 선장을 들고 한바탕 성을 내려고 하는데 집 안에서 한 노인이 나왔다. 노지심이 노인을 자세히 보니 나이는 예순이 넘었고 머리보다 긴 지팡이를[5] 짚고 걸어나와서 장객에게 물었다.

"너희는 왜 이리 시끄럽냐?"

장객이 말했다.

"이 중이 우리를 때리려고 합니다."

노지심이 말했다.

"소승은 오대산에서 온 화상인데 동경에 일이 있어 가는 중에 오늘 밤 투숙할 데를 놓쳐서 댁에서 하룻밤 묵으려고 했소. 저 종놈이 무례하게 나를 잡아묶으려고 했소."

그 노인이 말했다.

"오대산에서 온 스님이라니 나를 따라오시오."

노지심이 노인을 따라 대청에 올라 손님과 주인 자리에 앉았다. 노인이 말했다.

"스님 괴이하게 생각 마십시오. 장객들이 생불生佛이 계신 곳에서 오신 스님인 줄 모르고 평상시대로 대접했습니다. 이 늙은이 언제나 불천삼보佛天三寶[6]를 섬겼는데 오늘 밤 비록 집에 일이 있긴 하지만 우선 스님께서 하룻밤 쉬실 수 있도록 하겠습니다."

노지심이 선장을 잡고 일어나 인사를 하며 말했다.

"시주께 감사드립니다. 소승이 감히 함자를 물어도 되겠습니까?"

노인이 말했다.

"이 늙은이의 성은 유劉입니다. 여기는 도화촌桃花村이라고 부르는데 마을 사

5_ 원문은 '과두장過頭杖'이다. 길이가 사람 신체의 머리보다 긴 지팡이를 말한다. 『수호전전교주』에 따르면 『서양잡조속집西陽雜俎續集』 권4 「폄오貶誤」에 이르기를, '사대부가 아내를 잃으면 왕왕 긴 대나무 지팡이를 짚는데 과두장過頭杖이라 한다'고 했다. 또한 노부부가 함께 생존해 있으면 과두장을 짚었다'고 했다.

6_ 불천삼보佛天三寶: 불佛, 불법경전佛法經典, 승僧을 가리킨다.

람들이 이 늙은이를 도화장 유태공劉太公(노인의 존칭)이라 합니다. 감히 스님의 출가하기 전 성과 법명을 물어도 되겠습니까?"

"내 스승님은 지진 장로이시고, 내 성은 노이고 법명은 지심이라 합니다."

"스님, 저녁 드십시오. 비린내 나는 음식을 드시는지 모르겠습니다?"

"고기 요리와 술 꺼리지 않고 탁주, 청주淸酒건 맑은 백주건 가리지 않습니다. 소고기, 개고기도 있으면 뭐든 다 먹습니다."

"스님이 술과 고기를 꺼리지 않으니 먼저 술과 고기부터 가져오도록 하지요."

얼마 지나서 장객이 탁자를 가져오고 소고기 한 판과 요리 서너 가지와 젓가락 한 쌍을 노지심 앞에 놓았다. 노지심이 요대와 복대를 풀고 앉았다. 장객이 데운 술 한 병을 가져오고 술잔에 따라 노지심에게 주니, 안주를 곁들여 마시고 먹었다. 노지심은 겸양하지도 않고 사양하는 것도 없이 순식간에 술 한 병과 고기 한 판을 먹어치웠다. 태공이 맞은편에서 한참을 멍하니 바라보았다. 장객이 밥을 가져오자 마저 먹었다.

탁자를 치우고 태공이 분부하며 말했다.

"스님께서는 바깥 이방耳房7에서 편하신 대로 하룻밤 쉬십시오. 밤중에 바깥이 소란스럽더라도 나와서 엿보시면 안 됩니다."

"감히 묻겠습니다. 댁에 오늘 밤 무슨 일이 있습니까?"

"출가한 스님이 관여할 만한 일이 아닙니다."

"태공께서는 무슨 까닭인지 모습이 매우 좋지 않은 것 같소? 소승이 태공께 폐를 끼쳐서 그러하십니까? 내일 방값을 내면 되지 않겠소?"

"스님 들어보시오. 우리 집은 항상 스님들께 음식을 시주하고 보시하는데 어떻게 스님에게만 돈을 받겠소? 다만 오늘 밤 딸아이가 시집을 가기 때문에 근심

7_ 이방耳房: 정방正房 양측에 각기 한 칸 혹은 두 칸의 쉴이와 높이기 긱은 방이다. 정방 양측에 귀처럼 걸려 있다고 해서 이방이라 했다.

이오."

노지심이 '하하' 하고 크게 웃었다.

"남자가 장성하면 장가가고, 여자가 나이가 차면 시집가는 것은 당연하오. 이 것은 인륜의 대사이고 오상五常8의 예이거늘 무슨 까닭에 근심이란 말이오?"

"스님은 모르시오. 이 혼사는 진심으로 원해서 이루어진 것이 아니요."

노지심이 크게 웃으며 말했다.

"태공, 당신 참 바보 같소! 양쪽이 모두 원하는 것이 아닌데 어째서 사위로 맞이하시오?"

"내게 외동딸이 있는데 올해 열아홉 살이 되었소. 이곳에는 도화산桃花山이 라는 산이 있는데 근래에 산 위에 두 대왕大王이 와서 산채를 틀고 졸개 500~700명을 모아 떼를 지어 민가를 습격하고 재물을 약탈하고 있소. 이곳 청 주靑州의 포도 군관도 그들을 어쩌지 못한다오.9 이번에 이 늙은이 장원에 와 서 재물을 바치라고 요구했는데, 딸을 보고는 금 20냥과 붉은 비단 한 필을 예 물로 던져주며 오늘 밤을 길일로 잡아 우리 집에 데릴사위로 오는 것이오. 그들 과 싸울 수도 없고 보내는 수밖에 없어서 걱정하는 것입니다. 스님 때문에 그런 것이 아닙니다."

노지심이 듣고는 말했다.

"그랬군요. 소승에게 강도의 마음을 돌려서 노인의 딸을 시집보내지 않을 방 법이 있는데 어떻소?"

"그 강도는 사람을 죽이고 눈도 깜짝하지 않는 흉포한 악인인데, 스님이 어떻 게 마음을 돌릴 수 있겠습니까?"

8_ 오상五常: 부의父義, 모자母慈, 형우兄友, 제공弟恭, 자효子孝를 말한다.

9_ 노지심은 오대산을 떠나 동경으로 가는 길에 청주靑州를 경유해 가고 있다. 오대산에서 동경(지금의 카이펑)까지는 직선거리로 1000리를 넘지 않는다. 그러나 동쪽으로 가다가 청주(산둥성 칭저우靑州) 를 거친 다음에 다시 서남쪽 동경으로 가려면 총 1800~1900리를 가야 한다.

"내가 오대산 지진 장로에게 인연을 배웠습니다. 아무리 박정하고 냉정한 사람이라도 마음을 돌릴 수 있습니다. 오늘 밤 따님을 다른 곳에 숨기고, 내가 따님 방에서 인연으로 설득하여 마음을 돌리도록 하겠습니다."

"말씀은 좋은 말씀이지만 괜히 나서서 호랑이 수염 건드리지 마시오."

"내 목숨은 목숨도 아니란 말이오! 내가 하자는 대로 하면 되오."

"참으로 좋소이다! 우리 집안에 복이 있어서 살아있는 부처님이 왕림하셨소."

장객들이 이 말을 듣고는 모두 놀랐다.

태공이 노지심에게 물었다.

"식사를 더 하시겠습니까?"

"밥은 필요 없고 술 있으면 좀 내오시오."

"있습니다. 있고말고요!"

즉시 장객을 불러 삶은 거위 한 마리를 가져오고 큰 대접에 술을 따라오게 했다. 노지심은 20~30사발을 실컷 마시고 삶은 거위도 먹었다. 장객에게 짐을 가져오게 하여 먼저 방 안에 놓고 선장을 들고 계도를 차고는 물었다.

"태공, 따님은 이미 피했소?"

"이 늙은이가 이미 딸을 옆집에 피란 보냈습니다."

"나를 신부 방으로 안내해주시오."

태공이 방으로 데리고 가서 손으로 가리키며 말했다.

"여기입니다."

"여러분은 모두 다른 곳으로 피하시오."

태공과 장객들이 각자 밖으로 나가 잔치 준비를 했다. 노지심이 방 안의 탁자와 의자 등을 모두 치우고 계도를 침상 머리맡에 놓고 선장은 침상 옆에 세워두었다. 금박을 입힌 휘장을 내리고 옷을 홀딱 벗은 다음에 침상에 올라가서 앉있다.

태공은 날이 저물어 어두워지는 것을 보고 장객에게 앞뒤로 등과 초를 휘황하게 켜게 했으며 타작마당에 탁자를 놓고 향기로운 꽃, 등불과 촛불을 올려놓게 했다. 또한 큰 쟁반에 고기를 담아놓고 주전자에 술을 데우게 했다. 대략 초경(저녁 7~9시) 즈음 산에서 징과 북소리가 들렸다. 유 태공은 속마음이 말도 못할 정도로 불안했다. 장객들의 움켜쥔 양손에 땀이 흥건하게 흘렀고 모두 장원 문밖에 나와서 바라보았다. 멀리 40~50개의 횃불이 대낮같이 밝게 비추고 말들이 떼를 지어 나는 듯이 장원으로 달려왔다.

안개로 가린 푸른 산 그림자 속에서 근본 없고 거리낌 없는 자들 굴러 나오고, 연기 자욱한 푸른 숲가에는 굶주린 자들이 앞을 다투며 줄줄이 늘어섰구나. 하나같이 모두가 흉악하고 험상궂게 생겼네. 두건은 꼭두서니 풀뿌리 같은 붉은색이고, 저고리는 단풍잎처럼 붉다네. 술이 달린 창들 짝을 지어 사람의 심장과 간 빼 먹는 소마왕을 에워쌌고, 곤봉들 쌍쌍이 부모도 봉양할 줄 모르는 진태세眞太歲를 둘러쌌구나. 한밤중에 나찰羅刹10이 신부를 맞이하니, 산 위의 호랑이 내려와 말에서 내리누나.

霧鎖青山影裏, 滾出一夥沒頭神; 烟迷綠樹林邊, 擺着幾行爭食鬼. 人人凶惡, 個個猙獰. 頭巾都戴茜根紅, 衲襖盡披楓葉赤. 纓槍對對, 圍遮定吃人心肝的小魔王; 梢棒雙雙, 簇捧着不養爹娘的眞太歲. 夜間羅刹去迎親, 山上大虫來下馬.

유 태공은 보고서 장객들에게 장원 문을 활짝 열고 나가서 맞이하도록 했다. 한데 모여 밀치락달치락하며 몰려오는데 번쩍번쩍 빛나는 것은 모두 무기와 깃발이고, 그 예리한 끝을 붉은색과 녹색 비단으로 묶었다. 졸개들은 두건에 들꽃들을 어지러이 꽂았다. 앞에서는 4~5쌍의 붉은 등롱을 늘어세워 말 위의 대왕을 비추었다. 어떻게 분장했을까?

10_ 나찰羅刹: 불교에서 악귀를 말하며 사람을 잡아먹은 악귀를 가리킨다.

대왕은 머리에 끝이 뾰족한 짙은 붉은색의 요면건을 쓰고 구레나룻 옆에 생화 같은 능라주단으로 만든 조화를 꽂았다. 상체는 호랑이 모양의 금으로 수놓은 초록빛 나포羅袍[11]를 둘렀고, 이리 같은 허리에는 배를 두루는 금박을 박은 붉은 탑박을 묶었다. 깊은 산 구름이 이는 곳을 덮은 듯한 한 쌍의 소가죽 신발을 신고, 곱슬곱슬한 털의 커다란 백마를 타고 있다.

대왕이 장원 앞에 도착해 말에서 내리자 졸개들이 일제히 축하의 노래를 불렀다.

'번쩍번쩍 빛나는 모자 쓰고, 오늘 밤 신랑이 되는구나. 아름다운 옷 입고, 오늘 밤 백년손님이 되는구나.'[12]

유 태공이 황급히 큰 잔을 들어 술을 따르고 땅에 무릎을 꿇었다. 장객들도 모두 따라서 무릎을 꿇었다. 대왕이 손으로 부축하여 일으키며 말했다.

"장인어른께서 어째서 내게 무릎을 꿇으시오?"

"그런 소리 마십시오. 이 늙은이는 대왕이 다스리는 백성일 따름입니다."

대왕이 이미 상당히 취해서 '하하' 하고 크게 웃으면서 말했다.

"내가 사위가 되었으니 장인을 저버리지 않겠소. 당신의 딸을 내 배필로 삼아 너무 좋소."

태공이 술을 권하며 환영하고[13] 타작마당으로 인도하니 향기로운 꽃, 등불과 촛불이 보였다. 대왕이 말했다.

"장인, 이렇게까지 영접할 필요가 있소?"

거기서 다시 술 석 잔을 마셨다. 대청에 올라와 졸개를 불러 버드나무에 말을 묶어두도록 했다. 졸개들이 대청 앞에서 북을 두드리고 음악을 연주했다. 대

11_ 나포羅袍: 부드럽고 성긴 견직물로 제조한 도포로 대부분 왕공 귀족, 관원이 이용한 화려한 복식이다.

12_ 인문은 '帽兒****, 今夜做個新郞, 衣衫窄窄, 今夜做個嬌客'이다. '교객嬌客'은 사위를 말한다.

13_ 원문은 '하마배下馬盃'다. 손님이 도착했을 때 말에서 내리자마자 술 한 잔을 **하는 **으로 환영을 표시하는 것이다.

왕이 대청에 앉아 소리 질렀다.

"장인, 내 부인은 어디 있소?"

태공이 말했다.

"부끄러워서 감히 나오지 못하는가 봅니다."

대왕이 웃으면서 말했다.

"술을 가져오너라. 내가 장인에게 보답으로 한잔 올려야겠다."

대왕이 노인에게 술을 올리고 말했다.

"먼저 부인을 보고 다시 와서 마셔도 늦지 않을 것 같소."

유 태공은 화상이 잘 설득하기를 바라며 말했다.

"이 늙은이가 인도하겠습니다."

촛대를 들고 대왕을 안내하여 병풍 뒤로 돌아가서 신방 앞에 도착했다. 태공이 가리키며 말했다.

"이 방입니다. 대왕께서는 들어가십시오."

태공은 촛대를 들고 바로 돌아갔다. 일이 어떻게 될지 몰라 먼저 빠져나갈 구멍을 남겨놓은 것이다.14

대왕이 문을 밀고 들어갔으나 방 안에 불을 켜지 않아 컴컴했다. 대왕이 말했다.

"우리 장인 알뜰한 살림 솜씨 보게나. 방 안에 불15도 켜지 않고 부인을 어둠 속에 앉아 있게 만들었구려. 내일 졸개들 시켜 산채에서 좋은 기름 한 통 가져다가 불을 켜게 해야겠네."

휘장 안에서 모든 것을 듣고 있던 노지심은 억지로 웃음을 참아내며 찍소리도 내지 않았다. 대왕이 더듬거리며 방 안으로 들어와서 말했다.

14_ 신방 앞에서 치러야 할 절차를 아직 진행하지 않았다. 즉 정식 혼인이 성사되지 않았다.

15_ 원문은 '완등婉燈'이다. 옛날에는 사발에 기름을 채우고 안에 심지를 세워 등불을 켰으므로 완등이라 했다. 즉 잔등盞燈이다.

"낭자, 왜 나와서 나를 반기지 않소? 부끄러워할 것 없소. 내일이면 당신은 산채의 여주인16이 될 것이오."

낭자를 부르며 이리저리 더듬거리다 금박 휘장이 손에 잡히자 열어젖혔고, 한 손으로 안을 더듬다가 노지심의 배를 더듬었다. 순간 노지심이 두건 띠 끝을 꽉 잡고 침상 아래로 눌렀다. 대왕이 발버둥치자 노지심이 오른손을 쥐고 주먹질하며 욕했다.

"제 어미와 붙을 놈!"

노지심이 주먹으로 귀밑과 목덜미를 한꺼번에 내리쳤다. 대왕이 소리쳤다.

"왜 이러시오! 남편을 때리는 법이 어디 있소?"

노지심이 소리쳤다.

"네 마누라를 제대로 보여주마!"

침상 옆으로 끌어다가 주먹으로 치고 발길질하니, 얻어맞던 대왕이 사람 살려라 외쳤다. 유 태공은 언제쯤에나 인연으로 대왕을 설득할까 생각하고 있는데, 안에서 사람 살리라는 소리가 들리자 깜짝 놀라 어리둥절하며 어떻게 해야 할지 몰랐다. 태공이 황급하게 등불을 들고 졸개들과 함께 일제히 신방으로 몰려갔다. 몰려간 사람들이 등불을 들고 비추자 실오라기 하나 걸치지 않은 살찐 중이 침상 앞에서 엎어진 대왕 위에 올라타 두들겨 패고 있었다. 우두머리 졸개가 소리쳤다.

"다들 이리 와서 대왕을 구하라!"

졸개들이 일제히 창을 끌고 몽둥이를 잡아당기며 대왕을 구하러오자 노지심은 대왕을 던져놓고 침상 옆에서 선장을 쥐고 바닥을 한번 치더니 뛰쳐나왔다. 졸개들은 노지심의 사나운 기세를 보고는 소리를 지르며 모두 달아났다. 이 모습을 본 유 태공은 '아이고, 아이고!' 하며 소리만 질렀다. 왁자지껄한 사이에 대

16_ 원문은 '압채부인壓寨夫人'이다. 산채의 두령 부인을 말한다.

왕이 방문을 기어 나와 문 앞으로 달려갔다. 말을 찾아서 버드나무 가지를 꺾어 들고 펄쩍 뛰어 말 등에 올라 버드나무 가지로 때렸으나 말이 뛰려 하지 않았다. 대왕이 소리쳤다.

"아이고! 말도 나를 괴롭히는구나."

다시 보니 원래 마음이 급해 버드나무에서 고삐를 풀지 않았던 것을 알았다. 서둘러 고삐를 끊었고 안장도 얹지 않은 말을 타고 나는 듯이 장원 문밖으로 달아나며 태공에게 욕설을 퍼부었다.

"늙은 당나귀야 기뻐하지 마라! 내가 무서워서 도망가는 것이 아니다."

버드나무 가지로 두 번 채찍질하자 후닥닥하고 대왕을 싣고 산채로 달렸다.

유 태공이 노지심을 붙들어 잡고 말했다.

"스님, 이제 우리 집은 큰일 났습니다!"

노지심이 말했다.

"무례를 용서하십시오. 옷이랑 도포를 좀 가져다 입고 다시 말씀 나누지요."

장객이 방 안에 가서 옷을 가져다주니 노지심이 주섬주섬 입었다. 태공이 말했다.

"처음에 나는 인연으로 마음을 바꾸도록 설득하기를 바랐는데, 주먹으로 두들겨 패리라고는 상상도 못했습니다. 산채로 돌아가 보고하고 강도들을 떼로 끌고 와서 틀림없이 우리를 죽이려 할 것입니다!"

"당황하지 마시오. 태공께 말씀드리겠소. 나는 연안부 노충 경략상공 휘하의 전직 제할 출신이오. 사람을 때려죽였기 때문에 출가하여 중이 되었소. 두 좆같은 놈은 말할 필요도 없거니와 1000~2000명 군마가 덤벼도 두렵지 않소. 여러분이 내 말을 믿지 않는다면 내 선장을 한번 들어보시오."

장객들이 어떻게 들어서 움직일 수 있겠는가? 노지심이 받아서 두 개의 손가락으로 등불 심지를 꼬듯이 힘들이지 않고 휘둘러댔다. 태공이 말했다.

"스님, 제발 떠나지 마시고 우리 식구 좀 살려주십시오."

"무슨 말씀이오! 죽어도 떠나지 않겠소."

"빨리 술 가져와서 스님께 드려라. 취해 죽을 정도로 너무 많이 드시지 마십시오."

"나는 술 한 푼을 마시면 한 푼의 힘이 나고, 열 푼을 마시면 열 푼의 기력이 납니다."

"그렇다면 다행입니다. 여기 있는 것은 술과 고기이니 스님 맘대로 드십시오."

한편 도화산 큰 두령은 산채에 앉아 사람을 시켜 하산하여 사위가 되러 간 둘째 두령의 소식을 알아보게 했다. 몇 명의 졸개가 놀란 모습으로 허둥지둥 산채 안으로 달려와 소리 질렀다.

"아이고! 아이고!"

큰 두령이 서둘러 물었다.

"무슨 일이 있기에 그처럼 호들갑을 떠느냐?"

졸개가 말했다.

"둘째 두령님이 맞아서 다쳤습니다."

큰 두령이 깜짝 놀라서 자세히 물어보려고 할 때, 졸개가 와서 알렸다.

"작은 두령님이 돌아왔습니다!"

큰 두령이 바라보니 작은 두령은 붉은 두건도 잃어버리고 몸에 입은 녹색 두루마기도 갈기갈기 찢어진 채 말에서 내려 대청 앞에서 엎어지더니 말했다.

"형님 나 좀 살려주시오."

큰 두령이 물었다.

"어떻게 된 일이냐?"

"제가 산을 내려가 장원에 도착하여 방 안으로 들어갔습니다. 영감탱이가 딸을 빼내고 뚱뚱이 중놈을 딸 침상에 숨겨둔 것을 몰랐습니다. 전혀 대비도 못한 채 휘장을 열고 더듬다가 그놈에게 잡혀 주먹으로 얻어맞고 발길에 채여 부상을 입었어요. 그놈은 여러 사람이 구하러 달려오자 나를 놓고 선장을 들고 뛰어

나갔어요. 그 틈을 타서 도망을 쳐서 목숨을 구할 수 있었습니다. 형님, 복수해 주십시오."

"그랬구나. 너는 방에 들어가서 쉬거라. 내가 가서 이 까까머리 중놈을 잡아 오겠다."

부하들에게 소리쳤다.

"빨리 내 말을 가져오너라. 너희도 함께 가자!"

큰 두령이 말에 올라 창을 잡고 졸개들을 모두 이끌고 일제히 함성을 지르며 산을 내려갔다.

한편 노지심이 술을 마시고 있는데 장객이 들어와서 보고했다.

"산 위 큰 두령이 졸개들을 모조리 이끌고 왔습니다."

노지심이 말했다.

"너희는 당황할 것 없다. 내가 쳐서 쓰러뜨리면 너희는 포박해서 관아에 넘겨 상을 받도록 해라. 내 계도를 가져와라."

노지심이 검은 도포를 벗고 하의를 잡아당겨 동여매며 계도를 차고 큰 걸음으로 나가 선장을 들고 타작마당으로 나갔다. 수많은 횃불 속에서 큰 두령이 말을 타고 장원 앞으로 돌격해오더니 말 위에서 긴 창을 빳빳이 세우고 큰 소리로 외쳤다.

"그 까까중놈은 어디에 있느냐? 빨리 나와서 승부를 가리자."

노지심이 버럭 화를 내며 욕을 했다.

"더러운 척장脊杖17을 쳐 맞을 부랑아 놈아, 내가 누군지 알려주마!"

선장을 돌리며 땅을 말듯이 달려들었다. 그때 큰 두령이 창을 멈추고 큰 소리로 말했다.

17_ 원문은 '타척打脊'인데 '척장脊杖'을 말한다. 송·원 시기의 형벌로 채찍으로 등을 때리는 것이다. 채찍으로 어깨를 때리는 것보다 무거운 형벌이다.

"화상, 잠시 멈춰라. 네 목소리가 어디서 듣던 소리다. 네 이름을 알고 싶다."

"나는 다른 사람이 아니라 노충 경략상공 휘하 제할 노달이 바로 나다. 지금 출가하여 중이 된 뒤 노지심으로 바꾸었다."

큰 두령이 큰소리로 하하 웃으며 말에서 뛰어내려 창을 내던지고 몸을 땅바닥에 내던져 절하며 말했다.

"형님, 별고 없으십니까? 이제야 작은 두령이 당한 이유를 알겠습니다."

노지심은 자기를 속이는 줄 알고 발을 멈추어 뒤로 몇 걸음 물러나서 선장을 멈추고 눈여겨보았다. 횃불 아래 사람은 강호에서 창봉을 휘두르며 약을 팔던 교두 타호장 이충이었다. 원래 강도들은 '무릎 꿇고 절을 하다'[18]는 말은 군중軍中에 이롭지 않기에 사용하지 않고 '전불剪拂'[19]이라 말하는데 길고 상서롭기 때문이다. 이충이 즉각 전불을 하고 일어나 노지심을 부축하며 말했다.

"형님, 어찌되었기에 중이 되었소?"

"일단 안으로 들어가 얘기하자."

유 태공이 보고 또 비명을 지르며 말했다.

"원래 저 중도 한패였구나!"

노지심이 안으로 들어가 다시 검은색 도포를 입고 이충과 대청에 올라가서 회포를 풀었다. 노지심이 정면에 앉아 유 태공을 불렀다. 노인이 감히 앞으로 나서지 못했다. 노지심이 말했다.

"태공, 이 사람을 두려워 마시오. 이 사람은 내 동생이오."

노인은 '동생'이란 말에 더 당황해하며 감히 나오지 못했다. 이충이 둘째 자리에 앉고 태공이 셋째 자리에 앉았다. 노지심이 말했다.

18_ 원문은 하배下拜다. 절 배拜와 패배 패敗자는 중국어 발음(bai)이 같아서 불길하다고 했고, 불拂은 복福과 발음(fu)이 같기에 길하다고 생각했기 때문에 아예 전불剪拂이라는 말로 바꾸었다. 전불은 강호에서 사용하는 은어다. 이하 '전불'이라는 말이 여러 차례 등장하는데, 역자는 원문 그대로 '전불'이라 표기했다.

19_ 전불剪拂은 '하배下拜하여 예를 행하다'는 말로 강호의 은어다.

"이 자리에서 두 분은 들으시오. 내가 위주에서 진관서를 세 주먹에 때려죽이고 대주代州 안문현雁門縣으로 도망갔었소. 그곳에서 내가 여비를 주어 도와주었던 김 노인을 만났소. 그 노인은 동경으로 돌아가지 않고 고향 아는 사람을 따라 안문현에서 살게 되었소. 김 노인 딸은 그곳 부자인 조 원외의 첩이 되었소. 조 원외가 나를 만나보고 서로 공경하게 되었소. 뜻하지 않게 관아에서 엄중히 나를 잡으려 했기에 원외가 돈을 대어 나를 오대산 지진 장로에게 보내 머리를 깎고 중이 되었소. 그런데 내가 술을 마시고 두 번이나 승당에서 소란을 피우고 말았소. 큰절 장로가 어쩔 수 없어서 내게 편지를 주어 동경 대상국사에 있는 지청선사智淸禪師에게 가서 사무를 담당하는 중노릇을 하라고 했소. 길을 가던 중에 밤이 늦어서 여기 장원에 투숙하게 되었소. 생각도 못했는데 동생과 만나게 되었네. 금방 내가 때린 그 남자는 누구냐? 너는 어떻게 또 여기에 있느냐?"

이충이 말했다.

"그날 형님이 위주 주점에서 사진과 헤어지고 다음날 형님이 백정 정가를 때려죽였다는 얘기를 들었습니다. 내가 사진을 찾아 상의해보았으나 그도 어디로 가야 할지 알지 못했습니다. 관아에서 사람을 풀어 잡으려 한다는 말을 듣고 서둘러 도망쳐 이 산 아래를 지나게 되었습니다. 아까 형님에게 맞은 남자가 먼저 이곳 도화산에 산채를 틀었던 소패왕小霸王 주통周通입니다. 당시 졸개를 이끌고 하산하여 싸우다 지는 바람에 저를 첫째 두령으로 앉혀 이곳에서 도적이 되었습니다."

"그렇다면 여기서 동생에게 부탁하는데 유 태공과의 이 혼인은 다시는 없던 일로 하게나! 유 태공이 평생 의지해야 할 유일한 딸이네. 자네들에게 빼앗긴다면 노인은 집안의 모든 것을 잃어버리는 것이네."

태공이 듣고 크게 기뻐하며 술과 음식을 내어 두 사람을 대접했다. 모든 졸개에게 만두 두 개, 고기 두 점, 술 한 대접을 주어 배부르게 먹였다. 태공이 예물로 받은 금과 비단을 돌려주었다. 노지심이 말했다.

"동생, 자네가 받게. 이 일은 모두 자네의 손에 달려 있네."

이충이 말했다.

"이 일은 어려울 것 없습니다. 형님은 산채에 가서서 며칠 머무시오. 유 태공도 잠시 같이 갑시다."

태공이 장객을 불러 가마를 준비하여 노지심을 태우고 선장, 계도, 짐을 챙겼다. 이충은 말을 타고 태공은 조그만 가마를 타고 나서니 이미 해가 떠서 날이 훤히 밝았다. 다 같이 산에 올랐고 노지심과 유 태공이 산채 앞에 도착하여 가마에서 내렸다. 이충이 말에서 내려 노지심을 산채 안으로 안내하여 취의청聚義廳으로 가 자리에 앉게 했다. 이충이 주통을 불러 나오도록 했다. 주통이 중을 보고는 속으로 화가 잔뜩 나서 말했다.

"형님은 내 복수는 하지 않고 산채로 끌고 와서 상좌에 앉히시오!"

이충이 주통에게 말했다.

"동생, 이 화상이 누군지 알겠나?"

"내가 그 중이 누군지 알았다면 분명 얻어터지지는 않았을 것이오."

이충이 웃으면서 말했다.

"이 화상이 내가 항상 너에게 말하던 진관서를 주먹 세 방으로 때려죽인 바로 그 사람이다."

주통이 머리를 긁적거리며 소리를 질렀다.

"아이고!"

몸을 던져 엎드려 절을 했다. 노지심이 답례를 하며 말했다.

"나한테 맞았다고 너무 화내지 마시게."

세 사람은 자리에 앉고 유 태공이 일어나서 앞에 서자 노지심이 말했다.

"주통 동생, 내 말 좀 들어보시게. 이 혼사를 자네는 모르겠지만 유 태공에게는 딸 하나가 유일한 혈육으로 남은 인생을 의지하고 향을 올려 조상을 모시는 일이 모두 그녀에게 달려 있네. 동생이 만일 유 태공의 딸을 부인으로 데려온다면 노인은 모든 것을 잃게 되므로 진심으로 원치 않는다네. 자네가 내 말대로 유 태공의 딸을 포기하고 별도로 다른 사람을 찾도록 하게. 예물로 보낸 금과 비단은 모두 여기 가져왔네. 자네 생각은 어떤가?"

주통이 말했다.

"큰 형님 말대로 제가 다시는 감히 찾아가지 않겠습니다."

"사내대장부가 한번 내뱉은 말이니 후회한다고 뒤집으면 안 되네!"

주통이 화살을 꺾으며 맹세했고, 유 태공은 감사 인사를 하며 금과 비단을 돌려주고 산을 내려가 장원으로 돌아갔다.

이충과 주통이 소 잡고 말 잡아 잔치를 준비하여 며칠 동안 노지심을 대접했다. 노지심을 산 앞뒤로 데리고 다니면서 경치 구경도 했다. 과연 도화산은 경관도 해괴하고 주위는 험준했으며 길도 하나밖에 없었고 사방에 잡초만 가득했다. 노지심이 보고 말했다.

"과연 험준한 요새로구나."

며칠 머무르면서 노지심은 이충과 주통이 대범치 못하고 인색한 사람이란 것을 알았다. 노지심이 산을 내려가려고 했으나 둘이 간절하게 산에 남기를 바라자 핑계를 대며 말했다.

"내가 이미 출가했는데 어떻게 산채에 남겠는가?"

이충과 주통이 말했다.

"형님이 산채에 남기를 원치 않고 가셔야겠다면 우리가 내일 산을 내려가서 얼마를 약탈하든 모두 형님 노자로 드리겠소."

다음날 산채 안에서 돼지와 양을 잡고 금은 그릇과 술잔 등을 탁자 위에 올려놓으며 송별 연회를 준비했다. 막 자리에 앉아 술을 마시려고 하는데 졸개가 들어와 보고했다.

"산 아래에 수레 두 대와 10여 명이 오고 있습니다."

이충과 주통이 보고를 받고 노지심을 시중들 한두 명만 남기고 졸개들을 모두 점검했다. 둘이 노지심에게 말했다.

"형님, 우리가 재물을 털어와 송별회를 계속할 테니 마음 편하게 몇 잔 들고 계십시오."

분부를 모두 마치고 졸개들을 이끌고 산을 내려갔다.

한편 노지심은 곰곰이 생각했다.

'인색한 놈들 같으니. 이렇게 많은 금은을 쌓아두고 남들을 털어 강도질한 돈을 노자로 주겠다는 거야. 정상적인 길[20]로 인정을 베풀지 않고 남을 괴롭히겠다고! 내가 이놈들을 놀래줘야겠구먼!'

졸개들을 불러 술을 따라주고 마시게 했다. 두 잔쯤 마셨을 때 벌떡 일어나서 두 졸개를 주먹으로 쳐서 쓰러뜨린 다음 탑박을 풀어 함께 묶고 입은 호두나무처럼 큰 삼밧줄로 틀어막았다.[21] 보따리를 꺼내 요긴하지 않은 것은 버리고 탁자 위의 금은 그릇을 발로 밟아 납작하게 눌러 자루에 넣고 묶었다. 가슴 앞에 있는 도첩 주머니에 지진 장로의 편지를 넣고 계도를 가로로 차며 선장을 들고 옷 보따리는 머리에 이고 산채를 나왔다. 뒷산에 도착하여 둘러보니 모두 험준한 곳이라 속으로 생각하며 말했다.

'내가 앞산으로 간다면 반드시 그놈들과 마주치게 될 테니 여기 잡초 위를 굴러 내려가는 것이 좋겠다.'

먼저 계도와 짐을 한꺼번에 묶어 아래로 던지고, 또 선장을 내던져 떨어뜨렸다. 몸을 아래로 곧장 데굴데굴 굴려 산기슭에 내려와 보니 어디에도 다친 곳이 없었다. 시에서 이르기를,

---

20_ 원문은 '관로官路'인데, '대로大路'를 말하는 것으로 여기서는 길을 막고 강탈하는 것을 가리킨다. 강호의 은어다.

21_ 원문은 '마핵도麻核桃'인데, 호두나무처럼 큰 삼밧줄을 말한다.

나는 새들도 없는 험준한 벼랑, 내려가려다 멈추고 또 한 번 의심하는구나.
까까머리와 보따리 굴러 내려가니, 익은 참외 꼭지 떨어져 굴러가는 듯하네.
絶險曾無鳥道開, 欲行且止自疑猜.
光頭包裹縱高下, 瓜熟紛紛落蒂來.

노지심은 벌떡 일어나 보따리를 찾았고 계도를 차고 선장을 들고 발걸음을
내디디며 길을 찾아 걸어갔다.

한편 이충과 주통은 산기슭에 내려왔을 때 무기를 지닌 수십 명과 마주쳤다.
이충과 주통은 창을 들고 졸개들은 함성을 지르며 창을 겨누고 소리 질렀다.

"거기 길손들, 통행세를 내놓고 가거라!"

그들 가운데 한 사람이 박도를 잡고 이충에게 덤볐다. 달려오면 물러나고, 물
러나면 다시 앞으로 가면서 10여 합을 싸웠지만 승부가 나지 않았다. 주통이
잔뜩 화가 나서 달려들며 소리 질렀고 졸개들이 한꺼번에 덤비자, 그 길손이 막
아내지 못하고 몸을 돌려 달아났다. 좀 늦게 도망가던 사람들 7~8명은 일찌감
치 찔려 죽임을 당하고 말았다. 수레의 재물을 빼앗아 개선가를 부르며 천천히
산으로 올라왔다. 산채로 올라와 보니 두 졸개는 취의청 기둥에 묶여 있고 탁자
위의 금은 그릇은 모두 보이지 않았다. 주통이 졸개들을 풀어주면서 노지심이
어디로 갔는지 자세히 물었다. 졸개가 말했다.

"우리 둘을 쓰러뜨려 묶어놓고 그릇을 챙겨 모두 들고 갔습니다."

주통이 말했다.

"이 까까중 도적놈이 좋은 놈은 아니구나, 이놈의 수작에 걸렸네. 도대체 어
디로 도망친 거야?"

겹겹이 에워싸며 흔적을 찾아 뒷산에 이르렀는데, 그 일대 잡초들이 평평하
게 반대로 누워 있는 것이 보였다. 주통이 보고서는 말했다.

"이 까까중놈이 원래 도적이었구나! 이렇게 험준한 언덕을 굴러 내려가다니."

이충이 말했다.

"우리가 쫓아가서 물건을 되찾아오고, 이놈한테 한바탕 망신이라도 주자."

"됐소, 그만둡시다! 도적놈이 관문을 지나버렸다면 어떻게 쫓아가겠소? 따라 잡았을 때 물어보더라도 빼앗아 올 수 없을 것이오. 만일 잘못되어 싸우기라도 해서 우리 둘이 당해내지 못한다면 나중에 다시 보기에도 창피할 것이오. 지금 그만 둔다면 나중에 다시 보기도 좋을 것이오. 그냥 오늘 수레 안의 짐이나 열어 금은 비단을 셋으로 나누어 형님과 내가 한 몫씩 나누고 한 몫은 졸개들에게 상으로 나누어줍시다."

"내가 자네와 상의도 없이 노지심을 산으로 데려와 많은 물건을 잃어버렸으니 내 몫을 동생에게 주겠네."

"형님, 우리는 생사를 함께하는 사이인데 이렇게 따지지 맙시다."

이 회의 제목을 잘 기억해두기 바랍니다. 이충과 주통이 도화산에서 도적질 하고 있는 것을.

한편 노지심은 도화산을 떠나 발걸음을 재촉하여 새벽부터 정오가 지날 때까지 대략 50~60리 길을 걸어 배가 고팠으나 길에 밥을 먹을 수 있는 곳이 없었다. 속으로 생각했다.

'일찍 일어나서 가는 것만 생각했더니 아무것도 먹을 것이 없는데 어디로 가야 좋단 말인가?'

여기저기 둘러보는데, 갑자기 멀리서 풍경 소리가 울려왔다. 노지심이 듣고는 말했다.

"잘됐다! 바람에 처마 밑에 달린 풍경이 흔들리는 소리구나. 사찰 아니면 사원이겠구나. 저기로 가야겠구나."

노지심이 그곳으로 갔기에 나누어 서술하면, 그곳에서 10여 명이 생명을 잃게 되고, 유명한 영산靈山 고적이 불타버리고 말았다. 그야말로 황금 불각에 시

뻘건 화염이 일어나고 벽옥당碧玉堂 앞에는 검은 연기가 피어오르고 말았다.

결국 노지심이 어떤 사원으로 갔는지, 다음 회에 자세히 설명하노라.

소패왕小霸王 주통周通

패왕霸王이란 말은 『사기』「월왕구천세가越王句踐世家」에 등장하는데, "월나라 군대는 장강과 회하淮河 동쪽에서 강대해져 무적이 되자 각국의 제후들이 모두 축하하러 왔고 구천句踐을 패왕霸王이라 불렀다"고 했다. 또한 「항우본기」에서도 항우가 진나라를 멸망시킨 뒤에 스스로 서초패왕西楚霸王이라 했다.

『사기』「고조공신제후자연표高祖功臣諸侯者年表」에 근거하면 유방의 공신 가운데 '융려후隆慮侯 주통周通'이란 인물이 기재되어 있는데, 소패왕 주통이란 인물은 여기서 차용했을 수도 있다.

사주篩酒

『수호전』에는 '사주篩酒'라는 말이 자주 등장한다. 사주는 '술을 거르는 것'으로 체로 거르는 것과 같다. 옛날에는 술을 눌러 짜냈는데, 술에는 술지게미와 술 액이 혼합되어 있기 때문에 술을 마실 때는 그물 형태의 체에 천을 깔고 기타 불순물을 걸러내야 한다. 이렇게 걸러내는 과정을 거치면 '탁주濁酒'가 '청주淸州'가 되어 마실 때 입맛을 좋게 한다.

『좌전左傳』 희공僖公 4년에 따르면 제 환공齊桓公이 관중管仲을 파견해 남쪽으로 초나라를 공격하게 했고, 관중은 초나라 사자를 꾸짖으며 초나라가 제때에 포모包茅(고대 제사 때 술을 거르는 데 사용하는 띠풀로 초나라에서 생산된다)를 공물로 바치지 않아 주나라 천자가 제사 때 축주縮酒를 할 방법이 없다며 꾸짖는 내용이 실려 있다. 여기서의 '축주縮酒'가 바로 '사주'다. '축주'는 고대에 제사 때 나무를 세우고 띠풀을 묶어 술을 위에서부터 아래로 부었는데, 술지게미는 띠풀에 남고 술 액은 점차 아래로 스며들게 된다. 송원 이전 시기에는 확실히 '사주'는 '술을 거르다'는 의미였다. 이후로는 증류 기술의 발달로 거르거나 가열시키는 과정이 필요 없게 되었다. 또한, 사주는 호리병 안에 술을 담아 불 위에 놓고 가열하다는 의미도 있으며, 술을 따르는 짐주斟酒의 의미도 있다.

역자는 본문에 등장하는 '사주'의 단어를 일괄적으로 '술을 거르다'로 표현하지 않고, 문맥 상황에 맞춰 '술을 거르다' 혹은 '술을 따르다'로 번역했음을 밝힌다.

불
타
는
와
관
사[1]

노지심이 산비탈을 여러 번 지나자 커다란 소나무 숲과 산길이 나타났다. 산길을 따라 반 리도 못가서 고개를 들어 바라보니 다 쓰러져가는 절이 보였고 바람에 풍경이 울렸다. 산문 위의 낡고 퇴색한 주홍색 편액에는 금색으로 희미하게 '와관지사瓦罐之寺'라는 네 글자가 쓰여 있었다. 다시 40~50보도 가지 않아 돌다리를 지나 다시 보니 오래된 절로 이미 연대가 상당했다. 산문 안으로 들어와 자세히 살피자 비록 큰 절이었지만 허물어져 황폐해진 상태였다.

종루는 허물어지고 전당도 무너졌구나. 산문에는 온통 푸른 이끼 자라고 있고, 경각經閣에도 청록색 이끼 가득 생겼네. 갈대 싹은 석가불 무릎을 뚫고 나왔는

1_ 제6회 제목은 '九紋龍剪徑赤松林(구문룡이 적송림에서 길을 막고 재물을 강탈하다), 魯智深火燒瓦罐寺(노지심이 와관사를 불태우다)'다. 적송림은 삼수楤樹(삼나무)다.『수호전전교주』에 따르면 "적송림과 7회에 서술한 야저림野豬林의 대송림大松林은 송대에 북방에 나무를 심어 호胡의 기병이 돌격해오는 것을 방비한 것이다"라고 했다.

데, 눈 덮인 산에 있을 때와 같구나. 가시덩굴에 휘감긴 관세음은 도리어 향산 香山을 지켰던 때와 비슷하도다. 부서져 손상된 여러 신들 품속에는 새들이 둥지를 틀고, 기울어진 제석帝釋2 입안에는 거미줄 엉켜 있네. 머리 없는 나한들 법신法身3의 몸으로도 재앙 입었고, 팔 떨어진 금강들 신통력 있다 한들 어떻게 발휘하겠는가. 공양간4에는 산토끼 굴을 파냈고, 용화대龍華臺5에는 여우들 발자국 찍혀 있네.

鍾樓倒塌, 殿宇崩摧. 山門盡長蒼苔, 經閣都生碧蘚. 釋迦佛蘆芽穿膝, 渾如在雪嶺之時; 觀世音荊棘纏身, 却似守香山之日. 諸天壞損, 懷中鳥雀營巢; 帝釋欹斜, 口內蜘蛛結網. 沒頭羅漢, 這法身也受灾殃; 折臂金剛, 有神通如何施展. 香積廚中藏免穴, 龍華臺上印狐踪.

노지심은 절 안으로 들어와 지객료知客寮6로 향했다. 지객료 앞에 와서 보니 대문도 없고 사방 벽도 모두 무너져 아무것도 없었다. 노지심은 생각했다.

'이처럼 큰 절이 어떻게 이 정도로 몰락했단 말인가?'

곧바로 방장 앞으로 가자 온통 제비 똥만 바닥에 가득하고 문은 잠겨 있었으며 자물쇠에는 거미줄이 쳐져 있었다. 노지심이 선장으로 바닥을 내려치며 소리쳤다.

"지나가는 중인데 밥 한 끼 먹으러 왔소이다."

한참을 소리쳤으나 아무런 대답이 없었다. 절 주방으로 가서 보니 솥도 없고

2_ 제석帝釋: 불교의 호법신護法神 가운데 하나로 제석천帝釋天이라고도 한다.
3_ 법신法身: 불신佛身이라고도 한다.
4_ 원문은 '향적주香積廚'다. 규모가 비교적 크고 역사가 오래된 사찰 주방의 명칭이다.
5_ 용화대龍華臺: 용화龍華는 나무다. 전설에 따르면 미륵이 득도하여 부처가 되었을 때 용화수 밑에 앉아 있었는데 그 나무의 꽃가지가 용의 머리와 같았고 둘레를 40리나 덮었다.
6_ 지객료知客寮: 사찰에서 손님을 접대하는 장소.

부뚜막도 모두 무너져 있었다. 노지심이 짐을 풀어 감재사자監齋使者7 면전에 놓고 선장을 들고 여기저기 뒤졌다. 주방 뒤 조그만 방에 와서 보니 늙은 중 몇 명이 앉아 있었는데 모두 얼굴이 누렇게 뜨고 수척했다. 노지심이 크게 소리쳤다.

"이 중놈들아, 어째 이럴 수 있느냐! 그렇게 불렀는데 어떻게 대답 한 번도 하지 않느냐."

그 중들이 손을 저으며 말했다.

"소리 좀 낮추시오."

노지심이 말했다.

"지나가는 중인데 밥 좀 얻어먹으려는데 뭐가 그리 큰일이냐?"

"우리도 3일 동안 아무것도 먹지 못했는데 어떻게 당신에게 밥을 주겠소?"

"나는 오대산에서 온 중인데 대충 죽 한 그릇이라도 얻어먹읍시다."

늙은 중이 말했다.

"산부처가 계신 곳에서 오신 스님이니 우리가 대접해야 마땅합니다. 그러나 우리 절의 승려들이 모두 흩어지고 양식 한 톨 남지 않아 소승들도 3일을 굶었습니다."

"허튼소리 마라! 이렇게 큰 절에 양식이 한 톨도 없다는 것을 믿으란 말이냐."

"이곳은 본래 작은 절이 아니었습니다. 각처에서 중들이 참배하러 오는 시방상주十方常住8였는데 떠돌아다니던 중 하나가 도사를 데리고 와서 주지를 하면서 있었던 것들을 모두 부숴버렸습니다. 그 두 사람은 별짓을 다하여 많은 중을

7_ 감재사자監齋使者: 사찰과 도관 주방 안에 제물을 바치는 신.

8_ 시방상주十方常住: 네 종류의 상주常住(상주상주常住常住, 시방상주, 현전현전現前現前, 시방현전十方現前) 가운데 하나로 왕래하는 중들을 접대하고 각지의 신도들이 와서 참배하는 불사다. 음식은 신도들이 보시한 것으로 중들이 공유했으며 중들과 떠돌이 중들에게 사용할 수 있도록 제공하여 시방상주라 한다. 시방은 불교에서 10대 방향을 가리키는데, 상천上天·하지下地·동·서·남·북·생문生門·사위死位·과거·미래다.

내쫓았습니다. 우리는 늙어서 움직일 수 없으므로 떠나지 못하고 남아 있는 것입니다. 그래서 밥도 먹지 못하고 있습니다."

"터무니없는 말 마시오! 아무리 그놈들이 대단해도 중 하나와 도사 한 명이 뭘 하겠소? 관아에 가서 고발하면 되지 않소?"

"스님은 잘 모르시겠지만 이곳은 관아에서 멀고 설령 관군이 있더라도 막을 수 없습니다. 저 중과 도사는 살인 방화를 일삼고도 눈 하나 깜짝 안 하는 사람들입니다. 지금 방장 뒤쪽에 거주하고 있습니다."

"그 두 놈의 이름이 무엇이오?"

"그 중은 성이 최崔이고 법호는 도성道成이며 별명은 '생철불生鐵佛'[9]입니다. 도사의 성은 구邱인데, 항렬은 소을小乙[10]이고 별명은 '비천야차飛天夜叉'[11]입니다. 이 둘은 출가한 사람 같지만 출가라는 것은 말뿐이고 녹림綠林[12]의 도적들이 신분을 감춘 것에 불과합니다."

노지심이 이것저것 물어보는데 어디선가 구수한 냄새가 났다. 선장을 잡고 뒤로 돌아가서 보니 흙으로 만든 부뚜막에서 풀을 엮어 만든 뚜껑 사이로 김이 솔솔 새어나왔다. 뚜껑을 열어보자 솥에 좁쌀죽을 끓이고 있었다. 노지심이 욕설을 퍼부었다.

"이 늙은 중놈들이 경우가 없구나! 3일간 아무것도 못 먹었다더니 지금 죽을

9_ 생철生鐵은 주철鑄鐵로 강하고 단단함을 비유한 것이다.

10_ 소을小乙: 젊은 남성의 항렬이 첫 번째인 자에 대한 속칭이다. 즉 소일小一이다.

11_ 비천야차飛天夜叉: 불교 전설에서 야차夜叉는 천신天神의 이름이다. 하늘로 비상할 수 있는 천신을 천야차天夜叉라 부르고 육지에서는 지야차地夜叉라 부른다.

12_ 녹림綠林: 『후한서後漢書』「유현전劉玄傳」에 따르면 "마무馬武, 왕상王常, 성단成丹 등과 같은 도망친 자들이 왕광王匡과 왕봉王鳳을 따랐고 함께 이향취離鄕聚를 공격한 다음 녹림綠林 산중에 숨어들었는데 수개월 동안 무리가 7000~8000명으로 늘어났다"고 했다. 녹림은 산 명칭을 가리킨다. 이현李賢 주석에 따르면 지금의 후베이성 당양當陽 동북쪽에 위치해 있다고 했으나 근래의 고증에 따르면 지금의 후베이성 징산京山 다훙산大洪山이라고 한다. 이후에는 일반적으로 산림에 모여 관부에 반항하거나 재물을 강탈하는 악한 무리를 가리켰다.

끓이고 있네. 출가한 중들이 이렇게 거짓말을 하느냐?"

늙은 중들은 노지심이 죽을 찾아내자 사발과 접시, 밥그릇, 국자, 물통을 모두 치워버렸다. 노지심은 배가 고파 어쩔 수 없었던 차에 죽을 발견하고 먹고 싶었지만 먹을 수 있는 도구가 없었다. 부뚜막 옆에 먼지가 잔뜩 쌓이고 칠이 다 벗겨진 낡은 탁자만 보였다. 사람이 급하면 꾀가 저절로 생긴다더니 노지심은 선장을 기대어 세우고 부뚜막 옆의 풀을 한 줌 집어 탁자 위의 쌓인 먼지를 닦았다. 그런 뒤에 두 손으로 솥을 받쳐 들어 죽을 탁자 위에 부었다. 늙은 중들이 모두 죽을 먹으려고 달려들었으나 노지심에게 밀쳐지고 넘어지고 뒤집어지기도 하고 달아나기도 했다. 노지심이 손으로 죽을 움큼 떠먹었다. 몇 입 먹었는데 늙은 중이 말했다.

"우리는 정말 3일간 아무것도 먹지 못했소. 금방 마을에서 이 좁쌀을 탁발해 왔소. 대충 죽이라도 쑤어 먹으려는데 이것조차 빼앗아 먹는단 말이오."

노지심은 5~7번쯤 삼키다가 이 말을 듣고는 멈추고 먹지 않았다.

이때 밖에서 조롱하는 노래 소리가 들렸다. 노지심이 손을 닦고 선장을 들고 나와보니 무너진 담장 안쪽으로 머리에 검은 두건[13]을 쓰고 무명 홑옷을 걸치고 허리에는 여러 가지 색이 섞인 끈으로 묶고 미투리를 신은 도사가 멜대를 메고 지나가는 것이 보였다. 멜대 한쪽 광주리에는 물고기 꼬리가 보였고 연잎 위에는 약간의 고기가 놓여 있었다. 다른 멜대에는 술병이 담겼는데 연잎에 덮여 있었다. 도사는 입으로 조롱하는 노래를 웅얼거렸다.

네가 동쪽에 있을 때 난 서쪽에 있었고, 네가 남편 없을 때 난 마누라 없겠네.
난 마누라 없이 오히려 한가하여 좋은데, 넌 남편이 없이 외롭고 처량하구나.

13_ 원문은 조건皂巾인데 검은 두건이다. 진秦·한漢나라 이전에는 묵형墨刑(얼굴에 글자를 새기는 형벌)을 받은 자가 쓰던 검은색 두건이었고, 원·명 시기에는 악공이 사용했고 도사들도 착용했다.

你在東時我在西, 你無男子我無妻.

我無妻時猶閑可, 你無夫時好孤恓.

늙은 중들이 쫓아 나와 손을 저으며 목소리를 낮추고 손가락으로 가리키며 노지심에게 말했다.

"저 도사가 바로 비천야차 구소을이오."

노지심이 보고는 바로 선장을 잡고 뒤를 따라갔다. 도사는 노지심 뒤에서 따라오는 것을 모르고 방장 뒷담 안으로 들어갔다. 노지심이 따라가서 안을 들여다보니 푸른 홰나무 밑에 놓인 탁자에는 요리가 담긴 접시가 여러 개 펼쳐져 있었고 잔과 젓가락이 각 세 개씩 놓여 있었다. 가운데 자리에 앉은 뚱뚱한 중의 눈썹은 옻칠한 것처럼 짙고 얼굴은 먹을 바른 것처럼 새까맣고 온몸이 울퉁불퉁하고 험상궂은 인상 그 자체였고, 가슴 아래 검은 뱃가죽이 드러났다. 옆에는 나이 어린 부인이 앉아 있었다. 도사가 대나무 광주리를 내려놓고 앉았다. 노지심이 앞으로 걸어오자 중은 깜짝 놀라 벌떡 일어서며 말했다.

"사형, 앉아 같이 한잔 하시지요."

노지심이 선장을 들고 말했다.

"너희 둘은 왜 절을 이렇게 폐허로 만들었느냐?"

"사형, 일단 앉아서 소승의 말을 들어보십시오."

노지심이 두 눈을 크게 뜨고 말했다.

"말해! 말하라니까!"

"이전에 저희 절은 대단히 좋은 곳으로 장원과 밭이 넓었고 스님도 많았습니다. 단지 저기 복도의 늙은 중들이 술을 마시고 난동을 부리고 돈으로 여자를 사들여 장로가 금지시켰으나 막을 수 없었습니다. 또 장로를 배척하여 쫓아내 절이 이렇게 폐허가 되었습니다. 중들이 모두 흩어져 떠나고 논밭도 모두 팔아 버렸습니다. 소승과 저 도사는 이곳에 새로 온 주지로 산문을 정리하고 절을 재건하려고 합니다."

"이 부인은 누구기에 여기서 술을 마시느냐?"

"삼가 사형에게 아룁니다. 이 낭자는 앞마을 왕유금王有金의 딸입니다. 이전에 그녀의 아버지는 이 절의 시주였습니다. 지금은 가산을 탕진하여 생활은 곤궁하고 집안 식구도 없는데 남편까지 병에 걸려서 절에 쌀을 빌리러 왔습니다. 소승은 시주의 체면 때문에 술을 접대하는 것이지 다른 뜻은 전혀 없습니다. 사형께서는 저 늙은 짐승들의 말을 듣지 마십시오."

노지심은 그가 이토록 조심스럽게 말하는 것을 듣고는 말했다.

"늙은 중들이 나를 희롱한 것을 용서할 수 없다."

선장을 들고 다시 공양간으로 돌아왔다. 늙은 중들이 한참 죽을 먹고 있는데 노지심이 나타나더니 화가 잔뜩 나서는 손가락질하며 말했다.

"원래는 너희가 절을 말아먹어놓고 오히려 내 앞에서 거짓말을 했구나!"

늙은 중들이 일제히 말했다.

"사형, 그의 말을 믿지 마시오. 거기에 여자까지 데리고 있소. 그들은 방금 사형이 계도와 선장을 들고 있고 자기들은 무기가 없는 것을 보고 감히 싸울 수가 없었던 것이오. 믿지 못하겠다면 다시 돌아가 그들이 어떻게 나오는지 보면 알 수 있을 것이오. 사형은 잘 생각해보시오. 그들은 술과 고기를 먹는데 우리는 죽도 없어서 제대로 먹지 못했소. 방금 사형이 죽 조금 먹는 것조차 두려워하지 않았소이까?"

"그대들 말이 맞는 말이긴 하오."

선장을 거꾸로 들고 다시 방장 뒤쪽으로 갔다. 그런데 그곳의 문14은 이미 닫힌 상태였다.

크게 화가 난 노지심은 발로 문을 차서 열고 안으로 뛰어 들어가보니 생철

14_ 원문은 '각문角門'이다. 모든 건축물의 모퉁이 가까이에 있는 작은 문을 말한다.

불 최도성이 박도를 들고 안에서 홰나무 아래로 뛰어나와 노지심에게 달려들었다. 노지심이 보고는 한바탕 고함을 질렀고 손안의 선장을 돌리며 최도성과 맞붙었다. 14~15합을 싸우자 최도성은 노지심을 이길 수 없음을 알고 단지 막는 데 급급하다가 무기를 들고 재빨리 피하여 달아나려 했다. 도사 구소을은 최도성이 당해내지 못하는 것을 보고 박도를 들며 뒤에서 성큼 달려들어 노지심을 찔렀다. 노지심은 한참 싸우는 도중이라 뒤에서 다가오는 발걸음 소리를 들었으나 고개를 돌려 볼 수가 없었다. 갑자기 뒤에서 그림자가 움직이는 것을 보고 누군가 자기를 몰래 찌르려는 것을 알았다. 큰 소리로 "받아라!"라고 하니 최도성이 선장으로 치려는 것을 알고는 당황하고 놀라 풀쩍하고 사정권 밖으로 뛰어나갔다. 노지심이 몸을 돌리자 세 사람은 서로 삼각형을 형성하여 대적하게 되었다. 최도성과 구 도사 두 사람이 힘을 합쳐 덤비니 셋은 어울려 10여 합을 싸웠다. 노지심은 배도 고프고 너무 많은 길을 걸은 데다 또 둘이 함께 덤비는 것을 당할 수가 없어 빈틈을 보이며 선장을 끌고 달아났다. 두 사람이 박도를 잡고 산문 밖까지 쫓아나왔다. 노지심은 다시 몇 합을 더 싸우다가 그 둘을 당해내지 못하고 선장을 빼고 달아났다. 두 사람은 절 앞 돌다리까지 달려오다가 더 이상 쫓지 않고 다리 난간에 앉아 쉬었다.

노지심은 멀리 달아났고 헐떡거리다 숨을 가다듬으며 생각했다.

"보따리를 감재사자 앞에 놓고 도망치느라 못 챙겼네. 먼 길을 가야 하는데 노자는 한 푼도 없고 배도 고픈데 어떻게 해야 하나? 돌아가자니 둘이 덤비면 싸워 이기지 못하고 부질없이 목숨만 버릴 텐데."

발길 가는대로 앞만 보며 걸어가는데, 발길을 옮기다가 쉬다가 했다. 몇 리를 가니 온통 붉은 소나무로 가득한 숲이 앞에 보였다.

가룡[15] 같은 나뭇가지 들쭉날쭉, 수천 개 붉은 발을 지닌 늙은 용을 둘둘 감고 있구나. 괴이한 나무 그림자 가지런하지 않고, 수만 마리 붉은 비늘의 거대한 구렁이 서 있는 듯하네. 멀리서 보면 판관16의 수염 같고, 가까이 다가가 보면 마귀의 머리카락과 흡사하구나. 누군가 나뭇가지 끝에 붉은 피를 뿌리고, 나무 꼭대기에 주사朱砂를 깐 것으로 의심되네.

虬枝錯落, 盤數千條赤脚老龍; 怪影參差, 立幾萬道紅鱗巨蟒. 遠觀却似判官須, 近看宛如魔鬼髮. 誰將鮮血洒林梢, 疑是朱砂鋪樹頂.

노지심이 보고 말했다.

"정말 빽빽하고 무시무시한 숲이구나."

숲을 바라보는데 나무 그림자 속에서 한 사람이 머리를 내밀고 두리번거리며 살피더니 침을 퉤 뱉고 안으로 숨었다. 노지심이 이것을 보고는 말했다.

"저 좆같은 놈은 길 막고 재물을 약탈하는 강도구나. 여기서 길손을 강탈하려 기다리고 있었던 게 분명하군. 내가 중이니까 돈이 없을 것 같으니 침을 뱉고 도로 들어가버린 거지. 저놈은 나를 만났으니 좆같이 재수 없는 놈이 아닌가! 내가 지금 분풀이 할 곳이 없었는데 마침 잘 걸렸다. 저놈 옷이나 벗겨 술이랑 바꿔먹어야겠다."

선장을 들고 소나무 숲 앞으로 가서 소리쳤다.

"야! 숲 안에 좆같은 놈아, 빨리 튀어나와라!"

숲 안에 있던 사내는 크게 웃으면서 말했다.

"내가 재수가 없으려니 중놈이 오히려 시비를 거네!"

수풀 속에서 박도를 잡고 등을 돌려 튀어나와 소리쳤다.

"까까중대가리야! 네가 죽고 싶어서 스스로 왔구나."

"내가 누군지 가르쳐주마."

15_ 규룡虬龍: 전설 속에 뿔이 양쪽에 나 있고 몸빛이 붉은 새끼 용.

16_ 판관判官: 저 세상의 관직 명칭. 용모는 흉악한 귀신이지만 대부분이 심지가 선량하고 정직하며 직책은 사람의 윤회하는 생사를 판결하는데, 악인은 징벌하고 좋은 사람에게는 표창한다.

노지심이 선장을 휘두르며 사내에게 덤벼들었다. 사내도 박도를 잡고 싸우며 막 앞으로 돌진하려다가 속으로 생각했다.

'이 중 목소리가 어디서 듣던 목소리인데.'

곧바로 말했다.

"거기 중놈아, 목소리가 익숙한데, 성이 뭐냐?"

"내 네놈과 300합을 싸우고 나서 성명을 말해주마."

그 사내가 불끈 화를 내며 손에 박도를 잡고 선장을 막았다. 둘이 10여 합을 싸운 뒤 사내는 속으로 감탄하며 말했다.

'무지막지한 중이구나!'

다시 4~5합을 싸우고 사내가 다시 말했다.

"잠깐 멈추시오. 할 말이 있소."

두 사람이 사정권 밖으로 물러났고, 그 사내가 물었다.

"당신 정말 이름이 어떻게 되시오? 목소리가 아주 귀에 익소."

노지심이 이름을 말하자 사내는 박도를 던지고 몸을 돌려 전불剪拂하며 말했다.

"사진을 아시오?"

노지심이 웃으면서 말했다.

"바로 사 도령이었구만."

두 사람이 다시 전불하며 함께 숲속 안으로 들어가 앉았다. 노지심이 물었다.

"사 도령, 위주에서 헤어진 뒤 어디서 지냈소?"

사진이 대답했다.

"그날 술집 앞에서 형님과 헤어지고 다음날 형님이 백정 정가를 때려죽였다는 말을 듣고는 도망쳤습니다. 포졸이 나중에 저와 형님이 노래하는 김 노인에게 돈을 주었다는 것을 알게 되었습니다. 그래서 저도 곧바로 위주를 떠나 왕진

사부를 찾으러 갔지요. 곧바로 연주로 갔으나 찾을 수 없었습니다. 북경으로 돌아가 한동안 지내다가 노자도 다 떨어져 여기에서 노자를 만들고 있었는데, 뜻밖에 형님을 만나게 되었소. 형님은 어째서 중이 되었소?"

노지심이 지난 일들을 처음부터 끝까지 두루 말했다. 사진이 말했다.

"형님 배가 고프시다니 제가 가진 말린 고기하고 구운 빵 좀 드시오."

음식을 꺼내 노지심을 먹였다. 사진이 다시 말했다.

"형님 짐을 절에 두고 오셨다니 저와 같이 가서 가져옵시다. 돌려주지 않는다면 함께 그놈들을 결딴냅시다."

"그러자고."

즉시 사진과 배부르게 먹고 나서 무기를 들고 다시 와관사로 돌아갔다.

절 앞으로 오자 최도성과 구소을이 아직 다리 위에 앉아 있었다. 노지심이 크게 소리 질렀다.

"너 이놈들, 오너라! 덤벼라! 이번엔 네 놈이 죽을 때까지 싸우겠다!"

그 중이 웃으면서 말했다.

"나한테 깨진 놈이 어떻게 다시 와서 싸우려 드느냐?"

노지심이 격분하여 선장을 돌리며 다리 위로 달려갔다. 생철불도 화를 내며 박도를 들고 다리 아래로 달려왔다. 노지심은 사진이 있어서 내심 대담해졌고 배도 불러서 정신과 기력이 갈수록 충만했다. 두 사람이 8~9합을 겨루자 최도성은 점점 힘이 빠져서 도망갈 기회만 엿보았다. 비천야차 구 도사는 최도성이 밀리는 것을 보고 박도를 들고 도와주러 왔다. 이쪽에서는 사진이 보고 숲속에서 튀어나와 크게 소리 질렀다.

"달아나지 마라!"

삿갓을 벗어 던지고 박도를 잡고 나와 구소을과 싸웠다. 네 사람이 두 패로 나뉘어 서로 싸웠다. 노지심이 최도성과 다리 위에서 격렬하게 싸우다가 유리한 위치를 잡아 "받아라!" 하고 소리를 지르며 선장으로 내리쳐 생철불을 다리 밑으로 떨어뜨렸다. 구도사는 최도성이 쓰러진 것을 보고 싸울 마음이 사라져 틈을 타서 이내 달아났다. 사진은 고함을 지르며 "어디로 도망가느냐!" 하며 쫓아가서 등 복판을 향해 박도로 찌르자 외마디 소리와 함께 한편에 쿵하고 쓰러졌다. 사진이 쫓아가 발로 밟고 박도를 돌려서 아래를 향해 푹, 푹, 내리 찔렀다. 노지심은 다리 아래로 내려가 선장으로 최도성의 등을 후려 갈겼다. 가련한 두 강도는 꿈같은 인생을 이렇게 헛되게 마감하고 말았다.[17] 바로 '종전에 범했던 나쁜 짓이 운수 사납게 한꺼번에 대가를 치르게 되었다'[18]고 하는 것이다.

두 사람은 구소을과 최도성의 시체를 묶어서 물이 흐르는 계곡에 내던졌다. 두 사람은 다시 절 안으로 들어갔다. 그런데 공양간에 있던 늙은 중들은 노지심이 싸움에 지고 도망가는 것을 보고는 최도성과 구소을이 와서 자신들을 죽일까 두려워하여 모두가 스스로 목을 매어 죽어버렸다. 노지심과 사진이 곧바로 방장 뒤쪽 작은 문 안을 들여다보니 납치해온 여인도 이미 우물에 뛰어들어 자살하여 죽은 다음이었다. 절 안에 들어가 방 8~9칸을 뒤져도 한 사람도 찾을 수 없었다. 보따리만이 그곳에 열리지 않은 상태 그대로 있었다. 노지심은 보따리를 보자 원래대로 등에 메었다. 다시 안쪽을 찾아보니 침상 위에 옷만 서너 벌 있었다. 사진이 풀어헤쳐 보자 금은을 싼 옷이었다. 주워서 한 보따리로 잘 싸서는 등에 메었다. 주방을 뒤져보니 술과 고기가 있어서 둘은 배부르게 먹었다. 부뚜막 앞에서 횃불 두 개를 묶어 화로에 넣고 불을 붙였다. 활활 타는 횃불을 들어 먼저 뒤쪽 작은 방에 불을 붙였는데, 문 앞까지 불이 붙었다. 다시 횃불을 여러 개 만들어 불전 아래 처마 밑에 불을 붙였다. 때마침 바람이 불어오고

17_ 원문은 '남가일몽南柯一夢'이다. 당나라 이송좌李公佐의 『남가태수전南柯太守傳』에 따르면, 순우곤이란 사람이 술에 취해 잠들었고 괴안국槐安國에 가게 되었다. 그는 남가군南柯郡의 태수에 봉해지고 공주를 아내로 맞았으며 영화와 부귀를 누렸다. 뒤에 군사를 이끌고 출전했으나 패하고 공주마저 죽었다. 결국 괴안국 국왕이 꺼리게 되어 돌아오게 되었는데 모두가 꿈이었다. 뒤에 이 고사는 인생은 꿈과 같으며 부귀는 무상함에 비유되었다.

18_ 원문은 '從前作過事, 無幸一齊來'다.

불이 훨훨 하늘까지 타올랐다. 노지심과 사진은 마주보고 불이 사방으로 옮겨 붙기를 기다렸다. 두 사람이 말했다.

"양원梁園19이 아무리 좋아도 오래 머물 곳이 아니라고 했으니 우리 둘도 여기서 떠납시다."

두 사람은 함께 길을 재촉하여 하룻밤을 꼬박 걸었다. 하늘이 점차 밝아져 앞을 바라보니 멀리 사람들이 적지 않은 작은 마을이 보였다. 마을로 들어가 외나무다리 옆 조그만 주점으로 들어갔다.

사립문은 반쪽 닫혀 있고 천으로 된 장막 낮게 드리웠구나. 맛이 시고 순한 술 담긴 술독은 흙 침상에 놓여 있고, 먹으로 그린 신선도 먼지 낀 벽에 걸려 있네. 시골아이 주보는 그릇 썻던 사마상여司馬相如 아니고, 술파는 추한 여자는 당시의 탁문군卓文君이 아니라네. 벽에 붙인 큰 글자는 마을의 서생이 취중에 갈긴 거요, 시렁 위의 도롱이는 들에 사는 어부가 좋은 날 쓸 것이라네.

柴門半掩, 布幕低垂, 酸醨酒瓮土床邊, 墨畫神仙塵壁上. 村童量酒, 想非滌器之相如; 醜婦當壚, 不是當時之卓氏. 墻間大字, 村中學究醉時題; 架上蓑衣, 野外漁郎乘興當.

노지심과 사진은 주점 안에서 술을 마시며 주보를 불러 고기도 사고 쌀도 빌려 불을 피워 밥을 했다. 둘은 술을 마시며 여행 도중에 있었던 많은 일을 감동적으로 이야기했다. 술과 밥을 먹고 나서 노지심이 사진에게 물었다.

"이제 어디로 가려나?"

"소화산으로 돌아가 주무 등 세 사람에게 의탁하여 무리에 가담해야겠소. 그

19_ 양원梁園: 전한 양효왕梁孝王 때 건설된 원림園林이다. 양국梁國 도성인 수양睢陽(지금의 허난성 상추商丘)에 위치해 있다.

곳에서 얼마간 지내면서 다시 생각해봐야죠."

노지심이 듣고 말했다.

"동생, 잘 생각했네."

짐을 풀어 금은 그릇을 나누어 사진에게 주었다. 두 사람은 다시 짐을 싸고 무기를 들고 나오며 돈을 지불했다. 주점에서 나와 마을을 떠나 5~7리 못 되는 길을 걷다가 세 갈래 길에 이르렀다. 노지심이 말했다.

"동생, 이제는 헤어져야겠네. 나는 동경으로 가니 자네는 그만 배웅하게나. 화주華州로 가려면 이 길로 가야 한다네. 다음에 만나세. 만일 사람이 있다면 서로 소식이라도 주고받세."

사진이 노지심에게 절하고 각자 갈 길로 헤어져 떠났다.

노지심은 8~9일을 더 걸어서 동경에 도착했다.[20] 성안으로 들어오니,

조밀조밀 많은 집 어지러이 울긋불긋 눈부시고, 번화한 거리거리마다[21] 의관 정제한 사람들 모여드는구나. 황궁 안의 누각에는 아홉 층으로 금과 옥 늘어놓았고, 태자 거주하는 궁에는 유리 가득 드러내네. 환락가에는 요염하고 유명한 미녀들 즐비하고, 기생집[22]에는 풍류 아는 가기歌妓 넘쳐나는구나. 세력가 부잣집에는 노름 즐기고, 공자와 왕손들은 돈으로 기생과의 즐거움 사러 오누나.

千門萬戶, 紛紛朱翠交輝; 三市六街, 濟濟衣冠聚集. 鳳閣列九重金玉, 龍樓顯一派

20_ 노지심의 노정은 산시山西성 오대산에서 출발해 동경(카이펑)으로 갔다. 곧장 가면 1000리를 넘지 않는데 동쪽으로 길을 잡아 청주靑州(산둥성 칭저우靑州, 와관사는 청주 경내에 위치해 있다)를 거친 다음에 다시 서남쪽인 동쪽으로 갔으니 1800~1900리다.
21_ 원문은 '삼시육가三市六街'인데, 일반적으로 번화한 큰 거리를 말한다. 삼시三市는 대시大市, 조시早市, 야시夜市를 가리킨다. 당나라 때 장안에는 여섯 개의 중심이 되는 큰 거리가 있었는데, 북송 변량에도 여섯 개의 큰 거리가 있었다.
22_ 원문은 '초관진루楚館秦樓'인데, 일반적으로 노래 부르고 춤추는 기생집을 가리킨다. 초관楚館은 초나라 영왕靈王이 장화대章華臺를 건축하여 허리가 가는 미인들을 선발해 거주하게 하여 초관이라 했다. 진루秦樓는 진나라 목공穆公의 딸인 농옥弄玉이 둥소를 잘 불기 봉루鳳樓를 건축해 기거하게 했기에 진루라 했다.

玻璃. 花街柳陌, 衆多矯艷名姬; 楚館秦樓, 無限風流歌妓. 豪門富戶呼盧會, 公子
王孫買笑來.

성안으로 들어오자 동경의 번화함과 시가가 떠들썩한 것을 본 노지심은 조
심스럽게 길을 물었다.
"대상국사가 어디에 있소?"
지나가던 사람이 대답했다.
"앞에 주교州橋23를 건너면 바로 거기요."
노지심이 선장을 들고 가서 절 앞에 이르렀다. 산문을 들어가면서 보니 정말
훌륭하고 큰 사찰이로다!

산문은 높이 솟아 있고, 절은 깊숙하고 고요하구나. 정면에 걸린 황제가 하사
한 편액 글자 뚜렷하고, 양옆의 금강의 형상은 맹렬하네. 다섯 칸의 본당은 열
을 지어 조밀하게 쌓은 푸른 기와가 용 비늘 같고, 사방 벽의 승방은 벽돌을 육
각형으로 다듬고 꽃문양 끼워넣어 쌓은 것이 거북 등껍질 같구나. 종루鐘樓는
빽빽하게 들어서 있고, 경각經閣은 우뚝 솟아 있네. 높이 솟은 당간幢竿24은 구
름에 닿은 듯하고, 보탑寶塔은 어렴풋이 푸른 하늘을 찌를 듯하구나. 목어木魚
는 가로로 매달려 있고, 운판雲板25은 높이 걸려 있네. 부처 앞의 등촉이 눈부
시고, 향로에선 향불 연기가 빙 돌며 피어오르네. 당번幢幡26들이 관음전觀音

23_ 『수호전전교주』에 따르면 『동경몽화록東京夢華錄』 권1 「하도河道」에 이르기를 '동수문東水門 밖 7리
부터 서수문西水門 밖까지 강에 다리가 13개가 있다. 서쪽 모서리 문을 상국사교相國寺橋라 하고
그다음을 주교라 한다'고 했다. 원래 주석에는 '바른 명칭은 대한교大漢橋다'라고 했다.'
24_ 당간幢竿: 찰간刹竿으로 사찰 입구에 세워 놓은 깃대다.
25_ 운판雲板: 양쪽 끝을 구름 형태로 만든 긴 판이다. 혹은 철이나 나무로도 만들며 두드리면 소리가
난다. 사원 안에서 승려들을 소집하여 예불을 드리고, 경전을 읽고 식사 때 사용한다.
26_ 당번幢幡: 사원에서 사용하는 깃발이다. 당幢은 깃대이고 번幡은 깃대에 걸려 있는 긴 천으로 만든
깃발이다.

殿27부터 조사당祖師堂28까지 늘어서 있고, 보개寶蓋29는 연이어 수륙회水陸會30에서 나한원羅漢院31에까지 이어져 있네. 항상 불승들을 보호하는 호법護法들이 하늘에서 내려오고, 해마다 마귀 잡는 존자尊者들이 오는구나.

山門高聳, 梵宇清幽. 當頭敕額字分明, 兩下金剛形猛烈. 五間大殿, 龍鱗瓦砌碧成行; 四壁僧房, 龜背磨磚花嵌縫. 鐘樓森立, 經閣巍峨. 幡竿高峻接青雲, 寶塔依稀侵碧漢. 木魚橫掛, 雲板高懸. 佛前燈燭熒煌, 爐內香烟繚繞. 幢幡不斷, 觀音殿接祖師堂; 寶蓋相連, 水陸會通羅漢院. 時時護法諸天降, 歲歲降魔尊者來.

노지심은 사찰로 진입해 동서 양쪽의 복도에서 살펴보고는 지객료 안으로 들어갔다. 일꾼이 만나보고는 지객에게 알렸다. 얼마 지나지 않아 지객승이 나왔는데, 노지심을 보니 사납게 생긴데다 손에 강철 선장을 들었고 계도를 가로로 찼으며 등에는 커다란 짐을 지고 있었다. 이미 반쯤은 두려워하는 상태였다. 그가 노지심에게 물었다.

"사형은 어디서 오셨습니까?"

노지심이 짐과 선장을 내려놓고 두 손을 모아 합장하며 인사를 하고 답했다.

27_ 관음觀音은 관세음觀世音이다. 당나라 태종 이세민李世民의 휘를 피하기 위해 관음이라 했다. 보현普賢, 문수文殊와 함께 서방삼성西方三聖이라 부른다.
28_ 조사당祖師堂은 조당祖堂을 말한다. 불교에서 창시자와 절을 세운 승려를 빚어 만든 형상을 안치한 묘당이다.
29_ 보개寶蓋: 불교에서의 의장용 산개傘蓋다. 산개는 긴 자루에 달린 돔 형태로 우산 바깥면의 가장자리를 늘어뜨리는 술이 달려 있는 의장용 물품을 말한다.
30_ 수륙회水陸會: 수륙도량水陸道場으로 불교 법회 가운데 하나다. 정해진 기일이 되면 승려들이 재당齋堂에 단을 설치하고 경전을 읽고 예불을 드리며 두루 음식을 베풀어 수륙의 일체 망령들을 제도하여 육도六道(중생이 윤회하는 여섯 곳으로 천도天道·인도人道·아수라도阿修羅道·축생도畜生道·아귀도餓鬼道·지옥도地獄道다) 상의 사생四生(태생胎生, 난생卵生, 습생濕生, 화생化生이다)을 널리 구제하므로 수륙회라고 한다.
31_ 나한원羅漢院: 나한羅漢을 받드는 선낭이나. 나인은 불교에서 수행이 가장 높은 자로 번뇌를 끊고 삼계三界(욕계欲界·색계色界·천색계天色界) 윤회를 초월했기에 응당 공양을 받아야 할 존자尊者다.

"오대산에서 왔습니다. 본사本師[32]이신 지진 장로께서 여기 이 편지를 보내셨습니다. 소승을 지청 장로智淸長老께서 계신 대상국사에 와서 사무를 담당하는 승려가 되라고 하셨습니다."

"지진 장로의 서찰이 있다면 함께 방장으로 가시지요."

지객이 노지심을 데리고 방장으로 갔다. 방장에 도착하여 짐을 풀어 편지를 꺼내 손에 들었다. 지객이 말했다.

"사형, 어째서 그리 예의를 모르시오? 장로께서 곧 나오실 텐데 계도는 풀고 칠조七條[33], 자리, 향을 꺼내 장로에게 예를 갖출 때 써야 하지 않겠소."

"그럼 진작 말해줘야지!"

즉시 계도를 풀고 짐 안에서 향 하나, 자리, 칠조를 꺼냈으나 해본 적이 없던지라 한참이 지나도 법도대로 갖추지 못했다. 지객이 그냥 지켜보기가 답답하던지 가사도 걸쳐주고 자리를 펴주며 도와줬다. 잠시 후, 지객은 지청 장로가 나오는 것을 보고 앞으로 나가 말했다.

"이 중은 오대산에서 왔는데 지진 장로의 서신을 가지고 왔습니다."

지청 장로가 말했다.

"사형께서 오랫동안 소식이 없더니 오랜만에 서신이 왔구나."

지객이 노지심을 부르며 말했다.

"사형, 빨리 와서 장로께 절하시오."

노지심은 향을 향로에 꽂고 세 번 절하고는[34] 서신을 올렸다. 지청 장로가 편

32_ 본사本師: 친교사親教師를 말한다. 출가한 다음 경전을 가르치고 머리를 깎아주고 중이 되게 한 자를 말한다.

33_ 칠조七條: 칠조의七條衣, 칠조가사七條袈裟의 줄임말인데, 일곱 가닥으로 가로로 절단했기에 칠조라고 했다. 승려들 법의法衣 가운데 상의上衣로 예배, 경전을 읽고 경계를 말할 때 입는 법의다.

34_ 『수호전전교주』에 따르면 『석씨요록釋氏要錄』 권중에서 이르기를, '세속에서 두 번 절하는 것은 아마도 음양을 본받는 것이다. 지금 석씨釋氏(불교도)가 세 번 절하는 것은 아마도 삼업三業(신업身業, 구업口業, 의업意業이다. 몸과 입, 마음의 세 가지 행위와 이러한 행위로 인해 오게 되는 결과를 말한다)을 표시하며 공경하고 우러르는 것이다'라고 했다."

지를 받아서 뜯어보니 중간에 노지심이 출가한 이유와 오대산을 떠나 대상국사에 오게 된 연유가 자세히 적혀 있었다.

"절대로 핑계대지 말고 너그러이 자비로 받아들여 직책을 맡겨주기 바라네. 이 중은 세월이 지나면 반드시 깨달음을 얻게 될 것이네."

지청 장로가 편지를 다 읽고는 말했다.

"멀리서 왔으니 승당에서 쉬게 하고 공양도 하게 해라."

노지심이 인사를 하고 자리와 칠조를 챙겨 짐 안에 넣고 선장과 계도를 들고 행동行童[35]의 뒤를 따라갔다.

지청 장로가 사무를 담당하는 중들을 방장에 모두 불러놓고 말했다.

"여기 모인 승려들은 우리 사형 지진 선사가 얼마나 도리가 없는지 보아라. 이번에 온 중은 원래 경략부 군관이었는데 사람을 때려죽이고 머리를 깎아 중이 되었단다. 그곳에서 두 번이나 승당에서 소란을 피워서 처지 곤란이 되었다는구나. 어찌 그곳에서 자리잡게 하지 않고 내게 떠넘겼단 말이냐? 받아들이고 싶지 않지만 사형이 이렇게 간절하게 부탁하니 거절할 수도 없고, 여기에 받아들였다가 혹여 계율이라도 어지럽힌다면, 어떻게 해야 한단 말이냐?"

지객이 말했다.

"불제자들이 그 중을 보니 전혀 출가한 사람의 모습이 아닙니다. 어떻게 우리 절에 그런 사람을 받아들이겠습니까?"

도사都寺가 말했다.

"제가 생각해보니 산조문酸棗門[36] 밖 퇴거해우退居廨宇[37] 뒤에 채소밭이 있습니다. 항상 군영 내의 병졸이나 산조문 밖 20여 명의 방탕하고 예의와 염치도

35_ 행동行童: 동행童行이라고 해야 한다. 동행은 출가하여 아직 도첩을 취하지 못한 소년을 가리킨다.
36_ 『수호전전교주』에 따르면 『동경몽화록』 권1 「동도외성東都外城」에서 이르기를, '북성北城 쪽에 문이 네 개 있는데, 동쪽에서부터 진교문陳橋門, 봉구문封丘門, 신산조무新酸棗門, 위주문衛州門이라 한다' 고 했다."

모르는 자들에게 피해를 입는가 하면, 양이나 말을 풀어놓아 하루도 소란스럽지 않은 날이 없습니다. 늙은 중이 그곳에서 일을 맡고 있는데, 제대로 관리할 수 있었겠습니까? 이 사람을 보내 그곳을 관리하게 한다면 잘할 수 있을 것 같습니다."

지청 장로가 말했다.

"도사 말이 일리가 있소."

시자에게 승당 안 객방으로 가서 노지심이 밥을 다 먹거든 불러오게 했다.

시자가 나간 지 얼마 지나지 않아 노지심을 데리고 방장 안으로 들어왔다. 지청장로는 말했다.

"너는 내 사형 지진 장로가 추천하여 이 절에 머물며 사무를 담당하는 승려가 될 것이다. 우리 절에는 커다란 채소밭이 있는데 산조문 밖 악묘岳廟38와 인접해 있다. 그곳을 맡아 관리하면서 농부를 시켜 매일 채소 열 짐을 납부하고 나머지는 네가 쓰도록 해라."

노지심이 말했다.

"본사 지진 장로가 나를 큰절에 보내 사무를 보는 승려가 되라고 했습니다. 그런데 도사나 감사는 시켜주지 않고 어째서 나더러 채소밭이나 관리하라는 겁니까?"

수좌가 말했다.

"사형, 뭘 잘 모르시오. 이제 금방 여기에 머물게 되었고 절에 무슨 공로가 있는 것도 아닌데, 어떻게 도사가 될 수 있겠소? 채소밭을 관리하는 것도 큰 직분을 맡은 것이오."

37_ 퇴거해우退居廨宇: 해우廨宇는 관사로 퇴거해우는 사원 뒤에 설치한 관사를 말한다.

38_ 악묘岳廟: 동악묘東嶽廟를 말한다. 『수호전전교주』에 따르면 『송동경고宋東京考』 권16에서 이르기를, '동악묘는 성안 동북쪽 모퉁이에 있는데, 태산泰山의 신에게 제사지내는 곳으로 일명 태산묘泰山廟라고 한다'고 했다."

"채소밭 관리는 못하겠소. 죽어도 감사나 도사가 되어야겠소."

지객이 또 말했다.

"내 말을 들어보시오. 절의 관리 인원에도 각기 분류가 있소. 예를 들면 소승은 지객이란 직책을 맡아 오가는 객관의 승려를 접대 관리하고 있소. 유나維那·시자·서기·수좌 등은 모두 수행과 관련된 청직淸職39이라 쉽게 될 수 없소. 도사·감사·제점提點·원주院主40는 사찰의 재산을 관리하는 직책이오. 스님은 방금 방장에 들어왔는데 어떻게 그런 상등의 직책을 얻겠소? 또 불교 경전을 관리하는 사람을 장주藏主라고 하고, 본당을 관리하는 전주殿主, 불각佛閣의 여러 일을 관리하는 각주閣主, 탁발을 관리하는 화주化主, 목욕탕을 관리하는 욕주浴主 등이 있는데 이는 사무를 주관하는 인원으로 중등 인원이오. 또 탑을 관리하는 탑두塔頭, 밥을 관리하는 반두飯頭, 차를 관리하는 차두茶頭, 동측東厠41을 관리하는 정두淨頭와 채소밭을 관리하는 채두菜頭 등이 있소. 이를 모두 두사頭事42 인원이라 하는데 하등 직책이오. 사형의 경우 채소밭을 1년 동안 관리하여 잘하면 탑두로 올라가게 될 것이오. 다시 1년을 관리하여 잘하면 욕주로 올라갈 것이고 또 잘해서 좋으면 감사가 될 것이오."

노지심이 말했다.

"도사나 감사가 되려면 이렇게 많은 경력이 있어야 하는지 몰랐소. 내가 내일 바로 채소밭으로 가겠소."

지청장로는 노지심이 가겠다고 하자 방장에 남아서 쉬도록 했다. 당일 의논하여 직무를 정하고 즉시 방문을 써서 먼저 사람을 시켜 채소밭 안의 퇴거해우

39_ 청직淸職: 구체적인 관할 사무가 없는 것을 말한다.

40_ 제점提點은 사원 안에서 재물을 관장하는 중을 말한다. 원주院主는 즉 사주寺主(불사 사무를 주관하는 중)다.

41_ 동측東厠: 고대 중국 측간은 집의 동쪽에 있었으므로 동측이라 했으며 측간 가는 것을 등동登東이라 했다.

42_ 두사頭事: 우두머리가 되는 유력한 인물을 말한다.

에 보내어 고사庫司[43]의 방문을 붙이게 하고 내일 인수인계하도록 했다. 그날 밤은 각자 흩어졌다. 다음날 아침 지청장로는 법좌에 올라 문서에 서명을 하고 노지심을 채소밭을 관리하도록 위임했다. 노지심은 법좌 앞에서 문서를 받아서 장로와 작별하고 짐을 짊어지고 계도를 차고 선장을 들고는 채소밭까지 안내하는 중 두 명과 함께 산조문 밖 관사로 갔다.

정처 없이 이리저리 떠돌다 동경에 왔으니, 거처 온 산림이 몇 십 정이로다.
이번에 오래된 사찰이 불에 타고서, 중원에선 이때부터 전쟁이 일어났다네.
대상국사 안에서 다시 머물게 되었으니, 채소밭 안에서 잠시 경영하는구나.
예로부터 흰 구름 머물지 못했으니, 많은 것들 자유자재 변하도록 맡겨두네.
萍踪浪迹入東京, 行盡山林數十程.
古刹今番經劫火, 中原從此動刀兵.
相國寺中重桂搭, 種蔬園內且經營.
自古白雲無去住, 幾多變化任縱橫.

한편 채소밭 인근에는 도박으로 몰락한 방탕하고 예의와 염치도 모르는 자들과 부랑자 20~30명이 살고 있었다. 그들은 항상 사찰 채소밭에서 채소를 훔쳐서 생활했다. 채소를 훔치러 왔다가 관사 문에 새로 걸린 고사의 방문을 보게 되었다. 방문에는 다음과 같이 쓰여 있었다.

"대상국사는 승려인 노지심을 채소밭을 관리하도록 위임한다. 내일부터 관리할 것이니 관계자 외에는 채소밭에 들어와 소란을 피우지 않기를 바라노라."

몇몇 부랑자가 보고나서 방탕하고 예의와 염치도 모르는 자들을 찾아가 상의했다.

43_ 고사庫司: 사원 내의 일을 관리하는 부문을 말한다.

"대상국사에서 무슨 노지심이란 중을 채소밭을 관리하게 했다네. 새로 와서 아무것도 모를 때 한바탕 소란을 피우고 두들겨 패주면 그놈은 우리에게 꼼짝 못할 걸세."

그 가운데 한 사람이 말했다.

"내게 좋은 방법이 있네. 그는 우리를 알지도 못하는데, 우리가 어떻게 찾아가서 소란을 피울 수 있겠는가? 그가 오기를 기다렸다가 똥구덩이로 살살 유인해 축하인사를 올린다고 몸을 숙이는 척하며 두 손으로 다리를 잡아 똥구덩이에 거꾸로 빠뜨려 혼내주자고."

부랑자들이 말했다.

"좋아! 좋은 생각이야!"

상의를 마치고 채소밭지기가 오는지 살펴봤다.

한편 노지심은 퇴거해우에 와서 방 안에 짐을 정리한 뒤 선장은 기대어 두고 계도는 걸어놓았다. 밭일을 하는 일꾼들이 모두 인사를 하러 몰려왔다. 그리고 열쇠와 자물쇠 등을 넘겨 인수인계를 모두 마쳤다. 노지심을 데리고 온 두 명의 중과 이전에 채소밭을 관리하던 중은 모두 절로 돌아갔다. 노지심은 채소밭에 나와서 여기저기 둘러보며 밭들을 살폈다. 그때 20~30명의 부랑자들이 과일과 술이 든 상자를 들고 다가와 히죽히죽 웃으면서 말했다.

"우리는 이웃에 사는 사람들인데 스님께서 새로 채소밭을 관리하신다고 해서 모두 축하드리러 왔습니다."

노지심은 속임수가 있는지 모르고 그들을 따라 똥구덩이 가까이 다가갔다. 똥구덩이가 가까워지자 부랑자들은 한꺼번에 앞으로 나와서 한 명은 왼발을 잡고 또 한 명은 오른발을 잡고 노지심을 쓰러뜨리려고 했다. 그러나 지심이 발을 들기만 하면 산 앞의 범도 놀라고, 주먹을 내리칠 때는 바다 속 교룡도 간담이 서늘해진다. 바로 한적한 채소밭이 눈앞에서 작은 전쟁터가 되었다.

그 부랑자들이 어떻게 노지심을 넘어뜨리는지는 다음 회에 설명하노라.

채원菜園(채소밭)

노지심은 대상국사에서 채원菜園(채소밭)을 관리하게 된다. 채원은 위진魏晋 시기 초기부터 시작되었고 사찰이 많은 곳에는 모두 서로 다른 규모의 채원을 설치했다. 대상국사 또한 채원을 보유하고 있다. 『수호전보증본』에 따르면 "중당中唐 시기에 와서는 채원에 대해서 법으로 규정했는데, 『당대조령집唐大詔令集』 권2 「목종즉위사穆宗卽位敕」에서 이르기를, '경조京兆, 하남부河南府를 제외한 각 주부州府에는 관에서 운영하는 농장, 점포, 수력을 이용한 돌절구, 차와 채소밭, 소금밭, 수레 공장 등이 있어야 한다. 소속된 관할 주부에서 할양해야 한다'고 했다." 송은 당의 제도를 계승하여 채소밭은 더욱 발전하게 된다.

제7회

불행의 시작[1]

산조문 밖 20~30명의 부랑자들에겐 두 명의 두령이 있었다. 하나는 과가노서過街老鼠[2] 장삼張三이고, 다른 하나는 청초사靑草蛇 이사李四였다. 이 두 우두머리가 노지심을 맞이하러 왔다. 노지심이 똥구덩이 옆에 가까이 따라가니 둘은 구덩이 옆에서 움직이지 않고 동시에 말했다.

"저희가 일부러 스님에게 축하하러 왔습니다."

노지심이 말했다.

"여러분은 모두 이웃들이니 관사로 같이 들어가서 앉읍시다."

장삼, 이사가 땅에 엎드려서 일어나지 않고 있다가 노지심이 부축하여 일으

1_ 제7회 제목은 '花和尙倒拔垂楊柳(화화상이 늘어진 버드나무를 거꾸로 잡아 뽑다), 豹子頭誤入白虎堂(표자두가 실수로 백호절당에 들어가다)'이다.

2_ '노서과가老鼠過街, 人人喊打(쥐가 길을 지나가면 사람마다 때려잡으려 소리 지른다)'라는 말이 있는데, 해를 끼치는 사람은 모두가 미워한다는 의미다. 『수호전전교주』에 따르면 정목형의 『주략』에서 이르기를, "육진배혈의 『비시』雅에서 '저며느리는 신익申日이 되면 거리를 지나가므로 또 과가노충過街老蟲이라 했다'고 했다."

켜 세우면 그때 손을 쓰려고 했다. 노지심이 보니 마음속에 의심이 생겨 생각했다.

'이런 꼴같잖은 놈들이 오지 않는걸 보니 나를 넘어뜨리려고 하나? 저놈들이 호랑이 수염을 건드리는구나! 가서 내 솜씨를 보여줘야겠다.'

노지심이 성큼 무리들 앞으로 가자 장삼, 이사가 말했다.

"소인 형제들이 특별히 스님께 인사드립니다."

입으로 떠들며 앞으로 다가와서 하나는 왼쪽 발을 잡고 하나는 오른쪽 다리를 잡았다. 노지심은 그들이 몸을 잡기도 전에 오른발을 들어 이사를 똥구덩이 안으로 툭 차서 처넣었다. 장삼은 잽싸게 도망가려 했으나 노지심이 일찌감치 왼발로 차 넣었다. 두 부랑자가 똥구덩이에서 발버둥 쳤다. 뒤쪽에 있던 20~30명의 부랑자들이 모두 깜짝 놀라 눈이 휘둥그레지고 어쩔 줄 몰라 하더니 모두 달아나려고 했다. 노지심이 호통을 쳤다.

"도망치는 놈들은 모조리 똥구덩이에 처넣어버리겠다!"

부랑자들은 감히 움직일 수 없었다. 똥구덩이 속에서 장삼과 이사는 머리를 내밀었다. 똥구덩이는 바닥이 깊어서 둘은 온 몸이 더러운 똥투성이가 되었고 머리에 구더기가 가득한 채로 똥구덩이 안에 서서 소리 질렀다.

"스님, 우리를 용서해주세요!"

"거기 부랑자 놈들아, 빨리 저 좆같은 놈들을 끌어올리면 모두 용서해주겠다."

여럿이 나서서 구하여 부축하며 조롱박 받침대 옆에 옮겼으나 냄새가 너무 심하여 가까이 갈 수 없을 정도였다. 노지심이 하하 크게 웃으면서 말했다.

"이런 바보 같은 놈! 채소밭 연못가에 가서 씻고 얘기하자."

두 부랑자는 몸을 씻었고 여러 사람이 옷을 벗어 둘에게 입혔다. 노지심이 말했다.

"모두 관사로 들어가 앉아서 이야기하자."

노지심이 중앙에 앉아 무리를 가리키며 말했다.

"이 좆같은 놈들아, 나를 속일 생각은 말아라. 너희는 모두 뭐 하는 좆같은 것들이기에 여기까지 와서 나를 놀리려 했느냐?"

장삼, 이사와 무리[3]가 일제히 무릎을 꿇고 말했다.

"소인들은 대대로 여기에 살며 도박으로 생계를 꾸리고 있습니다. 여기 채소밭은 우리의 밥이고 옷입니다. 대상국사에서 여러 차례 돈으로 우리를 처리하려 했으나 성공하지 못했습니다. 스님은 도대체 어디서 오신 장로입니까? 정말 대단하십니다! 상국사에서 스님을 전혀 본 적이 없습니다. 우리가 오늘부터 스님을 모시고자 합니다."

"나는 관서 연안부 노충 경략상공 휘하의 제할이었다. 사람을 너무 많이 죽였기 때문에 출가하고자 했다. 오대산에서 여기로 온 것이다. 나는 노씨이고 법명은 지심이다. 너희 20~30명쯤은 내게 아무것도 아니다. 천군만마의 적진이라도 나는 마음대로 들어갔다가 나오느니라."

부랑자들이 예, 예, 하면서 절하고 돌아갔다. 노지심이 다시 관사로 돌아와 정돈하고 잤다.

다음날, 부랑자들이 서로 상의하여 돈을 모아 술 10병을 사고 돼지 한 마리를 끌고 와서 관사에서 음식을 준비하고 노지심을 청하여 가운데 앉혔다. 자신들은 양쪽으로 자리를 정하고 20~30명의 부랑자들이 술을 마셨다. 노지심이 말했다.

"너희는 무슨 일로 이렇게 돈을 낭비하느냐?"

"우리는 복이 많아서 지금 스님 같은 분이 여기에 왔습니다. 앞으로 우리를 잘 이끌어주십시오."

노지심이 크게 기뻐했다. 술을 한참 마시다보니 노래 부르는 놈도 있고, 떠드

3_ 원문은 '화반火伴'이다. 고대에 군중에서는 10명이 함께 한 부뚜막에서 밥을 먹었으므로 불火을 함께 하는 것을 반伴이라 했다. 이후에는 일반적으로 동반자를 가리켰다.

는 놈도 있으며, 박수 치는 놈도 있고, 웃는 놈도 있었다. 술판이 시끌벅적한 가운데 문밖에서 까마귀가 깍깍하고 울었다.[4] 무리가 위아래 이를 딱딱 부딪치며[5] 일제히 말했다.

"붉은 입에서 나오는 말은 하늘로 날아가고, 하얀 혀에서 나오는 말은 땅으로 꺼지거라."[6]

노지심이 말했다.

"이게 무슨 좆같은 소란이냐?"

"까마귀가 울면 재수 없게 구설이 생길까 두려워서 그럽니다."

"누가 그런 소리를 하더냐?"

무리 중에서 일꾼이 웃으면서 말했다.

"담 구석 버드나무에 까마귀가 새로 집을 지어서 매일 저녁 늦게까지 시끄럽습니다."

그러자 무리가 떠들었다.

"사다리를 가져다가 놓고 새집을 부숴버리자."

몇 명이 말했다.

"우리가 갈게."

노지심도 술김에 밖으로 나가 바라보니 과연 버드나무 위에 까마귀 둥지가 있었다. 다들 말했다.

"사다리를 가져다가 집을 부숴버리면 조용해지겠네."

이사가 말했다.

"너하고 내가 같이 올라가면 사다리도 필요 없어."

4_ 미신에서 까마귀는 불길하고 재난을 주관하기에 까마귀 울음소리를 들은 사람은 반드시 세 차례 아래윗니를 서로 부딪치며 연속으로 일곱 차례를 해야 비로소 해결할 수 있다고 여겼다.
5_ 미신에서는 이것을 기도하기 전에 경건하고 정성스러움을 표시하는 동작으로 여겼다.
6_ 원문은 '赤口上天, 白舌入地'다. 구설로 인해 발생되는 재앙을 좇으려고 비는 말이다.

노지심은 버드나무를 가늠해 보더니 앞으로 나가 검은색 도포를 벗었다. 오른손을 아래로 향하고 몸을 구부려서 나무를 겨드랑이에 끼고 왼손은 나무를 끌어안으며 허리에 힘을 불끈 주어 버드나무를 뿌리째 뽑아버렸다. 부랑자들이 보고는 모두 땅에 엎드려 절하며 소리쳤다.

"스님은 보통 사람이 아니라 나한羅漢의 몸이십니다. 천근만근의 기운이 없다면, 어떻게 이런 생나무를 뽑아버릴 수 있겠습니까?"

노지심이 말했다.

"좆도 뭐가 대단하다고? 내일은 내가 무기 쓰는 법을 보여주마."

부랑자들은 그날 밤 각자 흩어졌다.

이튿날부터 이들 20~30명 부랑자들은 모두 노지심에게 순종하며 매일 술과 고기로 노지심을 대접하며 무술과 권법 시범을 구경했다. 며칠이 지나자 노지심이 생각했다.

"매일 술과 고기를 얻어먹었으니 오늘은 내가 준비해서 대접해야겠다."

일꾼을 불러 성안으로 가서 과일을 사고 술 두세 단지를 받아왔고 돼지와 양 각 한 마리를 잡았다. 그때는 3월도 다 지나서 날씨가 한참 더울 때였다. 노지심이 말했다.

"날도 참 덥구나."

일꾼을 불러 홰나무 아래에 갈대 자리를 깔고 많은 부랑자를 청하여 둥글게 둘러앉았다. 큰 사발에 술을 따르고 큼지막하게 고기를 썰어 모두 양껏 먹었다. 다시 과일을 가져다가 술을 마셨다. 한참 즐겁게 먹고 마시다가 부랑자가 말했다.

"며칠간 스님 무공을 보았는데 무기를 사용하는 것을 못 봤습니다. 무기는 얼마나 잘 다루시는지 보고 싶습니다."

"맞는 말이군."

직접 방 안으로 가서 길이가 5척이며 무게가 62근인 생철 선장을 가져왔다.

다들 보고 놀라며 말했다.

"두 팔에 물소 같은 힘이 없다면 어떻게 저걸 다루겠습니까?"

노지심이 선장을 들고 윙윙 소리가 나도록 돌리니 온몸 상하로 빈틈이 한 점도 보이지 않았다. 다들 보고는 박수갈채를 보냈다.

노지심이 한참 민첩하게 휘두르는데 담장 밖에서 한 관인이 보더니 박수를 치며 말했다.

"정말 잘한다!"

노지심이 듣고 손을 멈추고 바라보니 담 벽이 갈라진 사이로 관인 한 사람이 서 있었다. 어떤 차림새인지,

머리엔 푸른 천으로 된 두건7으로 귀까지 묶었고, 뒤에는 귀밑머리 두건에 두 개의 백옥으로 된 고리 장식을 둘렀네. 몸에는 녹색 명주의 둥근 꽃무늬가 장식된 홑 전포를 입었으며, 허리에는 꼬리 달린 거북등 문양이 쌍으로 된 은 요대를 찼구나. 쇠망치처럼 머리가 뭉뚝한 조정의 조화皀靴8를 신었고, 손에는 서천西川의 종이를 접어 만든 부채9를 들었도다.

頭戴一頂靑紗抓角兒頭巾, 腦後兩個白玉圈連珠鬢環. 身穿一領單綠羅團花戰袍, 腰繫一條雙搭尾龜背銀帶. 穿一對磕瓜頭朝樣皀靴, 手中執一把折迭紙西川扇子.

생긴 것은 둥근 눈에 표범의 머리 같았으며 제비 목덜미에 호랑이 수염이 났고 키는 8척 장신에 나이는 서른네댓쯤 되어 보였다. 그가 말했다.

"스님, 정말 보통이 아니군요. 무기를 정말 잘 다루시는군요!"

7_ 원문은 '조각아두건抓角兒頭巾'이다. 명나라 때 무사들이 머리를 묶는 두건이었다.

8_ 조화皀靴: 검은 가죽과 검은 비단으로 만든 검은색의 목이 길고 하얀색의 바닥이 두꺼운 신발이다. 대부분 남자들이 신었고 당나라 이후에는 황제에서 아래로 백관에 이르기까지 조정에서 집무를 볼 때 신었다.

9_ 원문은 '서천선자西川扇子'인데 절첩선折疊扇으로 접이식 부채를 말한다.

부랑자들이 말했다.

"저 교두가 이렇게 갈채를 보낸다면 스님 솜씨가 정말 대단하시네요."

노지심이 물었다.

"저 군관이 누군데?"

다들 대답했다.

"저분은 팔십만 금군禁軍의 창봉교두槍棒敎頭 임무사林武師[10]로 이름은 임충林沖이라 부릅니다."

"어째서 빨리 가서 모셔오지 않느냐?"

임 교두가 담장을 뛰어넘어 들어와 홰나무 아래에서 마주보고 함께 자리에 앉았다. 임 교두가 물었다.

"사형은 성이 어떻게 되오? 법호는 뭐라 부르오?"

노지심이 말했다.

"나는 관서의 노달이오. 사람을 많이 죽여서 중이 되고자 했소. 어렸을 때 동경에 왔었기에 춘부장이신 임 제할을 알지요."

임충이 크게 기뻐하며 그 자리에서 의형제를 맺고 노지심을 형으로 삼았다. 노지심이 말했다.

"교두는 오늘 어쩐 일로 여기에 왔소?"

"때마침 집사람과 함께 옆의 악묘에 소원을 비는 향을 사르러 왔습니다. 봉돌리는 소리를 듣고 구경하기 위해 시녀 금아錦兒[11]에게 집사람을 데리고 사당 안에 들어가 향을 사르라고 시켰습니다. 저는 여기서 기다리며 구경하다 뜻하지 않게 사형을 만나게 되었소."

10_ 무사武師는 임충의 자다. 『수호전전교주』에 따르면 "이개선李開先의 『임충보검기林沖寶劍記』에서 이르기를 '임충은 자가 무사武師이고 본관은 변량 사람이다. 부친은 임고林皐이고 관직은 성도成都 태수에 임명되었지만 불행하게도 일찍 죽었다'고 했다."

11_ 금아錦兒는 대부분 송나라 때 '계집종'의 표기였다.

"내가 처음 여기에 왔을 때 동경에 아는 사람이 아무도 없었소. 여기 몇 형씨들을 알게 되어 매일 함께 지냈소. 오늘 또 교두가 마다하지 않고 의형제를 맺게 되니 너무 좋소."

일꾼을 불러서 술을 더 가져오게 하여 함께 마셨다. 술을 석 잔째 마셨을 때였다. 시녀 금아가 황급하게 와서 붉게 상기된 얼굴로 담이 부서진 틈으로 소리쳤다.

"나리, 지금 앉아 있을 때가 아니에요! 부인께서 사당 안에서 어떤 사람과 말다툼이 벌어졌어요."

임충이 다급하게 물었다.

"거기가 어디냐?"

"오악루五嶽樓에서 내려오려고 할 때 간사해 보이는 사람이 길을 막더니 비켜주질 않았어요."

임충이 황망하게 말했다.

"나중에 다시 와서 사형을 뵙겠소. 언짢게 생각지 마시오."

임충은 노지심과 작별하고 급히 무너진 담장을 뛰어넘어 금아와 함께 악묘 안으로 달려 들어갔다. 뛰어가며 오악루를 바라보니 몇 사람이 새총, 취통吹筒[12], 새를 잡는 끈끈이를 묻힌 장대를 들고 난간에 서 있는 것이 보였다. 계단에 젊은이가 혼자 등을 보이고 서서 임충의 부인을 막고는 말했다.

"올라가라, 너와 할 말이 있다."

임충의 부인이 얼굴을 붉히며 말했다.

"이런 태평한 세상에 무슨 까닭으로 양민을 희롱하는 거요?"

임충이 앞으로 달려가 그 젊은이의 어깨를 당기며 소리쳤다.

12_ 취통吹筒: 일종의 사냥하는 도구다. 대나무로 관을 만들고 갈대로 주둥이를 만들었는데, 안에 작은 화살촉을 넣고 힘껏 불면 작은 새나 짐승을 잡을 수 있다.

"양민의 처자를 희롱하는 것이 무슨 죄인지 아느냐!"

임충이 주먹으로 치려는 순간, 그가 소속 관서 고 태위의 양아들 고 아내衙內13임을 알았다. 원래 고구가 출세했으나 친자식도 없고 남의 보좌를 받을 수 없어 숙부 고삼랑高三郎의 아들을 양자로 들였다.14 본래 사촌형제였는데 수양아들로 들였기 때문에 고 태위가 특별히 아꼈다. 이놈은 동경에서 고구의 권세를 등에 업고 남의 집 여인네들을 집중적으로 건드렸다. 동경 사람들은 그의 권세가 무서워서 누구도 감히 따지지 못했다. 그를 '난봉꾼 나리'15라고 불렀다. 이를 증명하는 시가 있다.

얼굴 앞은 꽃인데 추태를 부려 친해지기 어렵고
마음속에서 꽃이 피니 부인을 사랑하게 되었네.
출생한 연월일시가 서로 부딪쳐 순조롭지 못한데
태세太歲가 악마인 줄을 비로소 알게 되었구나.
臉前花現丑難親, 心里花開愛婦人.
撞着年庚不順利, 方知太歲是凶神.

당시 어깨를 끌어당겨 넘어뜨리려던 임충은 상대가 고 아내인 것을 보고 먼

13_ 아내衙內: 당나라 때 경계와 호위의 임무를 맡은 관원. 오대와 송나라 초기에 이런 직책은 대부분 대신의 자제가 맡았고, 나중에는 관료의 자제를 칭하게 되었다. 대부분 악질적인 고관 자제에 대한 백성의 칭호로 사용된다.

14_ 원문은 '과방過房'인데, 아들이 없어 형제 혹은 동족의 아들을 후계자로 삼는 것이다. 사촌동생을 양아들로 삼았으니 인륜을 어지럽히는 처사다. 당과 오대五代 이래로 과방은 보편적이었다. 『수호전전교주』에 따르면 "남송 말년 과방의 폐해는 『수호전』과 서로 부합된다. 당나라 덕종德宗은 순종順宗의 아들 원諼을 여섯 번째 아들로 삼았는데 손자를 아들로 삼은 것이다. 『오대사五代史』「진가인전晉家人傳」에서는 '중윤重允은 고조高祖의 동생인데 고조가 그를 사랑하여 아들로 삼았다'고 했다."

15_ 원문은 '화화태세花花太歲'인데, 권문세가의 호강스럽게 자란 부잣집 자식으로 제멋대로 패도를 일삼는 공사를 가리킨다. 태세太歲는 불길한 것과 함께 거론하는 것으로 흉신凶神을 말한다. 『수호전전교주』에 따르면 "화화태세는 여색을 탐하는 권문세가의 불량소년을 말한다"고 했다.

저 손에 힘이 빠졌다. 고 아내가 말했다.

"임충, 너와 무슨 상관인데 끼어드느냐!"

원래 고 아내는 그녀가 임충의 아내인지 몰랐으며, 만일 알았다면 이 소동도 일어나지 않았을 것이다. 고 아내는 임충이 손을 멈추자 이렇게 말한 것이다. 건달16들이 소란을 보고 몰려와서 말리며 말했다.

"교두님, 언짢게 생각하지 마시오. 고 아내께서 모르셔서 화가 난 것입니다."

임충이 화가 아직 삭지 않아 두 눈을 둥그렇게 뜨고 고 아내를 노려보았다. 건달들이 임충을 만류하고 고 아내를 달래 사당 밖으로 나가 말에 태우고 돌아갔다.

임충이 아내와 시녀 금아를 데리고 복도를 돌아나오는데 노지심이 쇠 선장을 든 채 20~30명의 부랑자들을 데리고 사당 안으로 성큼성큼 달려 들어왔다. 임충이 보고 말했다.

"사형, 어디 가시오?"

노지심이 말했다.

"동생을 도와 함께 싸우러 왔지."

"원래 본관 상사 고 태위의 아들이 집사람인 줄 모르고 잠시 무례를 범했습니다. 본래는 제가 그놈을 실컷 두들겨주려 했는데 태위의 체면 때문에 차마 그러지 못했습니다. 옛말에 '상관이 무서운 것이 아니라 직접 관할하는 자가 더 무섭다'고 했습니다. 제가 그의 녹봉을 받아먹지 말아야겠으나 일단 이번만큼은 참았습니다."

"너는 본관 태위가 두렵겠지만, 내가 그 좆같은 놈을 두려워하겠냐? 내가 그 좆같은 놈을 만나면 선장으로 300대를 먹이고 말겠다."

16_ 원문은 '한한閑漢'인데, 정당한 직업 없이 권세 있는 자에게 아첨하며 빌붙어 사는 남자다. 역자는 이하 '건달' 혹은 '권세가에 빌붙어 사는 건달' 정도로 번역했다.

임충은 노지심이 취한 것을 보고 말했다.

"사형 말씀이 옳습니다. 저는 여러 사람이 말리는 바람에 잠시 그를 용서한 것입니다."

"무슨 일이 생기면, 나를 불러 함께 가자고."

여러 부랑자가 노지심이 취한 것을 보고는 부축하며 말했다.

"스님, 우리는 일단 갈 테니 내일 다시 만납시다."

노지심이 선장을 잡고 말했다.

"제수씨, 언짢게 생각하지 마시고, 우스갯소리로 여기지 마시오. 동생, 내일 다시 보자고."

노지심이 임충과 작별하고 부랑자들과 함께 돌아갔다. 임충은 아내와 금아를 데리고 집으로 돌아가는데 마음이 매우 답답하고 언짢았고 즐겁지 않았다.

한편 고 아내는 건달들을 이끌고 나와 흩어졌으나 임충의 아내를 본 이후 마음속으로 반하여 빠져들고 말았다. 불만에 가득 차 울적한 마음으로 부중으로 돌아왔으나 답답하기 그지없었다. 2~3일이 지나고 건달들이 시중들러 왔다가 고 아내가 애간장을 태우며 안정되지 못한 것을 보고는 모두 흩어졌다. 이들 가운데 건조두乾鳥頭[17] 부안富安이라는 자가 고 아내의 마음을 알아차리고 혼자 부중으로 가서 시중을 들었다. 고 아내가 서재에 한가하게 앉아 있는 것을 보고 부안이 앞으로 가서 말했다.

"아내께서 근래에 얼굴이 여위어 홀쭉하시고 마음이 즐겁지 않고 답답해하시는 게 뭔가 근심거리가 있는 듯합니다."

"네가 어떻게 아느냐?"

"소인이 바로 알아맞힐 수 있죠."

17_ 건조두乾鳥頭: 빼빼 마른 사람에 대한 별명이다.

"그럼 내가 무슨 일로 즐겁지 않는지 맞혀 보거라."

"아내께서는 나무 두 개(木+木=林 임충)를 걱정하시는군요. 맞습니까?"

고 아내가 웃으면서 말했다.

"네 말이 맞다. 임충 때문인데 도리가 없구나."

"어려울 게 뭐가 있습니까! 아내께서는 임충이 대장부라고 두려워 감히 건드리지 못하고 계시는데, 아무 문제없습니다. 임충은 태위 휘하에서 부리고 있고 두둑한 봉록을 받는 사람인데, 어떻게 감히 태위님을 화나게 할 수 있습니까? 가볍게는 얼굴에 글자를 새겨 유배를 보낼 수 있고[18] 무거우면 그의 목숨을 빼앗을 수 있습니다. 소인에게 좋은 계책이 있는데, 아내께서 그녀를 얻게 할 수 있습니다."

고 아내가 듣고는 말했다.

"내가 많은 여자를 만나봤지만 어떻게 그녀만 생각나는지 모르겠네. 마음이 사로잡혀 답답하고 울적하다네. 만약 자네가 좋은 방법이 있어 그녀를 얻을 수 있다면 자네에게 큰 상을 내리겠네."

"고 태위 문하의 심복 우후虞侯 육겸陸謙은 임충과 사이가 가장 좋은 사람으로 알고 있습니다. 내일 아내께서 육 우후의 위층 내실에 술과 음식을 준비하고 숨으시고, 육겸에게는 임충에게 술 마시자고 불러 바로 번루樊樓[19] 위층 내실 안에서 술을 마시게 하십시오. 소인이 임충 집으로 가서 그의 부인에게 '남편 임 교두가 육겸과 술을 마시다가 갑자기 숨이 막혀 2층에 쓰러졌으니 부인은 빨리 가보시오!'라고 그녀를 속여 위층으로 올려보내겠습니다. 원래 여자의 성품은 형세에 따라 흐르는 물과 같아서 고 아내님의 풍류와 달콤한 말로 그녀를 달랜다면 따르지 않으려 해도 마음대로 되지 않을 것입니다. 소인의 계책이 어

<hr>

18_ 원문은 자배刺配다. 송대의 형벌로 '자刺는 범죄자의 얼굴에 글자를 새기는 것이고, 배配'는 '발배發配'의 의미로 죄인을 변방으로 유배 보내 군졸에 충당하거나 노역을 시키는 것을 말한다.

19_ 번루樊樓: 송대 변량의 가장 큰 주점이었다.

238

떻습니까?"

고 아내가 갈채를 보내며 말했다.

"좋은 계책이네! 오늘 밤 사람을 보내 육 우후를 불러 분부하겠네."

원래 육 우후의 집은 고 태위 집의 옆 골목이었다. 다음날 계책을 상의한 뒤 육 우후는 아무런 망설임 없이 즉시 요청을 받아들였다. 고 아내를 즐겁게 할 수 있다면 친구 간의 우정은 육 우후에게 돌아볼 가치도 없는 것이었다.

한편 임충은 며칠 동안 울적해하며 통 밖에도 나가지 않았다. 사시巳時(오전 9~11시) 쯤에 문밖에서 어떤 사람이 찾아와 부르는 소리가 들렸다.

"교두 계시오?"

임충이 나가서 보니 우후 육겸이었다. 황망히 말했다.

"육형이 웬일이시오?"

육겸이 말했다.

"형님이 며칠 동안 보이지 않아 일부러 살펴보러 왔소. 무슨 일 있소?"

"마음이 답답해서 한동안 나가지 않았소."

"저와 술이나 한잔 하면서 갑갑한 마음을 풀어봅시다."

"잠시 앉아서 차 한잔 먹고 갑시다."

둘은 차를 마시고 일어났다. 육 우후가 말했다.

"형수님, 형님 모시고 우리 집에 가서 술 한잔 마시겠소."

임충 부인이 따라 나와 주렴을 내리며 말했다.

"서방님,[20] 적당히 드시고 일찍 돌아오세요."

임충이 육겸과 문을 나서서 거리를 한가하게 걸었다. 육겸이 말했다.

"형님, 우리 집에 가지 말고 번루로 가서 마십시다."

20_ 원문은 '대가大哥'다. '큰 형님'의 뜻이 아니라 송·원 시기에 부부 사이에 부른 칭호다. 아래 문장에서 임충이 자신의 부인을 '대수大嫂(형수가 아닌 부인)'라 부른 것과 같다.

둘은 번루 안으로 들어가 방을 잡고 주보를 불러 좋은 술 두 병과 희귀한 과일, 안주를 시켰다. 둘이서 한참 이런저런 한가한 이야기를 하다가 임충이 한숨을 쉬었다. 육 우후가 말했다.

"형님은 무슨 일 때문에 한숨을 쉬시오?"

"동생은 잘 모를 것이오. 사내대장부가 부질없이 실력을 갖추고도 현명한 주인을 만나지 못해 소인의 밑에서 굽히고 살면서 이런 더러운 일을 당해야 하나 싶소!"

"지금 금군에 교두가 여러 명 있지만 누가 형님의 실력에 미치겠소? 태위가 잘 보살펴주는데 누가 그렇게 화나게 했소?"

임충이 며칠 전 고 아내의 일을 육 우후에게 말했다. 육 우후가 말했다.

"아내가 형수를 몰라서 그랬을 것이오. 화 풀고 참으십시오. 술이나 마십시다."

임충이 8~9잔을 마시고 소변을 보기 위해 일어서서 말했다.

"소피 좀 보고 오겠소."

임충이 아래층으로 내려가 주점 밖으로 나와 동쪽 작은 골목으로 가서 볼일을 보고 몸을 돌려 골목을 나오는데 시녀 금아가 소리 질렀다.

"나리, 한참 찾았는데, 어째서 여기에 계십니까!"

임충이 놀라서 물었다.

"무슨 일이냐?"

"나리께서 육 우후 나리와 나가시고 반 시진(1시간)도 지나지 않아 어떤 남자가 황급하게 집으로 달려와 마님께 말하길 '육 우후 이웃인데 이 집 교두께서 육 우후와 술을 드시다가 갑자기 숨을 못쉬고 쓰러지셨습니다. 부인께서 빨리 가셔야겠습니다'라고 했습니다. 마님께서 듣고는 서둘러 옆집 왕 노파에게 집을 봐달라 하시고 저와 함께 그 남자를 따라갔습니다. 태위부 앞 골목 안 어떤 집으로 들어가 위층으로 올라가니 탁자에 술과 음식이 놓여 있고 나리는 보이지 않았습니다. 막 내려오려는데 며칠 전 오악묘 안에서 마님에게 행패를 부리던 젊은 남자가 나와서는 '부인 잠시 앉아계시면 남편이 올 것이오' 하고 말했습니다. 제가 서둘러 아래층으로 내려왔는데 위층에 계시던 마님께서 '사람 살려!' 하고 소리를 지르셨습니다. 제가 여기저기 나리를 찾아다녔으나 찾을 수 없었습니다. 거리에서 약을 파는 장 선생을 만났는데 그가 '번루 앞을 지나다가 교두가 어떤 사람과 들어가 술 마시는 것을 보았다'고 하여 급히 여기로 달려왔습니다. 나리, 빨리 가야 합니다."

임충이 깜짝 놀라 시녀 금아도 돌아보지 않고 세 걸음을 한발에 뛰어 육 우후 집으로 달려갔다. 계단 앞에 도착하니 문은 닫혀 있었다. 부인의 지르는 소리가 들렸다.

"태평성대에 어떻게 양갓집 처자를 이곳에 가두느냐?"

고 아내의 목소리도 들렸다.

"낭자, 나를 가련하게 보아 살려주시오. 철석鐵石 같은 사람이라도 애원하면 마음을 돌릴 거요."

임충이 계단 아래에 서서 크게 소리 질렀다.

"부인, 문 여시오!"

부인이 남편의 소리를 듣고 문을 열려고 했다. 고 아내는 놀라서 창문을 열고 담을 뛰어넘어 도망갔다. 임충이 위층으로 올라왔는데 고 아내가 보이지 않자 부인에게 물었다.

"그놈에게 무슨 봉변을 당하지는 않았고?"

"그런 일 없었어요."

임충은 육 우후의 집을 완전히 박살내버리고 부인을 데리고 아래층으로 내려왔다. 문을 나와 밖을 바라보니 거리 양쪽으로 이웃집 문이 하나도 남김없이 다 닫혀 있었다. 마침 시녀 금아가 도착하여 함께 집으로 돌아왔다.

임충이 날카로운 해완첨도解腕尖刀[21]를 들고 번루로 달려가 육 우후를 찾았지만 이미 보이지 않았다. 육 우후의 집 앞에서 하룻밤을 기다렸으나 돌아오지 않자 임충은 집으로 돌아올 수밖에 없었다. 아내가 말렸다.

"내가 고 아내에게 아무 일도 당하지 않았으니 참고 함부로 일 벌이지 마세요."

임충이 말했다.

"육겸, 이 짐승 같은 놈을 용서할 수가 없소! 입으로만 형 동생 하면서 나를 속이다니! 고 아내 놈은 만나지 못해도, 이놈의 면상은 손보고 말 것이오."

부인이 있는 힘껏 말리며 문을 나서지 못하게 했다. 육 우후는 태위부 안에 숨어 감히 집으로 돌아가지 못했다. 임충이 사흘을 육 우후 집 앞에서 기다렸으나 만날 수 없었다. 임충의 성난 얼굴을 보고 부중 앞을 지나는 사람들 중 누가 감히 무슨 일인지 묻겠는가?

사건이 일어난 지 나흘째 되던 날 노지심이 임충의 집에 찾아와 물었다.

"교두는 연일 무슨 일이 있었기에 얼굴 보기가 힘드오?"

임충이 대답했다.

"제가 바쁜 일이 있어서 사형을 찾아보지 못했습니다. 이미 저희 집에 찾아오셨는데 집에서 대접해야 마땅하겠으나 갑자기 준비할 수가 없으니 나가서 한 바퀴 돌고 주점에서 한잔 하는 것이 어떻겠습니까?"

"좋지!"

두 사람이 함께 거리로 나가 하루 종일 술을 마시고 다음날 다시 만나기로 약속했다. 이리하여 매일 노지심과 나가서 술을 마시느라 육겸을 혼내는 일은 늦어지게 되었다. 바로 다음과 같다.

21_ 해완첨도解腕尖刀: 해완도解腕刀라고도 한다. 일반적으로 홀쭉하고 등은 두텁고 날은 얇으며 자루는 짧다. 비수와 유사하지만 외날이다. 휴대가 용이하고 사용이 편리하며 주요 기능은 찌르는 것이다.

대장부 근심에 친한 벗 있으니, 담소와 술 취해 노래하면 울적함 사라지네.

여인네만은 걱정과 고민에 빠져, 깊은 규방 안에서 말없이 애만 태우는구나.

丈夫心事有親朋, 談笑酣歌散鬱蒸.

只有女人愁悶處, 深閨無語病難興.

한편 고 아내는 육 우후의 집에서 놀라 담을 넘어 달아난 이후 감히 태위에게 말도 못하고 집 안에서 병으로 누워 있었다. 육 우후와 부안은 둘이서 함께 고 아내를 찾아왔다가 고 아내의 안색이 좋지 않고 초췌하며 정신이 나간 것을 보고 육겸이 말했다.

"아내께서 어찌 이리 활기를 잃고 우울해하십니까?"

고 아내가 말했다.

"사실대로 말하면 내가 임충의 아내를 두 번씩이나 손도 못 대고 놀라 병이 깊어졌소. 병이 갈수록 엄중해지니 얼마 지나지 않아서 목숨을 보전하지 못할 것 같소."

두 사람이 같이 말했다.

"아내께서는 마음을 편안하게 하시지요. 소인들에게 일을 맡기시면 그녀가 목매어 죽지만 않는다면 어떻게 해서든지 그 부인을 얻을 수 있도록 해보겠습니다."

한창 상의하던 중에 고 태위 부중 도관都管[22]이 고 아내의 병을 살피러 들어왔다.

아프지도 가렵지도 않고 온몸이 한기를 느끼다가도 더워지며, 정신없고 심신이 불안하며, 뱃속 가득한데 배부르다가도 배고프네. 낮에는 밥 먹는 것을 잊고,

---

22_ 도관都管: 하인을 통솔하는 총 관리인이다. 역자는 이하 '도관'을 '집사'로 표기했다.

저녁에는 잠을 이루지 못하는구나. 부모에게 속마음 어떻게 말할 수 있겠는가, 아는 이 보면 부끄러운 얼굴 감추기 어렵네.

不痒不疼, 渾身上或寒或熱; 沒撩沒亂, 滿腹中又飽又飢. 白晝忘餐, 黃昏廢寢. 對爺娘怎訴心中恨, 見相識難遮臉上羞.

육 우후와 부안은 집사가 문병 온 것을 보고 상의했다.

"이렇게 하지 않으면……"

집사가 문병을 마치고 나오자, 두 사람은 집사를 조용한 곳으로 데리고 가서 말했다.

"아내의 병을 고치려면 태위께 알려야 합니다. 임충을 죽이고 그의 부인을 아내와 함께 살게 해야 비로소 병을 고칠 수 있을 것입니다. 그렇지 않으면 아내께서 목숨을 잃을 수도 있습니다."

집사가 말했다.

"알리는 것은 어렵지 않소. 내가 오늘 밤 태위께 보고하겠소."

두 사람이 말했다.

"우리가 이미 계책을 세워놓았으니 답변만 기다리겠습니다."

그날 밤에 집사가 고 태위에게 가서 말했다.

"아내가 다른 병에 걸린 것이 아니라 임충의 부인 때문에 상사병에 걸렸습니다."

고구가 말했다.

"언제 임충의 아내를 봤단 말이냐?"

"지난달 28일에 악묘 안에서 봤다고 하니 벌써 달포가 지났습니다."

또 육 우후가 세운 상세한 계획을 설명했다. 고구가 말했다.

"그랬었군. 그러나 그의 부인 때문에 어떻게 그를 해칠 수 있겠는가? 생각해보니 만일 임충을 아까워한다면 내 아들이 죽게 생겼으니 어떻게 해야 좋단 말인가?"

집사가 말했다.

"육 우후와 부안이 상의한다고 합니다."

"그렇다면, 둘을 불러 상의해보자."

집사가 즉시 육겸과 부안을 불렀다. 두 사람이 대청으로 와서 예를 취했다. 고구가 물었다.

"내 아들의 일을 해결할 수 있는 방법이 있느냐? 내 아들을 살릴 수 있다면 너희 두 사람을 발탁하겠다."

육 우후가 앞으로 나와 말했다.

"은상恩相23께서는 이렇게 이렇게 하시기만 하면 됩니다."

고구가 듣고서는 기뻐하며 말했다.

"좋은 계책이구나! 너희 둘은 내일 나와 함께 그렇게 하도록 하자."

한편 임충은 매일 노지심과 술을 마시면서 이 일을 잊고 마음에 두지 않고 있었다. 그날 두 사람이 열무방閱武坊 골목 입구에서 한 사내를 만났다. 머리에는 조각아두건抓角兒頭巾24을 쓰고 몸에 낡은 전포를 입었으며 손에는 보도寶刀를 들고 가격을 적은 표를 꽂고 거리에 서서 혼잣말을 했다.

"이 보도의 가치를 아는 사람을 만나지 못하는구나."

임충은 쳐다보지도 않고 노지심과 걸으면서 신나게 이야기만 했다. 그 사내가 뒤를 따라오며 다시 말했다.

"이 좋은 보도가 애석하게도 알아주는 이를 만나지 못하는구나!"

임충은 노지심과의 대화에 정신이 팔려 듣지 못하고 걸었다. 그 사내가 다시

---

23   은상恩相: 송·원 시기에 관장官長에 대한 존칭이다.
24   조각아두건抓角兒頭巾: 명대에 무사들이 머리를 묶는 두건.

뒤에서 말했다.

"이렇게 큰 동경성 안에서 무기를 알아보는 사람이 없구나!"

임충이 그제야 듣고 고개를 돌렸다. 사내가 칼을 쑥 빼니 번쩍번쩍 빛나며 사람의 눈길을 끌었다. 임충은 무예를 연마한 사람이라 문득 말했다.

"한번 봅시다."

사내가 칼을 건네줬고 임충은 칼을 받아 노지심과 함께 살펴봤다.

푸른빛 눈부시고 차가운 기운 사람을 엄습하는구나. 멀리서 보면 맑고 투명한 연못의 봄철 살얼음 같고, 가까이 보면 옥으로 장식한 누대의 상서로운 눈 같도 다. 꽃무늬 조밀한 것이 풍성옥豊城獄25 안에서 날아온 듯하고, 자줏빛 운기가 공중에 가로 걸려 있으니 초소왕楚昭王이 꿈속에서 얻은 듯하구나. 태아太阿, 거 궐巨闕26도 비할 바 못되고, 막야莫邪와 간장干將도 쉽게 만드네.27

清光奪目, 冷氣侵人. 遠看如玉沼春冰, 近看似瓊臺瑞雪. 花紋密布, 如豊城獄內飛
來; 紫氣橫空, 似楚昭夢中收得. 太阿巨闕應難比, 莫邪干將亦等閑.

임충은 칼을 보고는 놀라서 자기도 모르게 한마디 내뱉었다.

"좋은 칼이구나! 얼마에 파시겠소?"

25_ 풍성옥豊城獄: 전설에 따르면 용천龍泉, 태아太阿 양 보검이 풍성옥 바닥에 깊이 묻혀 있었다고 한 다. 이후로 풍성옥은 인재가 묻혀 있는 지방을 비유하게 되었다.

26_ 태아太阿, 거궐巨闕은 고대의 유명한 검 명칭이다. 태아는 춘추시대에 구야자歐冶子와 간장幹將이 함 께 주조한 보검으로 전해진다. 거궐은 고대의 명검으로 춘추시대에 구야자가 주조했다고 전해지 는데 무디고 무겁지만 그 견고함은 비할 데가 없으므로 '천하지존天下至尊'으로 불렸다.

27_ 『오월춘추吳越春秋』에 근거하면 오왕吳王 합려闔廬는 간장干將에게 두 자루의 보검을 주조하게 했는 데, 쇳물을 녹일 수 없었다. 간장과 그의 아내인 막야莫邪는 머리카락과 손톱을 잘라 용광로에 넣 고 300명의 소년과 소녀를 시켜 풀무질을 하게 하여 비로소 두 자루의 검을 주조할 수 있었다. 웅 검雄劍을 간장이라 하고, 자검雌劍을 막야라 했는데, 그 예리함이 비할 수 없었고, 뒤에 간장과 막 야는 모두 보검의 통칭이 되었다.

그 사내가 말했다.

"3000관은 받아야 하지만 2000관이면 팔겠소."

"물건은 2000관 가치가 있지만 그 가격을 주겠다는 임자를 만나기 힘들 것이오. 1000관이면 내가 사겠소."

"내가 급하게 돈을 써야 하니 정말로 산다면 내가 500관은 양보하겠소. 1500관만 내시오."

"1000관이라면 바로 사겠소."

사내가 한숨을 쉬며 말했다.

"금을 무쇠로 팔아야 하다니! 아아, 할 수 없구나! 대신 1000관에서 단 일 푼도 뺄 수 없소."

"나와 같이 우리 집에 가면 돈을 주겠소."

몸을 돌려 노지심에게 말했다.

"사형, 찻집에서 기다리면 곧 돌아오겠소."

노지심이 말했다.

"나는 먼저 돌아갈 테니 내일 다시 보시게."

임충이 노지심과 작별하고 칼을 팔던 사내를 데리고 집에 가서 은자로 계산하여 주고 남자에게 물었다.

"이 칼은 어디서 얻은 것이오?"

사내가 말했다.

"소인 조상이 남긴 것이오. 집안이 기울어서 돈이 급히 필요하기 때문에 어쩔 수 없이 들고 나와 팔게 된 것이오."

"당신 조상이 누구시오?"

"만약 말한다면 조상을 욕되게 하는 것이니 묻지 마시오!"

임충은 다시 묻지 않았다. 사내가 은자를 받고 돌아갔다. 임충은 칼을 이리 저리 한참을 돌려보고 감탄하며 말했다.

"정말 좋은 칼이다! 고 태위도 집에 보도를 두고 남에게 잘 보여주지 않았지. 내가 몇 번이나 보려고 해도 보여주지 않던데, 오늘 내가 좋은 칼을 샀으니 나중에라도 비교해봐야겠군."

밤새 손에서 놓지 않고 보다가 밤늦게 벽에 걸어놓았다. 날도 밝지 않았을 때 일어나 다시 칼을 바라보았다.

다음날 사시에 임충의 집 문 앞에 승국承局28 두 명이 찾아와 소리를 질렀다.

"임 교두, 태위께서 교두가 좋은 칼을 샀다는 말을 듣고 태위의 칼과 비교해보자고 하십니다. 태위께서 부중에서 기다리고 계십니다."

임충이 듣고 속으로 혼잣말을 했다.

'어떤 말 많은 사람이 태위에게 보고했나보구나.'

두 승국이 임충을 재촉하여 옷을 입게 했다. 칼을 들고 두 승국을 따라갔다. 도중에 임충이 물었다.

"내가 부중에서 너희를 본적이 없는데……"

두 사람이 말했다.

"소인들은 새로 온 인원입니다. 따라오십시오."

전수부 앞에 온 다음 안으로 들어가 대청 앞에서 걸음을 멈추었다. 승국이 다시 말했다.

"태위께서는 안쪽 후당에 앉아 계십니다."

병풍을 돌아가서 후당 안에 들어갔으나 태위가 보이지 않자 임충은 또 발을 멈추었다. 두 사람이 또 말했다.

"태위께서 안에서 기다릴 테니 우리더러 교두를 안내하라고 하셨습니다."

이중 삼중의 문을 지나 어느 곳에 도착하니 사방이 녹색 난간이었다. 두 사람이 임충을 대청 앞에까지 인도하고 말했다.

28_ 승국承局: 전전사 아문 내의 하급인원을 말한다. 여기서는 고 태위 부중에서 파견한 자다.

"교두, 여기서 잠시 기다리시면 들어가서 태위께 아뢰겠습니다."

임충은 칼을 들고 처마 앞에 서 있었다. 두 사람이 들어가고 차 한 잔 마실 시간이 지났는데도 나오지 않았다. 임충이 속으로 의심이 생겨 두리번거리며 안을 들여다보니 처마 앞 편액에 '백호절당白虎節堂'이란 검은색 네 글자가 눈에 들어왔다. 임충은 그제야 깨달았다.

'이 절당節堂은 군기대사를 상의하는 곳인데 어떻게 감히 이유 없이 들어올 수 있단 말인가?'

급히 몸을 돌리는데 발자국 소리가 들렸고 발자국 소리가 가까워지더니 어떤 사람이 밖에서 걸어 들어왔다. 임충이 바라보니 다른 사람이 아니라 본관 고태위였다.

임충이 서둘러 칼을 잡고 앞에 나가 인사를 했다. 태위가 호통을 쳤다.

"임충, 부르지도 않았는데 네가 어찌 감히 백호절당에 들어왔느냐? 네가 법도를 아느냐? 손에 칼을 들고 온 것을 보니 본관을 암살하려는 것 아니냐? 네가 이삼일 전 매일 칼을 들고 태위부 앞에서 기다린다고 누군가 말하더니 분명 나쁜 마음을 품고 있구나!"

임충이 몸을 굽히고 말했다.

"은상, 방금 두 승국이 태위께서 이 임충을 불러 칼을 비교해보자고 하신다고 하여 따라온 것입니다."

태위는 고함을 질렀다.

"승국은 어디 있느냐?"

"은상, 둘은 이미 절당 안으로 들어갔습니다."

"허튼소리 말아라! 무슨 승국이 감히 내 백호절당 안으로 들어온단 말이냐! 거기 아무도 없느냐, 이놈을 잡아라!"

말이 끝나기 무섭게 이방耳房29에서 20여 명이 뛰어나와 임충을 난폭하게 밀어 넘어뜨리고 꼼짝 못하게 붙잡았는데, 마치 독수리가 제비를 뒤쫓고 맹호가 어린 양을 삼키듯 했다. 고 태위가 대로하여 말했다.

"너는 금군 교두가 되어 법도도 모른단 말이냐. 어째서 예리한 칼을 들고 절당에 들어와 본관을 죽이려 했느냐?"

좌우에 소리 질러 임충을 끌고 가게 했으니 장차 임충의 목숨이 어떻게 될지는 모르겠다. 이 때문에 나누어 서술하면, 중원을 크게 소란스럽게 하고 전국을 종횡하게 되었다. 그야말로 농부의 등에 군사의 기호[30]를 붙이고, 어부의 배에까지도 깃발[31]을 꽂게 되었다.

결국 임충의 목숨이 어떻게 되었는가는 다음 회에 설명하노라.

표자두豹子頭 임충林沖

송나라 때 사람들은 동물 머리로 별명을 삼는 경우가 많았다. 임충의 별명인 '표자두(표범의 머리)'는 원나라 잡극 평화平話에서 표현한 장비張飛의 형상인데, 『삼국지평화三國志平話』에 따르면 본문과 같은 내용인 "생긴 것은 둥근 눈에 표범의 머리 같았으며 제비 목덜미에 호랑이 수염이 났다"고 했다. 제48회에 "온 산에서 모두가 소장비小張飛라 부르는 그는 바로 표자두 임충이다滿山都喚小張飛, 豹子頭林沖便是"라는 시 구절이 있는데, 이것을 보면 임충이란 인물은 장비를 형상화한 것 같다.

또한 '표자두'에 대해서 다른 견해도 있는데, 청나라 정목형의 『수호전주략』에서는 "표범의 무리가 지나가면 반드시 우두머리가 있다"고 했다. 그러나 『수호전전교주』에 따르면 "임충의 머리 모양이 표범과 같은 것이지, 표범 무리 가운데 우두

29_ 이방耳房: 정방正房 양측에 각기 한 칸 혹은 두 칸의 길이와 높이가 작은 방이다. 정방 양측에 귀처럼 걸려 있다고 해서 이방이라 했다.

30_ 원문은 '심호心號'인데, 머리에 번호 두건을 쓰고 번호 의복을 입으며 가슴 앞뒤로 '병兵' 혹은 '졸卒' 같은 글자를 적어 넣은 것을 말한다. 농민을 강제로 무장시키는 것을 말한다.

31_ 원문은 '인기認旗'인데, 행군할 때 주장主將이 인솔하는 표식의 깃발이다.

머리를 말하는 것은 아니다'라고 했다.

아내衙內

본문에서 고구의 양 아들을 '고 아내衙內'라고 불렀는데, '아내'는 무엇을 의미하는가?

'아내'의 본래 의미는 관원의 아들을 가리킨 것은 아니었고 관직 명칭이었다. '아衙'자는 원래 '아牙'로 적었는데, 천자나 장수가 외출할 때 사용하던 큰 깃발로 깃대를 상아로 장식했으므로 '아기牙旗'라고 했다. 결국 '아'는 자연스럽게 장수의 부서를 표시하게 되었고 그러한 부서 안의 대소 장수들을 '아장牙將'이라 했다. 아장은 당연히 장수가 자신이 관할하는 내부의 친근한 자에게 부여했기에 '아내牙內'라는 명칭을 덧붙이게 된 것이다. 이후에 '아牙'자는 '아衙'로 변하게 되었고, 이에 '아내牙內'도 '아내衙內'로 변하게 되었다.

'아衙'의 본래 뜻은 천자가 거주하는 곳을 가리켰다. 『신당서新唐書』「의위지儀衛志」에 따르면 "당나라 제도에서 천자가 거주하는 곳을 아衙라 하고, 출행하는 것을 가駕라 한다"고 했다. 이후 만당晚唐 시기에 와서는 글자의 등급이 내려가 군부軍府를 가리키게 되었다. 오대五代 시기에 와서는 '아牙'와 '아衙'가 혼용되었다가 북송 시기에 와서 '아衙'자의 범주가 더욱 확대되어 사무적인 관부를 가리키게 되어 모두 '아문衙門'이라 지칭하게 되었고 군부에서는 반대로 적게 되었다.

『수호전』의 본문 내용처럼 '아내'가 관원의 아들을 칭하게 된 것은 당말唐末 오대 십국五代十國 시기에 번진藩鎭 대부분에서 장수들이 자신의 아들들을 '아내도지 휘사衙內都指揮使' '아내도감사衙內都監史' '아내도우후衙內都虞候' 등을 담당하게 했고 송나라 초기에도 여전히 이어졌다. 이 때문에 '아내'는 관원의 아들이란 의미를 나타내게 되었다.

고구는 수양아들을 두지 않았다.

고구가 아들이 없어 수양아들을 뒀다는 것은 확실하지 않다. 『수호전보증본』에 따르면 "고구에게는 적어도 세 아들이 있었다. 고요강高堯康, 고요보高堯輔, 고병高柄이다. 『송사』 「휘종기」에 따르면 '선화宣和 4년(1122) 5월 임술壬戌일, 고구를 개부의동삼사開府儀同三司로 삼았다, 정묘丁卯일 그의 아들 고병을 창국공昌國公으로 삼았다'고 기재하고 있다. 여기서 고 아내를 형상화한 것은 당연히 작자가 고구의 추한 모습을 강화한 것이다. 오대五代 시기에는 수양아들을 두는 일이 성행했는데, 『오대사五代史』 「진가인전晉家人傳」에 따르면 '중윤重允은 고조高祖(석경당石敬瑭)의 동생인데, 고조가 그를 사랑하여 길러서 아들로 삼았다'고 했고, 『송사』 「주삼신전周三臣傳」에 따르면 '이수절李守節은 이균李筠의 아들인데, 이수절이 사망하여 후사가 없자 이균의 첩이 낳은 아들을 후계자로 삼았다'고 했다."

백호절당白虎節堂

전수부에서 군사 기밀을 상의하는 곳인데, 왜 '백호절당'이라 했을까?

고대 천문학에서는 사상四象과 이십팔수二十八宿 개념이 있었다. 사상은 동물의 형상으로 이름을 지은 것인데, 동궁東宮은 창룡蒼龍, 남궁南宮은 주작朱雀, 서궁西宮은 백궁白虎, 북궁北宮은 현무玄武였다. 동궁의 창룡은 천자의 명당明堂을 상징하고 남궁 주작은 군신들의 호위를 상징하며 북궁의 현무는 종묘의 제사를 상징하고 서궁 백호는 군사를 상징한다.

고대에는 군대를 파견할 때 대장은 '부절符節'을 소유했다. '부符'는 병부兵符로 한나라 때는 대나무로 만들었으며 길이는 6촌으로 반드시 두 부분이 합치되어야 비로소 진짜였다. '절節'은 부신符信(신표)으로 사신이 소지한 증빙이었다. 『후한서後漢書』 「광무제기光武帝紀」에서 이현李賢은 "절은 대나무 자루로 만들었고 길이는 8척이고 삼중의 야크 꼬리가 감겨져 있다"고 주석을 달았다. 한나라 이래로 군사 장관의 절은 깃발 형상으로 바뀌었으므로 또한 '정절旌節'이라고도 불렀다. 이로부터 부符는 구체적인 부신으로 변했고 절은 점차 장수가 외부에 선양하는 상징물로 변했다.

위진남북조魏晉南北朝 시기에 와서는 전쟁의 상황이 순식간에 변했기에 조정에서는 항상 특사를 파견해 군대를 지휘하게 했는데, 이런 사람들을 '사지절使持節'이라 불렀다. 이것은 관할하는 범위 안에서 관원이나 혹은 지휘에 복종하지 않는 자를 상급기관의 지시를 거치지 않고 처벌할 수 있으며 죽음에까지 처할 수 있는 권한을 소유한 것이다. 이러한 제도는 최고통치자의 의지를 관철하고 집행하면서 간섭을 받지 않도록 최대한 보증하는 것이다. 사지절은 이러한 관원의 통칭인데 그들의 등급과 품계는 같지 않아서 세 등급으로 구분할 수 있다. 첫 번째 등급은 '사지절'로 평상시와 전시에 모두 이천석二千石(한나라 때 봉록제도에서 군郡 태수太守는 질이천석秩二千石이었기 때문에 군 태수를 '이천석'이라 불렀다) 이하의 관원을 참살할 수 있고, 두 번째 등급은 '지절持節'로 평상시에는 관직이 없는 사람을 참살하고 전시 때는 이천석 이하의 관원을 참살할 수 있었다. 세 번째 등급은 '가절假節'로 평상시에는 사람을 처벌할 권한이 없지만 전시에는 군령을 어긴 자를 참살할 수 있었다. 여기서 가假는 '잠시 권한을 빌려주다'는 의미인데, 일정 부분 직급을 올려서 임용한 것이라 할 수 있다. 이러한 제도는 당나라 관제에도 영향을 주었고 당나라 때의 '절도사節度使' '자사刺史'가 바로 이러한 제도를 모방하여 탈바꿈한 것이다.

지방 관원이 '절'을 소유해야 비로소 병권을 쥘 수 있었으니 다시 말하면 병권을 가진 사람은 조정에서 하사한 '정절'을 소유하고 있다고 할 수 있다. 그렇기에 '절'은 자연히 군대를 지휘하는 상징물이 된 것이다. 사실 '절당節堂'의 의미는 절도사가 '정절'을 보관하고 있는 '당堂'의 의미에 불과하다. 『수호전』에서는 정절을 보관하고 있는 절당을 차용하여 군사 기밀을 상의하고 군사행동의 조치를 취하는 당으로 차용했는데 본래의 의미에서 비약한 것이며 타당하지 않다고 할 수 있다.

우후虞候

처음에 우후는 고정 등급이나 직무를 맡은 관직 명칭은 아니었다. 우후라는 말이 최초 등장한 시기는 춘추시대로 『좌전』 소공昭公 20년에 따르면 "소택지 가운데 땔감은 우후가 관리한다藪之薪蒸, 虞候守之"고 했다. 주나라 때는 일반적으로 산과 강의 물산을 관리하는 관직을 모두 '우虞'라 했고, '우인虞人'을 설치해 지키고 정찰하며 도적을 방지하게 했는데, 나중에는 그들을 '우후'라고 불렀다. 또한 군대 안에서 적의 동태를 정찰하는 임무를 주관한 관직을 우후라고 불렀는데, 춘추 시기 진晉나라에서 시작되었다. 수나라 시기에 와서 우후는 정식으로 동궁東宮 금위관禁衛官이 되었고 정찰과 순찰의 임무를 책임졌다.

송나라에 와서 전전사殿前司, 시위친군군마사侍衛親軍軍馬司, 보군사步軍司 삼아三衙 가운데 모두 도우후都虞候를 설치했는데, 지위는 지휘사指揮使와 부도지휘사副都指揮使 다음이었다. 이 외에도 각급 군대 안에도 우후가 있었다. 『송사』 「직관지」에 따르면 "전전사에 도지휘사, 부도지휘사, 도우후 각 1명"이라고 했는데, '도우후'는 금군 가운데 참모 역할을 하는 인원의 수장이었다고 할 수 있다. 또한 『수호전전교주』에 따르면 "정목형의 『주략』에서 이르기를, '우후는 도우후都虞候로 당나라 때 군대의 부대장 명칭이었으며 아역衙役이었다는 것은 듣지 못했다'라고 했다."

당시 태위는 좌우에 도열해 있는 군관을 불러 임충을 끌어내 참수하려 했다. 임충이 억울함을 호소하자 태위가 말했다.

"네가 무슨 일로 절당에 왔겠느냐? 지금 손에 날카로운 칼을 들고 나를 죽이려던 것이 아니라면 무엇이란 말이냐?"

임충이 말했다.

"태위께서 부르시지 않았다면 제가 어찌 감히 들어올 수 있겠습니까? 승국 두 명이 절당 안으로 들어갔습니다. 이 임충을 속여서 여기로 오게 한 것입니다."

태위가 고함을 질렀다.

"터무니없는 소리! 내 부중 어디에 승국이 있단 말이냐? 네 이놈 판결에 불복하겠단 말이냐!"

---

1   제8회 제목은 '林教頭刺配滄州道(임교두가 얼굴에 글자를 새기고 창주도로 귀양 가다), 魯智深大鬧野猪林(노지심이 야저림에서 임충을 구하다)'이다.

부하들에게 소리쳐 개봉부 등隊 부윤府尹2에게 보내 명백히 심문하여 사실을 밝히고 법대로 처리하게 하고, 보도를 봉하여 증거로 가져가게 했다. 부하들이 명을 받들어 임충을 개봉부로 압송했다. 때마침 등 부윤은 대청에 앉아 아직 퇴청하지 않고 있었다.

벽에는 붉은 비단 휘감고 탁상엔 자주색 끈 둘렀네. 정면엔 주홍색 편액 걸려 있고 사면엔 반죽斑竹3 발 드리워져 있구나. 관료들은 정당한 도리 엄수하고 계석戒石4에는 어제御制5 네 줄이 새겨져 있고, 영사令史6들은 근엄하며 옻칠한 팻말엔 소리를 낮추라는7 두 글자 쓰여 있네. 제할관提轄官은 기밀을 관장하고, 객장사客帳司8는 호출장을 전담하네. 관병은 무겁고 절급節級9은 엄숙한 분위기구나. 등나무 줄기10 쥔 지후祗候들은11 섬돌 앞에 시립해 있고, 대장大杖12을 잡

2_ 등隊 부윤府尹은 개봉부 부윤으로 성이 등隊씨다. 북송 시기에 개봉부 부윤을 지낸 사람은 등보隊甫 한 사람 뿐인데, 이 사람은 신종神宗 희녕熙寧(1068~1077) 연간 사람이다. 휘종徽宗 선화宣和 (1119~1125) 연간에 개봉부 부윤을 지낸 사람은 세 사람인데, 성장盛章·왕정王鼎·왕혁王革이다.

3_ 반죽斑竹: 상비죽湘妃竹이라고도 한다. 대나무의 일종으로 댓줄기에 자갈색의 반점이 있는 것이다. 전설에 따르면 순舜 임금이 남쪽 창오蒼梧를 순시하다 죽었는데 그의 두 왕비가 상수湘水에서 창오 산蒼梧山을 바라보며 통곡했고 대나무에 눈물을 뿌려 반점이 생겼으므로 반죽 혹은 상비죽湘妃竹이라 부른다.

4_ 계석戒石: 송대 이래로 지방 관서에는 관리들을 경계하는 문장이 새겨진 석비가 세워졌는데, 이것을 계석이라 한다.

5_ 어제御製: 제왕이 저작한 시문, 서화, 악곡을 가리킨다.

6_ 영사令史: 송·원 이래로 관부의 서리胥吏에 대한 통칭이다. 소리小吏를 말한다.

7_ 원문은 '저성低聲'인데, 『수호전전교주』에 따르면 "출행할 때 선두에 선 의장이 낮은 소리로 외쳤는데, 청도淸道라고 한다"고 했다. 청도는 제왕이나 혹은 관리가 외출할 때 사람을 시켜 앞에서 길을 인도하고 행인을 흩어지게 하는 것을 말한다.

8_ 객장사客帳司: 관서에서 접대 등과 재물의 출납을 관리하는 일을 관장하는 관원이다.

9_ 절급節級: 지방 옥리獄吏로 저급 무관 인원에 속한다.

10_ 원문은 '등조藤條'인데, 범죄자의 등을 때리는 형구다.

11_ 지후祗候: 송대에 각문閣門을 관리하는 속관으로 조회와 연회 때 의식을 진행하는 일을 관장했다. 원·명 때는 관부의 아역으로 세도가의 하인 수령을 가리키기도 했다.

12_ 대장大杖: 범죄자의 팔과 다리를 때릴 때 사용하는 형구로 3척 5촌 길이의 나무 몽둥이로 대부분 가시나무 가지를 사용했다.

은 이들은 좌우로 나뉘어 도열했네. 혼인 송사를 옥형玉衡[13]같이 바르게 판결하고, 싸우는 다툼도 보름달 빛이 비추듯 합당하게 판단하구나. 비록 한 군郡의 재신관宰臣官[14]에 불과하지만, 천하 백성의 어버이라네. 죄수를 다스림에 얼음 위에 세우듯 바르고, 사람들을 가르침에 언제나 거울에 비추듯 하누나. 이루 다 말할 수 없는 엄숙하고 장중함은, 대청에 빚어 세운 신도설교[15]하는 신과 같도다.

緋羅緻壁, 紫綬卓圍. 當頭額掛朱紅, 四下簾垂斑竹. 官僚守正, 戒石上刻御製四行; 令史謹嚴, 漆牌中書低聲二字. 提轄官能掌機密, 客帳司專管牌單. 吏兵沉重, 節級嚴威. 執藤條祇候立階前, 持大杖離班分左右. 戶婚詞訟, 斷時有似玉衡明; 鬪毆是非, 判處恰如金鏡照. 雖然一郡宰臣官, 果是四方民父母. 直使囚從冰上立·盡敎人向鏡中行. 說不盡許多威儀, 似塑就一堂神道.

고 태위가 보낸 하급관리가 임충을 개봉부 앞으로 압송하여 계단 아래에 무릎을 꿇렸다. 고 태위가 한 말을 등 부윤에게 전하고 태위가 밀봉한 칼을 임충 앞에 놓았다. 부윤이 말했다.

"임충, 너는 금군 교두로서 어째서 법도도 모르고 예리한 칼을 소지한 채 절당 안으로 들어갔느냐? 이것은 마땅히 죽어야 할 죄이니라."

임충이 아뢰었다.

13_ 옥형玉衡: 북두칠성 가운데 다섯 번째 별이다. 양웅揚雄의 「장양부長楊賦」에 이르기를 "옥형은 바르고 태계太階(별 이름)는 공평하다"고 했는데, 옥형은 청렴하고 공평함을 비유한 것이다.

14_ '재宰'는 '재상宰相'이란 명칭의 기원이다. 민간에서의 '재'는 '현령縣令'을 가리키니 '현재縣宰'라 할 수 있다. 또한 여기서 개봉부를 '군郡'이라 한 것은 적합하지 않은데, 한나라 이래로 경성은 '경조京兆' 혹은 '천부天府'라 칭했다. 여기서 개봉부 부윤을 '한 군郡의 재신宰臣'으로 표현한 것은 앞뒤가 맞지 않는다고 할 수 있다.

15_ 신도설교神道設教: 성인이 신도설교(신성하고 완전한 신의 진리로 교화를 시행)로써 천하를 복종시키는 것을 가리킨다. 이현 주석에 따르면『역경』「관괘觀卦」에 '聖人以神道設教, 而天下服矣(성인이 자연의 신묘한 규율을 본받아 교화를 설립하여 천하 사람들을 복종시킨다)'라 했다.

"은상, 밝게 살펴주십시오. 이 임충은 억울한 죄를 뒤집어썼습니다. 소인이 비록 거칠고 우악스러운 군관이지만 자못 법도를 아는데 어떻게 함부로 절당으로 들어가겠습니까? 지난달 28일, 이 임충이 처와 악묘에 소원을 빌러 갔었습니다. 때마침 마주친 고 태위의 아드님이 소인의 처를 희롱하려 하다가 소인에게 혼쭐이 나서 물러난 적이 있습니다. 그 뒤에 다시 고 아내가 육 우후를 시켜 소인을 속여 술을 마시러 가게 해놓고는 부안을 보내 소인의 아내를 속여 육 우후의 집 위층에 데리고 가서 희롱하려 했습니다. 이때도 소인에게 쫓겨났고 육 우후의 집을 한바탕 때려 부쉈습니다. 두 차례 모두 겁탈에 실패했고 증인도 있습니다. 어제 제가 이 칼을 샀는데 오늘 바로 태위께서 승국 두 명을 우리 집에 보내 저를 불러 칼을 부중으로 가져와 비교해보자고 했습니다. 그래서 그 두 사람을 따라 절당까지 간 것입니다. 두 승국이 절당 안으로 들어간 뒤에 갑자기 태위가 밖에서 들어왔습니다. 이는 분명히 이 임충을 모함하여 해치려는 것입니다. 은상, 바르게 처리해주시길 바랍니다."

부윤이 임충의 말을 듣고 먼저 태위부에 공문을 보내고 나서 임충에게 가추枷杻[16]를 채우고 감옥에 가두었다. 임충의 부인이 밥도 가져왔으며 남편을 구하려고 돈도 여기저기 뿌렸다. 임충의 장인 장張 교두도 돈과 재물을 써서 위로는 뇌물을 보내고 아래로는 여기저기 간청하며 재물을 썼다. 그날 당직을 서던 문서 담당 공목孔目은 손정孫定이라는 사람이었다. 손정은 정직하고 매우 선량하며 남을 돕기를 좋아했으므로 사람들은 그를 '손불아孫佛兒(손 부처)'[17]라고 불렀다. 손정은 이 사건이 고의로 모함한 것이 명백함을 알고 부윤에게 완곡하게 속사정을 설명하며 보고했다.

16_ 가추枷杻: 고대에 두 종류의 목제 형구가 있었는데, 가枷는 목을 조르는 것으로 장가長枷와 방가方枷로 나뉜다. 장가는 목과 팔을 모두 조르는 것이고 방가는 목만 조르는 것이다. 추杻는 양 손을 끼우는 것으로 철제로 된 쇠고랑이다.

17_ 불아佛兒는 불자佛子, 생불生佛과 같은 의미다. 백성에게 덕을 쌓고 선을 행하며 위태로운 사람을 돕고 곤궁에 빠진 자를 구제하는 좋은 사람에 대한 미칭美稱이다.

"이 사건은 분명히 임충이 누명을 쓴 것이므로 도와줘야 합니다."

부윤이 말했다.

"이미 이런 죄를 지었다! 고 태위가 '선고를 내려라'[18]고 명했다. 고 태위가 분명히 '칼을 들고 고의로 절당에 들어와서 본관本官[19]을 죽이려고 한 죄'에 대해 물을 것이다. 그런데 어떻게 도와줄 수 있단 말이냐?"

"그렇다면 이 남아南衙[20] 개봉부가 조정의 관아가 아니라 고 태위 집안의 것이란 말입니까?"

"무슨 헛소리냐!"

"고 태위가 권력을 장악하고 권세에 의지해 횡포를 부린다는 것은 누구나 아는 사실입니다. 게다가 고 태위 자신은 못하는 짓이 없으면서, 남들은 아주 작은 죄만 지어도 개봉부로 보냅니다. 그런데 죽이라면 죽이고 능지처참하라 한다고 그대로 한다면 개봉부가 그의 관청이 아니고 무엇이란 말입니까?"

"그럼 네 말대로 한다면, 이 사건을 어떻게 판결하여 귀양 보내야 하느냐?"

"진술을 들어보니 임충은 정말로 죄가 없습니다. 다만 승국 두 명을 찾을 수가 없습니다. 지금 '부당하게 칼을 차고 실수로 절당에 들어간 잘못'을 인정하게 한다면 척장脊杖[21] 20대를 치고 얼굴에 글자를 새기고 멀고 열악한 군주軍州로 귀양을 보내면 됩니다."

이에 등 부윤도 임충의 억울함을 알고 친히 고 태위에게 가서 임충의 진술을 여러 차례 전했다. 고구도 이 일이 이치상 너무 억지스럽다는 것을 익히 알았기

18_ 원문은 '앙정죄仰定罪'다. '앙仰'은 공문서에 쓰이는 용어로 상급기관에 보내는 공문에서 사용할 경우에는 공경을 나타내고 하급기관에 보내는 공문에 사용할 경우에는 명령을 나타낸다. 정죄定罪는 죄를 결정하는 것을 말한다.

19_ 본관本官: 속관이 관할 장관에 대한 칭호다.

20_ 남아南衙: 송나라 때 개봉부의 관서를 남아라 불렀다.

21_ 척장脊杖: 제피이기 대 나무 등을 때리는 형벌이다. 외지로 유배 가는 죄인에게 판결했다. 궁둥이나 다리에 상처가 나서 걷는데 지장이 없도록 하기 위한 것이다.

에, 또 직접 찾아온 부윤의 체면도 무시할 수 없어 어쩔 수 없이 허락했다. 이날 부윤은 돌아와 대청에 올라서고는 임충을 불러 안건을 처리했고, 임충이 차고 있던 장가長枷²²를 벗기고 척장 20대를 때렸다. 문필장文筆匠²³을 불러 뺨에 글자를 새기게 하고 거리를 계산하니 유배지²⁴는 창주滄州²⁵였다. 즉시 7근 반짜리 머리를 에워싸는 철판에 몸을 보호하는 못을 박은 칼을 씌우고 봉인 용지를 붙이고 공문에 서명하고는 압송관²⁶ 두 명에게 감독하며 압송하도록 명령했다.

압송관은 동초董超와 설패薛覇였다.²⁷ 두 사람이 공문을 받고 임충을 압송하여 개봉부를 나섰다. 이웃들과 장인 장 교두가 부중 앞에서 기다리고 있다가 임충과 두 명의 압송관과 함께 주교 아래 주점으로 인도하여 자리에 앉았다. 임충이 말했다.

"손정 나리의 도움을 받아 매질도 그리 세지 않아 걸을 수 있습니다."

장 교두가 주보를 불러 술과 음식을 시켜 두 압송관을 대접하게 했고 술을 여러 잔 권한 뒤 은냥을 꺼내 두 압송관에게 주었다. 임충이 장인의 손을 잡으며 말했다.

"장인어른, 근래 시운이 나빠 뜻하지 않게 고 아내를 만나 억울한 소송에 휘말렸습니다. 오늘 장인어른께 말씀드릴 것이 있습니다. 장인의 과분한 사랑으로

22_ 장가長枷: 범인의 머리와 팔에 함께 칼을 씌우는 형구로 비교적 길고 넓고 무거워 장가라 불렀다.

23_ 문필장文筆匠: 몸에 글자와 무늬를 새기는 장인.

24_ 원문은 '뇌성牢城'으로 송나라 때 죄를 저지른 자를 유배 보내 수감한 곳을 가리킨다. 역자는 이하 '유배지'로 번역했다.

25_ 창주滄州: 『수호전전교주』에 따르면 "정목형의 『주략』에서 이르기를, '창주는 송나라 경성군景城郡 (치소는 청지현淸池縣으로 지금의 허베이성 창저우滄州 동남쪽), 횡해군절도사橫海軍節度使다'라고 했다."

26_ 원문은 '방송공인防送公人'인데, 죄수를 호송하는 차역이다. '방송防送'은 '압송押送'의 의미다. 역자는 이하 '압송관'으로 번역했다.

27_ 『수호전전교주』에 따르면 "원·명 시기 희곡과 소설 속의 '방송공인(압송관)'은 일반적으로 모두 동초董超와 설패薛覇 혹은 동패董覇와 설초薛超 등이다"라고 했다.

따님을 소인에게 시집보낸 지 이미 3년이 흘렀고 그동안 조금도 잘못된 적이 없었습니다. 비록 자식을 두지는 못했지만 서로 얼굴 붉히면서 다툰 적도 없었습니다. 그러나 지금 소인이 뜻밖의 재난을 만나 창주로 유배가게 되어 생사를 장담할 수 없게 되었습니다. 집사람이 혼자 집에 남게 되어 소인의 심정은 불안하고 고 아내가 다시 위협할까 두렵습니다. 게다가 나이도 젊은데 제가 앞길을 망쳐서는 안 됩니다. 소인은 오늘 이웃들 앞에서 이혼 증서를 작성하여 아내가 개가를 해도 결코 따지지 않겠습니다. 이것은 이 임충 본인의 주장이며 다른 사람의 압력에 의한 것이 아닙니다. 이렇게 해야 제 마음도 편안하고 고 아내가 음모를 꾸며 해치는 것을 피할 수 있을 것입니다."

장 교두가 말했다.

"여보게 사위, 그게 무슨 말인가! 운명과 운세가 좋지 않아 뜻밖의 재난을 만난 것이지 일부러 그런 것은 아니지 않은가. 지금 잠시 창주로 가서 재난을 피하고 있으면 조만간 하늘이 가련하게 여겨 자네가 풀려나 예전처럼 부부가 만나게 될 걸세. 우리 집안이 그나마 살만하니 내일 당장 딸과 금아를 불러와 데리고 있겠네. 어찌되었든 몇 년 동안은 먹여 살릴 수 있다네. 내가 집 안에만 있도록 한다면 고 아내가 보고자 해도 안 될 것이네. 아무 걱정 말고 나만 믿으면 된다네. 자네가 유배지 창주에 도착하면 내가 자주 편지도 보내고 옷도 같이 보내겠네. 딴 생각 말고 안심하고 가게."

"장인어른의 호의에 감사드립니다. 하지만 이 임충은 마음을 놓을 수 없습니다. 잘못하면 두 사람 모두 그르치게 될 것입니다. 장인어른께서 이 임충을 가련하게 여기시어 허락하신다면 죽어도 편안히 눈을 감을 것입니다."

장 교두가 어떻게 받아들일 수 있겠는가? 이웃들 또한 안 된다고 반대했다. 임충이 다시 말했다.

"만일 소인의 뜻을 허락하지 않으신다면, 이 임충이 힘써 버텨서 돌아오더라도 절대로 집사람과 만나지 않겠습니다."

장 교두가 말했다.

"그렇다면 자네 마음대로 서류를 쓰게나. 내가 딸을 다른 사람에게 보내지 않으면 그만이네."

즉시 주보에게 문서를 쓰는 사람을 부르게 하고 종이를 사서 임충이 내용을 말하고 받아 적었다.

'동경 팔십만 금군 교두 임충이 중죄를 지어 창주로 유배를 가게 되어 이후의 생사를 보장할 수 없게 되었다. 아내 장씨는 나이가 어리므로 이혼서류를 작성하여 개가를 하더라도 나는 영원히 우기며 다투지 않을 것을 맹세한다. 이것은 스스로 결정한 것이며 결코 강요받은 것이 아니다. 나중에 증거로 삼기 위하여 이 문서를 작성한다. 모년 모월 모일.'

임충은 즉시 문서를 받아 읽어보고 붓을 빌려 날짜를 적고는 수결을 하고 지장을 찍었다.

장인에게 건네려는데 부인이 대성통곡하며 들어오는 것이 보였고 시녀 금아도 의복을 안고 주점 안으로 들어왔다. 임충이 보고 일어나 맞으며 말했다.

"부인, 내 생각은 이미 장인께 다 말씀드렸소. 내가 운수 나쁘게 재난을 만나 이런 억울한 송사에 말려들었소. 이제 창주로 유배를 가게 되면 생사를 보장할 수 없기에 부인의 청춘을 낭비하게 될까 두려워 이미 몇 자 적어놓았소. 부인은 다시는 나를 기다리지 말고 좋은 사람 있으면 스스로 개가하길 바라오. 나 때문에 당신을 잘못되게 하고 싶지는 않소."

부인이 듣고 울면서 말했다.

"여보! 저는 조금도 더럽혀진 적이 없는데, 어째서 저를 버리신단 말이에요!"

"부인, 이것은 내 호의요. 나중에 둘 다 잘못될까 걱정하여 당신이라도 구하려는 것이오."

장 교두가 말했다.

"얘야, 걱정 말아라. 비록 사위가 그렇게 주장하지만 나는 절대로 너를 다른 사람에게 시집보내지 않겠다. 이 일은 그의 뜻을 따르고 안심하고 떠나게 하자. 사위가 돌아오지 않아도 평생 먹고 살 비용은 충분하니 너만 개가하지 않으면 그만이다."

그 말을 들은 부인은 마음에 슬픔이 가득하여 오열했고, 이혼 문서를 보고는 갑자기 울면서 혼절하여 땅에 쓰러졌다. 오장五臟이 어떻게 되었는지는 모르지만 사지는 움직이지 않았다.

형산荊山의 옥석이 부서지니, 수십 년의 부부 애정 애석하게 되었으며, 거울 속 꽃이 시드니, 태양신과 짝이 된 90일을 헛되이 허비했구나. 꽃 같은 얼굴 쓰러지니 서원西苑의 함박꽃 붉은 난간에 기댄 듯하고, 붉은 입술 말이 없으니 남해의 관음보살이 입정에 들어선 듯하네. 어젯밤 정원에 봄바람 거세더니, 매화 부러져 땅 위에 가로놓였구나.

荊山玉損, 可惜數十年結髮成親; 寶鑑花殘, 枉費九十日東君匹配. 花容倒臥, 有如西苑芍藥倚朱欄; 檀口無言, 一似南海觀音來入定. 小園昨夜春風惡, 吹折江梅就地橫.

임충과 장 교두가 급히 일으켰고 얼마 후 겨우 깨어났으나 울음을 그치지 않았다. 임충이 이혼 문서를 장 교두에게 주었다. 이웃 아낙이 임충 부인을 달래 부축하여 데리고 나갔다. 장 교두가 임충에게 부탁하며 말했다.

"마음 놓고 떠나게. 살아 돌아오면 다시 보게나. 자네의 아내는 내가 내일 집으로 데려가 살게 할 테니 자네가 돌아오면 다시 돌려보내겠네. 걱정 말고 떠나게. 만일 사람이 있거든 제발 서신이나 자주 보내게."

임충이 일어나 장인에게 감사 인사를 했고 또 이웃에게 작별을 고하며 등에 짐을 지고 압송관을 따라갔다. 장 교두도 이웃과 각자 집으로 돌아갔다.

한편 압송관 동초와 설패는 잠시 임충을 사신방使臣房[28]으로 데려가 가둔 다음 각자 집으로 돌아가 짐을 쌌다. 동초가 집 안에서 짐을 묶고 있는데 골목 주점의 주보가 와서 말했다.

"동단공董端公, 어떤 손님이 소인 주점에서 나리를 찾으십니다."

"누구냐?"

"소인은 모르는데 단공을 모셔오라고 하십니다."

원래 송나라 때의 공인은 모두 '단공端公'[29]이라 불렀다. 동초가 주보를 따라가 주점 안으로 들어와 내실을 들여다보니 어떤 사람이 앉아 있었다. 머리에는 만자萬字 두건을 쓰고 몸에는 검은 실로 짠 소매가 짧은 겉옷을 입었으며[30] 아래는 깨끗한 버선에 조화皁靴를 신었다. 동초를 보고는 황급하게 읍을 하며 말했다.

"단공, 앉으시오."

동초가 말했다.

"소인이 일면식도 없는데 무슨 일로 부르셨는지 모르겠습니다?"

그 사람이 말했다.

"앉으십시오. 잠시 기다리면 알게 될 것이오."

동초는 맞은편에 앉았다. 주보가 술과 잔 그리고 채소, 과일, 안주를 탁자에 놓자 그 사람이 물었다.

"설단공은 어디에 사시오?"

"바로 앞 골목 안에 삽니다."

<hr>

28_ 사신방使臣房: 송나라 때 범죄자를 체포하는 무관의 사무실을 가리킨다.

29_ 단공端公은 당나라 때 어사御史의 존칭으로 사용되었는데, 송나라에 와서는 일반 아역衙役에 대한 칭호가 되었다. 이것은 이전 왕조의 관원들 칭호에 대한 멸시라 할 수 있다.

30_ 원문은 '배자背子'인데, 소매가 짧은 겉옷으로 반비半臂(소매가 짧거나 소매가 없는 상의上衣)라 했다.

그 사람이 주보를 불러 사는 곳을 물은 뒤 말했다.

"네가 가서 모셔오너라."

주보가 가고 차 한 잔 마실 정도 시간이 지나 설패도 주점 안으로 들어왔다. 동초가 말했다.

"여기 나리께서 우리에게 할 말이 있으시다네."

설패가 물었다.

"여쭙기 황송하지만 대인의 성함이 어떻게 되십니까?"

그 사람이 또 말했다.

"잠시 후면 알게 될 것이오. 먼저 술이나 드시오."

세 사람은 자리에 앉고 주보는 술을 걸렀다. 술이 몇 잔 돌자 그 사람이 소매에서 금 10냥을 꺼내 탁자 위에 놓으며 말했다.

"두 분 단공께서 각각 다섯 냥씩 받으시고 번거롭더라도 작은 일을 해주셨으면 합니다."

두 사람이 말했다.

"소인이 본래 모르는 분인데, 무슨 까닭으로 우리에게 금을 주시는 거요?"

"두 분이 창주에 가시는 것 아니오?"

동초가 말했다.

"우리 둘이 본부의 명을 받아 임충을 그곳까지 압송합니다."

"그렇다면 두 분을 번거롭게 해야 할 것 같소. 나는 고 태위 심복 육 우후요."

동초와 설패는 어쩔 줄 몰라 연거푸 예, 예, 하고 대답하며 말했다.

"소인들이 어찌 감히 나리와 마주 앉겠습니까?"

육겸이 말했다.

"임충과 태위가 서로 원수 사이라는 것을 두 분은 알고 있을 것이오. 지금 태위께서 금 10냥을 두 분에게 전달하라 했소. 두 분이 허락하길 바랍니다. 멀리 갈 것도 없이 적당히 조용한 곳에서 임충을 죽여버리고 그곳 관부의 문서 한

장 얻어오면 그만이오. 만일 개봉부에서 뭐라고 하더라도 태위께서 알아서 한 마디 분부하면 아무 일 없을 것이오."

동초가 말했다.

"아마 안 될 것입니다. 개봉부 공문에는 산 채로 압송해가라고 했지 그를 죽이라 하지 않았습니다. 게다가 저는 나이도 많지 않은데 어떻게 그런 짓을 하겠습니까? 만일 조금이라도 성가신 일이 생긴다면 좋지 않습니다."

설패가 말했다.

"동초, 내 말 듣게. 고 태위께서 자네랑 나더러 죽으라고 하면 뜻에 따를 수밖에 없고, 이 나리를 시켜서 우리에게 금까지 주시지 않았나. 자네 다른 소리 말고 나와 나누세. 내리시는 인정을 받아둬야 나중에라도 우리의 뒤를 돌봐주실 걸세. 앞에 음침한 소나무 숲으로 가서 어떻게든 끝장내버리세."

설패가 바로 금을 집으며 말했다.

"나리, 걱정 마십시오. 길면 역참 5개이고 짧으면 이틀 정도 거리 안에서 결판내겠습니다."

육겸이 크게 기뻐하며 말했다.

"역시 설단공께서 시원시원하시군요! 내일 그곳에서 끝낸 후 임충 얼굴의 금인金印[31]을 벗겨 증표로 가져와야 하오. 그러면 이 육겸이 다시 두 분에게 금 10냥을 사례로 주겠소. 좋은 소식 기다리겠소. 절대 실수하지 마시오."

원래 송나라에서는 죄인들을 유배 보낼 때 얼굴에 글자를 새겼는데, 사람들 보기에 흉해서 그 자리에 금인金印을 박았다. 세 사람이 함께 술을 마시고 육우후가 계산을 하고 술집을 나와서 각자 헤어졌다.

동초와 설패는 금을 나누어 각자 집으로 돌아가 짐을 싸서 챙기고 수화곤水

31_ 금인金印: 송·원 시기에 범죄자 얼굴에 글자를 새겼는데 바늘로 찔렀으므로 금인이라 했다. 칼로 상처를 내는 것을 금창金瘡이라 한 것과 같다.

火棍[32]을 들고 사신방으로 가서 임충을 데리고 압송 길에 올랐다. 그날은 성을 나와 30여 리 떨어진 곳까지 가서 쉬었다. 송나라 때 길거리의 객점은 죄인을 압송하는 관리가 쉬면 방세를 요구하지 않았다. 동초와 설패 두 사람은 임충을 데리고 객점 안에서 잔 뒤 다음날 아침, 밥을 지어먹고 창주로 출발했다. 당시는 6월 한여름이라 날씨가 매우 더웠다. 임충은 처음 척장을 맞았을 때는 그다지 아프지 않아 전혀 신경을 쓰지 않았으나 이삼일이 지나고 날이 너무 더워지자 염증이 생겼다. 처음으로 척장을 맞은지라 한 걸음 한 걸음 걸을수록 고통으로 걸을 수 없는 지경이 되었다. 설패가 말했다.

"네가 세상 물정을 아무것도 모르는구나! 창주까지 2000리가 넘는데 이렇게 가다가는 언제 도착하겠느냐?"

임충이 말했다.

"소인이 태위부에서 혼나고 그저께 척장을 맞아서 상처에 염증이 생겼습니다. 이렇게 날씨도 무더우니 두 나리[33]께서 조금만 양해해주시기 바랍니다."

동초가 말했다.

"천천히 가자. 설패가 주절거려도 신경 쓰지 말거라."

설패가 길을 가는 내내 중얼중얼 원망 섞인 말을 했다.

"어르신이 재수가 없어서 너 같은 흉악한 놈을 만났구나."

날이 또 저물었다.

붉은 해 떨어지고, 옥거울 같은 달이 걸려 있네. 멀리 들에는 밥 짓는 연기가

32_ 수화곤水火棍: 직급이 낮은 관원들이 공무로 나갈 때 휴대한 무기로 대략 1척 길이였다. 위는 검은 색이고 아래는 붉은색이며, 위는 둥글고 아래는 평평한 나무 몽둥이다. 검은색은 물水을 대표하고 붉은색은 불火을 대표한다. 용도는 사람을 때리는 데 사용했기 때문에 '수화무정水火無情(수화곤은 인정사정 보지 않는다)'의 뜻을 함축하고 있다.

33_ 원문은 '상하上下'인데 송나라 때 공무로 파견된 하급관리나 아역에 대한 존칭이다. 역자는 '나리'로 번역했다.

오르고, 가까이에는 사립문들 반쯤 닫혀 있구나. 중은 고찰로 돌아가고, 숲에
는 까마귀 둥지로 돌아가는 게 보이며, 물고기는 시원한 절벽 물가에 붙어 있
고, 바람에 스치는 나무는 매미가 우는 듯하네. 소와 양떼 달아오른 산비탈에
서 급히 내려오고, 지친 말과 나귀들 찌는 듯한 길에서 쉬고 있네.

火輪低墜, 玉鏡將懸. 遙觀野炊俱生, 近睹柴門半掩. 僧投古寺, 雲林時見鴉歸; 漁
傍陰涯, 風樹猶聞蟬噪. 急急牛羊來熱坂, 勞勞驢馬息蒸途.

그날 저녁 세 사람은 마을 객점에 들어갔다. 두 압송관은 방 안에서 곤봉을
놓고 짐을 풀었다. 임충도 짐을 풀어 압송관이 말하기 전에 약간의 은냥을 꺼내
점소이에게 술과 고기를 사오도록 간청하고 쌀을 구입하여 술과 밥을 준비해
두 압송관을 청하여 음식을 대접했다. 동초, 설패가 술을 따라주며 임충을 취하
게 만드니 칼을 쓴 채 한쪽에 쓰러졌다. 설패가 펄펄 끓인 물 한 솥을 들고 와
서 대야에 붓고 소리쳤다.

"임 교두, 발 씻고 자야지."

임충이 애쓰며 일어나긴 했지만 칼이 걸려 몸을 구부릴 수가 없었다. 설패가
말했다.

"내가 씻는 걸 도와주마."

임충이 말했다.

"아닙니다. 그럴 수 없습니다."

"먼 길 떠나는 사람이 왜 그렇게 가리는 게 많나."

임충은 흉계인지도 모르고 발을 내밀었다. 설패가 임충의 발을 뜨거운 물에
눌러 담갔다. 임충은 '으악!' 하고 비명을 지르며 급히 발을 오므렸으나 이미 뜨
거운 물에 담가 피부가 벌겋게 부어올랐다. 임충이 말했다.

"괜찮습니다. 번거롭게 해서 죄송합니다."

"죄인이 압송관을 시중하는 것은 보았어도 압송관이 시중드는 것은 못 봤다.

호의로 발을 씻겨주었더니 뜨겁다 차갑다 가리고 있으니, 이게 바로 '좋은 마음으로 일을 해놓고도 좋은 소리 못 듣는 것'[34]이 아니냐!"

한동안 중얼중얼 욕을 해댔다. 임충은 감히 말대꾸도 못하고 한쪽 구석에 가서 쓰러졌다. 두 압송관이 그 물을 버리고 따로 밖에서 발을 씻고 잠자리에 들었다.

4경(새벽 1~3시)에 객점 안의 사람들이 모두 잠들었을 때 설패가 일어나 세숫물을 끓이고 불을 붙이며 먹을 것을 준비했다. 임충은 일어났지만 술이 덜 깨어지러워 먹지도 못하고 움직일 수도 없었다. 설패가 수화곤을 들고 출발하자고 재촉했다. 동초가 허리춤을 풀어 새 짚신을 꺼냈는데, 양쪽 끝을 마로 엮어 만든 것으로 임충에게 신으라고 했다. 발을 보니 온통 화상으로 물집이 일어나 전에 신던 짚신을 신고 싶었지만 어디에서 찾을 수 있겠는가? 할 수 없이 새 신을 신을 수밖에 없었다. 점소이를 불러 술값을 치르고 두 압송관이 임충을 끌고 객점을 나왔을 때 겨우 5경(새벽 3~5시)밖에 되지 않았다. 2~3리 길도 못 가서 임충 발에 생긴 물집이 새 짚신에 긁혀 터져 붉은 피가 줄줄 흘러내렸고 제대로 걷지 못했으며 신음 소리가 그치지 않았다. 설패가 바로 욕설을 퍼부었다.

"가자, 빨리 가자, 안 가면 몽둥이로 두들겨 패겠다!"

임충이 말했다.

"나리, 조금만 봐주십시오. 소인이 어찌 감히 게으름을 피워 여정을 지연시키겠습니까? 정말로 다리가 너무 아파서 걸을 수가 없습니다."

동초가 말했다.

"내가 너를 부축하면 되지 않겠느냐."

임충을 부축하고 4~5리 길을 걸었다. 정말 걸을 수 없을 정도일 때 앞을 바라보니 험악한 숲에 연무가 잔뜩 끼었다.

34_ 원문은 '好心不得好報'다.

마른 덩굴 겹겹이 빗줄기처럼 드리워져 있고

높은 가지 무성한 것이 구름처럼 덮여 있네.

어느 해 어느 날 햇빛을 보았는지 알 수 없으니

억울한 영혼만이 부단히 시름겨워 하노라.

枯蔓層層如雨脚, 喬枝鬱鬱似雲頭.

不知天日何年照, 惟有冤魂不斷愁.

이곳은 바로 유명한 '야저림野猪林'이며 동경에서 창주로 가는 길목에서 가장 험준한 곳이다. 송나라 때 이 숲 안에는 원한이 맺힌 자들이 있었다. 돈만 찔러주면 호송관이 여기서 얼마나 많은 사내의 목숨을 빼앗았는지 알 수 없을 정도였다. 오늘은 두 압송관이 임충을 데리고 서둘러 숲속으로 들어갔다. 동초가 말했다.

"5경에 출발해서 10리도 못 왔는데, 이렇게 간다면 어느 세월에 창주에 도착하겠는가?"

설패가 말했다.

"나도 못 가겠네. 숲에서 잠시 쉬어 가세."

셋은 숲속으로 들어가 짐을 풀어 나뭇가지에 걸어놓았다. 임충이 '아이구!' 하며 큰 나무에 기대어 주저앉았다. 동초와 설패가 말했다.

"한 걸음 가서 기다리고 또 가서 기다리다가 내가 지쳐버렸다. 잠시 한숨 자고 가자."

수하곤을 놓고 나무 옆에 주저앉았다. 잠시 눈을 감았다가 소리치며 일어났다. 임충이 물었다.

"나리, 왜 그러십니까?"

동초와 설패가 말했다.

"우리는 자고 싶은데 자물쇠도 없고 네가 도망갈까 무서워 마음 놓고 편안히 잠을 잘 수가 없다."

임충이 대답했다.

"소인이 지금은 이 모양이지만 사내대장부입니다. 송사도 이미 끝났으니 한평생 도망가지 않겠습니다."

설패가 말했다.

"어떻게 네 말을 믿겠느냐? 우리 마음이 편안하려면 반드시 묶어야겠다."

"나리들이 묶고 싶으시면 묶으시오. 소인이 감히 무슨 말을 하겠습니까?"

설패가 허리에서 밧줄을 풀어 임충의 손발과 목에 차고 있는 칼과 함께 나무에 꽁꽁 묶었다. 그제야 동초도 뛰어 일어나 몸을 돌려 수화곤을 잡고 임충을 바라보며 말했다.

"우리가 너를 죽이고 싶어서 그런 것은 아니다. 일전에 출발할 때 육 우후가고 태위의 명을 받고 우리더러 여기서 너를 죽이라고 했다. 우리는 네 얼굴의 금인을 가지고 가서 보고해야 한다. 며칠 더 가더라도 어차피 죽는 것은 정해진것이니, 오늘 여기서 끝내야 우리도 빨리 돌아갈 수 있다. 우리 둘을 원망하지말거라. 위에서 시킨 일이니 마음대로 그만둘 수 없다. 잘 기억해두거라. 내년 오늘이 네 첫 번째 제삿날이다. 우리는 이미 날짜를 정했으니 빨리 돌아가서 보고해야 한다."

임충은 이 말을 듣고 눈물을 비 오듯 흘리며 말했다.

"나리, 제가 두 분과 이전에 원수진 일도 없고 지금도 아무런 원한이 없습니다. 만일 소인을 구해주신다면 그 은혜 죽어도 잊지 않겠습니다."

동초가 말했다.

"무슨 한가한 소리를 하느냐? 너를 살려둘 수 없다."

설패가 수화곤을 들고 임충의 머리를 향해 내려쳤다. 가련하게도 호걸이 속수무책으로 죽게 되는구나. 바로 다음과 같다. 만 리 왕전실에는 너란이 있거늘,

심혼三魂은 오늘 밤 뉘 집에서 머무르려나.35

결국 임충의 생명이 어떻게 되었는가는 다음 회에 설명하노라.

자배刺配

본문에 "임충이 차고 있던 장가長枷를 벗기고 척장 20대를 때렸다. 문필장文筆匠을 불러 뺨에 글자를 새기게 하고 거리를 계산하니 뇌성牢城(유배지)은 창주滄州였다"는 문장이 있다. '자배'는 송나라 때 시작된 형벌로 통상적으로 죄를 저지른 자는 매를 맞고, 유배를 가며, 얼굴에 글자를 새기는 세 가지 형벌을 받아야 했다. 즉, '자배'는 동시에 세 가지 형벌을 받는 것을 말하며 송나라 이전에는 없었다. 마단림馬端臨의 『문헌통고文獻通考』 권168에 따르면 "유배는 옛 제도에서 멀리 보내는 것에 그쳤지 얼굴에 글자를 새기지는 않았다. 진晉나라 천복天福 (936~944) 연간에 얼굴에 글자를 새기는 법이 생기기 시작했고 마침내 간악한 짓을 그만두게 하는 엄격한 법률이 되었다. 송나라 때도 이러한 법을 따랐다"고 했다. 『수호전보증본』에 따르면 "얼굴에 글자를 새기는 '자면刺面'에는 '대자大刺'와 '소자小刺'가 있었다. 관부에서 죄질이 엄중하고 태도가 악질이라 인정할 경우에는 글자를 크게 새겼고, 유배지와 종사해야 할 노역 등의 글자를 얼굴에 새겼다. 남송 때는 범죄를 저지른 원인에 대해서도 얼굴에 글자를 새겼는데, 예를 들면 강도짓을 해서 사형을 면하고 유배될 경우 이마에 강도라는 두 글자를 새기고, 나머지 글자는 양쪽 볼에 새겼다. 또한 '자배' 형벌은 송 신종神宗 희녕熙寧 2년(1069) 이후로는 평민에게만 국한되었고 범죄를 저지른 관원들에 대해서는 척장을 때리지 않았으며 얼굴에 글자를 새기지도 않았다"고 했다. 이후로 이러한

35_ 원문은 '萬里黃泉無旅店, 三魂今夜落誰家'다. 이 구절의 원문은 당나라 강위江爲의 「임형시臨刑詩」다. '거리에 울리는 북소리 사람을 재촉하고, 서쪽으로 기운 해는 지려 하는구나. 황천으로 가는 길에는 묵을 여관이 없으니, 오늘 밤은 뉘 집에서 머물러야 하는가街鼓侵人急, 西傾日欲斜. 黃泉無旅店, 今夜宿誰家'다. 삼혼三魂은 천혼天魂·지혼地魂·인혼人魂을 가리킨다.

'자배' 형벌은 계속 답습되어 청나라 말기까지 이어졌다.

임충이 쓴 칼

'가枷(칼)'는 범죄자의 목을 두르는 형구로 목판으로 제작되었다. 또한 '장가長枷'라는 말도 자주 등장하는데, 이것은 범인의 머리와 팔 모두 칼을 씌우는 형구로 비교적 길고 넓으며 무거워 장가라 불렀다. 본문에서는 임충에게 '7근 반짜리 칼을 씌웠다'고 했는데, 어떤 근거인지는 알 수가 없다. 『수호전보증본』에 따르면 "『민수연담록澠水燕談錄』에 이르기를, '옛 제도에 칼은 두 등급이 있는데, 25근과 20근으로 제한되어 있었다. 경덕景德(송나라 진종眞宗 연호로 1004~1007) 연간 초에 제점하북로형옥提點河北路刑獄(관직 명칭)인 진강陳綱이 상주하여 장형杖刑을 판결받은 자에게 15근의 칼을 씌우는 것을 요청했는데, 이것이 세 번째 등급이 되었다. 조서를 내려 요청을 허락했고 마침내 일반적 방법이 되었다'고 했다."

39회 내용 가운데 송강이 반역시를 지은 뒤에 25근의 칼을 쓰게 되는데, 이것은 이러한 규정에 근거한 것이라 할 수 있다. 임충의 '7근 반짜리 칼은 정확한 근거를 찾을 수 없다. 송나라 때 1근은 지금의 633그램으로 임충이 쓴 칼은 대략 4.75킬로그램이었고, 송강이 쓴 칼은 25근이니 15.8킬로그램으로 상당히 무거웠다. 또한 질곡桎梏이란 형구가 있었는데, 이것은 나무로 제작한 형구로 발에 차는 것을 질, 손에 차는 것을 곡이라 했다. 현대의 수갑과 유사하다.

공목孔目

『수호전』에서는 '공목'이란 관직이 매우 많이 등장한다. '공목'은 관청의 고급 서리로 송사, 장부, 죄인을 유배 보내는 일 등 사무를 담당했는데, 당대에 시작되었다. 호삼성胡三省은 '공목'에 대해 "공목은 마치 한 구멍에 눈이 하나씩 있듯이 그의 손을 거치지 않는 것이 없다孔目者如一孔一目, 無不經其手"라고 했다. 이렇듯 송나라 때 공목은 위로는 전수부에, 아래로는 주군州郡에 모두 설치되었다.

송나라 때는 문치文治를 숭상하던 시대라 사무 기구가 매우 많았고 빌요한 사무

인원 또한 적지 않았다. 송나라는 건국한 지 오래지 않아 여러 부문에 공목을 설치했다. 『송사』「직관지職官志」에 근거하면 초기 중서성中書省에 오방五房을 설치했는데, 첫 번째 방이 바로 '공목방孔目房'이었고 이하 순서에 따라 '이방吏房' '호방戶房' '병례방兵禮房' '형방刑房'이 있었다.

고
난
의
시
작[1]

설패가 두 손으로 곤봉을 쥐고 들어 올려 임충의 머리를 내리쳤다. 설패의 곤봉이 막 올라갈 때 소나무 숲 뒤쪽에서 벼락 치는 듯한 소리가 들리더니 쇠선장이 날아와서 수화곤을 막아내 하늘 끝 저 멀리 날려버렸다. 그러더니 뚱뚱한 중이 튀어나와 소리를 질러댔다.

"내가 숲속에서 너희를 한참 기다렸다!"

두 압송관이 쳐다보니 검은 베로 된 도포를 입고 계도를 찬 중이 선장을 들고 휘두르며 달려들었다. 임충이 그제야 재빨리 눈을 뜨고 바라보니 노지심이었다. 임충이 다급하게 소리쳤다.

"사형, 그만두시오. 내게 할 말이 있소."

노지심이 듣고는 선장을 멈추었다. 두 압송관이 한참 동안 멍하니 앉아 감히 움직이지도 못했다. 임충이 말했다.

1＿ 제9회 제목은 '柴進門招天下客(시진이 천하의 식객을 문하로 불러 모으다). 林沖棒打洪教頭(임충이 봉술로 홍교두를 때려눕히다)'다.

"그 두 사람은 상관이 없소. 모두 고 태위가 육 우후를 시켜 그 둘에게 분부하여 내 목숨을 해치려 한 것이오. 그들이 어찌 감히 따르지 않겠소? 사형이 두 사람을 죽인다면 그들도 억울할 것이오."

노지심이 계도를 뽑아서 동아줄을 자르고 임충을 부축하며 말했다.

"동생, 동생이 칼을 사던 날 헤어진 뒤에 얼마나 걱정을 했는지 모른다네. 관부에 잡혀 들어가 있기에 구해낼 방법이 없었네. 자네가 창주로 유배된다는 소식을 듣고 개봉부 앞에서 기다렸으나 만나지 못하고 사신방 안에 갇혀 있다는 소식을 들었네. 또 주보가 두 압송관을 청하여 '주점 안에서 어떤 나리가 만나려 한다'고 말하는 것을 보았다네. 의심스럽고 걱정스러워 마음을 놓지 못했네. 이놈들이 도중에 자네를 해칠까 두려워 일부러 쫓아왔네. 두 좆같은 놈들이 자네를 데리고 객점 안으로 들어가는 것을 보고 나도 그곳에서 숙박했네. 밤에 저 두 놈이 이상한 짓을 하며 못된 짓을 꾸미더니 끓는 물에 동생 다리를 집어넣는 것을 보고 그때 저 좆같은 놈들을 죽이려고 했네. 그런데 객점 안에 사람이 많아 손을 쓸 수가 없었다네. 저놈들이 나쁜 마음을 먹은 것을 보고 더욱 마음 놓을 수 없었네. 5경에 객점 문을 나가기에 먼저 숲속에 와서 저 좆같은 놈들을 죽이려고 기다렸네. 그런데 저놈들이 오히려 바로 여기로 와서 자네를 해치려 하더군. 이놈들을 지금 죽여버리세."

임충이 노지심을 말리며 말했다.

"형님이 이미 저를 구했으니 두 사람 목숨은 살려주시오."

노지심이 소리를 지르며 말했다.

"너희 두 마리 좆같은 놈들아! 동생 체면만 아니면 잘게 다진 고기로 만들어버렸을 것이다. 지금 동생 얼굴을 보아 살려주겠다."

계도를 칼집에 꽂고 소리쳤다.

"너희 두 좆같은 놈들아! 빨리 우리 형제를 부축하고 나를 따라오너라."

선장을 들고 앞서서 걸어가니 두 압송관이 어떻게 감히 말을 하겠는가? 단지 임충에게 매달릴 수밖에 없었다.

"임 교두, 우리 좀 살려주시오."

앞에 들러붙어 짐을 지고 수화곤을 주위 임충을 부축했다. 또 임충을 대신해 짐 보따리를 끌고 함께 숲에서 나왔다. 3~4리 길을 가니 마을 입구에 작은 주점이 보였다. 네 사람은 들어가 앉았다. 그 주점을 보니,

앞에는 역마길, 뒤로는 시냇물과 이어진 마을 있구나. 여러 그루의 복숭아나무, 버드나무 녹음이 짙고, 여기저기 해바라기, 석류꽃 울긋불긋 피었다네. 문밖엔 삼과 보리 무성하게 자라고, 창 앞에선 연꽃 가득하여 아름답도다. 주점 깃발은 훈풍에 살랑살랑 춤을 추고, 짧은 갈대발은 뙤약볕을 가리는구나. 벽 옆쪽 항아리엔 맑고 시원한 시골 막걸리2 가득 차 있고, 시렁 위 사기로 된 병에는 새로 빚은 술3 짙은 향기 뿜어내네. 백발의 농부는 그릇 씻고, 젊은 시골 여인은 웃으며 술을 파누나.

前臨驛路, 後接溪村. 數株桃柳綠陰濃, 幾處葵榴紅影亂. 門外森森麻麥, 窗前猗猗荷花. 輕輕酒旆舞薰風, 短短蘆簾遮酷日. 壁邊瓦甕, 白泠泠滿貯村醪; 架上磁瓶, 香噴噴新開社醞. 白髮田翁親滌器, 紅顔村女笑當爐.

네 사람이 들어가 앉고 주보를 불러 고기 5~7근과 술 두 각角을 사서 먹고 다른 사람에게 밀가루를 사서 떡餠4도 만들게 했다. 주보가 안주를 내오고 술을 걸렀다. 두 압송관이 노지심에게 물었다.

"아뢰옵기 황송하오나 스님은 어느 절에 계십니까?"

노지심이 웃으면서 말했다.

2_ 원문은 '촌료村醪'다. 촌주村酒로 농가에서 직접 만든 술로 질이 낮은 술을 말한다.
3_ 원문은 '사온社醞'인데 사주社酒다. 봄, 가을 토신土神에게 제사지낼 때 준비하는 술이다.
4_ 병餠: 둥글넓적하게 떡처럼 찐 밀가루 음식.

"좆같은 놈들이, 어디 사는지 왜 물어? 고구에게 말해서 나를 어떻게 하려는 것 아니냐? 다른 사람들은 고구를 무서워하겠지만 나는 무섭지 않다. 그놈을 만나기만 하면 선장 맛을 300대쯤 보여주겠다."

동초와 설패는 감히 다시 입을 열지 못했다. 술과 고기를 먹고 짐을 챙겨 술값을 치르고 마을을 나왔다. 임충이 물었다.

"사형은 이제 어디로 가시는 길이오?"

"사람을 죽이려면 피를 봐야 하고, 살리려면 끝까지 살려야 한다[5]고 했네. 내가 자네 때문에 도저히 마음을 놓을 수 없으니 창주까지 따라가겠네."

두 압송관은 듣고서 속으로 말했다.

'아이구야! 이제 우리 일은 끝장났구나, 동경으로 돌아가면 뭐라고 변명해야 한단 말이냐? 꼼짝없이 창주까지 따라갈 수밖에 없잖아.'

여기에 증명하는 시가 있다.

간사한 꾀로 속이는 일 가장 증오하고, 홀로 의리 지키며 황금 하찮게 보네.
아득한 천 리 길 노정도 꺼리지 않고, 일편단심 고생스러움 마다지 않구나.
最恨奸謀欺白日, 獨持義氣薄黃金.
迢遙不畏千程路, 辛苦惟存一片心.

이때부터 도중에 노지심이 가고 싶으면 가고 쉬고 싶으면 마음대로 쉬었다. 누가 감히 따르지 않고 거역하겠는가? 두 압송관은 잘해도 욕먹고 잘못하면 노지심에게 두들겨 맞았다. 소리도 크게 내지 못하고 단지 중이 발작을 일으킬까 두려워했다. 이틀 길[6]을 걸어가다가 수레를 빌려 임충을 태우고 쉬게 하면서

5_ 원문은 '殺人須見血, 救人須救徹'이다.
6_ 원문은 '양정兩程'이다. '정程'은 대략 계산한 도로의 노정으로 한 구간의 길을 가리킨다. 또한 하루의 노정을 가리키기도 하는데, 즉 하루 동안의 갈 거리를 말한다.

셋은 수레 뒤를 따라 걸었다. 두 압송관은 마음속에 다른 꿍꿍이를 품었으나 각자 목숨을 부지하기 위해 조심스레 따를 수밖에 없었다. 노지심은 도중에 술과 고기를 사서 임충을 먹이고 둘에게도 먹였다. 객점을 만나면 일찍 쉬고 늦게 출발했으며 두 압송관이 불을 피워 밥까지 해서 바쳤으니 누가 감히 따르지 않겠는가? 둘이 몰래 상의했다.

"저 중이 결국 창주까지 압송하겠구먼. 나중에 돌아가면 고 태위가 절대 우리를 가만두지 않을 거야."

설패가 말했다.

"대상국사 채소밭 관사에 근래 새로 왔다는 중 이름이 노지심이라는데 저 중이 틀림없네. 돌아가거든 '우리가 야저림에서 임충을 끝장내려 했는데 저 중이 나타나 구출하고 창주까지 호송해서 손을 쓸 수가 없었다'고 사실대로 말해야지. 받았던 금 10냥은 돌려주고 육겸에게 저 중을 찾으라고 하면 그만일세. 나와 자네는 깨끗하게 빠질 수밖에 없네."

동초가 말했다.

"자네 말이 맞네."

두 사람은 몰래 대책을 상의했다.

장황한 말은 그만두고 본론으로 들어가서, 노지심은 압송하는 길에서 한걸음도 벗어나지 않았다. 17~18일을 가서 유배지 창주까지 겨우 70리 남은 곳에 도착했다. 계속 걸어도 여기저기 인가가 있고 더 이상 으슥한 곳은 없었다. 노지심이 자세히 알아보고는 소나무 숲에서 잠시 쉬었다. 그가 임충에게 말했다.

"동생, 여기서 창주는 멀지 않다네. 내가 알아봤는데 앞길은 모두 인가가 있고 후미지고 으슥한 곳은 없다네. 이제 여기서 헤어지고 나중에 다시 만나세."

임충이 말했다.

"사형, 돌아가시거든 우리 장인에게 소식이나 전해주시오. 여기까지 보호해준 은혜는 죽지 않는다면 반드시 보답하겠소."

노지심이 은자 10~20여 냥을 꺼내 임충에게 주고 2~3냥은 두 압송관에게 주며 말했다.

"너희 좆같은 두 놈, 내가 도중에 너희 두 대가리를 찍어내려 했는데, 동생 얼굴을 보아 좆같은 목숨 살려줬다. 지금 유배지가 얼마 남지 않았는데 절대 딴 생각하지 마라."

두 사람이 말했다.

"어떻게 감히 다시 그러겠습니까? 모두 고 태위가 시켜서 어쩔 수 없이 한 것입니다."

은자를 받고 막 헤어지려 할 때 노지심이 두 압송관을 보고 말했다.

"거기 두 놈, 좆같은 대가리가 저기 소나무보다 단단하냐?"

"소인들의 머리는 부모가 준 가죽과 살이 머리뼈를 덮고 있을 따름이지요."

노지심이 선장을 돌리며 소나무를 내려치자 2촌의 깊이로 파여 그대로 부러졌다.

"너희 두 좆같은 놈들아! 다시 엉뚱한 마음을 가진다면 너희 대가리를 저 나무처럼 만들어주겠다!"

손을 흔들며 선장을 끌고 소리쳤다.

"동생, 몸조심하게!"

그러고는 오던 길로 되돌아갔다. 동초와 설패가 혀를 길게 내민 채 한참 동안 넋을 잃고 있었다. 임충이 말했다.

"나리, 우리 이제 가시지요."

"무시무시한 중 같으니. 단번에 나무 한 그루를 부러뜨리다니."

"이것이 뭐가 대단하다고요? 대상국사에서는 버드나무를 뿌리째 뽑아냈는데요."

두 압송관이 고개를 절래절래 흔들며 방금 일어난 일이 사실임을 알았다.

세 사람은 소나무 숲을 벗어나 정오까지 걷다가 관도官道에 주점이 있는 것을 보았다.

오래된 길가에 외딴 마을, 길옆에는 주점이네. 언덕 위의 수양버들, 비단 깃발 드리웠고, 연꽃은 한들한들, 푸른 깃발7은 바람에 팔락거리누나. 침상 앞에는 누워 있는 유령劉伶8 그려져 있고, 벽에는 취해 잠든 이백李白이 누워 있구나. 사주社酒는 농부들의 담력 키우고, 시골 막걸리는 시골 노인 불콰한 얼굴에 활기 돈게 하네. 신선도 옥 패물 남겨 술을 바꾸고, 경상卿相9과 황금털 담비 관을 쓴 황제 측근10들도 저당 잡히네.

古道孤村, 路傍酒店. 楊柳岸曉垂錦旆, 蓮花蕩風拂靑帘. 劉伶仰臥畵床前, 李白醉眠描壁上. 社醞壯農夫之膽, 村醪助野叟之容. 神仙玉佩曾留下, 卿相金貂也當來.

세 사람은 주점 안으로 들어갔고 임충은 두 압송관을 상좌에 앉혔다. 동초와 설패는 한나절이 지나서야 두려움에서 벗어나 겨우 자연스러워졌다. 주점 안은 손님이 여기저기 자리를 차지했고 주보 3~5명이 바쁘게 술을 거르며 여기저기 음식을 날랐다. 세 사람이 반 시진을 앉아 있었는데도 주보가 와서 묻지도 않았다. 임충이 참지 못하고 탁자를 두드리며 말했다.

"여기 주인은 손님을 깔보는 것이오? 내가 죄인이라고 오지도 않고 내가 거저 먹자는 것도 아닌데, 이게 무슨 도리란 말이오?"

주인이 와서 말했다.

"손님은 남의 호의를 잘 몰라주시오."

7_ 원문은 '청렴靑帘'인데, 주점 입구에 걸어둔 간판이다. 대부분 푸른 베로 만들었다.
8_ 유령劉伶: 위魏·진晉 시기의 명사로 죽림칠현竹林七賢 가운데 한 사람이며 술을 좋아했다.
9_ 경상卿相: 집정 대신을 가리킨다.
10_ 원문은 '금초金貂'인데, 황제 신변의 시신侍臣들의 관冠 장식으로 여기서는 황제 좌우의 고관 시종을 가리킨다.

"내게 술과 고기를 팔지 않는데, 이게 무슨 호의란 말이오?"

"손님은 모르시겠지만 우리 마을에 시진柴進이란 큰 갑부가 있습니다. 사람들이 모두 시 대관인柴大官人이라 부르는데 강호에서는 그를 '소선풍小旋風'이라 합니다. 그는 대주大周 황제 시세종柴世宗[11]의 자손입니다. 진교陳橋에서 양위한 뒤[12] 태조 무덕황제가 시세종에게 하사한 서서철권誓書鐵券[13]이 집에 있는데, 누가 감히 그를 업신여기겠습니까? 지금 시 대관인이 천하를 왕래하는 사내들을 불러 모았고 이미 30~50명을 집에서 양성하고 있습니다. 항상 우리 주점에 분부하여 '만일 유배 가는 죄인이 있거든 우리 장원으로 보내라. 내가 그들을 재물로 도와주겠다'라고 했습니다. 내가 오늘 술과 고기를 팔아 당신 얼굴이 취해서 벌게진다면 대관인은 노자가 충분하다고 생각하여 도와주지 않을 것이오. 내가 말한 호의는 바로 이런 뜻입니다."

임충이 듣고는 동초와 설패에게 말했다.

"내가 동경에서 군사를 교련시킬 때, 군중에서 시 대관인이란 이름을 자주 들었는데 원래 여기에 있었네요. 우리 같이 그에게 가보는 것은 어떻습니까?"

설패와 동초가 생각하고는 말했다.

"이왕 이렇게 됐으니 우리가 손해 볼 일 있겠나?"

짐을 챙기고는 임충과 함께 물었다.

"주인 양반, 시 대관인의 장원이 어디요? 지금 찾아가봐야겠소."

11_ 시세종柴世宗: 송나라 건국 이전의 후주後周 황제를 말한다. 재위 954~959년이다.

12_ 진교병변陳橋兵變을 말한다. 송 조광윤이 후주의 정권을 탈취한 정변이다.

13_ 서서철권誓書鐵券 즉, 단서철권丹書鐵券을 말하는데, 단서丹書는 주사朱砂로 글자를 쓰는 것이고, 철권鐵券은 철제로 만든 증빙을 말한다. 황제가 공신들을 표창하기 위해 수여한 서약문서 증빙이다. 공신의 자손들이 면죄 특권을 누릴 수 있도록 보장하는 것이다. 『한서漢書』 「고제기高帝紀」에 따르면 "고조高祖는 공신들과 부부剖符(제왕이 건국 후에 공적이 있는 제후, 장사들에게 관작을 봉하고 상을 하사할 때 부절符節을 두 부분으로 나누어 군신들이 각기 한 부분을 가졌는데 약속을 준수하는 증빙으로 삼았다)하고 맹세하여 단서철계丹書鐵契를 작성하고 금속으로 만든 궤에 넣어 석실石室에 간직하고 종묘宗廟 안에도 보관했다"고 했다. 한나라 때는 '계契'라 했지만 후대에서는 '권券'이라 했다.

"여기서 앞으로 대략 2~3리 정도 가셔서 큰 돌다리 옆에서 모퉁이를 돌아가면 바로 큰 장원이 나타나는데, 바로 그곳입니다."

임충 등은 객점 주인에게 감사하고 나와 2~3리를 걸으니 과연 큰 돌다리가 나왔다. 다리를 지나니 평탄한 대로가 있었고 초록 버드나무 그늘 사이로 큰 장원이 나타났다. 사방으로 큰 강물이 돌아 흐르고 강변 양쪽으로 커다란 수양버들이 드리워졌으며 나무 그늘 사이로 하얀 담장이 보였다. 돌아가서 장원 앞에 이르러 바라보니 과연 큰 장원이었다.

문 앞은 황도黃道[14]와 연결되고, 산은 하늘의 청룡靑龍[15]과 닿아 있네. 만 그루의 복숭아꽃 꽃봉오리 무릉武陵의 시내 같고, 천 그루의 꽃나무 금곡원金谷苑[16] 같구나. 취현당聚賢堂엔 기이한 꽃들 사계절 내내 지지 않고, 백훼청百卉廳 앞은 여덟 절기[17] 내내 봄보다 경치 낫다네. 대청엔 하사받은 편액과 금패金牌가 걸려 있고, 집 안엔 서서철권誓書鐵券이 있다네. 붉은 용마루, 푸른 기와는 아홉 층의 높고 큰 대청과 어울리고, 그림 그린 마룻대, 조각한 들보는 그야말로 삼미三微 정사精舍로다.[18] 당대의 공훈 있는 황친 국척의 저택이 아니라, 응당 전대 제왕의 집이리라.

門迎黃道, 山接靑龍. 萬株桃綻武陵溪, 千樹花開金谷苑. 聚賢堂上, 四時有不謝奇花; 百卉廳前, 八節賽長春佳景. 堂懸勅額金牌, 家有誓書鐵券. 朱甍碧瓦, 掩映着

14_ 황도黃道: 태양을 가리킨다. 지구에서 봤을 때 태양이 1년 동안 지나간 노선이다. 옛사람들은 태양이 1년 동안 운행한 노선을 황도라고 한다.

15_ 음양가의 학설에 좌측을 청룡, 우측을 백호白虎라 했는데, 대부분은 집과 무덤이 향하는 것을 가리키는데 좌측(청룡)에 기거하면 길하고 우측(백호)에 기거하면 흉하다.

16_ 금곡원金谷苑: 금곡원金谷園이다. 진晉나라 부호인 석숭石崇이 건설한 것으로 후세 사람은 금곡원을 항상 부귀한 집의 호화로운 원림園林을 빗대어 가리켰다.

17_ 원문은 '팔절八節'인데, 춘분·추분·동지·하지·입춘·입하·입추·입동을 말한다.

18 삼미三微는 삼정三正으로 천天·지地·인人의 정도正道를 가리킨다. 삼정三正의 시작 때는 만물이 모두 미약하므로 삼미라 했다. 정사精舍는 서재書齋를 말한다.

九級高堂; 畫棟雕梁, 眞乃是三微精舍. 不是當朝勛戚第, 也應前代帝王家.

세 사람이 장원 앞에 오니 널따란 판자 다리 위에 장객 4~5명이 앉아 더위를 피하고 있었다. 세 사람이 다리 가까이 가서 장객에게 예를 행했다. 임충이 말했다.

"번거롭지만 형씨께서 동경의 임씨 성을 가진 죄인이 창주 유배지로 가는 도중에 대관인을 뵙고자 한다고 알려주시기 바랍니다."

장객들이 일제히 말했다.

"당신 복이 없구려. 대관인이 오늘 아침 일찍 사냥을 나가셨소. 만일 대관인이 댁에 계셨더라면 술과 음식을 대접하고 여비도 보태주셨을 텐데."

"언제 돌아오시는지 모르시오?"

"확실히 모르겠소. 혹시 동쪽 장원에 가서 쉴지도 모르지만 확실치 않소."

"그렇다면 내가 만날 복이 없는 거군요. 우리 돌아갑시다."

장객과 작별하고 두 명의 압송관과 함께 왔던 길을 되돌아오는데 기분이 좋지 않았다. 반 리 정도 걸었을 때 멀리 수풀 속에서 한 무리의 인마가 달려오는 것이 보였다.

사람들마다 준수하고 저마다 영웅이구나. 수십 필 준마는 바람을 맞으며 울부짖고, 두세 폭 수놓은 깃발 해를 가리누나. 분청색의 털 방한모는 뒤집힌 연잎처럼 높이 솟아 있고, 붉은색 술은 선명하고 아름다운 연꽃을 어지러이 꽂은 듯하네. 날치 모양 활집에는 금작金雀이 그려진 세밀하고 가벼운 활 높게 끼워져 있고, 사자 형상 활 통엔 비취색으로 정교하게 세공된 수리 깃털을 단 단정한 화살 꽂혀 있구나. 여러 마리의 노루 쫓는 사냥개를 이끌고 토끼 잡는 참매를 앉혔도다. 구름 뚫는 석석한 매는 털실에 매여 있고, 모자 벗은 수리는 발싸개를 찾네. 안장 옆에 있는 바람을 가르는 투창은 섬뜩한 빛 드러내고, 그림으로

장식한 둥근 북은 말 위에서 때 맞춰 둥둥둥 진동하는구나. 안장 옆에 묶여 있
는 것은 하늘 나는 날짐승이고, 말 위에 얹혀 있는 것은 산속에 사는 길짐승이
로다. 마치 진왕晉王[19]이 북방의 요새[20]에 나온 듯하고, 한 무제漢武帝가 장양長
楊[21]에 행차한 것과 흡사하구나.

人人俊麗, 個個英雄. 數十匹駿馬嘶風, 兩三面綉旗弄日. 粉青毡笠, 似倒翻荷葉高
擎; 絳色紅纓, 如爛熳蓮花亂揷. 飛魚袋內, 高揷着描金雀畵細輕弓; 獅子壺中, 整
攢着點翠雕翎端正箭. 牽幾隻趕獐細犬, 擎數對拿兎蒼鷹. 穿雲俊鶻頓絨縧, 脫帽
錦雕尋護指. 摽槍風利, 就鞍邊微露寒光; 畵鼓團圞, 向馬上時聞響震. 鞍邊拴繫,
無非天外飛禽; 馬上擎抬, 盡是山中走獸. 好似晉王臨紫塞, 渾如漢武到長楊.

그 인마 무리가 나는 듯이 장원으로 달려왔는데, 그 가운데 둘러싸인 한 관
인은 눈처럼 하얗고 곱슬곱슬한 털의 말을 타고 있었다. 말에 탄 사람은 용의
눈썹에 봉황의 눈 같았고 새하얀 이에 입술은 붉었으며 세 갈래 콧수염이 입을
가렸고 나이는 34~35세쯤 되어 보였다. 머리에는 검은 면사를 구불구불 접어
꽃무리 같은 두건을 쓰고 가슴에 둥글게 자색으로 꽃을 수놓은 도포를 입었으
며 정교하게 옥 방울을 박아 넣은 허리띠를 찼고 금줄이 둘러진 검푸른 색의
조화朝靴[22]를 신었다. 활을 들고 화살통을 찬 채 종들을 이끌고 장원으로 돌아
왔다. 임충이 바라보고는 생각했다.

19_ 진왕晉王은 사마소司馬昭를 말한다. 형인 사마사司馬師 사후에 위나라 대장군을 계승했고 원제元帝
때 진왕에 봉해졌다.
20_ 원문은 '자새紫塞'인데, 북방 변경 요새를 말한다. 진晉나라 최표崔豹의 『고금주古今注』에 따르면 "진
나라가 장성長城을 건설했는데, 흙 색깔이 자색紫色이었고 한나라 요새 또한 그러했으므로 자새라
불렀다"고 했다.
21_ 장양長楊은 장양궁長楊宮이다. 지금의 산시陝西성 저우즈周至 동남쪽에 위치해 있다. 진·한 시기에
궁정 전용 사냥 장소였다.
22_ 조화朝靴: 관리가 조정에 나가 황제를 알현할 때 신는 신발로 까마귀 가죽, 검은 비단 등의 재료로
제작했다. 당나라 때 시작되었고, 사대부들이 공명을 얻은 뒤에도 일반적으로 신었다.

'혹시 이 사람이 시 대관인인가?'

속으로 주저하며 감히 물어보지 못했다. 말을 탄 젊은 관인이 말을 몰아 앞으로 와서 물었다.

"칼을 쓴 분은 뉘시오?"

임충이 황급히 몸을 굽히며 대답했다.

"소인은 동경 금군 교두이고 이름은 임충입니다. 고 태위에게 밉보여 누명을 쓰고 개봉부에 넘겨져 판결을 받고 여기 창주로 유배되었습니다. 앞 주점 주인이 이곳에 재능 있는 인재를 불러들인다는 대장부 시 대관인이 계시다는 말을 듣고 일부러 찾아왔습니다. 뜻밖에 인연이 닿지 않아 뵙지 못했습니다."

그 관인이 안장에서 구르듯 내리고는 가까이 달려와서 말했다.

"이 시진이 영접을 못해 실례를 범했습니다."

시진이 풀밭에 엎드려 절을 하니 임충이 황망히 맞절로 답례를 했다. 시 대관인이 임충의 손을 잡고 함께 걸어 장원 앞으로 오자 장객들이 보고 장원 문을 활짝 열었다. 시진이 바로 대청 앞으로 청했다. 둘이 서로 절을 마치자 시진이 말했다.

"소생23이 교두의 큰 명성을 들은 지 오래였는데 뜻밖에 오늘 이렇게 누추한 곳을 직접 찾아주시니 평생 앙모하던 바를 이루었습니다."

"이 미천한 임충이 천하에 널리 알려진 대인의 존함을 듣고 어떻게 존경하지 않겠습니까? 생각지도 못하게 오늘 죄인이 되어 이곳에 유배되어 와서 존안을 뵙게 되니 전생에 쌓은 행운인 것 같습니다."

시진이 여러 차례 양보하여 임충을 손님 자리에 앉혔고 동초와 설패도 한편에 앉았다. 시진과 함께 사냥을 갔던 수행원들은 각자 말을 끌고 후원에 가서

23_ 원문은 '소가小可'인데, 자신을 낮추고 겸손한 태도를 보이는 칭호다. 역자는 이하 '소인' 혹은 '소생' 등으로 번역했다.

쉬었다.

　시진이 장객을 불러 술을 가져오도록 했다. 잠시 후 장객 여러 명이 고기 한 판, 전병 한 판, 따끈하게 데운 술 주전자를 내왔고, 다른 판에 쌀 한 두㈜ 그리고 쌀 위에 돈 10관을 놓고 한꺼번에 가져왔다. 시진이 보고 말했다.

　"이런 촌놈들, 세상일에는 높고 낮음이 있음을 모르는구나. 임 교두 같은 분이 왔는데 어떻게 이처럼 소홀하게 대접하겠느냐? 빨리 치우고, 먼저 과일과 술을 가져오고 당장 양을 잡아오너라. 빨리 가서 준비해라!"

　임충이 일어나서 감사의 말을 했다.

　"대관인, 더 이상 필요 없습니다. 이만하면 충분합니다."

　"그런 말씀 마시오. 어렵게 교두께서 여기까지 오셨는데 어찌 소홀히 대접하겠습니까!"

　장객은 감히 명을 어기지 못하고 먼저 과일과 술을 가져왔다. 시진이 몸을 일으켜서 3개의 잔에 술을 따랐다. 임충이 감사를 표하고 술을 마셨다. 두 압송관도 함께 마셨다. 시진이 말했다.

　"교두님, 여기 잠시 앉아 계십시오."

　시진은 그 자리에서 활집과 화살통을 풀고 두 압송관을 청하여 함께 술을 마셨다.

　시진이 주인 자리에 앉고 임충이 손님 자리에 앉았으며 임충 옆에 두 압송관이 앉았다. 이런저런 한가롭게 강호의 일을 이야기하는데 어느새 붉은 해가 서쪽으로 떨어졌다. 준비한 술과 음식, 과일, 해산물을 탁자 위에 잔뜩 벌여놓았다. 시진이 직접 술 석 잔을 돌리고 앉아서 소리쳤다.

　"탕을 가져오너라."

　각자 탕을 마시고 술 대여섯 잔을 마셨을 때 장객이 들어와 말했다.

　"교사님께서 오셨습니다."

　시진이 말했다.

"모셔서 함께 앉는 것도 좋겠다. 빨리 한 상 차려오너라."

임충이 일어나서 보니 교사란 사람이 들어오는데 두건을 삐딱하게 쓰고 가슴을 거만하게 내밀고 후당으로 들어왔다. 임충은 속으로 생각했다.

'장객이 교사라고 부르는 것을 보니 분명 대관인의 사부겠구나.'

서둘러 몸을 굽혀서 인사를 하고 말했다.

"임충 삼가 인사드립니다."

그러나 그 사람은 쳐다보지도 않고 답례도 하지 않았다. 임충은 감히 머리도 들지 못했다. 시진이 홍洪 교두에게 임충을 가리키며 말했다.

"이 사람은 동경 팔십만 금군 창봉술 교두 임 무사武師 임충이오. 서로 인사 나누시오."

임충이 듣고 홍 교두에게 절을 했다. 홍 교두가 말했다.

"그만하고 일어나시오."

여전히 몸을 굽혀 답례도 하지 않았다. 시진이 바라보고는 속으로 매우 불쾌해했다. 임충이 절을 두 번 하고 일어나 홍 교두에게 자리를 양보하여 앉기를 청했다. 홍 교두가 양보도 없이 상석으로 가서 앉았다. 그 광경을 본 시진은 기분이 좋지 않았다. 임충은 겨우 곁자리에 앉았다. 두 압송관도 각기 앉았다.

홍 교두가 물었다.

"대관인께서는 오늘 무슨 까닭에 유배 온 배군配軍24을 이처럼 두터운 예로 대접하십니까?"

시진이 말했다.

"이분은 다른 사람이 아니라 팔십만 금군 교두인데 사부님은 어째서 이렇게 함부로 대하십니까?"

"대관인께서 창봉술 배우기를 좋아하셔서 왕왕 유배 온 군인들이 모두 와서

24_ 배군配軍: 변경으로 유배당해 군인으로 충당되거나 노역에 복무하는 형벌에 처해진 죄인을 말한다.

빌붙으려고 합니다. 창봉술 교사랍시고 장원에 와서 술, 음식과 약간의 돈을 얻어가려는 수작입니다. 대관인은 어찌 그런 것을 곧이들으십니까?"

임충이 듣고는 아무 말도 하지 않았다. 시진이 말했다.

"사람을 겉모습만 보고 판단해서는 안 되는 것이오. 그를 함부로 얕보지 마시오."

홍 교두가 시진을 탓하며 말했다.

"그를 얕보지 말라고요?"

벌떡 일어서더니 말했다.

"나는 믿을 수가 없습니다. 그가 감히 나와 봉을 겨룰 수 있다면 진짜 교두라고 말하겠소!"

시진이 크게 웃으면서 말했다.

"좋아! 좋소이다! 임 무사는 어떻게 생각하시오?"

임충이 말했다.

"소인이 어떻게 감히, 그럴 수 없습니다."

홍 교두가 속으로 짐작했다.

'저놈이 아무것도 할 줄 몰라 틀림없이 속으로 겁이 난 거야.'

그러고는 봉술 시합을 하도록 임충을 충동질했다. 시진은 임충의 실력도 보고 싶고 또 홍 교두를 이겨 그 입을 닥치게 하고 싶었다. 시진이 말했다.

"일단 술이나 마시면서 달이 뜨기를 기다립시다."

다시 5~7차례 순배가 돌고 나니 달이 떠올라 대청 앞을 대낮처럼 밝게 비추었다. 시진이 몸을 일으키며 말했다.

"두 교두께서 봉술을 한번 겨루어보시오."

임충은 속으로 생각했다.

'이 홍 교두는 시 대관인의 사부다. 내가 만일 한 방에 쓰러뜨리면 시 대관인의 체면이 말이 아닐 것이다.'

시진은 임충이 주저하는 것을 보고는 말했다.

"홍 교두도 여기에 온 지 얼마 되지 않았고 그동안 적수도 없었소. 그러니 임 무사께서는 사양하지 마시오. 소생도 두 교두의 진짜 실력을 보고 싶소."

시진은 원래 임충이 자신의 체면을 생각하여 실력을 보여주려 하지 않을까 걱정되어 이렇게 말했다. 임충은 시진이 속마음을 말하자 비로소 마음을 놓았다. 홍 교두가 먼저 일어나서 말했다.

"자, 오거라, 와라! 나와 한번 겨뤄보자!"

모두들 떠들썩하게 대청 뒤 공터로 갔다. 장객이 봉을 한 묶음 가져와서 땅에 놓았다. 홍 교두가 먼저 옷을 벗고 바짓가랑이를 잡아 끌어올린 다음에 봉을 뽑아 들고 자세를 잡으며 소리쳤다.

"오거라, 와, 덤벼라!"

시진이 말했다.

"임 무사, 한번 해보시지요."

임충이 말했다.

"대관인, 볼 것 없다고 비웃지 마십시오."

땅에서 봉을 들고 말했다.

"사부님, 한 수 부탁드립니다."

홍 교두는 임충을 보고 한입에 삼켜버리지 못하는 것을 한스러워했다. 임충은 봉을 잡고 '산동대뢰山東大擂' 자세로 공격했다. 홍 교두는 봉으로 땅을 두드리며 임충에게 달려들었다. 달이 밝게 비추는 공터에서 두 교두가 겨루는 장면은 정말 보기 좋다. 어떤 것이 산동대뢰인가?

산동대뢰山東大擂와 하북협창河北夾槍의 대결이라. 대뢰봉大擂棒은 미꾸라지가 굴 안에서 빠져나오는 듯하고, 협창봉夾槍棒은 거대한 이무기가 구덩이 속에서 도망 나오는 듯하네. 대뢰봉은 기괴한 나무를 뿌리째 뽑아버리는 듯하고, 협창봉은 땅에 두루 덮인 마른 덩굴 감아올리는 듯하도다. 두 용이 바다에서 구슬을 빼앗으려 하고, 두 범이 바위 앞에서 먹이를 다투는구나.

山東大攝, 河北夾槍. 大攝棒是鰌魚穴內噴來, 夾槍棒是巨蟒窠中竄出. 大擂棒似蓮根拔怪樹, 夾槍棒如遍地捲枯藤. 兩條海內搶珠龍, 一對岩前爭食虎.

두 교두가 밝은 달 아래에서 4~5합을 겨루었다. 임충이 땅에서 획 뛰어올라 사정권 밖으로 나가서 소리쳤다.

"잠깐!"

시진이 물었다.

"교두, 어째서 솜씨를 보여주지 않소?"

임충이 말했다.

"소인이 졌습니다."

"두 분의 대결을 보지도 못했는데 어째서 졌단 말이오?"

"소인이 칼을 쓰고 있어서 진 걸로 하겠습니다."

"제가 미처 생각하지 못했소."

크게 웃으면서 말했다.

"그건 어렵지 않소."

장객을 불러 은자 10냥을 가져오게 하고 시진이 두 압송관에게 말했다.

"소인이 두 분께 대담하게 부탁하건대 잠시 임 교두의 칼을 벗겨주십시오. 내일 유배지 영내에 볼일이 있습니다. 혹시 무슨 일이 생길지도 모르나 제가 모두 책임지겠습니다. 은자 10냥을 드리겠습니다."

동초와 설패는 시진의 위풍당당한 기개를 보고 거절할 수가 없었다. 인정을 베풀어 은자 10냥도 챙기고 또 그가 도망칠 염려도 없었다. 설패가 즉시 임충이 쓰고 있던 칼을 벗겼다. 시진이 크게 기뻐하며 말했다.

"이번에 두 교두가 다시 겨루어보시오."

홍 교두가 임충의 봉술을 보고는 겁먹었다고 생각하여 속으로 얄보며 봉을 들고 휘두르려 했다. 시진이 말했다.

"잠깐!"

장객을 불러 25냥짜리 은덩이를 가져오라 했다. 곧 은덩이를 가져왔다. 시진이 말했다.

"두 분의 이번 시합에 이 은덩이를 상금으로 걸겠소. 만일 이긴다면 이 은을 가져가도록 하시오."

시진은 임충이 실력을 모두 발휘해주길 바라면서 일부러 은자[25]를 땅바닥에 던졌다. 홍 교두는 임충이 온 것을 괴이쩍게 생각하면서도 봉술도 이기고 은덩이도 얻으려고 했다. 예리한 기세에서 뒤지지 않기 위하여 온 정신을 다해 방어 태세를 하고 파화소천把火燒天[26]이라고 하는 자세를 잡았다. 임충은 생각했다.

'시 대관인이 내가 홍 교두를 이겨주길 바라는구나.'

임충은 봉을 옆으로 들고 발초심사拔草尋蛇[27]라는 자세를 취했다. 홍 교두가 소리를 질렀다.

"와라, 와, 덤벼라!"

홍 교두가 봉을 내리치자, 임충이 뒤로 한 발 물러섰다. 그러자 홍 교두는 한 발 더 나와 봉을 들어 올려 다시 내리쳤다. 임충은 홍 교두의 발걸음이 이미 불안정한 것을 보고 그가 미처 손쓸 새도 없이 땅바닥에서 뛰어 올라 몸을 한 바퀴 돌리면서 바로 홍교두의 정강이뼈를 후려쳤다. 홍 교두는 봉을 떨어뜨리며 땅바닥에 엎어졌다. 시진이 크게 기뻐하며 장객에게 빨리 술을 잔에 담아 가져오라고 했다. 모든 사람이 크게 웃고 있는데 홍 교두가 어떻게 발악을 하겠는

25_ 은자銀子라는 명칭은 송나라 때 시작되었다.

26_ 파화소천把火燒天: 횃불을 들어 하늘을 불사르는 자세.

27_ 발초심사拔草尋蛇: 풀을 뽑아 뱀을 찾는 자세. 주먹과 발을 앞으로 향하고 좌우로 돌리면서 찾는 자세다.

가? 장객 가운데 한 사람이 웃으면서 그를 부축했다. 홍 교두는 얼굴 가득 부끄러운 기색으로 혼자 장원 밖으로 가버렸다.

시진은 임충의 손을 잡고 다시 후당으로 들어가 술을 마시며 상금을 교두에게 주었다. 임충이 사양했으나 결국 거절하지 못하고 받았다. 바로 다음과 같다.

남의 의기를 업신여기다 난처해지고, 싸늘한 눈으로 외면하니 달갑지 않구나.
상처 입고 상금마저도 잃고 나니, 교만이 곧 부끄러운 일임을 비로소 알았다네.
欺人意氣總難堪, 冷眼旁觀也不甘.
請看受傷幷折利, 方知驕傲是羞慚.

시진은 임충을 장원에 며칠 동안 머물게 하면서 매일 좋은 술과 음식을 대접했다. 5~6일이 지나자 두 압송관이 떠날 것을 재촉했다. 시진은 술자리를 마련하여 송별하며 편지 두 통을 써서 임충에게 당부했다.

"창주 대윤大尹[28]은 저와 관계가 좋고 유배지 관영管營[29], 차발差撥[30]과도 좋습니다. 이 편지 두 통을 가져다주면 교두를 잘 보살펴줄 것이오."

25냥 은덩이를 임충에게 주고 5냥 은자를 두 압송관에게 주었으며 밤새도록 술을 마셨다. 다음날 날이 밝자 아침밥을 먹고 장객을 불러 세 사람의 짐을 들게 했다. 임충은 다시 칼을 쓴 채 시진과 작별하고 유배지로 출발했다. 시진이 장원 문까지 나와 이별하며 당부했다.

"며칠 뒤 제가 사람을 시켜 겨울옷을 보내드리겠소."

임충이 감사 인사를 하며 말했다.

28_ 대윤大尹: 부현府縣 행정장관의 칭호.
29_ 관영管營: 먼 변경 지구에서 유배형에 처해 군졸로 충당된 범죄자의 복역을 관리하는 관리를 말한다.
30_ 차발差撥: 유배지를 관리하는 하급관리를 가리킨다.

"이 은혜를 어떻게 다 갚을지 모르겠습니다!"

두 압송관도 감사 인사를 했다.

세 사람은 창주를 향했다. 오시(오전 11시~오후 1시) 무렵에 창주성에 도착했다. 비록 작은 성이었지만 시내는 번화했다. 관아로 가서 공문을 올리니 임충을 데리고 가서 주관州官[31] 대윤에게 보였다. 대윤은 임충을 인계받아 회신 문서에 도장을 찍고 문서를 첨부하여 임충을 유배지로 보냈다. 두 압송관이 회신 문서를 받아 작별하고 동경으로 돌아갔다.

임충은 귀양지 영내에 보내졌다. 귀양지를 보니,

높은 대문과 튼튼한 담장, 땅은 넓고 해자는 깊숙하다. 천왕당天王堂[32] 주위엔 양쪽으로 드리워진 가느다란 수양버들 연기 같고, 점시청點視廳[33] 앞엔 한 무리의 검푸른 소나무들 높이 솟아 있네. 오가는 사람들 모두가 이빨로 쇠못도 부술 수 있는 의지의 사내들이며, 드나드는 이들 가운데 피 흘리며 간장 찢어져 비통해하지 않은 자 없구나.

門高牆壯, 地闊池深. 天王堂畔, 兩行細柳綠垂烟; 點視廳前, 一簇喬松靑潑黛. 來往的, 盡是咬釘嚼鐵漢; 出入的, 無非瀝血剖肝人.

임충은 창주 귀양지 영내로 보내졌고 독방에서 점검을 기다리도록 했다. 일반 죄수들이 모두 몰려와 보고는 임충에게 말했다.

"이곳 관영과 차발은 해치는 자들로 사람을 괴롭혀 돈과 재물을 우려낸다네. 만약 돈이나 재물을 주면 잘 봐주지만 돈이 없다면 지하 감옥에 가두고 살고 싶어도 살 수 없고 죽고 싶어도 죽을 수 없게 만든다네. 만일 인정人情(뇌물)을

31_ 주관州官: 송대 이후에 한 주州의 최고 장관 칭호로 사용되었다.
32_ 천왕당天王堂: 군영에 세워진 신당神堂이다. 천왕은 불교에서 말하는 호법신護法神이다.
33_ 점시청點視廳: 죄수들을 점검하고 검사하는 장소다.

받으면 문을 들어올 때 때리는 살위봉殺威棒[34]을 치지 않고 병 걸렸다는 핑계를 주어 나중으로 미룬다네. 인정을 얻지 못하면 100대를 쳐서 거의 죽을 지경이 되지."

임충이 말했다.

"형씨들께서 이처럼 가르쳐주시니 고맙습니다. 돈을 준다면 얼마나 주어야 하나요?"

"넉넉하게 쓰려거든 관영에게 은자 5냥을 주고 차발에게도 5냥을 주면 아주 좋지."

임충이 얘기를 나누는 중에 차발이 들어와 물었다.

"누가 새로 온 배군이냐?"

임충이 듣고 앞으로 나가서 대답했다.

"소인입니다."

돈을 꺼내지 않자 그 차발은 얼굴색을 바꾸더니 임충을 가리키며 욕을 해대기 시작했다.

"너 이 도적 같은 배군 놈아! 어르신을 보고 어째서 절은 하지 않고 인사만 까딱 하느냐! 네 이놈 동경에서 무슨 짓거리를 했는지 안 봐도 아는데 나는 전혀 개의치 않는다. 네 이 배군 놈아, 면상에 있는 입 주름살[35]을 보아하니 평생 잘되기는 글렀구나! 두들겨도 죽지 않고 고문해도 뒈지지 않을 미련한 죄수 놈아! 네놈 그 뼈다귀가 내 손에 떨어졌으니 아주 가루로 만들어버릴 테다. 나중에 효과가 어떤지 보여주마!"

임충에게 죽다 살아날 정도로 욕을 퍼부어대는데, 어떻게 감히 고개를 들고

34_ 살위봉殺威棒: 중국 고대 죄인의 기세를 누르기 위하여 금방 잡히거나 압송된 죄인의 허벅지나 둔부를 때리는 것. 위풍(콧대)을 누른다는 의미다.
35_ 원문은 '아문아文'이다. '아문蛾紋'으로 코 양옆에서 입까지 이어진 주름살을 말하는데, 이 주름이 있으면 반드시 굶어죽는다는 미신이 있다.

대답하겠는가. 다른 죄수들은 욕하는 모습을 보고 각자 흩어졌다.

임충은 차발의 발작이 끝나자 은자 5냥을 꺼내 웃는 얼굴로 말했다.

"차발 형님, 얼마 안 되더라도 나무라지 마십시오."

차발이 보고는 말했다.

"여기에 관영과 내 몫이 모두 포함된 것이냐?"

"아닙니다. 차발님께 드리는 것입니다. 따로 10냥을 드릴 테니 번거롭더라도 차발 형님이 관영께 전해주십시오."

차발이 임충을 보고 웃으면서 말했다.

"임 교두, 나도 자네의 대단한 이름을 들은 적 있네. 자네는 정말 대장부일세! 고 태위가 자네를 해치려 했다지. 비록 지금은 잠시 고통스럽겠지만 나중에 반드시 출세할 걸세. 자네의 이 대단한 명성과 이런 인물이라면 절대 함부로 할 수 없는 사람이니 나중에 고관이 될 걸세."

임충이 웃으면서 말했다.

"앞으로 잘 부탁드립니다."

"자네 아무 걱정 말게."

또 시 대관인의 서신과 예물을 꺼내서 말했다.

"번거로우시겠지만 형님께서 이 두 통의 편지를 좀 전해주십시오."

"시 대관인의 편지도 있는데 뭐가 걱정인가? 이 편지 한 통은 금 한 덩이 가치라네. 내가 자네 대신 전해주겠네. 조금 있다가 관영이 자네를 점고하러 와서 살위봉 100대를 때리려 할 걸세. 자네는 그냥 압송 도중에 병에 걸려서 아직 낫지 않았다고 하게. 다른 사람의 이목을 피해 내가 자네 대신 얼버무리겠네."

"보살핌에 감사드립니다."

차발이 은자와 편지를 들고 독방을 떠났다. 임충은 한숨을 내쉬며 말했다.

"돈만 있으면 신통을 부릴 수 있다더니 이 말이 전혀 틀리지 않군. 세상에 이런 고통스런 곳이 있을 줄이야."

차발이 5냥 은자는 자신이 챙기고 나머지 5냥 은자와 편지를 관영에게 주며 말했다.

"임충은 좋은 사내입니다. 여기 시 대관인의 추천 편지가 있습니다. 본래 고태위가 함정에 빠뜨려 여기로 귀양 온 것으로 그다지 큰 죄가 아닙니다."

관영이 말했다.

"게다가 시 대관인의 편지도 있으니 반드시 잘 돌봐줘야겠네."

그러고는 바로 임충을 불렀다.

한편 임충이 독방에서 가만히 앉아 있는데 패두牌頭가 와서 소리를 질렀다.

"관영이 대청에서 새로 온 죄인 임충을 점고하려고 부르신다."

임충이 부르는 소리를 듣고 대청 앞으로 나갔다. 관영이 말했다.

"너는 새로 온 죄인이다. 태조 무덕황제武德皇帝[36]께서 남기신 옛 제도에 따라서 '새로 유배 온 군인은 반드시 살위봉 100대를 맞아야 한다.' 여봐라, 형틀에 올려라!"

임충이 말했다.

"소인이 도중에 감기가 걸려 몸이 아직 완쾌되지 않았습니다. 나중에 맞기를 청합니다."

패두가 말했다.

"이 사람은 지금 병에 걸렸으니 관용을 베풀어주시기 바랍니다."

관영이 말했다.

"과연 몸에 병이 있으니 당분간 멈추고 병이 낫거든 다시 때리도록 하라."

차발이 말했다.

"지금 천왕당 간수가 기한이 다 되었으니 임충으로 교체하는 것이 좋을 것

36_ 무덕황제武德皇帝: 무덕은 당 고조 이연李淵의 연호다. 송 태조는 조광윤인데 피휘하기 위하여 직접 연호를 부르지 않고 당의 개국황제 연호를 대신 불렀다.

같습니다."

대청에서 문서에 수결한 뒤 차발이 임충을 데리고 독방에서 짐을 가지고 천왕당으로 교체하러 갔다. 차발이 말했다.

"임 교두, 내가 자네에게 애 많이 쓴 줄 알게. 천왕당을 지키는 일은 우리 군영 중에서 가장 쉬운 일일세. 아침저녁으로 향을 사르고 청소만 하면 된다네. 다른 죄수들은 아침부터 저녁까지 전혀 봐주지 않는다네. 그리고 아무런 인정도 쓰지 않은 녀석들은 지하 감옥에 가둬놓고 살고 싶어도 살 수 없고 죽고 싶어도 죽지 못한다네."

"보살펴주셔서 감사합니다."

다시 2~3냥을 꺼내서 차발에게 주며 말했다.

"번거롭지만 형님께 부탁이 있습니다. 목의 칼을 벗을 수 있으면 좋겠습니다."

차발이 은자를 받으며 말했다.

"나한테 맡기게."

서둘러 관영에게 말해 칼을 풀어주었다. 임충은 이때부터 천왕당 안에서 숙식을 하며 매일 향을 사르고 바닥을 쓸었다. 어느새 시간이 흘러 40~50일이 지났다. 관영과 차발이 뇌물을 받은 뒤 시간이 지나면서 정이 들어 내버려두고 간섭하지 않았다. 시 대관인은 사람을 시켜 겨울옷과 선물을 보냈고, 영내의 죄수들도 임충의 도움을 받았다.

장황한 말은 그만두고 본론으로 들어가서, 한겨울이 가까워지던 어느 날 임충은 사시(오전 9~11시)에 군영에서 나와 한가하게 걷고 있었다. 갑자기 뒤에서 어떤 사람이 부르는 소리를 들었다.

"임 교두님, 여기에 어쩐 일이십니까?"

임충이 고개를 돌려 그 사람을 바라보았다. 나누어 서술하면, 임충은 타오르는 화염 속에서 여생을 마칠 뻔했고, 거센 눈보라 치는 길가에서 하마터면 목숨을 잃을 뻔했다.

결국 임충이 어떤 사람을 만나게 됐는지는 다음 회에 설명하노라.

소선풍小旋風 시진柴進

시진의 별명을 '소선풍'이라 하는데, '선풍旋風'에 대해서는 세 가지 견해가 있다. 『수호전보증본』에 근거하면 선풍은 출전할 때 가지고 나가는 작은 깃발이라고도 하고, 당시 금나라가 사용했던 화포 명칭이라고도 하며 방향이 반대되는 두 갈래 바람이 서로 합쳐져 일으키는 소용돌이를 말한다고도 한다. 어떤 견해가 정확한 의미인지는 알 수 없다. '소선풍'의 '소小'는 크기를 나타내는 '대소大小'의 소가 아니며 '초肖'로 '서로 엇비슷하다'는 의미다. 즉, '소선풍'의 뜻은 '선풍과 비슷하다'는 의미다.

또한, 『수호전』에서는 그를 귀족 자손으로 묘사하고 있지만 『선화유사宣和遺事』에서는 시진은 본래 양지와 지위가 같은 생신강生辰綱을 운반하기 위해 파견된 하급관리로 묘사되고 있다.

시진의 집안은 철권을 하사받은 적이 없다

본문에서는 "태조 무덕황제가 시세종에게 서서철권誓書鐵券을 하사했다"는 내용이 등장한다. 그러나 북송의 조광윤(송 태조)은 황제가 된 이후로 개국 공신과 후주後周의 유신遺臣(예를 들면 이중진李重進)들에게 철권을 하사했지만, 시세종 후손에게 철권을 하사했다는 역사 기록은 없다.

또한 『수호전보증본』에 따르면 "시영柴榮(시세종)에게는 두 명의 아들이 있었는데, 『오대사五代史』에서는 그들의 종적을 알 수 없다고 했다. 송나라 사람의 필기에 근거하면 당시 그 두 사람은 조광윤이 화근을 없애고자 죽이려 했는데 다행히 반미潘美(북송의 개국 명장)가 만류했고, 이후에 성을 반씨潘氏로 변경했으며 그들은 생가로 돌아오지 못했다. 이것으로 보건대 시영에게는 이미 후손이 없었고, 게다가 시씨柴氏 종족들은 관례에 따라 여선이 낙양과 성수鄭州 등지에 서주했으며 창주에 거주한 적이 없다"고 했다. 그렇다면 시진은 시세종의 자손이 아님을 알 수 있다.

뇌성영牢城營

본문에는 '뇌성牢城'과 '영營'이라는 말이 자주 등장한다. 송나라 때는 주부州府에 상군廂軍을 설치했고, 상군 500명을 1영營이라 했다. 평화로운 시기에는 대부분 노역에 충당되었다. 이들 가운데 '뇌성영'은 별도의 종류로 구성원들은 중범죄자들이며 가장 고된 노역을 담당했다. 역자는 '뇌성牢城'과 '영營'을 이해를 쉽게 할 수 있도록 '뇌성'은 유배지' '영'은 '군영'으로 번역했다.

살위봉殺威棒

얼굴에 글자를 새겨 유배를 온 범죄자들에게 '살위봉'을 때렸다는 기록은 정사에는 보이지 않는다. 『수호전전교주』에 따르면 "『구풍진救風塵』에서 이르기를, '과연 문안으로 들어가자 내게 50대의 살위봉을 때렸다'고 했고, 『흑선풍黑旋風』에서는 '감옥으로 들어가자 먼저 30대의 살위봉을 맞았다'라고 했다. 이것이 바로 당시에 말한 '입문장자入門杖子'다'라고 했다. 『수호전보증본』에 따르면 "『주현제강州縣提綱』에 이르기를, '사형수와 도적질을 한 자가 체포되어 들어오면 처음에 두 다리와 발바닥을 100대 때렸는데, 입문장자라 했고, 그런 다음에 감옥에 가두었다'고 했다." '입문장자入門杖子'는 문안으로 들어오면 먼저 곤봉으로 때린다는 의미로 '살위봉'과 비슷하다고 하겠다.

'전가통신錢可通神'의 출전

임충이 차발에게 뇌물을 주고는 "돈만 있으면 신통을 부릴 수 있다더니 이 말이 전혀 틀리지 않군有錢可以通神"이라고 말한 부분이 있다. 이 말의 출전은 『운부韻府』다. "장연상張延賞(당나라 재상)이 판도지判度支였을 때 억울한 죄의 재판 안건이 있었고 판결을 내리려 했는데, 별안간 안건에 '돈 3만 관을 바치겠으니 이것에 대해 묻지 말아주십시오'라고 적혀 있는 쪽지를 발견했다. 장연상은 화를 내며 관리를 잡아 심문했다. 이튿날 세면대에 또 한 장의 쪽지가 있었는데, '돈 10만 관을 바치겠다'라고 적혀 있었다. 이에 장연상은 탄식하며 '돈 10만 관이면 신과도 통할 수 있구나'라고 했다."

〖 제10회 〗

눈
꽃
과
불
꽃[1]

임충이 한가하게 산책하는데 갑자기 뒤에서 누가 부르기에 뒤돌아보니 동경의 한 주점에서 심부름하던[2] 이소이李小二였다. 그는 이전에 동경에 있을 때 임충의 도움을 많이 받았다. 이소이가 주점 주인과의 불화로 주점에서 재물을 훔치다 잡혀 재판을 받아야 했었는데 임충이 사죄하여 송사를 면할 수 있었고 재물을 배상해줘서 벗어날 수 있었다. 결국 동경에서 편안하게 자리를 잡지 못하고 떠나게 되자 임충은 노자를 보태주었다. 도중에 다른 사람을 의지하여 따라 다니다가 생각지도 않게 오늘 여기서 우연히 만난 것이다. 임충이 말했다.

"소이야, 여기는 어쩐 일이냐?"

1_ 제10회 제목은 '林教頭風雪山神廟(임 교두가 산신묘에서 눈보라를 피하다), 陸虞候火燒草料場(육 우후가 초료장에 불을 지르다)'이다. 산신묘山神廟는 산을 보호하는 신령에게 제사지내는 사당이다. 초료장草料場은 여물을 쌓아둔 곳으로 기기원驥驥院(관서 명칭으로 황제 수레, 왕공 대신과 외국 사절단, 기마군, 역참 등에 사용하도록 제공하는 관청 말의 방목을 관장하는 곳이다), 양마원良馬院, 삼아三衙 여러 부서의 말과 군마가 왕래하면서 사용하도록 준비해둔 곳으로 대략 10여 곳이 있다.
2_ 원문은 '주생아酒生兒'다. 술을 파는 사람 혹은 주점의 종업원을 가리킨다.

이소이가 절하며 말했다.

"당시 은인의 도움을 받은 뒤로 어느 곳에도 의지할 사람이 없어서 여기저기를 떠돌다가 생각지도 않게 이곳 창주로 흘러들어왔고 한 주점으로 들어와 의탁하게 되었습니다. 주인의 성은 왕王인데, 소인을 주점에서 점원으로 일을 하도록 해줬습니다. 소인이 부지런하고 음식도 잘 만들며 탕도 맛있게 끓여서 손님들이 좋아해 장사도 순조롭게 잘되었습니다. 주인에게 딸이 하나 있어 소인을 사위로 삼아 오늘까지 살고 있습니다. 지금 장인 장모는 모두 돌아가시고 소인 부부 두 사람만 남아 임시로 군영 앞에 주점을 열었습니다. 술값을 받으러 가다가 이렇게 우연히 은인을 만났습니다. 어떻게 여기에 오시게 되었습니까?"

임충이 자신의 얼굴을 가리키며 말했다.

"내가 고 태위에게 미움을 받아 모함에 빠져 소송을 당해 여기로 유배되었네. 지금 내게 천왕당 관리를 맡겼는데 나중엔 어떻게 될지 모르겠네. 뜻밖에 오늘 여기서 자네를 만나게 되었다네."

이소이가 임충을 집으로 청하여 앉히고 처를 불러 은인에게 절을 하도록 했다. 두 사람이 매우 기뻐하며 말했다.

"우리 부부에게 친척이 하나도 없었는데 오늘 은인이 오셨으니 하늘에서 내려오신 것과 다름없습니다."

임충이 말했다.

"나는 죄인이라 두 부부가 모욕을 당할까 두렵네."

이소이가 말했다.

"누가 은인의 큰 이름을 모르겠습니까? 그런 말씀 마십시오. 집으로 빨래를 가져오시면 빨아서 풀도 먹이고 깁고 꿰매도록 하겠습니다."

그날 임충에게 술과 음식을 대접하여 밤늦게야 천왕당으로 돌려보냈고 다음 날 또 다시 청했다. 그리하여 임충은 이소이 집을 왕래했고, 때때로 임충에게 탕도 보내고 마실 것도 보내 보살펴주었다. 임충은 이들 부부의 공양을 받게 되자 약간의 은자를 주어 장사의 밑천이 되게 했다.

한가한 말을 그만두고 본론으로 들어가서, 시간이 빠르게 흘러 가을이 지나고 초겨울이 되었다. 임충의 모든 겨울 바지와 저고리를 이소이 아내가 바느질했다. 하루는 이소이가 문 앞에서 음식을 준비하는데 어떤 사람이 주점 안으로 획 하고 들어와 앉았고, 또 한 사람이 따라 들어왔다. 먼저 들어온 사람은 군관 차림이었고 나중에 따라온 사람은 졸개로 보였다. 이소이가 들어가 물었다.

"술을 드시겠습니까?"

그 사람이 은자 1~2냥을 주며 말했다.

"먼저 받아두고 좋은 술 3~4병 가져와라. 손님이 도착하거든 아무 말도 묻지 말고 과일과 안주를 가져오너라."

"관인께서는 어떤 분을 청하십니까?"

"귀찮겠지만 네가 군영 안에 들어가서 관영과 차발을 모셔오너라. 누가 부르냐고 묻거든 '어떤 관인이 상의할 일이 있어서 주점에서 기다리고 있다'고만 하거라."

이소이가 대답하고 유배지에 가서 먼저 차발을 청했고 다시 관영 집으로 가서 주점으로 불렀다. 그 손님이 관영 그리고 차발과 인사를 나누었다. 관영이 말했다.

"처음 뵙습니다. 관인의 성함은 어떻게 되십니까?"

그 사람이 말했다.

"여기 편지가 있으니 곧 알게 될 것입니다. 먼저 술을 내오너라."

이소이가 서둘러 술을 내오고 야채와 과일 그리고 안주를 내놓았다. 그 사람이 따로 술을 권하기 위해 잔을 하나 더 시키더니 물러나 자리에 앉았다. 이소이가 혼자 바쁘게 왔다갔다하며 시중드느라 겨를이 없었다. 수행해서 온 사람이 술 데울 통을 달라고 하더니 직접 술을 데웠다. 대략 10여 잔을 마시고 다시 안주를 시켜 탁자에 놓았다. 그 사람이 말했다.

"우리는 술 데우는 사람도 있으니 부르지 않으면 들어오지 말거라. 나중에 다시 부르겠다."

이소이가 대답하고 문 앞에 와서 부인을 불렀다.

"여보, 저 두 사람 너무 부자연스러운데."

"어떻게 부자연스러운데요?"

"두 사람 말투를 보니 동경 사람인데 처음에 관영과는 모르는 사이였는데 나중에 안주를 들고 들어가니까 차발의 입에서 '고 태위'라는 말이 들리는 거야. 이 사람들 임 교두와 무슨 연관이 있는 것 아닌지 모르겠네? 내가 입구에서 손님을 받을 테니 당신이 손님 방 뒤에 가서 무슨 일인지 엿들어보라고."

"당신이 군영에 들어가 임 교두를 찾아 확인해보면 되잖아요."

"당신 잘 모르는구먼. 임 교두는 성질이 급해서 눈 한 번 깜짝 않고 사람을 죽이고 불을 지를지도 몰라. 만일 불러와서 보니 그 사람이 전에 말했던 무슨 육 우후라도 된다면 가만히 있겠어? 일이 벌어지면 당신과 나도 연루된단 말이야. 당신은 가서 듣기만 하고 나중에 다시 생각하자고."

"맞는 말이에요."

들어가 두 시간 정도를 엿듣고 나와서 말했다.

"다들 머리를 맞대고 소곤거려서 뭐라고 말하는지 들을 수가 없었어요. 다만 그 군관 같은 사람이 같이 온 사람의 품에서 수건으로 싼 물건을 받아 관영과 차발에게 주더라고요. 수건으로 싼 것은 바로 금은이 아니겠어요? 겨우 차발이 하는 말을 들었는데 '모두 저한테 맡기십시오. 어떻게 해서든지 그자의 목숨을 끝장내버리겠습니다'라고 하더라고요."

둘이 얘기를 나누는데 내실에서 탕을 가져오라고 했다. 이소이는 급히 안으로 들어가 탕을 바꿀 때 관영 손에 편지가 들려 있는 것을 보았다. 이소이가 탕을 바꾸고 반찬을 몇 가지 더 올렸다. 1시간이 더 지나 술값을 계산하고 관영과 차발이 먼저 돌아갔다. 얼마 후 두 사람도 고개를 숙이고 객점을 나갔다. 그들이 나간 지 얼마 지나지 않아 임충이 객점 안으로 들어왔다.

"소이, 장사는 잘하고 있지?"

이소이가 황급히 말했다.

"은공, 잠시 앉으시죠. 제가 은인을 찾아가서 전해줄 중요한 말이 있었습니다."

여기에 증명하는 시가 있다.

남을 해칠 마음은 천문天門도 진동시키고
남몰래 나지막하게 한 말 육군을 호령하네.
담장 밖에도 엿듣는 자 있을 뿐만 아니라
눈앞에도 듣고 아는 귀신들이 가득하도다.
謀人動念震天門, 悄語低言號六軍.
豈獨隔墻原有耳, 滿前神鬼盡知聞.

임충이 물었다.

"무슨 중요한 일이 있느냐?"

임충을 안으로 청하여 앉히고는 말했다.

"방금 동경에서 온 수상한 사람이 있었는데, 여기에서 관영과 차발을 불러 반나절 동안 술을 마셨습니다. 차발이 '고 태위'라는 말을 하기에 소인이 마음에 의심이 생겨 마누라에게 두 시간 동안 엿듣게 했습니다. 그들은 머리를 맞대고 조그만 소리로 소곤거려 잘 듣지 못했다고 하는데, 얘기가 거의 끝날 무렵 차발이 '모두 저한테 맡기십시오. 어떻게 해서든지 그자를 끝장내겠습니다'라고 했다네요. 그 둘이 관영과 차발에게 금은을 건네고 술을 조금 더 마시다가 각자 돌아갔습니다. 무엇 하는 사람인지 모르겠습니다. 소인이 수상하기도 하고 은인에게 무슨 이롭지 못한 일이라도 일어날까 두렵습니다."

임충이 물었다.

"그 사람 생김새는 어떻던가?"

"5척의 왜소한 체구에 얼굴은 희고 깨끗했으며 콧수염은 없고 대략 서른 살쯤 되어 보였습니다. 같이 왔던 사람도 그다지 크지 않았고 얼굴은 검붉은 색이었습니다."

임충이 듣고 깜짝 놀라며 말했다.

"그 서른이라는 사람이 바로 육 우후다. 그 천한 도적놈이 감히 여기까지 와서 나를 해치려 하다니! 만나기만 하면 잘게 다진 고기로 만들어버릴 테다!"

"미리 대비하셔야 합니다. 옛말에 '밥 먹을 땐 목 멜 것을 방비하고, 걸을 땐 넘어질 것을 대비하라'³는 말을 듣지 못했습니까?"

임충이 크게 화가 나 이소이 집을 나오자마자 먼저 거리에서 날카로운 칼을 사서 허리에 찬 다음 온 거리와 골목을 찾아다녔다. 이소이 부부는 조바심으로 두 손을 쥐고 두 움큼의 땀을 흘렸으나 그날 저녁은 아무 일 없이 지나갔다. 임충은 다음날 날이 밝자마자 세수하고 양치질을 마친 뒤 칼을 차고 다시 창주성 안팎을 돌아다니며 골목마다 하루 종일 빙빙 돌며 찾았으나 유배지 군영 안에서도 아무 움직임이 없었다. 다시 이소이를 찾아와 말했다.

"오늘도 아무 일 없었네."

"은인, 제발 아무 일 없기를 바랍니다. 그리고 조금만 조심하면 별일 없겠지요."

임충이 천왕당으로 돌아와 하루를 보냈다. 3~5일 동안 쉬지 않고 거리를 찾아 헤맸다. 며칠 동안 아무런 소득이 없자 임충의 마음은 저절로 경계심이 느슨해졌다.

3_ 원문은 '吃飯防噎, 走路防跌'이다.

여섯째 날에 관영이 임충을 점시청으로 불렀다.

"자네가 이미 여기에 온 지도 꽤 되었는데 시 대관인의 체면에도 불구하고 자네에게 호의를 베풀지 못했네. 여기서 동문 밖으로 15리쯤 가면 대군大軍 초료장이 있네. 매달 여물을 들이는 것 한 가지만 해도 관례에 따라 약간의 돈을 받을 수 있다네. 원래 늙은 병사가 관리하던 곳이었네. 지금 자네를 발탁하고 늙은 병사는 대신 천왕당을 지키게 될 것이니 몇 푼 벌어 쓰게나. 지금 차발과 함께 그곳에 가서 교대하게."

임충이 응낙했다.

"소인 지금 바로 가겠습니다."

임충은 군영을 떠나 이소이 집으로 가서 그들 부부에게 말했다.

"오늘 관영이 나를 발탁하여 대군 초료장으로 가서 그곳을 관리하라고 하는데 그곳은 어떤가?"

"이 일은 천왕당보다 나은 일입니다. 초료를 받을 때마다 관례대로 약간의 돈이 생깁니다. 옛날에는 뇌물을 쓰지 않으면 이 일을 맡을 수 없었습니다."

"나를 해치지 않고 좋은 자리를 주니 무슨 속셈인지 모르겠네?"

"은인, 의심할 것 없습니다. 아무 일 없으면 그만입니다. 소인 집에서 멀지 않으니 나중에 시간이 나는 대로 은인을 찾아뵙겠습니다."

집 안에서 술을 준비하여 임충에게 대접했다.

장황한 말은 그만두고 본론으로 들어가서, 두 사람은 헤어졌다. 임충은 천왕당으로 가서 짐을 꾸리고 칼을 차고 화창花槍⁴을 들고는 차발과 함께 관영에게 인사하고 초료장으로 가는 길을 잡았다. 마침 엄동설한이라 먹장구름이 잔

4_ 화창花槍: 창의 일종으로 창끝에 붉은 술이 달려 있고 자루가 얇고 길며 흔들면 마치 꽃봉오리 같아 화창이라 했다.

뜩 끼었고 점차 삭풍이 불더니 온 하늘 가득 하얀 눈발이 어지럽게 날리기 시작했다.

매섭게 추운 날씨에다 안개로 어둡고, 하늘에선 상서롭게 어지러이 눈 내리는구나. 잠깐 사이 온 들판이 길조차 분간 어렵게 되고, 순식간에 산마저 가려 흔적도 보이지 않네. 은빛과 같은 세계, 천지가 옥빛 같으니, 멀리 바라보면 어렴풋이 곤륜에 닿았도다. 삼경까지 내린 뒤라면, 옥황대제의 대문까지도 파묻어 버리리라.

凜凜嚴凝霧氣昏, 空中祥瑞降紛紛. 須臾四野難分路, 傾刻千山不見痕. 銀世界, 玉乾坤, 望中隱隱接崑崙. 若還下到三更後, 彷佛塡平玉帝門.

임충과 차발이 초료장으로 가는 도중에는 술 마실 곳도 없었다. 초료장 바깥에 와서 보니 주변 벽은 모두 황토벽으로 둘러져 있었고 대문은 두 쪽 여닫이 문이었다. 문을 열고 안을 들여다보자 초가집 7~8칸은 양식창고이고 사방으로 마초더미가 쌓여 있었으며 가운데 두 칸짜리 대청이 있었다. 대청 안으로 들어가자 늙은 병사가 안에서 불을 쬐고 있었다. 차발이 말했다.

"관영이 이 일을 임충에게 맡기고 너는 천왕당을 지키라고 했다. 지금 즉시 교대해라."

늙은 병사가 열쇠를 들고 임충을 데리고 다니며 분부했다.

"창고 안의 물건은 모두 관부의 봉인 표지가 있다네. 여기 쌓여 있는 초료 더미들도 모두 하나하나 세어놓은 것이라네."

늙은 병사가 초료 더미를 세고 나서 대청 안으로 데리고 들어갔다. 짐을 싸고는 말했다.

"화로, 솥, 그릇 등은 모두 자네에게 빌려주겠네."

임충이 말했다.

"내 것은 천왕당 안에 있으니 필요하면 가져다 쓰시오."

늙은 병사가 벽에 걸린 조롱박을 가리키며 말했다.

"술을 마시고 싶으면 초료장 동쪽 큰 길로 2~3리를 가면 시가지가 있네."

늙은 병사는 차발과 함께 군영으로 돌아갔다.

임충이 침상 위에 짐과 이불을 놓고 옆에서 불을 피웠다. 집 옆에 땔나무와 숯이 있어 몇 개 가져다가 화로에5 넣었다. 고개를 들어 초가 안을 바라보니 사방이 여기저기 무너졌고 삭풍에 심하게 뒤흔들렸다. 임충이 혼자 중얼거렸다.

"이 집에서 어떻게 겨울을 보내지? 눈이 그치고 개면 성안으로 가서 미장이를 불러 수리해야겠다."

불을 쬐어도 추위를 느끼게 되자 다시 생각했다.

'아까 그 늙은 병사 말대로라면 2리 너머에 시가지가 있다니, 어찌 가서 술을 사다가 마시지 않겠는가?'

짐에서 약간의 은자 부스러기를 꺼내고 화창에 술 호리병을 매달고는 화로 뚜껑을 덮었다. 전립氈笠6을 쓰고 열쇠를 들고는 밖으로 나와 대청 문을 열었다. 대문을 나와 초료장 문을 당겨 닫고 잠그고 열쇠를 든 채 동쪽으로 걸었다. 눈 덮인 땅 위에 옥이 부서진 것 같은 눈송이가 어지럽게 흩날렸고 구불구불 이어진 길을 북풍을 등지면서 걸었다. 눈발이 갈수록 심해졌다. 반 리 길쯤 걸었을 때 낡은 사당이 보이자 발길을 멈추고 무릎 꿇고 양손으로 땅을 짚고는 큰 절을 하며7 말했다.

5_ 원문은 '지로地爐'인데, 땅을 파서 벽돌이나 돌을 쌓아 만든 화로를 말한다. 따뜻하게 하고 물을 끓이고 밥을 해 먹을 수도 있다.

6_ 원문은 '전립氈笠'으로 털로 제작한 방한모다. 형태는 삿갓과 비슷한데 높고 둥근 꼭지에 테두리가 있다. 외출할 때 눈과 비를 막고 추위를 막았다. 원래는 거란족 남자의 복식이었는데 북송 때 중원 지구도 북방 복식의 영향을 받아 모방 착용해 유행했다. 이하 역자는 '털 방한모'로 번역했다.

7_ 원문은 '정례頂禮'다. 무릎을 꿇고 양손으로 땅을 짚고 머리를 존경하는 사람 발밑에 대는 것으로 불교에서 가장 높은 공경의 예다.

310

"천지신명께서 부디 보살펴주시도록 나중에 지전이라도 태워야겠다."

또 잠시 걸어가니 멀리 집이 여러 채 보였다. 임충은 발걸음을 멈추고 울타리 안을 바라보니 집 밖에 술집임을 나타내는 짚으로 만든 간판[8]을 세워놓았다. 안으로 들어가자 주인이 말했다.

"손님, 어디서 오셨습니까?"

"이 조롱박을 아시오?"

주인이 바라보며 말했다.

"이 조롱박은 초료장 늙은 병사 것입니다."

"원래 그랬군."

"이미 초료장 일을 맡게 되셨으니 잠시 앉아 기다리고 계십시오. 날도 추운데 술 석 잔 대접할 테니 드시고 친구를 접대하는 예로 생각하십시오."

주인이 익힌 소고기를 한 판 썰고 술 한 주전자를 데워서 대접했다. 임충은 다시 소고기를 사서 여러 잔을 마셨으며 조롱박에 술을 사서 넣고 소고기 두 덩어리를 싸며 은자 부스러기를 지불했다. 화창에 술이 담긴 조롱박을 매달고 소고기를 가슴 안에 넣고는 '실례했소'라고 말했다. 사립문을 나와 여전히 불어오는 삭풍을 맞으며 돌아왔다. 쏟아지는 눈은 밤이 깊어갈수록 더욱 거세졌다. 옛날에 한 서생이 사詞 한 수를 지었는데, 그것은 빈곤한 사람이 눈을 원망하는 것이었다.

땅을 깎아내듯 세차게 부는 북풍[9]은 찬데, 때마침 눈까지 내리는구나. 뜯어놓

8_ 원문은 '초추아草帚兒'인데, '초돈아草囤兒'라고도 한다. 짚으로 만든 술집 간판인데, 원형일 경우는 '돈囤'이라 하고, 사각형일 경우에는 '추帚'라 한다.

9_ 원문은 '광막엄풍廣莫嚴風'인데, '광막풍廣莫風'은 '한풍寒風' '북풍北風'을 말하는 것으로 '팔풍八風' 가운데 하나다. 당나라 경학가經學家인 육덕명陸德明은 팔풍을 해석하기를, 동방은 곡풍谷風, 동남은 청명풍淸明風, 난방은 개풍凱風, 서남은 양풍涼風, 서방은 창합풍閶闔風, 서북은 부주풍不周風, 북방은 광막풍, 동북방은 방융풍房融風이라고 했다.

은 풀솜 같고, 바구니 같은 큰 눈송이 펑펑 쏟아지네. 숲속의 대나무집 띠풀 지붕을 보니, 금방이라도 눈에 깔려 내려앉으려하누나. 부잣집에서는 도리어 장기瘴氣10를 누르기엔 부족하다고 말하네. 그들은 숯 타는 벌건 화로 안고 따뜻한 솜옷과 솜저고리 입고 있구나. 손에 겨울 매화 만지작거리고 나라의 상서로운 징조 찬탄하며 가난한 백성 안중에도 없도다. 은거하는 문인과 선비에겐 눈을 읊으며 짓는 시편 많기도 하네.

廣莫嚴風刮地, 這雪兒下的正好. 拈絮掃綿, 裁幾片大如栲栳. 見林間竹屋茅茨, 爭些兒被他壓倒. 富室豪家, 却言道壓瘴猶嫌少. 向的是獸炭紅爐, 穿的是綿衣絮襖. 手拈梅花, 唱道國家祥瑞, 不念貧民些小. 高卧有幽人, 吟咏多詩草.

상서로운 눈을 밟으며 북풍을 뚫고 서둘러 초료장 문 앞으로 돌아와 열쇠로 열고 들어가보고 깜짝 놀랐다. 원래 천도天道는 분명하여 착하고 의로운 사람을 보호한다고 하는데, 이 엄청나게 쌓인 눈 때문에 임충은 목숨을 구했다. 두 칸짜리 대청이 쌓인 눈을 이겨내지 못하고 무너져버린 것이었다. 임충은 속으로 생각했다.

'어떻게 하면 좋단 말인가?'

먼저 화창과 조롱박을 눈 위에 내려놓았다. 화로 안의 숯불이 번질까 두려워 부서진 흙담을 들어내고 몸을 반쯤 들이밀고 더듬어보니 화로 안의 불은 모두 눈 녹은 물에 꺼져버렸다. 손으로 침상 위를 더듬어 솜이불을 꺼냈다. 밖으로 나오니 이미 날이 저물어 캄캄해졌다. 속으로 생각했다.

'불 피울 곳도 없으니 이제 어쩐다?'

그러고는 생각해냈다.

'여기서 반 리 길에 낡은 사당에서 몸을 쉴 수 있겠다. 거기 가서 하룻밤 지

10_ 장기瘴氣: 열대 원시 삼림 속에서 동식물이 부패한 뒤 생성하는 독기를 말한다.

내고 내일 날이 밝거든 다시 생각해보자.'

이불을 둘둘 말아 든 다음 화창에 조롱박을 걸어 매고 문을 세게 잡아당겨 잠그고는 사당을 향해 걸었다.

사당 문안으로 들어가 다시 문을 닫았다. 옆에 놓인 큰 돌을 들어다가 문에 기대어 막았다. 들어가서 안을 보니 쇠로 갑옷을 장식한 산신山神이 신전 위에 모셔져 있고 좌우에 판관判官[11]과 저승사자가 서 있었으며 옆에는 종이가 잔뜩 쌓여 있었다. 두리번두리번 주변을 살펴보았지만 이웃도 없고 사당을 지키는 사람도 없었다. 창과 술을 담은 조롱박을 종이더미 위에 놓고 솜이불을 깔았다. 먼저 털 방한모를 벗어 몸에 묻은 눈을 털었으며 위에 입은 흰 베로 된 적삼을 벗으니 절반 정도 젖어 있어 털 방한모와 함께 공양물을 놓는 탁자에 올려놓고 이불을 당겨서 하반신을 덮었다. 조롱박 안에 든 찬술을 천천히 마시고 가슴 안에 넣어두었던 소고기를 안주로 먹었다. 술을 마시고 있는데 밖에서 파닥파 닥하는 무언가가 터지는 소리가 들렸다. 벌떡 일어나 벽 틈으로 보니 초료장에 불길이 치솟아 활활 타고 있었다.

눈이 내려 불기운을 눌러도 잡초는 불의 위세를 돕네. 공교롭게 풀 위로 바람이 부니, 눈 속에 숯을 보내는 것 같이[12] 불기운을 더욱 맹렬하게 하는구나. 붉은 용 날뛰는데, 어떻게 옥 같은 흰 비늘이 어지러이 날리는가, 흰 나방 앞 다퉈 날 건만, 활활 타오르는 붉은 연꽃만은 못하네. 마치 염제炎帝가 신마神馬를 풀어 여기서 방목하는 듯하고, 남방南方이 쫓아낸 주작朱雀을 곳곳에 둥지를 틀게 한 것으로 의심되누나. 뉘 알았으랴 하얀 땅에 재앙이 일어나고, 어두운 집 안에 번개 같은 눈을 뜬 것을 믿겠는가. 불길을 보고 열사는 잠을 이루지 못하고,

11_ 판관判官: 전설에서 저승의 염라대왕 수하로 생사부를 관장하던 관리이다.
12_ 원문은 '설중송탄雪中送炭'이다 눈이 내리는 날 사람에게 숯을 보내 따뜻하게 해준다는 의미로 사람이 급할 때 물질 혹은 정신적은 도움을 주는 것에 비유한다.

그 눈에 간사한 마음 간담 서늘해지네.

雪欺火勢, 草助火威. 偏愁草上有風, 更訝雪中送炭. 赤龍鬥跃, 如何玉甲紛紛; 粉
蝶爭飛, 遮莫火蓮焰焰. 初疑炎帝縱神駒, 此方芻牧; 又猜南方逐朱雀, 遍處營巢.
誰知是白地裏起灾殃, 也須信暗室中開電目. 看這火, 能教烈士無明發; 對這雪, 應
使奸邪心膽寒.

임충이 화창을 들고 불을 끄러 가기 위해 문을 열려는데 밖에서 어떤 사람
들이 말하는 소리가 들려왔다. 문 옆에 엎드려서 귀를 기울였다. 세 사람의 발소
리가 가까워지더니 사당 안으로 들어와 손으로 문을 밀었다. 그러나 문을 돌로
막아 놓았으므로 아무리 밀어도 열리지 않았다. 세 사람이 사당 처마 밑에 나
란히 서서 불을 바라보았다. 세 명 가운데 한 사람이 말했다.

"이 계책 좋지 않습니까?"

한 사람이 대답했다.

"확실히 관영과 차발께서 애쓰신 덕분이오! 동경에 돌아가면 두 분이 승진할
수 있도록 태위께 말씀드리겠소. 이제 장 교두는 더 이상 다른 핑계거리가 없을
것이오."

그 사람이 말했다.

"임충이 이번에는 우리한테 당했네. 고 아내의 병도 반드시 좋아질 것이오."

또 한 사람이 말했다,

"장 교두 그놈, 태위가 일부러 여러 번 사람을 보내 '너의 사위는 이제 없다'
고 말했는데도 받아들이지 않았기 때문에 고 아내의 병이 더욱 깊어졌습니다.
그래서 태위께서 특별히 우리 둘을 보내 두 분께서 일을 해결해주기를 부탁하
셨습니다. 지금 완전히 끝났습니다."

다시 한 사람이 말했다.

"소인이 담장 안으로 기어들어가 사방에 쌓인 여물에 횃불 10여 개를 던져놓

앉으니, 임충 이놈이 어디로 도망갈 수 있겠습니까?"

그 사람이 말했다.

"이제 조금만 지나면 다 타버릴 것이오."

다른 한 사람이 듣고는 말했다.

"설령 불길을 피해서 살아났더라도 대군 초료장을 불태웠으니, 이는 죽을죄라 어디로도 빠져나갈 구멍은 없습니다."

또 한 사람이 말했다.

"이제 성안으로 돌아갑시다."

한 사람이 말했다.

"조금만 더 보다가 뼈라도 한두 조각 주워 동경으로 가지고 간다면 부중에서 태위와 고 아내가 보고서 우리더러 일 처리를 잘했다고 말할 것이오."

임충이 세 사람의 목소리를 들어보니 하나는 차발이고 또 하나는 육 우후이며, 다른 한 명은 부안임을 알았다. 임충은 생각하며 말했다.

"하늘이 이 임충을 가련하게 여겼구나! 만일 대청이 무너지지 않았다면 분명 저놈들이 지른 불에 타죽었을 것이다."

문 앞의 돌을 두 손으로 가볍게 들어내 치우고 화창을 잡고 왼손으로 사당 문을 열어젖히며 고함을 질렀다.

"이런 나쁜 놈들 어딜 가느냐!"

세 사람이 급히 초료장으로 가려고 하다가 임충을 보고 순간적으로 너무 놀라서 제자리에 서서 움직이지 못했다. 임충이 즉시 손을 뻗어 창끝으로 먼저 팍 소리가 나게 차발을 찔렀다. 육 우후가 소리 질렀다.

"사람 살려!"

놀라 팔다리를 허우적거리기만 했지 꼼짝도 하지 못했다. 부안은 열 발짝도 못 가서 뒤에서 쫓아온 임충에게 등 한복판을 찔리고 쓰러졌다. 몸을 돌려 돌아오는데 육 우후가 겨우 3~4보 내디뎌 도망가는 것을 보고 뒤에서 소리쳤다.

"간악한 놈아, 어딜 가느냐!"

가슴을 향해 한 번 내리치자 눈 위에 엎어졌다. 창을 땅 위에 꽂고 가슴을 발로 밟아 누르고 몸에서 날카로운 칼을 꺼내 육겸의 얼굴에 대고 소리쳤다.

"나쁜 놈아! 내가 애초에 너와 아무런 원한도 없었거늘, 어째서 나를 해치려 했느냐? 사람을 죽인 죄는 용서할 수 있어도 인간의 도리를 저버리는 것은 용서할 수 없다."

육 우후가 말했다.

"소인이 한 짓이 아닙니다. 태위가 시켜서 오지 않을 수 없었습니다."

임충이 욕설을 퍼부었다.

"간사한 도둑놈아, 내가 너와 어려서부터 사귀었는데, 오늘 나를 해치러 쫓아와놓고 어째서 네가 한 짓이 아니란 말이냐? 내 칼을 받아라!"

육겸의 웃옷을 찢어 당겨 벌리고 날카로운 칼로 심장을 도려내니 일곱 개의 구멍으로 피가 터져 나왔다. 심장과 간을 손에 들고 고개를 돌려 보자 차발이 기어가다가 일어나 도망가려고 했다. 임충이 차발을 붙잡아놓고 소리 질렀다.

"네 이놈, 원래부터 악독한 놈이었구나! 내 칼 맛 좀 봐라!"

차발의 목을 잘라내 창에 걸었다. 돌아와서 부안, 육겸의 머리를 모두 잘라냈다. 날카로운 칼을 꽂아넣고 셋의 머리카락을 하나로 묶어 사당 안으로 들고 들어와 산신상 앞 탁자 위에 올려놓았다. 다시 흰 베로 된 적삼을 입고 탑박을 묶고는 털 방한모를 쓰고 조롱박의 차디찬 술을 모두 마셨다. 이불과 조롱박이 필요 없어져 던져버렸다. 창을 든 채 사당 문을 나와 동쪽을 향해 걸어갔다. 3~5리도 못 갔는데 근처 마을 사람들이 모두 물통과 불갈고리를 들고 불을 끄러 오고 있었다. 임충이 말했다.

"여러분은 빨리 불을 끄시오. 나는 군영에 알리러 가겠소."

창을 든 채 앞으로 걷기만 했는데, 여기에 증명하는 시가 있다.

하늘의 이치 명백하여 모함할 수 없으니

간사하고 악독한 자 좋은 사람 될 수 없다네.

눈보라 무릅쓰고 술 구하러 마을 술집에 안 갔으면

반드시 불길 속 백골 되었으리라.

어둠 속에서 악독한 계책 펼쳤다고 말했지만

은밀하게 신이 도울 줄 누가 알았으랴.

가장 가련한 것은 만 번 죽은 다음 도망쳐 살아나니

진정 귀하고 훌륭한 장부로다.

天理昭昭不可誣, 莫將奸惡作良圖.

若非風雪沽村酒, 定被焚燒化朽枯.

自謂冥中施計毒, 誰知暗裏有神扶.

最憐萬死逃生地, 眞是瑰奇偉丈夫.

눈은 갈수록 세차게 내렸다. 임충은 두 경(4시간)에 걸쳐서 동쪽으로 걸었다. 입은 옷이 얇아 추위를 견딜 수 없었다. 눈 속에서 바라보니 이미 초료장에서 먼 곳까지 와 있었다. 앞쪽으로 나무가 듬성듬성하고 수목이 뒤섞인 곳 사이로 멀리 눈에 덮여 있는 몇 칸의 초가집이 보였다. 갈라진 벽 사이로 불빛이 새어 나왔다. 초가로 와서 문을 밀어 여니 가운데 늙은 장객이 앉아 있고 주위에 4~5명의 젊은 장객들이 불을 쬐고 있었다. 바닥 화로에서 장작이 활활 타고 있었다. 임충이 걸어 들어가서 말했다.

"여러분께 인사드립니다. 소인은 유배지 군영에서 근무하는 사람입니다. 눈을 맞아 옷이 젖어서 불에 말렸으면 합니다. 부탁드립니다."

장객이 말했다.

"우리는 상관없으니 알아서 말리시오."

젖은 옷을 벗어 조금 말렸는데 숯덩이 옆에 데우고 있는 독 안에서 술 향기가 풍겼다. 임충이 말했다.

"소인이 은 부스러기가 조금 있는데 번거롭지만 술 한잔 마셨으면 좋겠습니다."

늙은 장객이 말했다.

"우리는 매일 밤마다 돌아가며 쌀뒤주를 지키고 있소. 지금 이미 4경(새벽 1~3시)이고 날씨마저 추워서 우리 마시기도 부족한데 당신에게 주겠소? 아예 생각도 마시오!"

임충이 다시 말했다.

"되는대로 추위라도 막을 수 있게 소인에게 단 두세 사발이라도 주시오."

"이 사람 참 귀찮게 하네. 귀찮게 하지 말고 저리 가시오!"

술 냄새를 맡으니 더욱 마시고 싶어서 임충이 말했다.

"도저히 참을 수가 없소. 조금이라도 주시오."

장객들이 말했다.

"호의를 베풀어서 옷도 말리고 불도 쬐게 해주었더니 술도 내놓으라고! 꺼져라, 꺼지지 않으면 여기에 매달아놓겠다!"

임충이 화를 내며 말했다.

"이놈들, 도리가 없는 놈들이구나!"

손에 든 창으로 훨훨 타는 숯을 찍어 늙은 장객 얼굴을 향해 들어 올렸다. 또 창으로 화로 안을 들쑤시니 늙은이 입 주위의 콧수염이 불꽃에 그슬렸다. 장객들이 모두 일어나자 임충은 창 자루로 마구 두들겼다. 늙은이는 도망치고, 나머지 장객들도 꼼짝 못하다가 한바탕 두들겨 맞고 모두 달아났다. 임충이 말했다.

"모두 꺼져라, 어르신께서 기분 좋게 술이나 마시겠다."

방구들 위에 두 개의 야자열매 껍질로 만든 바가지가 있었는데, 그 가운데 하나를 가져와 독에 든 술을 부어서 마셨다. 반을 남기고 창을 들고 문을 나와 걸었다. 한 걸음이 높으면 한 걸음은 낮게 비틀거리며 걷는데 1리도 못 가서 강한 삭풍에 밀려 개울 옆에 엎어졌다. 일어나려고 발버둥질했으나 크게 취한 사람이 바로 일어나지 못하고, 임충은 결국 취한 채 차디찬 눈 속에 쓰러지고 말았다.

한편 장객들은 20여 명을 데리고 몽둥이와 창을 들고 초가집으로 달려왔지만 임충이 보이지 않았다. 눈 위에 남은 흔적을 따라 가다가 화창을 옆에 던져 놓고 눈 위에 쓰러져 있는 임충을 발견했다. 장객들이 한꺼번에 달려들어 밧줄로 묶었다. 밤 5경(새벽 3~5시)에 임충을 어디론가 끌고 갔다. 그곳은 다른 곳이 아니라 나누어 서술하면, 요아와에서 수천 척의 전선인 몽동艨艟[13]이 앞뒤로 배열하게 되고, 수호 산채에서는 100여 명의 영웅호걸들이 좌우로 늘어서게 되었다. 바로 다음과 같으니, 그들을 이야기할 때마다 사람을 서늘하게 만드는 살기가 엄습하고 슬픈 바람이 뼛속까지 파고들어 오싹하게 만든다.

결국 임충이 장객들에게 붙잡혀 어디로 끌려갔는지는 다음 회에 설명하노라.

13_ 몽동艨艟은 일반적으로 몽충蒙衝이라고 한다. 전투선 명칭으로 이현 주석에 따르면 "바깥이 좁고 길어 몽충蒙衝이라 했고 적선과 충돌하는 배"라고 했다. 배의 형태는 좁고 길었으며 위를 소가죽으로 덮었고 앙 측면은 구멍을 내어 노를 젓고 쇠뇌로 적을 공격하게 편리하도록 했으며 돌과 화살을 두려워하지 않고 자신을 보호하고 적을 습격하기 쉬운 공격적인 빠른 전함이다.

【제11회】

투명장 投名狀 1

표자두 임충은 그날 밤 술에 취해서 눈 위에 쓰러졌고 일어나려 발버둥쳤으나 소용없었다. 결국 여러 장객에게 묶여 어느 장원으로 끌려갔다. 한 장객이 장원에서 나와 말했다.

"대관인께서 아직 일어나지 않았으니 다들 저놈을 문루門樓 아래에 높이 매달아라."

차츰차츰 날이 밝아오고 임충도 그제야 술에서 깨어나 눈을 뜨고 바라보니 커다란 장원이었다. 임충이 크게 소리를 질렀다.

"누가 감히 나를 여기에 매달았느냐?"

장객이 고함 소리를 듣고는 흰 곤봉을 손에 든 채 문안에서 나와 소리쳤다.

"네 이놈 아직도 말대꾸냐!"

1_ 제11회 제목은 '朱貴水亭施號箭(주귀가 강가 정자에서 신호화살을 쏘다). 林冲雪夜上梁山(임충이 눈 오는 밤에 양산박으로 올라가다)'이다. 호전號箭은 신호 화살이다. 쐈을 때 소리가 나므로 '향전響箭'이라고도 한다.

임충 때문에 콧수염이 타버린 늙은 장객이 말했다.

"다른 말 물을 것 없다. 두들겨라, 대관인이 일어나시면 그때 추궁하면 된다."

장객들이 한꺼번에 덤볐다. 임충은 맞으면서도 저항 한 번 못하고 소리만 질 렀다.

"상관없다. 나도 할 말이 있다."

한 장객이 나와서 외쳤다.

"대관인께서 나오신다."

임충이 바라보니 관인이 뒷짐을 지고 나와 복도에서 물었다.

"너희가 때리는 자가 누구인가?"

장객들이 대답했다.

"어젯밤 잡은 쌀 도둑입니다."

관인이 앞으로 나와보고 임충인 것을 알자 다급히 소리쳐 장객들을 뒤로 물 리고 손수 결박을 풀어주며 물었다.

"교두께서는 무엇 때문에 여기에 매달리게 되었소?"

장객들은 이 광경을 보고는 당황하여 모두 물러났다. 임충이 쳐다보니 다른 사람이 아니라 소선풍 시진인지라 얼른 소리쳤다.

"대관인 나 좀 구해주시오!"

"교두께서 왜 여기에서 촌놈들에게 모욕을 당하고 계시오?"

"한마디로 모두 대답하기 어렵습니다!"

두 사람이 안으로 들어가 앉고 임충은 초료장에 불이 난 일을 자세하게 이 야기했다. 시진이 이야기를 모두 듣고 나서 말했다.

"형님 운명도 참 기구하오! 오늘은 하늘이 내려주신 기회이니 안심하시오. 여 기는 제 동쪽 장원이오. 잠시 쉬었다가 다시 상의해봅시다."

장객을 불러 옷상자를 가져오게 하여 겉옷뿐만 아니라 속옷까지 모두 새 옷 으로 갈아입혔다. 와도가 있는 따뜻한 방 안에 앉아 쉬게 하고 술과 음식을 가져다 대접했다. 이때부터 임충은 시진의 동쪽 장원에서 5~7일을 머물렀다.

한편 창주 유배지 군영의 관영은 임충이 차발, 육 우후, 부안 세 사람을 죽이고 대군 초료장에 불을 질러 태워버린 것을 고발했다. 창주 주윤州尹2은 깜짝 놀라 즉시 공문을 작성하여 임충을 체포하라는 공문을 하달하고 관원들에게 공인을 데리고 가서 향과 읍을 따라 지날 수 있는 주요 길목에 인접한 객점과 부락3에 임충의 생김새를 그린 벽보를 붙이고 상금 3000관을 걸어 주범 임충을 잡게 했다. 체포를 위한 수색이 날이 갈수록 심해지자 각 마을마다 이 때문에 소란스러워졌다. 시 대관인의 동쪽 장원에서 이런 소식을 들은 임충은 바늘방석에 앉아 있는 것 같았다. 시진이 장원으로 돌아오자마자 임충이 말했다.

"대관인께서 소인을 여기에 머물게 하려고 하시지만 관아의 추적이 이토록 심하니 어찌할 방법이 없습니다. 집집마다 수색하고 있는데 만일 장원을 뒤지다가 저를 찾게 되면 대관인이 연루되어 곤란해질 겁니다. 이미 대관인께서 의로운 일을 위해 재물을 아끼지 않는 은혜를 주셨으나 다시 소인에게 약간의 여비를 빌려주신다면 다른 곳에 가서 잠시 몸을 피하고자 합니다. 훗날 죽지 않고 목숨을 건지게 되면 개와 말 같은 하찮은 힘이라도 은혜를 갚는 데 바치겠습니다."

시진이 말했다.

"이미 형님께서 떠나고자 결정하셨다니 제가 갈만한 곳을 아는데, 편지 한 통 써드릴 테니 그쪽으로 가보십시오."

바로 다음과 같다.

2_ 주윤州尹: 송나라의 중급 행정 구획에는 부府, 주州, 군軍, 감監이 있었는데, 주관하는 관직 명칭은 통상적으로 지부知府, 지주知州, 지군知軍, 지감知監이라 했다. 송나라 때의 '지주'를 '주윤'이라 불렀다.

3_ 원문은 '촌방村坊'이다. 『당서唐書』 「식화지殖貨志」에 따르면 "100호가 이里이고 5리는 향鄕이며 네 가구는 인隣이고 다섯 가구는 보保다. 읍邑에 거주하는 자를 방坊이라 하고 들판에 거주하는 자를 촌村이라 한다. 촌방린리村坊鄰里는 서로 감독했다"고 했다.

호걸이 헛되이 세월 보내며 시운을 만나지 못해

가는 곳마다 추포를 당하는구나.

시진이 천거하는 편지만 쓰지 않았던들

그가 어찌 수호에서 명성을 날렸겠는가.

豪杰蹉跎運未通, 行藏隨處被牢籠.

不因柴進修書薦, 焉得馳名水滸中.

임충이 말했다.

"만일 대관인께서 이처럼 소인을 구제해주신다면 몸을 의탁하여 살 수 있을 것입니다. 그런데 어디로 가야 합니까?"

"산동山東 제주濟州 관할 지역에 있는 물의 고장으로 양산박梁山泊4이라 불리는 곳입니다. 둘레가 800여 리이고 가운데 완자성宛子城5, 요아와蓼兒洼6란 곳이 있는데 지금 세 명의 호걸이 거기에 산채를 꾸리고 있지요. 두목은 백의수사白衣秀士 왕륜王倫이고, 둘째는 모착천摸着天 두천杜遷이라 부르고, 셋째는 운리금강雲裏金剛 송만末萬입니다. 그 세 사람이 졸개 700~800명을 거느리고 떼 지어 다니며 도적질을 하고 있습니다. 큰 죄를 지은 많은 사람이 그곳으로 가서 화를 피해 벗어나고자 몸을 의탁하면 모두 받아들이고 있습니다. 제가 세 두령과 교분이 두터운지라 일찍이 서신을 왕래하고 있었습니다. 지금 편지를 써서 형님께 드릴 테니 그곳에 가서 한패가 되는 것은 어떻습니까?"

---

4 실제 『수호전』의 무대가 된 양산박은 존재하고 있었지만 현실에서의 산채는 소설과 다르다. 깎아지른 절벽은 없고 낮은 구릉으로 되어 있어서 외부에서 공략하기에 별 어려움이 없다. 『수호전』처럼 수중 요새를 건설하여 정부와 맞선 곳은 산동 양산박이 아니라 저장성 항저우杭州의 서호西湖다.
5 완자성宛子城: 사방 주위가 높고 중간이 낮아 오목하게 들어간 곳이다. 『이아爾雅』에 따르면 "사방이 높고 중앙이 낮은 곳을 완구宛丘라 한다"고 했다.
6 수호 산채는 완자성이라고 부르고 양산박은 요아와라고도 불렸다. 수호산채가 양산 호걸의 총본부다.

"만일 그렇게만 된다면 가장 좋지요!"

"다만 창주 입구에 방문을 붙여놓은 데다, 군관 두 명을 보내 길목을 막고 지키며 검사하고 있습니다. 형님께서는 반드시 그곳을 지나야 하오."

시진이 고개를 숙이며 잠시 생각하고 나서 다시 말했다.

"형님을 통과시킬 계책이 있소."

"만약 무사히 빠져나갈 수 있게 해준다면, 그 은혜 죽어도 잊지 않겠소!"

시진은 그날 장객을 불러 먼저 짐을 지고 관문 밖으로 나가 기다리게 했다. 시진이 말 20~30필을 준비시켜 활과 깃대, 창을 들고 사냥매를 팔로 지탱하며 사냥개들을 몰아 인마를 요란하게 꾸몄는데, 그 무리 안에 임충도 함께 섞여 일제히 말에 올라 관문 밖으로 향했다. 관문을 지키는 군관이 관문 위에 앉아 있다가 시 대관인이 오는 것을 봤는데, 서로들 아는 사이였다. 원래 이 군관은 관직을 물려받지 못했을 때 시진 장원에 있었기 때문에 매우 잘 아는 사이였다. 군관이 일어나며 말했다.

"대관인께서 어디를 가시기에 이렇게 즐거우십니까!"

시진이 말에서 내려 물었다.

"두 관인께서 무슨 일로 여기 계시오?"

"창주 대윤께서 공문을 내리시고 생김새를 그린 방을 붙여 범인 임충을 붙잡기 위해 특별히 저희를 보내 이곳을 지키도록 했습니다. 지나가는 행상들을 일일이 검문한 뒤에 성 밖으로 내보내고 있습니다."

시진이 웃으면서 말했다.

"우리 일행 중에 임충이 섞여 있는데 어째서 알아보지 못하시오?"

군관도 같이 웃었다.

"대관인께서는 법도를 아시는 분인데, 데리고 나가려 하시겠습니까? 어서 말에 오르십시오."

시진이 또 웃으면서 말했다.

"서로 이렇게 믿어주니, 돌아올 때 사냥한 짐승을 보내겠소."

인사를 하고 일제히 말에 올라 관문 밖으로 나갔다. 14~15리쯤 가니 먼저 출발한 장객이 기다리고 있었다. 시진이 임충을 말에서 내리게 하고 사냥꾼 옷을 벗게 한 다음에 장객이 가져온 자신의 옷으로 갈아입혔다. 요도腰刀[7]를 차고 붉은 술이 달린 털 방한모를 썼으며 등에 짐을 지고 곤도袞刀[8]를 들었다. 시진과 작별하고 서둘러 출발했다. 시진 일행은 말을 타고 태연하게 사냥하러 갔다. 저녁에 돌아오는 길에 관문을 통과하면서 군관에게 사냥감을 나누어주고 장원으로 돌아왔음은 말할 필요가 없다.

시 대관인과 헤어진 임충은 쉬지 않고 10여 일을 걸었다. 때는 늦겨울 날씨라 먹장구름이 잔뜩 끼고 삭풍이 매섭게 불면서 새하얀 눈발이 어지럽게 흩날리더니 온 천지가 눈으로 뒤덮였다. 20여 리도 가지 못했는데, 온 땅이 하얀 은 같았다. 옛날 금金나라의 완안량完顔亮[9]이 「백자령百字令」[10]이라는 사詞 한 수를 지어 크게 내리는 눈을 묘사했는데, 그 마음속에 살기가 왕성했다.

천정天丁[11]이 진노하자 은빛 바다 출렁거리고 진주로 엮은 주렴 떨어져 흩어지도다. 육각형의 눈꽃 세차게 휘날려 산속의 언덕과 골짜기의 기복을 평탄하게 묻어버리네. 눈발은 흰 범 미쳐 날뛰고 흰 물고기 제멋대로 구는 것처럼 진주

7_ 요도腰刀: 도는 인류가 가장 먼저 사용한 냉병기 중 하나로 18반 병기 중 첫째 무기다. 한 면만 날이 서고 비교적 짧은 칼이다. 요도腰刀는 글자 그대로 허리에 차는 도다.

8_ 곤도袞刀: 날이 좁고 길며 손잡이가 긴 대도다.

9_ 완안량完顔亮은 금나라의 폐위된 황제다. 희종熙宗 때 승상이 되었는데 뒤에 희종을 죽이고 스스로 황제가 되었으나 끝내 부하에게 살해당했다. 『금사金史』에 본기가 있다.

10_ 「백자령百字令」은 『전금원사全金元詞』에서는 「염노교念奴嬌」라 했다.

11_ 천정天丁: 육정신六丁神(정묘신丁卯神, 정사신丁巳神, 정미신丁未神, 정유신丁酉神, 정해신丁亥神, 정축신丁丑神)을 가리킨다. 천제天帝가 부리는 음신陰神이다. 도교에서는 도사가 부적으로 불러내 부릴 수 있다고 여긴다.

끈을 끊어버리누나. 옥룡玉龍들 격렬하게 다투며 하늘 가득 비늘을 날리는 것 같구나. 만 리에 걸친 높고 험준한 곳에서 장사가 꼿꼿이 서 있는데, 새하얀 명주 허리띠[12]가 깃발 말단까지 적실 줄 누가 알았으랴. 창엔 눈부신 빛깔 띠고 검극劍戟에는 차가운 빛 번뜩이며 군막에는 살기가 등등하네. 병사들 맹수같이 웅장하고 편장들 용맹한데, 모두들 함께 용병의 모략 담론하도다. 응당 취하도록 술을 마셔야 광활한 푸른 하늘의 높음을 볼 수 있으리.

天丁震怒, 掀翻銀海, 散亂珠箔. 六出奇花飛滾滾, 平塡了山中丘壑. 皓虎顚狂, 素麟猖獗, 掣斷珍珠索. 玉龍酣戰, 鱗甲滿天飄落. 誰念萬里關山, 征夫僵立, 縞帶霑旗脚. 色映戈矛, 光搖劍戟, 殺氣橫戎幕. 貔虎豪雄, 偏裨英勇, 共與談兵略. 須拚一醉, 看取碧空寥廓.

임충은 쉬지 않고 눈을 밟으며 길을 재촉했지만 날씨는 매섭게 춥고 날은 점차 저물어갔다. 멀리 개울을 등지고 호숫가에 자리잡은 주점이 하염없이 내린 눈에 눌려 내려앉을 것처럼 보였다.

은빛 가득한 초가집, 지붕 덮은 띠와 처마는 옥처럼 빛나네. 늙은 나무 수십 그루 뒤얽혀 있고, 작은 창문들 몇은 닫혀 있구나. 듬성듬성 가시나무 울타리 뒤섞인 것이 분을 살짝 바른 듯하고, 둘러싼 황토 담장은 연백분을 흩뿌린 듯하네. 버들강아지 같은 눈송이 발과 장막을 나부끼게 하고, 만 조각 거위 깃털 같은 상서로운 눈송이 주기酒旗를 한들한들 춤추게 하네.

銀迷草舍, 玉映茅檐. 數十株老樹杈枒, 三五處小窗關閉. 疏荊籬落, 渾如膩粉輕鋪; 黃土繞牆, 却似鉛華布就. 千團柳絮飄簾幙, 萬片鵝毛舞酒旗.

12_ 원문은 '호대縞帶'인데, 눈을 비유한 것이다.

임충은 서둘러 그 주점으로 달려가 갈대로 만든 발을 열어젖히고 몸을 구부려 안으로 들어갔다. 몸을 옆으로 기울여 보니 좌석이 모두 비어 있었기에 그 가운데 한 자리를 골라 앉았다. 곤도를 기대어 세우고 짐을 풀며 털 방한모를 두 손으로 벗어버리고 요도도 걸어놓았다. 주보가 와서 물었다.

"손님, 술은 얼마나 드시겠습니까?"

"먼저 두 각 주시오."

주보가 한 통을 가져와 술을 두 사발 따르고 탁자에 놓았다. 임충이 다시 물었다.

"안주는 뭐가 있소?"

"삶은 소고기, 통통한 거위, 연한 닭고기 등이 있습니다."

"먼저 삶은 소고기 두 근 썰어주시오."

잠시 후 주보가 큰 접시에 소고기와 야채 몇 가지를 들고 와서 큰 사발과 함께 놓고 술을 걸렀다. 임충이 서너 사발을 마시고 나서 주점 안에 한 사람이 뒷짐을 지고 문 앞으로 나가서 눈을 구경하는 것을 보았다. 그 사람이 주보에게 물었다.

"술 마시는 사람이 누구냐?"

임충이 그 사람을 바라보니 머리에 챙이 높은 방한모를 쓰고 담비 털로 안을 댄 상의를 입었으며 노루 가죽으로 만든 좁고 목이 긴 신발을 신었다. 덩치는 장대하고 용모는 우람하며 두 주먹은 울퉁불퉁하고 누런 구레나룻이 삼지창처럼 세 갈래였으며 고개를 치켜들고 눈을 바라보고 있었다.

임충이 주보를 불러 술을 거르게 하고는 말했다.

"주보, 자네도 한 사발 들게나."

주보가 술을 한 사발 마시자 임충이 물었다.

"여기서 양산박까지 가려면 얼마나 더 가야 하나?"

주보가 대답했다.

"양산박을 가려면 몇 리도 되지 않지만 육로는 없고 물길만 있습니다. 만약 그곳에 가시려면 배를 타야 건너갈 수 있습니다."

"양산박에 갈 수 있는 배를 좀 알아봐주게."

"눈도 이렇게 많이 내리고 날도 저물었는데 어디에서 배를 구하겠습니까?"

"돈을 더 줄 테니 배를 찾아서 나 좀 건널 수 있게 해주게."

"구할 곳이 없습니다."

임충은 주보의 말을 듣고 깊이 생각했다.

'배를 어떻게 해야 구할 수 있단 말인가?'

다시 몇 사발을 더 마셨으나 가슴이 답답하며 문득 지난 일이 떠올랐다.

'내가 전에 동경에서 교두로 있을 때는 금군 안에 있으면서 매일 온 거리를 돌아다니며 술 마시고 놀았는데, 오늘 고구 이 나쁜 놈의 함정에 빠져 얼굴에 문신하고 여기까지 밀려오게 될 줄 누가 생각이나 했겠나. 집이 있어도 돌아갈 수 없고 나라가 있어도 의지하기 어렵게 되었으니, 이렇게 쓸쓸하고 외로울 줄이야!'

슬픔 감상이 가슴에 가득 차니 주보에게 필묵을 빌린 다음 술김에 흰 벽에 시 한 편을 써내렸다.

이 임충은 의리를 중시하고, 사람됨은 순박하고 충실하다네.

강호에서 명성 드날리고, 도성에서 영웅의 풍모를 드러냈네.

서글프게 정처 없이 떠돌아, 뿌리 뽑힌 쑥처럼 공명 찾을 길 없네.

훗날 뜻을 이루게 된다면, 태산 동쪽에서 위엄을 떨치리라.

仗義是林沖, 爲人最朴忠.

江湖馳譽望, 京國顯英雄.

身世悲浮梗[13], 功名類轉蓬.

13_ '부경浮梗'은 표류하는 복숭아나무를 깎아 만든 나무 인형을 말한다. 『전국책戰國策』 「제책齊策 3」에 다음과 같은 내용이 있다. 소진蘇秦이 맹상군孟嘗君에게 말하기를, "제가 치수淄水를 거쳐 왔는데

他年若得志, 威鎭泰山東.

붓을 던지고 다시 술을 마셨다. 한참 마시고 있는데, 앞서 그 사내가 앞으로 다가오더니 임충의 허리 가운데를 꽉 잡고는 말했다.

"너 정말 대담하구나! 창주에서 대죄를 짓고 여기로 왔느냐! 지금 관아에서 상금 3000관을 걸고 너를 잡으려 하는데 여기서 뭐하고 있느냐?"

"당신 내가 누군지 아시오?"

"네가 표자두 임충 아니냐?"

"나는 성이 장張이요."

그 사내가 껄껄 웃었다.

"헛소리 말아라. 지금 벽에 이름을 쓰는 것을 보았다. 네 얼굴에 금인도 새겨져 있는데 발뺌할 수 있을 것 같으냐?"

"정말 나를 잡으려느냐?"

사내가 웃으면서 말했다.

"내가 당신을 잡아서 뭐하겠소? 나를 따라오시오. 안쪽으로 들어가서 이야기나 합시다."

그 사내는 잡았던 허리춤을 놓았고 임충과 함께 주점 뒤에 있는 물가의 정자로 갔다. 주보를 불러 등불을 켜게 하고 임충과 인사를 하고 마주 앉았다.

"방금 형씨께서 양산박으로 가는 노선을 묻고 배를 찾으시는데, 그곳은 강도

진흙으로 만든 인형(경양군涇陽君을 비유)이 복숭아나무 가지로 만든 인형(맹상군을 비유)과 그곳에서 이야기를 하고 있었습니다. 나무 인형이 진흙 인형에게 '너는 서쪽 물가의 진흙으로 빚어 만든 인형이다. 8월에(주력周曆 8월은 하력夏曆 6월에 해당되는데 큰 비가 내릴 때다) 큰 비가 내리면 치수가 밀려와 너를 흐물흐물하게 만들 것이다'라고 했습니다. 그러자 진흙 인형이, '아니, 나는 서쪽 물가의 진흙이라 흐물흐물해져도 결국 서쪽 물가로 돌아올 것이다. 그런데 너는 동방 국가의 복숭아나무 가지로 조각한 인형이라 큰 비가 내리면 치수가 밀려올 것이고 그러면 어디까지 정처 없이 떠내려갈지 모르지 않는가'라고 했습니다."

들의 산채입니다. 무엇 하러 그곳에 가십니까?"

임충이 말했다.

"솔직히 말씀드리면 지금 관아에서 소인을 잡으려고 안달이라 몸을 피할 곳이 없어 할 수 없이 도적이 되려고 산채에 가는 것입니다."

"그렇다면 필시 도적이 되도록 형씨를 추천한 사람이 있겠군요."

"창주 횡해군橫海郡[14]의 친구가 추천하여 오게 되었습니다."

"그 사람이 혹시 소선풍 시진 아니시오?"

"당신이 어떻게 아시오?"

"시 대관인과 산채의 대왕 두령이 서로 교분이 두터워 항상 서신을 왕래하고 있습니다."

원래 왕륜은 과거에 낙방하고 두천과 함께 시진에게 몸을 의탁했고 그의 장원에서 한동안 지내다가 떠날 때도 노자를 얻어 쓰면서 은혜를 입었다. 임충이 그 말을 다 듣고 사내에게 절하며 말했다.

"눈이 있으면서도 태산 같은 분을 못 알아보았습니다. 존함이 어떻게 되십니까?"

그 사내가 황급히 임충에게 답례하며 말했다.

"소인은 왕 두령의 눈과 귀 노릇을 하는 수하로 주귀朱貴라고 합니다. 원래 기주沂州 기수현沂水縣 사람입니다. 강호 사람들은 저를 한지홀률旱地忽律(마른 땅 위의 악어)이라고 부릅니다. 산채에서 저더러 여기에서 주점을 하는 척하면서 왕래하는 상인에게 각종 소식을 염탐하도록 시켰습니다. 그리고 재물을 가진 자가 있으면 산채에 보고하고 혼자 재물 없이 온 자는 놓아줍니다. 재물을 가지고

14_ 횡해군橫海郡: 마땅히 '횡해군橫海軍'이라고 해야 한다. 횡해군은 옛 명칭으로 송나라 제도에는 없었다. 『당서唐書』에서는 창주에 '횡해군절도橫海軍節度'를 설치했다고 했다. 양梁나라에 이르러 순화順化로 변경했고, 진왕晉王 이존욱李存勖이 다시 횡해군으로 변경했다. 또한 『수호전』 후반부에서 시진이 '횡해군창주도통제橫海軍滄州都統制'를 수여받게 된다.

여기에 왔을 때 몸이 말라 가벼우면 몽한약蒙汗藥15으로 쓰러뜨리고 몸이 살쪄 무거우면 바로 죽여 살코기는 소금에 절여 말리고 비계는 기름으로 달여 등불을 피우는 데 사용합니다. 방금 형씨께서 양산박 가는 길을 묻기에 감히 손을 쓰지 않았습니다. 나중에야 쓰신 성함을 보고 알게 되었습니다. 일찍이 동경에 다녀온 사람들이 호걸이라고 말하던 형씨를 뜻밖에 오늘 만나게 되었습니다. 이미 시 대관인께서 서신으로 추천하셨고 형씨의 명성 또한 온 천지에 떨쳤으니 왕 두령이 반드시 중용할 것입니다."

즉시 생선과 풍성한 요리, 술과 안주를 준비하여 대접했다. 두 사람은 물가 정자에서 밤늦게까지 술을 마셨다. 임충이 물었다.

"어디에 배가 있어서 건넌단 말이오?"

"여기 배가 있으니 형씨께서는 안심하시오. 잠시 하룻밤 쉬었다가 5경에 일어나서 함께 산채로 갑시다."

둘이 각자 방으로 가서 쉬었다.

5경에 주귀가 와서 임충을 깨웠다. 세수하고 이 닦고 다시 술 3~5잔을 마시고 밥과 고기를 먹었다. 아직도 날이 밝지 않았는데 주귀가 물가 정자의 창문을 열고 작화궁鵲畫弓16을 꺼내 우는 화살17을 먹여 맞은편 갈대가 꺾여 부러진 안쪽을 향해 쏘았다.

임충이 말했다.

"이건 무슨 의미요?"

"산채에 신호를 보내는 화살이지요. 잠시 후면 배가 올 것입니다."

얼마 후 맞은편 갈대숲에서 졸개 3~5명이 한 척의 빠른 배를 저어 다가와

15_ 몽한약蒙汗藥: 먹을 경우 사람이 잠시 지각을 상실하고 일정 시간이 지난 뒤에야 소생하는 마취약이라고 전해진다.

16_ 작화궁鵲畫弓은 '작화조궁鵲畫雕弓'이라도도 한다. 까치 형상을 장식한 활을 말한다.

17_ 원문은 '향전響箭'인데, '명전鳴箭'이라고도 한다. 화살을 발사했을 때 소리가 나면서 신호를 전달한다.

정자에 댔다. 주귀가 임충을 이끌어 무기[18]와 짐을 가지고 배에 탔다. 졸개들이 배를 저어 호수 안 금사탄金沙灘(금빛 모래사장)[19]으로 갔다. 임충이 바라보니 800리나 되는 양산박은 과연 험준한 곳이로다!

산은 거센 파도 밀어내고 물은 가없이 넓은 하늘에 닿아 있네. 어지러운 갈대는 수많은 군사의 칼과 창이고, 늘어선 기괴한 나무들은 겹겹의 검극이로다. 해자 가의 녹각鹿角[20]은 모두가 해골을 모아 세운 것이며, 산채에서 쓰는 사발과 바가지는 모두 두개골로 만들었네. 사람 가죽 벗겨서 전고戰鼓[21]에 씌우고, 사람 머리카락 잘라내 말고삐 땋았다네. 관군 저지하고 머리 베는 지류와 길 끝이 없고, 도적 차단하는 막다른 길, 수풀과 산 수없이 많구나. 겹겹이 쌓은 자갈은 산을 이루고, 무성한 고죽창苦竹槍[22]은 비가 내리는 듯하네. 단금정斷金亭[23] 위엔 우울한 구름 일고, 취의청聚義廳 앞엔 살기가 등등하도다.

山排巨浪, 水接遙天. 亂蘆攢萬隊刀槍, 怪樹列千層劍戟. 濠邊鹿角, 俱將骸骨攢成; 寨內碗瓢, 盡使骷髏做就. 剝下人皮蒙戰鼓, 截來頭髮做韁繩. 阻當官軍, 有無限斷頭港陌; 遮攔盜賊, 是許多絕逕林巒. 鵝卵石迭迭如山, 苦竹槍森森似雨. 斷金亭上愁雲起, 聚義廳前殺氣生.

18_ 원문은 '도장刀仗'인데 '도장刀杖'이라고도 한다. 손으로 휴대하는 병기다.
19_ 『수호전보증본』에 따르면 "금사탄은 지금의 산둥성 량산梁山 추안푸拳鋪 북쪽 옛 황하가 터지면서 퇴적하여 이루어진 곳으로 사구沙丘가 이어져 있고 황폐한 땅이 한없이 넓어 이런 명칭을 얻게 되었다. 이것은 작자가 옮겨다 붙인 것이다"라고 했다.
20_ 녹각鹿角: 가지가 이어진 나무를 잘라내 군영 둘레의 땅에 묻었는데 뾰족한 것이 드러나도록 한 것이 마치 사슴뿔과 같아 녹각이라 했다. 군중에서 사용하는 방어용 기구다.
21_ 전고戰鼓: 고대 전쟁 때 사기를 고무시키기 위해 두드린 북.
22_ 고죽苦竹은 둥근 기둥 형태의 줄기로 높이는 4미터에 달하며 그 끝은 가늘고 길며 삼각형이다. 단단하고 날카로워 창으로 만들었다.
23_ 단금정斷金亭은 『역경易經』「계사繫辭 상」에 따르면 "두 사람이 마음을 함께하면 그 날카로움은 쇠도 자를 수 있다二人同心, 其利斷金"는 의미로 세운 정자다. 한마음으로 단결하면 일을 성사시킬 수 있고 싸워도 승리를 거두지 못하는 것이 없는 것을 비유한 것이다.

당시 졸개들은 배를 저어 금사탄 물가에 도착했고, 주귀는 임충과 함께 언덕에 올랐다. 졸개들이 짐을 지자 두 호걸은 무기를 들고 산채로 올라갔다. 몇몇 졸개가 배를 선착장으로 저어갔다. 임충이 언덕에 올라 바라보니 양쪽은 모두 아름드리나무가 자라고 있었으며 산허리에 단금정이 자리잡고 있었다. 다시 돌아서 가니 커다란 관문이 보였고 그 앞에는 칼, 창, 검, 극戟, 궁, 노弩, 과戈, 모矛 등을 늘어놓았고 사방에 모두 뇌목擂木24과 포석炮石25이 있었다. 졸개가 먼저 알리려고 올라갔고 두 사람이 관문으로 들어서니 길 양쪽으로 군대의 깃발이 펼쳐져 있었다. 다시 관문 두 곳을 지나자 비로소 산채 입구에 도착했다. 사면이 모두 높은 산이고 지나온 세 개의 관문은 모두 웅장했으며 겹겹으로 둘러싸여 있었다. 중간에는 거울 표면같이 고른 300~500장丈 크기의 평지가 펼쳐져 있었다. 산 어귀에 붙은 것이 산채 정문이었고 양쪽은 모두 곁채인 작은 집들이었다.

주귀가 임충을 데리고 취의청에 오르니 중간 교의交椅26에 백의수사 왕륜이 앉아 있었고 왼쪽에 모착천 두천, 오른쪽에 운리금강 송만이 앉아 있었다. 주귀와 임충이 앞을 향해 인사를 했다. 임충이 주귀의 곁에 섰다. 주귀가 말했다.

"이분은 동경 팔십만 금군 교두를 맡았던 임충이란 사람입니다. 별명을 표자두라 부르는데, 고 태위의 모함을 받아 창주로 유배되었습니다. 또한 그곳에서 대군 초료장을 불태우게 되었고, 어쩔 수 없이 사람 셋을 죽이고 시 대관인 장

24_ 뇌목擂木: 진격을 방어하는 데 사용하는 둥근 나무를 말한다. 전투가 벌어졌을 때 높은 곳에서 아래로 밀어 진격하는 적에게 부딪치게 하는 용도의 나무.

25_ 포석炮石: 전석戰石, 비석飛石이라고도 한다. 기계를 이용해 돌을 날리는 것으로 무게가 12근 정도다.

26_ 교의交椅: 옛날 의자로 다리가 교차되면서 접을 수 있고 등받이가 있는 접이식 의자. 호상胡床, 교상交床이라고 했고 태사의太師椅라고도 불렀다.

원으로 도망가게 되었는데, 시 대관인이 매우 존경했습니다. 또 양산박에 가입할 수 있도록 이렇게 특별히 편지를 써서 추천했습니다."

임충이 품 안에서 편지를 꺼내 건네주었다. 왕륜이 편지를 뜯어보고 임충을 네 번째 교의에 앉히고 주귀를 다섯 번째에 앉혔다. 졸개를 불러 술을 가져오게 하고 세 차례 잔을 돌린 뒤에 시 대관인이 근래에 무탈한지 안부를 물었다. 임충이 대답했다.

"매일 교외에서 사냥하며27 소일하고 계십니다."

왕륜은 한 차례 묻고는 문득 속으로 생각했다.

'나는 급제하지 못한 수재秀才28로 분한 마음에 두천과 이곳에서 도적이 되었다. 이어서 송만이 오고 이 많은 사람을 모아 한 무리가 되었다. 내가 능력이 뛰어난 것도 아니며 두천과 송만의 무예도 그냥 평범할 따름이다. 지금 이 사람을 받아들여서는 안 된다. 그는 경사의 금군 교두였으니 분명히 무예가 뛰어날 것이다. 만일 그가 우리 실력을 알고 정해진 배치를 깨뜨리고 우위를 차지하려 한다면, 우리가 어떻게 맞서겠는가? 어쨌든 원망을 받더라도 핑계를 대어 하산시키도록 한다면 뒷날 걱정은 없을 것이다. 다만 시진의 옛 은혜를 잊어버리고 돌보지 않는다면 그의 체면이 깎일 테지만 지금은 그런 것을 걱정할 겨를이 없다.'

여기에 증명하는 시가 있다.

호탕한 기개 없이 어찌 서로 함께할 수 있는가, 영웅을 만났는데도 머물게 하지 않는구나.

27_ 원문은 '엽교獵較'다. 들판에서 사냥 시합으로 금수를 빼앗는 것을 말한다.

28_ 수재秀才: 고대에 관리를 선발하는 과목이었고 이후에는 독서인의 일반적 청호가 되었다. 송나라 때는 선비와 과거에 응시하는 자들의 통칭이 되었다. 『수호전전교주』에 따르면 『『지원변위록至元辨僞錄』에서 이르기를 '선생先生은 도가의 최고이고, 수재는 유가의 제일을 말한다'라고 했다. 원주元注에 이르기를, '원나라 사람들은 도사를 선생이라 했다'고 했다."

백의수사 본래부터 질투가 많은 사람이라, 표자두는 헛되이 공명을 찾아왔다 탄식하누나.

未同豪氣豈相求, 縱遇英雄不能留.

秀士自來多嫉妒, 豹頭空嘆覓封侯.

연회를 정리하고 왕륜은 졸개를 불러 술과 음식을 차리게 하고 다시 임충을 자리로 청하여 함께 술을 마셨다. 연회가 끝나고 왕륜이 졸개를 불러 쟁반에 은자 50냥과 모시 두 필을 담아오게 했다. 왕륜이 일어나서 말했다.

"시 대관인의 추천으로 교두께서 우리 산채에 와서 한패가 되려고 하시지만 우리 산채는 작아서 양식도 부족하고 집도 초라하며 사람도 부족하므로 나중에 족하를 망치게 될까 두렵기도 하고 보기도 좋지 않습니다. 여기 약소하게 예물을 준비했으니 웃으며 받아주시기 바랍니다. 너무 나무라지 마시고 다른 큰 산채를 찾아 의지하며 편안히 하시기 바랍니다."

임충이 말했다.

"세 두령님께서는 너그럽게 관용을 베풀어주시기 바랍니다. 소인이 가담하여 도적이 되고자 천 리를 마다 않고 달려왔으며, 만 리를 마다 않고 의지하고자 찾아왔습니다. 시 대관인의 체면을 보아서라도 산채에 머물 수 있도록 해주시기 바랍니다. 이 임충이 비록 재주는 없으나 받아만 주신다면 목숨을 다해 앞장설 것이며 결코 비위를 맞추기 위한 것이 아니라 진실로 평생의 행운으로 여기겠습니다. 노자를 얻고자 온 것이 아니니 두령께서는 굽어 살펴주시기 바랍니다."

왕륜이 말했다.

"여기는 작은 산채로 어떻게 당신한테 편안하겠소? 너무 언짢게 생각하지 마시오!"

주귀가 보고 간언했다.

"형님께서는 이 동생이 말이 많다고 꾸짖지 마시고 들어주시기 바랍니다. 산채의 식량이 비록 많지는 않지만 원근의 마을에서 빌려오면 됩니다. 주변 산과 호숫가에 나무가 널리 자라고 있어서 천 칸의 집을 지어도 부족함이 없습니다. 이분은 시 대관인께서 힘써 추천하여 오신 분인데, 어떻게 다른 곳으로 가라고 하겠습니까? 게다가 시 대관인께서 우리 산채에 많은 은혜를 베푸신 분인데 나중에라도 이 사람을 받아들이지 않은 것을 아신다면 좋지 않게 보실 겁니다. 이 사람은 능력도 있으니 반드시 힘을 다할 것입니다."

두천도 말했다.

"산채에 한 사람 늘어난다고 무슨 문제겠습니까! 만일 형님이 받아들이지 않은 것을 시 대관인이 안다면 언짢게 생각할 것이고, 우리가 은혜를 잊고 의리를 저버리는 것을 드러낼 뿐이오. 이전에 많은 도움을 받아놓고 지금 추천한 사람이 왔는데, 이렇게 거절하고 쫓아버린단 말이오!"

송만도 왕륜을 말리며 말했다.

"시 대관인의 체면을 보아 그를 두령으로 삼는 것도 좋겠소. 그렇게 하지 않으면 우리는 의리 없다고 강호의 호걸들에게 웃음거리가 될 것이오."

왕륜이 말했다.

"형제들은 잘 모를 것이오. 그는 창주에서 지극히 큰 죄를 지은 데다 오늘 산에 올라왔으니 속마음을 알 수가 없소. 혹여 염탐하러 왔다면 어떻게 하겠소?"

임충이 말했다.

"소인이 죽을죄를 짓고 이곳에 도적이 되려고 왔는데, 무슨 이유로 의심하십니까?"

왕륜이 말했다.

"만일 진심으로 도적이 되고자 한다면 투명장投名狀29을 가져오시오."

29_ 투명장投名狀: 강호의 은어로 사람을 죽이고 재물을 빼앗아 바치는 것을 가리킨다. 어떤 조직에 가입하기 위해 제출하는 일종의 충성 서약이라 할 수 있다

임충이 바로 말했다.

"소인이 글자는 조금 아니 종이와 붓을 빌려주시면 지금 쓰겠소."

주귀가 웃으면서 말했다.

"교두님, 그게 아니오. 대체로 사내들이 산채에 들어오려면 투명장을 내야 합니다. 교두께서 산 아래에 내려가서 사람을 죽이고 목을 잘라 가져온다면 의심 없이 받아주는 것이오. 이것을 '투명장'이라 합니다."

"어려울 것 없소. 이 임충이 지금 산을 내려가서 기다리겠지만 지나가는 사람이 없을까 걱정이오."

왕륜이 말했다.

"3일 기한을 주겠소. 3일 내에 투명장을 가져오면 받아주겠지만 기간 내에 가져오지 못한다면 기분 나쁘게 생각하지 마시오."

임충은 승낙하고 방으로 돌아와 쉬었다. 그러나 울적함이 그치지 않았으니 바로 다음과 같다.

근심스럽고 우울한 고통 풀기 어렵고, 왕륜의 지나친 수작이 원망스럽네.
내일 일찍 일어나 산길에서 찾으려는데, 머리를 바칠 자는 그 누구겠는가.
愁懷鬱鬱苦難開, 可恨王倫忒弄乖.
明日早尋山路去, 不知那個送頭來.

그날 밤 연회가 끝나고 주귀는 작별하고는 주점을 지키러 산채를 내려갔다.

임충은 밤에 무기와 짐을 들고 졸개를 따라 손님방에 들어가 쉬었다. 다음날 일찍 일어나 아침밥과 차를 먹고 요도를 차고 박도를 들고 졸개의 안내를 받으며 산을 내려왔다. 배를 타고 호수를 건너 한적한 좁은 길에서 길손이 지나가기를 기다렸다. 아침부터 저녁까지 하루 종일 기다렸지만 외로운 길손 한 명도 지나가지 않았다. 임충은 우울하고 팁팁한 심정으로 졸개와 함께 호수를 건너 산채로 돌아왔다. 왕륜이 물었다.

"투명장은 가져왔소?"

임충이 대답했다.

"오늘 지나가는 사람이 한 명도 없어서 가져올 수가 없었습니다."

"당신 내일도 투명장을 가져오지 못한다면 여기에 머무르기 어려울 것이오."

임충은 감히 더 이상 대답도 못하고 속으로는 불쾌했다. 방으로 돌아와 밥을 얻어먹고, 또 하룻밤을 보냈다.

이튿날 이른 아침에 졸개와 아침을 먹고 박도를 들고 산을 내려왔다. 졸개가 말했다.

"우리 오늘은 남산 길로 가서 기다립시다."

두 사람은 숲속에 숨어서 기다렸지만 길손 하나 지나가지 않았다. 엎드려 기다리는데 정오쯤 300여 명의 무리가 한꺼번에 지나갔다. 임충은 감히 나서지 못하고 그들이 지나가도록 했다. 또 잠시 기다렸지만 날이 점차 저물어 밤이 되도록 한 명도 보지 못했다. 임충이 졸개에게 말했다.

"내가 이렇게 운수가 사나운가! 이틀을 기다려도 혼자 지나는 길손 하나 없으니, 어떻게 해야 좋단 말인가?"

졸개가 말했다.

"형님 마음 편히 하십시오. 내일 하루 더 있으니 저와 함께 동쪽 산길로 가서 기다려봅시다."

그날 밤도 다시 산채로 돌아왔다. 왕륜이 말했다.

"오늘 투명장은 어찌 됐소?"

임충은 감히 대답을 못하고 한숨만 쉬었다. 왕륜이 웃으면서 말했다.

"오늘도 없을 줄 알았소. 내가 3일의 기한을 준다고 했는데 오늘로 이미 이틀이 지났소. 만약 내일도 없다면 다시 볼 필요도 없으니 바로 하산하여 다른 곳으로 가시오."

임충은 방으로 돌아왔으나 가슴이 답답했다. 「임강선臨江仙」이란 사 한 편이 있다.

번민은 교룡이 섬을 떠난 듯하고, 걱정은 호랑이가 황폐한 밭에 갇힌 듯하며, 슬픔은 송옥宋玉[30]이 하염없이 눈물을 흘리는 듯하구나. 강엄江淹[31]은 붓을 돌려주었고 항우는 배 없는 것을 한탄했다네. 고조高祖는 형양滎陽에서 곤궁에 빠졌고 소관昭關[32]의 오자서伍子胥도 애태웠으며, 조조는 적벽에서 불길이 하늘을 덮었다네. 이릉李陵은 대 위에서 바라볼 뿐이었고, 소무蘇武는 거연居延[33]에 갇혀 있었네.

悶似蛟龍離海島, 愁如虎困荒田, 悲秋宋玉淚漣漣. 江淹初去筆, 項羽恨無船. 高祖滎陽遭困厄, 昭關伍相憂煎, 曹公赤壁火連天. 李陵臺上望, 蘇武陷居延.

그날 밤 임충은 하늘을 우러러보며 탄식했다.

"고구 그 도적놈한테 모함을 받아 떠돌다가 오늘 여기까지 올 줄은 생각도 못했다. 어떻게 이토록 팔자가 사납단 말인가!"

밤이 지나고 다음날 아침에 일어나 밥을 얻어먹고 짐을 싸서 방 안에 놓아두고 요도는 차고 박도를 들고는 다시 졸개와 함께 산을 내려와 호수를 건너 동쪽 산길로 갔다. 임충이 말했다.

"내가 오늘 만일 투명장을 얻지 못한다면 다른 곳으로 가서 몸을 의탁하여 살 수밖에 없구나."

두 사람이 산을 내려와 동쪽 길 숲속에 숨어서 기다렸다. 해가 떠올라 중천

30_ 송옥宋玉은 전국시대 때 초나라 문학가로 「구변九辯」이란 작품이 있다.
31_ 강엄江淹은 남조南朝 양梁나라의 시인이자 사부辭賦 작가다.
32_ 소관昭關: 지금의 안후이성 한산含山 북쪽 소현산小峴山 위에 위치해 있었다. 오와 초 사이의 교통 요지였다.
33_ 거연居延: 거연해居延海로 지금의 네이멍구 어지나기額濟納旗 북쪽 경계.

에 이르렀는데도 개미 한 마리 지나가지 않았다.

아직 눈이 모두 녹지 않아 잔설이 남아 있고 날도 밝아 햇빛이 환하게 비쳤다. 임충이 박도를 들고 졸개에게 말했다.

"오늘도 보아하니 소용없을 것 같네. 날이 저물기 전에 일찌감치 짐이나 가져와 다른 곳에 가서 살 곳을 찾아야겠네."

소교小校34가 손가락으로 가리키며 말했다.

"됐습니다! 저기 한 사람이 오고 있는 게 아닙니까?"

임충이 보고서는 소리 질렀다.

"정말 다행이구나!"

멀리서 그 사람이 산비탈을 내려와 걸어오는 것이 보였다. 그가 가까이 다가오기를 기다렸다가 임충은 박도를 휘두르며 갑자기 튀어나갔다. 그 남자는 임충을 보고 '아이고!' 소리를 지르더니 짐을 버리고 몸을 돌려 이내 달아나버렸다. 임충이 뒤를 쫓았지만 따라잡을 수 없었다. 그 남자는 날쌔게 산기슭으로 사라져버렸다. 임충이 말했다.

"내 운명은 왜 이토록 고단하냐! 3일을 기다리는 동안 겨우 한 사람 왔는데, 도망 가버렸구나."

졸개가 말했다.

"비록 죽이진 못했지만 짐에 재물이 제법 쏠쏠해서 투명장 값은 충당할 수 있을 것 같습니다."

"먼저 산채로 가져가게. 나는 좀 더 기다리겠네."

졸개는 먼저 빼앗은 짐을 가지고 산으로 돌아갔다. 그때 산비탈 아래에서 한 사내가 돌아나왔다. 임충은 그를 보고서는 말했다.

"하늘이 내려준 기회로다."

34_ 소교小校: 하급 무관을 말한다. 여기서는 졸개를 말한다.

그 사내는 박도를 들고 천둥 같은 큰 소리로 고함을 질렀다.

"이 나쁜 놈아, 죽여도 시원찮을 강도야! 내 짐은 어디로 갔느냐! 내가 네놈들을 잡으려 했는데, 스스로 찾아와 호랑이 수염을 건드렸구나."

그가 날듯이 뛰어올랐다. 임충은 그가 달려오는 맹렬한 기세를 보고 기마자세를 잡고 상대를 맞이했다. 이 사람이 임충에게 달려들었기에 나누어 서술하면, 양산박 안에 바람 휘몰아치는 이마가 흰 호랑이 몇이 더해지고, 수호채 안에는 계곡을 뛰어넘고 날카로운 눈빛의 여러 맹수가 모여들게 되었다.

결국 임충과 싸운 자가 누구인지는 다음 회에 설명하노라.

양산박梁山泊의 양산 명칭梁山

양산박梁山泊은 역사상 매우 유명한 명칭이다. 『상서』「우공禹貢」에 따르면 "대야大野 호수(대야택大野澤은 호수 이름으로 거야택鉅野澤이라고도 한다. 지금의 산둥성 쥐예巨野 경내)가 사방의 흐르는 물을 모으니, 동원東原(지금의 산둥성 타이안泰安에서 둥핑東平에 이르는 일대)의 수해가 다스려졌다"고 했고, 또한 『사기史記』「팽월열전彭越列傳」에 따르면 "거야택鉅野澤에서 물고기를 잡고 무리를 지어 도적질을 했다"고 했다. 고대의 '거야택'은 변화를 거쳐 양산박이란 명칭으로 변화되었다. 양산박의 '양산梁山'이란 명칭에 대해서는 견해가 다양하다. 『사기』「양효왕세가梁孝王世家」에 따르면 "양왕梁王은 북쪽의 양산良山으로 가서 사냥을 했다"는 구절이 있다. 전한前漢 문제文帝(유항劉恒)의 차남인 양효왕梁孝王(유무劉武)이 이곳에서 사냥을 했고, 죽은 다음에도 이곳에 매장되었다. 이 때문에 원래 산 명칭이었던 '양산良山'의 '양良'을 양효왕梁孝王의 '양梁'으로 변경해 '양산梁山'이라 했다고 한다. 또한 『한서漢書』에서는 '양산梁山'으로 기재하고 있고, 지금의 산둥성 량산梁山 남쪽으로 당시 양梁나라의 북쪽 경계였다. 그러나 『수호전보증본』에 따르면 "양산梁山의 원래 명칭은 양산良山인데, 후한後漢 초 광무제光武帝의 숙부인 유량劉良의 이름을 피하기 위해 '양산梁山'으로 변경한 것이지 양효왕과는 무관하다. 또한 양효왕의 묘는 지금의 허난성 융청永城 동북쪽 65리 지점의 바오안산保安山 동쪽 기슭의 산 중턱 돌을 뚫어 묘를 삼았고 이후에 조조曹操에 의해 도굴되었다"고 했다.

지금의 양산박은 이미 육지로 변했으나 이전에는 확실히 호수가 있었던 것 같다. 『수호전보증본』에 근거하면, 『오대사五代史』에서 이르기를 "진晉나라 개운開運 원년(944)에 활주하滑州河가 터져 변沛, 조曹, 복濮, 선單, 운鄆 다섯 개의 경계가 침수되었고 양산을 돌아 민수汶水와 합쳐졌으며 남쪽으로 맹렬하게 촉산호蜀山湖와 연결되어 수백 리에 걸쳐 퍼졌다"고 했다. 북송 시기에 소철蘇轍은 산동에서 관직을 역임했는데 도중에 양산박을 지나면서 물이 깊고 넓은 호수를 보고는 기록하여 시를 짓기도 했다. 근래에 유적의 발견으로 명나라 홍무洪武 5년(1372)에 이곳에는 여전히 파도가 소용돌이치는 수역水域이 있었음이 증명되기도 했다. 『대명여지명승지大明輿地名勝志』에 따르면 "송나라 때 양산박에 물이 모였는데 둘레가 300여 리였다. 남쪽으로 건너면 송강의 근거지였던 양산박이다"라고 했고, 또한 『대청일통지大淸一統志』에 따르면 "정화政和 연간(1111~1118)에 도적 송강이 이곳을 근거지로 하여 산채를 꾸렸는데, 그 뒤에 남쪽으로 옮겨가고 호수 또한 점차 침적되어 진흙으로 변하기 시작했다. 명나라 때 제수濟水가 남쪽으로 흐르는 것을 막아 오랜 세월에 걸쳐 진흙으로 되었다가 결국은 평평한 육지가 되었다"고 했다.

이러한 자료들을 근거로 하면 이전에 양산박은 호수였음이 분명하지만 『수호전』이 완성되었을 때 양산박은 이미 육지가 된 상태였음을 알 수 있다. 고염무顧炎武 (1613~1682)가 말하기를, "내가 산동 거야巨野와 수장壽張의 여러 읍을 가봤는데 옛날의 물이 고여 있던 땅은 경작을 하지 않는 곳이 없었으니 옛날의 큰 호수는 잊어버린 상태였다"고 했다.

송강宋江과 양산박梁山泊

양산박은 지금의 산둥성 량산梁山 북쪽, 둥핑東平 서북쪽과 허난성 타이쳰台前 남쪽에 위치해 있다. 남송南宋 사람 공성여龔聖與(1222~1307)의 『송강삼십육찬宋江

三十六贊』을 살펴보면 송강 36인의 고사와 양산박과는 어떠한 관계가 없음을 알 수 있고, 오히려 송강의 활동 지구는 태항산太行山이었다. 많은 학자가 송강 고사는 응당 태항산 지구에서 금金에 대항했던 의병의 고사를 반영한 것으로 여긴다. 무명씨의 『선화유사宣和遺事』에서는 송강의 활동 지방이 양산락梁山濼으로 바뀌었는데, 이곳은 태항산의 양산락이다. 양산박은 북송 선화宣和 연간에 사방 둘레가 대략 800여 리였으니 확실히 송나라 때 양산박은 큰 호수였다. 양산박은 송나라 이전부터 도적의 소굴이었고 금·원·명 시기에도 여전히 해적이 출몰하던 지역이었다. 그러나 양산박과 송강 사이에는 아무런 관계가 없는 듯하다. 적어도 송강의 근거지가 양산박이었다는 역사 자료는 없는 실정이며, 또한 『수호전』에 기재된 주현州縣은 모두가 작자가 근거 없이 마음대로 창작한 것이다.

명·청 이래로 이 문제에 대한 논쟁이 끊임없이 이어졌지만, 『송사』에 기재된 송강의 사건 발생 지역은 강회江淮 지역이지 산동은 아니다. 『송사』 「휘종본기」에 따르면 "선화 3년 2월, 회남淮南의 도적 송강 등이 회양군淮陽軍을 침범했다"고 했고, 『송사』 「후몽전侯蒙傳」에 따르면 "송강이 경동京東을 침범하자 후몽이 상서를 올려 말하기를, '송강 이하 36명이 제위齊魏 땅에 횡행하는데 관군 수만 명이 감히 대항하지 못하고 있으니 그 재주가 필시 남보다 뛰어난 듯합니다'고 했다." 화산華山(1910~1971)은 송강 등이 양산박에 산채를 꾸리지 않은 것은 의심의 여지가 없다고 하면서 네 가지 이유를 열거했다. 첫째는 『송사』에서 송강에 관한 기술은 세 차례이지만 단 한 번도 양산박을 언급하지 않았고, 둘째는 「장숙야전」에 따르면 "송강이 하삭河朔에서 일어나서는 10개 군郡을 돌아다니며 약탈했다"고 했는데, 송강이 일어난 최초 지점은 황하 이북이지만 양산박은 황하 이남에 위치해 있다. 셋째, 송강 등은 옮겨 다니며 도적질하는 유격 전술 방식을 이용했다는 점이고, 넷째는 송강의 무리 숫자가 반드시 36명에 불과하지는 않았지만 결코 수백 명을 넘지는 않았기에 이런 적은 인원으로 사방 800리의 양산박을 지킬 수는 없다는 것이다. 최초로 송강과 양산박의 관계를 제기한 것은 『선화유사』였지만 양산박의 위치는 도리어 태항산이었다. 이 때문에 『선화유사』의 작자와 이후

『수호전』의 작자는 송강 고사를 남송南宋 시기 충의군忠義軍 고사와 뒤얽어버린 것이다. 그렇기에 현재 학계에서는 역사상의 양산박과 『수호전』의 양산박은 서로 관련이 없다는 것을 정론으로 삼고 있다.

백의수사白衣秀士 왕륜王倫

백의白衣는 무명옷을 입은 백성을 말하는데, 당·송 시기에 사람들은 대부분 백의를 호칭으로 사용했다. 예를 들면 당나라 말기에 영호호令狐滈를 '백의재상白衣宰相'으로 불렀다.

역사에서 왕륜이란 인물은 2명이 있었다. 한 명은 북송 시기의 왕륜(?~1043)으로 산동山東에서 송나라에 반기를 들었다. 산동에서 송나라에 반기를 들었다. 『송사』「인종기仁宗紀」에 따르면 "경력慶歷 3년(1043) 5월에 호익虎翼(송대의 군대 명칭)의 병졸인 왕륜이 기주沂州(산둥성 린이臨沂 동남쪽)에서 반란을 일으켰다."고 했고, 또한 "7월 을유乙酉일에 왕륜을 체포했다."고 했다. 『수호전보증본』에 따르면 "구양수歐陽修가 말하기를, 이번 폭동이 시작되었을 때는 단지 수십 명만이 참여했지만 기세가 있었다. '기沂, 밀密, 해海, 양揚, 사泗, 초楚 등의 주州에서 약탈했고, 관리들을 불러들이고 공공연히 무기를 탈취하여 회해淮海 일대에서 횡포한 짓을 했다. 고우군高邮軍(양주揚州에 설치된 군 명칭)에 이르러서는 200~300명에 이르렀고 얼굴에 "천강성첩지휘天降聖捷指揮"라는 글자를 새겼다. 왕륜은 여전히 황색 적삼을 입고 있었다'고 했다." 『수호전전교주』에 따르면 "정목형의 『주략』에서 이르기를, '왕륜은 황의수사黃衣秀士라 불렀는데 사실은 병졸일 따름이었다'라고 했다. 송나라 때 수재秀才(관리 선발 과목)에 응시한 자들은 대체로 백의를 입었는데, '300명의 준재俊才들의 옷이 마치 눈과 같이 하얗다'라는 시 구절이 있다. 그러므로 황의黃衣를 백의白衣로 바꿨을 따름이다'라고 했다.

또 한 명의 왕륜은 남송 초의 왕륜(1084~1144)으로 세 차례나 명을 받들어 사신으로 금나라에 갔다 온 인물이다. 『수호전보증본』에 따르면 "왕명청王明淸의 『휘주록揮塵錄』에 이르기를, '집이 가난하고 제멋대로였으며 생계를 유지할 수 없어

상인이 되었다. 여러 차례 법을 어겼으나 다행히 사면되었다'고 했다. 이 왕륜의 사람됨은 호방하고 젊은 시절에 강호를 떠돌았기에 『수호전』에 등장하는 왕륜의 젊었을 때 모습과 비슷하다'고 했다.

본문과 다르게 『임충보검기林冲寶劍記』에 따르면 "임충이 양산에 올랐을 때의 산채 주인은 송강이었다"라고 기재하고 있다.

모착천摸着天 두천杜遷

'모착천摸着天'은 키가 큰 것을 말한다. 『후한서後漢書』 「황후기皇后紀」에 따르면 "등수鄧綏(화희황후和熹皇后)가 꿈을 꾼 적이 있었는데, 꿈속에서 그녀의 손이 하늘에 닿았는데 하늘은 텅 비었고 짙은 남색으로 마치 돌고드름 형상이었다. 거꾸로 드리워져 떨어지는 액체가 있자 그녀는 머리를 젖혀 입으로 그것을 마셨다. 꿈에서 깨어난 뒤 해몽가에게 길흉을 물었는데 그는 당요唐堯가 일찍이 꿈속에서 하늘을 기어올랐고 상탕商湯은 꿈에서 하늘에 닿자 혀로 핥았으니, 이것들은 모두가 고대의 성군聖君과 현왕賢王이 되었던 징조로 말로 형용할 수 없을 정도로 크게 길한 것이라 말했다"고 했다. 여기서 '손이 하늘에 닿았다'는 의미의 '문천捫天'에 대해서 당나라 이현李賢은 주석에서 "문捫은 모摸다"라고 했다. 이 내용이 '모착천摸着天'이란 말의 유래가 아닐까 판단된다. 즉, '모착천摸着天'은 손으로 하늘을 만질 수 있을 정도로 하늘에 닿는다는 것으로 키가 크다는 의미다.

운리금강雲裏金剛 송만宋萬

불경에서 금강은 '단단하여 부서지지 않는 몸(불괴신不壞身)'이라는 의미다. 금강은 불문佛門의 호법신護法神으로 우람하고 높고 큰 형상을 하고 있다. 민속에서 사천왕四天王을 사금강四金剛이라 했고, 원명 시대 사람들은 사찰의 벽에 사천왕의 벽화를 그렸는데, 대부분이 구름 속에서 몸의 반만 드러내고 있어 '운리금강雲裏金剛'이라 했다.

『수호전보증본』에 따르면 "송만을 운리금강이라 부른 것에 하나의 학설이라 학

만한 것이 있다. 송나라 때 사찰의 산문에는 통상적으로 두 개의 천신天神을 빚어 만들었는데, 왼쪽을 밀집금강密執金剛, 오른쪽을 나라연금강那羅延金剛이라 했다. 송만과 두천을 대치시킨 것으로 참고할 만하다'라고 했다.

한지홀률旱地忽律 주귀朱貴

주귀의 별명인 '한지홀률旱地忽律'은 물이 없는 땅에서의 악어를 가리킨다. 『신당서新唐書』 「장사귀전張士貴傳」에 따르면 "장사귀의 본명은 홀률忽峰이며 150근의 활을 당겨 좌우 공중으로 발사했다. 수나라 대업大業(605~618) 말에 도적이 되어 성읍을 공격해 빼앗았는데 당시 그를 두려워하여 홀률적忽峰賊이라 불렀다"고 했다. '홀률忽峰'은 '홀률忽律'과 통하며 악어를 가리킨다. 『수호전전교주』에 따르면 "정목형의 『주략』에서 이르기를, '악어는 물속에서 그 흉악함이 어떠한가? 지금 육지에 있으니 그 흉악함은 또 어찌 당해내겠는가?'라고 했다."

보
도
를
팔
다[1]

　임충이 바라보니, 그 사내는 붉은 술이 달린 범양전립范陽氈笠을 썼고 하얀
비단의 나그네 적삼을 입은 허리에 세로로 엮은 끈을 묶었다. 아래에는 하얀색
좁은 행전行纏[2]으로 바짓가랑이를 묶고 노루 가죽 양말에 털이 달린 소가죽 신
발을 신었다. 요도를 차고 박도를 들었으며 7척 5~6촌의 체격에 얼굴에는 커다
란 푸른 반점이 있었고 뺨 옆에 붉은 수염이 조금 자라 있었다. 털 방한모를 머
리 뒤로 넘겨 등 뒤에 걸치더니 가슴을 한 손으로 풀어헤쳤다. 머리에는 부드러
운 조각아두건抓角兒頭巾[3]을 둘렀으며 손에는 박도를 붙잡고 고래고래 소리를 질
렀다.

　"야 이 나쁜 놈아! 내 짐과 재물은 어디로 갔느냐?"

1_　제12회 제목은 '梁山泊林沖落草(임충은 양산박에서 도적이 되다), 汴京城楊志賣刀(양지는 변경성에서 보
　　도를 팔다)'다.
2_　행전行纏: 바짓가랑이를 좁혀 보행과 행동을 간편하게 하기 위하여 정강이에 감아 무릎 아래에 매
　　는 물건. 행등行縢이라고도 한다.
3_　조각아두건抓角兒頭巾: 꼭대에 뿔처럼 무리 틀어 머리를 묶었던 두건이다.

화가 나 있던 임충은 그 대답으로 두 눈을 부릅뜨고 호랑이 수염을 쭈뼛쭈뼛 세우고는 박도를 잡고 달려오는 그 사내와 맞붙어 싸웠다. 때마침 아직 녹지 않은 잔설이 남아 있었고 흐린 날이 개면서 옅은 구름이 흩어지고 있었다. 시냇가의 차가운 조각 얼음을 밟으며 서로 부딪치니 물가에 두 가닥의 살기가 솟아 내뿜고 있었다. 하나가 들어가면 다른 한쪽이 물러나며 30여 합을 싸웠는데도 승부를 가리지 못했다.

둘이 다시 10여 합을 싸우면서 한참 최고조에 도달했을 때 산 높은 곳에서 누군가가 소리쳤다.

"두 호걸께서는 싸움을 멈추시오!"

임충이 그 소리를 듣고 갑자기 사정권 밖으로 뛰어 물러났다. 두 사람은 손에 든 박도를 거두고 산 위를 올려보았다. 그곳에서 백의수사 왕륜, 두천과 송만 그리고 많은 졸개가 산을 내려와 배를 타고 건너왔다.

"두 분 호걸께서는 박도를 쓰는 것이 정말 신출귀몰하오! 이쪽은 우리 형제 표자두 임충입니다. 푸른 얼굴을 하신 분께서는 누구시오? 이름이라도 들려주시오."

"나는[4] 3대에 걸쳐 장수를 배출한 가문의 후손으로 오후五侯 양령공楊令公[5]의 손자인 양지楊志라고 하오. 지금은 이곳 관서 지방을 떠돌고 있소.[6] 젊었을

4_ 노달과 고향이 같으므로 자기를 지칭할 때 관서 사투리 쇄가灑家를 사용한다.

5_ 양령공楊令公: 이름은 업業이고 약관의 나이에 유숭劉崇을 섬겨 여러 차례 전공을 세웠다. 대장군과 주자사州刺史를 역임했다. 전장에서 구원병이 시기를 놓쳐 사로잡혔으나 3일 동안 먹지 않고 죽었다. 요나라 사람들은 그의 충성과 용맹을 중히 여겨 그를 위해 사당을 세웠다. 조정에서는 그가 왕사王事로 죽었으므로 태위대동군절도太尉大同軍節度를 추증했기에 영공令公이라 불렀다. 그의 손자는 세 사람인데 문광文廣이 가장 유명하다.

6_ 『송사』에 근거하면 "양문광楊文廣은 자가 중용仲容이고 일찍이 흥주방어사興州防禦史를 역임했으며 재임 중에 죽었다"고 했다. 흥주는 뒤에 흥원부興元府로 승격되었는데, 바로 산시陝西성 한중부漢中府다. 자손이 관서 지방에 유랑한 것은 거의 사실이라 할 수 있다.

때 무과에 급제하여 전사제사관殿司制使官7이 되었소. 도군 황제道君皇帝8께서 만세산萬歲山9을 만들기 위하여 제사관 10명을 태호太湖에 보내어 화석강花石綱을 동경으로 운반하도록 명을 내리셨소. 그런데 내가 팔자가 사나워 운반하던 배가 황하에서 풍랑을 만나 뒤집히는 바람에 화석강을 잃어버리고 동경으로 돌아갈 수가 없었소. 임무를 완수할 수 없었으므로 결국 피하여 다른 곳으로 도망갔소. 지금은 이미 죄를 사면 받았소. 돈을 마련하여 동경 추밀원樞密院으로 가서 복직하는 데 사용하고자 했소. 그래서 이곳을 지나 장객에게 부탁해 짐을 지우려 했는데, 뜻하지 않게 당신들에게 빼앗기고 말았소. 그러니 내 짐을 돌려주는 것은 어떻소?"

왕륜이 물었다.

"당신이 바로 '청면수靑面獸'라고 불리는 사람 아니오?"

"그렇소."

"과연 양 제사님이셨군요. 그러시면 산채에 가서서 저희와 술 한잔 드시고10 짐도 돌려받으시는 것은 어떻습니까?"

"여러분께서 제가 누군지 알아보셨다면 짐이나 얼른 돌려주시지 어째서 강제로 술을 먹이려고 하시오."

"제사님, 소인이 수년 전 동경에서 과거에 응시했을 때 제사님의 명성을 들었습니다. 오늘 행운으로 이렇게 뵙게 되었는데, 어떻게 그냥 보내드리겠습니까! 잠시 산채에 모셔서 이야기나 하려는 것이지 다른 의도는 없습니다."

7_ 전사제사관殿司制使官: 전사제치사殿司制置使로 전전사殿前司에 소속된 하급 군직이다.
8_ 도군 황제道君皇帝: 도군은 도교에서 지위가 존귀한 자를 일컫는 말이다. 송 휘종이 도교를 숭상하여 스스로 도군 황제라고 불렀다.
9_ 만세산萬歲山: 북송의 유명한 황가 정원이다. 송나라 휘종 때(1117) 무수한 공인들을 징발하여 토목 공사를 일으켰는데 동경에 커다란 인공 산을 축조했다. 간악艮岳이라 불렸고 뒤에는 만세산이라 했다.
10_ 원문은 '수주水酒'인데, '박주薄酒'로 맛이 밍기어 묽과 끝음을 밀한다.

그의 말을 들은 양지는 거절할 수 없어 왕륜 일행을 따라 강을 건너 산채로 올라갔다. 그리고 왕륜은 주귀를 산채로 불렀고 함께 산채 취의청에 모였다. 왼쪽에 교의 4개를 놓고 왕륜, 두천, 송만, 주귀가 앉고 오른쪽엔 교의 두 개를 놓고 상석엔 양지가 앉고 말석에는 임충이 앉았다. 왕륜이 양을 잡고 술을 가져오게 하여 연회를 열어 양지를 대접한 것은 말할 필요가 없다.

장황한 말은 그만두고 본론으로 들어가서, 술이 몇 순배 돌자 왕륜은 속으로 생각했다.

'만일 임충만 산채에 남게 된다면 우리에게 좋지 않다. 이왕 이렇게 되었으니 임충에게는 인정을 베풀고 양지도 산채에 남겨 서로 대립하며 견제하도록 만들어야 한다.'

왕륜은 임충을 가리키며 양지에게 말했다.

"여기 이 형제는 동경 팔십만 금군 교두 표자두 임충이라고 합니다. 고 태위란 놈이 좋은 사람을 가만히 내버려두지 않고 트집을 잡아 얼굴에 글자를 새기고 창주로 유배를 보냈습니다. 그곳에서 또 일이 벌어져 지금은 이곳에 와 있습니다. 지금 제사께서 동경으로 가셔서 복직을 하시겠다고 하는데, 이 왕륜이 양제사를 끌어들이려고 하는 말이 아닙니다. 소인도 이렇게 문인이 되는 길을 버리고 강호에 뛰어들어 여기에서 도적패가 되었습니다. 제사께서는 죄지은 사람이라 사면되었다 하더라도 이전의 직위로 복귀하기는 어려울 겁니다. 또한 고구 놈이 군권을 장악하고 있는데 당신을 용납하겠습니까? 저희 산채가 비록 작지만 차라리 여기 남아 함께 동료가 되어 편히 지내면서 금은을 나누어 갖고 즐겁게 술과 고기를 먹고 마시는 것이 좋을 것 같습니다. 제사님의 생각은 어떠하신지 모르겠습니다?"

양지가 대답했다.

"두령님들께서 이처럼 이끌어주시는 것은 매우 감사합니다만 소인의 가족들이 지금 동경에 살고 있습니다. 이전의 사건으로 그들을 연루시켜놓고 사과도 하지 못했습니다. 오늘 그곳으로 돌아가고자 하니 두령들께서는 제 짐을 돌려주시기 바랍니다. 만일 돌려주지 않는다면, 이 양지는 빈손으로라도 떠나겠습니다."

왕륜이 웃으면서 말했다.

"제사가 이곳에 남지 않겠다는데 어떻게 감히 억지로 끌어들이겠습니까? 맘 편히 하룻밤 머무시고 내일 일찍 가십시오."

양지는 크게 기뻐했고, 그날 2경(밤 9~11시)까지 술을 마시고 각자 방으로 돌아가서 쉬었다.

다음날 일찍 일어나 다시 술상을 마련하여 양지를 위해 송별연을 열었다. 아침밥을 먹고 두령들이 졸개 한 명을 불러 어젯밤의 짐을 지우게 하고 함께 산을 내려와 길 입구까지 따라와서 양지와 작별했다. 졸개를 시켜 강을 건너고 큰길까지 배웅하도록 했다. 무리는 헤어진 뒤 산채로 돌아왔다. 왕륜이 이제야 비로소 임충을 넷째 두령으로 삼고 주귀를 다섯째 자리에 앉혔다. 이때부터 다섯 사람이 양산박에서 함께 강도질을 했다.[11]

양지는 큰길로 나와 함께 왔던 장객을 찾아 짐을 지우고 졸개를 산채로 돌려보냈다. 길에 오른 지 며칠 뒤 동경에 도착했고 성안으로 들어와서 객점을 잡아 쉬었다. 장객에게 짐을 받고 약간의 은량을 준 뒤 돌려보냈다. 객점에 짐을 두고 요도, 박도를 풀고는 점소이를 불러 은자 부스러기를 주고 술과 고기를 사서 먹었다. 며칠 지나 남에게 부탁하여 추밀원에 뇌물을 써서 이전의 직무에 복직되고자 했다. 짐 안에서 금은 재물을 꺼내 상사에게는 뇌물을 주고 아랫사람에게

11_ 김성탄이 비평하기를 "강도질을 했다打家劫舍'가 소위 옛 양산박이다. 훗날 양산박은 '하늘을 대신해 노를 맹하나替天行道'를 명분으로 내건다"고 했다.

는 부탁하여 다시 전사부 제사 직책에 보충으로 임명되고자 했다. 모든 재물을 다 쓰고서야 겨우 억울함을 설명할 수 있는 문서를 얻어[12] 전수 고 태위를 만나게 되었다. 대청 앞에 이르자 고구가 이전 고과 문서를 보고는 벌컥 화를 내며 말했다.

"그때 화석강을 운반하러 간 제사 10명 가운데 9명은 동경으로 돌아와서 임무를 완성했는데, 네놈 혼자만 화석강을 잃어버렸으며 돌아와 보고도 하지 않은 채 도망 숨어버리고 오랫동안 잡히지 않았다. 지은 죄가 사면되었다 하더라도 오늘 네놈을 다시 옛 직책에 복직시켜 맡길 수는 없다."

고구는 문서에 복직 불허로 서명을 하고 양지를 전수부에서 쫓아냈다.

양지는 답답하고 울적한 심정으로 객점으로 돌아오면서 생각했다.

'왕륜이 내게 권한 말이 맞긴 했지만 깨끗한 이름과 부모가 남겨준 몸을 더럽힐 수는 없다. 본래 변경에 가서 창칼 들고 실력으로 공을 세워 아내는 봉호를 얻고 자손 대대로 관직을 세습하며[13] 조상과 함께 이름을 빛내려 했었는데, 뜻하지 않게 이렇게 어그러졌구나. 고 태위, 정말 냉혹하고 무정한 놈이구나!'

온갖 고민에 가득 차서 객점으로 돌아왔다. 며칠 묵느라 노자마저 다 떨어졌다. 바로 다음과 같다.

화석강 운송은 원래부터 법도에 없건만
간사한 자는 끝내 충직한 자를 곤경에 빠뜨렸네.
조정에서 대권 잡은 줄 일찌감치 알았다면
산림에서 의를 위해 활동하는 것이 더 나았을 것을.

12_ 원문은 '신문서申文書'다. 신문은 공문을 상부에 보고한다는 의미다. 송나라 때 시작되었고 당시에는 신장申狀이라 했는데, 청나라 때 신문申文으로 변경해 불렀다.

13_ 원문은 '봉처음자封妻蔭子'인데, 공신의 아내는 봉호를 얻고 자손은 대대로 관직과 특권을 세습하는 것을 말한다.

花石綱原沒紀綱, 奸邪到底困忠良.

早知廊廟當權重, 不若山林聚義長.

양지는 깊이 생각했다.

'이제 어떻게 해야 좋단 말인가? 남은 것이라고는 조상에게 물려받아 지금까지 나와 함께 한 이 보도寶刀뿐이로구나. 돈이 급한데 마련할 방법이 없으니 거리에 나가서라도 팔아야겠다. 1000여 관이라도 받아 노자를 마련해 의지할 곳을 찾아 다른 곳으로 가야겠구나.'

그날 보검을 판다는 표식인 마른 풀줄기를 꽂고 시장으로 갔다. 마행가馬行街[14]에 가서 네 시간을 서서 있었으나 묻는 사람이 한 명도 없었다. 정오까지 서 있다가 사람이 많고 번화한 천한주교天漢州橋[15]로 자리를 옮겼다. 양지가 다리 위에 선 지 얼마 지나지 않아 길 양옆의 사람들이 모두 강 아래 골목 안으로 피했다. 양지가 쳐다보니 모두들 소란스럽게 흩어지면서 소리쳤다,

"어서 피해라! 호랑이가 온다!"

양지가 말했다.

"괴이한 일도 다 있네! 이렇게 크고 화려한 도시 한복판에 어떻게 호랑이가 나타난단 말인가!"

바로 발을 멈추고 보니 멀리 검고 늠름한 사내가 술에 잔뜩 취해서 비틀거리며 걸어왔다. 양지가 그 사내를 보니 거칠고 추하게 생겼다. 바로 다음과 같다.

생김새는 어렴풋이 귀신과 비슷한데, 몸뚱이는 그래도 사람인 듯하다. 들쑥날

14_ 마행가馬行街는 도성의 인가가 소란스럽고 번성한 곳을 가리킨다.
15_ 천한주교天漢州橋: 『수호전전교주』에 따르면 "정목형의 『주략』에서 이르기를, 『삼보황도三輔黄圖』에서 '위수渭水가 도성을 관통하는데 그 형상이 천한天漢(은하) 같고, 다리는 횡으로 남쪽으로 건너는 데 형상이 견우牽牛의 같다'고 했다."

쑥 뒤얽힌 가지의 괴이한 나무가 용모로 변한 듯하고, 썩어 악취 나는 마른 말뚝이 추악한 괴수가 된 듯하네. 몸에는 온통 축축하고 찬 상어 껍질 덮여 있고, 머저리 같은 머리통은 온통 구불구불 소라 같은 머리카락 덮여 있구나. 앞가슴은 딱딱한 살가죽이고, 이마에는 깊이 파인 주름살 석 줄이로다.

面目依稀似鬼, 身持仿佛如人. 枒杈怪樹, 變爲肮髒形骸; 臭穢枯椿, 化作腌臢魍魎. 渾身遍體, 都生滲滲瀨瀨沙魚皮; 夾腦連頭, 盡長拳拳彎彎捲螺髮. 胸前一片緊頑皮; 額上三條強拗皺.

이 사내는 원래 경사에서 유명한 방탕하고 예의와 염치도 모르는 무뢰한 몰모대충沒毛大蟲(털 없는 호랑이)이라 불리는 우이牛二였다. 항상 거리에서 못되게 굴고 사람을 때리며 소란을 피워서 송사가 끊이지 않았다. 개봉부에서도 다스리지 못했으므로 성안 사람들은 그놈만 보이면 모두 피하기 바빴다.

우이가 양지 앞으로 다가오더니 팔려고 손에 쥐고 있던 보도를 잡아당기며 물었다.

"야, 이 칼 얼마에 파는 거냐?"

양지가 말했다.

"조상이 물려준 보도라 적어도 3000관은 받아야겠소."

우이가 소리쳤다.

"이런 좆같은 칼을 어떻게 그렇게 비싸게 판다는 거야! 30문文 주고 산 칼로도 고기건 두부건 잘만 썰어지더라. 너의 이런 좆같은 칼이 뭐가 좋다고 보도라는 거냐!"

"내 칼은 일반 상점에서 파는 백철白鐵16 칼이 아니고 보도요."

"왜 보도라고 부르는데?"

16_ 백철白鐵: 철강이 첨가되지 않은 철을 말한다.

"첫째, 동이나 철을 잘라도 칼날이 구부러지지 않고, 둘째, 털을 칼 위에 올려놓고 입으로 불면 잘라지고, 셋째, 사람을 베어도 칼날에 피가 묻지 않소."

"네가 동전을 자를 수 있다고?"

"가져오면 잘라 보이겠소."

우이가 다리 아래로 내려가더니 향료 파는 가게에서 당삼전當三錢[17] 20문을 뺏어와 모두 다리 난간 위에 쌓아 올려놓고 양지에게 소리 질렀다.

"야, 네가 자르면 내가 3000관을 주마."

그때 구경하는 사람들이 감히 가까이 오지 못하고 멀리 둘러서서 구경했다. 양지가 말했다.

"이런 것쯤이야 그리 대단할 것 없지."

소매를 말아 올리고 칼을 손에 들고는 똑바로 보고 칼을 휘두르니 쌓아 놓은 동전이 두 조각으로 갈라졌다. 구경하던 사람들이 모두 갈채를 보냈다. 우이가 말했다.

"무슨 좆같은 박수를 치고 지랄이야! 너희들 조용히 구경하지 못해! 너 두 번째는 뭐라고 했지?"

"털을 불면 잘라진다고 했소. 머리카락을 칼날에 대고 불면 모두 가지런히 잘라지오."

"못 믿겠다."

우이가 자기 머리카락을 한 움큼 뽑아서 양지에게 주었다.

"불어봐라."

양지가 왼손으로 머리카락을 받아 칼날 위에 겨냥하고 힘껏 부니 모두 두 동강 나 바닥에 흩어져 떨어졌다. 사람들은 박수를 치고 구경꾼은 갈수록 늘어났

17_ 당삼전當三錢: 『송사宋史』에 따르면 송 휘종 "정화政和 원년(1111) 여름 5월에 당십전當十錢을 당삼當三으로 변경했다"고 했다. 당삼전은 비교적 두꺼운 동전으로 1개로 3개 값어치를 칠 수 있었다.

다. 우이가 또 물었다.

"셋째는 무엇이냐?"

"사람을 죽여도 칼에 피가 묻지 않소."

"어떻게 사람을 죽이는데 칼에 피가 묻지 않느냐?"

"아주 빠르게 한 칼에 사람을 베어낸다면 날에 피 흔적이 없소."

"난 못 믿겠다. 한 사람 베어서 보여라."

"도성 안에서 어떻게 감히 사람을 죽이겠소? 못 믿겠다면 개 한 마리 끌고 오면 보여주겠소."

"네가 사람을 죽인다고 했지, 개라고 하지 않았잖아!"

"안 사면 그만이지 왜 이리 사람을 귀찮게 하느냐?"

"사람을 죽여도 피가 묻지 않는다는 것을 내게 보여라."

"너 정말 끝이 없구나. 내가 너한테 시비를 건 것도 아니잖아!"

"네가 그 칼로 나를 죽일 수 있겠느냐?"

"내가 지난날 너와 아무런 원한도 없고, 거래가 이루어진 것도 아니라 물건도 돈도 그대로 있어 둘 다 아무 손해가 없는데,[18] 내가 왜 이유 없이 너를 죽이겠느냐?"

우이는 양지를 꽉 붙잡고 늘어지며 말했다.

"나는 어쨌든 네 칼을 꼭 사야겠다."

"사려거든 돈이나 가져와라."

"돈 없다."

"돈도 없다는 놈이 나를 잡고 뭐 하는 짓이냐?"

"네 놈의 칼을 가져야겠다."

18_ 원문은 '一物不成, 兩物現(見)在'다. 매매가 이루어지지는 않았지만 쌍방의 돈과 물건이 모두 있으니 어떠한 손실도 없다는 의미다.

"너 같은 놈에겐 안 판다."

"네가 사내라면 나를 한칼에 베어봐라."

양지는 화가 치밀어 올라 우이를 뒤로 밀어버리자 바닥에 곤두박질쳤다. 우이가 기어서 일어나 양지의 가슴으로 파고들었다. 양지가 소리쳤다.

"여기 계신 이웃 여러분 모두 증인이 되어주시오. 이 양지가 여비가 없어서 이 칼을 팔러 나왔는데, 이 무뢰한이 내 칼을 빼앗으려 했고 또 때리기까지 했습니다."

이웃 사람들은 모두 우이를 두려워해서 앞으로 나와 말리려는 사람도 없었다. 우이가 소리쳤다.

"내가 너를 때렸다고 하는데 때려죽인들 뭐가 대수냐?"

그러고는 오른손을 휘둘러 내질렀다. 양지가 재빠르게 피하며 칼을 잡고 일시의 화를 참지 못하고 목청을 찌르자 우이가 바닥에 쓰러졌다. 양지가 쫓아가서 우이의 가슴을 잇달아 두 번 찌르자 땅바닥이 온통 피로 가득했으며 우이는 그대로 죽고 말았다.

양지가 소리쳤다.

"내가 이 무뢰한을 죽이고 어떻게 여러분을 연루시키겠습니까! 무뢰를 떨던 자는 이미 죽었으니 저는 여러분과 함께 관부로 가서 자수하겠습니다."

거리에 있던 사람들이 한데 모여 따라왔고 양지가 개봉부로 가서 자수했다. 마침 개봉부 부윤이 관아에 있었다. 양지가 칼을 들고 동네 사람들도 모두 관아 대청 앞에 와서 일제히 꿇어앉았다. 양지가 칼을 앞에 놓고 말했다.

"소인은 원래 전사 제사였는데 화석강을 잃어버려 관직을 삭탈 당하고 노자가 없어 이 칼을 거리에서 팔고 있었습니다. 그런데 갑자기 무뢰한에다 방탕하고 예의와 염치도 모르는 우이가 소인의 칼을 강탈하려 했고 또 소인을 때렸습니다. 이 때문에 일시의 분을 참지 못하고 그를 죽이고 말았습니다. 여기 이웃들이 모두 증인입니다."

같이 온 사람들이 양지를 위하여 간곡하게 두루 말하는 것을 보고 부윤이 말했다.

"스스로 와서 자수했으니 옥에 갇힐 때 맞는 매는 면해주겠다."

양지에게 장가長枷를 채우고는 관리 두 명을 보내 오작행인作作行人과 함께 양지와 사건이 발생했을 당시의 범죄와 연관된 자들을 천한주교 현장으로 압송하여 검시하고 문건을 작성하게 했다. 이웃들이 모두 서면으로 자백 내용을 제출하자 이들은 나중에 다시 관아의 처분을 받기로 하고 석방되었으며 양지는 사형수 감옥에 수감되었다.

감옥 안으로 끌고 가 옥문으로 밀어 넣는다. 누런 수염의 절급節級[19]은 밧줄을 잡아당겨 매달 준비를 하고, 검은 얼굴의 감옥 관리자는 나무 상자에서 족쇄를 꺼내는구나. 옥졸은 살위봉을 휘둘러 허리를 끊는 듯한 고통을 주고, 살자각撒子角[20]은 죄수들을 질겁하게 하네. 죽어서야 염라대왕 본다고 말하지 말라. 여기가 바로 진정한 지옥이로다.

推臨獄內, 擁入牢門. 黃鬚節級, 麻繩準備吊緋揪; 黑面押牢, 木匣安排牢鎖鐐. 殺威棒, 獄卒斷時腰痛; 撒子角, 囚人見了心驚. 休言死去見閻王, 只此便如眞地獄.

한편 양지는 사형수 감옥으로 압송되었는데, 많은 감옥을 관리하는 옥졸, 절급 등은 양지가 몰모대충 우이를 죽였다는 말을 듣고 모두 그를 사내대장부라고 가련하게 여겨 돈을 요구하지도 않았고 오히려 잘 보살펴주었다. 천한주교 주변 사람들은 양지가 거리에서 해로운 짓을 하던 놈을 제거해주었다고 여비로 돈을 거두었으며 음식을 보냈고 또 관아에 위아래로 돈을 썼다. 심리하는 관원

19_ 절급節級: 감옥 안에서 죄수를 감시하는 옥리獄吏다.

20_ 살자각撒子角: 일종의 형구로 밧줄을 사용한 다섯 가닥의 작은 나무 몽둥이다. 형을 시행할 때 손가락에 끼워 밧줄을 꽉 조인다.

²¹도 양지가 자수한 데다 동경 거리의 해로움을 없앴고 우이 집안에서도 해를 입은 가족이 없기에 여러 차례 심문을 거쳐 '일시에 싸움이 붙어 치고 박고 싸우다 실수로 사람이 죽었다'고 진술서의 죄를 가볍게 고쳤다. 판결을 해야 할 60일 기한이 모두 차자 심리하는 관원이 양지를 데리고 부윤에게 보고하러 갔다. 대청 앞에서 장가를 벗기고 척장 20대를 치고 글자를 새기는 장인을 불러 양지의 얼굴에 두 줄의 금인을 새겼으며 북경北京 대명부大名府 유수사留守司²²에 군역을 보내기로 결정했다. 보도는 몰수하여 국고에 귀속시켰다.

문서에 서명하고 양지의 목에 7근 반짜리 칼을 채우지 않을 수 없었다. 압송인 장룡張龍과 조호趙虎가 분부를 받고 양지를 압송하여 대명부로 떠났다. 천한 주교의 몇몇 부호가 돈을 거두어 기다리고 있다가 양지가 나오자 두 압송관과 함께 주점으로 청하여 술과 음식을 먹이고 은냥을 두 압송에게 주면서 말했다.

"양지는 사내대장부로 백성을 위하여 해충을 제거했습니다. 지금 북경으로 떠나면 도중에 두 분이 잘 보살펴주시기 바랍니다."

장룡과 조호가 말했다.

"여러분이 부탁하지 않아도 우리 둘도 잘 알고 있으니 걱정 마십시오."

양지가 사람들에게 감사 인사를 했다. 나머지 은냥은 모두 양지에게 노자로 주고 각자 흩어져 돌아갔다.

21_ 원문은 '추사推司'인데, 송나라 때 '추관청推官廳'의 속칭이다. 사법 부문의 주요 책임자는 추관推官과 판관判官이다. 양지의 심리와 판결은 추관사와 판관사 두 부문을 거친 다음에야 비로소 최종 확정된다. 이 때문에 추관청의 직책은 심리이고, 판관청의 직책은 판결이다. 이하 '추사'를 '심리하는 관원' 정도로 번역했다.

22_ 유수사留守司: 『수호전전교주』에 따르면 "정목형의 『주략』에서 이르기를, '당나라 때 동도東都 낙양에 유수사를 설치했다. 송나라 때 사경四京, 동경 개봉부, 서경 하남부, 남경 귀덕부歸德府, 북경 대명부에 모두 유수사를 설치했다'고 했다." 유수사는 황제가 순행 혹은 출정할 때 경사 혹은 배도陪都(수도 이외에 별도로 설치한 부도副都를 말한다)에 주둔하여 지키는 정부기구로 정무를 처리했다. 북경은 송나라 배도였으므로 이곳에 유수사를 설치했다. 유수留守는 관직 명칭으로 대부분 중신 혹은 지방 장관이 겸임했다.

양지는 두 압송관과 자기가 머물던 객점에 와서 방값과 밥값을 지불하고 옷가지와 짐을 찾았다. 두 압송관에게 밥과 술을 대접하고 의원을 찾아 척장을 맞은 상처에 바를 고약을 몇 개 사서 붙이고 유배지로 떠났다. 세 사람은 북경으로 출발하여 무수히 많은 5리, 10리 표지를 지났으며[23] 주와 현을 거치면서 양지가 늘 술과 고기를 사서 장룡과 조호에게 대접했다. 밤에는 여관에 머물고 새벽에 일어나 역도驛道[24]를 걸어 며칠 만에 북경에 도착했다. 셋이 성안으로 들어가 객점에 투숙했다. 원래 북경 대명부大名府 유수사는 말을 타면 군대를 호령하고 말에서 내려서는 백성을 다스리는 관직이라 권세가 대단했다. 유수 양梁 중서中書는 이름이 세걸世杰인데 당시 동경 태사太師[25] 채경蔡京[26]의 사위였다. 그날은 2월 9일로 유수가 대청에 오르자 두 압송관이 양지를 유수사 대청 앞에 데리고 와서 개봉부에서 보낸 공문을 바쳤다. 양 중서가 문서를 보니 원래 동경에서 알던 양지였다. 즉각 불러보고 사건의 전말을 자세히 물었다. 양지는 고 태위가 복직을 불허하여 재산을 모두 쓰고 보도를 팔다가 우이를 죽이게 되었던 사정을 앞뒤 전후로 일일이 아뢰었다. 양 중서는 듣고 크게 기뻐하며 즉각 칼을 벗기고 양지에게 유수사 대청 앞에서 일하며 대기하도록 명령한 다음 문서에 서명하여 두 압송관을 동경으로 돌려보냈다.

양지는 양 중서 부중에서 아침저녁으로 대기하면서 시키는 일마다 성심성의를 다했다. 양 중서는 그가 부지런한 것을 보고 발탁하여 다달이 녹봉을 받는

23_ 옛날에는 길옆에 5리마다 흙을 쌓아 대를 만들었는데 토후土堠라고 했다. 매 10리마다 흙을 쌓아 두 개의 대를 쌓았는데 쌍후雙堠라고 했다. 이것은 이里의 수를 표기한 표지였다. 또한 이격주里隔柱라고 했는데 높이가 4에서 6척으로 일정하지는 않았다.

24_ 역도驛道: 정부 문서 등을 전달하는 데 사용하는 도로로 길 따라 역참이 설치되어 있다.

25_ 태사太師: 태사는 중신에게 더해지는 직함으로 최고의 영예이며 황제의 총애를 받고 있음을 나타내는 명예직이다. 지위가 황제의 고문과 유사하며 실제 직권은 없다.

26_ 채경蔡京(1047~1126)의 자는 원장元長으로 상서우복야尙書右僕射가 되었다가 태사로 임명되었다. 네 차례나 재상을 역임했다. 사치가 심했고 황제에 영합했으며 토목공사를 크게 일으켜 백성을 수고롭게 했다. 금나라가 침입하자 온 가족을 이끌고 남쪽으로 달아났다.

군중軍中의 부패副牌27로 승진시키고 싶었다. 그러나 다른 사람들이 불만을 가질 것을 걱정하여 군정사軍政司28를 시켜 대소 장수들에게 내일 동곽문東郭門 훈련장29에서 무예연습이 있을 것이라고 고시하게 했다. 그날 밤 양 중서는 양지를 대청 앞으로 불렀다. 양 중서가 말했다.

"내가 너를 발탁하여 군중의 부패로 삼아 녹봉을 받게 해주려고 하는데 너의 무예가 어떤지 모르겠구나?"

"소인은 무과 출신으로 이전에 전사부 제사의 직위에 있었으며 어려서부터 십팔반무예를 배웠습니다. 오늘 은상의 보살핌을 받으니 구름 사이로 비추는 한 줄기 햇살을 보는 것 같습니다. 이 양지가 만일 조금이라도 앞으로 나갈 수 있다면 있는 힘을 다하여 말안장을 등에 지고 다녀서라도 은혜에 보답하겠습니다."

양 중서가 기뻐하며 내일 사용할 갑옷 한 벌을 하사했다.

그날 밤은 아무 일도 없었다. 다음날 새벽, 때는 음력 2월 중순이어서 바람도 훈훈하고 날씨가 따뜻했다. 양 중서는 아침밥을 먹고 양지와 함께 말에 올라 앞뒤로 부하들을 거느리고 동곽문으로 향했다. 훈련장에 도착해서는 대소 군졸과 많은 관원을 접견했고 연무청演武廳 앞에 와서는 말에서 내렸다. 연무청 위로 올라가니 정면에 은백색의 교의가 놓여 있었다. 좌우 양쪽으로 지휘사指揮使,30

27_ 부패副牌: 군중의 작은 우두머리인 패두牌頭의 부직副職이다.

28_ 군정사軍政司: 군대 내부 사무를 관리하는 관원.

29_ 원문은 교장教場인데, 교습과 훈련, 군대를 검열하는 장소를 말한다. 역자는 이하 '훈련장'으로 번역했다.

30_ 지휘사指揮使: 송대에는 금군관사禁軍官司와 전전사殿前司를 합쳐 '양사兩司'라 했다. 그 부속 기구로 '시위친군마군도지휘사사侍衛親軍馬軍都指揮使司' '시위친군보군도지휘사사侍衛親軍步軍都指揮使司' 그리고 전전사의 부속 기구인 '전전도지휘사사殿前都指揮使司'를 합쳐 '삼아三衙'라 했다. '양사삼아兩司三衙' 체제는 송대 금군의 최고 지휘 기구였다. '삼아'에는 모두 '지휘사指揮使'와 '부도지휘사副都指揮使'가 있었다.

단련사團練使,31 정제사正制使, 통령사統領使,32 아장, 교위校尉,33 정패군正牌軍, 부패군副牌軍 등 관원이 질서정연하게 두 줄로 도열했고 앞뒤 주위에는 백 명의 장교들이 표독스럽게 서 있었다. 장대將臺34에는 도감都監35 두 명이 서 있었는데 한 명은 '이천왕李天王'이라 불리는 이성李成이었고 다른 한명은 '문대도聞大刀'라고 불리는 문달聞達이었다. 두 사람은 만 명을 당해낼 수 있는 용감한 군인으로 함께 많은 군마를 통솔하여 양 중서를 향해 두 손을 모아 올려 세 번 인사를 했다. 지휘대 위에 이미 황색 깃발36이 세워져 있었고 지휘대 양쪽 좌우로 서 있던 30~50쌍의 고수鼓手들이 일제히 북을 두드렸다. 세 차례 화각畫角37을 불고 세 차례 급하게 북을 두드리는데 훈련장 안에서 누가 감히 함성을 지르겠는가? 지휘대에 깃발이 올라가니 전후 오군五軍38이 모두 쥐죽은 듯 조용해졌다. 지휘대에서 홍기를 흔들자 북소리가 울리며 500명 군사가 무기를 손에 잡고 두 진영으로 나뉘었다. 지휘대에서 백기를 흔들자 양쪽 진영의 군마가 나란히 앞에 서서 말고삐를 잡고 멈춰 섰다.

양 중서가 부패군 주근周謹에게 명령을 받들도록 앞으로 불렀다. 오른쪽 진

31_ 단련사團練使: 관직 명칭으로 한 지방 혹은 한 주의 군사를 담당하는 관직. 지위는 자사刺史보다는 높고 방어사防禦史보다는 낮았다.

32_ 정제사正制使는 변경의 방어와 지방 질서를 책임졌다. 통령사統領使의 지위는 통제統制(송대 무관 명칭)의 아래였다.

33_ 교위校尉: 한나라 때 지위는 장군 다음이었으나 송나라 때는 지위가 낮았다.

34_ 장대將臺: 장수의 지휘대 혹은 열병대. 역자는 이하 '지휘대'로 번역했다.

35_ 도감都監: 병마도감兵馬都監의 별칭. 송나라 때 변경 방어의 주요한 노로路, 각 주부州府에 모두 병마도감이 설치되어 있고 관할 군대의 주둔, 훈련, 방위를 담당했다.

36_ 황색 깃발은 군중에서 대장이 사용하는 깃발이었다.

37_ 화각畫角: 중국 고대의 관악기로 서강西羌에서 전래했다. 모양은 죽통같이 생겼는데 본체는 가늘고 끝 부분은 크며 대나무나 가죽으로 만든다. 표면에 채색을 하여 화각이라고 불렀다. 군대에서 새벽과 저녁을 알리고 사기를 돋우고 부대를 정비할 때 사용했다.

38_ 5군五軍: 고대 군제로 하나는 춘추시대 진晉의 상군上軍, 중군中軍, 하군下軍, 신상군新上軍, 신하군新下軍을 가리키며, 다른 하나는 한대의 전前, 후後, 중中, 좌左, 우右 오영군대五營軍隊를 지칭하기도 하며, 또 하나는 명대 경군삼대영京軍三大營 중의 하나로 성조成祖 때 경위京衛의 보기군步騎軍를 중군中軍, 좌액左掖, 우액右掖, 좌초左哨, 우초右哨 5부로 나누었는데 역시 5군五軍이라 불렀다.

안에서 주근이 부르는 소리를 듣고는 말을 박차고 나와 지휘대 앞으로 와서 말에서 내리고 창을 땅에 꽂고 천둥같이 큰 소리로 인사했다. 양 중서가 말했다.

"부패군은 자신의 무예를 펼쳐 보이도록 하라."

군령을 받은 주근이 창을 잡고 말에 올라 연무청 앞으로 나가서 좌우로 돌며 창을 돌리고 우에서 좌로 돌며 창을 여러 번 휘둘렀다. 구경하던 군졸들이 갈채를 보냈다. 양 중서가 말했다.

"동경에서 배정되어 온 병졸 양지는 앞으로 나와라."

양지가 몸을 돌려 지휘대 앞에 서서 소리를 높여 인사했다. 양 중서가 말했다.

"양지, 너는 원래 동경 전사부 제사 군관으로 죄를 짓고 여기로 유배 왔다. 지금 도적이 창궐하여 국가에 인재가 필요한 시기다. 네가 감히 주근과 무예를 겨룰 수 있겠느냐? 만일 이긴다면 주근의 직위를 네게 주겠노라."

"만일 은상께서 임명해주신다면 어찌 감히 그 뜻을 어기겠습니까?"

양 중서는 말 한 필을 끌고 오라 명령했으며 갑장고甲仗庫[39] 수행관리에게 무기를 지급하라고 했다. 양지는 갑옷을 입고 말을 탄 채 주근과 무술시합을 하라는 명을 받았다. 양지는 뒤쪽으로 가서 밤에 얻은 갑옷을 입었다. 잘 묶은 다음 투구, 활, 요도를 모두 챙기며 창을 들고 말에 올라 지휘대 뒤에서 뛰어나왔다. 양 중서가 말했다.

"양지와 주근은 창술 대련을 시작하라."

주근이 화가 나서 말했다.

"이런 귀양 온 도적놈이 감히 나와 창술을 겨루려 하느냐!"

이 말을 들은 양지는 화가 치밀었고 둘은 곧 결투를 벌이게 되었다. 이번에 무예를 겨루었기에 나누어 서술하면, 양지는 천군만마 가운데서 이름을 날리게

39   갑장고甲仗庫; 고대 무기를 부관하던 무기고

되었으며 일등 공로를 세우게 되었다.

결국 양지와 주근의 무예 시합이 어떤 사람을 이끌어냈는가는 다음 회에 설명하노라.

청면수青面獸 양지楊志

오대五代 후량後梁의 명장인 풍행습馮行襲은 체구가 크고 웅장하며 얼굴에 푸른 반점이 있어 '풍청면馮青面'라 불렀다. '청면青面'이란 말은 여기서 나온 것이다. '청면수'는 '화면수花面獸'에서 발전 변화한 것 같다. 『삼조북맹회편三朝北盟會編』 권 134에 근거하면 남송 초 산동의 도적 유충劉忠이 처음에 동경에서 군사를 모으고 '화면수花面獸'라 했는데, 그 무리 모두가 흰 전립을 쓰고 있었기에 또한 '백전립白氈笠'이라 불렀다. 이것은 본문에서 양지가 '범양전립范陽氈笠(북경 이북인 범양范陽 지구에서 생산된 모포로 만든 모자)'을 쓰고 있다고 표현한 것의 유래인 것 같다. 『수호전보증본』에 따르면 『실록實錄』에서 이르기를, '본래 강인姜人의 관은 양털로 만들었기에 전모氈帽라고 하는데, 지금의 전립氈笠이다'라고 했다. 이때 양지가 처음 양산에 올랐을 때 쓴 것은 겨울이었기 때문에 전립이었지만 뒤에(16회) 생신강을 운반했을 때는 초여름이라 '양립凉笠(햇빛을 가리고 더위를 피할 수 있는 일종의 삿갓)'을 썼다.

양지는 양령공楊令公(양업楊業)의 후손이 아니다.

본문에 양지가 말하기를 "나는 3대에 걸쳐 장수를 배출한 가문의 후손으로 오후五侯 양령공의 손자인 양지라고 하오"라는 구절이 있다. 양지가 양령공의 손자였는지는 확실하지 않다. 『수호전보증본』에 따르면 『송사』 「양업전楊業傳」 등에 양업(?~986)의 아들 양연소楊延昭(958~1014), 손자 양문광楊文廣(?~1074)의 가계는 분명하다. 양씨 후대는 뒤에 대주代州 곽현崞縣(산시山西성 다이현代縣 서북쪽)으로 이주했다. 북송 말년의 양업 4대손인 양진楊震, 양전楊畋, 남송 초기의 양업 5대손인 양존중楊存中, 이들의 본적은 모두 대주代州였다. 양진은 일찍이 방랍方臘 토벌에 참여했고 양존중은 남송 초의 명장이었다. 작자가 양지의 출신을 명문대가로 한 것은 일종의 공신功臣 문화 의식일 따름이다"라고 했다.

화석강花石綱

송 휘종 조길이 간악艮岳(만세산萬歲山)을 건설하면서 꽃과 나무, 기암괴석을 운반하던 선단을 화석강이라 한다. '강綱'은 화물을 운송하는 조직 단위를 말하는데, 『신당서新唐書』「식화지」에 따르면 "매 한 척의 배마다 1000곡斛을 실을 수 있고 10척의 배를 강綱이라 하며 매 강마다 300명이고 선원은 50명이다"라고 했다. '강'은 양식 운반에 국한되지 않고 일반 화물의 운송도 포함되며 단지 일정한 규모가 있어야지만 '강'이라 할 수 있다. 송나라 때는 대부분이 관청의 공무 형태로 이루어졌는데, 예를 들어 염강鹽綱, 차강茶綱도 같은 의미다. 조개 등이 탈취한 '생신강生辰綱' 또한 규모 있는 재물을 운송하는 것을 가리킨다.

양 중서中書는 누구인가?

『수호전』에서는 '양 중서'란 인물이 빈번하게 등장한다. '양梁 중서中書'에서 '양梁'은 성을 말하고 '중서中書'는 관직 명칭이다. '북경대명부양 중서北京大名府梁中書'의 정확한 의미는 '북경北京 대명부大名府 지부知府이며 중서관中書官인 성이 양梁인 어떤 사람'이라 할 수 있다. 『대송선화유사大宋宣和遺事』에서는 '양사보梁師寶'라는 인물이 등장하는데, 이 작품 또한 소설이고 북송 역사에서 양사보란 인물은 존재하지 않는다.

또한 『송사』「양적전梁適傳」에 부전附傳으로 양적의 손자인 「양자미전梁子美傳」이 포함되어 있는데, 양 중서가 바로 양자미를 말한다는 견해가 있다. 『송사』「재보표宰輔表」에 대관大觀 원년(1107) 3월 정유丁酉일에 양자미는 상서우승尚書右丞에서 상서좌승尚書左丞으로 승진되었고, 6월 을미乙未일에 중서시랑中書侍郞이 더해졌다고 했다. 즉 양자미는 상서좌승으로 있으면서 중서시랑의 관직을 겸했다고 할 수 있다. 상서좌승은 상서성尚書省의 관직이고 중서시랑은 중서성中書省의 관직인데, 이 때문에 '양 중서'라는 호칭이 사용된 것 같다.

대
결[1]

주근과 양지가 깃발 밑에서 말고삐를 잡고 달려나가 막 맞붙어 싸우려 하는데, 병마도감 문달이 소리를 지르며 나왔다.

"잠깐, 멈춰라!"

그러고는 연무청 위로 올라가 양 중서 앞에 가서 아뢰었다.

"은상께 아룁니다. 이 두 사람이 무예를 겨루는데 실력의 높고 낮음을 보지는 못했지만, 창칼이란 것은 본래 무정한 물건이라 도적을 죽이고 소탕할 때나 쓰는 것이지 무예를 겨루는 데는 적당한 물건이 아닙니다. 오늘 군중에서 자기 편끼리 겨루다가 잘못되면 가벼워야 불구가 되고 심하면 목숨까지 잃게 됩니다. 그렇게 된다면 군중에 이로울 것이 없습니다. 창날을 빼고 창대 끝을 헝겊으로 감싸 석회를 묻힌 다음 검은 적삼을 입고 각자 말에 오르게 하십시오. 그리고 창 자루만을 사용하여 서로를 찌르며 겨루게 하고 몸에 하얀 석회가 많이 묻은

1_ 제13회의 제목은 '急先鋒東郭爭功(급선봉이 동곽문 밖에서 공을 다투다). 靑面首北京鬪武(청면수가 북경에서 무예를 겨루다)'다.

자를 진 것으로 하는 것이 좋을 것 같습니다."

"지극히 합당한 말이다."

즉시 따르도록 명령을 전달했다. 두 사람은 명을 받들어 연무청 뒤로 가서 창날을 제거하고 헝겊으로 감싸서 둥글게 묶어 골타骨朶[2]를 만들고는 검은 적삼으로 갈아입었다. 창끝을 석회 통에 넣어 묻히고 각자 말에 올라 진 앞으로 나갔다. 주근이 창을 세우고 말을 몰아 곧장 양지에게 달려들었다. 양지도 창을 손에 들고 말을 박차며 나와 주근에게 달려들었다. 두 사람은 진 앞에서 달려들면서 물러나기를 반복하면서도 한 덩어리로 엉기기도 했다. 말안장 위에서는 사람이 서로 싸우고 사람을 태운 말도 서로 밀고 부딪치며 싸웠다. 둘이 40~50합을 싸우고 나서 주근을 보니 두부를 뒤집어엎은 것처럼 온몸에 흰 자국이 30~50곳이나 있었다. 양지는 왼쪽 어깨 아래에 흰 점 하나밖에 없었다. 양 중서는 크게 기뻐하며 주근을 불러 석회 묻은 자국들을 보며 나무랐다.

"전임이 너를 군중 부패로 삼았기에 믿고 내버려 두었는데 이 정도 무예 실력으로 어떻게 남북을 정벌하겠느냐? 이래서 부패의 녹봉을 받을 자격이 되겠느냐?"

그러고는 주근의 직무를 양지에게 대신하게 하려 했다. 이때 관군管軍[3] 병마도감兵馬都監 이성이 연무청으로 올라와 양 중서에게 아뢰었다.

"주근이 창 쓰는 솜씨가 비록 서툴지만 말 타고 활 쏘며 싸우는 것에는 능숙합니다. 말 타고 활 쏘는 것을 겨뤄보지도 않고 그를 자리에서 내쫓는다면 군심이 태만해질까 두렵습니다. 주근에게 기회를 한 번 더 주어 양지와 궁술을 겨루도록 하는 것은 어떻습니까?"

"그 말도 일리가 있군."

2_ 골타骨朶: 옛날 긴 몽둥이 형태의 의장 병기로 철이나 단단한 나무로 만들었으며 끝 모양이 호박, 마늘 형상이다. 나중에는 의장용으로만 사용했는데, 속칭 금과金瓜라고 했다.
3_ 관군管軍: 군사를 통솔하는 관직.

다시 명을 내려 양지와 주근이 활쏘기로 겨루도록 했다.

명령을 받자 두 사람은 창날을 꽂아 반환하고 다시 활과 화살을 받았다. 양지가 활집에서 활을 꺼내 바르게 줄을 당겨 끼우고 잡은 다음 말에 올라 연무청 앞으로 가서 말을 탄 채 몸을 앞으로 구부려 인사를 올리며 말했다.

"은상, 화살이란 활을 떠나면 인정사정이 없는 것입니다. 사람이 맞으면 다칠까 두려우니 높은 뜻을 헤아려주십시오."

"무인이 무예를 겨루는데 다칠 것을 걱정하느냐? 실력만 된다면 쏴서 죽여도 처벌하지 않겠다."

양지는 명을 받고 진 앞으로 돌아왔다. 이성은 명을 전하여 활쏘기 시합을 하는 두 사람을 불러 화살을 막는 방패를 나누어주고 몸을 방어하도록 했다. 둘은 각기 화살을 막는 방패를 받아 어깨에 묶었다. 양지가 말했다.

"당신이 먼저 세 발을 쏘시오. 나는 나중에 세 발을 쏘겠소."

주근이 그 말을 듣고는 당장에 양지를 화살로 꿰뚫지 못하는 것을 한스러워했다. 양지는 원래 군관 출신이라 주근의 수법을 모두 간파하고 있어서 전혀 신경 쓰지 않았다. 두 사람의 활쏘기 시합을 어떻게 봐야 하는가.

이 사람은 산중에서 범 쏴서 죽인 일 있고,[4] 저 사람은 바람에 날리는 버들잎 꿰뚫었다네. 활을 힘껏 당기면 토끼와 여우 목숨 잃었고, 화살 날아가면 수리와 물수리 넋을 잃었다네. 무예를 비교하며 즉석에서 겨루고 재주를 펼치니 뭇 사람의 청찬을 받는구나. 한 사람은 그네[5]가 풀어져 감당하기 어렵고, 다른 한 사람은 몸을 기울여 번개같이 피하기에 방어하기 어렵다네. 승부는 눈 깜짝할 사이에 볼 수 있고, 생사존망은 순식간에 알 수 있으리라.

4_ 진晉나라 때 주처周處가 남산南山에서 호랑이를 쏜 일을 말한다.
5_ 원문은 '미후獼猴'인데, 룽쭉 서남부 소수민족은 그네를 '마주'라 부른다.

這個曾向山中射虎, 那個慣從風裏穿楊. 嗀滿處, 兔狐喪命; 箭發時, 雕鶚魂傷. 較藝術, 當場比並; 施手段, 對衆揄揚. 一個磨秋解, 實難抵當; 一個閃身解, 不可提防. 頃刻內要觀勝負, 霎時間要見存亡.

　　지휘대에서 청색 깃발을 흔들자 양지가 말을 박차며 남쪽을 향해 달렸다. 주근이 말을 몰아 양지의 뒤를 쫓으며 말고삐를 안장의 턱에 걸고 왼손으로 활을 잡고 오른손으로 살을 먹여 시위를 팽팽하게 당긴 다음 양지의 등을 향하여 시위를 놓자 화살이 씽하며 날았다. 양지는 등 뒤에서 활시위 소리를 듣고는 재빠르게 등자鐙子6 옆으로 몸을 감추자 화살은 말안장을 지나 허공을 가르며 날아갔다. 주근은 첫 번째 화살이 맞지 않자 당황하기 시작했다. 활 통에서 급히 두 번째 화살을 꺼내 활시위에 걸고 양지가 비교적 가까이 있는 것을 보고는 등을 향해 다시 한 발을 쏘았다. 두 번째 화살이 날아오는 소리를 들었는데도 양지는 등자로 몸을 숨기지 않았다. 화살이 바람같이 날아오자 양지는 활을 손에 잡고 활고자7로 날아오는 화살을 쳐냈고 화살이 빙글빙글 돌더니 풀밭에 떨어졌다. 주근은 두 번째 화살마저 명중시키지 못하자 마음이 더욱 조급해졌다. 양지의 말은 이미 훈련장 끝으로 달려갔다. 그러고는 갑자기 말을 돌려 연무청을 향해 달려왔다. 주근도 말고삐를 잡아당겨 방향을 돌리고 기세 좋게 쫓아왔다. 파릇파릇한 풀밭 위에 8개의 말발굽이 뒤집어진 술잔처럼 그리고 엎어진 바라처럼 새겨지고 우두두 소리를 내면서 둥글게 바람을 일으키며 내달렸다. 주근이 세 번째 화살을 활시위에 걸고 평생의 힘을 다하여 팽팽하게 당겨 두 눈을 부릅뜨며 양지 등의 심장 쪽을 겨냥하여 발사했다. 활시위 소리를 들은 양지는 몸을 돌려 안장 위에서 날아오는 화살을 손으로 낚아채고는 곧장 말을 몰아

6　등자鐙子: 말을 타고 앉아 두 발로 디디게 되어 있는 물건. 안장에 달아 말의 양쪽 옆구리로 늘어뜨린다.
7　원문은 '弓梢'인데, '弓弰'로 활고자를 말한다. 활의 양 끝머리. 어느 한 곳에 시위를 메게 된 부분이다.

연무청 앞으로 달려와서 주근의 화살을 바닥에 던졌다.

양 중서는 크게 기뻐하며 양지 또한 주근에게 활 세 대를 쏘도록 명령했다. 지휘대에서 푸른 기를 흔들자 주근은 활을 던지고 방패를 손에 잡으며 남쪽으로 말을 박차며 달렸다. 양지가 말 위에서 허리를 앞으로 숙이고는 발로 살짝 옆구리를 치자 말은 '히힝' 소리를 내며 이내 달렸다. 먼저 화살을 먹이지 않은 빈 활을 당겼다. 주근은 말에서 머리 뒤로 시위 소리를 듣고는 몸을 돌려 방패로 막았으나 화살은 날아오지 않았다. 주근은 속으로 생각했다.

'저놈이 창만 잘 쓰지 활은 잘 못 쏘는구나. 두 번째 화살도 거짓으로 쏘기를 기다렸다가 호통을 치면 내가 이긴 거나 다름없겠지.'

주근의 말은 훈련장 남쪽 끝까지 뛴 다음 방향을 바꾸어 다시 연무청을 향해 달려왔다. 양지의 말도 주근이 방향을 바꿔 달려오는 것을 보고는 같이 돌렸다. 양지는 화살통에서 화살을 꺼내 시위에 걸고는 속으로 생각했다.

'심장을 명중시키면 분명 목숨을 잃게 될 것이다. 내가 그에게 원한이 있는 것도 아닌데 쏘아 죽일 수는 없다.'

왼손으로 태산을 받치듯 활을 받치고 오른손으로 어린아이를 감싸듯 시위를 잡았다. 활을 보름달처럼 당겼다가 놓으니 화살은 유성처럼 날아가서 눈 깜짝할 사이에 주근의 왼쪽 어깨에 꽂혔다. 미처 손 쓸 새도 없이 주근이 말에서 떨어졌다. 주인 없는 말은 연무청 뒤로 계속 달려나가버렸고 병사들이 주근에게 다가가 구호했다. 양 중서는 크게 기뻐하며 군정사를 불러 문서를 작성케 하여 양지가 주근의 직무를 대신하도록 했다.

양지는 기쁨이 넘쳐 말에서 내려 연무청 앞으로 가서 은상에게 감사하고 주근의 직무를 받았다. 바로 다음과 같다.

죄 짓고 유연幽燕 땅에 유배 온 병졸
연무장 무예 시합에서 목숨 걸고 다투었네.

활을 쏘아 버들잎 뚫을 수 있는 명사수

부패군의 관직 빼앗아 영광을 누리는구나.

得罪幽燕作配兵, 當場比試死相爭.

能將一箭穿楊手, 奪得牌軍半職榮.

뜻하지 않게 계단 아래 왼쪽에서 한 사람이 돌아나오며 소리 질렀다.

"사직할 필요 없다. 나와 한번 붙어보자!"

양지가 그 사람을 보니 키는 7척이 넘었고 얼굴은 둥글며 귀는 컸고 입술이
두터우며 입은 사각형이었고 뺨 옆은 구레나룻으로 덮여 있었으며 위풍당당한
모습이 늠름했다. 곧장 양 중서 앞으로 가더니 인사를 하며 말했다.

"주근은 병이 완쾌되지 않아 기력이 많이 떨어졌으므로 양지에게 진 것입니
다. 소장이 재주는 없으나 양지와 무예를 겨뤄보고 싶습니다. 만일 소장이 양지
에게 조금이라도 밀린다면 주근의 직무를 주지 마시고 소장의 직무를 양지에게
주십시오. 무예를 겨루다가 죽어도 원망하지 않겠습니다."

양 중서가 보니 다른 사람이 아니라 대명부 유수사 정패군正牌軍 색초索超였
다. 그의 성격은 마치 불속에 소금을 뿌린 것처럼 급하고 나라의 체면을 위해
다투며 이기고자 선두에 서서 돌격하므로 사람들은 그를 '급선봉急先鋒'이라고
불렀다. 이성이 듣고는 지휘대에서 내려와 연무청 앞으로 가서 아뢰었다.

"상공, 양지가 전사 제사를 맡았던 사람이라 무예가 뛰어난 것은 당연하므로
주근은 상대할 수 있는 맞수가 아닙니다. 정패 색초와 무예를 겨룬다면 우열을
가릴 수 있을 것입니다."

양 중서는 듣고서 속으로 생각했다.

'내가 혼자 힘으로 양지를 발탁하려고 했는데, 장수들이 내 말을 따르려 하
지 않는구나. 시원하게 색초를 이겨버리면 그들이 죽어도 원망치 않겠다고 말했
으니 이젠 다른 말이 없을 것이다.'

양 중서는 즉시 양지를 불러 연무청으로 올라오게 하고는 물었다.

"색초와 무예를 겨루는 것은 어떻겠느냐?"

"은상께서 명령만 내리신다면 어찌 감히 거역하겠습니까?"

"그렇다면 뒤에 가서 장비를 바꾸고 복장을 갈아입고 나오너라. 무기고 수행 관리는 꼭 맞는 무기와 복장을 골라주고 내 말을 끌어다 양지에게 타도록 하라. 조심하고 상대를 얕보지 말도록 하라."

양지는 감사함을 표하고는 가서 갑옷을 입고 든든하게 묶었다.

한편 이성은 색초에게 분부했다.

"너는 다른 사람과 입장이 다르다. 너의 제자인 주근이 이미 졌는데 너마저 진다면 양지가 대명부 군관을 얕잡아 볼 것이다. 내가 항상 타고 전장에 나가던 말과 갑옷을 빌려주겠다. 조심하고 절대 기죽지 말거라."

색초가 감사의 인사를 올리고 가서 장비를 점검했다.

양 중서는 가까이에서 보고 싶어 일어나 계단 앞으로 걸어나왔다. 사람들은 은색 교의를 들어 월대月臺[8] 난간 옆에 놓았다. 양 중서가 자리에 앉자 좌우 지후祗候[9]가 두 줄로 나뉘어 섰다. 우산을 드는 사람을 불러 은색 조롱박 끝을 다 갈색 그물로 묶은 챙이 세 개인 양산을 펴서 양 중서의 등 뒤에서 씌우게 했다. 지휘대 아래로 명을 전달하자 붉은 깃발을 흔들었다. 양쪽에서 북소리 징소리를 한꺼번에 울려 첫 번째 소리를 내니 훈련장 양쪽 진영에서 각기 포를 쏘았다. 포 소리가 들린 곳에서 색초가 말을 몰아 진 안으로 들어와 문기門旗[10] 아래에 섰다. 양지도 말을 타고 군중으로 들어와 문기 뒤에 섰다. 지휘대에서 황색 깃발을 들어올리자 다시 북과 징소리가 울리고 양쪽 군사들이 일제히 함성을 질렀다. 훈련장 안에서는 누구도 감히 소리를 내지 못하고 조용했다. 다시 징 소리가 한 번 울리고 백기를 당겨 평평하게 펴자 양쪽 관원들이 아무도 움직이거나 떠들지 않고 조용히 서 있었다.

지휘대에서 다시 청색 기를 들어올렸다. 세 번째 북소리가 울리자 좌측 진 안쪽 문기 아래 진영이 서서히 갈라지고 말방울 소리가 들리는 곳에서 갑자기 정패군 색초가 나타났다. 바로 진 앞으로 와 말을 탄 채 한 바퀴 돌더니 손에 무기를 잡았다. 과연 영웅의 모습이었다. 커다란 붉은 술이 머리 뒤로 늘어진 강철 사자 투구를 쓰고 잎 모양의 얇은 철편을 꿰어 만든 갑옷을 입었으며 도금하여 짐승 얼굴을 새긴 요대를 차고 앞뒤로 청동의 가슴을 보호하는 거울을 댔다. 위에는 새빨간 둥근 꽃무늬가 새겨진 도포를 걸치고 그 위에 두 가닥의 녹색 실로 만든 띠를 드리웠으며, 아래는 가죽 장화를 신었다. 왼쪽에 활을 차고 오른쪽에 화살통을 매달았으며 손에는 금잠부金蘸斧[11]를 가로로 들고 이도감이 빌려준 전투에 능한 흰말을 타고 나왔다. 그 말을 보니 또한 훌륭한 말이었다.

색깔은 태백성같이 희고 밝아 남산에 서식하는 이마가 흰 범과 비슷하며, 털은 분을 두텁게 바른 듯하여 북해의 옥기린玉麒麟과 같도다. 적진을 돌파하고 냇물을 건너뛰며 전고 소리 좋아하니 그 성품 군자와 같으며, 무거운 짐을 지고 먼 길을 달리고 맹렬히 바람을 맞으며 울부짖으니 준마[12]로다. 오자서伍子胥의 이화마梨花馬보다 낫고 진왕秦王의 백옥구白玉駒에 비길 만하도다.

11_ 금잠부金蘸斧: 부斧는 월鉞과 같으며 장식, 의장과 형벌에 사용한 병기였고, 또한 전장에서 찍어 죽이는 병기였다. 상·주 시기에도 부월斧鉞이 있었고 당나라 군중에서도 장부長斧(긴 자루의 도끼)를 병기로 사용했다. 북송 때는 더욱 성행하여 선화부宣和斧, 봉두부鳳頭斧, 대부大斧가 있었는데 금잠부 또한 이러한 계통 가운데 하나이고 형태는 대동소이했다.

12_ 원문은 '용매龍媒'다. 『한서漢書』 「예악지禮樂志」에 따르면 "천마天馬가 오니 신룡神龍이 오는 징조다(천마래天馬徠, 용지매龍之媒)"라고 했다. 이것은 천마와 신룡은 같은 종류로 지금 이미 천마가 왔으니 용도 장차 오게 될 것임을 예시하는 것을 말한다. 이 때문에 이후에는 '준마駿馬'를 '용매'라 했다.

色按庚辛, 仿佛南山白額虎; 毛堆膩粉, 如同北海玉麒麟. 冲得陣, 跳得溪, 喜戰鼓, 性如君子; 負得重, 走得遠, 慣嘶風, 必是龍媒. 勝如伍相梨花馬, 賽過秦王白玉駒.

왼쪽 진에서 급선봉 색초가 말을 탄 채 한 바퀴 돌더니 금잠부를 들고 진 앞에 말을 세웠다.

오른쪽 진 안쪽 문기 아래가 서서히 열리더니 말방울 울리는 곳에서 양지가 창을 들고 말을 탄 채 진 앞으로 나와 고삐를 당기는데 창을 옆으로 든 모습이 과연 용맹스러웠다. 머리에는 서리처럼 하얗게 빛나는 강철 투구를 쓰고 파란 술을 늘어뜨렸다. 몸에는 매화를 상감한 유엽榆葉[13] 같은 갑옷을 입고 붉은 줄을 갑옷 끈으로 묶었으며 짐승 얼굴이 새겨진 가슴 보호대를 찼다. 상의는 빛나는 하얀 비단에 꽃무늬를 박은 전포를 입고 자색 실로 짠 허리띠를 찼으며 황색 가죽으로 안감을 한 바닥이 낮은 신을 신었다. 가죽으로 싼 활과 화살촉이 끌같이 끝이 날카로운 화살[14] 몇 발을 갖추었으며 손에 순철을 연마한 점강창을 들고 양 중서가 빌려준 불덩어리같이 붉은 천 리를 달리는 시풍마嘶風馬[15]를 탔다. 그 말을 보니 또한 대적할 수 없는 좋은 말이었다.

갈기는 타오르는 불길 같고 흔드는 꼬리는 아침노을이구나. 온몸은 연지를 어지러이 바른 듯하고 두 귀는 단풍잎을 꽂은 듯하네. 동틀 무렵 붉은색의 장성長城에 등장하면 네 말발굽은 추운 겨울밤의 별을 내뿜으며, 해 저물어 모랫둑으로 돌아오면 땅에는 불덩이 구르는 듯하구나. 남극신마南極神馬[16]를 말하지 말라, 이것은 진정 한수정후漢壽亭侯의 적토마로다.[17]

13_ 유엽榆葉: 느릅나무 잎사귀.
14_ 원문은 '착자전鑿子箭'인데, 화살촉이 끌 같은 형상이라 착자전이라 했다.
15_ 시풍嘶風: 바람을 맞아 울부짖다. 말이 용맹함을 형용한 것이다.
16_ 원문은 '남극신구南極神駒'이다. '신구'는 명마, 준마를 말하는데, 여기서는 신마神馬에 비유했다.
17_ 한수정후漢壽亭侯는 관우關羽를 말한다. 조조가 관우를 한수정후로 봉했다.

驥分火焰, 尾擺朝霞. 渾身亂掃胭脂, 兩耳對攢紅葉. 侵晨臨紫塞, 馬蹄迸四點寒星;

日暮轉沙堤, 就地滾一團火塊. 休言南極神駒, 眞乃壽亭赤兔.

오른쪽 진에서는 청면수 양지가 손에 창을 들고 말의 고삐를 잡아 멈추고는 진 앞에 섰다. 양쪽 군장들은 비록 아직 무예 실력이 어떤지는 알 수 없었지만 출중한 위풍을 보고는 속으로 갈채를 보냈다.

남쪽의 기패관旗牌官[18]이 금박을 입힌 '영令'자 깃발을 들고 말을 몰아와서 소리쳤다.

"너희 둘은 상공의 뜻을 받들어 각별히 주의해라. 만일 잘못이 있다면 반드시 처벌할 것이며 이기는 자에겐 큰 상이 있을 것이다."

두 사람은 명에 따라 말을 타고 진을 나가 훈련장 가운데 섰다. 두 말은 서로 마주쳤고 두 개의 병기도 함께 들어 올렸다. 화가 치밀어 오른 색초는 손의 큰 도끼를 돌리며 말을 박차고 양지에게 달려들었다. 양지도 위풍을 드러내며 손에 점강창을 잡고 색초와 맞섰다. 훈련장 가운데에서 시작하여 지휘대 앞으로 다가갈 때까지 두 장수가 서로 붙어서 각기 평생의 실력을 모두 드러내며 싸웠다. 공격해 들어가면 물러나고 멀어지면 다시 쫓아가 서로 어울려 싸웠다. 네 개의 팔이 서로 교차하며 무기를 휘둘렀고 말발굽 여덟 개가 훈련장 안에 어지럽게 얽혔다.

깃발은 해를 가리고 살기는 하늘을 덮었다네. 한 사람은 금잠부로 곧장 정수리를 향하고, 다른 한 사람은 혼철창渾鐵槍[19]으로 명치를 노리는구나. 이쪽은 사직을 지탱하는 비사문毘沙門,[20] 탁탑이천왕托塔李天王이며, 저쪽은 강산을 정돈

18_ 기패관旗牌官: 명령을 전달하는 직책을 맡은 관리.

19_ 혼철渾鐵은 아직 제련되지 않은 철을 말한다.

20_ 비사문毘沙門은 사천왕四天王 가운데 하나로 다문천왕多聞天王이라고도 한다. 호법護法 천신이다.

하고 금궐을 관장하는 천봉대원수天蓬大元帥라네. 이쪽의 창끝은 화염을 뿜어내고, 저쪽의 도끼날엔 몇 갈래 섬뜩한 빛 솟아나는구나. 저쪽은 칠국七國 때의 원달袁達21이 다시 태어난 듯하고, 이쪽은 삼국 때의 장비가 세상에 나온 듯하네. 한 명은 거령신巨靈神22이 노하여 큰 도끼 휘둘러 산자락을 찍어 부수는 듯하고, 다른 한 명은 화광華光23이 분노하여 금창金槍으로 찔러 저승을 여는 듯하도다. 이쪽은 두 눈 부릅뜨고 성내며 휙 도끼로 머리 찍으려하고, 저쪽은 바득바득 이 갈며 격하게 창 자루 휘두르며 끝장내려 하누나. 각자 빈틈을 노리며 조금도 방심하지 않네.

征旗蔽日, 殺氣遮天. 一個金蘸斧直奔頂門, 一個渾鐵槍不離心坎. 這個是扶持社稷毗沙門, 托塔李天王; 那個是整頓江山掌金闕, 天蓬大元帥. 一個槍尖上吐一條火焰, 一個斧刃中迸幾道寒光. 那個是七國中袁達重生, 這個是三分內張飛出世. 一個是巨靈神忿怒, 揮大斧劈碎山根; 一個如華光藏生嗔, 仗金槍摏開地府. 這個圓彪彪睜開雙眼, 肐查查斜砍斧頭來; 那個必剝剝咬碎牙關, 火焰焰搖得槍桿斷. 各人窺破綻, 那放半些閑.

두 사람은 50여 합을 싸웠으나 승부가 나지 않았다. 월대에서 구경하던 양중서는 둘의 대결을 넋을 잃고 보았다. 양쪽 군관들도 갈채를 그치지 않았고 진 앞의 군사들은 서로 바라보며 말했다.

"우리가 오래도록 군중에 있으면서 여러 차례 출정했지만 이렇게 호걸들이 격렬하게 싸우는 것은 본 적이 없다!"

이성과 문달도 지휘대에서 참지 못하고 소리를 질렀다.

21_ 칠국七國은 전국시대 때 진秦·초楚·연燕·제齊·한韓·조趙·위魏나라를 말한다. 원달袁達은 제나라의 맹장이었다.
22_ 거령신巨靈神은 신화 전설 속에서 화산華山을 쪼개 가른 하신河神이다.
23_ 화광華光은 화광대제華光大帝로, 도교에서 호법신 성護法四聖 가운데 하나다.

"잘 싸운다!"

문달은 속으로 한 사람이라도 상할까 두려워서 황급하게 기패관을 불러 영자기를 들어올려 그들을 갈라놓도록 했다. 지휘대 위에서 갑자기 싸움을 멈추라는 징소리가 울렸으나 두 사람은 각자 공을 다투고자 하여 말머리를 돌리지 않고 계속 싸웠다. 기패관이 나는 듯이 달려가 소리쳤다.

"두 호걸은 싸움을 멈추시오. 상공의 명이오."

양지와 색초가 그때에야 비로소 손의 무기를 거두며 고삐를 당겨 말을 세우고는 각자의 본진으로 돌아갔다. 말고삐를 잡고 깃발 아래에 서서 양 중서를 바라보며 명령을 기다렸다.

이성과 문달이 지휘대에서 내려가 월대 아래로 가서 양 중서에게 아뢰었다.

"상공, 두 사람의 무예가 막상막하이니 모두 중용할 만합니다."

양 중서는 크게 기뻐하며 명을 내려 양지와 색초를 불렀다. 기패관이 명을 받들어 둘을 연무청 앞으로 부르자 그들은 말에서 내렸다. 군관이 무기를 받았고, 둘은 연무청으로 올라가 양 중서 앞에서 몸을 굽히고 명을 들었다. 양 중서가 은 두 덩어리와 옷감을 가져다가 두 사람에게 상으로 하사했다. 그러고는 즉시 군정사를 불러 두 사람을 관군제할사管軍提轄使로 승진시키고 문건을 붙이고는 그날로 두 사람을 임용했다. 색초와 양지는 양 중서에게 감사의 절을 하고 상품을 받아 든 채 연무청에서 내려와 창, 칼, 활과 화살을 풀고 투구와 갑옷을 벗으며 옷을 갈아입었다. 색초가 갑옷을 벗고 비단 저고리로 갈아입은 다음 다시 연무청으로 올라가 여러 군관에게 감사의 절을 했다. 양 중서는 색초와 양지를 불러 서로 인사하게 하고 반열에 들어와 제할을 담당하게 했다. 훈련이 모두 끝나자 군졸들은 승전고를 두드리며 북·징·깃발을 들고 먼저 흩어졌다.

양 중서와 대소 군관은 모두 연무청에서 연회를 벌였다. 붉은 태양이 차츰 서쪽으로 기울면서 연회가 끝났고 양 중서가 말에 오르자 관원들이 부중까지 호송했다. 새로 임명된 두 제할이 머리에 붉은 꽃을 꽂고 양 중서의 말 앞에서 나란히 말을 타고 동곽문 안으로 들어왔다. 양쪽 길에 백성이 노인을 부축하고 아이들 손을 잡고 늘어서서 바라보며 기뻐했다. 양 중서가 말 위에 앉아 백성에게 물었다.

"너희 백성이 어째서 그리 기뻐하느냐?"

노인들이 양 중서에게 무릎을 꿇고 아뢰었다.

"우리 늙은이들은 여기 북경 대명부에서 태어나고 자라면서 오늘 두 호걸 장군 같은 시합을 본 적이 없습니다. 오늘 훈련장에서 이런 대단한 맞수를 보았으니 어찌 기쁘지 않겠습니까?"

양 중서는 말 위에서 백성의 말을 듣고 크게 기뻐했다. 부중에 도착하자 관리들은 각자 흩어져 돌아갔다. 색초가 친구와 형제들을 초청하여 축하 술자리를 열었다. 양지는 이제 새로 와서 아는 사람이 없으므로 양 중서의 부중으로 가서 쉬었다. 그는 아침저녁으로 정성스럽게 심부름을 기다렸다.

쓸데없는 말은 그만두고 본문으로 들어가서, 동곽 무술 시합 이후에 양 중서는 양지를 매우 아껴서 곁에 두고 아침저녁으로 떨어지지 않았다. 양지는 매월 별도로 녹봉을 더 받았고 점차 사람들과도 두루 사귀게 되었다. 색초도 양지의 뛰어난 실력을 보고 진심으로 감탄했다. 세월은 번개같이 흘러서 어느새 봄이 다 지나가고 여름이 왔다. 때는 음력 5월 단오였다. 양 중서와 채 부인이 후원에서 집안 연회를 열어 단오를 경축했다.

> 회분엔 푸른 쑥24 심어져 있고, 꽃병엔 붉은 석류 꽂혀 있네. 수정水晶으로 된
> 발엔 새우 수염25 말려 있고 비단에 수놓은 병풍엔 공작 날개 펼쳐져 있구나.

24_ 원문은 '녹애綠艾'다. 다년생 초본 식물로 약재로 사용된다. 단오절이 되면 집집마다 쑥 잎을 묶어 문틀에 걸어 악마를 쫓고 병을 방비했다.

25_ 원문은 '하수蝦鬚'인데 박의 별칭이다. 전선에 따르면 큰 새우는 바다에서 나오는데 길이가 2~3장

창포菖蒲26는 옥을 잘라낸 듯하고 아리따운 여인들은 웃음 지으며 붉은 노을 같은 잔을 올리며, 각서角黍27는 은을 쌓은 듯하고, 미녀들은 청옥안青玉案28 높이 들어 올리네. 기이하고 희귀한 음식, 제철 과일을 바치는구나. 빈랑나무 잎 부채 바람 속에, 연주 소리 맑고 운치 있으며, 향기 내뿜는 연잎 의상에 갖가지 춤추는 자태 아름답도다.

盆栽綠艾, 瓶插紅榴. 水晶簾卷蝦鬚, 錦繡屏開孔雀. 菖蒲切玉, 佳人笑捧紫霞杯; 角黍堆銀, 美女高擎青玉案. 食烹異品, 果獻時新. 葵扇風中, 奏一派聲清韵美; 荷衣香裏, 出百般舞態嬌姿.

그날 양 중서는 후원에서 채 부인과 함께 집안 연회를 열어 단오를 경축하며 즐겼다. 술이 여러 잔 돌았으며 상이 두 번째 들어왔을 때 채 부인이 말했다.

"상공의 신분으로 오늘날 대명부 총수가 되어 국가의 중책을 맡고 있는데, 이런 부귀공명은 어디에서 온 것입니까?"

양 중서가 말했다.

"이 세걸世傑(양 중서의 이름)은 어려서부터 열심히 공부하여 경사經史29를 자못 알고 있소. 사람이 초목이 아닌 다음에야 어찌 태산泰山 같은 장인의 은혜를 모르겠소? 힘을 다해 이끌어주신 것에 대해 아무리 감사해도 다할 수 없소!"

"상공이 이미 내 아버지의 은덕을 안다면서 어찌 생신을 잊고 계신지요?"

"내가 어찌 장인의 생신이 6월 15일인 것을 잊었겠소. 이미 사람을 시켜서

이고 헤엄칠 때 수염을 세우는데 수면 위로 나오고 수염의 길이가 몇 척이나 되어 발로 사용할 수 있다고 했다.

26_ 창포菖蒲는 다년생 수생 초본 식물로 향기가 있고 잎은 좁고 길어 마치 검과 같다.

27_ 각서角黍는 쭝쯔粽子로 대나무 잎사귀나 갈대 잎에 싸서 삼각형으로 묶은 뒤에 찐 떡이다.

28_ 청옥안青玉案: 푸른 옥으로 제작한 유명하고 진귀한 쟁반이다. 식품을 담을 수 있다.

29_ 원문은 '경사經史'로 고대 전적을 가리키는데, 구체적으로는 경사자집經史子集을 말한다. 이것은 중국 전통의 도서분류법이다. 경은 유가의 경전과 문자학의 서적이고 사부는 각종 역사서와 지리서다. 자부는 제자백가의 저작이며 집부는 시詩, 문文, 사詞, 부賦 등의 총집과 전집을 포함한다.

10만 관으로 금은보배를 사서 동경에 보내 생신을 축하하려 하고 있소이다. 한 달 전에 사람을 시켜 보내려 하는데 지금 열에 아홉은 준비가 되었소. 며칠 안에 준비가 다 되면 심부름꾼이 출발할 것이오. 다만 한 가지 걱정 때문에 망설이고 있소. 작년에 많은 골동품과 금은보화를 사서 사람을 시켜 보냈으나 반도 못 가서 모두 도적에게 빼앗기고 말았소. 아깝게 재물만 낭비하고 지금도 빼앗아 간 도적들을 잡지 못하고 있소. 그래서 금년은 누구를 보내야 좋을지 모르겠소."

"휘하에 군관도 많은데 상공이 믿을 만한 심복을 골라서 보내면 되겠지요."

"아직 40~50일이 남았으니 조만간에 예물을 갖추도록 재촉해서 준비가 끝나면 사람을 골라도 늦지 않을 것이오. 부인은 너무 걱정하지 마시오. 내게 나름대로 생각이 있소."

그날 집안 연회는 정오부터 시작해서 밤 2경이 되어서야 끝났다.

양 중서가 예물과 골동품을 사들이고 채 태사의 생신을 축하하고자 사람을 골라 동경으로 보내는 이야기는 그만두고, 한편 산동 제주濟州 운성현鄆城縣30에 지현知縣31이 새로 부임했는데 성은 시時이고 이름은 문빈文彬이었다. 그는 관리가 되어 청렴하고 공정하게 일을 처리했다. 매번 측은한 마음을 품었으며 항상 인자한 생각을 지니고 있었다. 땅을 빼앗고 밭을 다투는 일이 발생하면 옳고 그름을 판별한 다음에 법을 시행했고, 서로 때리며 싸우는 분쟁이 생기면 가볍고 무거움을 구분한 다음에야 비로소 판결했다. 한가할 때면 거문고를 타고 손님을 만났으며 바쁠 때는 속필로 판결문을 작성했다. 그는 명목상 현을 관리

30_ 운성현鄆城縣: 『수호전전교주』에 따르면 "정목형의 『주략』에서 이르기를, '제주濟州는 송나라 때 제양군濟陽郡으로 옛 치소는 거야巨野였으며 운성현은 부속 현이었다. 금나라 대정大定 6년(1166)에 치소를 반구촌盤溝村으로 옮겨 황하가 범람하는 것을 피했다'고 했다."

31_ 지현知縣: 관직 명칭. 현의 정무를 맡은 사람이다. '지知'는 '관리하다'라는 의미다. 지현이라는 명칭은 당나라에서 시작되었는데, 현위縣尉를 지현이라고도 불렀다. 송나라 이후에 지방 현의 장관이었고 한 현의 정무를 관장했다. 원대에는 지현이란 칭호가 폐지되었고 각 현의 장관을 현윤縣尹이라 했으며 현령을 설치하지 않았다. 명·청 시기에 비로소 지현이 한 현의 장관이 되었고 정7품 관직이었다.

하는 지현이었지 실제로는 백성의 부모와 같았다.

지현 시문빈이 부임 당일 대청에 올라 자리에 앉자 좌우 양쪽으로 공리公吏32들이 배열하여 늘어섰다. 지현은 즉시 위사尉司33 포도관원捕盜官員과 순찰을 돌며 도적을 체포하는 도두都頭 두 명을 불렀다. 운성현에는 위사 관할에 두 명의 도두가 있었는데, 하나는 보병도두步兵都頭이고 다른 하나는 마병도두馬兵都頭라 불렀다. 마병도두는 마궁수 20명과 토병 20명을 관할했고, 보병도두는 창을 사용하는 두목頭目34 20명과 토병 20명을 거느렸다. 이 마병도두는 이름이 주동朱仝이었고 신장이 8척 4~5촌이었으며 범의 수염을 길렀는데 그 길이가 1척 5촌이나 되었다. 얼굴은 익은 대추같이 붉빛을 띤 자색이었고 눈은 빛나는 별 같아 관운장關雲長의 모습과 비슷했다. 현 사람들은 수염이 너무 아름답고 훌륭하여 그를 미염공美髥公35이라고 불렀다. 원래 운성현 부호로 재산도 넉넉했고 사람됨도 의를 중하게 여기며 재물을 가볍게 보았다. 강호의 호걸과 널리 교류했으며 무예도 출중했다. 주동의 기개를 묘사한 시가 있다.

정의롭고 충성스러운 호걸인데다 무예에 정통하며 출중하니 과연 영웅이로다. 활 당기면 범을 쏘아 쓰러뜨리고, 검을 들면 용도 죽일 수 있네. 당당하고 대범한 그의 풍채는 귀신도 두려워하니, 늠름한 위풍을 형용하는구나. 얼굴은 익은 대추같이 붉은빛을 띠었으니, 관운장이 다시 태어난 듯 사람들이 미염공이라 부른다네.

32_ 공리公吏: 공인公人과 이인吏人의 합칭이다. 송나라 때 각급 관부에 소속된 사무 처리 인원을 가리킨다.
33_ 위사尉司: 관서 명칭으로 현위사縣尉司를 말한다. 송나라 때 현에 설치되었는데, 형벌을 관장하는 사람이었다.
34_ 두목頭目: 하급 군관의 일반적 칭호다. 두목은 송대에 하북河北 민병民兵에서 시작되었다.
35_ 『삼국지三國志』 「촉서蜀書·관우전關羽傳」에 따르면 제갈량이 관우에게 보낸 편지에서 미염공이라 칭했다. "관우의 턱수염이 매우 아름다웠으므로 제갈량이 그를 '염髥(미염공美髥公)'이라고 부른 것이다. 관우는 편지를 보고 나서 매우 기뻐하며 그것을 빈객들에게 보여주었다"고 기록하고 있다.

義膽忠肝豪傑, 胸中武藝精通, 超群出衆果英雄. 彎弓能射虎, 提劍可誅龍. 一表堂堂神鬼怕, 形容凛凛威風. 面如重枣色通鴻, 雲長重出世, 人號美髯公.

보병도두는 뇌횡雷橫이라고 하는데 키는 7척 5촌으로 검붉은 얼굴에 입 주위에 부채 같은 수염이 났다. 힘이 남들보다 월등하게 세서 2~3장 넓이의 계곡을 어렵지 않게 뛰어 넘을 수 있어서 현 사람들은 삽시호揷翅虎(날개 달린 호랑이)라고 불렀다. 뇌횡은 원래 대장장이 출신으로 나중에 방앗간을 열어 운영했으며 푸줏간을 열어 소도 잡고 도박장도 열었다. 비록 의기를 중하게 여겼으나 마음의 도량이 작았다. 그 또한 무예가 출중했으니, 뇌횡을 묘사한 시가 있다.

하늘의 강성罡星이 인간 세상에 내려왔는지, 자못 재능 있는 사람, 호걸인 도두 뇌횡이로다. 주먹 휘두르면 팔뚝 힘 튼튼하고, 발을 내지르면 번갯불 번쩍이네. 강과 바다의 영웅으로 위풍을 드러내고 용맹하니, 담장을 넘고 계곡을 건너는 데 몸이 가볍도다. 호걸들 그 누가 감히 그와 다투겠는가! 산동 지방의 삽시호, 천하가 모두 그 명성 들었으리라.
天上罡星臨世上, 就中一个偏能, 都頭好漢是雷橫. 拽拳神臂健, 飛脚電光生. 江海英雄推武勇, 跳墻過澗身輕, 豪雄誰敢與相爭! 山東揷翅虎, 寰海盡聞名.

주동과 뇌횡은 도적 잡는 일을 전담했다. 이날 주동과 뇌횡 둘은 지현이 부르자 대청으로 올라가 인사를 하고 지시를 기다렸다. 지현이 말했다.

"내가 부임한 이래로 제주 관할에 소속된 물가 마을인 양산박에 도적들이 모여 강도질을 일삼고 관군에게 대항한다고 들었다. 또한 각 향촌에 도적이 창궐하고 소인들이 들끓는다고 한다. 지금 내가 너희 둘을 부른 것은 고생스럽다고 말하지 말고 본부 토병을 거느리고 두 구역으로 나누어 하나는 서문으로 성 밖에 나가고 다른 하나는 동문으로 나가서 각지 순찰하도록 해라. 만일 도적을 말견하면 즉각 체포하여 보고하고 압송하되 향촌 백성을 불안하게 하는 일은 없도록 해라. 동계촌東溪村 산 위에만 큰 단풍나무가 있고 다른 곳에는 없는 것으로 알고 있다. 너희는 순찰을 마치고 단풍잎 몇 장을 따서 현에 가져와 거기까지 순찰했다는 징표로 제출하도록 하라. 만일 단풍잎을 가져오지 못하면 너희가 허위로 순찰한 것으로 간주하여 반드시 처벌하고 용서하지 않겠다."

두 도두는 지현의 영을 받들고 각자 돌아가 본관의 토병을 점고한 뒤에 각자 구역을 나누어 순찰을 나갔다.

주동은 서문으로 나가서 순찰했고, 뇌횡은 그날 밤 토병 20명을 이끌고 동문으로 나가서 마을을 순찰하며 도처를 두루 돌았다. 돌아오는 길에 동계촌 산 위에서 단풍잎을 따고 마을로 내려오고 있었다. 2~3리를 못 가서 영관묘靈官廟36 앞에 도착했는데 문이 닫히지 않고 열려 있었다. 뇌횡이 말했다.

"이 사당에 향과 초를 관리하는 중도 없는데 문이 열려 있으니 혹시 안에 나쁜 놈이 있는 것은 아닌가? 들어가서 살펴보자."

토병들이 횃불을 들고 들어가서 바라보니 제물을 올리는 탁자 위에 한 사내가 옷을 홀떡 벗고 자고 있었다. 날이 더운지라 그 사내는 옷을 뭉쳐서 베개를 만들어 목 뒤로 베었으며 드르렁 하고 코를 골며 탁자 위에서 곯아떨어져 자고 있었다. 뇌횡이 유심히 살펴보고는 말했다.

"이상하군, 정말 이상하네! 지현 상공께서 정말 귀신같이 알아맞히셨네. 원래 여기 동계촌에 정말 도적이 있었군!"

크게 소리를 지르자 그 사내가 빠져나오려 발버둥쳤는데 토병 20명이 일제히 앞으로 달려들어 그를 꽁꽁 묶고 영관묘 밖으로 강제로 끌어내고 동계촌 보정保正의 장원으로 향했다. 그 사내를 끌고 그곳으로 갔기에, 나누어 서술하면,

---

36_ 영관묘靈官廟: 도교에서 제사를 받드는 신묘神廟다. 영관靈官은 왕선王善이라 전해지는데 송나라 휘종 때 사람이다. 살수견隆守堅 진인眞人을 수행하며 주술로 귀신을 부리는 법술을 전했다. 송나라 때 산문을 지키는 신에게 토산물을 제물로 바쳤다.

영웅호걸 서너 명이 동계촌으로 모여들고, 운성현에서 금은보화 10만 관을 얻게 된다. 바로 하늘에서 강성罡星이 내려와 모이고, 인간 세상에 지살地煞들이 서로 만나게 된 것이다.

결국 뇌횡이 그 사내를 잡아 어디로 끌고 가게 되는지는 다음 회에 설명하노라.

도두都頭

당나라 때 도두都頭는 고위 무관 관직이었다. 『자치통감』에 따르면 "당나라 때 신책군神策軍 52都를 설치했는데, 매 도都마다 장수를 설치했고 도두都頭라 불렀다"고 했다. 일반적으로 새로운 왕조는 이전 왕조를 폄하하는데, 대부분 전 왕조의 고위 관직을 새로운 왕조에서는 낮은 직급의 관리로 삼았다. 그리하여 송나라 때도 도두를 설치했지만 군사를 이끄는 고위 관직은 아니었고 사병의 우두머리에 불과했다.

송나라 군사 제도는 500명을 1영營이라 했고, 매 영마다 지휘사指揮使 1명을 설치했다. 그 아래로는 5도都를 설치했는데, 매 도마다 마군馬軍에는 군사軍使 1명, 부병마사副兵馬使 1명을 설치했고, 보군步軍에는 도두都頭 1명, 부도두副都頭 1명을 설치했다. 즉 송나라 때는 500명을 하나의 독립된 편제로 삼았고 이러한 편제의 최고 지휘관은 '지휘사'였으며 매 영營을 다섯 개의 도都로 나누었으므로 '도'는 100명이었다. 송나라의 정규군에서 보군도두는 100명의 사졸을 지휘했음을 알 수 있는데, 지방의 현위縣尉 또한 자체적으로 도두를 임명할 권한이 있었다. 이러한 도두는 현위의 관할에 속했을 뿐만 아니라 현위는 현령縣令의 부하 관리였다. 『수호전』에 등장하는 '도두'는 현의 소대장쯤으로 볼 수 있으며 주요 임무는 도적을 잡는 일이었다.

【제14회】

탁
탑
천
왕[1]

당시 뇌횡이 영관전靈官殿 안으로 들어가 둘러보니 한 사내가 제물을 올리는 탁자 위에서 자고 있는 것이 보였다. 토병들이 들어가 잠자던 사내를 밧줄로 묶어 영관전 밖으로 끌어냈다. 이때가 5경 무렵이었으므로 이른 아침이었다. 뇌횡이 말했다.

"이놈을 조 보정晁保正의 장원으로 끌고 가서 요깃거리나 얻어먹고 현으로 압송하여 문초해야겠다."

일행 모두가 그 사내를 끌고 조 보정 장원으로 갔다.

원래 동계촌 보정의 이름은 조개晁蓋이며, 그의 조상은 운성현에서 부호로 살았다. 평생 의를 중하게 여기고 재물을 가볍게 보았으며 천하의 호걸들과 교제하기를 좋아했다. 그에게 의지하러 오는 사람이 있으면 좋고 나쁨을 따지지 않고 장원에 머무르게 했으며, 만일 떠나려는 사람이 있으면 은냥을 주어 일어

1_ 제14회 제목은 '赤髮鬼醉臥靈官殿(적발귀가 술에 취해 영관전 안에서 잠들다). 晁天王認義東溪村(조천왕이 동계촌에서 적발귀를 구하다)'이다.

설 수 있도록 도와줬다. 창봉술을 가장 좋아하여 스스로 건강하고 힘 있게 연마했으며 결혼도 하지 않고 종일 몸을 단련했다. 운성현 동문 밖의 관할 지역에는 두 마을이 있었는데 커다란 시내를 사이에 두고 동계촌東溪村과 서계촌西溪村으로 나뉘었다. 당초에 서계촌은 항상 귀신이 나와 대낮에도 사람을 홀려 시냇물에 빠뜨리곤 했는데 시냇가에 모여 살았으므로 어쩔 수 없었다. 어느 날 마을 사람이 지나가는 중에게 이 일을 자세하게 이야기했다. 그러자 그 중은 한 곳을 가리키면서 청석青石을 두드려 보탑寶塔을 만들게 했고, 마을 사람들은 그의 말대로 보탑을 시냇가에 놓고 귀신을 제압하여 쫓았다. 결국 서계촌의 귀신들은 보탑을 피하여 동계촌으로 도망갔다. 그때 조개가 그 사실을 알고 크게 화를 내며 시내를 건너가 청석 보탑을 빼앗아 동쪽에 옮겨놓았다. 이 때문에 사람들 모두가 조개를 탁탑천왕托塔天王이라고 불렀으며 그 마을의 독보적인 유력 인사로 강호에 이름을 알렸다.

그날 아침 뇌횡과 토병은 사내를 끌고 조개의 장원 앞에 와서 문을 두드렸다. 장원 안의 장객이 누군지 알아듣고 보정에게 알렸다. 이때 조개는 아직 잠자리에서 일어나지 않았는데 뇌횡 도두가 왔다는 소리를 듣고는 서둘러 일어나 문을 열어주도록 했다. 장객이 문을 열어주자 토병들이 먼저 사내를 문간방 안에 묶어 매달았다. 뇌횡이 10여 명을 이끌고 초당 안으로 들어가 앉았다. 조개가 일어나 접대하며 인사를 마치고 물었다.

"도두, 무슨 공무로 여기까지 오셨소?"

뇌횡이 대답했다.

"지현 상공의 명을 받들어 주동과 같이 부하 토병을 이끌고 도적을 잡으러 향촌 각처를 돌다가 힘들고 피곤하여 댁에서 잠시 쉬어가려고 들렀습니다. 주무시는 보정을 깨워서 송구스럽습니다."

"괜찮소. 상관없소."

장객을 불러 술과 안주를 마련하도록 시키고 먼저 탕을 가져와 마시게 했다.

조개가 다시 물었다.

"혹시 우리 동네에서 좀도둑이라도 잡았습니까?"

"마침 이 동네를 순찰하다가 저기 앞의 영관전에 어떤 사내가 자고 있었습니다. 내 생각에 그놈은 전혀 선량한 사람 같아 보이지도 않고 게다가 술에 취해 자고 있었습니다. 그래서 그놈을 잡아 밧줄로 묶어 현 관아로 끌고 가서 지현에게 보이려고 생각했는데 시간도 너무 이르고 또 나중에 지현이 이 일에 대해 묻기라도 하면 보정께서 잘 대답하시도록 알리려고 온 것입니다. 지금 보정 댁 문간방 안에 매달아놓았습니다."

조개는 듣고서 마음속에 기억해두고 감사하며 말했다.

"도두께서 알려주셔서 감사합니다."

잠시 후 장객이 음식과 술을 들고 나왔다. 조개가 큰소리로 말했다.

"이곳은 얘기를 나누기가 마땅치 않습니다. 안채 처마 밑에서 잠시 앉아 쉬시는 것이 좋을 것 같습니다."

장객을 시켜 안에 들어가 등불을 켜고 도두를 안으로 들여 술을 마시도록 청했다. 조개가 주인 자리에 앉고 뇌횡이 손님 자리에 앉았다. 둘이 자리를 잡고 앉자 장객이 과일, 안주, 채소 그리고 접시에 가득 담긴 풍성한 음식을 차려 놓고 술을 걸렀다. 조개가 또 토병들에게 자리를 따로 마련하여 술을 접대하도록 했다. 장객이 토병들을 복도 아래로 불러 큰 접시에 고기를 담고 커다란 대접에 술을 따라주며 대접했다. 조개는 뇌횡에게 술을 대접하면서 속으로 생각했다.

'우리 마을에 무슨 좀도둑이 있다고 사람을 잡아왔지? 내가 나가서 누군지 살펴봐야겠다.'

술이 5~7차례 돌자 집사를 불러 말했다.

"도두를 모시고 잠시 앉아 있거라. 내가 잠시 측간에 가서 볼일 좀 보고 돌아오겠다."

집사가 뇌횡과 같이 앉아 술을 마셨다. 조개가 안으로 들어가 등롱을 들고 문루에 올라가 몰래 내려다보니, 토병들이 모두 술 먹으러 들어가고 밖에는 한 명도 남아 있지 않았다. 조개가 문을 지키는 장객을 불러 물었다.

"도두가 잡아온 도적은 어디에 매달려 있느냐?"

장객이 말했다.

"문간방 안에 갇혀 있습니다."

조개가 가서 문을 열고 언뜻 보니 한 사내가 방안에 높이 매달려 있었다. 상반신은 검은 피부를 드러내고 있었으며 손에 잡힐 정도로 시커먼 털이 길게 자란 두 발은 맨발 차림이었다. 조개가 등롱을 들어 사내를 가까이 비추니 얼굴은 검붉고 넓적했으며 귀밑머리 옆에 붉은 반점이 있었고 그 위에 검누런 털이 자라 있었다. 조개가 물었다.

"여보시오. 당신은 누구시오? 우리 마을에서 당신을 본 적이 없는데."

그 사내가 말했다.

"소인은 멀리에서 온 사람으로 이곳으로 어떤 사람을 찾아 의지하러 왔는데 죄 없는 나를 잡아 도적이라고 씌우니, 아니라는 것을 해명할 방법이 필요합니다."

"우리 마을 누구에게 의지하려고 찾아왔소?"

"이 마을에 사는 한 호걸에게 의지하려고 왔습니다."

"그 호걸 이름이 무엇이오?"

"조 보정이라고 합니다."

조개는 놀랐지만 모른 척하고 다시 물었다.

"그를 찾아서 무엇을 하려 하시오?"

"그는 천하에 유명한 의로운 사람이며 호걸입니다. 지금 내게 한 가지 부자가 될 방법이 있어서 알리러 왔습니다."

"그 얘긴 잠시 멈추고 그만하시오. 내가 바로 조 보정이오. 만일 내가 당신을 구할 수 있게 하려면 나를 외삼촌이라고 불러야만 하오. 잠시 후에 내가 뇌횡

도두를 데리고 나올 때 나를 외삼촌이라 부르면 내가 당신을 조카라 하겠소. 당신이 4~5세 때 이곳을 떠났다가 이번에 외삼촌을 찾아왔으므로 못 알아보았다고 말하시오.”

“만일 그렇게 해서 저를 구해주신다면 두터운 은혜에 깊은 감사를 드리겠습니다. 의사義士께서 도와주십시오!”

바로 다음과 같다.

옛 사당 안에서 세상모르게 달게 자다가
붙잡혀 문간방에 높게 매달린 신세가 되었구나.
거액의 장물 하늘도 보우하지 않으니
사내 풀어준 것 조개의 뛰어난 공적이라네.
黑甜一枕古祠中, 被獲高懸草舍東.
百萬臟私天不佑, 解圍晁蓋有奇功.

조개가 등롱을 들고 방에서 나와 그전처럼 문을 닫아 놓고 급히 안채로 돌아와 뇌횡을 보고 말했다.

“손님 대접을 소홀히 하여 죄송합니다.”

뇌횡이 말했다.

“오히려 저희가 폐를 많이 끼쳤는데, 그렇게 말씀하시는 것은 이치에 맞지 않습니다.”

두 사람이 다시 여러 잔을 같이 마시는 사이 동이 트면서 창문 사이로 햇빛이 스며들자 뇌횡이 말했다.

“해가 이미 떠올랐으니 소인은 그만 현 관아로 돌아가 출근 서명을 해야겠습니다."[2]

"도두께서 관직에 몸담고 있는 분이라 감히 더 쉬다가 가라고 잡지 못하겠소. 만일 다음에 다시 우리 마을에 공무를 보실 일이 있으시거든 무슨 일이 있어도 반드시 찾아주시오."

"나중에 다시 찾아뵙겠습니다. 보정께서는 나오지 마십시오."

"아무리 그렇더라도 장원 문어귀까지는 가야 하지 않겠소."

둘이 함께 걸어나오자 토병들은 술과 밥을 배부르게 먹고 각자 창봉을 들고 문간방에 가서 그 사내를 풀어 양손을 등 뒤로 묶고 문밖으로 데리고 나왔다. 조개가 사내를 보고는 말했다.

"덩치가 엄청 크구려!"

"이놈이 바로 영관묘 안에서 잡은 도적인데……."

말이 미처 끝나기도 전에 그 사내가 조개를 보고 소리쳤다.

"외삼촌, 나 좀 구해주세요!"

조개가 거짓으로 그를 살펴보더니 소리 질러 물었다.

"아니, 네 놈은 왕소삼王小三이 아니냐?"

"맞습니다. 외삼촌 나 좀 구해줘요."

문간방 앞에 모여 있던 모든 사람이 놀랐다. 뇌횡도 당황하여 조개를 돌아보며 물었다.

"이 사람이 누구요? 어떻게 보정을 알아봅니까?"

조개가 말했다.

"우리 외조카 왕소삼이었구나. 네놈이 어째서 사당에서 쉬고 있었느냐? 이놈은 누나의 아들인데 어렸을 때 여기서 살았었고 4~5세 때 자형과 누나를 따라

2_ 원문은 화묘畵卯인데, 당시 관아에서 일하는 사람은 매일 묘시卯時(오전 5~7시)에 관아에 가서 출근 서명을 하고 유시酉時(오후 5~7시)에 퇴근 사인을 했으므로 화묘畵卯, 화유畵酉라고 했다.

남경南京으로 이사 가서 살았습니다. 이미 떠난 지가 10여 년이 지났습니다. 이놈이 14~15세 때 동경 손님을 따라 여기로 장사하러 온 적이 한 번 있었는데 그 이후로는 본 적이 없습니다. 이놈이 사람 구실을 못한다는 소문이 들리더니, 어째서 네가 여기에 있는 것이냐? 소인이 전혀 몰라봤는데 밑머리에 이 붉은 점을 보니 어렴풋이나마 알아보겠네요."

조개가 버럭 소리를 질렀다.

"소삼아, 네가 어째서 곧바로 나를 찾아오지 않고 마을에 들어가 도둑질을 했단 말이냐!"

"외삼촌, 저는 도적질한 적 없습니다."

"네가 도적질한 적이 없다면 어째서 너를 여기까지 잡아왔겠느냐?"

토병 손에서 곤봉을 빼앗아 머리와 얼굴을 때리자 뇌횡과 토병들이 말리며 말했다.

"잠시 때리지 마시고 그의 말을 들어보시지요."

그 사내가 말했다.

"외삼촌 화를 멈추시고 제 말 좀 들어보십시오. 14~15세 때 여기에 한 번 와 봤으니 이미 10년이나 지나지 않았습니까? 어젯밤 도중에 술을 너무 많이 마셔서 감히 외삼촌을 찾아 뵐 수가 없었습니다. 임시로 사당 안에서 자고 술이 깨면 찾아오려고 했습니다. 그런데 뜻하지 않게 이 사람들이 사정을 묻지도 않고 저를 잡아온 것입니다. 저는 도적질한 적이 없습니다."

조개가 곤봉을 들어 다시 때리려고 하면서 입으로는 욕설을 퍼부었다.

"이런 짐승 같은 놈아! 네가 바로 나를 찾아오지 않고 도중에 술이나3 퍼마셨단 말이냐? 우리 집에 네가 마실 술이 없다더냐? 너 때문에 정말 창피해 죽겠다!"

3_ 원문은 '황탕黃湯'이다. 술을 가리키는데, 남이 술 마실 때 욕하는 말이다.

뇌횡이 말리면서 말했다.

"보정, 참으십시오. 보정의 조카는 도적질한 적이 없습니다. 우리는 이렇게 덩치가 큰 사내가 사당 안에서 자고 있는 것이 수상쩍었으며 또 본 적도 없고 낯이 설어 의심하고 붙잡아 여기에 끌고 온 것입니다. 만일 보정의 조카인지 알았더라면 결코 붙잡지 않았을 것입니다."

뇌횡이 재빨리 토병을 불러 빨리 묶은 밧줄을 풀어 보정에게 보내게 했고, 토병은 즉시 그 사내를 풀어줬다. 뇌횡이 말했다.

"보정, 너무 나무라지 마십시오. 조카인지 진작 알았더라면 이 지경에 이르지 않았을 것입니다. 큰 잘못을 저질렀습니다. 소인들은 이만 돌아가겠습니다."

조개가 말했다.

"도두님, 잠깐 장원 안으로 들어가시지요. 드릴 말씀이 있습니다."

뇌횡이 사내를 풀어주고 함께 초당 안으로 들어왔다. 조개가 화은花銀[4] 10냥을 꺼내 건네주며 말했다.

"도두, 작다고 나무라지 마시고 웃으며 받아주시기 바랍니다."

"이러면 안 되는데."

"만일 받지 않는다면 소인을 나무라는 것으로 알겠습니다."

"보정께서 이렇게 호의를 베푸시니 마지못해 받아놓겠습니다. 기회가 되면 나중에 보답하겠습니다."

조개가 사내를 불러 뇌횡에게 절하여 감사 인사를 하게 했다. 조개가 다시 약간의 은냥을 토병들에게 상으로 나눠주고 장원 문 앞에 나와 전송했다. 뇌횡은 작별하고 토병을 이끌고 돌아갔다.

조개가 그 사내와 뒤채로 가서 몇 벌의 옷을 꺼내 갈아입게 하고 두건도 쓰게 한 다음 성명과 어디 사람인지 물었다. 그 사내가 말했다.

4_ 화은花銀: 설화 은雪花銀으로 설문 은묘銀이라고도 한다. 순도가 높은 은사銀子를 가리킨다.

"소인의 이름은 유당劉唐이며 동로주東潞州[5] 사람입니다. 살쩍에 붉은 점이 있어서 사람들은 소인을 '적발귀赤髮鬼'라고 부릅니다. 보정 형님과 손잡고 재물을 얻을 수 있는 일이 있어서 특별히 찾아오다 어제 밤늦게 술에 취해 사당에 쓰러져 잠이 들었습니다. 그런데 뜻밖에 아까 그놈들에게 잡혀서 묶인 채 끌려왔습니다. 바로 인연이 있으면 설사 천 리나 떨어져 있어도 함께 만날 수 있고, 인연이 없으면 얼굴을 맞댈 정도로 가까이에 있다 한들 만날 수 없다는 말과 같습니다.[6] 오늘 다행히 형님 덕에 여기에 앉게 되었습니다. 형님은 자리에 앉아 이 유당의 절 사배四拜[7]를 받으십시오."

절이 끝나자 조개가 말했다.

"내게 재물을 얻을 수 있다고 했는데, 그 재물은 지금 어디에 있소?"

유당이 말했다.

"소인은 어려서부터 강호를 여기저기 수없이 떠돌아다니며 많은 곳에서 호걸들과 교제를 했습니다. 그러면서 항상 형님의 크신 명성을 들었는데 드디어 인연이 있어 만나게 되었습니다. 산동과 하북의 사상私商[8]들이 형님을 찾아와 의지하는 것을 보고 제가 감히 말씀 올리고자 합니다. 여기에 다른 바깥 사람들이 없어야 비로소 형님께 모든 것을 털어놓을 수 있습니다."

"여긴 모두 내 심복들이니 말해도 상관없소."

5_ 동로주東潞州: 『수호전전교주』에 따르면 "정목형의 『주략』에서 이르기를, '송나라의 서로주西潞州는 지금의 산시山西성 루청潞城이고 동로주는 지금의 장가만張家灣 로하역潞河驛이다'라고 했다." 그러나 송나라 때 노주潞州는 있었어도 동로주, 서로주는 없었다.

6_ 원문은 '有緣千里來相會, 無緣對面不相逢'이다. 출처는 송나라 무명씨無名氏 희곡 작품인 「장협상원張協狀元」이다.

7_ 사배四拜: 고대에 정중함을 표시하는 배례다. 이것은 고대의 통상적인 예의가 아니며 사죄의 뜻으로 행하는 예의다. 고대의 통상적인 예는 일배一拜 혹은 재배再拜였으며 설사 신하가 군주에 대해서도 재배를 하면 통했다. 명나라 때 와서 사배는 부모와 스승에게 행하던 예절로 민간에서 가장 엄숙한 예의였다.

8_ 사상私商: 본래 개인적으로 화물을 운반하는 사람을 가리켰으나 나중에는 강호에서 재물을 약탈하고 생명을 해치는 일을 가리키게 되었다.

"이 동생이 알아보니 북경 대명부 양 중서가 금은보석과 골동품 등을 10만 관에 사서 동경의 장인 채경에게 생일 선물로 보낸다고 합니다. 작년에도 금은보화 10만 관을 보냈는데 도중에 누군가에게 강탈당하고 지금까지도 잡지 못했습니다. 올해도 6월 15일 생일에 맞추어 10만 관 가격의 금은보석을 사서 조만간에 출발할 것입니다. 이 동생이 생각하기에 이것은 의롭지 못한 재물이니 뺏더라도 무슨 거리낌이 있겠습니까! 좋은 방법을 상의해 중간에 빼앗는다면 하늘이 알더라도 죄가 될 것이 없습니다. 형님은 참다운 사내이며 무예도 매우 뛰어나다고 들었습니다. 이 동생도 재주는 없지만 조금 배운 것이 있어서 장정 3~5명 정도는 말할 것도 없고 군사 1000~2000명에게 둘러싸여도 창만 있다면 두려울 것이 없습니다. 형님께서 버리지 않으신다면 이 재물을 바칠 것인데, 형님의 의향이 어떠신지 모르겠습니다."

"장하오! 이 일은 다시 상의합시다. 이미 여기까지 오면서 고생 많이 했을 텐데 사랑방에 가서 잠시 쉬시오. 내가 생각 좀 해보고 내일 다시 이야기합시다."

조개가 장객을 불러 유당을 사랑방으로 안내하여 쉬도록 했다. 장객이 방으로 안내하고 돌아갔다.

유당은 방 안에서 속으로 생각했다.

'내가 무슨 까닭으로 이런 봉변을 당해야 했단 말이냐! 다행히 조개를 만나 벗어날 수 있었다. 뇌횡 이놈이 아무 이유 없이 조 보정의 은자 10냥을 속여서 빼앗은 데다, 나를 밤새도록 매달아놓았으니 정말 화가 난다. 그놈이 아직 멀리 가지 못했을 텐데. 곤봉을 들고 쫓아가서 때려눕히고 은자를 찾다가 조개 형님에게 돌려주어야겠다. 그러면 내 억울함이 조금이라도 풀리겠지. 좋은 계책이다.'

유당이 방문을 나서며 무기를 세워 놓은 선반에서 박도를 들고 장원 문을 나와 남쪽을 향하여 한걸음에 달렸다. 이때는 날이 이미 밝았다.

북두성 기울어지자 동쪽이 밝아지려는구나. 하늘가에 새벽 하늘빛 비로소 갈라지고, 바다 끝에는 새벽녘의 별들 떨어지네. 수탉 세 번 울자 분 바르고 치장하라며 아리따운 여인 부르고, 보배로운 말 울부짖으니 길손에게 명예와 이익 다투라 재촉하는구나. 몇 줄기 붉은 노을 푸른 하늘 가로지르니, 둥글고 붉은 해 부상扶桑9에서 떠오르네.

北斗初橫, 東方欲白. 天涯曙色才分, 海角殘星漸落. 金鷄三唱, 喚佳人傅粉施朱; 寶馬頻嘶, 催行客爭名競利. 幾縷丹霞橫碧漢, 一輪紅日上扶桑.

적발귀 유당은 박도를 들고 5~6리 길을 달려갔는데, 뇌횡이 토병을 이끌고 천천히 가고 있는 것이 보였다. 유당이 쫓아가서 고함을 질렀다.

"야, 거기 도두야! 멈춰라!"

뇌횡이 놀라서 고개를 돌리니 유당이 박도를 잡고 쫓아오고 있었다. 뇌횡이 황급히 토병 손에서 박도를 빼앗아 들고는 소리쳤다.

"너 이놈이 나를 쫓아와서 어쩌겠다는 것이냐?"

"네가 사리를 알고 은자 10냥을 내게 돌려준다면 용서해주마!"

"네 외삼촌이 내게 준 것인데 너와 무슨 상관이냐? 네 외삼촌의 체면이 아니라면 네놈 목숨을 끝장내버렸을 것이다. 터무니없이 무슨 은자를 돌려달라고 하느냐?"

"내가 도적이 아닌데도 네가 밤새도록 묶어놓았다. 그리고 또 우리 외삼촌을 속여서 10냥을 얻어갔다. 네가 눈치가 있어서 나에게 돌려준다면 너그럽게 용서해주마. 네가 만일 돌려주지 않는다면 가만두지 않고 네 피를 봐야겠다!"

뇌횡은 화가 치밀어 올라 유당에게 손가락질을 하며 욕설을 퍼부었다.

9_ 부상扶桑: 태양이 떠오르는 곳을 말하며 부상은 신화 전설 속의 나무 명칭이다. 『양서梁書』 「제이전 諸夷傳·부상국扶桑國」에 따르면 "부상은 대한국大漢國 동쪽 2만 여리 떨어진 곳에 있으며 중국의 동쪽에 있다. 그 땅에는 부상 나무가 많아 부상이라 했다"고 했다.

"가문을 욕되게 하고 집안을 말아먹을 못된 도적놈아. 어디에서 감히 이런 무례를 범하느냐!"

"백성을 속여 해 처먹는 더러운 부랑자 놈이 어디서 감히 나를 욕하느냐!"

뇌횡도 유당의 욕에 뒤쳐지지 않고 받아쳤다.

"대가리도 도적놈이고 생긴 것도 도적에 심지어 뼛속조차도 도적놈! 너란 놈은 분명 조개님까지 연루시켜 욕되게 할 놈이다! 네가 아무리 도적놈의 심사를 부리더라도 나한테는 통하지 않는다!"

유당이 크게 화를 내며 말했다.

"그래, 내가 네놈과 결판을 내고 말겠다!"

박도를 잡고 뇌횡에게 곧장 달려들었다. 뇌횡은 유당이 달려오자 껄껄 웃으면서 손으로 박도를 단단히 잡고 맞섰다. 둘이 큰길가에서 결투를 벌였다.

들어갔다 물러났다 봉황이 몸을 돌리는 듯하며, 맹렬하게 부딪치는 것이 마치 매가 날개를 펼치는 듯하네. 한 명은 훌륭한 창법을 부리며 찌르고, 다른 한 명은 꾀가 있어 막아내는구나. 이쪽에서는 정자丁字 보법으로[10] 부딪쳐 들어가고, 저쪽은 사환四換 보법으로[11] 달려 들어가네. 그야말로 '능연각凌烟閣[12]엔 오르지 못할지라도 그림으로 더해져 묘사될 것이다'라고 하는 것이다.

一來一往, 似鳳翻身; 一撞一冲, 如鷹展翅. 一個照攔, 盡依良法, 一個遮攔, 自有悟頭. 這個丁字脚, 搶將入來; 那個四換頭, 奔將進去. 兩句道: 雖然不上凌烟閣, 只此堪描入畫圖.

10_ 원문은 '정자각丁字脚'이다. 보법步法으로 두 다리를 정丁자 형상으로 나타내는 것이다.
11_ 원문은 '사환두四換頭'다. 양팔과 양다리를 춤추듯 휘두르며 이동하는 보법이다.
12_ 능연각凌烟閣: 당나라 때 건설된 개국공신 초상을 그리고 제사를 받들던 누각.『당서唐書』「태종기太宗紀」에 따르면 "정관貞觀 17년(643) 2일, 공신을 능연각에 그려넣었다"고 했다.

뇌횡과 유당은 길에서 50여 합을 싸우고도 승패를 가리지 못했다. 옆에서 보고 있던 토병들은 뇌횡이 유당에게 이기지 못하는 것을 보고 같이 함께 덤비려고 했다. 그때 옆에 첫 번째 울타리 문이 열리더니 어떤 사람이 두 자루의 구리 동련銅鏈[13]을 끌고 나오며 소리쳤다.

"두 장사는 그만 싸우시오. 내가 이미 한참 지켜보았으니 잠시 쉬시오. 내가 할 말이 있소."

동련으로 둘 사이를 갈라놓자 둘은 박도를 거두고 뒤로 물러나며 다리를 멈췄다. 그 사람을 살펴보니, 수재秀才의 모습에 원통 모양의 눈썹까지 내려온 두건을 쓰고 가장자리가 검은 넓은 삼베 적삼을 입었으며 허리에 다갈색의 방울 달린 허리띠를 찼고 아래는 오색실로 짠 신발[14]에 정말淨襪[15]을 신었다. 생김새는 매우 빼어났으며 얼굴은 하얗고 수염은 길었다. 이 사람은 바로 지다성智多星 오용吳用으로 자가 학구學究이고 도호道號가 가량선생加亮先生이며 운성현 사람이다. 일찍이 오용의 장점을 찬미한 「임강선臨江仙」이란 사 한 수가 있었다.

일찍부터 만권의 경서經書 읽었고, 평생 동안 지혜롭고 교묘하며 명석했다네. 『육도六韜』와 『삼략三略』[16]을 연구하고 정통했도다. 가슴속엔 장수가 감춰져 있고, 뱃속에는 강력한 군대가 숨겨져 있구나. 모략은 감히 제갈량을 깔볼 수 있으며, 진평陳平이 어찌 그 재능을 대적할 수 있는가. 지략 펼치고 작은 계책에도 귀신도 놀란다네. 그의 자는 오 학구요 사람들은 지다성이라 부른다네.

13_ 동련銅鏈: 구리로 만든 연鏈을 말한다. 연은 간鐧이라고도 하는데, 고대 병기 가운데 하나다. 금속으로 제작했으며 검과 비슷한데, 긴 막대기 모양으로 네 각이 져 있으며 날은 없다. 상단이 약간 날카롭고 아래에 손잡이가 있다.

14_ 원문은 '사혜絲鞋'다. 오색실을 섞어 짰으며 여러 색채가 섞여서 알록달록하게 빛나는 신발이다. 수·당 시기에는 대부분 황제가 사용했는데, 명·청 시기에 와서는 선비와 평민들이 모두 사용했다.

15_ 정말淨襪: 송·명 시기에 유행했던 흰 비단 혹은 흰 베로 만든 버선이다.

16_ 육도六韜와 삼략三略은 여기서 병서와 병법 일반을 가리킨다.

萬卷經書曾讀過, 平生機巧心靈. 六韜三略究來精. 胸中藏戰將, 腹內隱雄兵. 謀略敢欺諸葛亮, 陳平豈敵才能. 略施小計鬼神驚. 字稱吳學究, 人號智多星.

오용이 손에 동련을 들고 유당을 가리키며 말했다.

"멈추시오! 당신은 어째서 도두와 싸우고 있소?"

유당이 눈을 둥그렇게 뜨고 오용을 바라보며 말했다.

"당신 같은 수재는 상관 마시오!"

뇌횡이 말했다.

"교수敎授[17]님은 모르겠지만 이놈이 밤에 홀딱 벗고 영관전에서 자고 있기에 내가 붙잡아 조 보정의 장원에 데려갔는데, 알고보니 조 보정의 외조카였습니다. 내가 외삼촌의 체면을 보아 풀어주었습니다. 조 천왕天王이 우리에게 술도 대접하고 내게 예물도 주었습니다. 그런데 이놈이 삼촌을 속이고 몰래 여기까지 쫓아와 예물을 돌려달라고 하니, 이놈이 당돌한 놈이 아니겠습니까?"

오용은 속으로 생각했다.

'조개와 나는 어려서부터 서로 사귀어서 무슨 일이 있으면 함께 상의했다. 그의 친척이라면 안면이 있어서 모두 아는데, 이런 외조카는 본 적이 없다. 또 나이도 서로 부합하지 않으니 틀림없이 뭔가 곡절이 있을 것이다. 일단 이 소란을 말리고 나중에 다시 물어봐야겠다.'

오용이 말했다.

"여보시오. 너무 고집부리지 마시오. 나는 당신 외삼촌과 지극히 친한 친구이고 이 도두와도 잘 지내는 사이요. 조 보정이 이 도두에게 인정을 썼는데 당신

17_ 교수敎授: 여기서는 사적으로 운영하는 글방 선생에 대한 존칭이다. 당나라 무덕武德(618~626) 연간 초에 군수郡守에 경학박사經學博士를 설치하여 오경교수五經敎授를 주관했는데 이것이 교수라는 칭호의 시작이다. 송나라 원풍元豊(1078~1085) 연간에 삼사三舍(태학太學을 삼사로 나누었는데, 상사上舍, 내사內舍, 외사外舍)를 일으키기 시작했고 각 노路 주군州郡과 왕부王府에 교수 한 명을 설치하기 시작했고 임기는 3년이었다. 이하 역자는 '교수' 혹은 '선생'으로 번역했다.

이 쫓아와 돌려달라고 한다면 외삼촌의 체면을 깎아내리는 일이 아니겠소. 소생小生18의 얼굴을 보고 나와 함께 외삼촌에게 말해봅시다."

유당이 말했다.

"수재, 모르면 끼어들지 마시오. 삼촌이 기꺼이 준 것이 아니고 저 자가 외삼촌을 속여서 우려낸 은냥이오. 돌려주지 않으면 맹세컨대 돌아가지 않겠소!"

뇌횡이 말했다.

"보정이 직접 와서 돌려달라면 몰라도 너에게는 돌려주지 않겠다."

"네가 남에게 누명을 씌워 도적으로 만들어 은자를 우려내놓고, 어째서 돌려주지 않느냐?"

"이것은 네 돈이 아니다. 돌려주지 않겠다. 못 돌려준다!"

"네가 돌려주지 않겠다면, 내 손의 박도가 수긍하는지 물어보는 수밖에 없지."

오용이 다시 말리며 말했다.

"두 분이 이미 한나절을 싸워서 승부가 나지 않았는데, 언제까지 싸울 작정이오?"

유당이 말했다.

"내 돈을 돌려주지 않는다면 저놈이 죽든 내가 죽든 목숨을 걸고 싸워야 끝날 것이오."

뇌횡이 크게 화를 내며 말했다.

"너를 두려워하여 토병들과 함께 공격한다면 남자도 아니다. 나 혼자 너를 찔러 쓰러뜨리고 말겠다!"

유당도 크게 성질을 내고 가슴을 두드리며 말했다.

"내가 무서워할 줄 아느냐! 두렵지 않다!"

18_ 소생小生: 옛날에 남자 혹은 독서인의 자칭이었다. 이하 역자는 상황에 따라 '나'로 번역했다.

그러고는 달려들었다. 뇌횡도 손짓 몸짓하며 욕설을 퍼붓고는 덤벼들었다. 두 사람이 죽자 사자 덤비는데 오용이 가운데서 몸으로 가로막고 말렸지만 말릴 수가 없었다. 유당은 박도를 잡고 찌르려 달려들었고 뇌횡은 이 도적 저 도둑하면서 욕을 퍼부으며 박도를 잡고 막 싸우려고 하는데 토병들이 손가락으로 가리키며 말했다.

"보정이 오십니다."

유당이 몸을 돌려 바라보니 조개가 옷을 걸치긴 걸쳤는데 앞섶을 풀어 헤친 채 큰 길로 달려오며 고함을 질렀다.

"이 짐승 같은 놈이 무례를 범하는구나!"

오용이 크게 웃으면서 말했다.

"다행이 보정이 오는 바람에 이 소란을 비로소 말리게 되었구먼."

조개가 숨을 헐떡거리며 물었다.

"왜 여기까지 쫓아와서 박도를 들고 싸우는 것이냐?"

뇌횡이 말했다.

"당신 조카가 박도를 들고 쫓아오더니 내게 은자를 달라고 했습니다. 그래서 소인이 '너에게는 돌려주지 않겠다. 보정에게 돌려줄 테니 네가 상관할 일이 아니다'라고 했습니다. 소인이 그와 50합을 싸웠는데 선생이 지금 여기서 말리고 있는 것입니다."

조개가 말했다.

"이 짐승 같은 놈! 소인은 전혀 몰랐습니다. 도두가 소인의 얼굴을 보시고 돌아가시면 며칠 뒤 제가 찾아가서 사과 말씀 올리겠습니다."

뇌횡이 말했다.

"소인도 저놈이 혼자 난동을 부린 것을 알기 때문에 신경 쓰지 않습니다. 괜히 보정님만 멀리까지 나오게 했습니다."

자별하고 돌아가니 이렇게 소동은 수습이 되었다.

한편 오용이 조개에게 말했다.

"보정이 오지 않았다면 큰일이 날 뻔했습니다. 외조카가 정말 보통이 아니오. 무예가 정말 대단합니다. 소생이 울타리 안에서 보니 박도 잘 쓰기로 유명한 뇌도두가 대적해내지 못하고 막기에 급급하더군요. 만일 몇 합만 더 싸웠더라면 뇌횡이 반드시 목숨을 잃었을 것이오. 그래서 소생이 황급하게 나와 갈라놓았소. 이 조카는 어디서 왔소? 이전에 장원에서 본 적이 없는데."

조개가 말했다.

"그렇지 않아도 선생을 우리 장원으로 불러 상의할 일이 있었소. 사람을 보내려고 했는데 이 사람이 보이지 않고 무기 받침대에 두었던 박도도 없어졌어요. 목동이 말하기를 '어떤 커다란 남자가 박도를 들고 남쪽으로 달려갔어요'라고 해서 내가 황급하게 뒤따라 왔는데 선생이 말리고 있었구려. 같이 우리 장원으로 가서 상의 좀 해야겠습니다."

오용이 서재로 가서 안에 동련을 걸어놓고는 주인장에게 부탁하며 말했다.

"학생들이 오면 오늘 선생에게 처리해야 할 사정이 있어서 임시로 하루 쉰다고 하시오."

여기에 증명하는 시가 있다.

선생의 문무 실력 뭇사람보다 뛰어나니

손에 동련을 쥐고 유당과 뇌횡의 박도를 말릴 수 있구나.

의로운 인사와 교제하며 웅대한 담론 나누길 좋아하니

어찌 학동들과 한가히 앉아 있을 수 있겠는가.

아이들은 새장 속에 갇혔던 새 날려 보낸 듯하고

개구리 떼 들판에서 마음 놓고 뛰어놀게 한 듯하네.

이때부터 선생님 사정 있어 바깥 활동 잦아졌는데

학생들 좋아했지만 부모들은 속 태우며 안달하누나.

文才不下武才高, 銅鏈猶能勸朴刀.

只愛雄談偕義士, 豈甘枯坐伴兒曹.

放他衆鳥籠中出, 許爾群蛙野外跳.

自是先生多好動, 學生歡喜主人焦.

서재 문을 닫아 자물쇠를 채우고 조개·유당과 함께 조개 장원으로 갔다. 조개가 후당 깊숙한 곳으로 인도했고 주인과 손님이 각기 제자리에 앉았다.

오용이 물었다.

"보정, 이 사람은 누구입니까?"

조개가 말했다.

"이 사람은 강호의 사내로 이름은 유당이라 하고 동로주 사람이오. 재물을 크게 챙길 수 있는 일이 있다고 특별히 나를 찾아왔소. 밤에 술에 취해서 영관묘 안에서 잠이 들었다가 뇌횡에게 붙잡혀 우리 장원으로 끌려왔는데 외조카라고 둘러대서 간신히 풀려날 수 있었소. 이 사람이 말하기를 '북경 대명부 양중서가 금은보화 10만 관 값어치를 동경의 장인 채 태사에게 생일선물로 보낸답니다. 조만간에 이곳을 지날 것인데, 이 물건은 의롭지 못한 재물이니 빼앗은들 무슨 허물이 되겠습니까!'라고 했소. 그가 찾아온 이유가 내가 꾸었던 꿈과 꼭 들어맞소. 내가 어젯밤 꿈에 북두칠성이 우리 집 용마루에 떨어졌고 북두칠성 자루의 또다른 조그만 별 하나가 하얀 빛으로 변하여 날아갔소.[19] 내 생각에 별이 우리 집을 비춘 것이 어찌 이롭지 않은 일이겠소? 오늘 아침에 선생을 청해 상의하려고 했소. 이 일은 어떻겠소?"

오용이 웃으면서 말했다.

19_ 북두칠성은 사람이 추앙을 받는 것을 비유하고 있다. 북두칠성 꿈을 꾸면 좋은 일이 올 것이라 여겼다.

"소생은 유형劉兄(유당)이 쫓아온 곡절을 보고 7~8할은 짐작하고 있었습니다. 이 일이 비록 좋긴 하지만 한 가지가 걸립니다. 사람이 많으면 할 수 없고, 너무 적어도 할 수 없습니다. 보정 댁에는 장객이 많지만 쓸 만한 자가 한 명도 없습니다. 지금 보정, 유형, 소생 세 사람만으로 어떻게 제대로 계획할 수 있겠습니까? 보정과 유형이 아무리 대단해도 이 일을 감당할 수 없습니다. 이 일은 반드시 7~8명은 되어야 할 수 있습니다. 많으면 오히려 방해만 됩니다."

조개가 말했다.

"7~8명이라면 꿈에 나타난 별의 숫자와 일치하지 않는가?"

오용이 바로 말했다.

"형장의 꿈은 보통 꿈이 아닙니다. 혹시 북쪽 땅에 도움을 줄 수 있는 사람이 있지 않을까요?"

오용이 한참을 생각하더니 이맛살을 펴고 계책을 떠올리며 말했다.

"있다, 있어!"

조개가 말했다.

"선생께서 마음에 두신 사내를 데려올 수 있다면 즉시 청해 오셔서 이 일을 성사시킵시다."

오용은 침착하게 두 손가락을 번갈아 내밀며 몇 마디 말을 했다. 나누어 서술하면, 동계촌 장원에 모인 의로운 사내들은 강도가 되고, 석갈촌의 고깃배가 전선戰船이 되었다. 바로 군대를 지휘하며 위로 하늘의 일까지 말하지 않는 것이 없고[20], 강을 뒤집고 바다를 휘젓는 세력이 거대한 사람을 속이게 된 것이다.

결국 지다성 오용이 어떤 사람을 말하는지는 다음 회에 설명하노라.

20_ 원문은 '설지담천구說地談天口'인데, 언변이 능하고 웅대하고 기괴한 일을 담론하는 것을 가리킨다. '담천談天'은 전국시대 때 음양가陰陽家인 추연騶衍이 오덕종시五德終始는 천지와 같이 광대한 일을 모두 말했으므로 담천이라 불렸다.

적발귀赤髮鬼 유당劉唐

본문에 "살쩍(관자놀이와 귀 사이에 난 머리털)에 붉은 점이 있어서 사람들은 소인을 '적발귀赤髮鬼'라고 부릅니다"라는 구절이 있다. 유당의 별명을 『송강삼십육인찬宋江三十六人贊』에서는 '척팔퇴尺八腿'라 했는데, 『대송선화유사』에서는 '적발귀'라고 했다. '척팔퇴'는 '다리 길이가 8척'이라는 의미로 송나라 때 1척은 31.2센티미터였다. '적발귀'는 신체 형상으로 별명을 지은 것으로 후한 때 장형張衡의 「서경부西京賦」에 '朱鬢鬅鬈, 植髮如竿'이라는 구절이 있는데, 이것은 살쩍이 붉은색으로 두발이 모두 대나무 장대처럼 서 있다는 의미다. 이것이 '적발귀'라는 별명의 유래인 듯하다. 적발귀(chi fa gui)와 척팔퇴(chi ba tui)는 의미상 서로 연관이 없고 음을 비슷하게 맞춘 것이라 할 수 있다.

보정保正

송나라 때 왕안석王安石은 진나라 상앙商鞅이 시행했던 십오법什伍法을 모방하여 지방의 주현과 향촌에 보갑保甲을 설립하여 엄격한 치안을 구축했다. 보정은 송나라의 치안 유지를 위한 기본 군중 조직의 우두머리라 할 수 있다. 왕안석은 지방 군사 조직의 형식을 개혁했는데 대표적인 것이 보갑법保甲法이다. 이것은 신종神宗 희녕熙寧 3년(1070) 12월에 시행되었다. 10가구를 조직하여 1보保라 하고 재능 있는 자를 선발하여 보장保長으로 삼고, 5보를 대보大保라 하고 한 사람을 선발하여 대보장大保長이라 했으며, 10개의 대보를 1도보都保라 했는데 품행과 재력이 있으며 용감하여 사람들이 복종하는 자 2명을 선발하여 도보정都保正, 부도보정副都保正이라 했다. 즉 보정은 500호의 장長이다.

탁탑천왕托塔天王 조개晁蓋

『선화유사』에도 조개라는 인물이 등장한다. 『수호전보증본』에 따르면 "건륭乾隆 40년(1716) 『조씨종보晁氏宗譜』에 9대조 '조합晁盒'이 있는데 종족 사람들은 그를

'조개晁蓋'라 불렸으며 모반을 했기 때문에 족보에 올리지 않았다. 『조씨종보』에 또한 5대조 조보지晁補之(1053~1110)가 기재되어 있는데, 운성현 조씨 가족의 시조라 했다. 조합이 조개라면 양산박의 조개는 아니다. 또한 조사에 근거하면 지금 운성현 조씨 장원에는 100여 가구가 살고 있고 모두 조씨 성을 가지고 있으며 자칭 조개의 후손이라 하는데 부근에 조개의 묘를 세웠다"고 했다. 탁탑천왕托塔天王은 불교에서 사대천왕의 한 사람으로 북방의 다문천왕多聞天王을 말한다. 범어로 바이스라바나Vaisravana이고 비사문천毘沙門天이라고 한다. 북방을 수호하는 신이며 복을 주는 천신이다. 손바닥에 사리탑을 들고 다니므로 탁탑천왕이라고 한다.

지다성智多星 오용吳用

『선화유사』에서는 '지다성 오가량吳加亮'으로 기재하고 있고, 『수호전』 이전에는 '오 학구' 혹은 '오 가량'이라 했으며 '오용'이라 하지는 않았다. 또한 오용의 자를 본문에서 '학구學究'라 한 것은 잘못이다. '학구'는 자가 아니다. '학구'는 원래 당나라 과거제도에서 나온 말이다. 당나라 과거제도에는 '진사進士' '명경明經' 등의 종류가 있었고, '명경'은 또 '오경五經' '삼경三經' '이경二經' '일경一經'으로 나뉘었는데, '명일경明一經'을 '학구일경學究一經'이라 했다. 여기서 말하는 '경經'은 유가儒家 경서를 가리킨다. 즉, 오경은 『역易』 『시詩』 『서書』 『예禮』 『춘추春秋』를 말한다. 과거에 응시하는 자들은 오경 시험에 응시해야 했는데, 이것을 '학구'라 했다. '학구일경'은 즉 한 부의 경서를 통달하는 것을 말한다. 이 때문에 민간에서는 일반적으로 독서인을 '학구'라 불렸다.

오 학구吳學究(학구는 오용의 자)가 말했다.

"내가 곰곰이 생각해보니 세 사람이 있는데, 의롭고 담력이 있으며 무예도 뛰어나고 물불을 가리지 않아 생사를 같이 할 수 있을 것입니다. 이들을 얻을 수 있어야 비로소 이 일을 완수할 수 있을 것입니다."

조개가 말했다.

"그 세 사람은 어떤 사람이오? 성은 무엇이고 이름은 무엇이오? 어디에 살고 있소?"

"이 세 사람은 삼형제로 제주 양산박 주변 석갈촌石碣村에 삽니다. 평소에 물고기를 잡아먹고 사는데 호수 주변에서 강도질을 한 적도 있습니다. 성은 완阮2입니다. 형제 세 사람은 입지태세立地太歲라고 불리는 완소이阮小二, 단명이

1_ 제15회 제목은 '吳學究說三阮撞籌(오 학구가 삼완 형제를 끌어들이다). 公孫勝應七星聚義(공손승이 북두칠성에 부응하여 의로운 일에 합류하다)'다.

2_ '阮'이 음은 본래 '인'인데, 많은 지고에서 '원(ruan)'으로 표기되고 있다. 역자 또한 '완'으로 표기했다.

랑短命二郎 완소오阮小五, 활염라活閻羅 완소칠阮小七로 친형제간입니다. 소생이 이전에 석갈촌에서 몇 년을 살았는데 세 형제가 비록 글은 모르지만 사람들과 교류하는 것을 살펴보니 진정 의기가 있는 사내들이었습니다. 그래서 그들과 왕래했었는데, 지금 이미 2년 동안 만나지 못했습니다. 만일 이 세 사람을 끌어들인다면 일은 반드시 성공할 것입니다."

"나도 완씨 삼형제의 이름을 들은 적은 있지만 만나지는 못했소. 석갈촌이 여기에서 100리도 안 되는 거리이니 사람을 보내 그들을 불러서 상의하는 것이 좋지 않겠소?"

"사람을 시켜 부른다고 오겠습니까? 소생이 반드시 찾아가서 세치 혀로 우리 일에 가담하도록 그들을 설득하겠습니다."

조개가 크게 기뻐하며 말했다.

"선생의 고견입니다. 언제 가실 수 있습니까?"

"빨리 서둘러야 합니다. 오늘 밤 3경에 출발하면 내일 정오에는 그곳에 도착할 것입니다."

"좋습니다."

조개가 장객을 불러 술과 음식을 준비하여 함께 먹었다. 오용이 말했다.

"북경에서 동경까지 가본 적은 있지만 '생신강生辰綱'³이 어느 길로 지날지는 아직 알 수 없습니다. 유형께서 번거롭더라도 밤에 북경 길로 가서 언제 출발하는지 알아보고 어떤 길로 지나갈지도 확인해 보십시오."

유당이 말했다.

"오늘 밤 바로 출발하겠습니다."

오용이 말했다.

3_ 생신강生辰綱: 무리를 이루어 생일 예물을 운송하는 거마 혹은 짐을 짊어지고 운송하는 대오를 가리킨다.

"잠깐만요. 채경의 생일은 6월 15일이고 지금은 5월 초이니 아직 40~50일이 남았습니다. 소생이 먼저 완씨 삼형제에게 가서 설득하고 돌아오면 유형은 그때 출발하십시오."

조개가 말했다.

"그것도 그렇군요. 유형은 우리 장원에 머물면서 기다리시오."

장황한 말은 그만두고 본론으로 들어가서, 그날 하루 종일 밤늦도록 술과 음식을 먹었다. 오용이 3경에 일어나 이 닦고 세수한 뒤 아침밥을 먹고 약간의 은냥을 얻어 몸에 챙겨 넣고 짚신을 신었다. 조개와 유당이 장원 문 앞까지 나와 배웅했다. 오용은 밤새도록 석갈촌으로 발길을 재촉했다. 이날 정오쯤에 마을에 도착했다. 그 마을을 보니,

푸르른 울창한 산봉우리들 겹겹으로 포개져 있고, 바람에 흔들리는 파랗고 긴 뽕나무 가지들 구름처럼 덮였구나. 사방에 흐르는 물은 외딴 마을을 감돌고, 몇 군데 대나무 숲 따라 오솔길 이어져 있네. 시냇가 초가집 처마엔 오래된 나무들 숲을 이루고 있도다. 울타리 밖에는 주점 깃발 높이 걸려 있고, 버드나무 아래 그늘엔 고깃배 한가히 매여 있구나.
青鬱鬱山峰迭翠, 綠依依桑柘堆雲. 四邊流水繞孤村, 幾處疏篁沿小徑. 茅檐傍澗, 古木成林. 籬外高懸沽酒旆, 柳陰閑纜釣魚船.

오용은 길을 잘 알고 있었으므로 남에게 물을 것도 없이 석갈촌에 당도했고 곧장 완소이 집으로 갔다. 집 문 앞에 도착해서 바라보니, 낡은 말뚝에 작은 어선 여러 척이 매여 있고 듬성듬성하게 엮은 울타리 밖에 찢어진 어망을 햇볕에 말리고 있었다. 마을은 산에 기대어 물가에 자리잡았는데 초가집이 10여 채 있었다. 오용이 소리 질렀다.

"소이 형제 집에 계신가?"

안에서 한 사람이 걸어나왔는데, 어떻게 생겼을까?

움푹 들어간 얼굴에 곤두선 두 눈썹, 뺨에는 네모진 구레나룻 이어져 있네. 앞
가슴은 온통 누런 털 덮여 있고, 등에는 불끈 일어선 두 줄기 근육 단단하구
나. 두 팔엔 천근 넘는 힘 넘쳐나고, 눈에선 수 만 줄의 섬뜩한 빛 발산하누나.
시골의 어부에 불과하다 하지 말라, 바로 인간의 진정한 태세太歲로다.
瞤兜臉兩眉竪起, 略綽口四面連拳. 胸前一帶蓋膽黃毛, 背上兩枝橫生板肋. 臂膊
有千百斤氣力, 眼睛射幾萬道寒光. 休言村里一漁人, 便是人間眞太歲.

완소이가 걸어나왔는데, 그는 머리에 낡은 두건을 쓰고 몸에 오래된 의복을
걸치고 맨발인 채로 오용을 보고는 황망하게 인사하며 말했다.
"선생께서 무슨 바람이 불었기에 여기까지 찾아오셨습니까?"
오용이 대답했다.
"사소한 일이 있어서 일부러 소이에게 부탁하러왔네."
"무슨 일이십니까? 말씀하세요."
"내가 여기를 떠난 지 이미 2년이나 되었네. 지금은 부잣집 문관門館[4]이 되
었지. 그 집에서 잔치를 벌이는데 14~15근 되는 금빛 잉어 10여 마리 쓰려고 일
부러 자네를 찾아왔다네."
완소이가 소리 내어 웃으면서 말했다.
"먼저 소인과 술이나 한잔 마시며 이야기합시다."
"내가 온 뜻이 바로 소이랑 술 한잔 마시는 것이네."
"호수 건너편에 주점이 몇 곳 있는데, 우리 배 타고 거기 가서 마십시다."

4_ 문관門館: 가정교사를 말한다. 뒤에서 '문관선생門館先生' '문관교수門館教授' '관객館客'이라고도 표기
  하는데, 의미는 같다.

"좋지. 소오와도 할 말이 있는데 집에 있나?"

"같이 가서 찾아보지요."

완소이가 호숫가 선착장에 가서 낡은 말뚝에 묶은 줄을 풀고 오용을 부축하여 태우고 나무 밑동에서 노를 집어 들고 배를 저었다. 배를 저어 호수로 나가는데 완소이가 손을 흔들며 소리쳤다.

"소칠아, 소오 봤느냐?"

오용이 보니 갈대 숲 안에서 배 한 척이 노를 저어 나왔다. 그 사내는 어떻게 생겼을까?

얼굴에 너저분하게 튀어나온 혹들은 괴상하고, 튀어나온 두 눈알은 영리하고 민첩해 보이네. 볼에는 들쑥날쑥한 노르스름한 수염, 몸에는 시커먼 반점 얼룩져 있구나. 생철을 두드려 만든 것 같고, 녹슨 구리로 주조한 듯 의심이 드네. 태어날 때 진오도真五道5가 내려왔다 하여, 마을에선 활염라라 부른다네.

疙疸臉橫生怪肉, 玲瓏眼突出雙睛. 腮邊長短淡黃須, 身上交加烏黑點. 渾如生鐵打成, 疑是頑銅鑄就. 世上降生真五道, 村中喚作活閻羅.

완소칠은 머리에 햇빛을 가리기 위해 검은 약립笠6을 쓰고, 바둑판 형태로 짠 직물 조끼7를 입었으며 염색하지 않은 베로 만든 보자기를 묶고서 배를 저어오며 물었다.

"형, 소오 형은 왜 찾아요?"

오용이 소칠을 부르며 말했다.

5_ 진오도真五道: 패도霸道의 사람을 비유한 것이다. 오도五道는 오도장군五道將軍, 오도신五道神이라고도 부른다. 전설에 동악東嶽에 속하는 신으로 사람의 생사를 주관한다고 전해진다.

6_ 약립笠: 얼룩조릿대 잎 혹은 대껍질을 엮어 만든 넓은 모자로 비나 햇빛을 막는 데 사용했다.

7 원문은 '배심褙心'인데, 깃과 소매가 없는 상의를 말한다. 여기는 '조끼'로 번역했다.

"소칠, 내가 자네들에게 부탁할 것이 있어서 이야기 좀 하려고 그러네."

완소칠이 말했다.

"선생님, 알아보지 못해 용서하시오. 오랜만입니다."

"소이랑 같이 술 한잔 마시러 가세."

"소인도 선생님과 술 한잔 하고 싶었는데 한동안 만나지를 못했습니다."

두 척의 배가 호수에서 앞서거니 뒤서거니 저어가더니 얼마 후 도착한 곳은 주위가 모두 물이었고 작은 토산에 초가가 7~8채 있었다. 완소이가 말했다.

"엄마, 소오는 어디 갔어요?"

노파가 말했다.

"말도 마라. 고기는 안 잡고 매일 도박만 하다가 푼돈도 없이 모조리 잃고 방금 내 머리 비녀를 가지고 진鎭에 도박하러 갔다."

완소이가 껄껄 웃으며 배를 저었다. 완소칠이 뒤에서 배를 저어 따라오며 말했다.

"형님은 왜 그런지 모르겠지만 도박만 하면 지는데 재수가 없어서 그렇겠지! 사실 형님만 지는 것이 아니라 나도 홀랑 털렸다니까."

오용이 속으로 생각했다.

'너희가 내 꾀에 걸려들었구나.'

배 두 척이 석갈촌 진으로 나란히 갔다. 한 시간 정도 저으니 외나무다리 옆에 한 사내가 동전 두 꾸러미를 들고 배를 풀고 있었다. 완소이가 말했다.

"소오가 왔다."

오용이 바라보니,

두 손은 거의 쇠몽둥이 같고 두 눈은 마치 구리방울 같네. 비록 웃음 띤 얼굴이지만 미간엔 살기를 띠고 있구나. 불의의 화를 발생시키고, 의외의 재난도 잘 일으키네. 주먹 휘두르면 사자도 심장 오싹해지고, 발길질하면 독사도 간담이 서늘해지누나. 어느 곳이든 역병을 전파시키는 악인은 바로 단명이랑이구나.

一雙手渾如鐵棒, 兩只眼有似銅鈴. 面上雖有些笑容, 眉間却帶着殺氣. 能生橫禍, 善降非災. 拳打來, 獅子心寒; 脚踢處, 蚖蛇喪膽. 何處覓行瘟使者, 只此是短命二郎.

완소오는 낡은 두건을 비스듬히 쓰고 구레나룻 옆에 석류꽃 한 송이를 꽂았으며 낡은 무명 적삼을 걸쳤는데 열린 앞섶 사이로 가슴에 새긴 짙푸른 표범 문신을 드러내 보였다. 안에 바지를 접어 묶었고 위에 바둑판 형태로 짠 직물 수건을 둘렀다. 오용이 소리쳤다.

"소오, 돈 좀 땄는가?"[8]

완소오가 말했다.

"누군가 했더니 선생님이셨구려. 벌써 뵌 지가 2년이나 지났소. 내가 다리 위에서 누군가 하고 한참을 쳐다봤어요."

완소이가 말했다.

"내가 선생님하고 네 집에 가서 찾았더니 어머니가 진으로 도박하러 갔다고 해서 여기로 찾아왔다. 물가의 누각에 가서 선생님과 술 한잔 하자."

완소오가 서둘러 다리 옆으로 가서 줄을 풀어 배를 타며 자작나무 노를 잡고 저었다. 배 세 척이 나란히 물길을 헤치고 나갔다. 잠시 후 배는 물가 누각 주점 앞에 이르렀다. 살펴보니,

앞쪽은 호수이고, 뒤에도 물 가운데를 비추고 있네. 수십 그루의 회화나무와 버드나무 푸르름은 연기와 같고, 한 쌍의 흔들리는 연꽃은 붉게 물을 비추고 있구나. 시원한 정자에서 창문 열어젖히니 청록색 난간이고, 물가의 누각에서는 붉은 발 바람에 흔들리네. 악양루岳陽樓[9]에서 세 번 취했다고 말하지 말라,

8_ 월몬을 '득채得采'인데, '채采'는 주시위 던지기 도박에서 뺀 돈을 가리킨다.

여기가 바로 봉래산蓬萊山에 놀러온 손님이 된 것일세.

前臨湖泊, 後映波心. 數十株槐柳綠如烟, 一兩蕩荷花紅照水. 凉亭上窗開碧檻, 水閣中風動朱帘. 休言三醉岳陽樓, 只此便爲蓬島客.

세 척의 배는 못 가운데 지어진 정자 아래 연꽃 늪 속을 저어 들어가서 배를 맸다. 오용을 부축하고 내려 누각 주점으로 들어가 붉게 칠한 탁자 걸상에 앉았다. 완소이가 말했다.

"선생님, 우리 삼형제가 거칠고 저속하다고 탓하지 마시고 상좌에 앉으시지요."

오용이 말했다.

"그러면 쓰나. 안 되지."

완소칠이 말했다.

"형님, 주인자리에 앉으시고 선생님을 손님 자리에 앉히시오. 우리 둘은 그냥 대충 앉겠습니다."

오용이 말했다.

"소칠이가 확실히 성격이 급해."

네 사람이 자리를 잡고 주보를 불러 술 한 통을 샀다. 점소이가 커다란 잔 네 개와 젓가락 네 개, 채소 네 판을 놓고 술 한 통을 탁자에 올려놓았다. 완소칠이 물었다.

"안주는 무엇으로 할까요?"

점원이 말했다.

"새로 잡은 황소의 비계가 떡10 같아 아주 맛있습니다!"

9_ 악양루岳陽樓: 전설 속의 신선인 여동빈呂洞賓이 세 번이나 악양루에서 취했다고 한다. 악양루는 지금의 후난성 웨양岳陽에 위치해 있다.

10_ 원문은 '화고花糕'다. 옛날 중양절重陽節에 관습적으로 먹었던 일종의 시루떡으로 사탕과 밀가루를

완소이가 말했다.

"큼직하게 10근 가져오너라."

완소오가 말했다.

"선생님 비웃지 마시오. 별로 대접해드릴 게 없습니다."

오용이 말했다.

"아닐세. 오히려 내가 자네들에게 폐를 끼치고 번거롭게 하네."

완소이가 말했다.

"그런 말씀 마십시오."

점원을 재촉해서 술을 거르게 했고 이미 소고기 두 판을 썰어 탁자 위에 내려놓았다. 완씨 삼형제가 고기를 권했으나 오용은 몇 점 먹고 더 이상 먹을 수가 없었다. 삼형제는 굶주린 승냥이와 범처럼 게걸스럽게 먹어치웠다.

완소오가 물었다.

"선생님은 무슨 일로 오셨습니까?"

완소이가 말했다.

"선생님이 지금 대부호 집에 가정교사(개인 글방 훈장을)를 하고 있다네. 오늘 무게가 14~15근 정도 되는 금빛 잉어 10여 마리를 사러 오셨는데, 그래서 특별히 우리를 찾아오셨어."

완소칠이 말했다.

"예전이라면 30~50마리라도 문제없지요. 10여 마리는 말할 것도 없고 더 많더라도 우리 형제가 충분히 책임질 수 있었어요. 그런데 지금은 10근 나가는 것도 잡기 어려워요."

완소오가 말했다.

혼합하여 발효시킨 뒤 중간에 각종 색깔의 과실을 끼워 넣어 여러 층으로 만든 것이다. 여기서는 화로로 삼겹살을 미유한 것이나. 넉사는 '벅'으로 먼먹했나.

"선생님이 멀리서 왔으니 우리가 어떻게 해서라도 5~6근짜리로 10여 마리라도 보내드려야지."

오용이 말했다.

"내가 은냥은 넉넉히 가져왔으니 가격은 맘대로 정하게. 단지 작은 것은 안 되고 14~15근은 되어야 한다네."

완소칠이 말했다.

"선생님, 어디 다른 곳에 가도 얻어올 수 없어요. 소오 형이 말한 5~6근짜리도 오늘은 부족합니다. 며칠 뒤에나 가능해요. 내 배에 잡아놓은 작은 물고기 한 통이 있으니 가져다 먹읍시다."

완소칠이 배에 가서 대략 5~6근이 되어 보이는 물고기 한 통을 가져다 부엌으로 가서 요리하여 세 접시에 담아 탁자에 올렸다. 완소칠이 말했다.

"선생님, 이거라도 좀 드세요."

네 사람이 한바탕 먹고 마시는 동안 날은 점차 저물어 어두워졌다. 오용이 속으로 생각했다.

'이 주점에서 얘기하기는 어렵겠군. 오늘 밤은 이 사람들 집에서 같이 자면서 그곳에서 해야겠다.'

완소이가 말했다.

"오늘은 날도 저물었으니 선생님은 임시로 저희 집에서 하루 주무시고 내일 다시 상의하시는 게 어떨지요."

오용이 말했다.

"내가 오늘 여기 천신만고 끝에 찾아와 다행히 형제들과 함께하게 되었네. 지금 여기 술값은 자네들이 나더러 내게 하지는 않을 것 같네. 그러면 내가 은자가 좀 있으니 여기서 술 한 독과 고기도 사고 또 마을에서 닭도 한 마리 잡아 오늘 밤 소이 집에서 머물면서 밤새 함께 먹고 마시는 것이 어떻겠는가?"

완소이가 말했다.

"안됩니다. 어떻게 선생님더러 돈을 쓰라고 하겠습니까! 우리 형제들이 알아서 해결할 테니 준비는 걱정 마십시오."

오용이 말했다.

"진작 세 형제를 한 번 청하려 했었네. 만일 내 말을 따르지 않는다면 오늘은 그만 물러나겠네."

완소칠이 말했다.

"선생님이 그렇게 말씀하니 오늘은 그대로 따르고 나중에 다시 이야기합시다."

오용이 말했다.

"역시 소칠이 성격이 시원시원하군."

오용이 은자 한 냥을 꺼내서 완소칠에게 주니, 소칠은 주인에게 큰 술독을 빌려서 술을 담았다. 날 것과 삶은 소고기 20근, 닭 한 마리를 샀다. 완소이가 말했다.

"우리 술값을 모두 합쳐서 계산하게."

주점 주인이 대답했다.

"그러세요. 좋습니다."

네 사람은 주점을 나와 다시 배에 타고 술과 고기를 배 선창 안에 두고 밧줄을 풀고 노를 저어 완소이 집으로 갔다. 문 앞에 도착해 배에서 내리고 전에 묶었던 말뚝에 배를 묶었다. 술과 고기를 들고 다 같이 집 뒤로 가서 앉고 등불을 켰다. 원래 완씨 삼형제 중에 완소이만 결혼하여 가족이 있고 완소오와 완소칠은 아직 장가를 들지 않았다. 네 명이 완소이 집 뒤쪽 물가 정자에 앉았다. 완소칠이 닭을 잡아 형수와 아이를 불러 주방에서 요리하도록 했다. 대략 1경(밤 7~9시)쯤 술과 고기를 탁자 위에 차렸다.

오용이 형제들에게 술을 몇 잔 먹이고 물고기 사는 일을 끄집어내며 말했다.

"여기 이렇게 큰 호수에 이떻게 그만한 큰 물고기가 없단 말인가!"

완소이가 말했다.

"선생님께 사실대로 말하면 그런 큰 고기는 양산박 안에만 있어요. 여기 석갈촌은 좁아서 그런 큰 물고기는 살 수가 없어요."

"여기하고 양산박은 멀지도 않고 일맥상통하는 같은 호수인데 어째서 그곳에 가서 잡지 않는가?"

완소이가 탄식하며 말했다.

"말도 마십시오!"

오용이 다시 물었다.

"소이는 어째서 그렇게 한숨을 쉬는가?"

완소오가 말을 이었다.

"선생님께서 모르시겠지만 전에 양산박은 우리 형제의 옷이며 밥사발이었는데 지금은 절대 갈 수 없는 곳입니다."

"이렇게 넓은 곳을 관아에서 고기를 잡지 말라고 금지시키기라도 했단 말인가?"

"어떤 관아가 감히 고기잡이를 금지시키겠습니까? 염라대왕이 살아오더라도 금지시킬 수 없지요!"

"관부가 금지시키지 않았다면 어째서 절대 가면 안 된다는 것인가?"

"선생님이 정말 모른다면 말씀드리겠습니다."

"나는 정말 모른다네."

완소칠이 뒤를 이어서 말했다.

"이 양산박이라는 곳은 정말 한마디로 말하기 어렵습니다! 지금 이 호수를 새로운 도적들이 점령하여 우리가 고기 잡는 것을 허락하지 않습니다."

"그래? 나는 몰랐네. 원래 도적이 있었다니 내가 있는 곳에서는 듣지 못했네."

"저기 양산박 강도 두목은 과거에 낙방한 수재인데 백의수사 왕륜이라고 합니다. 둘째 두령은 모착천 두천이고 셋째 두령은 운리금강 송만입니다. 그 밑으로 한지홀률 주귀가 지금 이가도구李家道口에 주점을 열고 전문적으로 소식을 염탐하고 있습니다. 이것도 별로 어렵지 않습니다. 그런데 지금 새로 또 한 명의 호걸이 왔다는데 동경 금군 교두 출신으로 무슨 표자두 임충이라는데 무술 실력이 대단합니다. 이 도적놈들이 500~700명 떼를 이뤄 민가를 습격하여 노략질하고 오가는 길손을 강탈하고 있습니다. 그래서 이미 1년이나 그곳에 고기를 잡으러 가지 못하고 있습니다. 저들이 호수를 차지하고 통제하는 바람에 저희들 밥줄이 끊어졌는데, 이루 다 설명할 수 없네요."

"나는 정말 이런 줄은 몰랐네. 어째서 관아에서 저들을 잡지 않나?"

완소오가 말했다.

"지금 저 관리라는 것들이 가는 곳마다 백성에게 해를 끼칩니다. 마을에 한 번 나오면 먼저 민가에서 기르는 돼지·양·닭·거위 할 것 없이 닥치는 대로 먹어치우고 재물까지 바치게 합니다. 지금 저런 놈들이 무슨 도적을 잡는 관군입니까! 어디 감히 마을에 오기나 하겠습니까! 만일 윗대가리들이 도적 잡으라고 보내면 놀라 오줌이나 질질 흘리지 똑바로 쳐다보기나 하겠어요!"

완소이가 말했다.

"그래서 비록 큰 고기는 못 잡지만 세금하고 노역은 조금 줄었지요."

오용이 말했다.

"그렇다면 도리어 저놈들만 신났구먼!"

완소오가 말했다.

"저놈들은 천지사방에 두려울 것이 없고 관아조차 두려워하지 않아요. 빼앗은 금은을 저울로 달아 나누어 갖고, 비단옷을 걸치며, 술은 항아리로 마시고, 고기는 덩어리로 뜯어 먹으니 어찌 유쾌하지 않겠소! 우리 삼형제는 덩치만 멀쩡했지 언제 저들처럼 살아보겠소!"

오용은 듣고서 속으로 좋아하며 혼잣말했다.

'이제 슬슬 이야기를 꺼낼 때가 되었군.'

완소칠이 말했다.

"사람의 일생은 봄에 나서 가을에 죽는 풀꽃처럼 짧다'[11]고 하지 않소. 평생 고기나 잡으며 이렇게 사느니 차라리 하루라도 저들처럼 신나게 살아보고 싶어 요!"

오용이 말했다.

"그런 짓을 배워서 무엇 하려고? 저들이 하는 짓은 몽둥이로 50~70대는 족히 맞을 죄를 짓는 것 아닌가. 부질없이 그런 위엄을 부린들 소용없는 것 아니겠는가? 만일 관아에 잡힌다면 스스로가 저지른 죄이지."

완소이가 말했다.

"지금 관아에서 하는 짓거리가 어떤 분명한 것도 없고 엉터리이니 큰 죄악을 저질러도 아무 일도 없지 않소! 우리 형제는 즐겁게 살 수도 없으니, 만일 누구라도 우리를 끌어준다면 따라가면 그만이지."

완소오가 말했다.

"나도 항상 그렇게 생각했소. 우리 삼형제의 실력이면 남보다 못할 것이 없소. 하지만 누가 우리를 알아주겠소?"

오용이 말했다.

"만일 정말로 자네들을 알아주는 사람이 있다면 기꺼이 가겠는가?"

완소칠이 말했다.

"우리를 알아주는 사람이 있다면 물에 뛰어들라고 하면 뛰어들고 불 속에 들어가라고 하면 들어가겠소. 만일 하루라도 저들처럼 살 수 있다면 죽어도 기뻐하면서 죽겠소."

오용이 속으로 생각하며 말했다.

'이 세 사람 모두 그런 생각이 있으니 이제 천천히 꾀어야겠다.'

11_ 원문은 '人生一世, 草生一秋'다.

오용은 다시 세 사람에게 술을 권하며 두 순배가 돌았다. 바로 다음과 같다.

간사한 자 굴복시킴에 재능 있으니, 하늘이 재난을 내려보냈구나.
완씨 삼형제 시험해보니, 불의로 모은 재물 생신예물 빼앗을 것이네.
只爲奸邪屈有才, 天敎惡曜下凡來.
試看阮氏三兄弟, 劫取生辰不義財.

오용이 다시 말했다.

"자네 셋은 감히 양산박에 올라가서 이 도적들을 잡을 수 있겠는가?"

완소칠이 말했다.

"잡을 수는 있지만 어디 가서 상을 받겠소? 그랬다가 강호의 호걸들에게 웃음거리나 되겠지요."

오용이 말했다.

"내 생각이 짧았네. 만일 자네들이 고기 잡는 것이 돈이 안 되어서 한스럽다면 저들에게 가서 한패가 되면 좋지 않겠는가?"

완소이가 말했다.

"선생님, 우리 형제가 몇 번이나 상의해서 도적이 되려고 했는지 모르실 겁니다. 그런데 저 백의수사 왕륜의 부하들이 하는 말이 두목의 도량이 좁아서 남을 받아들이지 않는다고 합니다. 저번에 동경 임충이 산에 올라가서 갖은 고생을 다했다고 말하더군요. 왕륜이란 놈이 제 마음대로 사람을 쓰려 하지 않아서 우리 형제는 그 꼴을 당하느니 그냥 다 같이 포기해버렸습니다."

완소칠이 말했다.

"그들이 만일 형님처럼 이렇게 대범해서 우리 형제를 사랑한다면 얼마나 좋겠습니까!"

완소오가 말했다.

"저 왕륜이 만일 선생님처럼 이렇게 정이 있었다면 일찌감치 달려갔지 오늘까지 기다리지 않았소. 우리 삼형제는 목숨이라도 기꺼이 내놓을 것이오!"

오용이 말했다.

"나 정도야 어찌 말을 꺼낼 만하겠는가! 꺼내기도 민망하지 않겠나? 지금 산동이나 하북에 영웅호걸이 얼마나 많은데!"

완소이가 말했다.

"영웅호걸이야 많지만 우리 형제는 만난 적이 없습니다."

"운성현 동계촌 조 보정을 자네들은 알고 있지 않은가?"

완소오가 말했다.

"탁탑천왕이라는 조개를 말하는 것이 아니요?"

"바로 그 사람이라네."

완소칠이 말했다.

"비록 우리와 거리가 100리밖에 안 되지만 인연이 없어서 소문만 듣고 만난 적은 없습니다."

"이렇게 의를 중하게 여기고 재물을 가볍게 보는 사람을 어째서 찾아가 만나지 않았는가!"

완소이가 말했다.

"우리 형제들은 그 사람과 일이 없고 가서 본적이 없기 때문에 서로 만나지 못했습니다."

"내가 요 몇 년간 조 보정의 장원 부근에서 시골 서당 훈장 노릇을 했다네. 근래에 조 보정에게 재물을 벌 수 있는 기회가 생겼다는 말을 듣고 일부러 자네들과 의논하러 온 것이네. 조 보정이 재물을 취하기 전에 우리가 그보다 먼저 중간에 막고 빼앗는 것은 어떻겠는가?"

완소오가 말했다.

"그래서는 안 되죠. 그는 의를 중하게 여기고 재물을 가볍게 보는 사람인데 우리가 그의 일을 망친다면 강호의 사내들이 우리를 비웃을 겁니다."

"자네 형제들의 심지가 굳지 못하다고 생각했는데 정말로 의리가 있군. 자네들이 과연 협조할 마음이 있으니 사실대로 말해주지. 나는 지금 조 보정의 장원에서 머물고 있다네. 보정이 자네 삼형제의 이름을 듣고 일부러 나를 보내 자네들과 얘기를 해보라고 한 것이네."

완소이가 말했다.

"우리 삼형제는 정말로 조금의 거짓도 없습니다. 보정한테 큰 건수가 있어 우리를 데려가려고 형님께서 수고스럽게 오셨군요. 만일 정말 이런 일이 있다면 우리 삼형제가 목숨을 아끼지 않고 도울 것을 이 술로 맹세합니다. 만일 우리가 이것을 어긴다면 못된 병에 걸려 비명횡사할 겁니다!"

완소오와 완소칠이 손으로 목을 두드리며 말했다.

"이 더운 피를 알아주는 사람을 위해 바치겠습니다!"

"내가 나쁜 마음으로 자네들 삼형제를 유혹하는 것이 아니네. 이것은 정말 작은 사업이 아닐세! 조정 채 태사의 생일은 6월 15일이네. 채 태사의 사위 북경 대명부 양 중서가 곧 금은보석 10만 관을 장인의 생일선물로 보낼 것이네. 유당이라는 사람이 와서 알려주었다네. 지금 자네들을 찾아 상의해서 몇 명의 사내를 모아 산 속 은밀한 곳에서 이놈들이 불의로 모은 재물을 빼앗아 모두 같이 한 세상 즐겁게 살아보세. 그래서 일부러 물고기를 산다는 핑계로 자네들과 상의하여 일을 성사시키려고 했다네. 자네들의 의향이 어쩐지 모르겠네?"

완소오가 듣고 나서는 말했다.

"됐다! 이제 됐어! 소칠아, 내가 너더러 뭐라 했더냐!"

완소칠이 벌떡 일어나서 말했다.

"평생의 소원이 오늘에야 이루어졌다! 우리들의 가려운 곳을 긁어주시네. 우리 언제 갑니까?"

오용이 말했다

"당장에 가세. 내일 5경에 일어나 함께 조 천왕 장원으로 가세."

완씨 삼형제는 크게 기뻐했다. 여기 증명하는 시가 있다.

학구는 학식이 있어 어찌 재물을 탐내겠는가
완씨 형제 고기 잡는 즐거움 또한 한가롭다네!
다만 의롭지 못한 금은보화가 있었기 때문에
많은 뛰어난 영웅들 의리를 위해 모여드는구나.
學究知書豈愛財, 阮郎漁樂亦悠哉!
只因不義金珠去, 至使群雄聚義來.

밤이 지나고 다음날 아침 일찍 일어나 밥을 먹었다. 완씨 삼형제는 식구들에게 일러두고 오용과 함께 석갈촌을 떠나 큰 걸음으로 서둘러 동계촌으로 향했다. 하루 길을 꼬박 걸으니 멀리 조개의 장원이 보였고 녹색의 회화나무 아래에 조개와 유당이 나와 기다리고 있는 것이 멀리서 눈에 들어왔다. 오용이 완씨 삼형제를 데리고 회화나무 앞으로 와서 양쪽이 함께 마주보자 조개가 크게 기뻐하며 말했다.

"완씨 삼형제를 보니 역시 명성이 헛되이 퍼진 것이 아니구먼. 자, 안으로 들어가서 이야기 나눕시다."

여섯 사람이 장원 안으로 들어가 후당에서 손님과 주인이 자리를 잡고 앉았다. 오용이 먼저 그동안의 이야기를 하니 조개가 기뻐하며 장객에게 돼지와 양을 잡고 지전紙錢을 사를 준비를 시켰다. 완씨 삼형제는 조개의 인물이 위풍당당하고 말하는 것이 거리낌 없이 시원스러운 것을 보고 말했다.

"우리가 호걸과 사귀는 것을 좋아했는데 원래 진짜 호걸께서 여기에 계셨습니다. 오늘 오 선생이 아니었다면 어떻게 만날 수 있었겠습니까?"

삼형제는 매우 기뻐했고 그날 저녁에 밥을 먹고 늦게까지 이런저런 이야기를 나누었다.

다음날 아침 후당 앞에는 지전과 종이 말, 향과 초를 늘어놓고 밤새 삶은 돼지와 양을 차려놓고는 지전을 태웠다. 사람들은 조개가 이렇게 정성을 들이는 것을 보고 모두 기뻐하며 각기 맹세했다.

"양 중서가 북경에서 백성을 해치고 속여서 마련한 재물을 동경에 보내 채태사의 생일을 축하하려고 합니다. 이것은 바로 의롭지 못한 재물입니다. 우리 여섯 사람 가운데 누구라도 사사로운 욕심이 있다면 하늘과 땅이 죽여 없앨 것입니다. 신명께서 굽어 살펴주십시오."

여섯 사람이 모두 맹세하고 지전을 불살랐다.

후당에서 제사에 올렸던 제물을 먹고 술을 마시고 있는데 장객이 와서는 보고했다.

"문 앞에 어떤 도사[12]가 보정님을 뵙고 양식을 좀 얻고자 합니다."

조개가 말했다.

"너 이놈, 정말 눈치도 없구나! 내가 여기서 손님들을 대접하며 술 마시고 있으면 네가 쌀 3~5승升[13] 주면 될 일을 직접 나에게 묻는단 말이냐!"

"소인이 쌀을 주었는데 받으려 하지 않고 보정님을 만나겠다고 합니다."

"분명히 양이 적어서 그런 것일 테니 다시 2~3두斗 주고 보내라. 네가 나가서 보정은 오늘 장원에서 아주 중요한 손님을 초청하여 술을 마시느라 만날 시간이 없다고 하여라."

장객이 나갔다가 잠시 후에 다시 돌아와서 말했다.

"그 도사가 쌀 3두를 주어도 받지 않고 또 가려 하지 않습니다. 자기는 '일청도인一淸道人'이라면서 돈이나 쌀을 얻으러 온 것이 아니라 보정님을 뵙기를 바란

12_ 원문은 '선생先生'인데, 송나라 때 도사道士에 대한 일종의 칭호다. 역자는 '도사'로 번역했다.

13_ 송나라 때 용량 단위로 1승升은 670밀리리터이고 1두斗는 6700밀리리터다.

다고 합니다."

"네 놈이 대답할 줄 모르는구나. 오늘은 진짜 시간이 없으니 나중에 다시 와서 차 한 잔 드시라고 해라."

"소인도 그렇게 말했습니다. 그 도사가 말하기를 '나는 돈이나 쌀 때문에 온 것이 아니고 보정이 의로운 사람이라는 소리를 듣고 특별히 만남을 청한다'고 합니다."

"너마저 이렇게 귀찮게 하니 아무도 나를 도와주지 않는구나! 그가 만일 다시 적다고 할 때 3~4두를 줘버리지 왜 다시 와서 말하느냐! 내가 손님들과 술을 마시지 않는다면 나가서 보는 것이 무슨 문제가 되겠느냐! 네가 가서 처리하고 다시는 와서 말하지 말거라!"

장객이 나가고 반 시진이 지나 장원 문밖이 시끄러워졌다. 장객 하나가 날듯이 달려 들어와 보고하며 말했다.

"그 도사가 화가 나서 장객 10여 명을 쓰러뜨렸습니다."

조개는 듣고서 놀라 황급히 일어나며 말했다.

"형제들 잠시 앉아계시오. 이 조개가 나가서 보고 오겠소."

후당에서 바로 나와 장원 문 앞에서 보니 그 도사는 키가 8척이고 모습은 위풍당당했으나 생긴 것은 괴상했다. 장원 문밖 녹색의 회화나무 아래에서 장객을 패고 있었다. 조개가 그 도사를 보니,

터부룩한 머리는 두 가닥으로 빗어 올려 귀 뒤에서 두 개의 뿔처럼 둥글게 맺고 몸에는 파산巴山14 단갈포短褐袍15를 입었으며 허리엔 여러 색이 섞인 명주끈을 묶었고 등에는 소나무 무늬 도안이 주조된 구리 검을 멨네. 맨발에 다이마

14_ 파산巴山: 산시陝西성 시샹西鄉 서남쪽에 있는 다바大巴 산맥의 주봉主峯이다.
15_ 단갈포短褐袍: 무명의 짧은 옷이다.

혜多耳麻鞋[16]를 신었고 비단 주머니같이 부드러운 손에는 자라 껍질 형상의 부채를 들었구나. 팔자 눈썹에 살구 같은 두 눈, 네모진 입술에 구레나룻 늘어져 있도다.

頭綰兩枚髼鬆雙丫髻, 身穿一領巴山短褐袍, 腰繫雜色彩絲縧, 背上松紋古銅劍. 白肉脚襯着多耳麻鞋, 錦囊手拿着鱉殼扇子. 八字眉, 一雙杏子眼; 四方口, 一部落腮鬍.

그 도사는 장객을 두들겨 패면서 말했다.

"어찌 좋은 사람을 몰라본단 말이냐."

조개는 보고서 소리쳤다.

"도사님 참으시오. 조 보정을 찾아온 것은 탁발하러 온 것이 아닙니까? 그가 이미 쌀을 드렸는데 무슨 까닭으로 이처럼 나무라십니까?"

그 도사가 큰 소리로 웃으면서 말했다.

"빈도는 술이나 밥, 돈과 쌀을 위해서 온 것이 아닙니다. 내게는 10만 관 재물도 아무것도 아닙니다. 일부러 보정을 찾는 것은 할 말이 있어서입니다. 무지렁이 촌놈이 예의 없게 빈도를 욕하기에 참지 못하고 성질을 부렸습니다."

"조 보정을 본 적이 있습니까?"

"이름만 들었을 뿐 만난 적은 없소이다."

"소자가 조개입니다. 도사께서는 무슨 할 말이 있으십니까?"

"보정께서 너무 나무라지 마십시오. 빈도가 고개 숙여 사죄를 드리겠습니다."[17]

16_ 다이마혜多耳麻鞋: 미투리의 일종으로 형상은 후대의 짚신과 유사하다. 신발이 견고하고 발에 딱 달라붙어 먼 길을 가기에 적합하다. 대부분 농부, 도사, 승려들이 사용했다. 역자는 이하 '미투리' 로 번역했다.

17_ 원문은 '계수稽首'다. 입으로 계수라 하면서 동시에 한 손을 들어 사람을 향해 예를 행하는 것으로 도사의 예절이다.

"도사님, 예는 나중에 하시고 장원 안에서 차나 한잔 하는 것은 어떻습니까?"

"감사합니다."

두 사람이 장원 안으로 들어왔다. 오용은 그 도사가 들어오는 것을 보고 유당·완씨 삼형제와 함께 다른 곳으로 피했다. 조개는 그 도사를 후당으로 데리고 가서 차를 대접했다. 도사가 말했다.

"여기는 이야기할 만한 곳이 아닙니다. 앉아 이야기할 곳은 없습니까?"

조개가 그 말을 듣고 다시 조그마한 방으로 들어가 자리를 잡고 앉았다.

"도사님의 존함과 고향을 물어도 되겠습니까?"

"빈도는 공손승公孫勝이라고 합니다. 도호는 '일청선생—淸先生'이고 고향은 계주薊州[18]입니다. 어려서부터 고향에서 창봉술 익히기를 좋아하여 여러 가지 무예를 익혀서 사람들이 공손대랑公孫大郎이라고 부릅니다. 그리고 또 도술을 배워 비바람을 부르고 안개를 몰고 구름에 오를 수 있으므로 강호에서 빈도를 '입운룡入雲龍'이라고 부릅니다. 빈도가 운성현 동계촌 조 보정의 이름을 들은 지 오래이나 인연이 닿지 않아 만나뵙지 못했습니다. 오늘 금은보화 10만 관이 있어서 조 보정을 뵙는 예물로 드리고자 찾아왔습니다. 의사義士께서는 기꺼이 받아들이시겠습니까?"

조개가 크게 웃으면서 말했다.

"도사께서 말씀하시는 예물이 북경의 생신 선물을 말하시는 것이 아닙니까?"

18_ 계주薊州: 지금의 톈진天津 지현薊縣이다. 송나라 때 계주라는 명칭은 없었다. 계주는 양한兩漢 시기에 북방 군사 요충지였고 오대五代 시기부터는 거란의 땅이었다. 요나라가 상무군尙武軍으로 명칭으로 변경했고 금나라가 요를 멸망시킨 뒤 금나라에 귀속되었다. 송나라 휘종 선화 4년(1124)에 금나라는 계주를 송나라에 반환했고 송나라는 광천군廣川郡으로 명칭을 변경하고 단련사團練使를 설치했다. 오래지 않아 금나라는 송을 침략하여 계주를 취하고는 계주라는 명칭을 회복시켰다. 계주가 북송에 반환되었던 기간은 매우 짧았으며 계주라는 명칭도 없었다.

공손승이 놀라며 말했다.

"보정이 어떻게 그것을 아십니까?"

"소자가 대충 추측한 것입니다. 도사님의 의향은 어떻습니까?"

"이런 재물을 놓칠 수 없습니다. 옛사람들이 이르기를 '취해야 하는데 취하지 않고 나중에 후회하지 말아라'[19]라고 했습니다. 보정께서는 어떻게 생각하십니까?"

한창 말하고 있는데, 그때 한 사람이 방 밖에서 뛰어 들어오더니 공손승의 멱살을 잡고 말했다.

"좋구나! 밝은 곳에는 왕법王法이 있고 어두운 곳에는 신령이 있는데,[20] 네가 어떻게 이런 흉계를 꾸미느냐! 내가 숨어서 들은 지 이미 오래다!"

공손승이 깜짝 놀라서 얼굴이 흙빛으로 변했다. 바로 계략이 이루지지도 않았는데 창밖에서 엿들은 사람이 있으니 어찌하랴, 계책을 비로소 시행하려는데 또 내부에서 재앙이 일어난 것이다.

결국 공손승의 멱살을 잡은 사람이 누구인지는 다음 회에 설명하노라.

완씨 삼형제의 이름

송·원 시기에 천민들은 이름이 없었고 숫자로 항렬을 삼았다. 『수호전보증본』에 따르면 "원나라 시기에 와서는 더욱 심하여 이름을 지을 때 단지 숫자로 명명할 수 있었다. 또한 가족의 연령을 합산한 숫자로 이름을 짓는 경우가 증가했다. 샤오야오톈蕭遙天의 『중국 인명 연구』에서 이르기를, '내가 일찍이 족보 세계를 살펴보니 명나라 이후에나 우아한 이름이 나오기 시작했다'고 했다. 송·원 시기에 숫자로 이름을 삼은 것은 봉건 사회 등급제의 표현인 것이다"라고 했다. 완소이阮小

19_ 원문은 '當取不取, 過後莫悔'다.
20_ 원문은 '明有王法, 暗有神靈'이나.

二, 완소오阮小五, 완소칠阮小七 완씨 삼형제의 이러한 이름은 한 예라 할 수 있다.

입지태세立地太歲 완소이阮小二

『수호전전교주』에 따르면 "정목형의 『주략』에서 이르기를, '태세太歲는 흉살凶煞로 접촉하는 자는 반드시 죽으며 매년 한 방향으로 움직인다. 지금의 입지立地는 돌지 않으니 피하려 해도 피할 수 없다'고 했다." '입지立地'는 송·원 시대 사람들의 속어로 사용되었는데, 잠시 쉬는 것도 용납하지 않는다는 의미이며 '즉시' '당장'으로 해석할 수 있다. '태세太歲'는 흉악하고 포악한 사람을 비유한다. 태세는 목성의 별칭으로 태세신太歲神을 가리킨다. 태세신이 땅 위에서 활동할 때 세성歲星(목성)은 하늘에서 운행하여 상응한다고 했다. 태세신이 나타나는 방위와 상반된 방위에 건물을 짓거나 이사, 결혼, 여행 등을 하면 흉한 일이 일어난다고 했다. 또한 송나라 사람들은 별명에 '입지'라는 말을 사용했는데, 예를 들면『송사』「오시전吳時傳」에서 사람들이 민우문敏于文을 '입지서부立地書府'라 불렀다.

단명이랑短命二郎 완소오阮小五와 활염라活閻羅 완소칠阮小七

완소오는 항렬에 따르면 다섯 번째이므로 '이랑二郎'이라 불러서는 안 된다. 『선화유사』에서는 『수호전』과는 다르게 '단명이랑短命二郎 완소이阮小二' '입지태세立地太歲 완소오阮小五' '활염라活閻羅 완소칠阮小七'로 기재하고 있어 원래 '단명이랑'은 완소이의 별명이었는데, 『수호전』에서 완소오로 바뀐 것이다. 여기서의 '이랑'은 항렬이 아닌 '이랑신二郎神(도교에서 추앙하는 신으로, 치수治水를 담당하는 무신武神)'을 말한다. 또한 '단명短命'은 완소오의 수명이 짧다는 것을 의미하지는 않는다. '단短'은 '창搶(빼앗다, 약탈하다)'의 의미가 있는데, 즉 '단명'은 '다른 사람의 목숨을 빼앗는다'는 의미라 할 수 있으니, '단명이랑'은 완소오의 흉포한 사람됨을 형용한 것이다.

또한 완소칠의 별명인 활염라活閻羅는 지극히 흉악한 사람을 비유한다. 염라는 불교에서 지옥을 주재하는 신이다.

석갈촌石碣村

『수호전보증본』에 따르면 "석갈촌이란 지명은 분명히 존재했다. 지금의 산둥성 량산梁山 서쪽에 당시 석갈촌이라 불린 곳이 있었고 동쪽이 양산 호수(지금의 둥핑호東平湖)다. 20세기 1970년대 초에 250호가 있었고 그 가운데 완씨 성이 삼분의 일을 차지하고 있었다. 민간의 전설에서는 완씨 형제는 모두 7명이었고 반송反宋 전쟁에서 네 명이 전사했으며 그 뒤에 석갈촌 동남쪽에 칠현당七賢堂을 건설했고 나무로 일곱 명의 형상을 만들어 완씨 형제에 제사를 지냈다고 한다. 실제로는 사람들이 갖다 붙인 것으로 근거는 없다"고 했다.

입운룡入雲龍 공손승公孫勝

『수호전보증본』에 따르면 "입운룡의 출처는 『역경』 「건乾」의 '공자가 말하기를, "같은 소리는 서로 감응하고 같은 기운은 서로 구한다. 물은 습한 곳으로 흘러가고 불은 건조한 곳에서 타오른다. 구름은 용을 따르고 바람은 호랑이를 따른다. 성인이 나타나면 모든 사람이 우러러 본다同聲相應, 同氣相求; 水流濕, 火就燥, 雲從龍, 風從虎.聖人作而萬物覩"고 했다'에서 나온 것으로 의심된다. 이 가운데 '구름은 용을 따르고 바람은 호랑이를 따른다雲從龍, 風從虎'는 시대적 추세의 모임에 영재들이 모여드는 것을 비유한 것이다'라고 했다.

생
신
강
을
빼
앗
다 [1]

공손승은 작은방 안에서 조개에게 북경의 생신강은 의롭지 못한 재물이므로 빼앗아도 괜찮다고 말했다. 그때 한 사람이 밖에서 뛰어 들어와 공손승을 붙잡고 말했다.

"너 정말 대담하구나! 방금 상의한 일을 숨어서 다 엿들었다."

그 사람은 바로 지다성 오용이었다. 조개가 웃으면서 말했다.

"훈장 선생, 장난 그만 치고 서로 인사나 하시지요."

둘이 서로 예를 갖추어 인사를 마치자 오용이 말했다.

"강호에서 이름난 입운룡 공손승 일청 선생을 오늘 여기서 뜻하지 않게 만나게 되었습니다!"

조개가 말했다.

"이 수재 선생은 지다성 오 학구입니다."

1_ 제16회 제목은 '楊志押送金銀擔(양지가 금은보석을 운송하다). 吳用智取生辰綱(오용이 꾀를 써서 생신강을 빼앗다)'이다.

공손승이 말했다.

"강호에서 많은 사람이 가량加亮 선생의 큰 이름을 말하는 것을 들었는데, 조보정의 장원에서 만날 연분일 줄은 어떻게 알았겠습니까? 조보정이 의롭고 재물을 아끼지 않는 사람이라더니 과연 이 때문에 천하의 호걸들이 문하로 몰려드는군요."

조개가 말했다.

"안에 알아야 할 사람이 더 있으니 후당 깊은 곳에 들어가 서로 인사합시다."

세 사람이 안으로 들어가 유당, 삼완과 인사를 했다. 바로 다음과 같다.

황금과 비단 쌓아두니 재앙의 근원이고
영웅들 모여든 것 본래 약정한 것이 아니었네.
의협심 있는 이들 한때 황궁 깔보았고
일곱 별이 발산하는 빛 자미궁도 움직이게 했다네.
金帛多藏禍有基, 英雄聚會本無期.
一時豪俠欺黃屋, 七宿光芒動紫薇.

모두들 이구동성으로 말했다.

"오늘 이렇게 모인 것은 결코 우연이 아닙니다. 먼저 보정 형님을 정면 상좌에 모셔야겠습니다."

조개가 말했다.

"제가 주인이지만 보잘 것 없는 사람인데, 어찌 감히 상좌를 차지하겠습니까!"

오용이 말했다.

"보정 형님이 연장자이니 제 말대로 앉으십시오."

조개가 첫 번째 자리에 앉고 오용이 두 번째 자리에 앉았으며 공손승·유당·완소이·완소오·완소칠의 순서로 자리를 정했다. 이처럼 성의로운 사업을 위해 모였으니 술잔과 접시 등을 치우고 술과 안주를 다시 준비하여 함께 마셨다. 오용이 말했다.

"보정이 꿈에 북두칠성이 집 용마루에 떨어지는 것을 보았다고 하더니 오늘 우리 일곱 명이 정의로운 사업을 위해 뭉쳐 함께 거사를 진행한다면 어찌 하늘에 순응하는 징조를 드러내는 것이 아니겠습니까! 이 재물은 손바닥에 침을 뱉는 것처럼 쉽습니다. 저번에 유형이 가서 어디로 운반하는지 노정을 알아보기로 했는데 오늘은 이미 날이 저물었으니 내일 아침 일찍 출발하도록 하시오."

공손승이 말했다.

"그럴 것 없습니다. 빈도가 이미 그들이 오는 경로를 알아봤는데 황니강黃泥岡2 큰 길로 올 것입니다."

조개가 말했다.

"황니강 동쪽 10리 거리에 안락촌安樂村이 있는데 그곳에 사는 '백일서白日鼠' 백승白勝이라고 하는 사람은 한동안 내게 와서 머물렀고 노자까지 대주었던 적이 있소."

오용이 말했다.

"북두 위의 흰빛3은 바로 이 사람을 말하는 것이 아니겠습니까? 당연히 이 사람은 다른 곳에 별도로 쓸모가 있습니다."

유당이 말했다.

"여기에서 황니강은 비교적 먼 곳인데, 우리는 어디에 머물러야 합니까?"

오용이 말했다.

"백승의 집이 우리가 머무를 곳이오. 그리고 또 달리 백승을 쓸 곳이 있소."

2_ 『수호전』에서 황니강이 어디에 있는지 설명이 없다. 현재 양산현梁山縣 남쪽 30킬로미터 밖에 황니강이 있는데, 현지 사람들이 그곳을 '지모로 생산강을 취하다'라고 하지만, 송대에 양산 남쪽은 늪과 호수였는지라 지리적으로 위치가 맞지 않다. 후대 사람들이 억지로 끌어다 붙인 것이 분명하다.

3_ 조개가 꾼 꿈에서 나타난 북두칠성 위의 흰빛을 말하는 것이다.

조개가 말했다.

"오 선생, 우리는 꾀를 쓸 것인가요, 아니면 강제로 빼앗을 것인가요?"

오용이 웃으면서 말했다.

"내가 이미 함정에 빠뜨릴 계책을 생각해놨는데 일단 그들이 오는 상황이나 지켜봅시다. 힘이 필요하면 힘으로 빼앗고 잔꾀가 필요하면 잔꾀로 빼앗아야지요. 제 계책은 바로 이러이러합니다. 여러분의 의견은 어떻습니까?"

조개가 듣고는 너무 기뻐서 넘어질 듯 비틀거리며 말했다.

"정말 좋은 계책이오! 지다성이라는 별명이 아깝지 않소! 과연 제갈량을 앞설 만큼 좋은 계책이오!"

오용이 말했다.

"그만하십시오. 속담에 '벽 사이에도 귀가 있는데 창밖에 어찌 사람이 없겠느냐?'⁴라고 했습니다. 우리만 알고 아무도 알면 안 됩니다."

조개가 말했다.

"완가 형제는 일단 집으로 돌아가고 때가 되면 우리 장원에서 모입시다. 오 선생은 그전처럼 가서 아이들을 가르치고, 공손 선생과 유당은 우리 장원에 잠시 머물도록 합시다."

당일 밤늦게까지 술을 마시고 각자 사랑방으로 가서 쉬었다.

다음날 5경에 일어나 아침밥을 준비하여 먹었다. 조개가 화은 30냥을 준비하여 완가 삼형제에게 주면서 말했다.

"작은 뜻이니 절대 사양하지 마시오."

삼형제가 받지 않으려하자 오용이 말했다.

"친구간의 정이니 거절하지 마시게."

완씨 삼형제는 그제야 받았고, 함께 장원 밖으로 전송했다. 오용이 그들의 귀

4_ 원문은 '隔墻須有耳, 窓外豈無人'이다.

에 대고 낮은 목소리로 속삭였다.

"이렇게 저렇게 하고 때가 되었을 때 착오가 있어서는 안 될 것이네."

삼형제가 작별하고 석갈촌으로 돌아갔다. 조개는 공손승과 유당을 장원에 머물게 했고 오용은 항상 찾아와 함께 계책을 상의했다. 바로 다음과 같다.

의롭지 못한 재물 취하는 관리는 모두 도적이고
그들이 쌓은 재물 뺏는 자는 도적이 아니라네.
계책 이미 세워놓고 조용히 시기만 기다리니
일곱 사람 웃으면서 보물 지고 서둘러 떠나리라.
取非其有官皆盜, 損彼盈余盜是公.
計就只須安穩待, 笑他寶擔去匆匆.

한편 북경 대명부 양 중서는 생신 축하 예물 10만 관을 사서 준비하고 사람을 출발시킬 날짜를 잡았다. 하루는 후당에 앉아 있는데 채 부인이 그를 보더니 물었다.

"상공, 생신강은 언제 출발하나요?"

양 중서가 말했다.

"예물은 모두 준비가 끝났기에 내일 모레 출발할 수 있소. 그런데 한 가지 일을 아직 결정하지 못하고 주저하고 있소."

"무슨 일인데, 아직도 망설이면서 결정하지 못했어요?"

"작년에 10만 관을 써서 금은보석을 동경으로 보냈는데 적합한 사람을 쓰지 않아 도중에 도적에게 강탈당하고 아직까지 잡지 못했소. 올해는 아직까지 영리하고 일처리를 잘하는 사람이 보이지 않아 결정하지 못하고 망설이고 있소."

채 부인이 계단 아래를 가리키며 말했다.

"당신이 항상 이 사람이 대단하다고 말씀하시면서, 저 사람한테 위임 문건을 발행하여 예물을 보내면 실수가 없을 것이 아니겠어요?"

양 중서가 계단 아래를 쳐다보니 바로 청면수 양지였다. 양 중서는 크게 기뻐하며 즉시 양지를 대청 위로 올라오도록 불러서는 말했다.

"너를 잊고 있었구나. 네가 생신강을 무사히 동경까지 보내준다면 네가 있을 곳을 추천해주겠다."[5]

양지가 두 손을 가슴 앞에서 맞잡고는 말했다.

"은상께서 보내주신다면 어찌 감히 따르지 않겠습니까! 다만 어떻게 준비해야 하고 언제 출발해야 할지 모르겠습니다."

"대명부에서 태평거太平車[6] 10량을 내놓고 군영 앞에서 10명의 상금군廂禁軍[7]을 선발해 수레를 호위하게 했는데, 수레마다 황색 깃발을 꽂았고 깃발에는 '태사의 생신을 축하하여 보내는 생신강獻賀太師生辰綱'이라고 쓰여 있다. 매 수레마다 병졸이 따르고 3일 안에 출발해야 한다."

"소인이 핑계를 대서 거절하려는 것이 아니라 사실 갈 수 없습니다. 다른 영웅적이고 세심한 사람을 찾아 보내시기를 청합니다."

"내가 너를 천거하려고 생신강을 보내는 문서[8] 안에 별도로 서신을 넣어 태사께 너를 중하게 천거했으니 칙명을 받아 돌아오면 된다. 그런데 어찌하여 둘러대면서 사양하고 가지 않으려 하느냐?"

5_ 『송사』「채경전蔡京傳」에는 '생신강'에 대한 내용이 기재되어 있지 않다. 『수호전보증본』에 따르면 "명초 구종길瞿宗吉의 「귀전시화歸田詩話」에서 이르기를, '채경의 생일이면 천하의 군국에서 모두 공물을 바쳤는데 생신강이라 불렀다'고 했다."

6_ 태평거太平車: 무거운 물건을 실을 수 있는 덮개가 없고 바퀴가 네 개인 큰 수레를 말한다. 가축 여러 마리가 끌어야 했다. 『송사』「심괄전沈括傳」에 따르면 "지금의 민간에는 군수물자를 옮기는 수레가 무겁고 커져 하루에 30리밖에 갈 수 없으므로 사람들이 태평거라고 말한다"라고 했다.

7_ 상금군廂禁軍: 송나라 때 각 주州의 주둔병을 상병廂兵이라 했는데, 지방장관이 부리고 훈련하는 병사가 아니었으며 전투력을 갖추지는 않았다. 그들 가운데 튼튼하고 용감한 자는 선발하여 도성으로 보내 금군禁軍에 충당시켰다. 여기서는 신체가 강하고 힘이 장사인 자를 비유한 것이다.

8_ 원문은 '찰자札子'인데, 관공서 공문 가운데 상급 부서에 올리는 문서다. 황제 혹은 장관에게 진언하여 공무를 논의하는 데 사용되었다.

"은상께서 말씀하셨듯이, 작년에 도적들에게 생신강을 강탈당했는데 지금까지 찾지 못했다고 소인도 들었습니다. 올해는 도중에 도적이 더 많고, 이번에 가는 동경 길은 수로도 없고 모두 육로입니다. 지나가야 할 곳이 자금산紫金山·이룡산二龍山·도화산桃花山·산개산傘蓋山·황니강黃泥岡·백사오白沙塢·야운도野雲渡·적송림赤松林인데, 이곳들은 모두가 강도들이 출몰하는 곳입니다. 게다가 빈 몸인 길손도 감히 지나가지 못하는데 그들이 금은보화라는 것을 안다면 어찌 빼앗으려 하지 않겠습니까? 이는 부질없이 목숨을 버리는 것이기에 갈 수 없다는 것입니다."

"그렇다면 병사를 많이 데리고 호송해서 가면 될 것 아니냐."

"은상께서 군졸 500명을 보내신다 하셔도 소용없습니다. 이놈들은 강도가 온다는 소리를 들으면 모두 먼저 달아날 것입니다."

"네 말대로라면 생신강을 보내지 말라는 말이냐?"

"소인의 말대로 따르신다면 감히 호송하여 가겠습니다."

"내가 이미 너에게 맡겼는데 어째서 네 말을 따르지 않겠느냐?"

"소인의 말대로 따르신다면 수레는 필요 없고 예물을 10여 개의 멜대에 담고 상인 복장을 하고 상품 화물로 꾸며야 합니다. 건장한 상금군 10명을 골라 화물을 운반하는 짐꾼9으로 변장시켜야 합니다. 또 따로 한 사람이 필요한데 소인과 함께 상인으로 변장하여 몰래 밤낮으로 길을 재촉하여 동경까지 운반한다면 될 것입니다."

"네 말이 맞다. 내가 편지를 써서 너를 거듭 추천할 것이니 황상의 명령을 받고 돌아오도록 해라."

"은상의 추천에 깊이 감사드립니다."

그날 양지에게 짐을 준비시키고 또 병사도 선발하도록 했다.

9_ 원문은 '각부脚夫'다. 화물이나 짐을 운반하는 일꾼인데 걸어서 가기 때문에 '각부'라고 한 것이다.

이튿날 양 중서는 양지를 불러 대청 앞에서 기다리게 하더니 대청으로 나와서는 물었다.

"양지, 언제 출발하겠느냐?"

"은상께 아룁니다. 내일 아침 확실하게 출발할 것이고, 위령장委領狀[10]을 올리겠습니다."

"부인도 별도로 집안 가족에게 보내는 예물 한 짐을 준비했으니 네가 가서 받아 오도록 해라. 그리고 네가 가는 길을 모를까 걱정되니 특별히 유모의 남편 사謝 도관都管[11] 그리고 우후 두 명과 함께 가도록 하라."

"은상, 이 양지는 갈 수 없습니다."

"예물도 이미 다 싸놓았는데 어째서 또 가지 않겠다는 것이냐?"

"이 예물 열 짐은 모두 소인에게 책임이 있고 다른 모든 사람도 이 양지가 지휘합니다. 일찍 가라고 하면 일찍 가고 천천히 가라면 천천히 가며 멈추라면 멈추고 쉬라면 쉬어야 하는 것도 이 양지 지시에 따라야 합니다. 그런데 지금 또 늙은 집사와 우후를 소인과 함께 가라고 하시는데, 그는 부인 신변 사람이고 또 태사부 문하의 유모 남편이니 혹여 가는 길에서 소인과 의견이 맞지 않는다면 이 양지가 어떻게 감히 그들과 다툴 수 있겠습니까? 만일 큰일이 잘못되기라도 한다면 이 양지가 그 사이에서 어떻게 변명하겠습니까?"

"이것은 어려울 것 없다. 그 세 사람 모두 너의 지시를 따르도록 하면 되지 않겠느냐."

"그렇게 된다면 소인은 위령장을 올리겠습니다. 만일 부주의로 실수가 생기는 일이 있으면 중죄라도 달게 받겠습니다."

양 중서가 크게 기뻐하며 말했다.

10_ 위령장委領狀: 위탁한 재물을 수령한 영수증에 받았다고 서명하는 것을 말한다.

11_ 도관都管: 관리의 집안 살림을 관장하는 자로 '집사' 정도라 할 수 있다. 역자는 이하 '집사'로 번역했다

"내가 너를 고른 것이 헛되지 않구나. 정말 식견이 보통이 아니구나!"

즉시 늙은 사 집사와 우후 두 명을 불러 대청에서 분부했다.

"제할 양지가 위탁한 재물을 수령한 영수증에 서명하여 생신강 열한 짐의 금은보화를 동경까지 호송하여 태사부에 인도할 것이고, 이 일은 그가 모두 책임지고 진행할 것이다. 너희 세 사람은 함께 가면서 도중에 일찍 일어나고, 늦게까지 길을 멈추지 않고, 자고, 쉬는 것을 모두 양지의 말에 따르고 거역하면 안 된다. 부인이 이미 모두 분부했을 테니 너희 세 사람 스스로가 잘 알 것이다. 조심하면서 일찍 가서 일찍 돌아오고 실수가 없도록 하라."

늙은 집사는 양 중서의 말에 하나하나 대답했다.

당일부터 양지가 모두 통솔하게 되었고, 다음날 5경에 일어나 대명부 대청 앞에 멜대를 늘어놓았다. 늙은 집사와 우후 두 명이 재물을 담은 작은 짐 하나를 더 가져와 모두 열 개의 짐이었고, 건장한 열한 명의 상금군을 선발하여 모두 짐꾼으로 변장시켰다. 양지가 햇볕을 가릴 수 있는 양립凉笠[12]을 썼으며 푸른 실의 홑 상의를 입고 넓은 허리띠를 묶고 미투리를 신고 요도를 가로로 찬 뒤 박도를 들었다. 늙은 집사는 상인 모습으로 꾸몄고 우후 둘은 따르는 하인으로 가장했다. 각자 모두가 박도를 들고 또 등나무 가지 몇 개씩을 들었다. 양 중서가 찰부札付[13]와 서신을 건넸다. 일행은 모두 배부르게 먹고 대청에서 양 중서와 작별인사를 했고, 멜대를 매고 출발하는 병사들을 지켜보았다. 양지와 사 집사 그리고 우후 두 명 등 일행 15명은 양 중서 부중을 떠나 북경 성문을 나와 큰길을 잡아 동경으로 향했다.

이때는 바로 5월 중순 날씨라 비록 맑고 좋았으나 날이 더워 짐을 지고 걷기에는 힘이 들었다. 옛날 오칠군왕吳七郡王[14]에게 여덟 구절의 시가 있었다.

12_ 양립凉笠: 햇빛을 가리고 더위를 피할 수 있는 일종의 삿갓. 대부분 여름에 사용한다.
13_ 찰부札付: 상관이 일처리를 위해 위임하여 파견시키는 문서를 말한다.
14_ 오칠군왕吳七郡王: 오거吳琚를 말한다. 자가 거부居父이고 호가 운학雲壑으로 세상에서 그를 오칠군

옥으로 장식한 병풍 사방에 붉은 울타리 둘렀는데

떼 지어 노니는 물고기 부평초와 물풀을 희롱하네.

대자리 깔고 팔 척 길이 새우 수염의 흰 발 드리우고

머릿밑에는 붉은 마노로 장식한 베개를 베고 있네.

여섯 마리 용15 더위가 두려워 감히 움직이지 못하고

봉래섬16의 바닷물도 뜨거워 부글부글 끓어오르는구나.

부귀한 공자들 부채바람 시원하지 않다고 싫어하지만

길가는 행인들 흙먼지 날리는 길 따라 발길 재촉하네.

玉屛四下朱闌繞, 簇簇游魚戲萍藻.

簟鋪八尺白蝦鬚, 頭枕一枚紅瑪瑙.

六龍懼熱不敢行, 海水煎沸蓬萊島.

公子猶嫌扇力微, 行人正在紅塵道.

이 여덟 구절의 시는 찌는 듯 더운 여름날에 공자, 왕손들이 시원한 정자나 물가 누각에서 냉수에 과일을 담가놓고 얼음 같은 연뿌리를 갖추고는 더위를 피하면서도 여전히 덥다고 불만스러워하며, 칼을 쓰고 속박 받는 것은 아니지만 작은 이익을 위해 삼복더위에 길을 걷는 행상들의 처지를 어떻게 알겠는가를 묘사한 것이다. 오늘도 양지 일행은 6월 15일 생신에 맞추어 도착하려고 길을 걸었다. 북경을 떠나 5~7일 동안은 정확하게 5경에 일어나 시원할 때 길을 재촉하고 해가 중천에 떠서 더워지면 쉬었다.

왕이라 부른다. 효종孝宗·광종光宗 때 부자로 명성을 날렸다. 이 시는 오칠군왕이 여름에 정자에서 더위를 피한 것을 묘사한 것이라 전해진다.

15_ 여기서는 일신日神(태양)을 가리킨다. 전설에 따르면 일신이 수레를 몰 때 여섯 마리 용이 끌었다고 한다.

16_ 원문은 봉래도蓬萊島인데, 봉래산으로 신선이 거주하며 발해渤海에 있다고 전해진다.

다시 5~7일이 지나자 인가는 점점 줄어들고 길을 지나는 사람들도 드물었으며 지나는 역참 하나하나가 모두 산길이었다. 양지는 진시辰時(오전 7~9시)에 출발해서 신시申時(오후 3~5시)에 쉬려고 했다. 11명의 상금군이 짊어진 짐은 무거운데다 어느 것 하나도 가벼운 것이 없었고 날씨마저 더워 길을 가기가 힘들었으므로 숲만 보이면 쉬려고 했다. 양지는 뒤를 따르며 길을 재촉했는데, 만일 멈추게 되면 가벼울 때는 실컷 욕하고 꾸짖었으며 심할 때는 등나무 가지로 때리며 쉬지 않고 계속 가도록 독촉했다. 우후 둘은 겨우 등에 짐 하나씩을 지고도 호흡을 가쁘게 쉬며 걷지 못했다. 양지가 화를 내며 말했다.

"너희 둘은 사리도 분별 못하는구나! 이 일은 전적으로 내가 책임지고 있는데, 너희는 나를 대신해 짐꾼들을 때리며 도와주지는 못할망정 오히려 뒤에서 늑장을 부리는구나. 이 여정이 장난인줄 아느냐!"

그 우후들이 말했다.

"우리 둘이서 일부러 천천히 걷는 것이 아니라 정말로 너무 더워 움직일 수가 없어서 뒤처졌습니다. 며칠 전에는 아침 일찍 시원할 때 걸었는데, 지금은 더울 때 걸으라고 하니 어쨌든 합리적이지가 않습니다."

"무슨 그런 허튼소리를 지껄이느냐! 며칠 전에 걷던 길은 모든 지면이 평평하여 걷기가 좋았으나 지금은 길이 위험해서 밝은 대낮에 걷지 않고 어떻게 어두운 오경 밤길을 걷겠느냐?"

두 우후가 겉으로는 말은 하지 않았지만 속으로 생각했다.

'저놈이 말을 함부로 하네.'

양지는 박도를 잡고 등나무 가지를 들고 짐꾼들 뒤를 따라갔다.

두 우후가 버드나무 그늘에 앉아 늙은 집사를 기다렸다가 그에게 말했다.

"양가 저놈이 기껏해야 겨우 우리 상공 문하의 제할에 불과한 주제에 뭐가 그리 대단하다고 허세를 부립니까!"

늙은 집사가 말했다.

"우리 상공이 '그의 말을 잘 따르라'고 직접 분부해서 나도 아무 소리 못하는 것이라네. 요 이틀 동안 계속 눈에 거슬리지만 어찌하겠나."

"상공께서 아무리 그렇게 말씀하셨더라도 집사께서 나서서 책임지시면 그만입니다."

"그래도 참아야지."

그날은 신시(오후 3~5시)까지 걷다가 객점을 찾아 쉬었다. 11명의 상금군은 땀을 비 오듯이 흘리고 탄식하며 늙은 집사에게 과장하면서 말했다.

"저희에게 불행은 병졸이 되어 이 일에 차출된 것임을 분명하게 알고 있습니다. 이런 불같이 더운 날씨에 무거운 짐까지 지고 있는데다, 이틀 동안은 아침 시원할 때 가지 않고 걸핏하면 커다란 등나무 가지로 때리기만 합니다. 모두가 부모에게서 받은 육체인데, 어째서 우리가 고통을 받아야 한단 말입니까!"

늙은 집사가 말했다.

"너희는 너무 원망하지 말거라. 동경에만 도착하면 내가 너희에게 상을 내릴 것이다."

병졸들이 말했다.

"만일 집사님이 우리를 대해주는 만큼만 해준다면 감히 원망을 하겠습니까."

또 이렇게 하루가 지나갔다. 이튿날 아직 날이 밝지도 않았는데 병졸들이 일찌감치 일어나 시원할 때 출발하려고 했다. 양지가 펄쩍 뛰며 고함을 질렀다.

"어디를 가려 하느냐! 따질 것 없고 더 자거라!"

병졸들이 말했다.

"아침 일찍 가지 않으면 낮에 너무 더워 제대로 갈 수도 없을 텐데, 그러면 우리를 때리지 않겠습니까?"

양지가 욕설을 퍼부었다.

"너희가 뭘 안다고 그래?"

등나무 가지를 들고 때리려 하니 병사들은 참으면서 감히 아무 말도 못하고 잘 수밖에 없었다. 그날도 진시(오전 7~9시)까지 자다가 일어나 천천히 불을 피워 밥을 지어 먹고 출발했다. 가는 길에 뒤따라오며 때렸고 시원한 곳에서 쉬지도 못하게 했다. 11명의 상금군은 입으로 투덜거리며 원망했고, 두 우후는 늙은 집사 앞에서 끊임없이 말을 늘어놓으며 충동질했다. 늙은 집사는 듣고서 개의치 않았지만 속으로는 양지에게 기분이 상했다.

이렇게 14~15일 동안 가면서 그들 14명 가운데 양지를 미워하지 않는 사람이 한 명도 없었다. 그날도 객점에서 진시에 일어나 천천히 불을 피워 아침밥을 지어먹고 출발했다. 이날은 6월 4일이었고 날씨가 정오가 아닌데도 붉은 태양이 하늘에 떠 있는데 구름은 반점도 없었고 무척이나 더웠다. 옛사람이 지은 여덟 구절의 시[17]가 있다.

> 축융祝融[18]이 남쪽으로부터 와서 화룡火龍을 채찍질하니
> 불같은 붉은 깃발 밝게 빛나고 하늘을 붉게 태우는 듯하네.
> 솟은 해는 정오가 되었는데도 넘어가지 않고 멈춘 듯하며
> 온 세상 마치 붉게 타고 있는 화롯불 속에 있는 듯하구나.
> 오악五岳은 밝고 선명하게 말라가며 구름 한 점도 없으니
> 양후陽侯의 바닷속마저 큰 물결 일어나지 않을까 근심하네.[19]
> 어느 때가 되어야 하룻밤 사이 가을바람 술술 불어와서
> 우리를 위해 온 세상의 뜨거운 열기 모두 몰아내주겠는가.
> 祝融南來鞭火龍, 火旗焰焰燒天紅.

17_ 당나라 시인 왕곡王穀이 지은 「고열행苦熱行」이다.
18_ 축융祝融: 원래는 제곡帝嚳 때의 화관火官이었는데, 나중에 화신火神으로 존숭되어 축융이 되었다.
19_ 양후陽侯는 전설 속에 파도의 신이다. 날씨가 더워 큰 파도를 일으킬 수 없음을 근심하는 것이다. 『회남자淮南子』「남명覽冥」에 따르면 "양후陽侯의 파도(거대한 물결이 솟아올라)가 거꾸로 흐르며 때린다"고 했다. 고유高誘 주석에 따르면 "양후는 양릉국陽陵國의 후侯다. 이 나라는 물과 가까워 물에 빠져 죽는다. 큰 파도를 일으켜 상해를 입을 수 있기 때문에 양후의 파도라고 한다"고 했다.

日輪當午凝不去, 萬國如在紅爐中.

五岳翠乾雲彩滅, 陽侯海底愁波竭.

何當一夕金風起, 爲我掃除天下熱.

이날 가는 길은 모두 외지고 울퉁불퉁한 좁은 오솔길인데다 남북이 모두 산봉우리로 둘러싸여 있었다. 11명의 병졸을 감독하며 대략 20여 리 길을 갔다. 병사들이 버드나무 그늘 아래에서 쉬면서 더위를 식히려 하자, 양지가 등나무 가지를 들고 때리며 소리쳤다.

"빨리 가자! 잠시 후에 쉬게 해주마!"

병사들이 하늘을 바라보니 사방 어디에도 구름 한 점 없었고, 날이 너무 더워 견딜 수가 없었다. 날씨를 보니,

찌는 듯한 무더위, 얼굴을 스치는 흙먼지. 온천지는 시루와 같고, 강렬하게 내리쬐는 태양 하늘에 걸려 있구나. 사방 벌판은 구름 한 점 없고, 바람마저 고요해 나무는 불타고 시내는 갈라졌네. 온 산이 열기로 가득하니, 탁탁거리며 돌이 갈라지며 재 되어 날리는구나. 공중의 새들도 목숨 다했는지, 깊숙한 숲속으로 뒤집혀 떨어지고, 물속의 어룡들도 비늘이 떨어지는지, 진흙 속으로 뚫고 들어가네. 돌로 만든 범이라도 쉼 없이 헐떡거리고, 쇠로 만든 사람도 구슬땀 떨구누나.

熱氣蒸人, 囂塵撲面. 萬里乾坤如甑, 一輪火傘當天. 四野無雲, 風寂寂樹焚溪坼; 千山灼焰, 吡剝剝石裂灰飛. 空中鳥雀命將休, 倒攧入樹林深處; 水底魚龍鱗角脫, 直鑽入泥土窖中. 直敎石虎喘無休, 便是鐵人須汗落.

이때 양지는 산속 구석진 길을 가면서 일행을 재촉했다. 시간이 정오가 되자 햇볕이 바다에 깔린 돌 을 뜨겁게 달구이 빌비딕이 뜨겁고 아파 도저히 길을 수

가 없었다. 병사들이 고통스럽게 호소했다.

"이렇게 날이 뜨거워서야 햇볕을 피하지 않으면 사람 죽겠네!"

양지가 병사들에게 소리쳤다.

"빨리 가라! 일단 앞에 언덕을 지난 다음에 쉬도록 하자."

사람들이 언덕을 바라보니,

언덕 위는 녹색 잎 나무 가득하고, 아래는 누런 모래 깔려 있네. 산세 높고 험한 것이 뒤섞여 마치 늙은 용의 형상이고, 험준하지만 비바람 소리 들리누나. 산기슭 떼 풀은 어지러이 가는 것이 창칼이 두루 퍼져 있는 듯하고, 가득한 돌들은 추하고 무섭게 생겨 나란히 범과 표범이 잠든 듯하네. 서천西川의 촉도蜀道가 험하다 말하지 말라, 이곳이 바로 태항산太行山임을 알지어다.

頂上萬株綠樹, 根頭一派黃沙. 嵯峨渾似老龍形, 險峻但聞風雨響. 山邊茅草, 亂絲絲攢遍地刀槍; 滿地石頭, 磃可可睡兩行虎豹. 休道西川蜀道險, 須知此是太行山.

당시 일행 15명은 언덕으로 달려가 짐을 내려놓고 쉬었고, 그 14명은 모두 모두 소나무 그늘에서 누워버렸다. 양지가 말했다.

"큰일이네! 여기가 어딘지 알고 쉬려 하느냐? 일어나 빨리 가자!"

병사들이 말했다.

"우리를 토막 내 잘게 다진다 하더라도 더는 갈 수 없습니다."

양지가 등나무 가지로 머리 정면을 때리는데 이쪽에 있는 자를 때리면 일어났으나 저쪽에 일어났던 자는 도로 누워버리니 양지도 어찌해볼 도리가 없었다. 두 우후와 늙은 집사가 숨 가쁘게 서둘러 올라오더니 소나무 밑에 앉아 헐떡거렸다. 양지가 병사들을 때리는 것을 늙은 집사가 보고는 말했다.

"제할, 정말 너무 더워 갈 수가 없으니 그들을 볶지 마시오!"

"집사가 잘 모르겠지만 여기가 바로 강도가 자주 출몰하는 황니강이라는 곳이오.[20] 태평한 시절 백주 대낮에도 버젓이 나타나 약탈하는데 지금 같은 상황이라면 더 말할 것도 없소. 누가 감히 여기서 걸음을 멈추고 쉰단 말이오!"

두 우후가 양지의 말을 듣고 말했다.

"그렇게 말하는 것을 몇 번 들었는데, 그런 말로 사람을 놀라게 하는구려."

늙은 집사도 거들었다.

"다들 잠시 쉬었다가 정오가 지나서 출발하는 것은 어떻소?"

양지가 말했다.

"당신은 아직도 제대로 판단을 못하는 것 같소! 어떻게 하자는 것이오? 이 언덕을 내려가서 7~8리 안에는 인가가 전혀 없는데, 여기가 어디라고 감히 더위를 식힌다는 것이오!"

늙은 집사가 말했다.

"나는 여기서 잠시 앉았다가 갈 테니 당신은 사람들 데리고 먼저 가시오."

양지가 등나무 가지를 들고 소리쳤다.

"한 놈도 가지 않으면, 내 몽둥이로 20대를 두들겨주겠다."

병사들이 다들 소리치며 일어났다. 그들 가운데 하나가 말했다.

"제할님, 우리는 100근이 넘는 짐을 지고 가므로 빈손으로 가는 제할님과 비교가 안 됩니다. 당신은 정말 사람을 사람으로 대하지 않는군요! 유수 상공이 친히 압송할 때에도 우리에게 말할 수 있도록 했소. 우리의 노고는 전혀 알아주지 않고 혼자 멋대로 하는 것이오!"

양지가 욕설을 퍼부었다.

"이 짐승 같은 놈이 나를 열 받아 죽게 하려는구나! 네놈이 맞아야겠구나."

20_ 북경北京(허베이성 다밍大名)은 동경東京(허난성 카이펑)의 북쪽에 위치해 있다. 북경에서 동경으로 가는 직선거리로 380리 정도다. 그러나 여기서는 먼저 북경의 동남쪽에 위치한 제주까지 간 다음 (260리), 다시 제주에서 서쪽으로 동경까지(340리) 간다는 것은 일부러 길을 돌아가는 것으로 이 치닝 힙리긱이찌 꼿하나.

등나무 가지를 들어 얼굴을 때리기 시작했다. 그때 늙은 집사가 소리 질렀다.

"양 제할, 멈추게! 내 말 좀 듣게나. 내가 동경 태사부에서 유모의 남편일 때 문하에서 무수히 많은 군관을 보았지만 모두 나를 공경하며 내 말을 들었네. 내가 말을 각박하게 하는 것이 아니라 자네는 죽어야 할 군인인데 상공께서 가련하게 여겨 제할로 발탁했더니 겨자씨만한 말단 관직을 믿고 거들먹거리는 것이 아닌가! 내가 상공 집안의 집사라면 말할 것도 없지만 설령 시골 노인네라도 타이르면 들어야지. 사람들을 때리기만 하니, 어찌 사람을 그렇게 대하는가?"

"집사는 도시 사람이고 태사의 집안에서 성장했기에 여행길이 대단히 어렵다는 것을 어떻게 알겠소."

"사천四川, 광동廣東, 광서廣西도 다 가보았지만 자네처럼 이렇게 으스대는 것은 보지 못했네."

"지금은 태평한 시절과 비교해서는 안 됩니다."

"그런 허튼소리 하다 아가리가 도려내지고 혀가 잘릴 것이네, 지금 천하가 어째서 태평치 않다는 것이냐?"

양지가 다시 대답하려고 할 때 맞은편 소나무 숲 안에서 사람의 그림자가 언뜻 비치더니 머리를 살짝 내밀고 살그머니 엿보는 것이었다. 양지가 말했다.

"내가 뭐라고 그랬소? 이렇게 나쁜 놈이 나타나지 않았소!"

등나무 가지를 던지고 박도를 들고는 소나무 숲으로 달려 들어가 소리쳤다.

"네 이놈 정말 대담하구나. 감히 우리 짐을 노리느냐!"

바로 다음과 같다.

귀신을 말하면 귀신이 오고, 도적을 말하면 도적이 오게 되네.

서로 한집안 사람이건만 얼굴을 맞대고도 알아보지 못하는구나.

說鬼便招鬼, 說賊便招賊.

却是一家人, 對面不能識.

쫓아가서 보니 소나무 숲 안에 강주거江州車²¹ 7량이 나란히 늘어서 있었고 일곱 사람이 웃통을 벗은 채로 더위를 피하고 있었다. 한 사람은 구레나룻 옆에 커다란 붉은 반점이 있었고 손에 박도를 들고 있었다. 양지가 달려오는 것을 보더니 일곱 사람은 일제히 "어이쿠!" 하며 펄쩍 일어났다. 양지가 소리쳤다.

"너희는 뭐하는 사람이냐?"

그 일곱 사람이 말했다.

"당신은 누구요?"

양지가 다시 물었다.

"너희들 나쁜 놈들 아니냐?"

"당신이 되레 물어보는데, 우리는 밑천이 적은 장사치라 당신에게 줄 돈이 없소이다."

"너희가 밑천이 적으면 나는 본전이 많단 말이냐!"

"당신은 정말 뭐하는 사람이오?"

"너희는 어디에서 왔느냐?"

"우리 일곱 형제는 호주濠洲²² 사람인데 대추를 팔러 동경으로 가려고 여기를 지나는 중이었소. 사람들이 말하길 여기 황니강에서 항상 도적이 재물을 빼앗는다고 들었소. 우리는 걸으면서, '우리는 다른 어떠한 재물도 없고 대추뿐이다'라고 얘기하면서 언덕을 넘으러 왔소. 언덕에 오르니 너무 더워서 잠시 숲에서 쉬었다가 날이 서늘해지면 가려고 했소. 그런데 사람들이 언덕을 올라오는 소리를 듣고 나쁜 놈들일까 두려워 이 형제를 시켜 살펴보게 한 것이오."

21_ 강주거江州車: 손으로 미는 외바퀴 수레로 산길로 물건을 운반하기에 편리하다. 『후한서後漢書』 「군국지郡國志」에 근거하면 제갈량이 파군巴郡 강주현江州縣에 있을 때 고안했기 때문에 이렇게 부른다고 한다.

22_ 호주濠洲: 한나라 때 종리현鍾離縣이었고 당나라 때 명칭을 호주濠洲로 변경했다. 송나라 때는 봉양부鳳陽府였다.

양지가 말했다.

"원래 그랬군요. 그냥 일반 장사꾼이군요. 방금 우리를 엿보기에 나쁜 사람인 줄 알고 쫓아와본 것이오."

"손님, 대추나 먹고 가시오."

"아니, 됐소."

양지는 박도를 들고 짐이 있는 곳으로 돌아왔다. 늙은 집사가 말했다.

"도적이 있으면 우리 그만 쉬고 갑시다."

양지가 말했다.

"나쁜 놈들인 줄 알았는데 원래 대추를 팔러 가는 길손이오."

"자네가 방금 말한 대로면 대추 장사들은 도망친 무리라 죽음을 두려워하지 않는 것이네!"

"다툴 필요 없소. 나는 아무 일도 없으면 그만이오. 너희는 잠시 쉬고 서늘해지면 출발하자."

병사들이 모두 비웃었다. 양지가 박도를 땅에 꽂고 나무 아래에 가서 앉아 쉬었다.

밥 한 그릇 먹기에 조금 부족한 시간이 지나고 멀리서 한 사내가 멜대에 통두 개를 지고 노래를 부르며 언덕을 올라오는 것이 보였다. 노래하기를,

붉은 해 타는 듯 이글거리니, 들판의 벼 반쯤 말라죽었구나.
농부의 마음은 끓어오르는데, 공자와 왕손들 부채질만 하네.
赤日炎炎似火燒, 野田禾稻半枯焦. 農夫心內如湯煮, 公子王孫把扇搖.

그 남자는 노래를 부르며 언덕을 올라와 소나무 숲에 통을 내려놓고 앉아 더위를 피했다. 병사들이 보고는 물었다.

"통 안에 든 것이 무엇이오?"

그 사내가 대답했다.

"백주白酒요."

"어디로 가지고 가는 것이오?"

"팔려고 마을에 가지고 가는 것이오."

"한 통에 얼마요?"

"닷 관에서 조금 빠져도 됩니다."

병사들이 서로 상의하며 말했다.

"날도 덥고 목도 타는데 더위 좀 가시게 조금만 사서 마시세."

돈을 모으려고 하는데 양지가 보고는 소리쳤다.

"너희 또 뭐 하는 짓이냐?"

"술 한 사발 사서 마시려고 하오."

양지가 박도를 잡고 자루로 치며 욕을 했다.

"이놈들 내 말을 듣지 않고 함부로 술을 사서 마시려 하느냐. 정말 대담하구나!"

"별 것도 아닌데 또 좆같이 구네! 우리끼리 돈을 모아 술을 사서 마시려고 하는데 당신과 무슨 상관이오? 또 사람을 때리시오!"

"너희 좆같은 촌뜨기들이 뭘 알겠느냐! 주둥이로 처먹을 줄만 아는구나! 여행길이 얼마나 어려운지 아무것도 모르는구나. 얼마나 많은 사내가 몽한약蒙汗藥[23]을 먹고 쓰러진 줄 아느냐!"

술을 짊어지고 온 사내가 양지를 보고 비웃으며 말했다.

"손님은 뭘 몰라도 한참 모르시오! 다행히 나는 당신한테 팔 생각도 전혀 없는데, 세상 물정 모르는 소리나 하고 있소."

양지 일행이 소나무 옆에서 소란스럽게 말다툼을 벌이자 맞은편 소나무 숲

23_ 당시 사리풀 씨를 사용했는데 독이 있어 사람을 혼미하게 만들었다. 급히 농도가 짙은 감초 즙을 부어야 해독할 수 있었다. 『수호전전교주』에 따르면 "정목형의 『주략』에서 이르기를, '예를 들면 당나귀 떼 인뉵긴炙蒜山이 기단炙汁을 휴빈아여 사리풀 술을 먹인 다음 쥐하자 생매장시켰다"고 했다.

에 있던 대추를 파는 상인들이 모두 박도를 들고 달려나와 물었다.

"왜 이리 소란스럽소?"

술을 메고 온 사내가 말했다.

"내가 산언덕 너머 마을에 가서 술을 팔려고 지나가다가 더워서 여기서 쉬고 있었소. 저들이 술을 사서 마시겠다고 하는데 나는 전혀 팔 생각이 없었소. 그런데 저분이 내 술 안에 무슨 몽한약을 탔다고 하니 당신이 보기엔 우습지 않소? 그런 말이나 지껄이다니!"

그 일곱 명의 상인이 말했다.

"나쁜 놈들이 나타난 줄 알았더니 그런 일이 있었구려. 말 한마디 잘못한 것 가지고 너무 따지지 마시오. 우리도 마침 술로 갈증이라도 풀려고 했는데, 저 사람들이 의심하니 우리한테 한 통 파시오."

"안 팔아요! 안 팔아!"

"아, 좆같이 이해를 못하는구먼. 우리가 당신한테 뭐라고 했소? 당신이 어차 피 근처 마을에 가져다가 팔아 돈을 버는 것이나 여기서 우리한테 파는 것이나 매한가지인데, 뭐 그리 중요하오? 당신이 우리에게 차 한 잔 베풀어 더위와 갈증 을 씻어주는 것과 무엇이 다르겠소."

그 술을 메고 온 사내가 말했다.

"술 한 통 때문에 싸우려는 것이 아니라 저 사람 말이 괘씸해서 그렇소. 또 퍼마실 표주박도 없소."

"사내가 너무 진지하오! 한마디 했다고 뭐 그리 중요하단 말이오? 표주박은 여기 우리한테 있소."

대추장수 두 명이 수레 앞으로 가더니 한 사람은 야자열매 표주박 두 개를 꺼내고 다른 한 사람은 대추를 한 움큼 들고 오더니 일곱 명이 술통 옆에 서서 뚜껑을 열고 번갈아가며 술을 퍼 마시고 대추를 먹었다. 순식간에 술 한 통을 모두 마셨다. 일곱 명이 말했다.

"술값이 얼마인지 묻지도 않았네?"

"나는 원래 장사할 때 술값을 말하지 않소. 한 통에 5관에서 조금 빠지고 한 짐은 10관이오."

"5관이면 당신 말대로 5관 줄 테니 한 바가지만 더 마십시다."

"더는 안 됩니다. 정해진 가격이오."

한 사람이 돈을 건네고 다른 한 사람은 나머지 통 뚜껑을 열더니 한 바가지 떠가지고 가서 마셨다. 술 파는 사람이 빼앗으려 하자 그 손님이 술이 반쯤 담긴 표주박을 들고 숲속으로 도망쳤고, 술 파는 사람이 뒤쫓아갔다. 그러자 이쪽 다른 사람이 소나무 숲에서 나와 표주박을 들고 통에서 술을 펐다. 그 모습을 본 술 파는 사람이 달려와 표주박을 빼앗아 통 안에 도로 부으며 뚜껑을 덮고 표주박을 땅바닥에 던지며 말했다.

"점잖지 못한 사람들 같으니! 체면이 있는 사람이라면 이런 소란을 피우겠소!"

한편 맞은편에서 그 광경을 보고 있던 병사들은 술이 마시고 싶어 마음들이 조급해졌다. 그 가운데 한 병사가 늙은 집사에게 다가가서 말했다.

"나리, 한마디만 하시죠. 저 대추 파는 사람들도 한 통 사서 마셨는데 우리도 까짓것 사서 한 통 마시고 목 좀 축이면 좋지 않겠습니까? 사실 덥고 목이 말라 참을 수가 없습니다. 여기 언덕 위에 물을 얻어 마실 수 있는 곳도 없는데, 나리가 좀 도와주세요."

늙은 집사는 병사들이 말하는 것을 보고 자기도 속으로 마시고 싶어서 양지에게 말했다.

"대추 파는 사람들이 이미 한 통 사서 마셨고 이제 한 통만 남았으니 우리도 더위도 피할 겸 사서 마십시다. 언덕 위엔 물 얻어 마실 곳도 없지 않소."

양지는 생각했다.

'내가 멀리서 살펴보니 이놈들 모두가 술을 마셨고 다른 통에 든 술도 반 바가지나 마셨는데 아무 일도 없었다. 오전 내내 두들겨 팼으니 대충 한 바가지씩

마셔도 괜찮을 것 같다.'

양지가 말했다.

"집사님 말씀대로 이놈들 사서 먹이고 곧 출발합시다."

이 말을 들은 병사들이 돈 5관을 모아 술을 사려고 했다. 술파는 사내가 말했다.

"안 팔아요! 안 팔아! 이 술에 몽한약을 탔어요!"

병사들이 웃으면서 말했다.

"형씨, 그렇게 말할 것까지야 없잖소!"

"안 팔아요. 귀찮게 하지 마시오!"

대추장수들이 달래며 말했다.

"이런 쪼잔한 사람 같으니. 저 사람이 말을 잘못하긴 했지만, 당신도 너무 곧 이들을 필요 없지 않소! 우리도 저 사람한테 연루되어 당신한테 한 소리 들었잖소. 저 사람들과 상관없는 일이니 대충 그만하고 그들도 마시게 파시오."

술파는 사내가 말했다.

"아무 근거 없이 다른 사람을 의심하는 것은 도대체 무슨 짓이오?"

대추장수가 술파는 사람을 한쪽으로 밀어내고 술통을 병사들에게 넘겨줘 마시도록 했다. 병사가 술통 뚜껑을 열었으나 떠먹을 수 있는 바가지가 없어서 조심스레 대추장수에게 바가지를 빌려달라고 말했다. 대추 장수들이 말했다.

"여기 대추를 안주로 드시오."

"무슨 소리요. 그럴 수는 없지."

"사양할 것 없소, 다 같은 장사꾼인데 대추 몇 개가 뭐 대단하다고 그러시오."

병사가 감사하고 먼저 두 바가지를 떠서 늙은 집사에게 한 바가지 주고 양지에게 주었으나 양지는 마시려 하지 않았다. 늙은 집사가 먼저 한 바가지 마시고 두 우후가 한 바가지씩 마셨다. 병사들이 한 바가지씩 마시자 술통이 금방 바닥났다. 양지는 다들 마시고 아무 일 없는 것을 보고 마시지 않으려 했으나 날도 너무 덥고 목마름을 견디기 어려워 반쯤 마시고 대추도 몇 개 먹었다. 술파는 사내가 말했다.

"이 통의 술은 저쪽 손님들이 한 바가지 떠 마셔서 조금 부족하니 내가 반 관 깎아주겠소."

병사들이 거둔 돈을 주었고, 술 팔던 사내는 돈을 받으며 빈 통을 지고 노래를 부르며 언덕 아래로 내려갔다.

7명의 대추를 파는 상인들이 소나무 옆에 서서 15명을 가리키며 말했다.

"쓰러져라! 쓰러져라!"

15명은 머리는 무겁고 다리는 가벼워지더니 서로 얼굴을 쳐다보며 모두 쓰러졌다. 그 7명의 상인들은 소나무 숲에서 일곱 량의 강주거를 밀고 나와 수레에 실었던 대추를 모두 버리고 열한 짐의 금은보석을 싣고는 소리쳤다.

"미안하오!"

곧장 황니강에서 내려갔다. 바로 다음과 같다.

백성의 고혈 짜내어 생신을 축하하려 하니
백성의 생활이 죽음에 이르렀는데도 돌아보지 않네.
이제야 믿기 시작했지만 예로부터 강탈하는 것은
양심에 꺼리는 일에는 반드시 까닭이 있음을.
誅求膏血慶生辰, 不顧民生與死隣.
始信從來招劫盜, 虧心必定有緣因.

양지는 입으로는 큰일 났다고 질러댔지만 몸에 힘이 빠져서 발버둥 쳐도 일어날 수 없었다. 15명은 눈을 뻔히 뜨고 7명이 금은보화를 싣고 가는 것을 쳐다보면서도 일어나지 못했고 움직이지도 못했으며 말할 수도 없었다. 독자 여러분께 물어보겠습니다. 이들 7명은 누구인가? 다른 사람이 아니라 원래 조개·오용·공손승·유당·삼완 일곱 사람이었다. 그리고 술을 지고 왔던 사내는 백일서 백승이었다. 어떻게 약을 탔는가? 원래 언덕 위에 지고 왔을 때에는 두 통 모두 좋은 술이었다. 일곱 명이 먼저 한 통을 마시고 유당이 나머지 한 통 뚜껑을 열어 반 바가지를 일부러 떠 마셔 독이 없다는 것을 보임으로서 그들이 마음 놓고 마시도록 한 것이었다. 그다음에 오용이 소나무 숲 안에서 약을 가지고 나와 표주박 안에다 넣고 술을 떠서 마시는 것처럼 하면서 휘저었고 이때 이미 몽한 약은 이미 술 속에 섞였다. 그런 다음 거짓으로 반 바가지를 떠서 마시려 하자 백승이 빼앗아 도로 통 속에 넣은 것이다. 이것이 바로 계책이었다. 이 계책은 모두 오용이 마련한 것으로 '지혜로 생신강을 빼앗다'라고 부르는 것이다.

원래 양지가 마신 술은 많지 않아서 빨리 깨고 일어났으나 제대로 서 있지 못했다. 14명을 보니 입가에 침을 흘리며 모두 움직이지 못했다. 이것이 바로 속담에서 말하는, '너의 간사함이 아무리 귀신과 같을지라도 발 씻는 물도 먹게 된다'[24]는 격이다. 양지는 분노하며 말했다.

"너희가 생신강을 가져가버리면, 내가 어떻게 돌아가서 양 중서를 본단 말이냐? 이 재물을 수령한 영수증을 이제 제출할 수 없게 되었으니, 찢어버려야겠구나. 이제 집이 있어도 달려갈 수 없고 나라가 있어도 의지할 수 없으니 어디로 가야 한단 말이냐? 차라리 이 언덕에서 죽을 곳을 찾는 것이 낫겠다."

옷을 걷어 올리고 발걸음을 성큼성큼 내디디며 황니강 아래로 뛰어 내리려고 했다. 바로 3월의 비에 떨어지는 꽃과 같고 9월의 가을 서리에 앙상해지는 수양버들 같았다.

결국 양지가 황니강에서 자결하고자 했는데, 그의 목숨이 어떻게 되는지는 다음 회에 설명하노라.

24_ 원문은 '饒你奸似鬼, 吃了洗脚水'다.

족전足錢

본문에 '오관족전五貫足錢'이란 말이 나온다. 여기서 '족전足錢'은 '족백전足陌錢'으로 '백전百錢'을 '백맥陌'이라 한다. 즉 '족전'은 '백전百錢'이지만 백이 안 되는 팔십 혹은 구십 전을 말한다.

송나라 때 동전은 작은 단위가 '문文'이고 큰 단위는 '민緡' 혹은 '관貫'이었다. 관貫은 1000개의 동전을 끈으로 꿴 것을 말한다. '오관족전五貫足錢'은 바로 '오관전五貫錢'으로 '오천문전五千文錢'과 같은 말이라 할 수 있지만, 정확하게 말하면 '오관전'은 '오관족전'보다는 조금 많은 돈을 말한다. 여기서 '족足'의 의미는 '부족不足'이라 할 수 있다. 정리하면 '오관전'은 바로 '오천문전'이고, '오관족전'은 '오천문전'에서 조금 부족한 것을 말한다. 그래서 역자는 '오관족전'을 '다섯 관에서 조금 빠진 돈(오천문전에서 조금 부족한 돈)'이라 번역했다.

'백일서白日鼠' 백승白勝

『수호전보증본』에 따르면 "북송 시기 유기劉跂의 『가일기暇日記』에서 이르기를, '절강浙江에서는 도적을 백일귀白日鬼라 불렀다'고 했다. 『무림구사武林舊事』「유수游手」에서 이르기를, '물건을 매매하는 데 있어서 가짜를 진짜로 하여 교역하고 심지어는 종이로 옷을 만들고 구리와 납으로 금은을 만들며 흙과 나무로 향약香藥을 만들었는데, 그 변환시키는 것이 귀신과 같아 백일적白日賊이라 했다'고 했다. 백일서白日鼠는 백일귀와 백일적에서 변화된 것으로 송나라 때 백일白日(대낮)에 도둑질을 하는 것을 백일귀라 불렀다"고 했다. 즉 백승白勝을 백일서白日鼠라 부른 것은 백주 대낮에 쥐처럼 도둑질한다는 의미로 해석할 수 있다.

이
룡
산
을
차
지
하
다[1]

양지는 당시 황니강에서 생신강을 빼앗기고 돌아가 양 중서를 볼 면목이 없어서 언덕 위에서 죽을 길을 찾고자 했다. 황니강 아래를 내려다보며 몸을 던져 뛰어내리려 할 때 문득 깨닫는 게 있어 발길을 멈추고 속으로 생각했다.

'부모님이 나를 낳아주시고 당당하고 늠름한 몸이 되었다. 또 어려서부터 십팔반무예를 몸에 익혔는데 이렇게 끝날 수는 없다! 오늘 죽을 곳이나 찾기보다는 나중에라도 그놈들을 붙잡고 나서 다시 생각해보는 것이 낫겠다.'

몸을 돌려 다시 14명을 보니 모두 눈만 멀뚱멀뚱 뜨고 멍하니 양지만 바라보며 발버둥쳤지만 일어날 수 없었다. 양지가 삿대질하며 욕설을 퍼부었다.

"네놈들 모두 내 말을 듣지 않더니 결국 이렇게 되어서 나까지 연루시키고 말았구나."

나무 밑동에서 박도를 집어 들고 요도를 차며 주변을 살펴보니 다른 남은 물

1_ 제17회 제목은 '花和尚單打二龍山(화화상이 혼자 이룡산에서 싸우다), 青面獸雙奪寶珠寺(청면수가 짝을 지어 보주사를 탈취하다)'다.

건은 아무것도 없었다. 양지는 한숨을 내쉬고 곧장 언덕을 걸어 내려갔다.

　나머지 14명은 2경이 되어서야 겨우 깨어났다. 한 명씩 기어 일어났는데, 화살을 연달아 쏘는 것처럼 일어나는 순서대로 '아이고' 하며 소리쳤다. 늙은 집사가 말했다.

　"너희가 양 제할의 바른 말을 듣지 않아 오늘 나도 죽게 생겼다!"

　"나리, 오늘 일이 이렇게 되었으니 살아날 방법이나 찾아봅시다."

　"너희에게 무슨 좋은 생각이 있느냐?"

　"모두 우리 잘못입니다. 옛사람이 말하기를, '불이 몸에 옮겨 붙으면 각자 알아서 끄고, 독충이 품 안으로 들어오면 즉시 옷을 벗으라'[2]고 했습니다. 만일 양 제할이 아직 이곳에 있다면 우리는 아무 할 말이 없습니다. 지금 그가 떠나 버리고 어디로 갔는지 모르므로 우리는 양 중서 상공에게 돌아가서, 어찌 모든 책임을 그에게 뒤집어씌우지 않겠습니까? '양지가 도중에 우리를 모욕하고 때리며 욕했고 핍박받은 우리는 어떻게 할 수가 없었다, 그는 강도들과 한패로 우리에게 몽한약을 먹여 쓰러뜨린 뒤에 손발을 묶어놓고 보물을 모두 강탈해갔다'고 말하면 됩니다."

　늙은 집사가 말했다.

　"그 말이 맞다. 날이 밝아지거든 먼저 이곳 관아에 가서 고발하고, 우후 둘은 관아에 남아 기다리면서 도적을 잡도록 해라. 우리는 밤낮으로 북경으로 돌아가 본관에게 알리고 문서를 작성하여 다시 태사에게 보고하고 제주부에서 책임지고 강도를 잡게 하는 것이 좋겠다."

　다음날 날이 밝자 늙은 집사가 일행과 함께 제주부로 가서 해당 관리에게 고발했음은 말할 필요가 없다.

2　원문은 '火焰到身, 各自去撲; 蜂蠆入懷, 隨即解衣'다.

한편 양지는 박도를 들고 울적한 마음으로 황니강을 떠나 남쪽을 향해 한나절을 걸었다. 또 한밤중까지 걷다가 숲으로 들어가 쉬면서 생각했다.

'노자도 한 푼 없고 아는 사람도 없는데 이제 어떻게 해야 하나?'

날이 차츰 밝아오자 서늘한 틈을 이용해 발길을 재촉했다. 다시 20여 리를 걸었다.

푸른 얼굴 강하게 영웅호걸 뽐내는데, 금은보화 열한 짐을 줘버리고 말았네.

오늘은 어찌하여 그리도 급히 가는지, 누가 등나무 가지로 때리는지 모르네.

面皮靑毒逞英豪, 白送金珠十一挑.

今日爲何急行行, 不知若個打藤條.

양지는 힘들게 걸어 한 주점 앞에 도착했다. 양지가 말했다.

"술이라도 마시지 않으면 어떻게 견디겠나?"

주점 안으로 들어가 뽕나무 탁자의 의자에 앉고 박도를 몸 옆에 기대어 세웠다. 부뚜막 옆에 서 있던 부인이 물었다.

"손님, 식사하시렵니까?"

"먼저 술 두 각 가져오고 쌀 좀 빌려 밥도 짓고 고기도 있으면 조금 가져오시오. 계산은 나중에 한꺼번에 하겠소."

그 부인은 젊은이를 불러서 술을 거르게 하고 한편으로는 밥을 짓고 고기를 볶아 양지가 먹을 수 있도록 내왔다. 양지가 모두 먹고 일어나 박도를 들고 주점을 나서자 부인이 따라 나오며 말했다.

"술과 음식 값을 안 냈습니다!"

"다음에 돌아올 때 줄 테니 외상으로 잠시 달아놓으시오."

그리고는 걸어갔다. 술을 따르던 젊은이가 쫓아와 양지를 붙잡았다가 한 대 맞고 쓰러졌다. 부인이 억울해하며 소리쳤으나 양지는 전혀 신경 쓰지 않고 앞으로 걷기만 하는데 뒤에서 한 사람이 쫓아 나와 소리쳤다.

"네 이놈 어디로 도망가느냐!"

양지가 뒤돌아보니 그 사람은 팔을 걷어 부치고 간봉梶棒3을 끌면서 달려왔다. 양지가 말했다.

"이놈이 정말 재수가 없지 않고서야 어찌 나를 쫓아오는가!"

가던 걸음을 멈추고 서서 기다렸다. 그 뒤를 보니 얻어맞은 술을 거르던 젊은이가 삼지창을 들고 뒤에서 따라왔다. 또 장객 두세 명이 각자 간봉을 들고 날듯이 쫓아왔다. 양지가 말했다.

"이놈을 쓰러뜨리면 저놈들은 감히 쫓아오지 못하겠구나."

박도를 잡고 달려오는 사내와 싸웠다. 그 사내 또한 간봉을 돌리며 맞서서 덤볐다. 둘이 20~30합을 싸웠는데 사내는 양지의 상대가 되지 않아서 간격을 두고 막는 데 급급하여 위아래로 피할 따름이었다. 뒤에 따라온 젊은이와 장객들이 함께 달려들려고 하자 싸우던 사내가 펄쩍 뛰어 사정권 밖으로 물러서더니 소리쳤다.

"모두 잠시 멈추시오! 거기 박도 쓰는 대장부께서는 성명을 알려주시오."

양지는 가슴을 두드리며 말했다.

"내 이름을 숨기거나 바꿀 생각은 추호도 없다. 청면수 양지가 바로 나다!"

사내가 말했다.

"그럼 바로 동경 전사 양 제사 아니시오?"

"내가 양 제사라는 것을 어떻게 아느냐?"

그 사내는 봉을 던지고 절하며 말했다.

"소인이 눈을 달고 태산을 알아보지 못했습니다."

양지가 이 사람을 부축하여 일으키며 물었다.

3_ 산봉梶棒. 냉기로 사용하는 나무 몽둥이.

"당신은 뉘시오?"

"소인은 원래 개봉부 사람인데 팔십만 금군 교두 임충의 제자로 이름은 조정曹正이며 대대로 백정 노릇을 하고 있습니다. 짐승을 잘 잡으며 근육을 추려내고 뼈도 잘 잘라내며 가죽을 밀어 벗겨내는 솜씨가 좋아 사람들이 저를 '조도귀操刀鬼'라고 부릅니다. 고향의 한 재력가가 5000관을 소인에게 대주어 이곳 산동에 와서 장사를 하게 했는데, 생각지 않게 본전을 다 까먹고 고향으로 돌아가지 못하다가 여기 한 농가의 데릴사위가 되었습니다. 방금 부엌에 있던 부인이 소인의 집사람이고 삼지창을 든 사람은 처남입니다. 조금 전 소인이 제사와 겨룰 때 솜씨가 제 스승과 같은 것을 보고 대적할 수 없음을 알았습니다."

"원래 임 교두의 제자였구려. 당신의 스승이 고 태위의 모함을 받아 산으로 가서 도적이 되었네. 지금은 양산박에 있다네."

"소인도 그런 말을 들었으나 진실을 알 수가 없었습니다. 제사께서는 저희 집으로 가서서 잠시 쉬시지요."

양지는 조정과 함께 다시 주점 안으로 들어갔다. 조정은 양지를 내실 안에 앉히고 부인과 처남을 불러서 절을 시킨 뒤 다시 술과 음식을 내와서 대접했다. 술을 마시는 도중에 조정이 정중하게 물었다.

"제사께서는 무슨 연고로 이곳에 오셨습니까?"

양지는 제사가 되어 화석강을 물에 빠뜨렸고 또 지금 양 중서의 생신강을 잃어버린 일을 처음부터 자세하게 얘기했다. 조정이 말했다.

"이미 이렇게 됐으니 잠시 소인의 집에 머무르면서 다시 의논해보시죠."

"그렇게 말하니 호의가 너무 고맙네. 다만 관아에서 곧 잡으러 올 텐데 오래 머무를 수는 없네."

"그럼 제사께서는 어디로 가려하십니까?"

"양산박에 가서 자네 스승인 임 교두를 찾아보려고 하네. 전에 그곳을 지날 때 산 아래로 내려온 임 교두와 실력을 겨룬 적이 있었다네. 우리 둘의 실력이 막상막하인 것을 왕륜이 보고 나를 산채로 데려가 그때 자네 사부인 임충을 알게 되었다네. 당초에 왕륜이 간절하게 나를 남게 하려고 했지만 도적이 되고 싶지는 않았다네. 이제 와서 얼굴에 금인을 새기고 찾아가려 하니 용기가 나지 않네. 그래서 주저하며 결정도 못하고 진퇴양난일세."

"제사께서 잘 보셨습니다. 저도 소문을 들어보니 왕륜 그놈은 마음 씀씀이가 작아서 사람을 받아들이지 않는답니다. 제 사부 임 교두도 입산할 적에 그놈에게 갖은 수모를 당했답니다. 소인이 사는 여기에서 멀지 않은 곳이 바로 청주靑州인데 그곳에 이룡산二龍山이 있고 산 위에는 보주사寶珠寺란 절이 있습니다. 이룡산은 본디 보주사를 사방으로 잘 감싸고 있어서 올라가는 길이 하나밖에 없습니다. 지금 절의 주지가 환속하여 머리를 기르자 나머지 중들도 모두 그를 따르고 있습니다. 듣자 하니 그가 400~500명을 모아 곳곳에서 재물을 약탈하는데 사람들이 주지를 '금안호金眼虎' 등룡鄧龍이라고 부릅니다. 제사께서 만일 도적이 되겠다고 마음먹으셨다면 그곳에 몸을 의탁하는 것이 좋을 듯합니다."

"그런 곳이 있다면 어찌 달려가서 의지하며 생활하지 않겠는가?"

그날은 조정의 집에서 하루 머물고 약간의 노자를 빌려 박도를 들고 조정과 작별한 뒤 발걸음을 이룡산으로 향했다. 하루 내내 쉬지 않고 걸어 날이 저물 무렵 멀리 높은 산이 보였다. 양지가 말했다.

"오늘 밤은 숲에서 쉬고 내일이나 산에 올라야겠다."

몸을 돌려 숲으로 들어가다가 깜짝 놀랐다. 뚱뚱한 중 하나가 웃통을 벗어 던지고 꽃무늬 문신이 가득한 맨몸으로 소나무 밑동에 앉아 더위를 피하고 있었다. 그 중은 양지를 보고 나무 밑동에서 선장을 집어 들고 벌떡 일어나더니 크게 소리 질렀다.

"이런 좆같은 놈이 있나, 너는 어디서 온 놈이냐?"

바로 다음과 같다.

금은보화 열한 짐 허망하게 잃고는, 보주사에서 빚진 것 돌려달라 재촉하네.

절간에 의탁하여 도적떼 가입하려면, 먼저 절 밖의 화상부터 끌어내야 하누나.

平將珠寶擔落空, 却問寶珠寺討帳.

要投入寺裏強人, 先引出寺外和尙.

양지는 듣고서 말했다.

"원래 관서關西 땅 중이구려. 당신은 나와 같은 고향이니 한 가지 물어봅시다."

양지가 소리쳤다.

"스님은 어디 사람이오?"

그 중은 아무 대답도 하지 않고 손에 쥐고 있던 선장을 돌리며 덤벼들었다. 양지가 말했다.

"이런, 까까대가리 놈이 어찌 이리 무례하단 말이냐, 네놈에게 화풀이나 해야 겠구나!"

손에 박도를 잡고 그 중에게 달려들었다. 둘은 숲속에서 왔다 갔다 위로 한 번 아래로 한 번 서로 대적했다.

용 두 마리가 여의주 다투는가, 호랑이 한 쌍이 먹이를 다투는가.

선장 들어 올리니 호랑이 꼬리와 용의 힘줄 같고

박도 날리니 용의 갈기와 호랑이 발톱 같구나.

높고 험준한 산, 와르르 하늘이 무너지고 땅이 꺼지는가

뭉게뭉게 피어나는 구름 속에 검은 기운 빙빙 도네.

모질고 씩씩하게 천둥 크게 울리고 바람은 울부짖고

살벌한 기운 가운데 금빛 번쩍거리도다.

용 두 마리가 여의주 다투자

신체 건장하고 힘 있으며 서리처럼 빛나는 칼끝에 의지하던

주처周處[4]도 놀라 눈에 빛을 잃었으며

호랑이 한 쌍 먹이를 다투자

거칠며 날카로운 도검 사용하는 변장卞莊[5]도 놀라 영혼을 상실했네.

용 두 마리가 여의주 다투자

눈알이 색채를 발산하며 후려치는 꼬리에 수신水神의 전당과 누대가 흔들리며

호랑이 한 쌍이 먹이를 다투자

야수가 내달리며 진동하는 소리에 산신山神의 머리칼이 곤두서누나.

兩條龍競寶, 一對虎爭餐. 禪杖起如虎尾龍筋, 朴刀飛似龍鬐虎瓜. 崒嵂嵂, 忽喇喇, 天崩地塌, 陣雲中黑氣盤旋; 惡狠狠, 雄赳赳, 雷吼風呼, 殺氣內金光閃爍. 兩條龍競寶, 嚇得那身長力壯·仗霜鋒周處眼無光; 一對虎爭餐, 警的這膽大心粗·施雪刃卞莊魂魄喪. 兩條龍競寶, 眼珠放彩, 尾擺得水母殿臺搖; 一對虎爭餐, 野獸奔馳, 聲震的山神毛髮竪.

당시 양지는 그 중과 40~50합을 쉬지 않고 싸웠으나 승부를 가리지 못했다. 그 중이 빈틈을 보이며 펄쩍 사정권 밖으로 물러나며 소리 질렀다.

"잠깐 쉬자!"

4_ 주처周處: 자가 자은子隱이고 진晉나라 의흥義興 양선陽羨(지금의 장쑤성 이싱宜興) 사람이다. 젊었을 때 난폭하여 남산南山의 이마가 흰 호랑이와 장교長橋 아래의 교룡과 함께 세 가지 해악으로 불렸다. 나중에 그가 호랑이와 교룡을 죽였는데, 주처는 자신이 세 가지 해악 중 하나였음을 알고 마음을 고쳐먹고 학문에 정진하여 충신이 되었다.

5_ 『사기』「장의張儀열전」에 다음과 같은 내용이 있다. "진진陳軫이 대답했다. '일찍이 대왕께 변장자卞莊子(춘추시대 때 노魯나라 대부)라는 자가 호랑이를 찌른 일을 들려드린 사람이 있었습니까? 변장자가 호랑이를 찌르려 하자 객관의 머슴이 그를 말리면서 '두 마리의 호랑이가 소를 잡아먹으려 하는데 맛이 좋은 부위는 반드시 서로 빼앗으려 다툴 것이니, 다투게 되면 반드시 싸움을 벌일 것이고 싸우게 되면 큰 호랑이는 상처를 입게 될 것이고 작은 호랑이는 죽게 될 것입니다. 이때 상처를 입은 호랑이를 찌른다면 일거에 두 마리의 호랑이를 잡은 명성을 얻을 수 있을 것입니다'라고 했습니다. 변장자는 그 말이 옳다고 여기고 서서 두 호랑이가 서로 싸우기를 기다렸습니다. 잠시 후 두 호랑이는 과연 싸우기 시작했고 큰 호랑이는 상처를 입었고 작은 호랑이는 죽었습니다. 변장자가 상처 입은 호랑이를 찌르자 과연 일거에 두 호랑이를 죽이는 공로를 획득했다고 합니다'라고 했다."

둘은 손을 멈추었다. 양지는 속으로 실력에 감탄하며 말했다.

'어디서 나타난 중인지 정말 실력도 뛰어나고 기술도 대단하구나! 나도 겨우 대적해냈네!'

그 중이 소리치며 말했다.

"거기 얼굴 퍼런 놈아, 너는 누구냐?"

"내가 바로 동경 제사 양지요."

"당신이 동경에서 칼을 팔다가 방탕하고 예의와 염치도 모르는 우이를 죽인 사람이오?"

"내 얼굴에 새겨진 금인이 보이지 않소?"

중이 웃으면서 말했다.

"여기서 만나게 되는군."

"감히 묻겠는데, 사형은 도대체 누구시오? 내가 칼을 판 것을 어떻게 아셨소?"

"나는 다른 사람이 아니라 원래 연안 노충 경략상공 휘하 군관 노 제할이오. 진관서를 세 방에 때려죽이고 오대산에 가서 머리 깎고 중이 되었소. 사람들이 등에 새겨진 꽃 문신을 보고 '화화상花和尙 노지심'이라 부르오."

양지가 웃으면서 말했다.

"원래 우리는 동향이구려. 강호를 돌아다니며 사형의 큰 이름을 자주 들었소. 듣기로는 대상국사에서 머문다더니 지금 무슨 까닭에 여기에 있소?"

"한마디로 모두 말하기 어렵소. 대상국사에서 채소밭을 관리하다가 표자두 임충을 만났는데, 고 태위의 함정에 빠져 목숨을 잃게 되었소. 내가 길에서 그의 목숨을 구해서 창주까지 호송했소. 그런데 뜻하지 않게 두 압송관원이 돌아가 고구 그놈에게 '야저림에서 막 임충을 끝장내려 할 때 대상국사 노지심이 나타나 구해주었습니다. 그리고 그 중이 창주까지 호송해서 임충을 죽일 수 없었습니다'라고 말했소. 이 고구라는 애미도 팔아 처먹을 도적놈이 한을 품고 나를 죽이려고 장로를 시켜 절에서 쫓아내게 했소. 또한 관아에서 나를 잡으러 사람을 보냈는데 다행히도 동네 무뢰한들이 알려주어 그놈의 손길을 피할 수 있었소. 채소밭의 관사를 불태우고 강호를 떠돌았으나 동쪽에서도 머물지 못하고 서쪽으로 가서도 자리잡지 못했소. 맹주孟州 십자파十字坡를 지나다가는 주점의 부인이 몽한약을 타서 준 술을 먹고 뒤집어져 목숨을 잃을 뻔했는데 다행히 부인의 남편이 일찍 돌아와 내 모습과 선장과 계도를 보고 놀라 서둘러 해독약6을 먹여 깨웠소. 내 이름을 물어보더니 며칠 더 머물게 했고 의형제를 맺었소. 그 부부는 강호에서도 유명한 사람으로 사내는 채원자菜園子 장청張青이고 처는 모야차母夜叉7 손이랑孫二娘으로 매우 의로운 사람들이오. 그곳에서 4~5일 머무르다가 여기 이룡산 보주사가 몸을 피하기 좋다 하여 일부러 등룡에게 가서 산적 일당에 가담하려 했는데, 이놈이 나를 받아들이려 하지 않고 있소. 그래서 등룡 이놈과 싸웠는데 나를 당해내지 못하자 산 아래 관문 세 개를 꼭꼭 잠가버렸소. 게다가 산에 오를 수 있는 다른 길도 없고 그 좆같은 놈이 욕지거리만 하고 내려와 싸우지도 않으니 여기서 해결할 방법도 없어 화를 내고 있는데, 뜻하지 않게 형씨가 나타난 것이오."

양지는 노지심을 만난 것을 크게 기뻐했다. 둘은 숲 안에서 서로 인사를 하고 땅바닥에 앉아 밤을 새웠다. 양지는 칼을 팔려다가 우이를 죽인 일을 말하고 또 생신강을 빼앗기던 일을 두루 자세하게 설명했다. 또 조정이 여기를 찾아오게 한 일을 자세하게 설명한 뒤에 말했다.

"관문을 닫아버리면 우리가 여기 있으면서 어떻게 그를 내려오게 할 수 있겠소? 일단 조정의 집에 가서 상의하는 것이 좋겠소."

둘은 발길을 재촉하여 숲을 떠나 조정의 주점 안으로 들어갔다. 양지가 노지심을 인사시키자 조정은 서둘러 술을 준비하여 대접하고 이룡산을 치는 일을

6_ 『수호전전교주』에 따르면 『본초강목本草綱目』 권4 「제독諸毒」에 몽한약 해독법이 있다'고 했다.
7_ 야차夜叉: 귀신을 집아먹을 수 있는 신을 이른다. 불경에서는 사람을 잡아먹는 악귀다.

상의했다. 조정이 말했다.

"만일 정말로 관문을 닫아버린다면 두 분뿐만 아니라 1만 군마가 와도 올라 갈 수 없습니다. 그렇다면 꾀를 내어 취해야지 힘으로는 어떻게 할 수 없습니다."

노지심이 말했다.

"용서할 수 없는 좆같은 놈이야. 처음에 그놈을 만나러 갔을 때 관문 밖에서 만났지. 나를 받아들이지 않는다고 해서 일어나 그놈 배때기를 차서 쓰러뜨렸 지. 그놈을 끝장내려고 하는데 그쪽 놈들이 그놈을 구해 산으로 올라가더니 그 좆같은 문을 잠가버리더군. 너는 아래서 욕이나 해라, 나는 안에서 지키고 내려 가 싸우지 않겠다고 하니 어쩔 수 없네."

양지가 말했다.

"거처하기 좋은 곳이니 우리가 어떻게든 심혈을 기울여 쳐내야 하지 않겠소!"

노지심이 말했다.

"무슨 방법을 찾지 않으면 그놈을 어떻게 할 수가 없네!"

조정이 말했다.

"소인에게 계책이 있는데 두 분의 뜻에 맞을지 모르겠습니다?"

양지가 말했다.

"좋은 계책이 있다면 들려주게."

조정이 말했다.

"제사께서는 그런 복장을 하지 마시고 소인 말대로 근처 마을 농부 복장으 로 갈아입으십시오. 소인은 스님의 선장과 계도를 모두 가진 채 제 처남과 하인 여섯 명을 데리고 밧줄로 스님을 묶어서 산 아래까지 데리고 가겠습니다. 스님 을 묶을 밧줄은 소인이 매듭을 풀 수 있게 할 수 있습니다. 그런 다음 산 아래 로 가서, '우리는 근처에 주점을 하고 있는 농가인데 이 중이 우리 주점에 와서 술을 먹고 크게 취하고는 술값을 내지 않았습니다. 입으로는 사람들을 불러서 대왕님의 산채를 치겠다고 했습니다. 그래서 그가 취한 틈에 묶어 여기로 끌고 와 대왕께 바칩니다'라고 소리치겠습니다. 그러면 그놈은 반드시 우리를 산으로 올라오게 할 것입니다. 산채 안으로 들어가 등룡을 만나면 밧줄의 매듭을 풀고 소인은 선장을 스님에게 건네주겠습니다. 두 분이 함께 싸운다면 그놈이 어디로 도망가겠습니까! 그놈을 끝장내버리기만 하면 나머지는 모두 굴복할 것입니다. 이 계책이 어떻습니까?"

노지심과 양지가 일제히 말했다.

"묘하네! 절묘한 계책이야!"

여기 증명하는 시가 있다.

새끼 기르는 어미 호랑이 용이라 불러도 괜찮은데
이룡산에서 두 용이 서리게 되었구나.
충의로운 사람 만나 정분 들어 의기투합하고
상황 위태로우면 계책이 갈수록 빈틈없네.
乳虎稱龍亦枉然, 二龍山許二龍蟠.
人逢忠義情偏洽, 事到顧危策愈全.

그날 밤 모두 술과 고기를 먹고 가는 도중에 먹을 말린 식량도 준비했다. 이튿날 5경에 일어나서 다들 배부르게 먹었다. 노지심의 짐과 보따리는 모두 조정의 집에 두었다. 당일 양지·노지심·조정은 처남과 5~7명의 농부를 데리고 이룡산으로 가는 길을 잡았다. 정오가 지나 숲속에 들어가 옷을 갈아입고 풀리는 매듭을 만들어 노지심을 묶고는 두 농부에게 밧줄 끝을 꽉 잡아끌게 했다. 양지는 햇빛을 가릴 수 있는 양립凉笠을 쓰고 몸에는 헤진 무명 적삼을 입었으며 손에는 박도를 거꾸로 잡았다. 조정은 노지심의 선장을 들었고 나머지는 모두 곤봉을 들고 앞뒤로 노지심을 에워쌌다. 산 아래에 도착하여 관문을 살펴보니 곳곳에 강한 쇠뇌와 활·회병灰瓶8·포석砲石9이 설치되어 있었다. 긴 위에 서 있던 졸개들이 중을 묶어 끌고 오는 것을 보고는 나는 듯이 산 위로 보고하러 올라갔다. 얼마 뒤 소두목 두 명이 관 위에 올라와 물었다.

"너희는 어디 사람이냐? 여기에 무엇 하러 왔느냐? 그 중은 어디서 잡았느냐?"

조정이 대답했다.

"소인들은 산 아래 근처 마을의 농부로 조그만 주점을 열고 있습니다. 이 뚱뚱한 중이 갑자기 우리 주점에 나타나더니 술 마시고 크게 취하여 돈도 내지 않고 떠들기를, '양산박에 가서 천여 명을 끌고 와서 이룡산을 치고 주변 마을도 모두 쓸어버리겠다!'라고 했습니다. 그래서 소인이 좋은 술로 청하여 취하게 만든 뒤 이놈을 밧줄로 묶어서 대왕께 바치러 왔습니다. 우리가 이렇게 이웃하고 있는 마을의 효성스런 마음을 보여드렸으니 마을에 뒤탈이 없도록 해주십시오."

소두목 둘은 이 말을 듣고 너무도 기뻐서 말했다.

"잘했다! 너희는 거기서 잠시 기다리거라."

소두목은 곧 산 위로 올라가서 등룡에게 뚱뚱한 중을 잡아왔다고 보고했다. 등룡이 듣고서 크게 기뻐하며 소리쳤다.

"산 위로 끌고 오너라. 이놈의 심장과 간을 꺼내 술안주로 삼아 원한을 풀어야겠다!"

졸개가 명령을 받고 내려가 요새의 문을 열고 산 위로 데리고 올라갔다.

양지와 조정이 노지심을 끌고 산 위로 올라가면서 세 개의 관문을 보니 매우 험준했다. 양쪽으로 산이 둘러막고 절을 감싸고 있었으며 산봉우리는 웅장했고 관으로 올라갈 수 있는 길은 가운데 하나밖에 없었다. 세 개의 관문 위에는 뇌

8_ 회병灰甁: 고대 전쟁에 쓰던 도구. 석회를 항아리에 넣어 높은 곳에서 아래로 굴리거나 혹은 적선에 던져 석회가 안개처럼 날려 적병이 눈을 못 뜨게 했다. 또한 회포灰炮라고도 하는데 석회에 독약, 마름쇠를 넣었는데 살상력이 더욱 강력했다.

9_ 포석炮石: 돌을 탄환처럼 하여 기계를 이용해 발사했다.

목擂木[10]·포석·강한 쇠뇌와 활 등이 늘어서 있었고 고죽苦竹[11]으로 만든 창이 빽빽하게 꽂혀 있었다. 세 개의 관문을 지나서 보주사 앞에 도착하여 바라보니 세 개의 전각문이 있고 땅은 거울처럼 평평하여 평지 같았으며 주위는 모두 목책을 세워 성을 만들었다. 절 앞 산문 아래에 졸개 7~8명이 서 있다가 노지심이 묶여 오는 것을 보고 손가락질하며 욕을 했다.

"이 까까머리 중놈이 우리 대왕을 다치게 했으니 오늘 잡아먹을 테다! 이놈을 천천히 잘게 잘라 내라!"

노지심은 아무 말도 하지 않았다. 불전에 끌려와 바라보니 불단 위의 불상을 들어내고 그곳에 호랑이 가죽을 덮은 교의를 놓았다. 많은 졸개가 창과 봉을 들고 양쪽에 늘어서 있었다.

잠시 후에 등룡은 두 졸개의 부축을 받고 교의에 앉았다. 조정과 양지는 노지심을 양쪽에서 꽉 붙들고 계단 아래로 갔다. 등룡이 말했다.

"너 이 까까중놈아! 지난번 네가 나를 쓰러뜨리고 배를 상하게 해서 지금도 검푸른 멍이 사라지지 않았는데 오늘 이렇게 만났구나."

노지심이 눈을 크고 뜨고 괴상한 눈빛을 하며 크게 소리 질렀다.

"좆같은 놈아, 달아나지 마라!"

두 장객이 밧줄을 잡아당기자 묶었던 줄이 풀렸다. 노지심은 조정의 손에서 선장을 받아 들고 돌리며 휘두르기 시작했으며, 양지는 햇빛을 가리는 양립을 벗어던지고 박도를 잡았다. 조정도 간봉을 휘둘렀고 여러 농부도 한꺼번에 힘을 합쳐 앞으로 나갔다. 등룡이 급히 발버둥쳤으나 노지심의 선장에 두개골을 맞아 머리가 반으로 쪼개지고 교의까지 부서져버렸다. 수하의 졸개들도 양지의 박도에 찔려 네다섯 명이 쓰러졌다. 조정이 소리쳤다.

10_ 뇌목擂木: 원주형의 나무 혹은 돌로 높은 곳으로부터 아래로 밀어 적을 죽였다.

11_ 고죽苦竹: 참대. 볏과의 여러해살이풀. 식용으로 사용할 수 없고 그 끝이 가늘고 길며 단단하다. 겉을 잘라내면 삼각형으로 드러나는데, 천연의 창으로 적을 찔러죽일 수 있다.

"모두 투항하라! 따르지 않는 자는 당장에 쓸어 죽음에 처하겠다!"

절 앞뒤로 모여 있던 500~600명의 졸개와 몇 명의 소두목은 모두 놀라 넋이 나가 항복할 수밖에 없었다. 즉시 졸개를 불러 등룡의 시체를 뒷산으로 가져가 불태우게 했다. 다른 한편으로 양식 창고를 점검하고 가옥들을 정돈했으며 다시 절 뒤로 가서 물건이 얼마나 되는지 점검하고 술과 고기를 준비하여 먹었다. 노지심과 양지는 산채의 주인이 되고 술을 가져와 잔치를 벌여 축하했다. 졸개들은 모두 항복하고 예전과 같이 소두목을 두어 관리하도록 했다. 조정은 두 호걸과 작별하고 농부들을 이끌고 집으로 돌아갔음은 말할 필요가 없다. 바로 다음과 같다.

옛 절은 웅장하고 기이하며 푸른 산속에 자리잡았는데
도적들 산채로 변했으니 겉으로는 자비롭네.
하늘이 내린 신기하고 비범한 역량을 지닌 화화상
몽둥이 휘두르고 칼을 갈며 주지 노릇 하게 됐구나.
古利雄奇隱翠微, 翻爲賊寨假慈悲.
天生神力花和尙, 弄棒磨刀作住持.

또 여기에 양지를 언급한 시 한 수가 있다.

지혜 있어 노지심을 진심으로 도울 수 있고
녹림의 호걸이 큰 사원을 주관하게 되었네.
용과 범 굴복시키는 역량에 참된 동지이니
짐승 얼굴이건만 불심이 있는 줄 누가 알리.
有智能深助智深, 綠林豪客主叢林.
降龍伏虎眞同志, 獸面誰知有佛心.

노지심과 양지가 이룡산의 산적이 되었다.

한편 생신강을 압송하던 늙은 집사는 몇 명의 상금군과 새벽에 걷고 낮에 쉬면서 북경으로 돌아왔다. 양 중서의 부중으로 돌아와 바로 대청 앞에 가서는 모두 땅에 나란히 엎드리고 죄를 청했다. 양 중서가 말했다.

"운반하느라 고생했다. 모두 너희 덕분이다."

그리고 다시 물었다.

"양 제할은 어디 있느냐?"

"모르겠습니다! 이 자는 대담하고 은혜를 저버린 도적놈입니다. 여기서 출발하여 14~15일 뒤에 황니강에 도착하여 날씨가 너무 더워 숲 안에서 쉬며 더위를 식히고 있었습니다. 생각지도 못했는데 양지가 대추장수로 가장한 도적 7명과 몰래 결탁했습니다. 양지와 결탁한 도적들은 만나기로 약속하고 먼저 7량의 강주거를 황니강 소나무 숲 안에 밀어넣고 기다리고 있었습니다. 그리고 또 한 사내를 시켜서 술을 짊어지고 언덕에 올라와 쉬게 했습니다. 소인들은 그의 술을 사서 마시면 안 되는 것인데 참지 못하고 마셨습니다. 몽한약에 취하여 쓰러지자 밧줄로 우리를 묶었습니다. 양지는 그 7명의 도적과 함께 생신강 재물과 짐을 모조리 수레에 싣고 가버렸습니다. 지금 이미 제주 관아에 가서 보고하고 우후 두 명은 그곳에 남아 관아에서 도적을 잡는 것을 돕도록 했습니다. 소인들은 은상恩相에게 알리려고 밤낮으로 쉬지 않고 돌아왔습니다."

양 중서는 듣고서 깜짝 놀라며 욕을 퍼부었다.

"이 나쁜 배군놈! 범죄를 저지른 죄수인데도 내가 온 힘을 써서 발탁해 사람 노릇하게 만들어주었더니, 어떻게 감히 이렇게 배은망덕한 짓을 저지른단 말이냐! 잡히기만 하면 내가 발기발기 찢어 죽여버리겠다!"

즉시 서리書吏를 불러서 문서를 작성하고 제주로 사람을 보내 밤낮을 가리지 않고 날려가 선달하게 했다. 또 한 통의 가서家書12를 써서 동경으로 사람을 보내 밤새 달려가 태사에게 알렸다.

제주에 공문을 보낸 것은 말할 것도 없고 동경 태사부에 사람을 보내 보고했다. 태사를 만나 서찰을 올렸다. 채 태사는 읽고는 깜짝 놀라서 말했다.

"이 도적놈들이 정말 대담하구나! 작년에 사위가 보낸 예물도 강탈당해 지금까지도 도적을 잡지 못했다. 금년에 또 선물을 받지 못하게 되었는데, 어떻게 그대로 있을 수 있겠느냐!"

즉시 공문을 작성하여 부간府幹[13] 한 명에게 직접 주고 밤낮으로 제주로 가서 부윤에게 전달하게 했고, 도적떼를 잡는 것을 기다렸다가 보고하라고 했다.

한편 제주 부윤은 북경 대명부 유수사 양 중서로부터 찰부札付[14]를 받은 뒤매일 잡을 방법을 논의했다. 한참 근심하고 있을 때 문을 지키는 관리가 들어와서 보고했다.

"동경 태사부에서 보낸 부간이 이미 대청 앞에 와 있는데, 긴급 공문이 있다면서 상공을 뵙고자 합니다."

부윤이 크게 놀라며 말했다.

"아마도 생신강 때문이겠구나!"

황급히 대청에 올라 태사부에서 파견한 부간과 만나 말했다.

"이 일은 본관이 양 중서 부중 우후의 소장을 받아 이미 체포 인원을 보내도적을 추적하고 있으나 아직 행적을 알 수 없습니다. 전날 유수사께서 사람을시켜 찰부를 보내셨고, 또 이미 위사慰司[15]와 체포 관찰觀察[15]을 시켜 기한 내에잡지 못하면 장형에 처할 것이라 했지만 아직 잡지 못하고 있습니다. 만일 약간

12_ 가서家書: 집안사람 간에 왕래하는 서신.
13_ 부간府干: 관부 안의 사무 처리 인원.
14_ 찰부札付: 상급 기관에서 하급 기관으로 보내는 문서. 대부분 상급자가 친필로 써서 하급자에게 보내는 지시를 가리킨다.
15_ 관찰觀察: 송나라 때 지방 관아에서 죄인을 잡는 하급 관리의 별칭이다.

이라도 소식이 있으면 본관이 친히 찾아가서 말씀드리겠습니다."

부간이 말했다.

"소인은 태사부의 심복입니다. 지금 태사의 명을 받들고 특별히 이곳에 온 사람입니다. 출발 전에 태사께서 소인을 여기에 보내시며 제주 관아에 머물면서 상공을 도와 7명의 대추장수와 술장수 그리고 도주한 군관 양지를 즉시 잡으라고 친히 당부하셨습니다. 열흘 안에 모두 잡아들여 동경으로 압송해야 합니다. 만일 열흘 안에 이 범인들을 잡아들이지 못한다면 아마도 상공께서 먼저 사문도沙門島[17]로 가시게 되지 않을까 싶습니다. 소인도 태사부로 돌아가기 힘들 것이고 목숨조차 어떻게 될지 알 수 없습니다. 상공께서 믿기 힘드시다면 태사부에서 보낸 이 공문을 보십시오."

부윤이 모두 읽고 식은땀을 흘리며 즉시 집포인緝捕人[18]들을 불렀다. 계단 아래의 주렴 앞에 한 사람이 서 있는 것을 보고는 태수太守[19]가 말했다.

"너는 누구냐?"

"소인은 삼도집포사신三都緝捕使臣[20] 하도河濤입니다."

"전날 황니강에서 약탈당한 생신강 책임자가 바로 너냐?"

"상공께 아룁니다. 소인 하도는 이 일을 맡으면서 밤낮으로 잠도 자지 않고 눈치 빠르고 민첩한 공인을 황니강에 보내 체포하려고 하고 있습니다. 비록 여러 차례 장형으로 처벌하면서 문책했으나 지금까지 종적을 발견하지 못했습니다. 제가 공무에 태만해서가 아니라 정말로 어쩔 수가 없습니다."

16_ 위사廨司: 지방 행정의 군정, 민정을 담당함.
17_ 사문도沙門島: 지금의 산둥성 평라이蓬萊 서북쪽 해상의 섬. 송나라 때 중죄인을 유배 보내던 곳으로 살아 돌아오기 힘든 곳이었다. 송나라 태조(조광윤)가 조서를 내려 군사상의 죄를 저지른 자를 유배 보내게 한 곳이었다.
18_ 집포인緝捕人: 도적 잡는 일을 주관하던 아역.
19_ 태수太守: 본래 한대 군수의 관명이다. 송대에는 군을 부나 주로 고쳐 태수라는 관명을 폐지했으나 습관적으로 지부나 지주를 태수라고 불렀다.
20_ 집포사신緝捕使臣: 송나라 때 전문적으로 범죄자를 잡던 하급무관.

부윤이 소리 질렀다.

"허튼소리 말아라! '윗사람이 독촉하지 않으면 아랫사람이 게으름 피운다'[21]라고 했다. 내가 진사進士 출신으로 시작하여 여기까지 한 군郡의 제후諸侯[22]를 역임하게 된 것은 절대로 쉬운 일이 아니다. 오늘 동경 태사부에서 한 간판幹辦[23]이 열흘 이내에 죄인을 잡아 동경으로 압송해야 한다는 태사의 뜻을 가지고 왔다. 만일 기한을 어기면 내가 해임되는 것에 그치지 않고 반드시 사문도로 귀양을 가게 될 것이다. 네가 집포사신으로 책임을 다하지 못해서 그 화가 나에게까지 미치게 되었다. 내가 사문도로 가기 전에 네놈을 먼저 기러기조차 도달할 수 없는 열악하고 먼 변방의 군주軍州[24]로 귀양을 보낼 것이다!"

그러고는 문필장인을 불러서 하도의 얼굴에 '유배지 ○○주'라고 새기고 주 명칭만 비워 놓도록 처리하고는 말했다.

"하도, 네가 도적을 잡지 못한다면 중죄로 판결하고 용서치 않을 것이다!"

바로 다음과 같다.

낯짝에 귀양 갈 문구 새기니 몹시 비뚤어진 성질인데
자신의 평안을 위해 남에게 재앙 씌우네.
남의 얼굴 업신여김에 조금의 고려도 없으나
그 본심은 또한 세세히 상의한 것이라 할 수 있네.
臉皮打稿太乖張, 自要平安人受殃.
賤面可無煩作計, 本心也合細商量.

21_ 원문은 '上不緊則下慢'이다.
22_ 제후諸侯는 외부外府(경도京都 이외의 주군州郡)의 태수를 가리킨다.
23_ 간판幹辦: 잡다한 일을 관장하는 관리의 직분 명칭.
24_ 군주軍州: 고대 행정구역의 명칭. 주·부와 같은 등급의 행정구역으로 전략적 군사 요지에 설치했다.

하도는 명을 받고 부윤의 대청에서 내려와 사신방으로 가서는 많은 차역을 불러 기밀방에서 공무를 상의했다. 차역들은 입에 화살 맞은 기러기 주둥이처럼 그리고 아가미가 낚싯바늘에 걸린 물고기처럼 아무 말도 못하고 서로 얼굴만 바라보았다. 하도가 말했다.

"너희는 평소 이 방에서 번 돈을 잘도 쓰더니 지금은 잡기 어렵다고 아무 말도 않는구나. 너희도 제발 내 얼굴에 새겨진 글자를 보고 가엾게 여겨 보거라."

모두들 말했다.

"관찰께 아룁니다. 소인들이 초목이 아닌 이상에 어찌 모르겠습니까? 이 장사치들은 분명 다른 주부州府 깊은 산골짜기와 벌판의 강도들로 무리를 지어 재물을 약탈하고 산채로 돌아가 즐거워한다면 무슨 재주로 잡겠습니까? 안다 하더라도 바라볼 수밖에 없습니다."

하도는 그 말을 듣고 3푼쯤 차 있던 근심에 5푼쯤의 근심이 더해진 것 같았다. 사신방을 나와 말을 타고 집으로 돌아가 말을 말구유에 묶어 놓고 혼자 울적해하고 있었다. 바로 다음과 같다.

양미간을 잔뜩 찌푸리고, 가슴속엔 깊은 수심만 가득 차 있네.

그물 빠져나간 물고기 어디서 찾나? 독 안의 자라 누가 잡으란 말인가?

雙眉重上三鍠鎖, 滿腹塡平万斛愁.

網裏漏魚何處覓? 瓮中捉鱉向誰求?

그의 아내가 보고는 말했다.

"여보, 무슨 일인데 오늘 그렇게 고민하세요?"

하도가 말했다.

"당신은 모르겠지만 그제 태수가 내게 공문을 내렸소. 양 중서가 장인인 채 태사에게 생일 선물로 보낸 금은보화 열한 짐을 황니강에서 노적들에게 강탈당했소. 그런데 어떤 놈들이 그랬는지 알 수가 없소. 내가 지시를 받은 뒤로 지금까지 잡지 못했소. 오늘이 그 기한인데, 뜻하지 않게 태사부에서 간판을 보내 빠른 시일 안에 도적을 잡아 동경으로 압송하라고 하고 있소. 태수가 도적 체포 소식을 묻기에 '단서를 발견하지 못해 잡지 못하고 있습니다'라고 했소. 그러자 부윤이 내 얼굴에 '유배지 OO주'라는 글자를 새기고 유배지는 적지 않고 비워 놓았으니, 앞으로 내 목숨이 어떻게 될지 모르겠소!"

"이 일을 어떻게 해야 좋아요? 어떻게 한단 말이에요!"

둘이 대화하는 가운데 동생 하청河淸이 형을 보러 찾아왔다. 하도가 말했다.

"넌 뭣하러 왔느냐? 도박하러 가지 않고 여기는 어쩐 일이냐?"

하도의 아내가 약삭빠르게 연거푸 손짓하면서 말했다.

"도련님, 여기 부엌으로 잠깐 오세요. 할 말이 있어요."

하청은 형수를 따라 부엌에 들어가 앉았다. 형수는 술과 고기와 야채를 준비하고 술을 데워 하청에게 몇 잔 먹였다. 하청이 형수에게 물었다.

"형은 사람을 너무 업신여긴다니까! 내가 아무리 쓸모없어도 친형제 아니오! 제가 아무리 잘났어도 일개 집포 관찰에 불과하지 않소. 나와 술 한잔 마시는 것이 무슨 창피한 일이라도 되나!"

"도련님은 아무것도 모르십니다. 이제 형님은 살기 힘들게 생겼어요!"

"형님이 매일 벌어오던 그 많은 돈과 재물이 다 어디로 갔다는 말입니까? 있는 것은 돈과 쌀이잖아요. 도대체 뭐가 살기 힘들단 말입니까?"

"도련님은 잘 모르실 거예요. 황니강에서 얼마 전에 대추를 파는 상인들이 북경 양 중서가 채 태사에게 보내는 생일선물을 강탈했어요. 지금 제주 부윤이 10일 이내에 반드시 도적들을 잡아 압송하라는 태사의 명을 받았어요. 만일 범인을 잡지 못한다면 멀고 열악한 변경 군주軍州로 귀양을 가게 될 거예요. 도련님 보지 못했지만 부윤이 형님의 얼굴에 '유배지 OO주'라는 글자를 새기고 어느 장소인지만 비워놓았어요. 조만간에 잡지 못한다면 정말 고초를 겪게 될 거예요! 지금 무슨 심정으로 도련님과 술이나 마시겠어요? 이미 제가 술상을 차려놨으니 드세요. 어느 정도 고민하면 괜찮아질 테니 너무 탓하지 마세요."

"나도 도적들이 생신강을 강탈했다며 사람들이 왁자지껄 떠드는 말을 들었습니다. 도대체 어디에서 그랬답니까?"

"황니강이라는 얘기밖에 못 들었어요."

"도대체 어떤 사람들이 털었답니까?"

"삼촌, 술도 아직 안 취했는데, 내가 금방 말했잖아요. 대추장수 7명이 털었다고."

하청이 큰 소리로 '하하' 웃으면서 말했다.

"그러면 잘됐네. 대추를 팔던 상인이라면서 답답하게 뭐하고 있는 거야? 세심한 사람 보내서 잡으면 되잖아요."

"말이 쉽지 잡으러 갈 곳이 없잖아요."

하청이 웃으면서 말했다.

"형수, 정말 걱정스럽소. 자주 찾아오는 술친구들은 형이 잘만 대접하고 친동생은 항상 거들떠보지도 않더니 오늘 일이 생기니 어딜 가서 잡아야 할지도 모르잖소. 동생에게 알리고 돈 몇 관이라도 줬다면 이런 좀도둑들 쯤이야 뭐가 어렵겠소!"

"삼촌, 어디 무슨 단서라도 있는 게요?"

하청이 웃으면서 말했다.

"형이 위급한 때에 동생이 와서 구할 방법이 있을 것도 같네요."

말을 마치고는 일어나 가려고 했다. 형수가 잡아 다시 몇 잔을 먹였다.

하도의 아내는 하청의 말을 듣고는 수상쩍어 황급히 남편에게 가서 자세하게 말했다. 하도는 서둘러 동생을 불렀다. 하도가 웃음 띤 얼굴로 말했다.

"하청아, 도적이 어디로 갔는지 알면서, 어째서 나를 구해주지 않니?"

"나는 아무것도 몰라요. 내가 형수랑 농담한 거죠. 동생인 내가 어떻게 형님을 구하겠습니까?"

"동생아, 냉대 받을 때만 생각하지 말거라. 내가 잘해주었던 때를 좀 생각하고, 내가 막 대했던 일을 잊어버려라. 내 목숨 좀 구해다오!"

"형님, 눈치 빠르고 민첩한 공인이 수하에 200~300명은 될 텐데, 어째서 형님을 위해 당당하게 나서지 않습니까? 동생 혼자서 어떻게 형님을 구하냐고요!"

"동생아, 그놈들은 얘기도 꺼내지 말거라. 네 말 속에 은연 중 도적을 잡을 방법이 있는 것 같구나. 남을 호걸 만드는 일은 말고 나한테 그놈들이 어디로 갔는지 말해주면 네게 보상해주마. 내가 어떻게 해야 마음을 풀겠니?"

"어디로 갔는지 난 정말 몰라요!"

"나를 너무 미워하지 말고 같은 어미 배에서 태어난 형제이니 나 좀 봐주렴."

"서두르지 마요. 급해지면 내가 힘 좀 낼 테니 그 좀도둑들을 잡으면 되잖아요."

형수가 말했다.

"삼촌, 제발 형님 좀 구해주세요. 그게 형제간의 정분 아니오. 지금 태사부에서 서신이 왔고 심부름꾼이 기다리고 있잖아요. 하늘처럼 큰일인데 도리어 '좀도둑'이라고 하시나요!"

"내가 도박만 한다고 형한테 얼마나 많은 말을 들었는지 형수도 아실 겁니다. 게다가 때리고 욕해도 내가 형한테 고집부리며 우긴 적도 없소. 평소에 술 먹을 일이 있으면 다른 사람이랑 즐기더니 오늘에서야 겨우 동생도 쓸 데가 있다는 것을 알지 않았습니까."

하도는 동생의 말 속에서 어떤 내력이 있음을 알고 서둘러 은자 10냥을 꺼내 탁자 위에 놓으며 말했다.

"동생아, 먼저 여기 이 은덩이를 받아라. 나중에 도적을 잡으면 금은비단의 상금은 내가 힘써서 책임지고 챙겨주마."

하청이 웃으면서 말했다.

"형은 정말로 '급하면 부처님 발 끌어안고 한가하면 향조차 사르지 않는다'[25]고 하더니. 내가 만일 형 은자를 바랐다면 동생이 형을 협박하여 강탈하는 것이 아니오. 돈으로 나를 속이려 하지 말고 치우세요. 형이 만일 이렇게 한다면 나는 아무 말 안 할래요. 두 분이 나한테 사과하면 말하겠는데, 은자를 꺼내 나를 놀라게 하지 마시오."

"은냥은 모두 관부의 상금에서 나오는 것인데 300~500관쯤의 돈도 없겠니? 얘야 물리지 말거라. 내가 좀 물어보자. 이 도적놈들에 대한 단서가 어디에 있니?"

하청은 허벅지를 두드리며 말했다.

"이 도적놈들은 모두 내 주머니에 있지요."

하도가 깜짝 놀라며 말했다.

"동생아, 어떻게 도적들이 네 주머니에 들어 있다는 말이냐?"

"형, 내 말은 신경 쓰지 마세요. 모두 여기에 있어요. 형은 은자나 거두고, 돈으로 사람을 속일 생각 말고 평소 하던 대로 하세요. 내가 말하리다."

하청은 침착하게 두 손가락을 내밀며 말하기 시작했다. 나누어 서술하면, 운성현에서 의기를 중히 여기는 영웅들을 이끌어내고, 하늘을 떠받치는 호걸들을 양산박에 모이게 했다.

결국 하청이 하도에게 어떤 사람을 말하게 되는지는 다음 회에 설명하노라.

조도귀操刀鬼 조정曹正

조정의 별명인 '조도귀'에 대해서 『수호전전교주』에 따르면 "정목형의 『주략』에서 이르기를, '이것은 상두착도床頭捉刀의 일로 조조로부터 생긴 말이다'라고 했다."

25_ 원문은 '急來抱佛脚, 閑時不燒香'이다. 본래 뜻은 사람은 나이가 들어서야 비로소 불교를 믿고 보우를 기원하니 때가 너무 늦었다는 의미를 가리켰다. 뒤에는 사전에 조금도 준비하지 않다가 일이 닥쳐서야 비로소 황급하게 대처하는 것을 가리켰다.

『세설신어世說新語』「용지容止」에 다음과 같은 내용이 있다. '위 무제魏武帝(조조曹操)는 흉노 사신을 접견하려는데, 스스로 신체가 왜소하고 먼 변경 국가의 패권을 장악하기에 부족하다고 여겼다. 이에 최계규崔季珪(최염崔琰의 자가 계규)에게 자신을 대신하게 하고 무제는 칼을 잡고 책상 옆에 섰다. 사신이 접견을 마치자 간첩을 시켜 그에게 "그대가 보기에 위왕魏王은 어떻소?"라고 묻게 했다. 그러자 흉노 사신은 "위왕의 풍채는 위엄 있고 비범하오. 그러나 옆에 칼을 들고 있던 사람은 진정한 영웅호걸이오"라고 대답했다. 보고를 들은 위 무제는 사람을 보내 그 사신을 쫓아가 죽이도록 했다.' 이렇듯 조조가 칼을 들고 서 있던 고사에서 '조도귀'의 이름을 취했다고 한다. '조도操刀'는 '지도持刀(칼을 잡다)'의 의미다.

화화상花和尙

본문에서는 노지심을 '화화상花和尙'이라 부르는데, 왜 '화상' 앞에 '화花'자를 붙였으며, 그 의미가 무엇인지 살펴볼 필요가 있다. 송·원 시기에는 많은 사람이 이름 앞에 '화花'자를 붙였다. 본문 7회에서는 고구의 양아들인 고 아내高內를 '화화태세花花太歲'라 불렀다고 했다. '화화태세'는 여색을 탐하는 권문세가의 불량소년을 말하는데, 노지심은 본문 가운데 어디에도 여색을 탐했다는 내용은 보이지 않는다. 그러기에 '화'자는 여색에 관련된 내용은 아니라 할 수 있다.

『수호전전교주』에 따르면 "『건염이래계년요록建炎以來繫年要錄』에 근거하면 유화삼劉花三이 난을 일으켰고, 화정귀花鄭貴 등도 난을 일으켰다"고 했다. 또한 『수호전전보증본』에 따르면 "남송 초에 유화삼, 화정귀는 모두 난을 일으킨 사람이다. 왕리치王利器는 『녹귀부錄鬼簿』에도 화이랑花李郎이 있는데, 이러한 '화花'자는 '화화상'의 '화花'자와 의미가 같다고 했다. 또한 왕리치는 '화상은 본래 참선하고 경전을 읽으며 예불하고 채소를 먹고 살생을 경계하는 것을 본분으로 삼아야 하는데, 노지심은 사사건건 모두 반대로 행했기 때문에 화화상이라 했다'고 했다." 그렇다면 '화花'의 의미를 '난亂'이나 '반反'의 의미로도 볼 수 있다.

또한 '화'자의 의미를 '문신'으로 볼 수 있는데, 송나라 때는 문신이 성행했고 『수호전』에 등장하는 많은 인물이 문신을 하고 있다. 본문에 "사람들이 등에 새겨진 꽃 문신을 보고 '화화상花和尙 노지심'이라 부르오"라는 구절이 있다. 원문은 '화수花繡'인데, 이것은 바늘로 인체의 팔이나 가슴 부위 등에 찔러서 새기는 각종 무늬나 문양을 말한다. 즉, '화수花繡'라는 단어의 의미는 문신으로 새기는 문양이지 반드시 노지심을 표현할 때 등장하는 '꽃문양'의 문신을 말하는 것은 아니다. 예를 들면 2회에 아홉 마리 용의 문신을 새긴 구문룡九紋龍 사진史進을 묘사할 때도 '화수花繡'라는 단어로 표현했다. 그렇다면 노지심을 말할 때 등에 새긴 꽃무늬 문신이라 표현하는 것은 잘못된 해석일 수도 있다. 그러나『수호전전보증본』에 따르면 "왕명청王明淸의『휘주록揮塵錄』「후록後錄」에서 이르기를, '장회소張懷素는 서주舒州의 승려였다. 그는 항상 머리에 꽃을 가득 꽂고 현 안에서 미친 척했으며 스스로 대화화상戴花和尙(꽃을 꽂은 화상)이라 불렀다'고 했다. '대화戴花'는 송나라 때 습속으로 여기서의 '화花'자 또한 '화화상'이란 별명의 유래 가운데 하나다"라고 했다. 또한 본문 62회에서 채경蔡慶에 대해 언급하면서 "꽃 한 송이를 들고 다니는 것을 좋아해 하북河北 사람들이 내키는 대로 '일지화一枝花' 채경이라 불렀다"는 구절이 있다. 이런 내용을 살펴보면 노지심에게 붙은 '화수花繡'라는 단어는 문신으로 새기는 문양의 의미라기보다는 '꽃무늬 문신'의 표현이라 보는 것이 타당해 보인다.

'화상'은 출가한 승려라고 해서 모두 화상이라 불릴 수는 없으며 '사부'의 의미를 지니고 있는데, 덕성과 명망이 높은 출가出家한 사람을 가리킨다. 한마디로 화상은 일정한 자격이 있어야 하고 스승을 감당할 만한 재능이 있어야 화상이라 불릴 수 있다. 이런 의미에서 노지심의 별명인 '화화상花和尙'은 사사건건 '화상'이 지녀야 할 본분과 덕망에 역행했기에 '화花'는 '반反(역행)'의 의미가 있으며, 또한 작가는 이것을 겉으로 드러내기 위해 등에 '꽃무늬 문신'을 새김으로써 돌려서 표현한 것이 아닌가 역자는 생각한다.

【 제18회 】

도
적
을 놓
아
주
다[1]

당시 하 관찰은 동생 하청에게 말했다.

"이 은덩이는 내가 너를 속이려고 주는 것이 아니라 관청에서 상으로 주는 것이고 나중에 더 큰 상을 내릴 것이다. 하청아, 그놈들이 어째서 네 주머니에 들어 있단 말이냐?"

하청은 몸의 초문대招文袋[2] 안에서 장부를 꺼내서 가리키며 말했다.

"그 도적놈들은 모두 이 안에 있습니다!"

"어떻게 장부에 기입하게 되었는지 말해라."

"솔직히 말하면 제가 전에 도박을 하다가 집에 돌아올 돈 한 푼 없이 모두 잃은 적이 있었습니다. 같이 도박하던 사람이 북문 밖에서 15리 떨어진 안락촌

1_ 제18회 제목은 '美髥公智穩揷翅虎(미염공이 꾀를 써 삽시호를 따돌리다.) 宋公明私放晁天王(송 공명이 사사로이 조 천왕을 풀어주다)이다.

2_ 초문대招文袋: 즉 조대照袋를 말한다. 외출할 때 문서, 필묵 등 잡다한 것을 넣는 주머니다. 당·송 시기에 성행했다. 역자는 이하 '주머니' 혹은 '공문 주머니'로 번역했다.

安樂村 왕가객점王家客店에 저를 데리고 가서 은자 부스러기라도 벌게 일을 시키더군요. 관아에서 공문을 보내 모든 객점은 명부를 만들고 감합인신勘合印信[3]을 사용하게 했지요. 매일 밤 객점에 와서 쉬는 상인이 있으면 반드시 '어디서 왔고, 어디로 가며, 성명은 무엇이고, 무슨 장사를 하는가'를 모두 명부에 적어야 했습니다. 관청에서 조사할 때마다 매월 한 차례 이정에게 보고해야 했는데 객점의 소이 형이 글을 모르기 때문에 제가 대신 반달 동안 기록했죠. 6월 초사흗날[4] 대추를 파는 상인 7명이 강주거 7량을 끌고 객점에 머물렀어요. 그 상인들 가운데 우두머리는 운성현 동계촌 조 보정으로 내가 아는 사람이었죠. 어떻게 그를 알아보았냐고요? 내가 전에 권세가에 빌붙어 사는 건달을 따라서 그의 집에 투숙한 적이 있기 때문에 알아보았죠. 명부를 적으면서 '성이 어떻게 되십니까?'라고 물었어요. 그런데 수염이 세 가닥으로 나고 얼굴이 하얀 사람이 끼어들어서 '우리는 이씨로 호주濠州에서 온 대추장수인데 동경으로 팔러 갑니다'라고 대답하더군요. 받아 적긴 했지만 뭔가 의심이 들 수밖에요. 다음날 그들은 떠났고 객점 주인이 나를 데리고 마을에 도박을 하러 가다가 어떤 삼거리에서 두 개의 통을 지고 가는 사내를 봤소. 나는 모르는 사람인데 주점 주인이 그놈을 불러서 '백대랑白大郎, 어디 가나?'라고 소리치자, 그 사람은 '마을 부자에게 식초를 팔러 간다'고 대답했어요. 주인이 말하기를, '저 사람은 백일서白日鼠 백승白勝인데 노름꾼'이라고 했어요. 나는 그냥 그런가보다 했죠. 얼마 뒤에 와자지껄 떠드는 소리를 들었는데, '황니강에서 대추를 파는 상인들이 몽한약으로 사람

3_ 감합인신勘合印信: 관원이 역참에 당도하면 반드시 상급 기관이 발급한 문서 중간에 좁고 긴 부분에 관인을 찍은 증빙 문서를 지방관에게 넘겨 검증하게 했다. 그 문서는 중간에 좁고 긴 부분이 있어 두 부분으로 나눌 수 있는데 쌍방이 각자 한 부분씩 가지고 있다가 두 부분을 합쳤을 때 중간 부분의 관인이 서로 맞고 차이가 없어야 비로소 숙식을 제공했는데, 이것을 감합인신勘合印信이라고 한다.

4_ 원문은 '六月初三日'이다. 『수호전전교주』에 따르면 "청나라 심도沈濤의 『교취헌필담交翠軒筆談』에서 이르기를, '매월 1일부터 10일까지 잎에 亽切 가를 붙이는데, 어느 때부터 시작되었는지는 모른다'고 했다."

을 쓰러뜨리고는 생신강을 강탈해갔다'고 하더라고요. 그래서 조 보정이 아니면 누구겠는가 하고 의심했죠! 지금 백승만 잡아서 물어보면 확실히 알 수 있을 겁니다. 이것이 명부인데 내가 베낀 필사본이죠."

하도는 듣고 크게 기뻐하며 즉시 동생 하청을 데리고 제주 관아에 가서 태수를 만났다. 부윤이 물었다.

"일에 조금이라도 진전이 있느냐?"

"소식이 조금 있습니다."

부윤이 후원으로 불러 자세한 내막을 물었고, 하청은 하나하나 대답했다. 하도는 부윤의 명을 받고 즉시 하청과 8명의 차역을 데리고 밤새 안락촌으로 달려갔다. 객점 주인을 불러 길잡이로 삼아 곧장 백승의 집으로 갔을 때는 이미 3경 시각이었다. 객점 주인이 속여 문을 열게 하고 불을 켜니 백승은 침상에서 끙끙 앓고 있었다. 백승의 아내에게 물으니 열병에 걸렸으나 아직 땀을 빼지 못했다고 말했다. 침상에서 끌어내리니 백승의 얼굴은 열병 때문인지 붉고 하얗게 질려 있었다. 밧줄로 묶으며 소리쳤다.

"황니강에서 좋은 일을 했지!"

백승이 어떻게 그렇다고 인정하겠는가. 그의 부인도 묶었으나 자백하지 않았다. 차역들이 집 안을 샅샅이 뒤졌다. 침상 아래 바닥이 평평하지 않자 차역들이 땅을 팠다. 3척도 못 파서 차역들이 금은 한 포대를 꺼내며 소리를 지르자 백승은 얼굴이 흙빛이 되었다. 즉시 백승의 얼굴을 덮어 씌웠으며 그의 부인을 데리고 장물을 들쳐 맨 채 밤새 제주 성내로 들어오니 5경 정각이 되었다. 백승을 밧줄로 묶어 대청 앞으로 압송하여 계책을 꾸민 주모자를 물었다. 백승은 발뺌하면서 죽어도 조 보정 등 7명을 말하려 하지 않았다. 연이어 서너 차례 얻어맞자 피부가 찢기고 터져 선혈이 흘러나왔다. 부윤이 소리를 질렀다.

"장물도 찾아냈고 주모자가 운성현 동계촌 조 보정이라는 것을 이미 알고 있는데, 네놈은 어찌하여 생떼를 쓰느냐? 네 나머지 6명이 누군지 말하면 네놈을 때리지는 않겠다."

백승이 또 매질을 견뎠으나 더 이상은 버틸 수 없어 자백할 수밖에 없었다.

"우두머리는 조 보정이 맞습니다. 그가 6명을 데리고 와서 저를 끌어들여 술을 가져다주었지만 나머지 6명은 전혀 모릅니다."

"아는 것은 어렵지 않다. 조 보정만 잡으면 나머지 6명의 행방은 알게 될 것이다."

먼저 사형수에게 채우는 20근 칼5을 백승에게 채웠으며 그의 부인도 족쇄를 채우고 여자 감옥에 가두었다.

즉시 공문에 서명하고 하도와 눈치 빠르고 민첩한 공인 20명을 운성현에 보내 문서를 전달하고 조 보정과 이름을 알 수 없는 6명의 범인을 체포하도록 했다. 그리고 원래 생신강을 운반하던 우후 2명을 증인으로 보내 범인을 확인하도록 했다. 하 관찰은 소식이 누설되는 것을 걱정하여 아무도 모르게 일행을 데리고 출발했다. 밤새 운성현에 당도하자 먼저 일행과 두 우후는 객점에 숨어 있게 하고 두 명만 데리고 공문을 지니고는 곧장 운성현 관아로 갔다. 때는 이미 사시(9~11시)라 지현은 아침 근무를 마쳤으므로 현 관아 앞은 쥐 죽은 듯이 조용하기만 했다. 하도는 관아 맞은편 찻집에 가서 차를 마시며 기다렸다. 차를 우려 마시며 차박사에게 물었다.

"오늘 현 관아 앞이 왜 이리 조용한가?"

"지현 상공의 아침 조회가 방금 끝나고 공인과 소송인들이 모두 밥 먹으러 가서 아직 돌아오지 않았습니다."

하도가 또 물었다.

5_ 원문은 '가枷'다. 『수호전전교주』에 따르면 『사림광기별집事林廣記別集』 권3에서 『대원통제大元通制·옥구獄具』를 인용하여 '가枷는 각기 길이가 5척 이상 6척 이하이고, 폭은 1척 4촌 이상 1척 6촌 이하이며, 두께는 2촌 이하 1촌 8분 이상이다. 모두 말린 나무를 사용하고 길이와 무게가 위에 새겨져 있다. 사형수는 무게가 25근이고, 일반 죄수는 20근, 장형을 맞을 죄수는 15근이다'라고 했다." 본문에서는 20근이라 했는데, 아마도 '오五' 자가 빠진 것 같다.

"오늘 현 관아 안에 당직 서는 압사押司6는 누구냐?"

차박사가 손가락으로 가리키며 말했다.

"오늘 당직 압사께서 오시네요."

하도가 현 관아를 보니 압사 한 사람이 나오고 있었다. 그 사람을 보니 어떻게 생겼을까,

붉은 봉황 같은 눈에 눈썹은 누운 누에와 비슷하네. 둥글둥글한 두 귀는 구슬을 매단 듯하고, 밝은 두 눈동자는 새까맣구나. 입술은 네모지고 입은 바르며 수염은 턱7에 덥수룩하네. 넓은 이마에 평평한 정수리, 양미간의 살집은 두툼하네. 앉으면 호랑이 같은 위풍이고, 걸으면 이리 같은 모습이 있구나. 나이는 서른 정도이고, 만인을 구제할 도량 지녔으며, 신장은 육척인데 사해를 평정할 마음 지녔도다. 기개는 왕성하고, 흉금은 수려하네. 도필刀筆8은 감히 소상국蕭相國보다 낫다 할 수 있고, 명성은 맹상군孟嘗君에 뒤지지 않는다네.

眼如丹鳳, 眉似臥蠶. 滴溜溜兩耳懸珠, 明皎皎雙睛點漆. 脣方口正, 髭鬚地閣輕盈; 額闊頂平, 皮肉天倉飽滿. 坐定時渾如虎相, 走動時有若狼形. 年及三旬, 有養濟萬人之度量; 身軀六尺, 懷掃除四海之心機. 志氣軒昂, 胸襟秀麗. 刀筆敢欺蕭相國, 聲名不讓孟嘗君.

6_ 압사押司: 송대 관아에서 공문서 등 각종 사무를 관리하는 관원이었다. 정해진 인원은 없었고 명호가 없는 관원이었다. 글자를 알고 쓸 수 있으며 공문의 왕래에 익숙한 하급 벼슬아치였다. 압사는 검은 옷을 입었고(하급 관원은 붉은 옷을 입을 수 없다) 차역과 같이 당직을 섰다.

7_ 원문은 '지각地閣'인데, 턱을 말한다. 『수호전전교주』에 따르면 "『고금유서찬요古今類書纂要』 권4에서 이르기를 '사람은 천지를 닮아 태어나므로 위에는 천정天庭(양미간)이 있고 아래에는 지각地閣이 있으며 중간에는 인중人中이 있으니 이것을 삼재三才라 말한다'고 했다."

8_ 도필刀筆은 글씨를 쓰는 도구다. 고대에는 죽간이나 목간에 붓으로 글씨를 적었는데 오류가 생기면 칼로 긁어내어 다시 적었으므로, 사람들은 도필을 관장하고 형벌 사무를 관장하는 관원을 '도필리刀筆吏'라 했다. 여기서는 문서를 작성하고 공문서를 관리하는 일을 말한다.

그 압사는 성이 송宋이고 이름이 강江이며 자9가 공명公明이고 항렬은 셋째였으며 운성현 송가촌 사람이었다. 얼굴이 검고 키가 작아서 사람들은 '흑송강黑宋江'이라고 불렀다. 그는 효자로 널리 알려졌고 의를 중시하고 재물을 가볍게 여겨서 사람들은 그를 '효의孝義 흑삼랑黑三郞'이라고 칭송하기도 했다. 부친은 살아 있었고 모친은 일찍 여의었으며 밑으로 남동생 하나가 있는데 '철선자鐵扇子' 송청宋淸이라고 하며 부친 송 태공과 함께 농사를 지었고 전원에서 생활했다. 송강은 운성현에서 압사가 되었는데 문장에 정통했고 관리의 수단에 능숙했다. 게다가 창봉 익히기를 좋아하여 여러 가지 무예를 배웠다. 평생 강호의 호걸들과 교제하기를 좋아하여 그에게 의지하러 오는 사람이 있으면 귀천을 가리지 않았고 받아들이지 않은 적이 없었으며 장원에서 숙식까지 제공하며 종일 모시면서도 싫증내지 않았다. 만일 그가 떠나려 하면 돈을 아끼지 않고 힘써 도와주니 진실로 황금을 흙덩이 보듯 했다. 사람들이 그에게 금전을 요구하면 핑계대지 않았고 남에게 편리를 제공하고 돕기를 좋아했으며 매번 분쟁을 해결하면서 사람의 목숨을 구해주려고 했다. 항상 관棺이나 약재를 나눠줘 가난하고 어려운 사람을 도와줬고 다급하고 곤란한 사람들을 구제해줬다. 이 때문에 산동과 하북에서 이름을 날렸는데, 모두들 하늘에서 때맞춰 내리는 비와 같아 만물을 구할 수 있다는 것에 비교하여 '급시우及時雨'라고 불렀다. 송강의 장점을 칭송한 「임강선臨江仙」이란 사 한 수가 있다.

민첩하고 교묘하며 소박한 도필리에서 시작하여

걸출한 인재로 천강성에 상응하게 되었으며

9_ 원문은 '표자表字'다. 『안씨가훈顔氏家訓』 「풍조風操」에 따르면 "옛날에는 이름으로 그 본체(몸)를 지칭했고, 자는 덕을 드러냈다古者名以正體, 字以表德"고 했다. 송강의 자가 '공명公明'이라고 했는데, 역사와 『대송선화유사大宋宣和遺事』 등의 모기 회본에는 보이지 않는다. 원·명 시기의 잡극에서 창조된 것이다.

재물을 소홀히 하고 의리를 내 세운데다 더욱이 다재다능했다네.

부모를 모심에 효도하고 공경했으며, 선비를 대함에 명성을 날렸다네.

약하고 곤경에 처한 사람 도와주는데 마음 기울여 강개하니

그 높은 명성 물처럼 맑고 달처럼 고결하도다.

가뭄 뒤에 내리는 단비라고 사방에서 칭송하니

산동의 호보의呼保義, 호걸 송 공명宋公明이로다.

起自花村刀筆吏, 英靈上應天星, 疏財仗義更多能. 事親行孝敬, 待士有聲名. 濟弱
扶傾心慷慨, 高名水月雙淸. 及時甘雨四方稱, 山東呼保義, 豪杰宋公明.

이때 송강이 하인 한 명을 데리고 현 관아에서 걸어나왔다. 그 모습을 본 하
도는 길에 나가서 말했다.

"압사님, 여기 안에 들어가셔서 차 한잔 하시지요."

송강은 공인 복장을 보고는 황급하게 답례하며 말했다.

"존형께서는 어디서 오셨습니까?"

"안에 들어가셔서 차 한잔 드시면서 말씀 나누시지요."

"그러시지요."

두 사람은 찻집 안에 자리를 잡고 하인은 문 앞에 서서 기다리게 했다. 송강
이 말했다.

"실례합니다만 존함이 어떻게 되십니까?"

하도가 대답했다.

"소인은 제주부 집포사신 하도입니다. 감히 묻건대 압사님의 존함은 어떻게
되십니까?"

"관찰님을 몰라본 무례를 용서하십시오. 소인은 송강이라고 합니다."

하도가 땅에 엎드려 절을 하며 말했다.

"크신 이름을 들은 지 오래됐는데 인연이 닿지 않아서 친분을 맺지 못했습니

다."

"황공합니다. 관찰께서는 상좌에 앉으십시오."

"소인이 어찌 감히 상좌에 앉겠습니까?"

"관찰께서는 상급 관아에서 오신 분이고 또 멀리서 오신 손님입니다."

서로 양보하다가 송강이 주인의 자리에 앉고 하도가 손님 자리에 앉았다. 송강이 차박사를 불러 차 두 잔을 가져오게 했다. 잠시 후 차가 나오자 둘은 차를 마셨다. 송강이 말했다.

"관찰께서 우리 현에 어떤 공무로 오셨습니까?"

"솔직하게 말씀드리면 이 현에 중요한 사람이 몇 명 있습니다."

"도적에 관한 일이 아닌가요?"

"여기 밀봉 공문이 있습니다. 감히 압사님을 수고롭게 해서 일을 이루게 하려 합니다."

"관찰께서는 상급 기관에서 파견한 분인데, 소인 같은 하급 벼슬아치가 어떻게 감히 소홀히 대하겠습니까? 도적에 관해 무슨 급한 일인지 모르겠습니다."

"압사께서는 문서를 다루는 사람이니 말해도 상관없겠네요. 제주부 관할의 황니강에서 도적 8명이 북경 대명부 양 중서가 생신강을 채 태사에게 보내기 위해 파견한 군졸 15명을 몽한약을 써서 쓰러뜨리고 10만 관에 달하는 금은보석 열한 짐을 강탈해갔습니다. 지금 도적들 가운데 백승이란 자를 잡았는데, 말에 따르면 나머지 도적 7명은 모두 여기 현 사람입니다. 지금 태사부에서 특별히 파견한 간판이 제주부에서 이번 공무 처리를 기다리고 있으니 압사께서 서둘러 도와주시기 바랍니다."

"태사부의 분부가 아니더라도 관찰께서 공문을 가지고 요구하시는데 어찌 감히 체포하지 않을 수 있겠습니까? 백승이 자백한 그 7명이 누굽니까?"

"사실대로 말씀드리면 여기 운성현 동계촌 조 보정이 수괴입니다. 나머지 도적들의 성명을 모르니 번거롭지만 신경을 써주시기 바랍니다."

송강은 듣고서 깜짝 놀랐고, 속으로 생각했다.

'조개는 내게 친형제 같은 사람인데 이렇게 큰 죄를 저질렀으니 내가 구해주지 않는다면 잡혀가서 틀림없이 목숨을 잃을 것이다!'

내심으로는 당황했으나 아무렇지도 않은 듯이 대답했다.

"조개 이놈은 간사한 역호役戶10라 본 현에서도 싫어하지 않는 사람이 없습니다. 이번에 벌인 일로 제대로 벌을 받겠군요!"

"압사님, 번거롭겠지만 이 일을 빨리 처리해주십시오."

"그렇게 하지요. '독 안에 든 자라는 손으로 잡는다'라는 말처럼 이 일은 아주 쉽습니다. 다만 한 가지 문제가 있습니다. 이 밀봉 공문은 관찰께서 친히 관아에 가지고 가서서 본관 지현께 보여야 분부를 받고 사람을 보내 잡을 수 있습니다. 소인이 어떻게 감히 맘대로 열어볼 수 있겠습니까? 이 일은 보통 일이 아니니 절대 함부로 누설할 수 없습니다."

"압사님의 말씀이 지극히 합당합니다. 번거롭지만 지현을 뵙게 해주십시오."

"지현께서는 아침 사무를 마치고 피곤해서서 잠시 쉬고 계십니다. 관찰께서 잠시 기다리고 계시면 지현이 돌아오자마자 소인이 모시겠습니다."

"압사님, 잘 부탁드립니다."

"당연한 일이니 그런 말씀 마십시오. 소인은 잠시 집에 가서 일 좀 보고 오겠습니다. 잠시만 앉아 계십시오."

"압사님 편하신 대로 일 보십시오. 저는 여기서 기다리겠습니다."

송강은 일어나서 방을 나와 차박사에게 분부했다.

10_ 역호役戶: 마을에서 차역差役 파견을 책임진 가구를 말한다. 사람들이 싫어하는 것을 비유한 것이다. 『문헌통고文獻通考』 「직역고職役考」에 근거하면 송대에는 향촌을 다섯 등급의 주호主戶(토박이)로 나누었는데, 상위 두 등급과 중등 주호는 평민 지주계급이었고, 하위 두 등급 주호는 농민계급이었다. 상위 두 등급은 일반적으로 상호上戶 혹은 대호大戶라 불렸고, 세 번째 등급은 중호中戶라 불렸으며, 하위 두 등급은 하호下戶 혹은 소호小戶라 불렸다. 조개는 마을에서 물질적으로 가장 부유한 역호役戶였기에 보정으로 선임된 것이다.

"저 관인官人이 차 한 잔 더 달라고 하거든 가져다 드리고 차값은 내앞으로 달아놓아라."

송강은 찻집을 나와 날듯이 달려 자기 거처로 돌아왔다. 그리고 하인에게 직사直司[11]를 불러 찻집 앞에서 집포사신의 시중을 들도록 분부했다.

"만일 지현이 오후 일을 시작하면 찻집 안에 있는 관인을 달래고 '압사께서 집에 일이 있어서 아직 안돌아왔으니 잠시만 기다리세요'라고 하면서 대접하도록 하여라."

마구간의 말을 준비하여 끌고 뒷문으로 나와 채찍을 소매 안에 넣고 급하게 말에 뛰어 올라 천천히 관아를 나섰다. 동문으로 나와 채찍질하자 말이 히히힝 울며 동계촌으로 내달렸다. 반 시진이 안 되게 달려 조개의 장원에 도착했다. 장객이 보고는 안으로 들어가 보고했다. 바로 다음과 같다.

> 의를 중히 여기고 다른 불의의 재물 가볍게 여기며
> 하늘의 법망을 받들지만 때로는 어기는구나.
> 백성을 착취하는 관청은 도적보다 더욱 심하니
> 응당 절친한 친분을 위해 도적을 놓아줘야 하네.
> 義重輕他不義財, 奉天法網有時開.
> 剝民官府過於賊, 應爲知交放賊來.

한편 조개는 오용·공손승·유당과 후원 포도나무 아래에서 술을 마시고 있었다. 이때 완씨 삼형제는 이미 돈을 가지고 석갈촌으로 돌아갔다. 조개는 송강이 문 앞에 왔다고 보고한 장객의 말을 듣고 물었다.

"몇 명이나 왔느냐?"

11_ 직사直司: 하인 노릇하는 차역이다.

"혼자 말을 타고 와서 빨리 보정을 뵈어야 한다고 합니다."

"분명 무슨 일이 있구나."

서둘러 나가서 맞았다. 송강은 인사를 하고 조개의 손을 잡아끌고 옆의 작은 방에 들어갔다. 조개가 물었다.

"압사는 어째서 이렇게 황급하게 오셨소?"

"형님은 모르겠지만 친형으로 여겨서 내 목숨을 걸고 구하러 왔소. 지금 황니강 사건이 발각되었소! 백승이 이미 제주 감옥 안에 잡혀 있는데 형님 등 7명을 자백했소. 제주부에서 하 집포를 파견했고 그가 몇 명을 데리고 태사부의 명과 제주부의 문서를 받아 형님 등 7명을 잡으러 왔는데 형님이 수괴라고 말하고 있소. 천만다행으로 이 일이 내 손에 떨어졌소이다. 지현이 지금 잔다고 평계를 대고 하 관찰은 관아 맞은편 찻집에서 기다리게 해놓고 말을 타고 형님에게 알리러 달려왔소. 형님, '36계, 도망가는 것이 최고 상책이다'라고 했소. 빨리 도망가지 않고 뭐하시오? 나는 돌아가 하 관찰을 데리고 가서 공문을 제출하면 지현이 즉시 밤새도록 사람을 보낼 것이오. 지체해서는 안 되오. 실수라도 생기면 어떻게 하겠소! 나중에 구해주지 않는다고 나를 원망 마시오."

조개가 송강의 말을 듣고 크게 놀라며 말했다.

"동생, 이 은혜를 어떻게 갚나!"

"형님, 더 이상 여러 말 말고 빨리 도망갈 채비나 하고 늦지 않도록 하시오. 나는 돌아가겠소."

"우리 7명 가운데 완소이·완소오·완소칠 삼형제는 재물을 가지고 이미 석갈촌으로 돌아갔고, 나머지 세 사람은 여기 있으니 들어가 만나보게나."

송강이 후원에 들어가자 조개가 일일이 가리키며 소개했다.

"이 세 사람 가운데 이 사람은 우리 마을 오 학구이고, 저기는 공손승으로 계주에서 왔네. 여기는 유당이고 동로주 사람이네."

송강은 대충 예를 표하고 몸을 돌려 나가며 부탁했다.

"형님 몸조심하시고 빨리 가시오. 나는 갑니다."

송강은 조개의 장원 앞으로 나와서 말을 타고 채찍질을 하며 나는 듯이 현관아로 달려갔다. 당시 한 독서인이 있어 이 일을 가지고 시 한 수를 지었다. 시에 이르기를,

보정이 무슨 연유로 도적떼 양성하는가

도적 놓아준 압사의 죄는 벗어나기 어렵네.

모름지기 법 지켜야 청렴한 명성 날리는데

인정에 의한 의기를 높다고 말하지 말라.

새는 매가 해칠 수 있음을 두려워하는데

고양이가 쥐와 짝이 된다면 어찌 고양이겠는가?

공연히 도필을 쥐고서 문리文吏라 칭하지만

한나라 상국 소하를 말하는 것 부끄럽다네.

保正緣何養賊曹, 押司縱賊罪難逃.

須知守法淸名重, 莫謂通情義氣高.

爵固畏鷂能害爵, 猫如伴鼠豈成猫.

空持刀筆稱文吏, 羞說當年漢相蕭

한편 조개는 오용·공손승·유당 세 사람에게 말했다.

"방금 본 사람이 누군지 아시오?"

오용이 말했다.

"그렇게 허둥지둥하며 돌아갔습니까? 그 사람이 누구입니까?"

"세 분은 아직 아무것도 모르시는구려! 그가 오지 않았으면 우리 목숨이 얼마 안 있으면 끝장날 뻔했소!"

세 사람이 깜짝 놀라서 말했나.

"혹시 소식이 누설되어 일이 발각된 것입니까?"

"다행히도 저 동생이 피바다가 될 엄중한 대가를 무릅쓰고 우리에게 알려주었소. 백승이 제주 감옥에 잡혀 있는데 우리 7명을 자백했다 하오. 제주에서 하 관찰과 사람 몇이 태사의 명을 받들고 운성현에 와서 우리 7명을 잡는 것을 기다린다고 하오. 다행히 그 관찰을 찻집에서 기다리게 하고 날듯이 말을 타고 와서 먼저 우리에게 알려준 것이오. 지금 돌아가 공문을 내리고 즉시 우리를 체포하러 밤새도록 사람을 보낼 것이오. 이 일을 어떻게 하면 좋겠소!"

오용이 말했다.

"그 사람이 알려주지 않았다면 전부 잡혔을 것입니다. 이 은인의 이름이 어떻게 됩니까?"

"우리 현 압사 호보의呼保義 송강이라오."

"송 압사의 이름은 들었는데 만나본 적은 없었습니다. 가까이 살면서도 인연이 없어 만나지 못했습니다."

공손승과 유당은 말했다.

"강호에서 말하는 급시우 송 공명이 바로 이 사람 아닙니까?"

조개가 고개를 끄덕이며 말했다.

"바로 그 사람이오. 그와 나는 허물없는 사이로 결의형제를 맺었소. 오 선생도 만나본 적이 없단 말이오? 천하에 이름이 헛되이 전해지지 않으니, 이런 사람과 결의형제를 맺었으니 헛되지는 않소이다."

조개가 오용에게 물었다.

"사태가 이렇게 위급하니 어떻게든 벗어나야 하지 않겠소?"

"상의할 것도 없습니다. 36계 가운데 도망가는 것이 상책입니다."

"송 압사도 우리더러 도망가는 것이 상책이라고는 했는데 어디로 가야 좋겠소?"

"내가 이미 마음속에 생각해둔 곳이 있습니다. 지금 짐을 5~7개로 만들어서 지고 함께 석갈촌 완씨 삼형제에게 가시지요. 먼저 서둘러 사람을 보내 그 형제들에게 알려야 합니다."

"완씨 삼형제는 어부인데 어떻게 이렇게 많은 사람을 받아들일 수 있겠소?"

"형님, 정말 세심하지 못하십니다! 석갈촌에서 몇 걸음만 나가면 바로 양산 박입니다. 지금 산채의 세력이 왕성하여 포도 관군들도 감히 똑바로 쳐다보지 못하고 있습니다. 만일 다급해지면 우리도 가담하여 한 패가 됩시다."

"이것이 지극히 상책이지만 그들이 우리를 받아들이지 않을까 걱정스럽소."

"우리에게 금은이 넘쳐나니 어느 정도 바치면 패거리에 가입할 수 있을 것입니다."

바로 다음과 같다.

도리가 없는 때 도적이 많은 법이나, 영웅들은 진퇴양난의 처지라네.

산채에 백의수사 기거하고 있는데, 도적 매수는 관직 사는 것과 같네.

無道之時多有盜, 英雄進退兩俱難.

只因秀士居山寨, 買盜猶然似買官.

조개가 말했다.

"이제 이렇게 상의하여 결정했으니 일을 지체해서는 안 되오. 오 선생은 유당과 장객 몇 명을 데리고 짐을 가지고 먼저 완씨 형제 집으로 가서 정리하고 다시 육로로 우리를 마중하도록 하시오. 나와 공손 선생은 집안을 정리하고 바로 가겠소."

오용과 유당은 생신강을 강탈해 얻은 금은보석을 나누어 5~6개 짐으로 싸고는 5~6명의 장객을 불러 술과 음식을 배부르게 먹였다. 오용은 소매에 동련銅鏈을 집어넣고 유당은 박도를 들고 5~6개 짐을 호송했는데, 일행 10여 명은 석갈촌으로 향했다. 조개와 공손승은 장원을 정리했다. 같이 가지 않으려는 장객에게는 재물을 나눠주고 다른 주인을 찾아가도록 했다. 함께 가기를 원하는 장객은 모두 장원에서 재물을 정리하고 짐을 쌌다. 바로 다음과 같다.

모름지기 재물을 믿는 것은 독사와도 같기에

재화가 쌓이게 되면 집안을 망하게 한다네.

의사라 불려도 보전치 못하거늘, 탐관오리여 제멋대로 자랑 말거라

하늘이 보고 있도다.

須信錢財是毒蛇, 錢財聚處卽亡家.

人稱義士猶難保, 天鑑貪官漫自夸.

한편 송강은 날듯이 말을 몰아 현 관아로 돌아가서 급하게 찻집 안으로 들어가니 하 관찰이 문 앞에서 바라보고 있었다. 송강이 말했다.

"관찰, 오래 기다리셨습니다. 방금 마을에 친척과 집안일에 대해서 이야기하느라 늦었습니다."

"압사님을 끌어들여서 번거롭게 하는군요."

"관아로 들어가시지요."

두 사람이 관아로 들어가자 지현 시문빈時文彬이 대청에서 사무를 처리하고 있었다. 송강은 밀봉문서를 들고 하 관찰을 데리고 들어가 책상 앞으로 가서는 좌우에게 회피패迴避牌[12]를 내걸게 했다. 송강이 앞으로 다가가서 보고했다.

"제주부에서 도적에 관한 긴급한 공문이 왔는데 특별히 집포사신 하 관찰을 보냈습니다."

지현이 대청에서 뜯어보고는 크게 놀라 송강에게 말했다.

"이것은 태사부에서 제주부에 간판을 보내 즉시 처리하도록 한 안건이다. 빨

12_ 회피패迴避牌는 관부에서 중요한 일을 처리할 때 다른 사람에게 물러서거나 피해 있으라고 경고하는 의미로 팻말을 걸어놓는 것을 말한다.

리 사람을 보내 도적의 무리를 잡도록 해라."

송강이 말했다.

"대낮에 간다면 소식을 알고 달아날까 두려우니 밤에 가서 잡는 것이 좋을 것 같습니다. 조개만 잡으면 나머지 6명의 행방을 알 수 있을 것입니다."

지현이 말했다.

"동계촌 조 보정은 호걸이라는 명성을 들었는데, 그가 어떻게 이런 짓을 저지를 수 있느냐?"

즉시 위사尉司와 도두 주동과 뇌횡 두 명을 불렀다. 그 도두 둘은 주동과 뇌횡으로 모두 평범한 인물이 아니었다.

주동과 뇌횡이 후당에 들어와서 지현의 명령을 받고 현위와 말에 올라 위사로 가서 마보궁수馬步弓手[13]와 토병 100여 명을 점검했으며 하 관찰과 우후 둘은 범인을 잡으면 증인이 되기로 했다. 그날 밤 밧줄과 무기 등을 가지고 현위와 두 도두는 말을 타고 각자 요도와 활을 차고 손에 박도를 들고 마보궁수들에게 앞뒤로 빼곡하게 둘러싸여 함께 동문을 나가 날듯이 동계촌 조개의 집으로 달려갔다.

동계촌에 도착했을 때는 이미 1경(오후 7~9시)이었으며 모두 관음암觀音庵 앞에 모였다. 주동이 말했다.

"앞이 바로 조개의 장원이오. 조개의 집은 앞뒤로 두 길이 있는데, 만일 다 같이 앞문으로 치고 들어가면 뒷문으로 도망갈 것이고, 뒷문으로 들어가면 앞문으로 도망갈 것이오. 내가 아는데, 조개는 무술이 뛰어나고 그 6명도 어떤 사람인지 알 수 없지만 필시 선량한 사람은 아닐 것이오. 이놈들은 모두가 죽음을 각오한 무리라 만일 한꺼번에 몰려나오고 게다가 장객들의 도움까지 받는다면

13_ 마보궁수馬步弓手: 기병과 보병이 활을 지니고 순찰하며 도적을 잡는 자들을 가리킨다.

어떻게 대적할 수 있겠소? 성동격서聲東擊西14의 계교를 사용하여 이놈들이 분산되기를 기다린다면 손을 쓰기 편할 것이오. 나와 뇌 도두가 군사를 둘로 반씩 나누어 모두들 걸어가서 먼저 후문 밖에 매복하고 휘파람15 신호 소리를 기다렸다가 뇌 도두 등이 앞문으로 들어가 보이는 대로 족족 잡아들이면 되오."

뇌횡이 말했다.

"옳은 말이오. 주 도두는 현위와 함께 앞문으로 치고 들어가시오. 내가 뒷길을 차단하겠소."

주동이 말했다.

"동생, 자네는 모를 거야. 조개의 장원에는 통로가 세 갈래인데, 내가 평소에 눈여겨보았다네. 내가 그곳으로 갈 것인데 길을 잘 알고 있으니 횃불도 필요 없다네. 자네는 잘 모를 터이니 만일 놓치기라도 한다면 큰일일세."

현위가 말했다.

"주 도두의 말이 맞네. 자네가 절반을 데리고 가게나."

주동이 말했다.

"30여 명이면 충분합니다."

주동은 궁수 10명과 토병 20명을 데리고 먼저 뒷문으로 갔다. 현위가 다시 말 위에 오르고 뇌횡은 마보궁수를 앞뒤로 벌여 서서 현위를 보호하도록 했다. 토병들은 말 앞에 서서 20~30개의 횃불을 밝히고 삼지창, 박도, 유객주留客住16, 구렴도鉤鎌刀17를 들고 함께 조개의 장원으로 몰려 들어갔다.

조개의 장원에 도착하기 반 리 정도의 거리가 남았을 때 장원 안에서 불길

14_ 성동격서聲東擊西: 동쪽을 치는 척하다가 서쪽을 치는 것으로 적이 진짜와 가짜를 예측하지 못하고 착각을 일으키게 하는 군사 전술이다.

15_ 원문은 '훌초哾哺'인데, 엄지손가락과 집게손가락 끝을 입술 안에 넣고 힘껏 불면 호루라기 같은 소리가 나오는데, 이것을 '훌초'라고 한다. 일반적으로 연락 신호로 사용된다.

16_ 유객주留客住: 창끝이 갈고리 모양으로 된 긴 창.

17_ 구렴도鉤鎌刀: 칼등에 튀어나온 갈고리가 있고, 칼날로 벨 수도 있다.

이 솟아오르는 게 보였는데 바로 중당中堂[18]에서 타오르는 것으로 검은 연기가 온통 뒤덮고 붉은 화염이 하늘로 치솟았다. 또 열 걸음도 못 가서 앞뒷문 사방 팔방에서 30~40여 개의 횃불이 타올랐고 화염이 한꺼번에 맹렬하게 치솟아올랐다. 앞문을 맡은 뇌횡은 박도를 들고 뒤에는 토병들이 고함을 지르며 일제히 장원 문을 열고 안으로 몰려 들어갔다. 그런데 불빛은 대낮처럼 밝게 비쳤으나 사람은 그림자도 보이지 않았다. 뒷문 쪽에서 앞문 쪽 사람들에게 잡으라는 고함 소리만 들렸다. 주동은 원래 조개를 놓아주려고 뇌횡을 속여 앞문을 공격하도록 한 것이었다. 뇌횡도 조개를 구하기 위해 먼저 뒷문을 치려고 다투었으나 주동을 설득하지 못하고 앞문을 치게 되자 일부러 소란을 피워 성동격서의 계책을 사용하여 조개를 재촉해 도망치도록 한 것이었다.

그때 주동은 장원 후문에 도착했으나 조개는 아직 도망갈 준비를 끝내지 못한 상태였다. 장객이 상황을 살펴보고 조개에게 보고하며 말했다.

"관군이 도착했습니다! 더 이상 지체해서는 안 됩니다!"

조개는 장객을 불러 사방에 불을 지르게 하고 공손승과 같이 갈 장객 10여 명과 고함을 지르며 박도를 들고 후문으로 뛰쳐나가며 크게 소리 질렀다.

"나를 막는 자는 죽고 피하는 자는 살리라!"

주동은 어둠 속에서 소리쳤다.

"보정, 달아나지 마시오! 이 주동이 여기서 기다린 지 한참 되었소."

조개는 그 말에 아랑곳하지 않고 공손승과 함께 목숨을 걸고 달려나갔다. 주동은 슬쩍 피하며 길을 열어 조개가 달아나게 했다. 조개는 공손승에게 장객을 이끌고 먼저 달아나게 하고 혼자 뒤를 맡았다. 주동은 보궁수에게 후문으로 뛰어들게 하면서 소리 질렀다.

"앞으로 쫓아가서 도적들을 잡아라!"

18_ 중당中堂: 정중앙의 대청을 말한다.

뇌횡이 소리를 듣고 몸을 돌려 장원 문밖으로 나와 마궁수와 보궁수를 나누어 쫓게 하고 혼자 남았다. 뇌횡은 불빛 아래에서 여기저기 둘러보며 사람을 찾았다. 주동은 토병은 내버려두고 박도를 들고 조개를 쫓아왔다. 조개가 달아나면서 말했다.

"주 도두, 나만 따라와서 어쩌겠다는 것이오? 내가 평소에 도두를 소홀하게 대접하지 않았잖소!"

주동은 뒤에 사람이 없는 것을 살펴보고 비로소 말했다.

"보정, 아직도 내가 도와주고 있는 것을 모르는 것 같소. 뇌횡이 잘못해서 인정을 베풀지 않을까 걱정되어 그를 속여 앞문으로 치게 하고 나는 뒷문에서 기다렸다가 보정을 놓아주고 있는 것이오. 내가 길을 비켜주는 것을 보지 못했군요. 다른 곳에 갈 필요 없이 양산박으로 가면 안전할 것이오."

"목숨을 구해준 은혜에 감사하고 다음에 반드시 보답하겠소!"

여기에 증명하는 시가 있다.

포도군관 어찌하여 도적과 내통하는가
관리가 먹은 뇌물 응당 도적의 장물과 같다네.
관청이 도적을 위한다고 의심하지 말라
도적을 위한다면 상제가 용납하지 않으리라.
捕盜如何與盜通, 官贓應與盜贓同.
莫疑官府能爲盜, 自有皇天不肯容.

주동이 한참 조개의 뒤를 따르고 있는데 뒤에서 뇌횡이 지르는 소리를 들었다.

"도적들을 놓치지 말아라!"

주동이 조개에게 당부하며 말했다.

"보정, 당황하지 말고 도망가시면 내가 그를 돌려보내겠소."

주동이 고개를 돌려서 소리쳤다.

"도적 셋이 동쪽 오솔길로 갔다. 뇌 도두 빨리 쫓아가시오."

뇌횡은 사람을 데리고 동쪽 오솔길로 달려갔고, 토병들도 뒤를 쫓았다. 주동은 조개와 이야기를 나누며 쫓아가는데 보호하며 보내는 것과 다를 것이 없었다. 조개가 차츰차츰 어둠 속으로 사라지고 보이지 않자 주동은 발을 헛디디며 땅바닥에 쓰러졌다. 토병들이 달려와 급히 부축하여 일으켰다. 주동이 대답했다.

"어두워 길이 보이지 않아 밭길로 잘못 들어와 미끄러져서 왼발을 접질렸소."

현위가 말했다.

"도적을 놓쳤으니 어떻게 해야 좋으냐?"

주동이 말했다.

"소인이 쫓지 않은 것이 아니라 너무 어두워서 쫓아갈 수가 없었습니다. 여기 토병들은 쓸 만한 사람도 몇 안 되어서 감히 앞으로 나가지도 못했습니다."

현위가 다시 토병들에게 쫓아가도록 했다. 토병들은 속으로 말했다.

'도두 두 명도 아무 소용없고 접근도 못했는데 우리가 무슨 소용 있겠어?'

모두들 거짓으로 쫓는 척하다가 돌아와서 말했다.

"어두워서 도적들이 어느 길로 갔는지 알 수가 없습니다."

뇌횡도 한 길로 쫓다가 돌아오며 속으로 생각했다.

'주동은 조개와 관계가 좋으니 틀림없이 놓아주었을 텐데 나는 이유 없이 나쁜 놈이 되었군. 나도 그를 놓아줄 마음이 있었는데 이미 가버렸으니, 인정도 베풀지 못했네. 조개 그 사람은 정말 만만하지 않은 사람이야.'

할 수 없이 돌아와서 말했다.

"어디로 쫓아갈까요? 이 도적들은 정말 대단합니다!"

현위와 두 도두가 장원 앞으로 돌아왔을 때는 이미 4경이었다. 허 관찰은 사분오열되어 밤새도록 도적 하나도 잡지 못한 것을 보고 비명을 지르며 말했다.

"무슨 면목으로 제주 관아에 돌아가서 부윤 얼굴을 본단 말이냐!"

현위는 그냥 돌아갈 수가 없어 이웃 몇 명을 잡아 운성현으로 데리고 갔다.

이때 지현은 밤새 한숨도 자지 못하고 소식을 기다리다가 보고를 들었다.

"도적은 모두 달아났고 이웃사람 몇을 잡아왔습니다."

지현은 잡아온 이웃을 대청에서 심문했다. 이웃들은 말했다.

"소인들이 조 보정의 이웃이라 해도 멀리 사는 사람은 2~3리 떨어져 있고 가깝다 하더라도 마을과는 떨어져 있습니다. 그의 장원에 항상 창으로 찌르고 봉을 휘두르는 사람이 드나드는데 이런 일을 할 지 어떻게 알았겠습니까?"

지현이 하나씩 캐물어 그들의 행방을 알아내려고 애썼다. 여러 사람 가운데 가까운 이웃이 말했다.

"정말 아시고 싶으시다면 그의 장객에게 직접 물어보십시오."

지현이 말했다.

"그의 장객들도 모두 떠났다고 하던데."

"떠나기 원치 않던 자들은 이곳에 남았습니다."

지현은 듣고서 서둘러 이웃을 증인으로 삼고 동계촌에 사람을 보내 잡아오게 했다. 두 시진이 안 되어 장객 둘을 잡아왔고, 캐물었을 때 그 장객은 처음에는 모르는 척 잡아떼다가 매를 견디지 못하고 불었다.

"처음에 6명이 상의했습니다. 한 사람은 여기서 학생들을 가르치던 선생으로 오용이라고 합니다. 또 하나는 공손승이라고 하는데 전진선생全眞先生[19]입니다. 또 하나는 검은 사내로 성은 유씨입니다. 나머지 3명은 소인도 모릅니다. 모두 오용이 데려왔습니다. 그들의 성은 완씨이고 석갈촌에 살며 어부이고 삼형제라 들었습니다. 아는 것은 이게 전부입니다."

19_ 전진선생全眞先生은 일반적으로 도사를 지칭한다.

지현은 소장을 가져다가 두 장객을 하 관찰에게 넘기고 자세한 공문을 작성하여 본부에 올렸다. 송강은 이웃들을 도와주고 보호하여 집으로 돌려보내고 대기하게 했다.

한편 사람들과 하도는 두 장객을 밤새도록 압송하여 제주부로 돌아와보니 마침 부윤이 대청에 나와 있었다. 하도가 사람들과 대청 앞에 나가서 조개가 장원을 불태우고 도망친 일을 아뢰고 잡아온 장객의 자백을 두루 설명했다. 부윤이 말했다.

"장객이 그렇게 말했다면 백승을 다시 끌어내거라!"

백승에게 물었다

"완씨 삼형제는 어디에 사느냐?"

백승은 더 이상 발뺌할 수 없게 되자 자백했다.

"완씨 삼형제는 입지태세 완소이, 단명이랑 완소오, 활염라 완소칠입니다. 모두 석갈촌 호수에 살고 있습니다."

"또 나머지 셋은 누구냐?"

"지다성 오용, 입운룡 공손승, 적발귀 유당입니다."

지현이 듣고는 말했다.

"이제 다 알아냈으니 백승은 원래대로 감옥에 넣어라."

즉시 하 관찰을 불러 석갈촌으로 가서 이 도적들을 체포하도록 했다. 하도가 석갈촌으로 갔으니 나누어 서술하면, 천강과 지살이 풍운을 찾아 모이고, 수호산성에는 천하를 종횡하는 인마들이 몰려들게 된다.

결국 하 관찰이 어떻게 석갈촌으로 도적을 체포하러 갔는지는 다음 회에 설명하노라.

송강의 신장

본문에서 송강의 키를 6척으로 쓰고 있다. 송나라 때의 길이 단위로는 세 종류가 있다. 『수호전보증본』에 따르면 "정도율척丁度律尺은 1척의 길이가 0.2378미터였고, 두 번째로 호원율척胡瑗律尺은 1척이 0.2451미터였으며, 세 번째로 이조율척李照律尺은 1척이 0.311미터였다. 이조율척에 근거하여 계산하면 송강의 키는 1.866미터이고 8척 장신인 임충은 2.488미터이니 이치상 합리적이지 않다. 그러나 정도율척에 근거하여 계산하면 송강의 키는 대략 1.43미터이고 호원율척으로 추산하면 송강의 키는 대략 1.47미터가 된다"고 했다.

송강은 운성현鄆城縣 사람이 아니다

본문에는 송강을 '운성현鄆城縣 송가촌宋家村 사람'으로 묘사하고 있으나 역사 기록에는 송강이 운성현 사람이었다는 내용은 보이지 않는다. 『송사』 「장숙야전張叔夜傳」에 따르면 "송강이 하삭河朔에서 일어났다"고 했고, 「휘종기徽宗紀」에서는 "회남淮南의 도적 송강 등이 회양군淮陽軍을 침범했다"고 기재하고 있다. 『수호전보증본』에 따르면 "『선화유사』에서는 송강이 태항산太行山 지구에서 활동했다고 하고 있어 송강이 운성현 사람이 아님을 증명하고 있다. 민간 전설에 의거하면 송강의 고향은 수보촌水堡村이라 하는데, 지금의 산둥성 윈청현鄆城縣 서쪽 20킬로미터 지점에 있다"고 했다.

송 공명宋公明

송강의 자를 '공명公明'이라고 한다. 그러나 역사 기록이나 『대송선화유사』 등 초기 화본에는 '공명'이란 말은 보이지 않는다. '공명'은 원·명 시기의 잡극에서 창조된 것이다. '공명'에 대해서 『수호전보증본』에 따르면 "혹여 '공명公明' 두 글자는 주원장朱元璋(명나라 태조)에서 나온 듯하다. 『견호삼집堅瓠三集』 「계석명戒石銘」에서 이르기를, '명나라 고황제가 용도甬道에 공생명公生明 세 글자를 새겨 세우라고 했는데, 수령들에게 경계로 삼도록 한 것이다'라고 했다." '공생명公生明'의 뜻은 '공정하면 사리를 분명하게 살필 수 있다'는 것을 의미한다.

호보의呼保義

송강의 별명을 '호보의'라고 하는데, 그 의미에 대해서는 학자들마다 견해가 다르다. 정목형의 『주략』에 따르면 "『철경록輟耕錄』에서 이르기를, '무관 정8품을 보의 교위保義校尉라 하고, 종8품부터는 보의부위保義副尉라 한다. 관원이 직분을 수여받지 못하면 보의保義라고 부른다. 또 송나라 때도 서로 보의라고 불렀는데, 이것은 통상적인 칭호로 원외員外와 비슷하다'고 했다." 이 견해에 따르면 '보의'는 말단 관원 혹은 존귀한 관원의 시종으로 여길 수 있다. 또다른 견해로는 여가석余嘉錫의 『송강삼십육인고실宋江三十六人考實』에서 이르기를, "송강의 별명 호보의는 어디에서 그 의미를 취했는지 모른다. 『송사』 권169 「직관지」에서 이르기를, '정화政和 2년(1112), 무관의 관직을 새로운 명칭으로 변경했는데, 기존의 관직인 우반전직右班殿直을 보의랑이라 했다'고 했다. 송강이 이것을 별명으로 삼은 것은 아마도 그의 무용武勇이 사신使臣(송나라 제도에서 내전승제內殿承制[무신 등급으로 7품]에서부터 삼반차직三班借職[무신의 가장 낮은 직급]까지 모두 사신이라 했다)이 될 만하다고 여긴 것뿐이다. '호呼'라는 것은 자신을 부르는 것으로 또한 당시의 속어다. '호보의'라고 말하는 것은 진짜 보의保義가 아니라는 것을 분명하게 한 것이다"라고 했다. 또한 『수호전보증본』에서 인용되는 왕리치王利器의 견해로는 "호보의는 스스로 보의라 부른 것이다. 보의라는 칭호는 당시 매우 보편적인 것으로 반드시 관직을 나타낸 것은 아니다"라고 했다.

철선자鐵扇子 송청宋淸

『수호전전교주』에 따르면 "정목형의 『주략』에서 이르기를, '선자扇子(부채)를 철로 만들었으니 쓸모없는 폐물廢物이다'라고 했다." 그러나 '철선자'는 폄하하는 의미가 포함되어 있다고 할 수 없다. 송나라 때의 부채는 더위를 식히기 위해 사용되면서도 신분을 나타내는 물건이기도 했다. 『수호전보증본』에 따르면 "송청의 별명인 철선자는 부채를 사용하면서 총명하고 보통을 뛰어넘는 관리자임을 드러낸 것이라 여길 수 있다"고 했다. 또한 '철선자'는 몸을 보호하는 역할도 할 수 있다.

《 제19회 》

양
산
박
의

새

주
인[1]

하 관찰은 지부知府[2]의 명령을 받고 나와서 즉시 기밀방에 들어가 함께 상의
했다. 많은 차역이 말했다.

"석갈촌 호수는 양산박에서 가깝고 한없이 넓으며 갈대숲이 끝없이 이어진
강의 지류입니다. 대규모 관군과 배도 없이 누가 감히 그곳에 가서 도적을 잡겠
습니까?"

하도는 듣고서 말했다.

"그 말이 맞다."

다시 대청에 가서 부윤에게 아뢰었다.

"원래 석갈촌 호수는 양산박 옆이고 주위는 호수로 흘러가는 깊고 복잡한 지

1_ 제19회 제목은 '林沖水寨大幷火(임충은 수채에서 목숨을 걸고 싸운다). 晁蓋梁山小奪泊(조개가 양산에서
소수로 수채를 빼앗다)'이다.
2_ 지부知府; 지방 정권 가운데 부府로 한 부의 일을 알고 있다고 해서 지부라 했다. 별칭은 태수太守다.
송나라 때는 지모부사知某府事라 했고, 원나라 때는 부府를 폐지하고 노路를 설치했다. 명나라 때 와
서 정식으로 관직 명칭을 '지부'로 변경했다.

류로 둘러싸여 있으며 끝없는 갈대숲으로 이루어져 있습니다. 평상시에도 항상 강도질이 일어날 뿐 아니라 근래에는 한 무리의 강도들이 새로이 더해졌습니다. 만일 대규모 군사를 일으키지 않는다면 어떻게 감히 들어가 강도를 잡아오겠습니까?"

부윤이 말했다.

"그렇다면 아주 유능한 포도 순검巡檢3 한 명과 관군 500명을 더 보내줄 테니 함께 가서 잡아오너라."

하 관찰은 명령을 받고 다시 기밀방으로 돌아와 차역들을 소집하고 500명을 선발하고는 각자 필요한 물건을 준비하도록 했다. 다음날 포도 순검은 제주부의 공문을 수령하고 하 관찰과 함께 관군 500명을 점검하고 많은 차역들과 함께 일제히 석갈촌으로 달려갔다.

한편 조개와 공손승은 장원을 불태우고 장객 10여 명과 함께 석갈촌으로 갔다. 도중에 무기를 들고 마중 나온 완씨 삼형제를 만나 7명이 모두 완소오의 집에 모였다. 그때 완소이는 이미 가족을 호수 안쪽으로 옮긴 상태였고, 7명은 양산박으로 가는 일을 서로 상의했다. 오용이 말했다.

"지금 이가도구李家道口에 한지홀률 주귀가 객점을 열고 사방을 오가는 호걸들을 불러 받아들이고 있다 하오. 만일 산적이 되려면 먼저 주귀에게 가야 하오. 우리는 이미 배를 준비하여 모든 물건을 실었고 약간의 선물을 보내 소개해주도록 주귀에게 부탁해야겠소."

모두 그곳에서 양산박에 가는 일을 상의하고 있는데 어부 몇 명이 와서 보고했다.

"관군이 마을로 몰려오고 있습니다!"

3_ 순검巡檢: 순검사巡檢司라는 관청에 소속된 관직으로 순검사巡檢使라고도 한다. 『송사』 「직관지·직관 7」에 따르면 "순검사巡檢司는 갑옷 입은 군사를 훈련시키고 주읍州邑의 순찰, 도적의 체포를 관장했다"고 했다.

조개가 일어나서 소리쳤다.

"이놈들이 쫓아온다고 우리가 달아날 것은 없다!"

완소이가 말했다.

"옳은 말씀입니다! 우리가 그들에게 대항합시다. 그놈들 태반은 물속에 수장시키고 남은 놈들은 찔러 죽입시다."

공손승이 말했다.

"당황할 것 없소! 이제 빈도가 실력을 보여주겠소!"

조개가 말했다.

"유당 동생은 학구선생과 함께 재물과 가족을 배에 싣고 가서 이가도구 좌측에서 기다리시오. 우리는 형세를 살펴보고 뒤따라가겠소."

완소이는 배를 두 척 골라 어머니와 가족과 집안의 재물을 모두 배에 실었다. 오용과 유당은 각기 배를 한 척씩 맡아 일행 7~8명에게 노를 저어 먼저 이가도구로 가서 기다리기로 했다. 또 완소이는 완소오와 완소칠에게 작은 배로 어떻게 적과 맞설지 분부했다. 형제는 각자 배를 저어 어디론가 사라졌다.

한편 하도는 포도 순검과 함께 관군을 거느리고 석갈촌으로 접근하면서 배가 보이기만 하면 모조리 빼앗았다. 수영을 할 줄 아는 관병은 배를 타고 물가의 인마는 말을 타고 전진하여 배와 기병이 수륙으로 나란히 진격했다. 완소이의 집에 당도하자 일제히 함성을 지르며 달려 들어가 보니 집은 일찌감치 비어 있고 안에는 무겁고 큰 살림살이만 남아 있었다. 하도가 말했다.

"가서 집 주변의 어부를 잡아 오너라."

잡아온 어부에게 물어보니 다음과 같이 대답했다.

"완소이의 형제 완소오와 완소칠은 호수 안에 살기 때문에 배가 아니면 갈 수가 없습니다."

하도는 순검과 상의하여 말했다.

"이 호수는 지류도 많고 길도 매우 복잡하며 좁고 깊이가 각기 달라 신퇴 알 수 없습니다. 만일 여럿으로 나누어 가다가는 도적들의 간사한 계책에 빠질까 두렵습니다. 말들은 사람이 남아 지키게 하고 나머지는 배를 타고 한꺼번에 갑시다."

포도 순검과 하 관찰은 차역들과 함께 배에 올랐다. 그때 빼앗은 배는 이미 100여 척이 넘었으며 상앗대로 가는 배도 있었고 노를 젓는 배도 있었으며 모두 완소오의 집을 향해 나갔다.

물길로 5~6리도 지나지 않아서 갈대숲에서 누군가 부르는 노래 소리가 들려왔다. 모두들 배를 멈추고 그 노래를 들었다.

평생 양산박에서 물고기만 잡았지
농사를 짓지도 않았고 삼베도 짜지 않았다네.
가혹한 벼슬아치, 탐욕스런 관리 모두 죽여
조씨 천자4에게 충심으로 보답할까나.
打魚一世蓼兒窪, 不種靑苗不種麻.
酷吏贓官都殺盡, 忠心報答趙官家.

하 관찰과 병사들 모두가 노래를 듣고 놀라서 바라보니 멀리서 한 사람이 노래를 부르며 조그만 배를 저어오는 것이 보였다. 얼굴을 아는 사람이 가리키며 말했다.

"저자가 바로 완소오입니다."

하도가 손을 흔들어 신호를 보내자 모두 무기를 들고 완소오의 배를 향하여 쫓아갔다. 완소오가 껄껄 웃으면서 욕을 했다.

"백성을 해치는 도적놈들아, 정말 대담하구나! 감히 어르신을 따라 와서 무엇 하자는 짓이냐! 잠자는 호랑이 수염을 건드리는 것 아니냐!"

하도는 뒤에 있던 궁수에게 활을 당겨 한꺼번에 화살을 쏘도록 명령했다. 완소오는 화살이 날아오는 것을 보고는 노를 들고 공중제비를 돌며 물속으로 뛰어들었다. 군사들이 배를 저어 다가갔으나 아무것도 없었다. 다시 물길 두 곳을 다 지나지 않았는데 갈대 숲속에서 누군가 휘파람을 부는 소리가 들려왔다. 병사들이 배를 벌려 보니 앞에서 두 사람이 배 한 척을 저어오고 있었다. 뱃머리에 한 사람이 서 있는데 머리에 푸른 약립篛笠을 쓰고 몸에는 녹색 사의蓑衣5를 걸쳤으며 손에는 자루가 붓대 같은 필관창筆管槍6을 들고는 노래를 불렀다.

> 석갈촌에서 나서 자란 이 어르신께서는, 천성적으로 사람을 죽여야 한다네.
> 먼저 하도와 순검의 머리를 베어내어, 경사에 계신 조씨 황제에게 바치리라.
> 老爺生長石碣村, 禀性生來要殺人.
> 先斬何濤巡檢首, 京師獻與趙王君.

하 관찰과 병사들이 듣고는 깜짝 놀랐다. 일제히 쳐다보니 앞에 있는 자는 창을 잡고 노래를 부르고 있고, 뒤에 있는 자는 노를 저었다. 얼굴을 아는 사람이 외쳤다.

"저놈이 바로 완소칠입니다!"

하도가 소리 질렀다.

"모두 힘껏 전진하여 저 도적을 잡아라! 놓쳐서는 안 된다!"

완소칠이 듣고는 웃으면서 말했다.

5_ 사의蓑衣: 사초, 해바라기 혹은 종려 등으로 제작하여 추위와 비를 막는 의복이다. 깃과 소매가 없고 몸에 걸쳐 바람과 비를 막으며 보온 효과가 있다.

6_ 필관창筆管槍: 옛날 무기 명칭으로 창 자루기 붓대와 같고, 한쪽이 예리한 금속 머리를 장착하고 있어 찔러 죽일 수 있다.

"나쁜 놈들 같으니!"

창으로 한 번 가리키더니 배를 돌려 조그마한 물길 속으로 들어갔다. 병사들은 함성을 지르며 쫓아갔다. 완소칠과 배를 젓는 자는 나는 듯이 노를 저으며 입으로는 휘파람을 불면서 작은 물길로 달아났다. 관군들이 이리저리 쫓아가는데 물길이 갈수록 좁아지는 것을 본 하도가 말했다.

"멈춰라! 배를 정박하고 모두 물가로 올라가라."

물가에 올라서 보니 아득히 넓고 사방이 모두 갈대밭만 보일 뿐 육로는 보이지도 않았다. 하도는 내심 의심이 들면서도 어떻게 해야 할지 결정을 내리지 못하고 마을에 사는 사람에게 묻자 그가 대답했다.

"소인이 비록 이곳에 살지만 여기에 모르는 곳도 많습니다."

하도는 작은 배 두 척을 골라 각 2~3명의 차역을 태우고 앞으로 나가 길을 찾도록 했다. 떠난 지 두 시진이 지나도 돌아오지 않았다. 하도가 말했다.

"이놈들이 일도 제대로 못하는구나!"

다시 차역 다섯을 배 두 척에 타고 나가서 길을 찾도록 시켰다. 이 차역들도 배를 저어 나간 뒤 한 시진이 넘어도 돌아와 보고하지 않았다. 하도가 말했다.

"모두가 영리하고 민첩하고 일 처리가 능숙한 노련한 차역들인데 이렇게 사리에 어둡단 말이냐, 어떻게 배 한 척도 돌아와 보고하지 않는단 말이냐? 데리고 온 관군들이 하나같이 이렇게 분간도 못하고 우둔할 줄은 생각지도 못했다!"

날이 점차 저물자 하도는 생각했다.

'여기에서 뭍을 찾지 못한다면 어떻게 한단 말인가? 내가 직접 나가봐야겠다.'

작고 빠른 배를 고르고 영리하고 노련한 차역 몇 명을 뽑아 각자 무기를 들고 하도는 뱃머리에 앉고 노 5~6개를 저으며 갈대숲 물길 안으로 들어갔다. 그때 이미 해는 서쪽으로 기울었고 배를 저어서 대략 수면으로 5~6리를 가니 옆 물가에 한 사람이 호미를 들고 걸어오는 게 보였다. 하도가 물었다.

"거기 이봐, 너는 누구냐? 여기는 어디냐?"

"나는 이 마을 농부입니다. 이곳은 단두구斷頭溝[7]라고 부르며 앞에 길은 없습니다."

"너는 여기서 지나가는 배 두 척을 보지 못했느냐?"

"완소오를 잡으러 온 것 아닙니까?"

"완소오를 잡으러 왔는지 네가 어떻게 아느냐?"

"그 사람들 앞에 오림烏林 안에서 서로 싸우던데요."

"여기서 얼마나 더 가야 되느냐?"

"바로 앞에 보이는 곳입니다."

그 말을 들은 하도는 배를 물가에 대고 차역 두 명에게 삼지창을 들고 올라가서 지원하도록 했다. 그때 그 사내가 손에 들고 있던 호미로 두 차역을 한 대씩 치자, 차역 둘은 몸이 공중에서 한 바퀴씩 돌더니 물속에 빠졌다. 하도는 깜짝 놀라 급히 일어서서 물가로 달아나려 하는데 배가 갑자기 흔들리더니 물밑에서 한 사람이 튀어나와 하도의 두 다리를 잡아당기자 풍덩하고 물에 빠졌다. 배 안에 있던 사람들이 달아나려고 했지만 그 농민이 배 위로 올라와 호미를 휘두르며 잇따라 머리를 내려칠 때마다 뇌수가 터져 나왔다. 하도를 물에 빠뜨린 사내가 하도를 거꾸로 물가에서 끌고 나와서는 하도의 탑박을 풀어 묶었다. 물에서 하도를 잡아 빠뜨린 사람은 완소칠이었고 물가에서 호미를 든 사내는 바로 완소이였다.

두 형제는 하도에게 욕설을 퍼부었다.

"이 어르신 삼형제는 원래 살인 방화를 즐기는 사람이다. 네놈은 정말 아무것도 모르는 놈이구나! 네가 얼마나 대담하기에 관군을 이끌고 우리를 잡으러 왔느냐!"

"호걸님, 소인은 윗사람의 명령을 받들어 파견된 사람이라 제 마음대로 할 수

7_ 단두구斷頭溝: 나룻배 없는 나루터를 말한다. 물이 없는 막다른 곳을 가리킨다.

가 없었습니다. 소인이 어떻게 감히 대담하게 호걸님들을 잡으러 오겠습니까? 호걸들께서 가련하게 보시고 살펴주십시오. 저희 집 팔십 노모를 부양할 사람이 없으니 제발 목숨만 살려주십시오!"

완가 형제가 말했다.

"그놈을 꽁꽁 묶어서 선창 안에 던져놓읍시다."

그 몇 명의 시체는 모두 물속에 던져 넣었다. 두 사람이 휘파람을 불어대니 갈대숲에서 어부 4~5명이 나타나 모두 배에 올랐고 완소이와 완소칠은 각기 배 한 척에 올라타서 노를 저었다.

한편 포도 순검은 관군들을 이끌고 모두가 그곳 배에서 기다리며 말했다.

"하 관찰은 차역들이 일을 제대로 못한다고 자기가 길을 찾으러 가더니 시간이 이렇게 지났는데도 돌아올 줄 모르는구나."

그때는 바로 초경 전후라서 하늘에 별이 가득 찼다. 모두 배 안에서 더위를 식히고 있었다. 별안간 이상한 바람이 불어닥쳤는데, 그 바람은,

모래 날리고 돌 구르며 물결 말아 오르고 하늘이 요동치는구나.
먹장구름 시커멓게 가득 쌓이고, 어두컴컴해지며 소낙비 재촉하네.
뒤집어진 연잎 물 한가운데 가득 뒤얽혀 있고
흔들리는 갈대꽃은 흰 깃발로 어지럽게 뒤섞은 듯 호수를 두르고 있네.
곤륜산 꼭대기의 나무도 바람에 부러지고 동해의 용왕도 깨우는구나.
飛沙走石, 捲水搖天. 黑漫漫堆起烏雲, 昏鄧鄧催來急雨. 傾翻荷葉, 滿波心翠蓋交加; 擺動蘆花, 繞湖面白旗繚亂. 吹折昆侖山頂樹, 喚醒東海老龍君.

한바탕 등 뒤에서 이상한 바람이 불어오자 모두들 허억 하며 깜짝 놀라 얼굴을 가렸다. 그때 배를 묶어둔 닻줄이 이미 모두 끊어져버렸다. 어쩔 줄 몰라하고 있는데 뒤쪽에서 휘파람 소리가 들렸다. 바람을 맞으며 바라보니 갈대꽃

옆으로 비추는 환한 불빛이 다가오고 있었다. 군졸들이 말했다.

"이젠 끝장났다!"

크고 작은 40~50척의 배가 거센 바람에 밀려 일정한 방향 없이 서로 부딪히며 불빛을 실은 채 앞으로 다가왔다. 원래 모두 작은 배였는데 두 척을 나란히 붙여서 묶고 위에 갈대와 땔감을 잔뜩 쌓아서 타닥타닥 소리를 내며 맹렬한 불덩어리가 바람을 타고 돌진해오고 있었다. 관군이 타고 온 40~50척의 배는 한 덩어리로 뭉쳐 있었는데 물길도 좁아서 피할 곳도 없었다. 큰 배도 10여 척 있었으나 불을 실은 배가 바람에 밀려와 큰 배에 부딪쳐 들어오면서 불길이 옮겨붙어 타들어갔다. 원래 물밑에서 사람이 배를 밀어 불태운 것으로 큰 배에 불이 옮겨 붙자 배 위의 관군들은 물가로 뛰어내려서 목숨을 건지고자 달아났다. 그러나 사방이 모두 갈대밭이고 강의 지류라 육로가 없었다. 게다가 물가의 갈대까지 타닥타닥 소리를 내며 맹렬하게 불타오르자 포도 관군들은 이러지도 저러지도 못한 채 진퇴양난에 빠져 달아날 곳이 없었다. 바람은 더욱 세게 불고 불길도 맹렬하여 관군들은 진흙탕 속으로 달아나 발을 디디고 섰다.

여기저기 불길이 피어오르는 사이로 조그맣고 빠른 배 한 척이 노를 저으며 다가오는데 선미에서 한 사람은 배를 젓고 선두에 한 선생이 앉아 손에 번득이는 보검을 들고 소리쳤다.

"한 놈도 놓치지 말거라!"

관군들은 한 무더기로 진흙탕에 서서 당황하며 어쩔 줄 몰랐다. 말이 끝나기가 무섭게 갈대숲 동쪽에서 두 사람이 어부 네댓을 데리고 손에 번쩍이는 칼과 창을 들고 달려왔다. 갈대 숲 서쪽에서도 두 사람이 어부 네댓을 데리고 손에는 번뜩이는 비어구飛魚鉤(작살)를 들고 달려들었다. 동서 양쪽 네 명의 사내와 어부들이 일제히 공격하여 맨 앞에 선 관군부터 찌르기 시작했다. 삽시간에 진흙탕에 빠진 허나한 관군들이 찔려 죽임을 당했다.

동쪽의 두 사람은 조개와 완소오였고 서쪽은 완소이, 완소칠이었으니 배 위의 선생은 바람을 일으킨[8] 공손승이었다. 5명의 호걸은 어부 10여 명을 이끌고 갈대밭에서 관병들을 모조리 찔러 죽인 것이다. 혼자 남은 하 관찰은 꽁꽁 묶인 채 배 선창에 남겨져 있었다. 완소이는 하 관찰을 물가에 끌어다놓고 손가락질하며 욕설을 퍼부었다.

"네 이놈, 제주에서 백성을 해치던 버러지 같은 놈아! 내가 본래 너를 갈기갈기 찢어 죽이려 했으나 살려줄 테니 제주부로 돌아가 책임을 맡은 간악한 놈에게 똑바로 전하거라. 석갈촌 완씨 삼웅三雄과 동계촌 천왕天王 조개는 모두 함부로 건드릴 사람이 아니다! 우리는 너희 제주부 성내로 양식을 빌리러 가지 않을 터이니 부윤도 우리 마을에 와서 목숨을 버릴 생각은 말라고 전하거라! 똑바로 쳐다보기만 해도 가만두지 않겠다. 좁쌀만 한 제주 부윤은 말할 것도 없고 채 태사가 간판을 보내 우리를 잡으려 하더라도, 아니 채 태사가 직접 온다면 내가 온몸에 구멍을 20~30개는 뚫어주마. 우리가 너를 풀어줄 테니 다시 올 생각은 말아라! 그리고 네 좆같은 나리께 죽음을 자초하지 말라고 전하거라! 여기에는 아예 길이 없으니 우리 형제가 너를 입구까지 데려다주겠다."

완소칠은 작고 빠른 배에 하도를 실어 큰길까지 데리고 와서 소리쳤다.

"이 길로 곧장 가면 길을 찾을 수 있을 것이다. 다른 사람들이 모두 죽었는데 너만 혼자 이렇게 멀쩡하게 놓아주면 너희 부윤이란 어리석은 놈에게 웃음거리가 되지 않겠느냐! 네 귀때기를 증거로 맡겨놓고 가거라!"

완소칠이 몸에서 날카로운 칼을 꺼내 하 관찰의 귀 두 개를 잘라내자 선혈이 줄줄 흘렀다. 칼을 넣고 하 관찰을 묶은 탑박을 풀고 물가에 놓아주었다. 시에 이르기를,

---

8_ 원문은 '제풍祭風'인데, 제사와 기도를 통해 바람의 힘을 빌리는 것을 말한다. 전설에 따르면 헌원軒轅 황제는 바람을 후侯로 봉해 스승으로 삼고 바람을 빌려 치우蚩尤를 항복시켰다고 한다. 제갈량이 이것을 본받아 동풍을 일으켰는데, 공손승 또한 이것을 본받은 것이다.

관군을 모조리 단두구에 넘겨주고, 하도만 놓아주지만 쉽게는 하지 않네.

귀를 남겨뒀다간 부윤 말 들을 테니, 멍청한 머리 대신 귀를 잘라냈구나.

官兵盡付斷頭溝, 要放何濤不便休.

留着耳朵聽說話, 旋將驢耳代驢頭.

하도는 겨우 목숨을 건지고 혼자 길을 찾아 제주부로 돌아갔다.

한편 조개와 공손승 그리고 완씨 삼형제는 10여 명의 어부와 함께 작은 배 5~7척을 몰고 석갈촌 호수를 떠나 이가도구로 갔다. 그곳에 도착하여 오용과 유당의 배를 찾아 함께 모였다. 오용이 관병을 물리친 일을 묻자 조개가 자세하게 설명했다. 오용 등은 크게 기뻐하며 배를 정돈하고 함께 한지홀률 주귀의 주점으로 향했다. 주귀는 많은 사람이 와서는 한패가 되고자 하자 서둘러 맞이했다. 오용이 그 동안의 내력을 설명하자 주귀는 크게 기뻐하며 한 명씩 서로 인사를 나누었다. 안으로 청하여 자리를 정한 뒤에 서둘러 주보를 불러 정식으로 술을 준비하여 잘 대접했다. 뒤이어 가죽으로 싼 활을 꺼내 우는 화살을 먹이고 건너편 갈대숲으로 쏘았다. 화살이 떨어진 곳에서 졸개들이 배를 한 척 저어서 나왔다. 주귀는 급히 편지를 쓰고 여러 호걸의 성명과 사람 수를 자세하게 적어 졸개에게 산채로 가서 보고하도록 했다. 그러고는 양을 잡아 호걸들을 대접했다.

하룻밤이 지나고 다음날 아침 일찍 일어나니 주귀가 큰 배를 불러 영웅들을 태우고 조개 일행이 타고 온 배와 함께 산채로 향했다. 한참 만에 양산박 입구에 도착하자 물가에서 북소리와 징소리가 들려왔다. 조개가 바라보니 7~8명 졸개가 정찰선 네 척을 저어 다가와서는 주귀를 보고 인사를 하고 아무 일 없는 듯이 앞서서 배를 저어갔다.

일행은 금사탄에 도착하여 내렸고 타고 왔던 작은 배와 어부들은 남겨놓고 기다리게 했다. 수십 명의 졸개들이 산에서 내려와 관문 앞으로 안내했다. 왕륜은 두령들을 데리고 관문을 나와 영접했다. 조개 등이 황급하게 예를 갖추자 왕륜이 답례하며 말했다.

"소생 왕륜, 이미 오래 전부터 조 천왕의 대단한 명성을 우렛소리가 귀에 울리듯 들어왔습니다. 오늘 초라한 산채를 방문해주셔서 기쁘기 그지없습니다."

조개가 말했다.

"저 조개는 경서나 사서를 읽은 사람이 아닌 우악스러운 사람입니다. 오늘 제 미련함을 숨기고 기꺼이 두령님 밑에서 졸개가 되고자 합니다. 버리지 않으신다면 매우 다행스런 일입니다."

"그런 말씀 마십시오. 일단 산채로 가서서 다시 상의하시지요."

일행들은 모두 두 두령을 따라 산으로 올라갔다. 산채 취의청에 도착하여 왕륜은 여러 차례 양보하여 조개 일행에게 계단을 오르도록 했다. 조개 등 7명은 모두 우측에 줄지어 서고 왕륜과 두령들은 좌측에 자리를 잡았다. 한 명씩 인사를 마치고 손님과 주인이 자리를 나누어 마주 앉았다. 왕륜이 계단 아래 소두목들을 불러 인사를 끝내자 한편으로 산채 안에 음악이 울려 퍼졌다. 먼저 소두목을 산 아래로 보내 같이 온 사람들을 접대하게 하고 별도로 관 아래의 객관에 머물러 쉬도록 했다. 시에 이르기를,

패거리에 가입했으니 분명 한 무리인데
만류하고자 하는 뜻은 모름지기 확실하구나.
어찌하여 저들을 손님으로 대접하는가
자신이 주인이 되기 어려울까 두려워 그러겠지.
入伙分明是一群, 相留意氣便須親.
如何待彼爲賓客, 只恐身難做主人.

산채에서 황소 두 마리, 양 10마리와 돼지 5마리를 잡고 풍악을 울리며 연회

를 열었다. 많은 두령이 술 마시는 가운데 조개는 자신들이 벌인 일을 처음부터 끝까지 왕륜 등 여러 사람에게 이야기했다. 왕륜은 듣고서 몹시 놀라 한참 동안 속으로 주저하며 아무 말도 하지 않았다. 혼자 중얼거리고 마음에 없는 대답만 했다. 늦게 연회가 끝나자 두령들은 조개 일행을 관 아래 객관 안으로 배웅하여 쉬게 하고 조개 일행을 따라온 사람에게 시중 받도록 했다.

조개는 속으로 기뻐하며 오용 등 6명에게 말했다.

"우리가 이렇게 큰 죄를 저지르고 어디로 가서 편안하게 지내겠소? 왕 두령이 이렇게 과분하게 사랑해주지 않았다면 우리는 이미 아무 데도 갈 곳 없게 되었을 것이니 이 은혜를 잊어서는 안 되겠소!"

이 말을 듣고 오용은 냉소를 지을 따름이었다. 조개가 말했다.

"선생은 무슨 까닭에 찬 웃음을 짓고 있소? 무슨 일이 있으면 말씀해주시오."

"형님은 너무 고지식하고 용감할 뿐입니다. 왕륜이 우리를 받아줄 것이라고 생각하십니까? 형님은 그의 안색과 동작만 보셨지 그의 마음은 보지 못하셨습니다."

"그의 안색을 어떻게 보셨소?"

"처음 술자리에서 형님과 말할 때는 도리어 정분이 있었습니다. 그다음에 형님께서 많은 관병과 포도 순검을 죽이고 하도를 풀어준 것과 완씨 삼웅의 영웅적인 활약을 말하자 그의 안색이 변했습니다. 비록 입으로는 동의하며 대답했지만 마음은 그렇지 않았습니다. 만일 우리를 받아줄 마음이 있었다면 아침에 자리 서열을 상의해서 결정했을 것입니다. 두천과 송만은 거칠고 무딘 사람이라 손님을 대접하는 일을 어떻게 알겠습니까? 다만 임충은 원래 경사 금군 교두였고 큰 고을 사람이라서 모든 일을 알고 있지만, 지금 부득이하여 넷째 자리에 앉아 있을 따름입니다. 아침에 임충은 왕륜이 형님에게 대답하는 표정을 보고 불만에 가득 차 있었으며 자주 왕륜을 노려보았지만 마음속으로는 주저하고 있었습니다. 내가 보기에 이 사람은 우리를 중시하여 알아줄 마음을 가지고 있지만 서열이 낮아 부득이할 뿐입니다. 소생이 몇 마디로 자기들끼리 분열되어 서로 싸우도록 해보겠습니다."

"선생의 묘한 계책에 맡기겠소."

그날 밤 7명은 자리에 들어가서 쉬었다. 다음날 날이 밝자 한 사람이 들어와서 보고했다.

"임 교두가 찾아왔습니다."

오용이 조개에게 말했다.

"이 사람이 제 발로 찾아오다니 이제 제 꾀에 걸려들었습니다."

7명은 서둘러 일어나 임충을 맞이하여 객관 안으로 청했다. 오용이 나가서 감사하며 말했다.

"어젯밤에 그처럼 후하게 대해주셨는데 폐를 끼쳐서 죄송합니다."

임충이 말했다.

"소생이 정성이 부족했습니다. 비록 잘 모시고 싶은 마음이 있었지만 제가 어쩔 수 있는 위치가 아니라 용서해주시기 바랍니다."

오용이 말했다.

"우리가 비록 재주는 없지만 초목도 아닌데 어찌 두령의 과분한 사랑과 돌봐주려는 뜻을 보지 못하겠습니까? 진심으로 은혜에 감사드립니다!"

조개가 여러 차례 임충에게 윗자리를 양보했으나 임충은 앉으려 하지 않았다. 조개에게 상좌에 앉게 하고 임충은 아래에 앉았다. 오용 등 6명은 같이 앉았다. 조개가 말했다.

"교두의 명성은 오래전부터 들었는데 뜻하지 않게 오늘 드디어 만나게 되었습니다."

"소생이 전에 동경에 있을 때 친구를 사귀며 예의를 어긴 적이 없었습니다. 비록 오늘 존안을 뵐 수 있게 되었지만 평생의 소원을 이루지 못해서 특별히 직접 찾아와 사죄드립니다."

조개가 감사하며 말했다.

"호의에 깊이 감사드립니다."

오용이 바로 물었다.

"소생이 듣기에 전에 두령께서 동경에 있을 때 대단한 호걸이라 들었습니다. 무슨 까닭에 고구와 화목하지 못해서 피해를 입었는지 모르겠습니다. 나중에 창주에서 대군 초료장에 불을 지른 것도 고구의 계책이라 들었습니다. 그 뒤에 누가 두령을 추천하여 양산박 산채에 오게 되었습니까?"

"고구 이 도적놈이 나를 해치려한 것을 생각하면 머리카락이 곤두섭니다! 그런데 이 원수를 갚을 수가 없습니다! 여기에 머물게 된 것은 모두 시 대관인이 추천해준 것입니다."

"시 대관인이라면 강호에서 말하는 소선풍 시진 아닙니까?"

"바로 그렇습니다."

조개가 말했다.

"소생은 시 대관인이 의를 중하게 여기고 재물을 아끼지 않으며 사방의 호걸을 받아들이고 대주 황제의 직계 자손이라고 들었습니다. 어떻게 해서 얼굴이라도 한번 보면 좋겠습니다."

오용이 임충에게 말했다.

"시 대관인을 말하자면 명성이 전국에 자자하고 천하에 널리 알려졌습니다. 만일 두령의 무예가 남들보다 뛰어나지 않았다면 시 대관인이 어찌 기꺼이 산채에 추천했겠습니까? 이 오용이 과분하게 칭찬하는 것이 아니고 이치상 왕륜은 대두령의 자리를 두령에게 양보해야 했습니다. 이것은 천하의 공통된 의견으로 시 대관인 서신의 뜻을 저버리지 않는 것입니다."

"선생의 좋은 말씀 잘 들었습니다. 다만 소생이 큰 죄를 지어서 시 대관인에게 의지했습니다. 그기 이 임충을 머물지 못하게 한 것이 아니고 진정으로 그에게 폐를 끼칠까 두려워서 스스로 산채에 온 것입니다. 그러나 지금 떠나려 해도 갈 곳이 없습니다! 지위가 낮아서 그런 것이 아니고 왕륜의 마음 씀씀이가 바르지 못하고 말도 신의가 없어서 함께하기 어렵습니다."

"왕 두령은 사람을 대할 때 자상하게 대해야지 어찌 그렇게 속이 좁단 말이오?"

"천만다행으로 오늘 산채에 여러 호걸이 와서 도움을 주시니 비단에 꽃을 수놓은 것 같고 마른 싹에 비가 내린 것 같습니다. 그는 품덕과 재능 있으면서 자신보다 강한 사람을 미워하는 마음을 품고 여러 호걸에게 세력이 꺾일 것만 두려워하고 있습니다. 어젯밤에 형장들께서 관군을 죽인 일을 듣고 왕 두령은 속으로 걱정하며 여러분을 산채에 머물게 하지 않으려는 마음을 품고 있습니다. 이 때문에 호걸들을 관 아래로 내려보내 쉬시라고 한 것입니다."

오용이 바로 말했다.

"왕 두령이 그렇게 마음먹었다면 우리는 떠나라고 하기 전에 알아서 다른 데로 갑시다."

"호걸 분들은 제발 남이라고 생각하지 마시기 바랍니다. 이 임충에게 따로 생각이 있습니다. 소생은 다만 호걸들이 물러나려는 뜻이 있을까 두려워 일부러 미리 알려드리는 것입니다. 오늘 그가 어떻게 대하는지 보겠습니다. 만일 그놈이 말에 도리가 있고 어제와 다르다면 만사를 접어두겠습니다. 그러나 만일 이놈이 오늘 아침 한마디라도 잘못된 말을 한다면 모든 일을 이 임충에게 맡겨두십시오."

조개가 말했다.

"두령이 이렇게 과분하게 사랑해주시니 우리 형제는 은혜에 감사할 따름입니다."

오용이 받아서 말했다.

"두령께서 우리 형제들 체면 때문에 옛 형제들과 반목하게 되었소. 만일 받아들이면 여기에 남고 받아들이지 않는다면 소생들은 바로 다른 곳으로 떠나겠소."

임충이 말했다.

"선생의 말은 틀렸소! 옛사람이 말하기를, '총명한 사람은 총명한 사람을 소중히 여기고, 호걸은 호걸을 아낀다'[9]고 했습니다. 이런 더러운 짐승 같은 나쁜 놈을 무엇에다 쓰겠습니까! 호걸 분들은 마음 편히 하십시오."

임충은 일어나서 작별하며 말했다.

"잠시 후 다시 만납시다."

다들 나와 보내고 임충은 혼자 산채로 올라갔다. 바로 다음과 같다.

어찌하여 이곳에는 사람을 머물게 하지 않는가

사람을 머물게 하는 다른 곳 있다고 말하지 말라.

응당 머물게 해야 하는 자 사람 머무는 것 두려워하고

제 몸 고단하여 손님 머물게 하기 어렵네.

如何此處不留人, 休言自有留人處.

應留人者怕人留, 身苦難留留客住.

그날 얼마 지나지 않아서 졸개가 내려와 청하며 말했다.

"오늘 산채 안에서 두령이 여러분을 청했습니다. 산 남쪽 수채水寨[10] 정자의 연회에 가시지요."

조개가 말했다.

"잠시 후에 간다고 두령에게 아뢰어주게."

졸개가 나가자 조개가 오용에게 물었다.

"선생, 이 일은 어떻게 해야겠소?"

오용이 웃으면서 말했다.

9_ 원문은 '惺惺惜惺惺, 好漢惜好漢'이나.
10_ 수채水寨: 물가에 방어를 위하여 설치한 울타리나 시설물.

"형님 걱정하지 마십시오. 이참에 산채의 주인이 될 수도 있을 것입니다. 오늘 임충은 반드시 왕륜과 싸울 마음을 가지고 있습니다. 만일 그의 마음이 산만해지면 소생이 세 치의 썩지 않은 혀로 그가 분열되어 싸우지 않을 수 없게 하겠습니다. 형님께서는 몸에 암살 무기를 감추고 가서 소생이 손으로 수염을 만지는 것으로 신호를 보내면 힘을 합치도록 하시지요."

조개 일행들은 속으로 기뻐했다.

진시(7~9시)가 지나자 서너 차례 사람을 보내 초청했다. 조개와 여러 사람은 각자 무기를 몸에 숨기고 단정하게 차려 입고 함께 연회에 갔다. 송만이 직접 말을 타고 나와서 또 청했고 졸개들은 7개의 산교山轎[11]를 들고 와서는 7명을 태운 뒤 남산 수채로 갔다. 산 남쪽에 당도하여 바라보니 경치가 대단했다. 곧장 산채 뒤쪽 물가 정자 앞에 이르자 가마에서 내렸다. 왕륜·두천·임충·주귀가 모두 나와 맞이하면서 물가 정자에 오르기를 청했고 손님과 주인으로 나누어 자리에 앉았다. 물가 정자 주변의 경치를 보니,

사면에 높은 곳에서 내리 흐르는 물은 발이 말아올려져 있는 듯하고, 주변을 둘러싼 꽃들은 붉은 울타리로구나. 눈에 보이는 모든 것 향기로운 바람이고, 녹수에는 부용꽃 가득 펼쳐져 있으며, 시야에는 비취색 충만하고, 수많은 연잎 향기가 못을 휘감고 있네. 화려한 처마 바깥은 은은한 버들 그늘이며, 무늬 그려진 창 앞에선 가는 소나무 가지 스치는 바람 소리 들리네. 강산의 빼어난 것들 정자에 가득하고, 호걸들 모여들어 회합하는구나.

四面水帘高捲, 周回花壓朱闌. 滿目香風, 萬朵芙蓉鋪綠水; 迎眸翠色, 千枝荷葉繞芳塘. 華檐外陰陰柳影, 鎖窗前細細松聲. 江山秀氣滿亭臺, 豪傑一群來聚會.

11_ 산교山轎: 산행할 때 타는 가마인데 두 사람이 들 수 있을 만큼 가볍고 민첩했다. 대부분 남방 산지에서 사용했고 송·원 시기에 크게 유행했다. 의자를 굵은 막대기에 묶어 만든 앉는 용구로 사람이 들고 갔다. 이하 역자는 '가마'로 번역했다.

왕륜과 네 두령(두천·송만·임충·주귀)은 왼쪽 주인 자리에 앉고 조개와 여섯 명(오용·공손승·유당·삼완) 등은 오른쪽 손님 자리에 앉았다. 계단 아래 졸개들이 번갈아 가며 잔을 올렸다. 술이 몇 차례 돌고 음식이 두 번 올라왔고, 조개는 왕륜과 이야기를 나누었다. 의를 위해 함께하자는 말만 꺼내면 왕륜은 한가한 말만 하면서 얼버무렸다. 오용이 임충을 바라보니 옆자리에 앉아 왕륜을 노려보고 있었다.

술을 마시며 차츰 정오가 지나자 왕륜이 고개를 돌려 졸개에게 가져오라고 말했다. 서너 명이 나가고 얼마 안 되어 졸개 하나가 커다란 은 덩어리 5개를 큰 쟁반에 받쳐 들고 와서 놓았다. 왕륜이 일어나 잔을 들고는 조개에게 말했다.

"여러 호걸과 여기서 의를 함께 하게 되어 감사하나 우리 양산박은 작은 산채로 작은 웅덩이에 위치하여 어떻게 이렇게 많은 진짜 용들을 받아들이겠습니까? 약소하나마 선물을 준비했으니 웃으며 받아주시기 바랍니다. 번거롭지만 큰 산채를 찾아서 자리잡으시면 소생이 친히 휘하에 가서 항복하겠습니다."

조개가 말했다.

"저는 산이 크고 현명한 사람을 부르고 인재를 받아들인다고 들었기에 일부러 의지하여 한패가 되려고 왔습니다. 만일 받아들이지 않겠다면 우리는 스스로 물러나겠습니다. 주신 은자는 고마우나 절대 받을 수 없습니다. 우리가 부유하다고 자랑하는 것은 아니지만 소생도 여비는 쓸 만큼 있습니다. 두터운 예물을 거두시고 우리는 이만 떠나겠습니다."

"무슨 까닭에 사양하십니까? 우리 산채에서 여러 호걸을 받아들이지 않으려는 것이 아니라 양식도 부족하고 방도 없어서 나중에 여러분 체면에 손상이 갈까 두려워 감히 붙잡지 못하는 것입니다."

날이 미치 끝나지도 않았는데 임충의 두 눈썹을 치켜 올리더니 두 눈을 동그랗게 뜨고 교의에 앉은 채 큰 소리로 말했다.

"너는 저번에 내가 산채에 왔을 때 양식도 부족하고 방도 적다고 핑계를 댔다. 오늘 조형과 호걸들이 산채에 찾아왔는데 그때와 똑같은 말을 하는 것은 무슨 도리냐?"

그러자 오용이 끼어들어 말했다.

"임 두령 참으시오. 우리가 잘못 찾아와서 당신들 산채의 정분을 망쳤소. 오늘 왕 두령이 예를 갖추어 우리를 내려가라 하며 노자도 주었소. 게다가 바로 내쫓지는 않았으니 두령은 화를 멈추시오. 우리가 스스로 내려가면 그만이오."

임충이 말했다.

"네놈은 겉으로 웃으면서 속에 칼을 감추고 있고 말은 고결한 척하지만 하는 짓거리는 더러운 놈이다! 내가 정말 오늘은 봐줄 수가 없다!"

왕륜이 소리쳤다.

"너 이 짐승 같은 놈을 봐라! 술도 안 취했는데 무례한 말로 나를 거역하여 해치려 하느냐. 너는 위아래도 모른단 말이냐!"

임충이 크게 화를 내며 말했다.

"너는 낙방한 낡아빠진 유생임을 스스로 헤아리거라. 가슴속에 아무런 학문도 없는데, 어떻게 산채의 주인 노릇을 할 수 있겠느냐!"

오용이 바로 말했다.

"조개 형님, 우리가 산채에 와서 한패가 되겠다고 하다가 도리어 두령의 체면만 상하게 만들었소. 배를 준비해서 즉시 물러납시다."

조개 등 7명이 일어나서 정자에서 내려가려고 했다. 왕륜이 붙잡으며 말했다.

"연회라도 끝내고 가시오."

임충은 탁자를 발로 차고 벌떡 일어나 옷섶에서 번뜩이는 칼을 꺼내서 꽉 잡고는 불같이 화를 냈다. 오용이 손으로 수염을 쓰다듬자 조개와 유당이 즉시 정자로 올라와 왕륜을 말리는 척하며 소리쳤다.

"같은 편끼리 싸우지 마시오!"

오용이 한 손으로 임충을 붙잡으며 말했다.

"두령님, 경솔한 짓 하지 마시오!"

공손승은 거짓으로 권하며 말했다.

"우리 때문에 대의를 망치지 마시오."

완소이가 가서 두천을 붙잡고 완소오는 송만을 완소칠은 주귀를 붙잡았으며 졸개들은 놀라서 눈을 크게 뜨고 입을 벌린 채 바라보기만 했다. 임충이 왕륜을 잡고 욕설을 퍼부었다.

"너는 촌구석 궁핍한 유생으로 두천의 도움을 받아 여기까지 왔다. 시 대관인이 이렇게 너를 재물로 도와주고 노자도 보태주며 너와 교제하면서 나를 추천했는데 오히려 여러 차례 핑계를 대며 거절했다. 오늘 호걸들이 특별히 와서 모였는데, 또 산 아래로 내쫓으려 하고 있다. 여기 양산박이 네 것이냐! 자기보다 현명하고 능력 있는 사람을 시기하는 너 같은 도적놈을 죽이지 않고 살려두어 무엇에 쓰겠느냐! 너같이 도량도 없고 아무런 재주도 없는 놈은 산채의 주인이 되어서는 안 된다!"

두천·송만·주귀가 앞으로 와서 말리려고 했으나 꽉 붙잡혀서 움직일 수가 없었다. 왕륜은 그때 길을 찾아 달아나려 했으나 조개와 유당에게 막혀 꼼짝할 수가 없었다. 왕륜은 형세가 좋지 않은 것을 보고는 입을 열어 말했다.

"나의 심복들은 모두 어디에 있느냐?"

주변의 심복이 몇 명이 와서 구하려고 했으나 임충의 사나운 기세를 보고 누가 감히 나설 수 있으랴? 임충은 즉시 왕륜을 붙잡고 다시 한바탕 욕설을 퍼부으며 심장을 한 칼에 푹 찌르자 정자 안에 털썩 하고 쓰러졌다. 가련하게도 왕륜은 여러 해 동안 산채에서 주인 노릇하더니 오늘 임충의 손에 죽었구나. 바로 옛사람이 말한 '도량이 크면 복도 커지고, 꾀가 깊으면 화 또한 깊어진다'[12]고

12_ 원문은 '量大福也大, 機深禍亦深'이다.

한 것에 상응된다. 여기에 증명하는 시가 있다.

양산박 독차지할 뜻 품었으니 부끄럽고,
현명하고 재능 있는 자 시기하니 너그럽지 못하네.
단지 산채의 주인 되자고만 생각하다가
도리어 많은 뛰어난 인물을 원수로 만들었구나.
술자리 한창 즐거울 때 살기가 감도니
술잔과 접시 소리 나는 곳에 사람 머리 떨어졌네.
흉금에 좁은 마음 품어 진정 후회하리니
현명한 이들 쫓아내려다 제 목숨 잃고 말았도다.
獨居梁山志可羞, 嫉賢傲士少寬柔.
只將寨主爲身有, 却把群英作寇仇.
酒席歡時生殺氣, 杯盤響處落人頭.
胸懷褊狹眞堪恨, 不肯留賢命不留

조개는 왕륜이 찔린 것을 보고 칼을 손에 잡았다. 임충이 재빠르게 왕륜의 머리를 잘라내 손에 들자 놀란 두천·송만·주귀가 모두 무릎을 꿇고 말했다.

"등자 옆에 서서 말채찍을 들고 형님을 따르겠습니다!"

조개 등이 서둘러서 세 사람을 부축하여 일으켰다. 오용이 피가 낭자한 바닥에서 최고 두령의 교의를 끌어다가 임충을 앉히며 소리쳤다.

"만일 복종하지 않는 자가 있다면 왕륜처럼 될 것이다! 오늘 임 교두를 산채의 주인으로 세우겠다."

임충이 크게 소리를 질렀다.

"선생님, 잘못 아셨습니다! 제가 오늘 여러 호걸과의 의리를 중요하게 여겨서 어질지 못한 도적놈을 죽인 것이지, 두령의 지위를 얻으려는 마음은 전혀 없습니다. 오늘 오형께서 첫째 두령의 자리에 이 임충을 앉히려 하니 어찌 천하의 영웅들에게 웃음거리가 되지 않겠습니까? 만일 강제로 앉힌다면 차라리 죽고 말겠소! 제가 여러분께 할 말이 있는데 제 말을 따르시겠습니까?"

모두들 한 목소리로 대답했다.

"누가 감히 두령의 말을 거역하겠습니까? 말씀하십시오."

임충은 몇 마디 말을 하지 않았으나 나누어 서술하면, 단금정으로 쇠를 자를 만큼 교분이 두터운 사람들을 불러들이게 되고, 취의청 앞에는 몇 차례 의를 위한 모임이 열리게 된다. 바로 다음과 같다. 하늘을 대신하여 도를 행하는 사람들이 모이고 의를 중히 여기고 재물을 가볍게 보는 호걸들이 오게 된 것이다.

결국 임충이 오용에게 어떤 말을 했는가는 다음 회에 설명하노라.

어부의 무기 비어구飛魚鉤

본문에 완씨 삼형제 등이 관군들과 싸우면서 비어구를 사용한 내용이 서술되어 있다. 비어구飛魚鉤는 어부가 물고기를 잡는 기구인데 작살로 물고기를 찔러 잡는 공구를 말하며, 또한 수전水戰에서 병기로 사용되었다. 송나라 육유陸游의 『노학엄필기老學庵筆記』에 근거하면 남송 시기 동정호洞庭湖 지구에서 일어난 농민들이 사용한 수전水戰 무기로 '나자拏子' '어차魚叉' '목로아木老鴉'가 있다. '나자'와 '어차'는 대나무로 장대를 만들고 길이는 2~3장丈이기에 짧은 병기로는 대적할 수 없다. '목로아'는 단단하고 무거운 나무로 되어 있고 길이는 3척이며 양끝이 예리하고 전선에서 사용되며 더욱 익히기 쉽다.

새
두
령
과
첫
공
적[1]

임충은 왕륜을 죽이고 손에 날카로운 칼을 들고는 여러 사람을 가리키며 말했다.

"나 임충은 비록 한때는 금군이었으나 유배되었다가 여기에 왔습니다. 오늘 여기에 많은 영웅이 모였는데, 왕륜이 속이 좁아 자기보다 현명하고 능력 있는 사람을 시기하고 갖은 핑계로 받아들이지 않아 이놈을 죽여버렸지만, 나 임충이 두령의 자리를 탐내어 한 짓이 아닙니다. 제 도량과 기백으로 어떻게 감히 관군에게 대항하며 황제 곁에 있는 원흉을 제거하겠습니까? 조개 형님은 의를 중시하고 재물을 가볍게 여기며 용기와 지략을 갖추었습니다. 지금 천하 사람들이 조개 형님의 이름을 듣는다면 복종하지 않을 사람이 없을 것입니다. 내가 오늘 의기를 중시하여 조개 형님을 받들어 산채의 주인으로 삼고자 합니다. 여러분, 어떻습니까?"

1_ 제20회 제목은 '梁山泊義士尊晁蓋(양산박 임충이 조개를 두령으로 추대하다), 鄆城縣月夜走劉唐(유당이 달밤에 운성현으로 송강을 찾아가다)'이다.

모두들 말했다.

"두령의 말씀이 지극히 타당하오."

조개가 말했다.

"안됩니다. 옛날부터 '남에게 의지하러 온 손님은 아무리 강해도 주인의 자리를 차지하지 않는다'²라고 했습니다. 이 조개가 충분하다고 말해도 멀리서 온 새로운 사람인데 어떻게 감히 두령의 자리에 앉겠습니까?"

임충이 손을 앞으로 뻗어 조개를 밀어 교의에 앉히고 소리쳤다.

"오늘 일이 이렇게 되었으니 조개 형님은 사양하지 마십시오. 만일 따르지 않는 자가 있다면 왕륜처럼 될 것이다."

임충은 양보하는 조개를 부축해 서너 차례 다시 교의에 앉히고 사람들을 불러 정자 앞에서 절하게 했다. 한편으로 졸개를 불러 본채에 가서 연회를 준비시키고 왕륜의 시체를 치우도록 했으며 또한 사람을 산 앞뒤로 보내 다른 많은 소두목을 모두 불러 본채 안으로 모이도록 했다.

임충 등 일행은 조개를 가마에 태우고 모두들 본채로 갔다. 취의청 앞에서 내려 대청에 올랐다. 무리들은 조개를 정 중앙 첫 번째 두령 교의에 앉히고 가운데에 향을 피웠다. 임충이 앞으로 나와서 말했다.

"소생 임충은 거친 필부라서 창봉을 조금 다룰 줄 알 뿐 배운 것도 재주도 없고 지혜와 지략도 없습니다. 오늘 산채에 천만다행으로 여러 호걸이 모여 대의를 밝혔으니 지난날의 구차함과는 비교가 되지 않을 것입니다. 여기 계신 학구 선생이 군사軍師를 담당하기를 청하고자 하는데, 병권을 장악하고 장교를 부리려면 반드시 두 번째 두령이 되어야 합니다."

오용이 대답했다.

"나 오용은 시골 훈장으로 흉금에 경륜과 세상을 구할만한 재주도 품지 못

2_ 원문은 '強兵不壓主'다.

했을 뿐만 아니라 비록 손자, 오자병법을 읽은 적은 있지만 조그마한 미약한 공도 세운 적이 없는데 어떻게 상좌를 차지하겠습니까!"

임충이 말했다.

"일이 이미 이 지경에 이르렀으니 겸양할 필요 없습니다."

오용은 할 수 없이 두 번째 자리에 앉았다. 임충이 말했다.

"공손 선생은 세 번째 자리에 앉으시지요."

조개가 말했다.

"이러면 안 되오. 만일 임 두령이 이렇게 양보만 한다면 차라리 이 조개가 물러나겠소."

"조개 형님의 말씀은 틀렸습니다! 공손 선생의 명성은 이미 강호에 자자합니다. 용병술에 능통하고 귀신도 예측할 수 없는 재주가 있으며 비와 바람을 마음대로 부르니 누가 미칠 수 있겠습니까?"

공손승이 말했다.

"비록 작은 법술을 부리는 재주가 있으나 세상을 경영할 만한 재주가 없는데 어떻게 감히 상좌를 차지하겠습니까? 이 자리는 오히려 임 두령께서 앉으셔야 합니다."

임충이 말했다.

"이번에 관군을 물리치고 승리를 거두는 데 선생의 묘한 술법을 보았습니다. 솥鼎의 세 다리 중에 하나라도 부족하다면 균형이 맞지 않아 쓰러집니다. 선생께서는 사양하지 마십시오."

공손승은 할 수 없이 세 번째 자리에 앉았다.

임충이 다시 양보하려 할 적에 조개·오용·공손승이 모두 나서서 반대하며 한 소리로 말했다.

"방금 두령이 '솥의 세 다리가 균형을 이루어야 한다'라고 말해서 감히 명을 어길 수 없었습니다. 우리 세 사람만 상위를 차지하고 임 두령이 또 다시 다른 사람에게 양보한다면 우리는 자리에서 물러나겠습니다."

세 사람이 임충을 강제로 부축하니 할 수 없이 네 번째 자리에 앉았다. 조개가 말했다.

"다음 자리는 당연히 송 두령과 두 두령이 앉아야하오."

두천과 송만은 왕륜을 죽인 것을 본지라 속으로 생각했다.

'능력도 보잘 것 없는데 어떻게 그들과 비길 수 있겠는가? 인정을 베푸는 것이 낫겠다.'

간곡하게 청하여 유당을 다섯 번째 자리에 앉히고 완소이·완소오·완소칠·두천·송만·주귀의 순서로 앉았다.

양산박은 이렇게 11명의 호걸들 자리가 정해졌다. 산 앞뒤로 700~800명이 모두 취의청 앞에서 참배하고 좌우 두 줄로 나누어 섰다. 조개가 말했다.

"지금 여기에 산채의 모든 사람이 모였다. 오늘 임 두령이 나를 산채의 주인으로 세우고 오 학구는 군사가 되었으며 공손 선생은 함께 병권을 관장하고 임두령 등은 산채를 공동으로 관리하게 되었다. 여러분은 각자 전부터 맡았던 직위에 따라 산채 앞뒤의 사무를 관리하고 산채의 울타리와 물가 모래사장을 잘지켜 실수가 없도록 하라. 모든 사람이 한마음으로 힘을 합쳐서 대의를 이루도록 힘쓰라."

다시 양쪽의 가옥들을 수습하여 완가의 식구를 머물게 배정하고 도적질해서 얻은 생신강 재물과 자기 집에서 가져온 금은보화를 꺼내 여러 소두목과 졸개에게 상으로 하사했다. 즉시 소와 말을 잡아 천지신명께 제사를 지내고 다시정의를 위해 한데 모인 것을 경축했다. 두령들은 즐겁게 술을 마시다 밤늦게 흩어졌고 다음날 또 축하 연회를 열어 며칠 동안 먹고 마시며 잔치를 열었다. 조개와 오용 등 두령은 산채의 일을 상의했다. 미곡 창고를 점검하고 산채 울타리를 수리했으며 창칼, 활과 화살, 갑옷과 투구 등 군수품을 만들고 관군과의 싸움을 준비했다. 또 크고 작은 배를 배치하여 병사들이 배에 올라 싸우는 훈련을 시키며 철저하게 준비했음은 말할 필요가 없다. 이때부터 양산박에 의를 위해 모인 11명의 두령들은 진실로 교분이 팔다리와 같고, 의기는 골육과 같아 혼연일체였다. 여기에 증명하는 시가 있다.

옛사람들의 교분 단단한 쇠도 끊을 수 있고
마음이 맞을 때면 우정 또한 깊어진다네.
수호의 충성스럽고 의로운 인사들
생사를 함께 하며 굽힐 줄 모르는 절개 지켜내누나.
古人交誼斷黃金, 心若同時誼亦深.
水滸請看忠義士, 死生能守歲寒心.

임충은 조개가 일을 하는데 있어서 도량이 넓고 의를 중시하며 재물을 아끼지 않고 각 집안의 가족을 산채에 편안하게 거주시키는 것을 보고 문득 도성에 있는 생사를 모르는 부인 생각이 났다. 결국 마음에 담아둔 것을 조개에게 자세하게 이야기했다.

"소인은 산채에 올라온 뒤에 처를 데려오고 싶었으나 왕륜의 속셈을 짐작하기 어려워 입을 열지 못하고 줄곧 실의에 젖어 시간만 허비했습니다. 지금 동경에 홀로 떨어진 부인이 살아 있는지도 알 수가 없습니다."

조개가 말했다.

"동생 가족이 동경에 있다면 왜 가서 데려와 다시 만나지 않는가? 자네는 빨리 편지를 써서 사람을 시켜 산을 내려가 전하게 하여 밤낮을 가리지 않고 서둘러 데려오면 얼마나 좋겠는가."

임충은 즉시 편지를 써서 신변의 심복 졸개 둘을 시켜 산을 내려가게 했다. 두 달이 지나지 않아서 졸개가 산채로 돌아와서 말했다.

"가자마자 동경 성내 전수부 앞에서 탐문하여 장 교두 집을 찾았습니다. 소문에 부인은 고 태위에게 아들과 혼인할 것을 강요받고 목을 매어 죽은 지 이미 반년이 지났다고 했습니다. 장 교두도 이 일 때문에 상심하다가 반달 전에 병에 걸려 돌아가셨다고 하더군요. 혼자 남은 하녀 금아는 데릴사위를 들여 살고 있다고 했습니다. 이웃에게 물어보니 소문대로라고 했습니다. 이 일이 모두 사실임을 확인하여 돌아와 두령께 보고합니다."

임충은 소식을 듣고 한참 동안 눈물을 줄줄 흘렸으며 이때부터 마음에 맺혀 있던 가족 걱정을 모두 끊어버렸다. 조개 등 두령들이 듣고 크게 낙담하며 탄식했다. 산채는 이때부터 다른 일은 없고 매일 병사를 훈련시키고 관군에게 대항할 준비를 했다.

어느 날 두령들이 취의청에서 사무를 상의하고 있는데 갑자기 졸개 하나가 산으로 올라와서 보고했다.

"제주부에서 군관을 파견하여 대략 관군 1000명이 크고 작은 배 400~500척을 타고 석갈촌 호수에 머물고 있는 것을 보았습니다. 이에 특별히 보고 드립니다."

조개가 깜짝 놀라서 바로 군사 오용을 불러 상의하며 말했다.

"관군이 곧 몰려올 텐데 어떻게 대적해야겠소?"

오용이 웃으면서 말했다.

"형님은 걱정하지 마십시오. 이 오용이 이미 안배해두었습니다. '물이 넘치면 흙으로 막고 병사가 몰려오면 장수를 보내 저지한다'³고 했습니다."

즉시 완씨 삼웅을 불러 귀에 대고 낮은 목소리로 말했다.

"이렇게 이렇게……"

다시 임충과 유당을 불러서 계책을 말했다.

3_ 원문은 '水來土掩, 兵到將迎'이다.

"자네들 둘은 이렇게 저렇게 하여라."

다시 두천과 송만을 불러 분부했다. 바로 다음과 같다.

서쪽으로 항우項羽를 맞아 빈번하게 교전을 벌였으나4

오늘에야 비로소 첫 번째 공적 세워보리라.

西迎項羽三千陣, 今日先施第一功.

한편 제주 부윤은 단련사團練使5 황안黃安과 제주부 포도관 한 명을 파견하여 1000여 명을 거느리고 배를 징발하여 석갈촌 호수에 배정하고 둘로 나누어 두 갈래 길로 양산박을 향했다. 단련사 황안은 군사를 배에 태워 깃발을 흔들고 함성을 지르며 금사탄으로 돌격했다. 모래사장이 점차 가까워지자 수면 위에 구슬픈 소리가 들렸다. 황안은 말했다.

"이것은 화각畵角6 부는 소리가 아니냐? 배들을 두 길로 나누어 갈대숲 늪속으로 가서 정박시켜라."

배를 멈추고 바라보니 수면 멀리서 세 척의 배가 다가오고 있었다.

배 한 척마다 5명이 있었는데 4명은 두 개의 노를 젓고 뱃머리에 한 사람이 서 있었다. 세 척의 뱃전에 선 사람들이 모두 같은 복장을 입었는데 머리에 진

4_ 원문은 '삼천진三千陣'인데, 3000번에 걸쳐 교전을 벌였다는 의미는 아니다. 초와 한 사이에 교전의 횟수가 빈번하게 많았다는 의미다. 옛사람들은 숫자를 말할 때 단수는 일一, 복수는 이二, 다수는 삼三이라고 말했다. 삼三의 배수인 예를 들면 6, 9, 12, 24, 36, 72, 108은 모두 많다는 것을 말한 것일 뿐 반드시 그 숫자를 가리키는 것은 아니다.

5_ 단련사團練使: 관직 명칭으로 단련團練의 장관이다. 송나라 때는 대부분 무장을 겸직했는데 자사刺史보다는 높고 방어사防御史보다는 낮았다. 단련은 정규군 이외에 장정들을 모집하여 훈련시킨 무장 조직을 말한다.

6_ 화각畵角: 고대 군중에서 부는 악기로 대부분 대나무 혹은 가죽으로 만들었다. 표면을 채색하여 그림을 그렸기에 화각이라 했다. 군중에서 대부분 사기를 진작시키고 군용을 엄숙하게 하는 데 사용되었다.

홍색 두건을 두르고 몸에는 붉은색 실로 짠 도포를 입고 손에 각기 유객주를 들었다. 군사들 가운데 아는 사람이 있어서 황안에게 말했다.

"뱃머리에 선 사람은 완소이·완소오·완소칠 삼형제입니다."

황안이 말했다.

"우리 다 같이 힘껏 전진하여 세 놈을 잡자!"

양쪽의 40~50척이 한꺼번에 소리를 지르며 앞으로 돌격했다. 그러자 그 세 척의 배에서 휘파람 소리가 들리더니 함께 방향을 틀어 돌아갔다. 황 단련은 손에 잡은 창을 만지작거리며 앞으로 향해 소리쳤다.

"저 도적을 죽인 자에게 내가 큰 상을 내릴 것이다."

배 세 척은 앞을 향해 달아나고 뒤쫓는 관군의 배에서는 활을 쏘아댔다. 삼완 형제는 선창 안에서 검은 여우 가죽을 꺼내 화살을 막았다. 뒤쪽에서 관군의 배들이 줄줄이 쫓아왔다.

지류를 따라 2~3리 길을 쫓았으나 잡지 못했는데 황안 뒤에서 작은 배 한 척이 날듯이 저어와서 보고했다.

"더 이상 쫓아서는 안 됩니다! 한 척씩 쫓아갔던 우리 배는 그들에게 빼앗기고 병사는 물속에 빠져 죽었습니다."

황안이 물었다.

"어떻게 저놈들의 수법을 알았느냐?"

작은 배의 병사가 말했다.

"저희가 배를 저어 쫓을 때 저 멀리 배 두 척에 5명씩 타고 있었습니다. 저희가 힘을 다해 3~4리를 쫓아갔을 때, 사방 지류에서 7~8척의 작은 배가 나타나서는 쇠뇌를 쏘았는데 마치 메뚜기 떼처럼 날아왔습니다. 저희가 급하게 방향을 돌려서 돌아 나와 좁은 지류 입구에 이르렀을 때 물가에 20~30명이 나타났습니다. 양쪽에서 대껍질로 엮어 만든 밧줄을 당겨서 뱃길을 가로로 막았습니다. 앞으로 가서 밧줄을 살펴보려 하는데, 또 물가에서 식회를 넣은 병과 돌이 비처럼 쏟아지면서 공격해왔습니다. 관군들은 하는 수 없이 배를 버리고 물에 뛰어들어 목숨만 겨우 건져 도망쳤습니다. 저희는 도망쳐 나와 육지에 도착했는데 물가에 있던 사람과 말이 모두 보이지 않았습니다. 말들은 끌려가고 말을 지키던 군사는 모두 물에 빠져 죽어 있었습니다. 저희는 갈대밭 늪에서 이 작은 배를 찾아 단련께 보고하러 온 것입니다."

황안은 그 말을 듣고 끊임없이 비명을 질렀다. 바로 백기를 흔들어 쫓아가는 배를 멈추고 돌아오도록 했다. 배들이 방향을 돌려 움직이기도 전에 뒤에 있던 배 세 척이 또 3~5명이 탄 배 10여 척을 이끌고 붉은 깃발을 흔들고 휘파람을 불며 쏜살같이 달려왔다. 황안이 배들을 벌여 놓고 맞서 대적하려 할 때 갈대 숲속에서 포성이 들려왔다. 사방에 붉은 깃발로 가득하자 황안은 어쩔 줄을 몰라 했다. 뒤에서 다가오는 배에서 누군가 소리를 질렀다.

"황안, 머리통을 내놓고 돌아가거라!"

황안이 있는 힘을 다해 배를 갈대숲 물으로 저어갔으나 양쪽 작은 지류에서 40~50척의 작은 배들이 튀어 나와서 쇠뇌를 비처럼 쏘아댔다. 황안이 쏟아지는 화살 숲 안에서 길을 찾고 있을 때 남은 것은 고작 3~4척의 작은 배에 불과했다. 황안이 작고 빠른 배 안으로 뛰어들어 뒤를 돌아보니 병사들은 모두 '풍덩' 하고 물속으로 뛰어들었고, 배와 함께 끌려간 병사들은 대부분 죽임을 당했다. 황안이 작고 빠른 배를 몰아 달아나려는데 갈대숲 늪 안의 배 한 척에 유당이 서서 갈고리로 황안의 배를 걸어 놓고 바닥을 차고 풀쩍 뛰어와 한 손으로 허리춤을 잡고는 소리쳤다.

"꼼짝 마라!"

수영을 할 줄 아는 병사는 물속에 뛰어들었다가 화살에 맞아 죽고 감히 물에 뛰어들지 못한 병사는 배 안에서 산채로 잡혔다. 황안은 유당에 의해 물가로 끌어 올려졌다. 멀리 산 아래에서 조개와 공손승은 말을 탄 채 칼을 들고 졸개 50~60명과 말 20~30필을 이끌고 일제히 호응하러 왔다. 일행은 100~200명을 붙잡아 산채로 끌고 갔고 빼앗은 배는 모두 거두어 산 남쪽 수채 안에 배치했다. 크고 작은 두령들이 모두 산채로 돌아왔고 조개는 말에서 내려 취의청에 와서 앉았다. 여러 두령이 각자 군장과 무기를 풀고 둥글게 앉았다. 잡혀온 황안을 대청 큰 기둥7에 묶고 금은과 비단을 꺼내 졸개들에게 상으로 주었다. 빼앗은 말을 점검해보니 600여 필의 좋은 말들인데 모두 임충의 공이었다. 동쪽 지류는 모두 두천 송만의 공로였고 서쪽은 완씨 삼웅의 공로였다. 황안을 사로잡은 것은 당연히 유당의 공로였다. 두령들은 모두 기뻐하며 소와 말을 잡고 산채에서 연회를 열었다. 산채에서 빚은 좋은 술과 호수에서 나는 싱싱한 연뿌리와 생선, 산 남쪽 나무에서 딴 신선한 복숭아·살구·매실·자두·비파·산 대추·감·밤 등 과일, 산채에서 기른 닭·돼지·거위·오리 등을 골고루 차린 것은 자세히 말할 필요도 없었다. 여러 두령이 서로에게 축하했는데 산채에 와서 처음 승리를 거둔 것이라 그냥 평상시처럼 지나갈 수가 없었다. 여기에 증명하는 시가 있다.

왕륜의 터무니없는 자만심 우스꽝스러운데
용렬한 재능으로 중임 맡아 어찌 승리할 수 있겠는가!
싸움으로 삼켜버리고 새 주인에게 돌아가니
양산박에 호걸들 모여들고 사업도 거듭 새로워지누나.
堪笑王倫妄自矜, 庸才大任豈能勝!
一從火幷歸新主, 會見梁山事業新.

술자리가 한창일 때 졸개가 들어와서 보고했다.

7_ 원문은 '쟝군쥬將軍柱'다. 대청 양쪽의 큼직한 나무 기둥이다. 일반적으로 굵은 나무 기둥을 가리킨다.

"산 아래에서 주 두령이 산채에 사람을 보냈습니다."

조개가 불러서 무슨 일인가 물으니 졸개가 대답했다.

"수십 명으로 이루어진 상인들이 오늘 밤 육로로 지나간다는 정보를 주 두령이 알아내서 보고하러 온 것입니다."

조개가 말했다.

"마침 황금과 비단이 부족하던 차인데 잘됐군. 누가 가겠는가?"

삼완이 말했다.

"우리 형제가 가겠습니다."

"좋아, 조심하고 빨리 가서 일찍 돌아오게."

삼완이 취의청에서 내려가 옷을 갈아입고 요도를 차고 박도·삼지창·유객주를 들고 졸개 100여 명을 불러 모았다. 다시 취의청에 와서 두령과 이별하고 산을 내려가 금사탄에서 배를 타고 주귀의 주점으로 갔다. 조개는 삼완이 혹시 실수라도 할까 걱정되어 유당에게 100여 명을 데리고 산에서 내려가 지원하게 했다. 그러고는 유당에게 분부했다.

"황금과 비단을 빼앗고 절대 상인들의 목숨을 상하지 않도록 하게."

유당이 가고 3경이 되었는데도 소식이 없자 두천과 송만에게 50명을 데리고 내려가서 돕도록 했다.

조개가 오용··공손승·임충과 날이 밝을 때까지 술을 마시고 있는데 졸개가 와서 보고했다.

"주 두령 덕분에 금은 재물이 실린 수레 20여 량과 버새[8]도 40~50여 두를 얻었습니다."

조개가 물었다.

"사람을 죽였느냐?"

8_ 버새: 수말과 암나귀를 교배한 잡종.

졸개가 대답했다.

"상인들이 우리의 사나운 기세를 보고 수레·버새·짐을 모두 버리고 도망가서 한 사람도 다치지 않았습니다."

조개가 그 말을 듣고 크게 기뻐하며 말했다.

"우리가 산채에 왔으니 앞으로 사람을 해쳐서는 안 된다."

은 한 덩이를 꺼내서 졸개에게 상으로 주고 술과 과일을 준비시켜 산에서 내려가 금사탄에 도착했다. 여러 두령이 모두 수레를 어깨에 메고 뭍에 내린 다음 다시 버새와 말들을 실으러 배를 보냈다. 두령들은 기뻐하며 잔을 들어 마시고 사람을 시켜 주귀더러 산에 올라와 연회에 참석하도록 했다. 조개 등 모든 두령이 산채 취의청에 올라와 둥글게 자리를 잡고 앉았다. 졸개를 시켜서 메고 온 많은 재물들을 하나하나 풀고 채색비단과 의복은 한쪽에 쌓고 물품은 또 따로 한쪽에 쌓게 하고 금은보배는 정면에 쌓았다. 두령들은 빼앗아온 재물이 많은 것을 보고는 마음속으로 기뻐했고, 창고를 관리하는 소두목에게 각 물건들을 절반씩 나누어 창고에 넣어 보관했다가 필요할 때 사용하게 했고, 나머지 절반은 두 몫으로 나누어 취의청의 11명 두령들이 한 몫을 11등분하여 나누어 갖고 나머지 한 몫은 나머지 산 위아래 사람들이 나누어 가지도록 했다. 새로 잡아온 관군들은 얼굴에 글자를 새기고 건장한 사람은 각 산채로 보내 말을 먹이거나 장작을 패게 하고 연약한 군졸은 수레를 지키거나 풀을 베게 했다. 황안은 뒤쪽 산채 감옥에 가두었다. 조개가 말했다.

"우리가 처음 산채에 왔을 때는 피난처로 삼아 왕륜에게 의탁하여 휘하에서 소두목이나 되려고 했는데 동생 임 교두 덕분에 나는 산채의 두령이 되었네. 게다가 생각지도 못하게 두 번의 좋은 일이 생겼으니, 하나는 관군을 이기고 수많은 인마와 선박을 얻었고 황안을 사로잡은 것이고, 또다른 하나는 약간의 재물과 금은을 얻은 것이네. 이는 모두 여러 형제의 재능 덕분이 아니겠는가?"

두령들이 말했다.

"모두 큰 형님의 음덕에 힘입어 얻은 것입니다."

조개가 다시 오용에게 말했다.

"우리 형제 7명의 목숨은 모두 송 압사와 주 도두 두 사람이 구해준 것이네. 옛사람이 말하기를 '은혜를 입고도 갚지 않으면 사람이 아니다!'[9]라고 했네. 오늘의 부귀와 안락함은 어디에서 왔겠는가? 조만간에 금은을 가지고 사람을 시켜 운성현에 한 번 가는 것이 가장 첫 번째로 긴급한 일이네. 또 백승이 제주 감옥에 갇혀 있으니 우리가 반드시 구출해야 하네."

오용이 말했다.

"형님은 걱정하지 마십시오. 소생에게 생각해둔 계책이 있습니다. 송 압사는 인의를 지키는 사람이므로 우리가 사례하기를 바라지 않을 것입니다. 그렇다고 하더라도 예를 어길 수 없으니 산채가 대충 안정이 되면 반드시 형제 한 명을 보내야 합니다. 백승의 일은 낯선 사람을 시켜 윗사람은 돈으로 매수하고 아랫 사람은 달래서 감시를 느슨하게 만든 다음에야 빼오기 쉬울 것입니다. 우리는 양식을 저장하고 배를 건조하며 병장기를 만들고 울타리와 성벽을 튼튼하게 하며 가옥을 더 짓고 의복과 갑옷을 정돈하며 창칼, 궁과 살을 만들어 관군에 대항할 준비를 해야 합니다."

"그렇다면 모든 일은 군사의 묘책대로 따르겠소."

오용이 즉시 두령들을 배정하여 각자 맡을 일들을 할당했음은 말할 필요가 없다.

양산박은 조개가 입산한 이후 매우 왕성해졌다. 한편 황안의 부하들 중 도망쳐 돌아온 군사들은 양산박 강도들이 관군을 죽이고 황안을 사로잡은 일을 제주부 태수에게 아뢰었다. 또 양산박 사내들은 매우 대단한 영웅들로 누구도 가

9_ 원문은 '知恩不報, 非爲人也'다.

까이 다가갈 수 없어서 사로잡기 어려울 뿐만 아니라 물길을 알 수 없고 지류도 많고 복잡하여 도저히 이길 수 없었다고 했다. 부윤은 듣고서 죽는 소리를 하며 태사부에서 파견 나온 간관에게 말했다.

"하도가 먼저 군사를 이끌고 나가 싸움에서 지고 두 귀까지 잘린 채 혼자 살아 돌아와서 지금 집에서 치료하고 있는데 아직도 다 낫지 않았습니다. 500명이 가서 한 사람도 돌아오지 못했습니다. 그래서 또 단련사 황안과 본부 포도관을 보내 군졸을 이끌고 잡아오게 했으나 역시 손상을 입었습니다. 황안은 이미 산채에 사로잡혔고 죽은 관군도 셀 수 없이 많은데다, 또 싸워도 이길 수가 없으니 어떻게 하면 좋겠습니까!"

태수는 속으로 꿍꿍이를 품었지만 달리 도리가 없었다. 그때 승국이 들어와서 보고했다.

"동문 접객 정자¹⁰에 새로 부임한 부윤이 도착했기에 이렇게 알리러 달려왔습니다."

태수는 서둘러 말에 올라타고 동문 밖 접객 정자로 달려갔다. 멀리 먼지가 일어나는 곳을 바라보니 새로 부임한 부윤은 이미 정자 앞에 도착하여 말에서 내렸다. 부윤이 안내하여 정자에 올라 서로 인사를 마치고, 새로 온 부윤은 중서성中書省¹¹에서 준 인사 이동 문서를 내놓았다. 태수가 보고는 그와 함께 관아로 가서 영패令牌와 인신印信¹²을 넘겨주고 제주부 창고의 돈과 양식을 대조했다. 즉시 연회를 준비하여 새로 부임한 부윤을 접대했다. 구 태수는 양산박

10_ 원문은 '접관정接官亭'인데, 송나라 때 주군州郡의 성 밖에 항상 이러한 정자를 설치하여 오고가는 관리를 영접하고 전송하는 데 사용했다.
11_ 중서성中書省: 관서 명칭으로 문하성門下省, 상서성尙書省과 함께 중앙 행정의 총체였다. 중서성에서 정책을 제정하고 문하성을 거쳐 상서성에 넘겨 집행했다. 중서성과 추밀원은 정사와 군사를 나누어 관장했다.
12_ 원문은 '패인牌印'인테, 넝쇄令牌(군')1 행동 중 군사 장관에게 권한을 부여하는 것을 표명하는 일종의 증빙)와 인신印信(인장)을 가리키며 관원 신분을 검증하는 것이다.

도적의 규모가 거대하고 관군을 죽인 일을 자세히 설명했다. 말이 끝나자 새로 부임한 부윤은 얼굴이 흙빛이 되어 속으로 생각했다.

'채 태사가 나를 추천한 자리가 이런 지역에 이따위 부府라니! 강한 군대나 용맹한 장수도 없는데, 이런 강도들을 무슨 재주로 잡는단 말인가? 만일 이놈들이 성안으로 와서 양식이라도 빌리려 한다면 어떻게 하나?'

구관 태수는 다음날 옷과 짐을 싸서 처벌을 받으러 동경으로 돌아갔음은 말할 필요가 없다.

새로 부임한 부윤은 제주에 주둔하며 방비하는 새로 파견된 군관을 청해 상의하여 군마를 준비하고 식량과 마초를 쌓고 용감한 백성과 지모가 있는 현사를 모집하여 양산박 강도를 잡을 준비를 했다. 한편 중서성에 문서로 보고하여 부근 주군州郡에 명령을 하달하고 도적을 토벌하는 데 협력하도록 했다. 또 다른 한편으로는 직접 부속 주현州縣에 공문을 내려 도적 토벌을 통지하고 자신들의 경내를 잘 지키도록 명했다.

한편 제주 공목은 소속인 운성현에도 사람을 보내 경내를 잘 지키고 양산박 도적을 대비하라는 공문을 하달했다. 운성현 지현은 공문을 읽고 송강에게 보내 문서를 다시 베껴서 각 향촌에도 통지하여 일률적으로 방비하도록 했다. 송강은 공문을 보고 속으로 생각했다.

'조개와 그 일행이 이렇게 크게 일을 벌여 대죄를 저지를 줄은 생각도 못했군. 생신강을 강탈하고 공인을 죽이고 하 관찰을 상하게 하다니. 또 그 많은 관군을 죽이고 황안까지 산 위에 잡아놓았구나. 이런 죄는 구족九族13을 멸할 대죄다. 비록 궁지에 몰려 부득이해서 했다지만 법도로는 용서가 안 되니 만일 잘못된다면 어떻게 해야 하나?'

13_ 구족九族: 자기를 중심으로 위로 부친, 조부, 증조부, 고조부, 아래로 자식, 손자, 증손, 현손까지를 구족이라 한다. 일설에는 부계 4, 모계 3, 처가 2족을 구족이라고 한다.

송강은 혼자 속으로 답답해했다. 후사後司의 첩서貼書[14]인 장문원張文遠을 시켜 문서를 각 향鄕과 보保에 보내도록 했다. 장문원에게 문건을 처리하게 하고 송강은 천천히 관아에서 걸어나왔다.

20~30보를 못 가서 누군가가 등 뒤에서 "압사님!" 하고 부르는 소리를 들었다. 머리를 돌려 바라보니 중매쟁이 왕 노파였는데 같이 온 옆의 노파에게 이렇게 말했다.

"할멈에게 인연이 있나보다. 좋은 일 하는 압사님이 오시네!"

송강이 몸을 돌려서 물었다.

"무슨 할 말이 있소?"

왕 노파가 송강의 앞길을 막고 염 노파를 가리키며 말했다.

"압사님은 잘 모르실 겁니다. 여기 이 사람 일가는 여기 사람이 아니고 동경에서 남편 염공閻公과 딸 파석婆惜 세 식구가 같이 왔습니다. 염공은 옛날에 노래를 잘 불렀던 사람으로 딸 파석에게 어려서부터 여러 가지 유행하는 노래와 춤을 가르쳤습니다. 나이는 18세이고 미색도 제법입니다. 세 사람은 산동에 어떤 남자를 찾아왔는데 만나지 못하고 여기 운성현까지 흘러들어 왔습니다. 그런데 생각했던 것과 달리 이곳 사람들이 풍류와 음악을 즐기지 않아 생활하기가 어려워서 현 뒤 외딴 골목에서 임시로 거주하고 있었습니다. 어제 가장이 돌림병으로 죽었는데 염 노파는 돈이 없어 장사를 지내지 못했습니다. 도저히 방법이 없어 제게 중매쟁이가 되어주길 간청했습니다. '이런 시절에 어디에 적당한 혼처가 있겠는가?' 하고 말했습니다. 돈을 빌릴 곳조차도 없어 어디로도 갈 데가 없는데 압사께서 여기로 지나가셔서 제가 염 노파와 달려온 것입니다. 압사께서는 그들을 불쌍하게 여기어 관이라도 하나 구하게 해주십시오."

14_ 후사後司는 관서 명칭으로 소송 사건을 실무하는 기구다. 첩서貼書는 관서에서 문서와 장부를 관장하는 하급 벼슬아치다.

송강이 말했다.

"원래 그렇게 된 일이군. 두 사람은 나를 따라오시오. 골목 입구 주점에서 필묵을 빌려 몇 자 써줄 테니 현 동쪽 진삼랑陳三郎한테 가서 관을 받아오시게."

송강이 또 물었다.

"안장할 비용은 있소?"

염 노파가 대답했다.

"솔직하게 말씀드리면 관도 없는 마당에 무슨 비용이 있겠습니까?"

"내가 은자 10냥을 더 줄 테니 비용으로 쓰시오."

"나리는 생명의 은인이고 다시 태어나신 부모입니다. 우리 모녀가 당나귀와 말이 되어서라도 압사님께 보답하겠습니다."

"그런 말 하지 마시오."

즉시 은자 한 덩이를 꺼내서 염 노파에게 건네주고 돌아갔다. 노파는 쪽지를 가지고 현 동쪽 진삼랑 집에 가서 관을 집으로 가져다가 염공의 상사를 치르고도 은자 5~6냥이 남았는데, 모녀가 생활비용으로 사용했음은 말할 필요가 없다.

어느 날 염 노파가 송강에게 감사인사를 하러 왔다가 집 안에 부인이 없는 것을 보고 돌아오는 길에 옆집 왕 노파에게 물었다.

"송 압사 사는 집에 부인 얼굴이 안보이던데 아직 결혼 안 했소?"

왕 노파가 말했다.

"송 압사 집이 송가촌宋家村이라는 말은 들었어도 그에게 부인이 있는 것은 보지 못했다오. 현에서 압사를 하면서 다른 사람 집에서 머물고 있어요. 압사가 항상 가난하고 어려운 사람에게 관도 구해주고 약도 사서 주며 적극적으로 구제해주고 있으니 어쩌면 부인이 없을 수도 있겠구려."

"내 딸은 생긴 것도 예쁘고 노래도 잘 부르며 여러 가지 사람들을 웃게 하는 재주도 많아요. 어려서 동경에 있을 때부터 기방에 놀러가기만 하면 사람들에게 사랑을 받았지요! 몇몇 상행수上行首[15]들이 딸을 양녀로 들이려고 했었는데 내가 팔지 않았어요. 우리 부부를 공양할 사람이 없어서 양녀로 보내지 않았는데 지금 딸을 이렇게 고생시킬 줄은 몰랐네요. 내가 그제 송 압사에게 감사인사를 드리러 갔는데 거처에 부인이 없는 것을 봤소. 왕 노파가 송 압사에게 가서 내 딸을 첩으로라도 들일 마음이 있는지 청해보시구려. 만일 그렇다고 하면 나도 기꺼이 보내겠소. 전날에 당신이 일이 잘 되도록 도와줘서 송 압사의 도움을 받았는데 아무것도 보답할 것도 없으니 그와 친척이라도 되어 왕래하고 싶구려."

왕 노파는 염 노파의 말을 듣고 다음날 송강에게 찾아와 이 일을 자세하게 말했다. 송강은 처음에 거절했으나 중매쟁이의 교묘한 말과 종용을 당해내지 못하고 허락하여 현 서쪽 골목에 2층 방을 구하여 세간 살림살이와 가구를 들여 염파석 모녀를 그곳에 거주하게 했다. 반달도 지나지 않아 염파석은 머리를 온갖 진주와 비취로 장식하고 온몸은 비단으로 감쌌다. 바로 다음과 같다.

꽃다운 얼굴 가늘고 부드러우며 옥 같은 살결 자태가 아름답구나. 쪽진 머리는 한 조각 검은 구름 가로 놓인 듯하고, 손질한 눈썹은 반쯤 구부러져 초승달 같네. 비단 치마에 살짝 드러난 작은 발은 정분 참아내지 못하고, 청록색 소매로 반쯤 덮은 가냘픈 손은 친밀한 정 한이 없구나. 별처럼 빛나는 눈은 꾸밈없이 새까맣고, 흰 살결의 가슴은 기름진 지방을 잘라놓은 듯하네. 궁중 미인이 어원御苑[16]을 떠났는가, 예주궁蕊珠宮의 선녀가 인간 세상에 내려왔는가.

花容裊娜, 玉質娉婷. 鬢橫一片烏雲, 眉掃半彎新月. 金蓮窄窄, 湘裙微露不勝情; 玉筍纖纖, 翠袖半籠無限意. 星眼渾如點漆, 酥胸眞似截肪. 金屋美人離御苑, 蕊珠

15_ 상행수上行首: 즉 상청행수上廳行首로 관기官妓 혹은 상등의 기녀를 말한다. 상上은 상청上廳으로 관서다. 행수行首는 기생집의 우두머리로 나이시든 기생 어미를 가리킨다.
16_ 어원御苑: 황제, 군주의 화원.

仙子下塵寰.

다시 며칠이 지나자 염 노파도 장신구를 단 의복을 입었으니 염파석은 먹고
입는 데 아무런 부족함이 없었다.

처음에 송강은 매일 밤마다 파석과 함께 잠을 잤으나, 나중에는 점차 자주
가지 않게 되었다. 그 이유는 무엇인가? 원래 송강은 창봉 쓰는 것을 배우기 좋
아하는 사내라서 여색은 그다지 중요하지 않았다. 염파석도 이제 한창 꽃다운
시기인 18~19세 젊은 나이라 송강이 마음에 들 리가 없었다. 하루는 송강이 데
려와서는 안 될 후사의 첩서인 장문원을 데리고 함께 염파석의 집에서 술을 마
셨다. 장문원은 송강과 같은 방을 쓰는 압사로 소장삼小張三이라고 불렸는데 용
모가 준수했으며 이는 희고 입술은 붉었다. 평소에 기생집과 각종 오락 장소를
다니기를 좋아했고 경박하며 방탕했으나 풍류도 있고 용모도 빼어났으며 각종
관현악기를 다루지 못하는 것이 없었다. 파석은 술 따르던 기생 출신이라 장삼
을 보자마자 이미 마음에 들어 어떻게 해보려는 마음이 있었다. 장삼도 파석에
게 마음이 있음을 알고 애정의 추파를 던졌고 파석은 송강이 소피 보러 일어난
틈을 타서 말로 장삼에게 집적거렸다. 속담에 이르기를, '바람이 불지 않으면 나
무가 움직이지 않고 배가 노를 젓지 않으면 물은 혼탁해지지 않는다'[17]고 했다.
장삼 또한 주색에 능한 무리인데, 이런 일을 어떻게 알아채지 못하겠는가? 파석
이 보내는 눈빛 속에 대단한 정분이 있음을 보고는 마음이 있는 것을 알아챘
다. 나중에 송강이 없을 때 장삼은 파석의 집에 찾아가 거짓으로 송강을 찾으
러 왔다고 했다. 파석은 그를 들어오게 하여 같이 차를 마시며 이런저런 이야기
를 나누다 그만 일이 벌어지고 말았다. 누구도 예상치 못하게 이때부터 파석은
장삼과 사통하게 되었고 뜨겁게 달구어졌다. 게다가 장삼 또한 이런 일에는 익

17_ 원문은 '風不來, 樹不動,船不搖, 水不渾'이다. 모든 일에는 원인과 결과가 있음을 비유한 것이다.

숙한 자였다. 옛사람들이 말한, '바깥사람이나 혹은 물건을 집으로 데려오지도 말고 가져오지도 말아야 한다'[18]는 말을 듣지 못했단 말인가? 송강이 천부당 만부당해서는 안 되는데 장삼을 그 집으로 데리고 와서 술을 마신데서 그를 만나게 한 것이다. 예로부터 말하기를, '풍류에는 차가 중개인이요, 술은 색정의 중매꾼이다'[19]라고 했으니 바로 이러한 세상의 준칙을 범한 것이다. 염파석은 이때부터 소장삼과 관계를 맺었고 송강에게는 약간의 정분조차 남지 않았다. 송강이 오기라도 하면 말로 기분을 상하게 하여 잠시라도 붙어 있지 못하게 했다. 송강은 포부를 품은 사내로 여색을 탐하지 않았기에 반달이나 10일에 한 번 정도 찾아왔다. 장삼과 파석은 아교와 옻같이 달라붙어 밤에 찾아가 아침에 돌아오니 이웃들이 모두 알게 되었고 이런 소문은 결국 송강의 귀에도 들어가게 되었다. 송강은 반신반의하면서 속으로 생각했다.

'부모가 배필로 맺어준 아내가 아닌데다 네게 나를 사랑하는 마음이 없으면 그로 인해 화를 낸들 무엇 하겠어? 내가 안 찾아가면 그만이지.'

이때부터 몇 달 동안 가지 않았다. 염 노파가 여러 번 사람을 보내 청했으나 송강은 일을 핑계로 가지 않았다. 바로 다음과 같다.

> 기녀의 마음 흐르는 물처럼 따르고자 하지만
> 의사는 떨어진 꽃에 연연할 마음 없네.
> 노파는 재물을 탐하고 딸년은 사랑을 팔고
> 엇비슷한 차를 두 집에서 나눠 팔 뿐이네.
> 花娘有意隨流水, 義士無心戀落花.
> 婆愛錢財娘愛俏, 一般行貨兩家茶.

18_ 원문은 '一不將, 二不帶'나.
19_ 원문은 '風流茶說合, 酒是色媒人'이다.

이야기는 두 갈래로 나뉜다. 어느 날 송강은 늦게 현 관아에서 나와 맞은편 찻집에 앉아서 차를 마시고 있었다. 그때 머리에 하얀 범양전립范陽氈笠을 쓰고 몸에는 진록색 명주 저고리를 입었으며 발에는 무릎 보호대를 줄로 묶고 팔탑마혜八搭麻鞋[20]를 신었으며 허리에는 요도를 가로로 차고 등에는 커다란 짐을 진 덩치 큰 사내를 보았다. 온통 땀으로 범벅이 된 채 숨을 헐떡거리며 고개를 돌려 현 관아 안을 여기저기 살펴보고 있었다. 송강은 그 덩치 큰 사내의 행동이 수상쩍어 서둘러 일어나 찻집을 나와 그를 쫓아갔다. 20~30보쯤 가더니 그 사내가 고개를 돌려 송강을 바라봤는데 모르는 사람이었다. 송강은 그 사람을 보고 조금 얼굴이 익은 것 같기도 했으나 속으로 생각해봐도 알 수 없었다.

'어디선가 만난 적이 있는 것도 같은데?'

그 사내도 송강을 한번 바라보더니 조금 아는 것 같기도 하여 발을 멈추고 송강을 눈여겨 보기만하고 감히 묻지 못했다. 송강이 속으로 생각했다.

'이 사람 참 이상하네! 어째 나만 쳐다보나?'

송강도 감히 묻지 못했다. 그 사내는 길가 이발소로 들어가서 물었다.

"형씨, 앞에 저 압사는 누구요?"

머리를 다듬는 장인이 대답했다.

"저분은 송 압사요."

그 사내는 박도를 들고 앞으로 걸어와 인사하고는 말했다.

"압사께서는 이 동생을 알아보시겠습니까?"

"족하께서는 낯이 익은 것 같소."

20_ 팔탑마혜八搭麻鞋: 다이마혜多耳麻鞋, 팔탑혜八搭鞋라고도 하며 먼 길을 갈 때 신는 삼으로 짠 신발이다. 미투리의 일종으로 형상은 후대의 짚신과 유사하다. 신발이 견고하고 발에 딱 달라붙어 먼 길을 가기에 적합하다. 원·명 시기에 유행했고 대부분 인부, 무사, 행각승들이 신었다. 역자는 이하 '미투리'로 번역했다.

"잠시 자리를 옮겨서 말씀 좀 나누었으면 합니다."

송강은 그 사내와 외진 골목으로 들어갔다. 그 사내가 말했다.

"이 주점이 얘기하기 좋을 것 같습니다."

두 사람은 주점으로 올라가 조용한 방을 잡아 앉았다. 그 사내는 박도를 벽에 기대 세우고 짐을 풀어 탁자 밑에 내려놓고는 갑자기 풀썩 엎드려서 절을 했다. 송강은 당황하여 답례하며 말했다.

"족하의 성함이 어떻게 되시는지 모르겠소?"

"대은인께서는 어찌 이 동생을 잊으셨습니까?"

"형장은 누구시오? 정말 낯이 조금은 익은데 소인이 기억을 못하겠소."

"이 동생은 바로 조 보정의 장원에서 존안을 뵈었고 형님의 은혜로 목숨을 구한 적발귀 유당입니다."

송강은 듣고 깜짝 놀라 말했다.

"동생, 자네 정말 대담하구만! 만일 공인들이 알아보았다면 정말 큰일 날 뻔했네!"

"형님의 크신 은혜로 목숨을 구하여 특별히 감사의 뜻을 드리러 왔습니다."

"조 보정 형제들은 요즘 어떻게 지내는가? 동생, 누가 자네를 보냈나?"

"조 두령 형님은 거듭 은인께 감사를 드리라고 했습니다. 형님 덕택으로 목숨을 건지고 지금은 양산박 주인 두령이 되었습니다. 오 학구는 군사가 되었고 공손승과 함께 병권을 관장하고 있습니다. 온 힘을 다하여 왕륜을 죽인 임충과 산채 안은 원래 있던 두천·송만·주귀에 우리 형제 7명이 더하여 모두 11명의 두령이 있습니다. 지금 산채에 졸개가 700~800명 모였고 양식은 셀 수 없을 정도로 많습니다. 이 모든 것이 형님의 크신 은혜 덕분인데 보답할 방법이 없어서 특별히 이 유당을 시켜 편지 한 통과 황금 100냥을 보냈습니다. 먼저 압사님에게 감사하고 다시 주동과 뇌횡 두 도두에게도 가서 감사할 생각입니다."

유당이 짐을 풀고 서신을 꺼내 송강에게 주었다. 송상은 다 읽고 주름진 앞섶을 당겨 문서 주머니를 꺼내 열 때 유당은 금을 꺼내 탁자 위에 놓았다. 송강은 금 한 개를 집어 편지로 싸서 문서 주머니에 꽂고 옷섶 안에 다시 넣으며 옷을 수습하고는 말했다.

"동생, 나머지 금은 다시 싸서 넣게."

이어서 주보를 불러 술과 고기 한 판을 큼직하게 잘라 가져오게 하고 야채와 과일을 내오게 했으며 술을 걸러 유당에게 따르도록 했다.

날은 점점 저물었다. 유당은 술을 마신 다음 탁자 위 금 보따리를 풀어서 꺼내려고 했다. 송강은 황급히 막으며 말했다.

"동생, 내 말을 잘 듣게나, 자네들 일곱 형제가 막 산채에 갔으니 금은이 필요할 때이네. 이 송강 집안은 그냥 지낼만하니 자네 산채에 놓아두고 이 송강에게 여비가 부족해지면 동생 송청宋清을 보내겠네. 지금 이 송강이 남처럼 대해서 이러는 것이 아니며 이미 금 한 쪽을 받았네. 주동도 집에 나름의 재산이 있으니 보낼 필요 없네. 내가 자네들의 인정을 그가 알도록 잘 설명하겠네. 뇌횡, 이 사람은 내가 조 보정에게 기별한 것도 모르거니와 도박을 즐겨서 그 돈을 가지고 나가 도박을 하다가 말썽을 일으키기라도 하면 좋지 않네. 그러니 그에게 금을 주어서는 절대 안 되네. 동생, 내가 감히 집에 데려가지는 못하겠네. 만일 누군가 알아보기라도 한다면 빠져 나갈 방법이 없네! 오늘 밤은 달빛이 아주 밝으니 밤새 산채로 돌아가고 여기서 지체하지 말게. 이 송강이 다시 여러 두령에게 축하하러 갈 수가 없어서 정말 미안하다고 전해주게."

"형님의 크신 은혜에 보답할 방법이 없어서 특별히 이 동생을 시켜 압사께 약간의 선물을 보내 조금이나마 마음을 표하려 한 것입니다. 보정 형님은 지금 두령이 되었고 군사 오 선생의 호령은 옛날에 비할 바가 아닌데, 이 동생이 어떻게 감히 도로 가져가겠습니까? 산채에 돌아가면 반드시 질책을 받을 것입니다."

"이미 명령이 엄격하니 내가 답신을 써서 줄 테니 가지고 가면 될 것일세."

유당은 간절하게 받기를 간청했으나 송강이 어찌 쉽게 받아들이겠는가? 즉

554

시 주점에서 종이와 필묵을 빌려 편지를 자세하게 쓰고 유당에게 주머니에 넣도록 했다. 유당은 성격이 솔직하고 시원시원한 사람이라 송강이 이렇게 사양하자, 받지 않겠다고 생각한 뒤 다시 금을 가져왔을 때처럼 쌌다. 날이 차츰 저물자 유당이 말했다.

"형님께서 편지도 써주셨으니 이 동생은 이만 밤새 돌아가겠습니다."

"동생, 붙잡지 못하는 내 마음을 이해해주게나."

유당은 또 4배를 했다. 송강은 술집 주인을 불러서 말했다.

"이 손님이 은 1냥을 주었는데 잠시 거두어두게. 내가 내일 다시 와서 술값을 계산하겠네."

유당은 등에 짐을 지고 박도를 들고 송강을 따라 주점에서 내려왔다. 주점을 떠나 골목 입구를 나오니 이미 날은 저물고 8월 보름이라 달이 둥글게 떠올랐다. 송강은 유당의 손을 잡고 당부했다.

"동생, 몸조심하고 다시는 오지 말게. 여기는 공인이 많아서 위험한 곳이라네. 나는 멀리 배웅 못하니 여기서 헤어지세."

유당은 달빛이 밝음을 보고 발걸음을 서둘러 서쪽으로 밤새도록 걸어 양산박으로 돌아갔다.

송강은 유당과 헤어지고 천천히 걸어 돌아오면서 속으로 깊이 생각했다.

'다행히 공인이 못 보았으니 망정이지 큰일 날 뻔했네!'

다시 생각하며 속으로 말했다.

'저 조개가 도적이 되더니 이렇게 크게 일을 벌였단 말이지.'

두 모퉁이를 지나지 않아서 누군가 등 뒤에서 소리를 질렀다.

"압사님, 어디 가시오? 한참이나 보지 못했소."

송강이 뒤돌아보니 다름 아닌 염 노파였다.

이번에 그녀를 만났기에 나누어 서술하면, 송강의 작던 담이 대담해지고 선한 마음이 악한 마음으로 변하게 되었다.

결국 송강이 이 염 노파를 어떻게 보냈는지는 다음 회에 설명하노라.

염파석閻婆惜

송·원 시기의 기생들은 '파석婆惜'이란 이름을 많이 사용했다. 『수호전전교주』에 따르면 『동경몽화록東京夢華錄』에서 이르기를, '숭관崇觀(송 휘종 연호인 숭녕崇寧'과 대관大觀을 합쳐 부른 것이다) 이래로 경사에 공연장의 기예가 있었는데, (…) 소창小唱(통속적 노래)으로는 이사사李師師, 서파석徐婆惜 등이다'라고 했다." 또한 『수호전 보증본』에 따르면 "황설사黃雪簑의 『청루집靑樓集』에서 기록하기를, '진파석陳婆惜은 악기를 연주하며 노래를 잘했는데 노랫소리가 우렁차 하늘 높이 솟았다. 유파석劉婆惜은 익살스럽고 춤을 잘 췄다. 원나라 때 기생 가운데 파석이란 이름이 많았다'고 했다." 또한 오월왕五越王 전류錢鏐(852~932)의 어렸을 때 이름이 전파류錢婆留였는데, 전류의 이름을 피하기 위해 파석婆惜으로 했다는 견해도 있다. 유留와 유鏐는 음(liu)이 같기 때문에 석惜으로 바꿨다는 것이다. 그리고 염파석이 성이 염인 포주가 아끼는 기생집의 여자아이라는 의견도 있다.

관군 포로들 얼굴에 글자를 새기다

본문에 "새로 잡아 온 관군들은 얼굴에 글자를 새기고"라는 문구가 있다. 사졸들의 얼굴에 글자를 새긴 것은 오대五代 초기에 시작되었다. 『수호전보증본』에 근거하면, 『신당서新唐書』 「유인공전劉仁恭傳」에 이르기를 "천우天祐 3년(906)에 주전충朱全忠(후량後梁 제1대 황제로 재위 852~912)이 창주滄州를 공격하자 유인공劉仁恭이 15세 이상 남자를 모조리 징발하여 병사로 삼고는 그들 얼굴에 '정패도定霸都'라는 글자를 새겼다"고 했다. '정패定霸'는 '패업을 다지다'는 의미다. 또한 오대 후진後晉 개운開運 3년(946)에 거란契丹 군대가 후진의 난성欒城(허베이성 롼청欒城) 공격해 점령하고는 방어하던 군사 1000여 명을 포로로 잡았다. 『자치통감資治通鑑』권285에 따르면 "그들(포로로 잡힌 1000여 명의 군사들) 얼굴에 모두 '봉칙불살奉勅

不殺(칙명을 받들어 죽이지 않는다)'이라는 글자를 새기고 그들이 남쪽으로 달아나도록 놓아주었다"고 했다.

송강의 처자식

『선화유사』 등에 근거하면 송강의 처자식에 대한 기술이 없다. 그러나 원·명 시기 사람들은 송강에게 처자식이 있었다고 말한다. 『수호전보증본』에 근거하면, 원나라 진태陳泰가 말하기를 "내가 어렸을 때 어른으로부터 송강의 일을 들었다. 지치至治(1321~1323) 계해癸亥 가을 9월 16일, 배를 타고 양산박을 지나갔는데 멀리 높은 산봉우리가 보이기에 뱃사공에게 묻자 '이곳은 안산安山으로 옛날에 송강이 있던 곳입니다. 호수를 끊어 연못으로 만들었는데 넓이가 90리로 모두 연꽃과 수초로 덮여 있는데 전해지기로는 송강의 처가 심은 것이라 합니다'라고 했다."(『소안유집보유所安遺集補遺』) 또한 명나라 허자창許自昌의 『수호기水滸記』에서는 송강의 처는 맹씨孟氏로 송강이 묵형을 받고 유배된 뒤에 장삼張三이 능욕하려 했으나 절개를 굽히지 않았고 이후에 양산박 호걸들이 그녀를 구해 산에 올라 송강과 함께 단원이 되었다고 했다.

원본 수호전 1

ⓒ 송도진

초판인쇄 2024년 6월 7일
초판발행 2024년 6월 21일

지은이 시내암
옮긴이 송도진
펴낸이 강성민
편집장 이은혜
마케팅 정민호 박치우 한민아 이민경 박진희 정유선 황승현
브랜딩 함유지 함근아 고보미 박민재 김희숙 박다솔 조다현 정승민 배진성
제작 강신은 김동욱 이순호

펴낸곳 (주)글항아리 | **출판등록** 2009년 1월 19일 제406-2009-000002호

주소 경기도 파주시 심학산로 10 3층
전자우편 bookpot@hanmail.net
전화번호 031-955-2689(마케팅) 031-941-5161(편집부)

ISBN 979-11-6909-249-4 04820
       979-11-6909-248-7 04820 (세트)

www.geulhangari.com